헌사

한국어판《대망》첫판이 나왔을 때 명역(名譯)이라고
아낌없이 칭찬해 주신 김소운 선생님,
한국의 정서를 걱정해서서《도쿠가와 이에야스》등을
한국어판 책이름《대망》으로 지어주신 김천운 선생님,
명필《大望》제자(題字)를 써주신
원곡 김기승 선생님,
창춘사도 대학에서 일문학을 전공하고
《대망》번역을 주도해 주신 박재희 선생님,
니혼대학에서 일문학을 전공하고
《대망》을 번역해 주신 김문운 선생님,
와세다 대학에서 일문학을 전공하고
《대망》을 번역해 주신 김영수 선생님,
게이오 대학에서 일문학을 전공하고
《대망》을 번역해 주신 문호 선생님,
조지 대학에서 일문학을 전공하고
《대망》을 번역해 주신 유정 선생님,
서울대학에서 사회학을 전공하고
《대망》을 번역해 주신 추영현 선생님,
경남대학에서 불교학을 전공하고
《대망》을 번역해 주신 허문영 선생님,
숙명여대에서 미술과 일문학을 전공하고
《대망》을 번역해 주신 김인영 선생님,
선생님들의 집필 열정이 동서문화사《대망》을
국민적 애독서로 만들어주셨습니다.
깊은 감사를 올립니다.
고정일

《나라를 훔치다》를 읽는 이들에게
허문순

'이 나라의 주인이 되고 싶구나……'
무너진 궁성의 옛터에 앉아 있던 거지가 중얼거렸다. 교토(京都)의 니시노오카(西岡)에서 태어나 묘가쿠사(妙覺寺) 본산에서 머리가 제일 좋은 중 레보(蓮坊)라고 불렸던 젊은이가 바로 이 거지이다.
이 사나이 마쓰나미 조쿠로(松波庄九郞)는 교토의 기름장사 나라야(奈良屋)의 미망인 오만아(万阿)의 데릴서방님이 된다.
그는 정력적으로 치밀한 답사를 한 뒤 미노(美濃)의 땅을, 영토 넓히기의 거점으로 정하고
"나는 영토 넓히기를 하기 위해 떠난다."
오만아에게 말을 남기고는 집을 떠난다. 묘가쿠사에서 조쿠로가 형님으로 모시던 미노의 고승(高僧) 히고(日護)의 소개로 수호직(守護職) 도키(土岐) 가문의 집정(執政) 나가이 도시다카(長井利隆)에게 출사하게 된다.
조쿠로는 자기 지력(智力)과 나라야의 막대한 재력으로 서서히 미노 지방을 그의 세력하에 두게 된다. 수호직 도키 요리요시(土岐賴芸)의 첩인 후카요시노(深芳野)를 아내로 맞게 되는데 그녀는 벌써 임신한 몸이었다.
그리하여 태어난 아이가 맏아들 요시다쓰(義龍)이다. 드디어 이웃 고장에 살무사 미씨조(道三)라는 별명을 날리고 있었던대로 그는 도키(土岐) 씨를 내쫓고 미노의 땅을 점령하게 된다.
그 동안 그는 이름을 여덟 번이나 바꾸고 그때마다 자기 세력을 넓혀 갔다. 이웃 나라인 오바리의 오다 노부히데(織田信秀)의 장남 노부나가(信長)는 소문난 악동이었다.

    그러나 그 미래를 알아본 미씨조는 자기 딸 노히메(濃姬)를 그에게 시집보낸다. 미씨조는 노부나가 이외에는 이 난세를 통일할 사람이 없다고 생각한다. 노부나가는 기묘한 애정을 미씨조에게서 느낀다.

    노부나가는 미씨조의 진보적인 면을 받아들여 차례로 이웃 영토를 자기 세력하에 넣고 오바리의 힘을 확고하게 굳여 간다. 또한 사촌인 아케치 미쓰히데(明智光秀)는 미씨조의 고전적인 정략을 배워서 미씨조를 아버지 겸 스승으로 존경한다.

    세월이 지나 늙은 미씨조는 맏아들인 요시다쓰에게 망부(亡父) 요리요시(賴芸)의 적이라는 명목으로 멸망당한다. 미쓰히데는 몸 하나만으로 도망쳐 전국을 편력하는 나그넷길을 떠난다.

    그 때 13대 쇼군(將軍) 아시카가 요시테루(足利義輝)의 측근인 호소카와 후지다카(細川藤考)를 알게 되어 뒷날 딸을 그의 아들 다다오키(忠興)에게 출가시킨다.

    쇼군을 모시고 천하를 그 위력하에 두고 지배하려고 했으나 좀처럼 그것이 실현되지 않아서 에치젠(越前) 아사쿠라(朝倉) 가문에 출사하게 되었고, 마침내는 노부나가를 의지하여 15대 쇼군 요시테루(義昭)를 옹립하게 된다.

    그 노부나가는 오쿠하자마(桶狹間)에서 이마카와 요시모토(今川義元)를 처부시고 미노의 땅을 평정 기나이(畿內)를 향해 준비공작을 진행시키고 있었다.

    이에야스(家康)와 동맹을 맺은 뒤 에이산(叡山)을 불태우고 다케다(武田) 가문을 멸망시킨다. 아사이(淺井)·아사쿠라(朝倉)를 토벌하고 마침내 기나이를 점령하여 우대신(右大臣)에 임명되었다.

    미씨조의 두 가지 면을 각각 이어받은 노부나가와 미쓰히데(光秀)는 서로의 자질을 존중하면서도 끝내 화합하지 못하고 혼노사(本能寺)의 비극이 일어나고 만다.

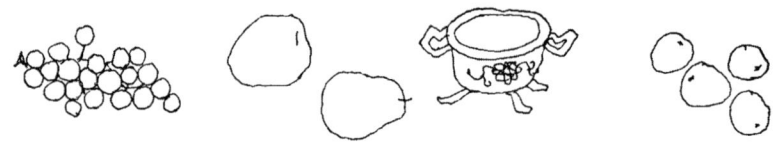

    그즈음 모리(毛利)를 공격중이던 히데요시(秀吉)는 급히 귀경(歸京)한다. 히데요시는 드디어 야마사키(山崎)에서 미쓰히데를 죽이고 주군(主君)의 원수를 갚는다. 여기서 도요토미 히데요시 천하 통일의 길이 열리게 된다.
    이 걸작은 기쿠치 간상을 수상했다.

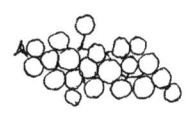 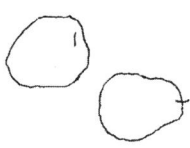  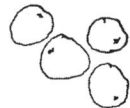

대망 23 나라를 훔치다 1
차례

《나라를 훔치다》를 읽는 이들에게 — 허문순

운이 열리는 밤 …… 15
운수시험 …… 33
아리마의 여우 …… 65
무사 …… 73
저녁 종소리 …… 90
진출 …… 121
음모의 시작 …… 136
계산 …… 161
한 냥짜리 창술(槍術) …… 185
호랑이 눈동자 …… 222
강탈 …… 230
음모 …… 252
눈부신 변신 …… 267
저녁달 …… 283
반대세력 …… 306

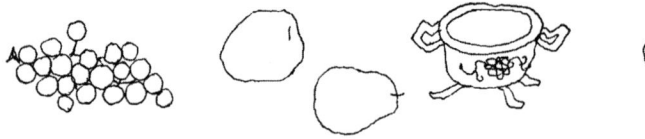

야습 …… 322
복귀공작 …… 346
하쿠운(白雲) 법사 …… 354
첫 전쟁 …… 367
비 …… 383
자객 …… 414
혈투 …… 439
살모사 …… 463
음란한 성(城) …… 472
영웅시대 …… 495
살모사와 호랑이 …… 511
이상한 산스케 …… 536
화촉 …… 553
멍청이 …… 578
기요스(淸洲) 공략 …… 593

운이 열리는 밤

차분하다. 목소리가 말이다.

그 걸인은 허물어진 자신전(紫宸殿) 궁궐 담에 걸터 앉아 턱을 별 하늘로 보내면서 에이쇼(永正) 14년(1517년) 6월 20일의 밤바람을 쐬고 있었다. 바람이 살랑살랑 분다. 궁궐이라고는 하나 이미 폐허라 해도 좋았다. 바람은 홍휘전(弘徽殿) 북쪽 회랑, 인수전(仁壽殿)의 퇴락한 기둥 사이를 휘휘 감돌고서 토담 위에 앉은 걸인의 볼을 스치고 있었다.

세상은 바야흐로 난세다.

"나라를 가진 영주가 되고 싶구나."

걸인은 중얼거린다.

남이 들으면 미치광이라고 생각하리라. 그러나 걸인은 아주 진지했다. 사실, 이날 밤의 중얼거림은 일본 역사가 영원히 기억하지 않으면 안 된다.

"풀의 씨앗이라면, 종자에 따라 국화도 되고 잡초도 된다. 하나 사람은 한 종자다. 따라서 바라지 못할 게 없지 않은가!"

걸인——.

엄밀하게는 걸인도 아니지만.

교토(京都) 서쪽 변두리, 니시노오카(西岡) 태생. 지난날엔 묘카쿠 사(妙覺寺) 본산(本山)에서 '지혜로 첫손 꼽히는 호렌보(法蓮房)'라고 일컬어지던 젊은이다.

지혜가 뛰어났을 뿐 아니라 '학문은 현밀(顯密 : 불교 용어, 顯敎와 密敎)의 깊은 뜻을 깨우쳤고, 변설은 부루나(富婁那 : 석가의 제자, 고대 인도의 웅변가)에게도 뒤지지 않는다'고 하리만큼 학식도 깊었다. 춤도 출 줄 안다. 북도 칠 줄 알고, 피리를 입술에 대면 명인이라는 소리를 듣고, 게다가 절에서는 가르쳐 주지도 않는 칼과 창, 궁술에 이르기까지 겨눌 자가 없는 기막힌 솜씨에 이르고 있다. 지금의 이름은 마쓰나미 쇼구로(松波庄九郎)——.

뜻하는 바가 있어서 고로모노다나(衣棚) 골목 안에 있는 묘카쿠 사를 뛰쳐나와 환속(還俗)했다.

머리칼을 기르긴 했지만, 교토는 오닌(應仁 : 後土御門 天皇의 年號) 이래의 전란으로 황폐하고 나라는 어지러워질 대로 어지러워서 막상 살아나갈 궁리가 안 선다.

난세——.

그렇다고는 하지만 이 마쓰나미 쇼구로, 다시 말해서 뒷날 난세의 뭇 영주들을 떨게 만든 사이토 도산(齊藤道三)이 젊었을 무렵은 아직 가문이 한 몫을 보는 시대로 아무리 유능하더라도 성도 신분도 알 수 없는 그를 단번에 무사로 고용해 주는 영주는 없었다.

'——졸개 노릇이라면'

자리는 있다. 그러나 이 자부심 강한 젊은이로선 졸개 노릇 따위 죽어도 싫었다. 마침내 비렁뱅이 신세가 되고 말았다.

"왕까지는 되고 싶지 않지만."

중얼거리며 쇼구로는 등 뒤의 궁궐 내전을 돌아보았다. 쇼구로만이 거지가 아닌 것이다.

등잔불이 하나 켜져 있다. 거기에 이 나라의 천황이 살고 있다. 쇼구로와 진배없는 가난뱅이로, 매일 하인이 '간파쿠 자루(關白袋)'라고 부르는 동냥 자루를 들고서 교토 시내를 돌아다니며 한 줌씩 쌀을 얻어다가 간신히 대궐의 그날 끼니를 잇고 있었다. 선황(先皇 : 土御門天皇)이 돌아가신 지 17년이나 흘렀건만 상을 치를 비용도 없거니와 즉위할 비용도 없다.

"왕이 되고 싶지는 않지만 쇼군(將軍), 그것이 무리라면 하다못해 영주라도 되고 싶다."

"꿈이야."

발밑에서 웃는 사나이가 있었다. 퇴락한 토담 아래 개처럼 웅크리고 누워 있었다. 쇼구로가 묘카쿠 사를 뛰쳐나올 때

——저를 부하로 삼아 주십시오.

질기게 따라 붙은 아카베(赤兵衛)라는 절머슴이다. 재치는 있지만 묘카쿠 사에서도 처치곤란이라는 딱지가 붙은 소악당으로, 도둑질·유괴·가짜 기도사 등등 사소한 나쁜 짓이라면 해 보지 않은 일이 없는 사나이였다.

누더기 삼베옷을 걸치고 새끼를 한 가닥 허리에 두르고는 있지만, 장검(長劍) 한 자루만은 소중하게 등에 걸머메고 있었다. 그 점, 쇼구로도 마찬가지였다.

"무엇이 꿈이야?"

쇼구로는 별을 향해 큰소리쳤다.

"흥"

아카베는 코웃음을 쳤다.

"그럼, 꿈이 아니란 말인가요? 당신 같은 분을 따라 나섰기 때문에 난 그만 비렁뱅이가 되고 말았어요."

"장차 영광과 영화를 누리게 해 주마."

"뒷일보다도 지금 피죽 한 그릇이 아쉽습니다요."

"비렁뱅이 같으니!"

쇼구로는 웃었다.

"어이없군요. 당신도 비렁뱅이 아닌가요?"

"비럭질은 하지만, 장래에 희망을 갖고 있다. 죽 한 그릇을 소원하며 꿈을 버리는 놈이기에 거지라고 한 게야."

해맑은 목소리지만 예사롭지 않은 인상(人相)이다. 이 사나이의 초상화는 현재 기후 시(岐阜市) 혼마치(本町)의 니치렌 종(日蓮宗) 조자이 사(常在寺)의 보물로 남아 있다. 주지 스님은 기후 시의 중학교 교무주임을 지내고 있는 사람으로, 필자를 위해 이미 4백년이나 지난 그 비단폭을 보여 주었다. 채색은 바래고 군데군데 벗겨져 있었다. 하지만, 자세히 묘사한 선을 더듬으면 누구의 눈이라도 역력하게 그 골격이며 인상을 엿볼 수가 있다. 훤칠한 키에 근육질의 체격, 군살이란 없다. 얼굴은 길쭉하고 이마는 지혜로 돋아오

른 것처럼 쑥 나와 있다. 아래턱은 약간 앞으로 나오고 눈에 광채가 있으며, 정말로 민첩해 보이는 사나이다.

남다른 인상이지만 사미(沙彌) 시절엔 옥을 무색하게 할 정도의 미소년이라는 말을 들었다. 자라면서 수려하다는 말을 들었으며, 얼굴에 개성이 강렬했다. 그러나 그런 만큼 '사나이에 맛을 들인 여자들에게는 견딜 수 없는 매력이 있을 거야'라는 말을 중이 되면서부터 들었다.

"앗!"

벌떡 일어난 것은 아카베다.

"사람 무리가 오는군요. 이런 시각에 횃불도 밝히지 않고 다니는 것을 보니 도둑놈들 아닐까요?"

"오호, 도둑?"

쇼구로의 주린 배가 꾸르륵 울렸다. 도둑이라면 틀림없이 먹을 것을 갖고 있으리라 생각한 것이다. 말이 채 끝나기도 전에 그림자가 길게 드리워졌다. 번쩍, 번뜩인 것은 긴 자루가 달린 두터운 칼날이리라. 어느 틈엔가 히가시산(東山) 봉우리에 달이 오르기 시작했다.

"아카베, 해치울까?"

"해치웁시다."

두 사람은 토담 그늘에서 고개를 끄덕거렸다. 그림자의 무리는 너털웃음을 터뜨리면서 이쪽으로 성큼성큼 다가온다. 자신전의 남쪽의 18계단 추녀 밑을 지나 궁궐을 비스듬히 가로지르기 시작했다.

"아카베, 따라가!"

"예."

아카베가 자리를 박차고 달려갔다.

쇼구로는 뒤에 남았다.

"대자대비하신 부처님, 살펴 주시옵소서."

이런 큰 일이 있을 때마다 마음속으로 비는 것은 중 시절부터의 버릇이다.

──부처님이시여, 제 곁에 계셔 주십시오.

비는 것이다. 내 이익을 위해 힘써 달라는 뜻이다. 물론 버릇이니만큼 자신만만한 쇼구로로선 경건한 신앙심 따윈 손톱만큼도 없었다.

"나무 삼대비법사 일념 삼천지묘법연화경(南無三大毖秘法事 一念 三千之 妙法蓮華經)"

나무 구원실성 대은교주 석가모니불(南無久遠實成大恩教主釋迦牟尼佛'
　나무 증명법화 다보여래(南無證明法華多寶如來)"
　'하늘에 계신 부처님이시여, 모두 나를 위해 움직여 주시오.' 이것은 쇼구로 특유의 자력성도(自力聖道)의 방법이다. 하긴 쇼구로뿐 아니라 그 즈음에는 불법이 자기의 이익을 위해서 있는 것이라고 믿고 있는 자가 많았다. 니치렌 신자뿐 아니라 정토파(淨土派)인 진종(眞宗)도 마찬가지다.
　법화경(法華經)의 공덕만 믿고 있으면,
　죽이는 것도 정의이고 도둑질하는 것도 정의인 셈이다.
　그러나 필자는 말한다. 이것은 어지러운 세상에서 일부 법화경 신자만이 그렇다는 것이지, 지금처럼 평화스러운 세상에, 더구나 교학(教學)이 크게 발전된 오늘날에는 이러한 법화경의 신앙 방식이란 없다.
　난세인 것이다.
　'나무 묘법연화경(南無妙法蓮華經)' _(創價學會〈日蓮宗〉에선 일본 음 "나무묘 호렌게교"라고 영한다. 南無 : 절대적인 믿음의 뜻·妙法蓮花經 : 法華經) 그렇게 빌고 있는 쇼구로에게는 바른 신앙이 아닌 속죄의 방법이 있을 뿐이다.
　"쇼구로 님"
　아카베가 돌아왔다.

　도둑들은 옛 궁궐의 선양문(宣陽門)이 있던 근처인 '사효에노카미(左兵衛督)숙소'라는 폐옥에 모여 있는 모양이다.
　"금은이나 식량을 얼마쯤 갖고 있더냐?"
　"저, 그것이 말입니다요."
　아카베가 말했다.
　"사람의 모가지 하나뿐입니다요."
　"그 정도인데도 어지간히 기뻐하는 얼굴인 걸 보니 짐작컨대 그 모가지엔 값어치가 있는 모양이로구나."
　"과연 지혜가 으뜸이신 쇼구로 님."
　얼굴에 히죽 웃음을 띠었다. 아카베도 약삭빠른 사나이이기 때문에 조리 있게 이야기를 시작했다.
　교토의 히가시노도오인(東洞院) 니죠(二條).
　거기에 교토 근방에서 손꼽히는 나라야(奈良屋) 기름 도매집이 있다. 주인은 마타베(又兵衛).

"기름장수라면 엄청난 부자다. 작은 영주 정도의 재물은 있지."

쇼구로는 '으음' 하고 탄성을 질렀다. 지난해 주인이 죽고 지금은 젊은 과부인 오마아(於萬阿)라는 여자가 안방에서 지시를 하고 있다.

"야무진 여자냐?"

"아닙죠. 순한 여자인데 아무튼 남편이 데릴사위였던 처지라 그가 죽었어도 점원들이 주인을 모시는 것과 다름없이 복종하고 있어 장사엔 조금도 지장이 없습니다요."

"데릴사위를 들인 집이라면 그럴 만도 하지. 그런데, 그 나라야가 어쨌다는 거야?"

"이번에 비젠(備前)에서 들깨를 운반합죠."

"흥, 제법 큰일이로군."

들깨는 등잔 기름의 재료다. 이 식물은 어쩐 까닭인지 교토 부근에선 잘 자라질 않고, 비젠(지금의 岡山縣)이 최대의 산지였다. 그 밖에 동쪽으로는 오와리(尾張)·미노(美濃), 서쪽으로는 시고쿠(四國)의 사누키(讚岐) 같은 신사나 사찰·민가가 많은 도시다. 이런 도시에는 가게에 기름 짜는 기계를 설비한 나라야 같은 대자본이 모여 있지만, 원료 그 자체는 먼 고장에서 날라 오지 않으면 안 된다. 그 수송이 큰일이었다. 아무튼 난세인 것이다. 도중 도둑·산적들이 날뛸 뿐 아니라 길마다 크고 작은 영주들이 관문을 통과하는 방법에 트집을 잡고서는, 때로 금은을 강탈하든가 들깨를 뺏든가 한다. 따라서 자연히 무장한 대상(隊商)이 조직되었다. 기름 도매집이 호위대장을 고용하고, 대장은 청부 맡은 돈으로 무사들을 끌어 모아 그 인원으로 수송대를 호송하는 것이다. 그러니 대상의 인원은, 무사를 포함해서 7, 8백 명이 되는 게 예사였다.

"그런데……"

쇼구로의 지혜로도 그 점을 알 수 없었다.

"그 들깨하고 사람의 모가지가 무슨 관계가 있단 말이지?"

"모가지라는 게, 왜 있지 않습니까요."

아카베는 손가락을 하나 세웠다.

"바로 그 하루나쓰 아쿠에몬(春夏惡右衞門)입니다요."

"허어."

이상한 이름이지만 어차피 본 이름을 숨긴 별명인 것이다. 쇼구로도 이름은 듣고 있었다.

　원래는 야마나(山名)가문의 졸개였다고 하는 힘이 무서운 장사로, 무사가 된 다음에는 뜨내기들을 모아서 투전을 하든가 전쟁이 있으면 진지를 빌려 돈벌이를 하든가, 때로는 장사꾼 집에 고용되어 호위병 노릇까지 하던 교토의 명물이었으나 요즘은 나라야의 호위대장 노릇을 하고 있다는 소문을 쇼구로도 듣고 있었다.

　"그 아쿠에몬이 목만 남았단 말이냐?"

　"그렇습죠."

　"그 패들에게 죽었다는 말이로군."

　쇼구로는 그제야 알았다. 나라야의 호위대장이라면 틀림없이 웬만한 영주의 무사대장 따위보다 수입이 좋다. 그 아쿠에몬의 지위를 노려서, 교토의 또 다른 무리들이 그를 습격하여 목을 벤 것이리라.

　"그건 그렇고, 그놈들은 어떤 자들이냐?"

　"아오에보시(青烏帽子 : 에보시는 길게 생긴 모자로 궁궐 붙이들이 썼다. 여기서는 별명)의 겐바치(源八)입죠."

　"오——"

　모가지만 남은 아쿠에몬과 교토를 양분하고 있던 건달 우두머리다.

　"나에게도 운이 틔는군."

　쇼구로는 긴 정강이를 펴고 일어났다. 바람이 귀밑머리를 흩날렸다. 별을 우러러보았다.

　"오늘 밤은 내 일생에서 최초의 좋은 날이 될 거다."

　아지력여시 혜광조무량 수명무수겁 구수업소득(我智力如是 慧光照無量 壽命無數劫 久修業所得)……. 하며 쇼구로는 저도 모르게 승려 당시의 버릇으로 자아게(自我偈 : 불교 용어. 부처의 공덕이나 교리를 찬미하는 노래 글귀. 네 귀로 돼 있음)를 외었다.

　"나에게 힘을 주시옵소서."

　그렇게 빌었던 것이다. 지금부터 사람을 죽인다. 아귀(餓鬼)·외도(外道)·타지옥(墮地獄)(모두가 불교 용어로 악당을 일컬음)들아, 내 이익을 위해 죽어 달라. 쇼구로의 온몸에 성성한 힘이 솟아올랐다.

　"쇼구로 님, 짐작컨대 나라야의 호위대장 자리를 당신이 가로채실 작정이시군요?"

　"잘 보았어. 내가 차지한다."

　웃었다. 소리를 높여서. 맑은 목소리. 이 사나이의 목소리를 듣는 자는 모두, 이것이 산 인간의 더러운 몸에서(불교적인 의미로) 나온 목소리일까 싶을 만큼 깨끗하다. 자기가 하는 일 모두가 정의라고 믿고 있는 증거이리라.

"그러나, 아카베,"

"예."

"아직 내 짐작이 얕다. 나는 저 북두칠성을 보고서 좀 더 멀고 먼 장래의 내 운수를 점쳐 보았다. 불모 대공작 명왕경(佛母大孔雀明王經)이란 불경에는 뭇 별이 길흉을 나타낸다고 씌어 있다."

"쇼구로 님의 장래가 어떻게 되는 것입니까?"

"불멸의 이름을 영웅열전에 남기게 된다고는 점괘가 나왔다."

거짓말이다.

쇼구로는 마음속으로 자기의 거짓말을 재미있어하면서 엷은 별빛 속에서 소악당인 아카베의 눈을 빤히 쳐다봤다. 아카베는 덜덜 떨기 시작했다. 공포가 아니다. 뭐라 형용할 수 없는 뻐근한 감동이었다.

'엄청난 인걸(人傑)을 내가 따르고 있구나. 내 운도 열릴 거다.'

물론 응시하고 있는 쇼구로는 아카베의 감동을 그렇게 꿰뚫어보고 있다.

"아카베, 지금부터 공격한다. 목숨을 아끼다가 운을 놓쳐선 안 된다."

"명심하겠습니다."

"아카베, 칼집의 고정 못"

쇼구로는 칼집을 두들겨 보이고

"살펴 두도록" 무겁게 가라앉은 목소리로 말했다.

아카베는 '퉤' 하고 고정 못에 침을 뱉었다. 두 사람은 궁궐 안을 걸었다. 궁궐 안이라곤 하지만 폐옥과 마찬가지여서, 사곤(左近)의 벚나무, 우곤(右近)의 귤나무 근처는 무릎으로 헤쳐나가지 않으면 안될 만큼 잡초로 덮여 있다.

두 사람은 무너진 일화문(日花門) 터를 지나 선요전(宣耀殿)의 주춧돌을 밟고, 이윽고 그들이 소굴로 삼고 있는 사효에노카미의 폐옥 창문으로 살며시 다가서서 발돋움하고 안을 기웃거렸다. 안에는 짐승기름 불꽃 세 개가 접시등잔에서 무럭무럭 기름 연기를 뿜어대며 불타고 있다. 본당에 큰 냄비가 걸리고 고기찌개가 부글부글 끓고 있었다. 그걸 둘러싸고 다섯 명의 사나이가 탁주를 마시고 있다. 우두머리인 아오에보시 겐바치는 그러한 모자를 쓰고 있기 때문에 첫눈에 알 수 있었다.

'저 놈이로군.'

쇼구로는 상대의 약점을 알아내려고 찬찬히 살폈다. 눈의 움직임이 약간 둔하다. 하나 등잔불 그림자로 근육 하나하나의 윤곽이 뚜렷하게 드러나고, 가슴의 후미진 곳을 털이 휘덮은 보기에도 험상궂은 거한이다. 쇼구로는 얼굴빛조차 바꾸지 않았다. 낮은 목소리로,

——아카베, 너는 북쪽 회랑 입구로 돌아가 잠복해라. 나 혼자 뛰어들어가 곧장 아오에보시를 거꾸러뜨리겠다.

——그리고는?

아카베는 자기의 소임을 물었다.

——그것도 몰라? 내가 아오에보시를 거꾸러뜨림과 동시에, 북쪽 출구에서 인원이 열 명은 몰려왔구나 싶도록 겁을 집어먹게 그 근처를 두들겨대며 고함을 지르란 말이야. 이것이 마쓰나미 쇼구로의 운을 트는 싸움이 될 거다. 목숨을 아끼지 말라.

"옛."

그림자로 둔갑해 쏜살같이 사라졌다. 쇼구로는 살며시 칼을 뽑았다. 묘카쿠 사의 광에서 훔쳐 낸, 신분에 어울리지 않는 두 자 여덟치짜리 명검!

뽑아들자 달빛을 받아 명검 특유의 얼룩박이 칼 무늬가 반짝거렸다. 쇼구로는 뛰어들었다. 우선 큰 냄비를 발길로 차 넘겨 굉장한 재 연기를 일으키고

"아오에보시!"

외치는 것과, 앞으로 내닫는 것과, 재 연기 속에 움직이는 그림자를 칼로 후려치는 것이 모두가 동시였다.

"네 놈은,"

확—— 하고 재가 붉게 물들었다.

"누구냐?"

아오에보시가 솟아오르듯이 일어났다. 왼쪽 어깨에 칼을 맞고서도 칼을 뽑아 대항해 왔다. 하나 쇼구로는 비키지도 않고 파고들어가

"나무 나찰(南無羅刹)!"

그것이 기합인지 하늘의 귀신을 불렀는지, 쇼구로의 목소리가 끝났을 때에는 아오에보시의 이마 한가운데에서부터 턱에 걸쳐 두 쪽이 나고 있었다. 아오에보시의 부하는 겁을 집어먹은 채 멍해졌다.

"조용히들 꿇어라!"

쇼구로는 청아하게 말했다.

"나라야의 호위대장은 내가 맡게 된다."

어느 사나이고 모두 꿇어 엎드렸다.

과부

그 이튿날, 교토는 맑은 날씨였다. 정말이지 덥다. 덥지만, 전국시대 백 년은 이상하게도 습기가 오늘날보다 적었다고 전해 온다. 사람도 날씨도 시원시원했다.

"누구?"

나라야의 오마아는 바람이 시원하게 부는 방 안에 누워 있다가 낮잠에서 깨어났다.

"손님이 왔어?"

"예."

발 너머에서 점원인 스기마루(杉丸)가 조그만 목소리로 대답했다.

"마님을 뵙고 싶다고 하십니다."

"졸린데……."

오마아는 당(唐) 부채를 천천히 옷자락께로 돌려 모기를 쫓았다. 부채는 빈랑(檳榔) 나뭇잎을 발라 붙이고 금으로 굽도리를 한 사치스런 것이다. 이 물건 하나만으로도 나라야의 재산 정도를 알 수 있으리라.

"처음 오시는 손님이냐?"

"예."

"처음인 손님은 귀찮은데" 하고 흰 손가락을 보았다. 과부가 되고 나서 살이 좀 찐 것 같다. 손가락 마디에 다섯 개, 움푹 파인 곳이 생겨났다.

"스기마루, 내 얼굴이 졸려 보이느냐?"

"발 때문에 보이지 않습니다."

"그럼 들어올리고 보려무나."

"예, 마님" 하고 스기마루는 발의 아랫자락을 조금 들고 주저주저 기웃거렸다.

'길상천녀(吉祥天女)처럼 아름답다.'

"어여쁘십니다."

"그래애."

오마아는 접시 위의 땅콩을 한 알 입에 넣었다. 새하얀, 조그만 이가 땅콩을 깨물었다.

"어떤 사람이냐?"

"무사라곤 하지만 떠돌이 같습니다. 실은 그분이 말씀하시기를……" 하고 스기마루는 간밤에 궁궐안 사효에노카미 숙소에서 일어난 사건을 말했다.

"뭐라고?"

오마아는 일어나 앉았다.

"호위대장인 아쿠에몬이 죽었다고? 누구에게 말이냐?"

"요즘 시내를 설치고 다니는 아오에보시의 겐바치라는 자입니다."

"그래서?"

"그 겐바치를 없애 버렸다고 하는 분이 지금 밖에 와 계신 무사입지요."

"어떤 자냐? 늙은이냐, 아니면……"

"젊습니다."

"들여보내라."

오마아는 급히 일어났다. 화장을 고치기 위해서다.

"흠!"

복도를 걸으면서 마쓰나미 쇼구로는 느긋이 감탄하고 있다.

"상인이라고는 하나 나라야쯤 되면 이미 성관(城館)이로군."

어떤 방으로 안내되었다. 당나라풍의 방으로 의자·탁자 등이 있다. 벽에 페르시아 양탄자가 쳐져 있었다. 사카이에서 들어온 것이리라.

"스기마루" 하고 쇼구로는 벌써 이름을 외고 있었다. 아니, 지금 왼 것이 아니라 나라야의 내막에 관해서는 아침부터 샅샅이 탐지해 두었다. 점원이 스무 명. 그 중에서도 가장 젊은 이 스기마루라는 사나이가 과부인 오마아로부터 신뢰를 받고 있다는 것도, 어김없이 조사해 두었다.

'아무튼 나라야를 가로채려는 것이다. 미적지근하게 할 수는 없지.'

"그대는 니시노오카 출신이로군."

"용하십니다."

스기마루는 조그만 얼굴에 놀라는 빛을 띠었다.

"나도 니시노오카 출신이다."

니시노오카란 교토의 서쪽 변두리를 가리킨다. 현재의 무코마치(向日町)에서 야마자키(山崎)에 걸친 일대다. 그때나 지금이나 야마시로(山城) 버섯의 산지로 각처의 미식가들에게 알려져 있다.

"그러면 마쓰나미 쇼구로 님은" 하고 스기마루는 눈을 둥그렇게 떴다.

"바로 그 마쓰나미 님이십니까?"

"그 한집안이다."

"앗, 미처 알아보지 못했습니다만 그만 버릇없이 굴었습니다. 죄송합니다."

스기마루는 꿇어앉아 버렸다.

"괜찮으니 일어나게" 하고 쇼구로는 의자에 앉은 채 말했다.

"유서 있는 집안이라고는 하나 오십 년이나 지난 일이다. 지금 마쓰나미라고 해보았자 놀라 줄 사람은 교토에서도 그대뿐일 거야."

마쓰나미 사곤 쇼겐(松波左近將監).

그를 쇼구로의 증조부라고 그는 주장한다. 쇼겐은 궁궐의 공경(公卿) 무사로, 황실이 미약해지면서 약간의 전답을 니시노오카에 장만하고 토착했다. 그러나 손에 익지 않은 일은 잘 안되는 법인지라 3대로써 집안이 멸망했다. 겨우 몇 집이 마쓰나미의 혈통이라고 칭하면서, 니시노오카에서 야마자키에 걸쳐 흩어져 있을 뿐이었지만.

'이 쇼구로 님도 그런 집안의 출신일 테지.'

난세라고는 하나 이 시대 사람들의 혈통 숭배의 깊이는, 오늘날의 우리들에게는 상상도 할 수 없다.

스기마루의 태도가 그랬다.

"저, 마쓰나미 님, 잠시 여기서……" 하고는 황급히 사라졌다.

'음, 과부에게 알리러 갔구나.'

쇼구로는 상을 잔뜩 찌푸린 채 앉아 있었다. 새빨간 거짓말인 것이다. 쇼구로는 니시노오카 태생의 어머니가 고장의 누군가하고 간통하여 생긴 자식이다. 아버지의 이름은 그 자신도 모른다.

'모르는 게 다행. 아버지 따위는 어디의 누구든 상관없다. 성이나 신분은 자기 힘으로 만들어 가는 것이다.'

그러나 가계(家系)도 쓸모 있을 때가 있다. 그렇게 생각하고 묘카쿠 사 본산을 나와 환속할 때 마쓰나미 가문을 찾아가 몇 냥의 돈을 내밀고 그 족

보 끝머리에

'사곤 쇼겐 모토무네(基宗)의 서자(庶子), 쇼구로'라고 써 넣어 달라고 했다. 이것을 나라야에서 써먹게 된 셈이다.

'그까짓!'

그러는 한편, 쇼구로의 마음 또 한 꺼풀 속에 배짱 좋게 들어앉은 게 있었다.

'한(漢)나라 고조(高祖)를 보라. 성도 신분도 학문도 없는 농군의 아들로, 젊었을 무렵엔 고향인 패(沛)에서도 미움 받은 망나니가 아니었던가.'

그 성도 없는 망나니가 한 제국(漢帝國)을 세웠다. 그 고조 유방(劉邦)에 비한다면 쇼구로는 학문(불경이나 한문)이 뛰어났고, 병서를 읽었고, 무예가 보통이 아니며, 춤과 음악을 시키면 공경도 미치지 못한다. 이만한 재기와 체력이 있는데 천하를 잡지 못할 까닭이 있겠는가 하고 자부하고 있다.

'하지만 단번에는 천하를 차지하지 못한다. 천릿길도 한 걸음부터라고 하잖는가. 우선 나라야의 재물부터 노려야 한다.'

이렇게 생각하고 얌전하게 도사리고 있었다.

그 시각, 나라야의 담 가에 선 나그네 차림의 노승이 있었다. 대나무 뿌리의 지팡이를 깊고 삿갓을 들어올리며 수상쩍다는 듯이 나라야의 문·담·광의 하나하나를 핥듯이 바라보고 있더니, 이윽고

"붉은 기운이 뻗치고 있는걸" 하고 한 마디 뱉고 가 버리려고 했다. 나라야의 지붕 위 하늘로 붉은 기운이 뻗치고 있다는 소리였다. 가게의 점원이 이상하게 듣고 쫓아갔더니

"네 눈에는 보이지 않을 게다" 하고 삿갓 속에서 말했다.

"그것은 길조입니까, 흉조입니까?"

"길조일세."

하고는 사라졌다.

점원이 집 안으로 뛰어들어가 스기마루에게 전하고, 스기마루는 오마아 마님에게 전했다.

"붉은 기운이?"

오마아는 놀라지 않았다. 젊은 여자의 몸으로 나라야의 재산을 꾸려나갈 정도의 여자다. 화장을 하면서

"그 스님은 어젯밤의 꿈이 채 깨지도 않았나 보군. 아니면 더위로 정신이 돌았을까?"라고는 말했지만, 역시 마음에 두었으리라.

"아침부터 이상한 일은 없었느냐?"

"아뇨, 심 꾸리기·상인 수배·엉락전(永樂錢)의 입금, 모두 다른 날과 다름없이 했습니다" 하고 말한 다음 앗, 하고 말했다.

"다만 '일'이라고 한다면 저 떠돌이 무사님 아닐까요? 그분은 니시노오카의 명문으로 마쓰나미……"

"그건 아까 들었어. 스기마루, 넌 젊기 때문에 사람을 잘 믿어."

"저……그렇지만."

스기마루는 그 무사의 혈통을 듣고 좀 색다른 용모만 보았을 뿐인데도

'틀림없이 그 귀한 가문의 자손이다'

고 믿게끔 되어 있었다. 눈빛이 예사롭지 않은 사나이지만 부드러운 미소를 띠고 있다. 골격이 옥돌로 만들어진 듯한 그런 닦인 광채를 느끼게 하는 사나이다.

"이 사람이 교토에서도 호랑이 같은 아오에보시 겐바치를 단칼에 베다니!"

당장 그 증거품으로 사람머리가 두 개. 하나는 나라야의 호위대장인 아쿠에몬의 목이었고, 다른 하나는 아오에보시다.

'길조란, 그 손님에게'

오마아도 역시 그 점에선 남과 다름없다. 마음에 걸렸다.

'그에게 뻗치고 있는 것일까, 아니면 그 손님이 왔기 때문에 나라야에 신기로운 조짐이 생기는 걸까?'

이 붉은 기운은 쇼구로, 훗날의 사이토 도산에 얽힌 전설이다.

하지만 쇼구로쯤 되는 자다. 어쩌면 나그네 중을 돈으로 매수하여 한 판의 연극을 꾸몄는지도 모른다.

오마아는 당풍(唐風)의 방으로 들어갔다.

"저, 쇼구로입니다" 하고 손님은 웃으면서 일어났다. 기합과 같은 것이었다. 오마아는 그 웃는 얼굴에 말려들어가 초대면이라고는 생각 안될 만큼 친근감을 느꼈다.

"저는 이 집의 오마아에요" 하고 우선 호위대장의 원수를 갚아준 것에 감

사를 했다.
"그런데 무슨 볼일이지요?"
"아니, 그것뿐입니다. 아쿠에몬과 아오에보시의 머리를 갖고 찾아뵈었을 뿐이죠. 모쪼록 이 댁에서 명복이라도 빌어 주십시오."
벌써 일어서고 있다. 당황한 것은 오마아 쪽이다. 기껏해야 사례금을 뜯으러 왔으리라고 얕잡아 보고 있었기 때문이다.
"저……"
"아닙니다. 바쁜지라."
뿌리치고 나가 버렸다.
"스기마루, 스기마루."
오마아는 소리쳤다.
"빨리 쫓아가라, 그분이 사라져 버린다."
'내 뭐라고 했어.'
스기마루는 뛰어나갔다. 남겨진 오마아는 멍청하니 있다.
'착한 사람이란 저런 사람을 두고 하는 말일까?'
용모며 거동이며 거기에 아련한 향기가 남아 있는 듯한 인품이다. 스기마루는 쫓아갔다. 어느 길거리로 꼬부라졌는지 벌써 보이지 않는다.
'마님이 실수한 거야. 기품만 높았지 사람을 너무 의심해서. 그러니까 모처럼 길조를 가진 분을 놓치고 만 거야.'
끝내 찾지를 못했다.
'찾아내야 한다.'
오마아는 모든 점원에게 명했다. 꼭 하나, 단서가 있었다. 염주다. 손님이 잊어버리고 간 것이다.
'훌륭해!'
감탄이 절로 나올 아름다운 염주로 알이 백 여덟 개인 제석청자(帝釋靑子)다. 염주는 종파에 따라, 또 본산에 따라 다르다.
오마아는 점원을 시켜 각 파의 본산을 찾아 헤매게 했으나, 뜻밖에 그 일에는 품이 들어 며칠이나 걸렸다.
"교토에는 절도 많기도 하지."
새삼스럽게 놀랄 정도였다.
"이것은 니치렌 종 본산인 묘카쿠 사의 중이 갖고 있는 거다"고 알게 된 것은 열흘 뒤다.

"아아, 천행이야."

그 무렵에는 오마아의 쇼구로에 대한 사모가 부풀대고 부풀어 올라 있었다. 사보라고는 하시만 연정(戀情)은 아니다. 경모(敬慕)라고 해야 하리라. 하나 여자인 경우 연정과의 경계가 애매하다.

'마음이 끌리는 분이다'고 생각되기도 하고

'어쩌면 사람이 아닌 신불(神佛)의 화신이 그때 현몽을 하셨는지도 몰라'라고 까지 몽상했다. 붉은 기운이, 그렇다면 들어맞지 않는가.

스기마루는 묘카쿠 사 본산을 찾아갔다. 이 절은 지금이야, 가라스마루(烏丸) 구라마 산(鞍馬山) 어귀 서편 불과 1만 5천 평의 부지에 들어앉아 부속 암자 따위도 거의 없는 상태지만, 스기마루가 그 큼직한 산문(山門)을 들어간 그 당시엔 고로모노다나 골목에 경내를 둘러싼 암자는 백여 채, 성곽과 같은 일대 법성(法城)이었다.

"여보세요, 혹시 마쓰나미 쇼구로 님이라고 하는 분이 절에 안 계십니까?" 하고 스기마루는 경내에 있는 백여 군데의 암자를 하나하나 묻고 다녔다. 스물 세 번째 암자가 류게 원(龍華院)이다. 쇼구로의 선배인 불제자가 암주 노릇을 하고 있었다.

"아! 호렌보(法蓮房) 말인가?" 하고 옛 승려 때의 이름을 대며 고개를 끄덕여 주었다.

"그런데 무슨 볼일인가?"

당시 본산에 있는 암자의 암주는 지금 같은 것이 아니다. 요즘으로 치면 그 사회적 지위는 구 제국대학의 교수 이상이라고 봐도 상관없으리라. 스기마루는 사정을 설명했다.

"아, 그래. 속명(俗名)이 마쓰나미 쇼구로라면 안에 있네."

"고맙습니다."

스기마루는 한 방으로 안내되었다. 쇼구로가 나왔다. 그 모습을 보았을 때 '아, 찾은 보람이 있다' 하고 울음을 터뜨릴 뻔했다. 사실 스기마루는

"마쓰나미 쇼구로 님" 하고 말했을 뿐, 얼굴이 다다미에서 들리지 않았고 몸의 떨림이 멎지 않았다. 생각해 보면 기묘한 일이다. 나라야의 대재벌로 본다면 벌레 같은 가난뱅이 무사이다. 그것이 왜 이토록이나 고마운 것일까.

"오래간만이로군."

"찾느라고 헤맸습니다. 쇼구로 님은 어째서 나라야에 그처럼 박정하십니까?"

"박정하게 한 기억이 없는데…… ?"

웃고 있다.

"어, 어쨌든 마쓰나미 쇼구로 님, 소인과 함께 나라야까지 가주실 수는 없을까요? 주인마님께서 사례를 하고 싶다고 하십니다."

"그럴 수 없는걸." 미소를 띤 채다. 스기마루는 퍼뜩 생각이 났다. 나라야의 주인마님이 직접 이 류게 원에 찾아와야 예의가 아닌가.

"아, 알았습니다."

"스기마루,"

차가 나왔다.

"머지않아 비젠으로 들깨를 운반하러 간다면서?"

"예, 그 일로 지금 가게에선 법석들입니다. 아무튼 당구지군·마부·가게 점원, 그리고 호위할 낭인패들까지 합해서 8백 명의 대인원이 되는데, 글쎄 그것을 지휘할 대장인 아쿠에몬 씨가……"

"죽었단 말이지."

"예, 아무튼 야마시로(山城)·셋쓰(攝津)·하리마(播磨)·비젠(備前), 이 네 나라의 경계를 넘어 막대한 금품을 운반하기 때문에 도중 산적이나 강도의 습격이 그치질 않습니다. 웬만큼 센 대장이 지휘를 해 주시지 않는다면……"

"스기마루,"

쇼구로는 차를 마시면서

"실은 나도 하리마·비젠을 구경하고 싶어 여행준비를 하고 있다. 뭣하면 내가 짐바리의 호송을 맡아도 좋아."

"옛?"

놀라는 것이 당연하다. 마쓰나미 쇼구로쯤 되는 사람이 수고스럽게도 일부러 나라야의 짐바리 대열의 대장이 돼주겠다는 것이다.

"저, 정말이십니까?"

자기도 모르게 한 무릎 다가앉았는데, 잘 생각해 보면 이름도 없는 무사라는 점을 스기마루도 생각지 못했다.

"어머" 하고 오마아도 보고를 듣고서 놀랐다.

"정말?"

"거, 거짓말이 아닙니다. 고맙게도 마쓰나이 쇼구로 님이 맡아 주신다면 나라야의 짐바리는 일본 제일입니다."

오마아는 많은 금·은·비단 따위를 스기마루에게 들리고 곧 류게 원을 찾아갔다. 류게 원 안방에서 기다리고 있는 동안 가슴의 고동이 예사가 아니었다. 애인을 기다리는 듯한 심정이었다.

운수시험

'참다운 악인이란 구천(九天)에 계신 여러 부처·보살처럼 장엄하기 비할 데 없는 것이다.'

이렇게 쇼구로는 믿고 있다.

'나도 그런 악인이 되고 싶다.'

류게 원 안방에 오마아를 기다리게 하는 동안, 쇼구로는 본당에서 뒹굴고 있었다. 본당 불단 저쪽에서 금색이 찬란한 석가모니불이 쇼구로를 굽어보고 있다.

'본존(本尊)이시여' 하고 쇼구로는 그 불상에 수작을 걸었다.

'너는 나를 알고 있으리라. 어릴 적부터 이 절에서 자라온 자다. 어렸을 때는 미네마루(峰丸)라고 했지. 눈부실 만큼 미동이었지. 커서 중이 되고 호렌보라고 불렀다. 정말이지 본존이여, 너에게는 꽃을 올리든가 알가(閼伽 : 고대 인도어, 물)를 올리든가 법화경을 올리든가 하며 무진 고생도 하였지. 그 은혜를 안다면 이번에는 당신이 날 좀 도와다오. 힘 좀 보태다오.'

'우선은' 하고 쇼구로는 빌었다.

'저 나라야의 과부를 내 것으로 만들고 싶다. 똑똑한 여자라 좀처럼 쉽지

않을 테지. 어떻게 해서라도 나라야의 재산을 내 것으로 만든다. 그런데 석가모니불아!'

쇼구로는 팔베개를 한 채 눈을 치떴다.

'이건 사사로운 욕심이 아니다. 아니 사사로운 욕심일지도 모르지만, 내 욕심은 나라야의 재산 정도에 멈춰 있지는 않다. 한 나라, 한 천하를 꿈꾸는 자란 말이다. 법화경을 염하는 자에게는 그 소원이 무엇이든지 이루어진다고 하지 않았는가. 그게 사실이라면 석가모니불이여, 내 부하가 되어 도와 다오.'

쇼구로는 합장도 않고서 본당을 나왔다.

이 사나이, 옷차림이 언젠가 밤의 떠돌이처럼 초라하지가 않았다. 삼베에 천축 모란의 큰 꽃송이 무늬를 물들인 새 윗옷에 천박스럽지 않은 장식의 소도(小刀), 거기에 긴나시지(金梨地 : 옻칠을 한 네모무늬 위에 금가루를 뿌린 것)의 칼집인 대도(大刀)를 손에 들고 머리에는 에보시(烏帽子)를 쓰고 있다. 모두 빌려 온 물건들이다.

이 묘카쿠 사의 안면 있는 승관(僧官)에게서 겨우 반나절이라는 약속으로 빌린 물건이다. 불상에 금칠을 하여 그 장엄함을 돋보이게 하듯이, 악(惡)에도 옷차림이 필요하다고 이 사나이는 생각하고 있었다. 복도를 지나갔다. 안방의 미닫이를 드르륵 열었다.

"기다리게 했습니다" 하고 쇼구로는 말했다.

"아!" 하고 오마아는 숨을 들이마셨다.

"이 얼마나 훤하신 나리······"

쇼구로는 자리를 잡고 앉았다. 오마아는 목소리도 나오지 않는다.

"왜 그러십니까?"

"아아뇨, 저 어째서인지 몸이 떨리기만 해요."

"곧 나으리라."

쇼구로는 품 안에서 작은 비단 주머니를 꺼냈다.

"아, 당나라에서 수입한······"

또 한번 놀랐다. 금란(金襴)이란 비단의 일종은 사카이 항구에 들어오는 중국 무역선이 가져올 뿐으로, 아직 일본에선 생산되지 않고 있다. 오마아는 아낙네니만큼 이 비단이 얼마나 값비싼 것인지 잘 알고 있었다.

쇼구로, 물론 이것도 빌린 물건. 이 작은 주머니 속에 든 그릇에서 환약을

한 알 꺼내어

"정신이 맑아집니다" 하고 복용하도록 했다. 이 약만은 쇼구로의 것이었다. 하나 별로 귀한 약도 아무것도 아니었고 귤껍질이나 나무껍질을 달여서 말린 것뿐이며, 이뇨(利尿)쯤에는 효과가 있으리라. 그러나 쇼구로의 입으로

"효험이 있다"고 하자 오마아는 정말 효험이 있는 듯한 느낌이 들었고, 사실 먹고 나자 얼마 뒤 가슴에 시원한 바람이 불 듯 상쾌한 기분이 되었다.

"저, 기분이 상쾌해요."

"아, 그러십니까."

쇼구로는 싱긋거리지도 않고서 고개를 끄덕였다. 약을 주었던 것은 자기의 매력을 시험해 보고 싶었을 뿐인 일이었다.

시험해 보고 싶었던 건 그것뿐이 아니다. 교토의 이름난 여자 중에서도 똑똑하기로 소문난 오마아가 어떤 성질인지 알고 싶었던 것이다.

'의외로 반하기 쉬운 기질인 것 같다.'

그러나 아름답다. 살갗이 백자처럼 희고, 검게 젖은 눈동자가 피부하고 잘 어울린다. 입술이 약간 두터운 것이 얼굴의 균형을 깨고는 있지만, 오히려 그것이 오마아의 용모를 포근하게 만들어 주고 있다. 오마아는 내심 안절부절못했다.

처음에는 교토 여기저기에 떼지어 있는, 굶주려서 독기 오른 한낱 떠돌이 정도로밖에 생각하지 않았는데, 의복이며 소지품이며, 물론 인품이나 체격까지도 이다지 훌륭한 인물을 오마아는 본 일이 없었다.

'준비한 예물이 너무 빈약했구나.'

부끄럽다. 아니 실은 빈약하기는커녕 흰 명주로 만든 겉옷과 다소의 금은을 갖고 왔던 것인데, 지금 새삼스러이 본 마쓰나미 쇼구로에겐 너무 초라하리라.

"저, 스기마루," 하고 오마아는 점원인 스기마루에게 눈짓으로 알렸다. 흰 나무의 삼보(三寶 : 신불 또는 구인에게 공물을 바치는 네모진 상)가 두 상. 그걸 스기마루가 공손하게 받쳐 들고 와서 쇼구로 앞에 놓았다.

"저 마쓰나미 님. 전번에 아쿠에몬의 원수를 갚아주신 보답으로는 아주 보잘것없는 마음의 표시이옵니다."

"알겠소."

쇼구로는 가볍게 고개를 숙였다.

"고맙게 받겠습니다. 그러나 어떨까요? 나도 부처를 섬기는 자이고 더구나 여기는 니치렌 종 본산의 하나인 묘카쿠 사입니다. 이 재물을 이 절에 보시하고 싶소만?"

"보시?"

"자기의 재물을 남에게 주는 일을 불법에선 보시행(布施行)이라고 하며, 육바라밀(六波羅密 : 불교용어. 열반에 이르기 위한 보살의 여섯 가지 수업, 즉 布施·持戒·忍辱·精進·禪定·知慧)의 하나라 큰 공덕이 있는 것이지요" 하고 절의 스님을 불러 모두 주고 말았다. 하긴 주는 것이 당연했으며, 쇼구로로서는 의복이나 객실을 빌린 값이었던 것이다. 그러나 오마아는

'앗!' 하고 세 번째 놀라움을 억누르고 있었다. 이 남자는 현세의 보살인 것일까. 얼마나 욕심이 없는 분일까. 이만큼 욕심 없는 사나이가, 천하 구석구석이 아귀다툼에 빠져서 육친이 서로 잡아먹는 전란을 되풀이하고 있는 이 세상에 있을 줄은 생각도 못했다.

'대욕(大慾) 앞에는 소욕(小慾)을 죽여라.'

이것이 쇼구로의 생각. 태연하게 정원으로 시선을 던지고 있다.

"날마다 덥군요."

"저 쇼구로 님. 비젠까지 나라야를 위해서 가 주신다는 말씀은 참말인가요?" 하고 오마아는 물었다.

예의 대상 8백 명을 거느리고 갈 호위대장의 일이었다.

"너무 황송해서 나라야는 벌을 받습니다. 마쓰나미 쇼구로 님은 장사꾼 따위의 호위대장이 되실 분은 아니시죠. 영주님을 수호하는 무사 대장님이라면 또 몰라도……"

"아니, 난 좋아서 가는 거요."

쇼구로는 귀찮다는 듯이 눈살을 찌푸리고 그 대화를 막아 버렸다.

쇼구로가 거느리는 나라야의 대상 8백 명이 교토를 떠난 것은 에이쇼(永正) 14년(1517년)의 여름이 다 가려는 무렵이었다. 쇼구로는 기마(騎馬), 갑옷에 야전복을 걸치고 있다. 오마아가 선사한 옷차림이었다.

교토를 빠져나가 처음 묵은 곳은 야마시로의 야마자키였다.

이 마을에 모셔져 있는 야마자키 하치만 궁(八幡宮 : 주로 弓矢의 神으로서 신앙됨)은 위답(位

畓)이야 비록 얼마 안 되었지만 기름의 전매권을 갖고 있어서, 이 하치만 궁의 허락이 없으면 기름을 팔수도, 원료인 들깨를 산지에서 날라올 수도 없었다.

이웃 영지나, 영지의 기름 장수들이 금은을 하치만 궁에다 바치고 제조와 판매의 권리를 사는 것이다. 그 권리도 1년 기한의 것으로, 이듬해가 되면 또 금은을 헌납하지 않으면 안 된다. 그 때문에 야마자키 하치만 궁은 웬만한 영주보다도 부강했고, 경내의 창고에는 금은이 썩어나갈 만큼 쌓였다고 한다.

신사는 무장한 신인(神人 : 절의 승병과 같음)을 수백 명씩이나 기르고, 멋대로 기름을 파는 자가 있으면 먼 곳이라도 떼지어가서 가게를 때려 부수었다.

여담(餘談)이지만——.

지금도 야마자키 하치만 궁은 도카이도 선(東海道線) 교토-오사카 간의 야마자키 역 서쪽 뒤편에 있다. 뒤로 덴노 산(天王山)을 등지고 앞으로 요도 강(淀江)의 물결을 굽어보고 있는데, 지금은 경내도 줄어들고 참예자(參詣者)도 거의 없이 마을을 지키는 신사 꼴이 돼 버렸다. 신궁은 쇼구로 때와 같은 쓰다 씨(津田氏)가 세습해 왔는데 당주(當主) 쓰다 사다후사(津田定房) 씨는 四十六대째다. 물론 이곳이 들깨 기름의 전매권을 가지고 있던 것은 전국시대까지로 오늘날은 왕년의 성대함을 그려 볼 실마리조차 없지만, 단 하나 재미있는 일로는 '도쿄 기름도매시장' '요시와라 제유(吉原製油)' '아지노모도(味ノ素 : 味元)' '쇼와 산업(昭和産業)' 등 전국 식용 기름의 회사·조합이 오늘날도 아직 한 후손들로 이루어져 있다는 점이다.

쇼구로는 이 야마자키 하치만 궁에서 허가증 대용인 "하치만 대보살"의 기치를 한 폭, 거기에 관문 통과증 따위를 얻어 가지고 이튿날 아침 출발했다.

사이고쿠 가도(西國街道)를 서쪽으로 셋쓰 고오리야마(郡山), 니시노미야(西宮), 효고(兵庫), 하리마 아끼시(明石) 등등, 숙박을 거듭해 간다.

"쇼구로 님, 큰일 났습니다" 하고 심복인 아카베가 말을 가까이 몰아온 것은 하슈(播州 : 하리마) 평야도 다 지나고 가까스로 비젠 국경인 산악지대에 이르렀을 때였다.

"뭐냐?"

눈을 가늘게 떴다. 마상에서 흔들리고 있으면 언덕에서 불어 닥치는 바람이 졸음을 몰아오리만큼 기분이 좋다.

"지금 척후가 돌아와서 알린 바에 의하면, 이 앞 우네 고개(有年峠)에……"

"아, 우네 고개 말인가?"

거기서 야영을 할 속셈인 것이다.

"아무래도 그 고개 산채에 숨어 있는 우네 비추노카미(有年備中守)인지 뭔지 하는 조무래기가 우리 짐바리의 금·은·영락전을 습격하여 뺏을 속셈인지 연신 인원을 내보내고 있는 모양입니다."

"그래?"

곧 행렬을 멈추었다. 이미 산중이라 한 시각쯤 지나면 해는 저물어 버리리라. 음력으로는 오늘밤 해진 후 얼마 안 지나 보름달이 떠오를 것이었다. 야간의 행동에도 횃불이 필요치 않으리라.

"아카베, 너는 짐바리를 데리고 이대로 우네 고개를 올라가라."

"호위무사도 없이 말입니까?"

"그렇지. 너는 미끼가 되는 거야."

"쇼구로 님은?"

"생각이 있다."

쇼구로는 짐바리 부대 중에서 활·장검·창을 가진 백여 명의 낭인을 뽑고, 자기도 말을 버리고 도보가 되었다.

"어떻게 하시렵니까?" 하고 아카베가 불안스런 듯이 물었다.

"기름 장수가 강도가 되는 거야."

"저는 어떻게 됩니까?"

"미끼라니까."

쇼구로는 근방의 사냥꾼을 찾아내어 근처 산골짜기의 지리를 물었다. 사냥꾼의 말에 의하면 와카사노(若狹野)·마도노(眞殿)·구로가네 산(黑鐵山)을 연결하는 곳에 나무꾼의 샛길이 있어, 우네 고개의 산채 뒷문으로 통한다고 한다. 쇼구로는 전원에게 준비한 흰 헝겊을 어깨에 걸치도록 하여 어둠 속의 표적으로 삼은 다음,

"알겠느냐, 달아나는 자는 베겠다"며 번쩍 칼을 뽑았다.

쇼구로가〈니치렌 대사(日蓮大師) 법수호의 어검(御劍)〉이라고 칭하는 '주스마루 쓰네쓰구(珠數丸恒次 : 칼이름)' 두 자 일곱 치, 예사 사람으로선 다루

기 어려울 만큼의 긴 것이다. 물론 가짜다.

'니치렌이 갖고 있었다고 하는 주스마루 쓰네쓰구는 옛날 미노부 산(身延山) 구온 사(久遠寺)의 보물로 보관되고 있는 국보다. 쇼구로가 갖고 있던 칼은 같은 제작자인 아오에 쓰네쓰구(靑江恒次)의 것임엔 틀림없지만, 주스마루였는지는 의심스럽다'

칼날이 파랗고 운무처럼 나타나는 무늬가 뚜렷하여, 과연 쇼구로의 패도(佩刀)답게 처참한 기운이 감돈다.

"보았느냐. 스치지 않더라도 세 치 간격쯤은 칼바람으로 벨 수 있다는 명검이다" 하고 말하면서 일단 칼집에 꽂고, 일동의 주의가 칼에서 떠날 즈음을 노려 또 다시 뽑으면서

번쩍!

허공을 벤 뒤 칼집에 꽂았다. 분명히 허공을 베었다. 하지만 곁에서 나뭇가지를 무성히 늘이고 있던 십년 생 떡갈나무가 조용하게 하늘을 쓸면서 쓰러진 것이다.

"……"

모두 파랗게 질렸다. 공포라고 하기보다는, 쇼구로라고 하는 우두머리의 예사롭지 않은 정신력에 감탄을 했던 것이다.

'저분은 믿을 만하구나' 하고 일동은 생각했으리라.

쇼구로로서는 한낱 이름 없는 떠돌이가 무리의 수령으로서 지휘를 하자니 이만한 속임수가 필요했던 것이다. 모두 쇼구로를 보는 눈이 달라졌다.

"나를 따르면 싸움은 반드시 이긴다. 성채에는 재물이 있다. 나는 하나도 갖지 않을 것이며, 모두 너희 것이다."

이윽고 쇼구로의 부대는 산속으로 사라졌다.

이 우네 고개 일대에서 1천 석 남짓을 차지하고 있는 우네 씨(有年氏)란, 지난날 하리마 일국을 차지했던 영주 아카마쓰 씨(赤松氏)의 지족(支族)이다. 아카마쓰 씨 하면 아시카가 막부(足利幕府)의 대영주였으나 지금은 일족 및 가신들에게 영지를 야금야금 먹히어 거의 멸망한 것이나 다름없으며, 일족 가운데 벳쇼 씨(別所氏)가 하리마 동부를 차지하고 고데라 씨(小寺氏)가 서쪽 히메지(姬路) 일대를 차지하고 있는데 나머지는 고장의 무사 정도가 저마다 마을이며 고을을 차지하여 서로 싸우고 있는 셈이었다. 우네 씨도

그러한 토호(土豪)의 하나다. 지금의 영주는 우네 비주노카미라고 일컫는다.

"산적이나 다름없는 녀석이야."

쇼구로는 산요 도(山陽道) 토호의 성질을 교도에서 샅샅이 조사해 두었다. 나라야의 짐바리가 이 사나이에게 습격당한 일도 몇 번 있었다.

"쇼구로 님, 우네 고개를 넘으실 때만은 조심하셔요" 하고 나라야의 오마아도 신신당부한 바 있다.

'거꾸로 습격해 주마.'

쇼구로는 교토를 떠나올 때부터 그러한 마음의 준비를 하고 있었다.

이윽고 쇼구로의 부대는 구로가네 산에 올라갔고 달빛 아래 능선 길을 북쪽으로 달려 우네 산채 뒤 벼랑 위로 나갔다.

"보라" 하고 일동에게 보도록 했다. 눈 아래, 겨우 두 길 밑인 산허리에 책문을 세운 산채가 도사리고 있었다.

"보았느냐?"

"예" 하고 일동은 고개를 끄덕였다.

"산채를 보았다면 그 산채 건너쪽을 멀리 보라."

한 단 높지막하게 벼랑이 돼 있고, 그 밑을 산요 도가 지나고 있다. 그 길 위에 화톳불, 횃불, 모닥불과 같은 불빛의 무리가 한창 타오르고 있었다.

"저것이 아카베들의 짐바리 패들이다. 지금쯤 잠잘 준비를 하고 있으리라."

"아뢰옵니다," 하고 낭인 무사 한 사람이 작은 목소리로 말했다. "이 밑 산채에는 도무지 사람 기척이 없는데 어떻게 된 일일까요?"

"텅텅 빈 성(城)이지."

"옛?"

"지금 막 몇 놈마저 나가버렸다. 이 산채 놈들은 건너편 벼랑에서 길로 뛰어내려가 나라야의 짐바리를 습격할 속셈일 테지. 그렇게 짐작하고 나는 이리로 온 거야."

내려가라! 하고 쇼구로는 명했다. 백 명이 벌레가 기어 내려가듯이 살금살금 벼랑을 타고 내려가기 시작했다. 도중 움켜잡았던 풀뿌리가 뽑히며 벼랑 아래로 굴러 떨어지는 자들이 있었다. 하지만, 그들은 밑에 박아둔 끝이 날카로운 대나무 꼬챙이나 녹채(鹿砦 : 적의 침입을 막기 위해 사슴뿔 모양으로 된 가시나무 등을 엮어 놓은 방어물)에 허리며 목을 찔리어 꽤 소리도 못 지르고 즉사했다.

쇼구로는 벼랑 밑으로 내려가자 그런 것들 사이를 조심스럽게 빠져나가 울타리에 달라붙었다. 울타리를 넘었다.

"나무 묘법연화경……" 하고 그만 버릇인 염불소리가 튀어나왔다.

쇼구로는 이 우네 산채에 아무런 야심도 없다. 단지 전투를 해 보고 싶을 뿐이다. 바로 지난해까지 묘카쿠 사 본산의 학승(學僧)에 지나지 않았던 쇼구로에겐 물론 전투 경험 따윈 없었다.

'그러나 나에게는 천성적인 전략이 있다.'

그렇게 믿고 있다. 그 재능을 시험해 보고 싶었다. 아니 자기 일생의 운수를 점쳐 볼 속셈이었다.

'만일 실패한다면 중으로 돌아가겠다. 만일 뺏는다면 내 일생은 행운이라고 해도 좋으리라.'

쇼구로의 그림자가 악귀와 비슷했다.

여체

바람이 세다.

'불사르기에는 안성맞춤이로구나' 하고 생각하는 쇼구로.

머리 위에 달이 있다. 쇼구로는 자기 그림자를 밟으며 긴 창을 옆구리에 끼고 천천히 우네 비주노카미의 거처로 발을 들여 놓았다.

생각보다는 보잘것없다. 널을 이은 검소한 지붕으로, 교토의 큰 절을 보아 온 쇼구로의 눈에는 촌스럽기만 하여 맥이 빠졌다.

'사람이 없나?'

있다면 찔러 죽일 속셈이었다. 자신의 무예를 시험하는 기회가 될 텐데……

'나무 묘법연화경……'

바로 얼마 전까지 법화종의 스님 호렌보였던 쇼구로는 사람 같은 것은 죽이려고 생각지 않았다. 그러나 지금은 죽여야 한다. 자기 힘을 시험하기 위해서는——.

'없는가?'

미닫이를 홱, 열어젖히면서 안으로 들어갔다. 그 안쪽에 금박을 입힌 호화로운 미닫이가 있고, 해변의 소나무가 파랗게 그려져 있었다.

확! 하고 문을 열자, 시야 가득히 어둑어둑한 대청이 전개되고, 그 구석에 비단 휘장이 드리워져 있었다.
'있다, 사람이!'
창끝으로 헤쳐 보았더니 아무도 없고 다만 잠옷에 따뜻한 온기가 남아 있을 뿐. 여인의 냄새다.
'뭐야, 계집이로군.'
그때 집 안 여기저기서 쇼구로 부하들의 소동이 시작되었다. 재물을 뺏는 소리, 복도를 뛰어다니는 발소리, 덧문을 때려 부수는 소리, 그것에 뒤섞여서 숨넘어가는 듯한 비명과 비음이 들렸다.
'계집을 겁탈하고 있구나.'
쇼구로는 얼굴빛도 바꾸지 않는다. 쇼구로의 철학으론, 여자란 겁탈당하기 위해 존재하는 것이 아닌가. 문득 대청 구석에서 인기척이 났다
"누구냐!" 하고 쇼구로는 창을 짧게 거머쥐고 마루 위를 미끄러지듯 나아갔다.
"앗!" 하고 사람 그림자가 일어나려고 했을 때는, 쇼구로가 등허리에 팔을 돌려 끌어안고 있었다. 방 안은 어둡다.
'계집종인가?'
생각하고 살필 겸 손을 사타구니에 집어넣었더니, 여자였다. 아랫배에서 치부에 걸쳐 손바닥으로 덮으면 녹아 없어지리만큼 부드러운 살이 봉긋했으나 봄풀이 무성할 데까지는 이르지 못했다. 아마 열대여섯 살이리라.
"비주노카미의 부인인가?" 하고 물었다. 손가락이 젖기 시작하였다.
"아니면 첩인가."
"……."
여인은 떨고 있었다. 사실 말이지 절간에서 성장한 쇼구로는 여자의 치부를 만진 것이 지금이 처음이었다. 남색(男色)은 알고 있다. 사미승 무렵엔 중들에게 안기기도 했고, 학승이 되고 나서는 얼굴 고운 소년을 품기도 했다. 연정이란 것도, 사람의 술수(術數)도, 그런 방면에서는 속속들이 알고 있었다. 아니 그 방면에서 쇼구로는 뛰어났다고 해도 좋았다. 묘카쿠 사 본산에 있을 무렵엔 절에 50명가량 있는 소년들이 모두 호렌보 쇼구로에게 안긴 것을 자랑으로 여기고, 어떤 자는 애가 타서 숨이 넘어갈 듯한 사랑의 편지를 보내오기도 했다.

'이 방면에서의 재주나 애정도 상대가 여자이든 남자이든 다를 게 없으리라. 똑같은 수단, 똑같은 절절함, 똑같은 원한이 여색에도 남색에도 있을 거야.'

하나 여자는 몰랐다. 나라야의 과부 오마아의 몸과 마음을 뺏어 그 엄청난 재산을 차지하려는 뜻을 세웠지만 쇼구로가 여자의 비밀스런 곳에 손을 대기는 지금이 처음이었다. 쇼구로, 빈틈이 없는 것 같지만 정작 요긴한 곳이 비어 있었다.

'이상한 감촉인걸?'

쇼구로가 알고 있는 남자의 그것은 앞의 것이나 뒤의 것이나 모두 딱딱한 근육의 탄력을 느끼게 해준다. 그러나 여자의 그것은 어디까지나 더듬어 가도 점막일 뿐이었다.

'여자란 이런 것이었구나!'

쇼구로는 감탄했다. 아니 이런 것도 모르고 나라야의 과부를 호리려고 했다니 얼마나 무모했던가. 자기 자신이 우스워졌다. 지혜로만 '여자'를 알고 있었던 데 지나지 않았으리라.

"앗, 용서해 주세요."

여자는 몸부림을 쳤다.

"이봐, 왜 몸부림치는 거야."

중 출신인 쇼구로로선 모른다.

"왜 몸부림치는 거냔 말이다."

의문을 속속들이 캐묻지 않고선 못 견디는 성미였다.

"말해라!"

말할 수는 없는 노릇. 여자가 억세다면 소리치며 비명을 질러대리라. 쇼구로의 긴 손가락이 국부의 내부에까지 들어가 버린 것이다. 여인은 입술을 깨물고 있다. 입술에선 피가 흐르고 있었다. 분한 것일까. 아니면…… 아니, 쇼구로는 아직 거기까지는 몰랐다.

"어쩌라는 거냐?"

"하라고 하는 게 아니에요. 하지 말라고 하고 있는 거예요."

여자는 겨우 말을 할 수 있게 된 모양이었다. 눈이 번쩍번쩍 분노로 불타고 있다.

"그래?" 쇼구로는 놓아 주었다.

여인은 흰 허벅다리를 보이고 뒷걸음질치며
"천한 몸에게 손을 대어선 안돼요." 쌀쌀하게 말했다. 쇼구로가 자기에게 반했다고 보고, 별안간 자신과 침착을 되찾은 것일까. 그러한 마음의 움직임은 사미 때 수련을 쌓아 이미 쇼구로는 잘 알고 있었다.
찰싹! 여자의 뺨을 후려쳤다.
여자는 옆으로 나동그라졌다. 애처롭게도 머리를 심하게 마룻바닥에 부딪힌 모양이다.
"너무 건방져선 못써" 하고 쇼구로는 말하면서 왠지 모르게 여자를 부드럽게 안아 일으켜 주었다. 더구나 그 부드러운 태도, 목소리까지도 핥는 것만 같았다. 여인은 오히려 매 맞은 것보다 상대의 갑작스런 변화에 충격이 컸던 모양이다.
"너," 하고 쇼구로는 말했다.
"나에게는 뜻이 있다. 쓸데없이 계집은 품지 않는다. 너는 건방지게도 나를 얕보았기 때문에 후려 갈겼다. 나는 모욕을 참지 못하는 성미야. 두 번 다시 그따위 입을 놀렸다가는 용서치 않을 테다."
"앗!" 여자가 놀라움의 목소리를 올린 이유는 어처구니없는 것이었다. 쇼구로를 귀인이라고 생각했던 것이다. 귀인이 도둑떼를 거느리고 들어올 까닭이 없는 것인데, 여자의 머리란 원래가 두서없이 생각하게끔 되어 있는 것이다.
"댁은 누구세요?"
"마쓰나미 쇼구로다."
"…… ?"
들은 일이 없는 이름이다.
"앗하하하! 이상하게 생각하는 것도 당연하지. 지금은 아직 유명하지 못하다. 하나 뒷날 천하에 내가 있음을 어디선가 들을 것이다."
몇 발자국 옮기고 나서 생각난 듯이 돌아보고
"고맙다" 하고 말했다.
고맙다고 한 건 앞서의 그 일일 것이다. 중 출신인 쇼구로는 처음으로 여자의 그곳이 어떤 것인지를 알았다.
'사미와는 다른데……'
당연하다. 하나 지식이란 당연한 것을 눈과 손으로 아는 일이다. 공부를 했다고 쇼구로는 생각하고 있다. 그러나 이것만은 교토 제일의 학문의 전당인 묘카쿠 사 본산에서도 가르쳐 주지 않았다. 이 때의 여자——쇼구로는 몰랐지만 우네 비주노카미의 첩으로

'고자이쇼(小宰相)'라고 불린 여인이다.

교토에서 낙향하여 히메지의 고데라 씨의 식객이 되어 있는 공경 승지(承旨) 아야고지(綾小路)의 딸로서, 최근 우네의 첩으로 팔려 왔다. 이 당시 공경은 딸을 팔아서 살고 있었다. 쇼구로는 누마루로 나갔다. 난간을 붙잡으면서 아래를 기웃거렸더니 곧장 벼랑이다. 벼랑을 깎아지른 듯했고, 곧 층층이 되어 내려가 밑엔 돌축대를 쌓아 끝이 길에 닿아 있었다. 길에는 아카베가 쇼구로 대신 지휘하고 있는 짐바리 부대가 잠잘 준비를 하고 있었다.

그 짐바리들.

쇼구로의 전술로는 적에 대한 미끼였다.

'반드시 우네는 습격할 테지.'

그걸 기다리고 있다. 막연히 기다리고 있을 뿐 아니라 이미 약탈에도 시들해진 부하들에게 짚을 날라오도록 했다. 집 안에 쌓게 했다.

'나타났다!'

쇼구로는 누마루 난간을 두드렸다. 가슴이 뛰었다. 그의 전쟁으로 아로새겨진 인생은 이 순간부터 시작되었으리라.

길의 동서(東西),

그 동서로부터.

"왓!" 하고 함성이 오르며 짐바리를 약탈하려고 우네의 부하들이 협공을 해왔다. 말 탄 자도 있다. 긴 자루 달린 칼이 가을 억새풀이 일렁거리듯 화톳불에 번쩍거렸다.

'아카베, 달아나라!'

쇼구로는 마음속으로 외쳤는데, 길 위의 아카베는 아니나 다를까, 쇼구로의 속셈을 알고 있었다. 인부를 소리쳐 격려하고 산으로 내빼는 자, 적의 그림자 틈을 빠져나가 달아는 자, 정말 거미집을 터뜨려 새끼들을 흩으리는 것 같은 광경이었다. 우네로서도 살육이 목적은 아니다. 나라야의 짐바리가 목표다. 수레 위에는 영락전이 가마니에 담겨져 실려 있다.

"여봐라" 하고 쇼구로는 뒤를 돌아다봤다.

"산채에 불을 질러라!"

"예" 하고 부하들이 달려갔다. 모두들 산채 안을 뛰어다니며 화공(火攻)할 수 있는 급소 급소에 불길이 솟아오르도록 했다. 불길은 천정을 꿰뚫었다. 이윽고 불은 널지붕을 태우고 산바람에 불리며

"윙, 윙" 하고 어마어마한 소리를 내기 시작했다.

'계략대로 되었다.'

쇼구로는 벼랑 밑을 내려다봤다. 길에서 약탈에 착수하고 있던 우네의 패들은 산위의 화재에 깜짝 놀랐다. 이미 짐바리가 문제 아니었다.

'앗, 야습인가?' 하고 생각했으리라.

이 하리마와 비젠 경계에선 1년 내내 작은 토호들의 소전투가 그칠 사이 없었기 때문이다. 우네 패들은 길의 짐바리를 버려둔 채 동쪽으로 달리고, 우에몬 고개(右衛門峠)라고 불리는 산채로 가는 산길을 오르기 시작했다.

'짐작했던 대로다'

쇼구로는 몸을 돌려 화염 속을 빠져 나갔다. 도중 문득 깨닫고 예의 대청을 지나갔다. 불이 천정을 날름거리고 연기가 뭉게뭉게 소용돌이쳐 내부의 상태를 알 길이 없었다.

"없구나."

뜰로 뛰어내렸다. 울타리를 뛰어넘고 뒤편 벼랑에 달라붙었다. 미리 계획한 대로 부하들은 한발 앞서 벼랑을 기어 올라가서, 이미 벼랑 위에서 쇼구로가 올라오기를 기다리고 있었다. 쇼구로는 나무뿌리·풀·바위 모서리를 움켜잡고 한 자 한 자 몸을 솟구쳐 올라갔다. 벼랑 중간쯤에 이르렀을 때, 별안간 몸이 무거워졌다. 미끄러져 떨어질 것처럼 되었다. 발을 움켜잡고 있다
──누군가가.

"놓아라."

창이 왼손에 들려져 있다. 그걸 일단 허공에 찔러 올리고 곧바로 내리 찌르려고 했다.

"잠깐만!"

고자이쇼였다. 불길에 쫓기어 마침내 벼랑까지 도망쳐 왔으리라.

'그 계집이로군.'

창을 쥔 손을 멈추었다. 하지만 쇼구로의 오른손에 잡혀 있는 것은 어린 비쮸기 나무다. 뿌리는 질기지 못하리라. 그 뿌리에 두 사람의 목숨이 매달려 있다. 뿌리가 끊어지면 둘다 떨어져 죽는다. 여자의 목숨은 아무래도 좋

다. 이제부터 천하를 노리겠다는 마쓰나미 쇼구로의 목숨이 이대로 그 야망과 더불어 이 세상에서 사라져 버릴 게 아닌가.

"내 발을 놓아라!" 하고 쇼구로는 말했다. "내가 법화경을 염해줄 테니 안심하고 죽어라. 내가 외는 법화경의 공덕에 의해 너는 곧 불제자가 되고 극락에 태어날 수 있으리라."

"싫어요!"

여자는 필사적으로 말했다.

"마쓰나미 쇼구로 님, 만일 저를 죽게 내버리신다면 당신은 지옥에 떨어질 거예요."

"지옥?" 쇼구로는 말했다.

"나는 묘법연화경(법화경)을 외고 있기 때문에 지옥엔 떨어지지 않는다. 니치렌이라고 하는 옛날의 스님이 그렇게 말했지."

별을 올려다보면서 말을 이었다.

하긴 나는 니치렌보다 위대하기 때문에 지옥에 떨어지든 말든 눈썹 하나 까닥하지 않는다."

"놓지 않겠어요." 고자이쇼는 더욱더 죽자고 매달려 왔다.

쇼구로는 난처했다. 쓸데없는 것이었지만, 이 여자하고는 아까의 '인연'이 있다. 그 '인연'이 없고 낯모르는 자라면 쇼구로는 법화경을 염불해 주며 발로 차 떨어뜨렸으리라. 그러나 '인연'이 있었다.

동정이 갔다.

'여자하고는 쓸데없는 인연을 갖지 말아야지. 나라야의 과부처럼 공덕이 있는 인연이라면 좋지만 쓸모 없을 인연은 갖지 말아야 한다.'

쇼구로는 한 가지 또 배웠다.

"이봐, 구해 주마. 단 나를 후회하면서 너를 구해 주는 것인데, 그래도 살고 싶으냐?"

"구해 주세요!"

여인은 귀녀(鬼女)와 같은 얼굴을 들고 말했다.

"극락세계에서 환생하고 싶지 않으냐?"

"싫어요."

쇼구로는 각오를 했다. 왼손의 창을 버렸다. 동시에 왼손은 바위 모서리, 오른손은 비쭈기나무를 움켜잡으며 무서운 팔 힘으로 두 사람 몫의 체중을 들어 올렸다.

"단단히 잡고 있어."

"예."

"이름이 뭐시?"

"고자이쇼"

여자도 필사적으로 쇼구로의 오른발에 매달려 있다. 한 자, 한 자, 몸이 위로 올라간다. 눈 아래는 시뻘건 불길의 지옥이다.

"고자이쇼, 나는 네 얼굴을 똑똑히 보지 못했는데 예쁘냐?"

지껄이면서 숨도 헐떡이지 않고 쇼구로는 유유히 올라간다.

"히메지에서도, 이곳 우네에서도 사람들이 저를 사랑스럽다고들 해요."

"그렇다면 불행이다." 쇼구로는 단정했다. 단정을 좋아하는 사나이다.

"어째서인가요?"

"예사 얼굴로 태어났으면 이따위 우네 첩이 되지 않아도 되었을 거고, 이처럼 불길에 쫓기지 않아도 되고, 지금 이처럼 벼랑을 오르지 않아도 된다. 너는 지옥에 있다. 아니 벼랑 위로 기어오르고 나서의 생애도 그 미모 때문에 지옥이 기다리고 있겠지. 내가 모처럼 법화경의 공덕으로 극락세계에 보내준다고 했는데, 어리석구나."

"……."

"고자이쇼, 아까운 운을 놓쳤어." 껄껄 웃었다. 그 웃음소리를 들으면서 고자이쇼는

'어머나! 그러나 나쁜 사람은 아니로구나' 하고 뜻밖의 생각이 들었다.

이윽고 벼랑 위로 기어 올라갔다. 올라가자마자 쇼구로는 딴 사람이 된 듯 무자비하게

"고자이쇼, 꺼져버려!" 하고 당장 걷어차기라도 할 듯이 말했다.

"저, 저를 데려가 주시지 않겠어요?"

"못하는 말이 없구나."

등을 보이고 걷기 시작했다. 걸으면서 쇼구로는 곰곰이 생각에 잠겼다. 단 한번 여자의 비밀스런 곳에 손만 대었는데도 이만한 헛수고를 하였다.

여자란 남자에게 있어 어떠한 존재란 말인가?

'여인은 마물이다.' 승려 시절에 배운 지식이다. 하지만 열 걸음도 걷기 전에 쇼구로는 고자이쇼를 잊어버리고 있었다.

"전투다!" 하고 짤막하게 외쳤을 때, 주위에서 부하들이 우르르 모여들었다.

"적은 우에몬 고개를 올라오고 있다. 그걸 뒤에서 무찔러버리는 거다. 인원이 많은 것처럼 보여야 한다. 일체 입을 다물어라. 햇불도 켜지 말라."

쇼구로는 걷기 시작했다. 우뚝 솟은 듯한 장신(長身)이다. 실제 키는 그렇게 크지도 않지만 부하들의 눈에는 그 그림자가 거인처럼 보였다.

교토로 돌아오다

"공격하라"

마쓰나미 쇼구로는 언덕 위에서 외치더니 몸소 부하들의 선두에 나서며 질풍처럼 뛰어 내려갔다.

미리부터

──야전(夜戰)이니 소리 내지 말라!

──목은 자르지 말라. 찌르며 그대로 언덕을 달려 내려가라!

하고 가르쳐 두었다.

그리고 이것도 가르쳤다.

이건 전국 시절을 통해 새로운 집단 격투법이 되었지만, 쇼구로, 뒷날의 사이토 도산의 창작이다. 그는 부하들에게 미리 긴 창을 준비시켰다.

그 장창으로 상대편을 후려갈기는 것이다. 자연히 상대편은 맞지 않으려고 창끝을 든다. 그 틈을 노려 푹 찌르는 법.

중 출신인 쇼구로의 새로운 연구다. 과연 그것이 잘 될지 어떨지 이 우에몬 고개에서 시험해 보고 싶었다.

'잘될 테지.'

도산, 즉 이 무렵의 쇼구로, 이 사나이의 일생은 창의와 연구의 일생이었다고 해도 과언이 아니다. 그가 믿는 유일한 것은 자기 자신이 꾸며내는 연구 말고는 없었다. 쇼구로의 부대는 창끝을 나란히 밀집하여 뛰어 내려갔다. 우네 패들이 뛰어 올라온다. 그들은 세 사람에 한 명 꼴로 햇불을 갖고 있기 때문에, 쇼구로 편에서는 목표가 환하게 비쳐서 좋다. 그 햇불을 보고

'어리석은 전법도 다 있구나'

쇼구로는 경멸했다.

우네가 하면 남북조(南北朝 : 1336년부터 1392년까지 천황이 두 패로 갈라져 싸운 일. 일명 吉野時代라고도 함) 이래 무사의 명문인

아카마쓰 가문의 일족이다. 이를테면 전쟁에는 전문가인 가문인데 그 유치함이라니!

'이 정도였던가' 하고 초보에 불과한 쇼구로는 생각했다.

아니, 우네 가문만 이런 게 아니다. 여러 고장의 무장도 대개 이따위인 것이다. 전통적인 방식만 답습하고 그걸 다른 것으로 바꾸려고 하지 않는다.

좋은 말이 있다.

서양 군인의 말이지만 '역사는 군인들이 전술을 전환하고 싶어 하지 않는 것을 보여주고 있는' 셈이다. 직업군인이란 고금동서를 통해 완고한 전통주의자이며, 어리석기 짝이 없는 경험주의자다. 태평양전쟁에서 일본군 지휘관이 일단 폐한 일이 있는 전법을 그 후에도 되풀이 사용하여 미국군으로 하여금 고소를 자아내게 했다. 그러한 것을 두고 하는 말이리라. 그러나 '하지만' 하고 그 군인의 말은 계속된다. '그와 동시에 역사는 전술 전환을 단행한 군인이 반드시 승리한다는 것을 보여주고 있다.'

여담이었다.

지금 쇼구로는 열심히 언덕을 달려 내려가고 있다.

'나무 묘법연화경, 나무 묘법연화경……'

연신 외면서다. 역시 첫 출전이란 무섭다.

한편, 우네 편은 그때서야 언덕 위에서 굴러 떨어지듯이 달려오는 새까만 집단을 보았다.

"적이다!"

떠들기 시작했다. 우선 횃불을 밝히려고 하는 자, 투구를 등에서 잡아올려 쓰는 자, 이건 그래도 침착한 편이다. 달아나는 자도 있다. 오금이 떨리는지 멍청하게 서 있는 자도 있다. 하나 용사도 있었다.

"아무개, 첫 공격수가 되겠다" 하고 고함치면서 뛰어 올라오기 시작했다.

이 무렵의 전투는 첫 번 공격수·첫 번 창수 등, 선두를 끊는 자에게 이끌려 2번, 3번 하고 뒤따르는 방식이었다.

쇼구로,

탁! 하고 그 사나이의 머리 위에 장창을 내리쳤다. 사나이는 그 뜻밖의 공격법에

'이건 대관절……?' 하고 놀라서 창을 쳐들려고 했을 때 두 팔의 겨드랑이

비었다. 그 갑옷의 틈을

"...... !"

말없이 쇼구로의 창이 꿰뚫었다.

'해치웠다.'

첫 번째 살육이다.

'별로 어렵지도 않구나.'

그렇게도 생각했지만, 침착을 잃은 면도 있었다. 창은 찌르기보다는 뽑는 게 중요하다. 창끝에 무거운 시체를 꿰단 채 쇼구로는 서너 발자국 언덕길을 미끄러져 내려갔다. 그 헛점을 노리고 옆에서 대도로 내리쳐 온 자가 있었다. 쇼구로는 창과 시체를 함께 버렸다. 칼을 뽑자마자 정면으로 상대의 투구를 베었다. 베어질 턱이 없다. 하나 놀랄 만한 팔 힘이다. 상대는 쾅 하고 투구를 얻어맞은 충격으로 기절을 했다. 그 옆을 쇼구로의 부대가 창끝을 나란히 하여 적을 무찌르기 시작했다.

"왓!" 하고 일제히 창을 높이 쳐들었다. 탁, 탁, 하고 때리기 시작했다. 마치 폭풍에 대나무 숲이 꺾이는 듯한 소리다. 이 뜻밖의 전법에 적은 갈피를 잡지 못하고 겨누는 자세고 뭐고 눈뜨고 못 볼 만큼 엉망진창이 되어버렸다.

어쨌든 막는다.

창끝을 치켜든다.

자연히 엉거주춤 자세가 흐트러진다.

등이 발랑 젖혀진다.

바로 그때마다 쇼구로의 부대가 창을 재빨리 숙여서 푹, 푹, 찔러댄다.

'싸움이 이래도 좋을까?'

쇼구로 자신이 기분 나빠질 만큼 쉽기만 하다.

찔러대면서 낭인들은 달려 내려간다.

그 속에 뒤섞이면서 쇼구로도 몇 명인가 적을 자기의 창끝으로 거꾸러뜨렸다.

어느 틈엔가 큰소리로 독경용의 '자아게(自我偈)'를 외고 있는 자신을 의식하지 못한다. 신분이란 속일 수 없는 것이다.

아차토안온 천인상충만 원림제당각

종종보장엄 보수다화과 중생소유락
제천격천고 상작중기락 우만다라화
산불급대중 아정토불훼 이중견소진
'我此土安穩 天人常充滿 園林諸堂閣
種種寶莊嚴 寶樹多華果 衆生所遊樂
諸天擊天鼓 常作衆伎樂 雨曼陀羅華
散佛及大衆 我淨土不毀 而衆見燒盡'

'제천(諸天)이 천고(天鼓)를 치고 있다.'
경문에 그런 글귀가 있다. 쇼구로는 적을 찔러 죽이면서 하늘의 북을 치는 신들처럼 아주 리드미컬한 심정이 돼 있었다.
'나는 할 수 있다.'
자신감이 쇼구로의 가슴을 뛰게 만들었다.
경문을 외는 목소리가 한결 높아졌다.

길에선 아카베가 기다리고 있었다.
"아카베, 짐바리는 무사한가?"
벼랑 아래 샘물에서 창의 피를 닦아내며 쇼구로가 물었다.
"예, 무사합죠. 일단 흩어진 짐꾼들도 벌써 다 모였습니다. 그러나……"
"음?" 하고 쇼구로는 아카베를 올려다보았다.
"그러나, 무엇이야?"
"아뇨, 저"
아카베의 얼굴이 두려움과 놀라움이 섞여서, 이상하게 이지러져 있었다.
"쇼구로 님, 나리는 전쟁을 잘하시더군요."
"보통 중은 아닐 테지."
"아카베는 오늘 밤이야말로 나리님을 따라오길 잘했다고 생각했습죠. 역시 소인도 묘카쿠 사의 절머슴을 한 보람이 있어 아침저녁 귀에 익었던 법화경의 공덕이 저도 모르는 사이 몸에 쌓였나 보죠."
"바보 같은 소리." 쇼구로는 손의 물방울을 털며 일어섰다.
"나 같은 악당의 부하가 된 것이 법화경의 공덕이냐?"
"그렇습죠. 무슨 일이고 간에 이 경문은 이승의 이익……"

"앗하하하. 나무 묘법연화경."

아무래도 이 주종(主從)은 중 냄새가 물씬거린다. 이윽고 짐바리의 행렬도 정비되고 호위부대도 모여들자, 총원 8백 명은 수레의 바퀴소리도 드높게 우네 고개를 내려가기 시작했다.

"우네 패들이 쫓아오지 않을까요?"

"오지 않을 게다."

쇼구로에겐 자신이 있다. 적 속에 틀림없이 우네 비주노카미라고 짐작되는 차림의 인물이 있었는데, 재빨리 골짜기로 구르듯 달아나고 말았다. 쫓아오자니 지휘를 할 대장이 없을 게 분명하다.

비젠에 들어섰다. 후쿠오카(福岡)라고 하는 고장에서 손꼽는 장이 선다.

후쿠오카는, 오늘날엔 오카야마 시(岡山市)에서 국도 2호선을 동쪽으로 20킬로미터쯤 들어간 남쪽에 있는 작은 마을로, 무명의 농촌에 지나지 않지만, 당시로선 후쿠오카 하면 비젠에서 큰 상업지였다. 지금의 오카야마 시 따위는 없는 거나 다름없다고 해도 좋으리라.

이웃마을이 칼 대장장이로 유명한 오사후네 마을(長船村)이다. 쇼구로 시절부터 칼 대장장이의 대부락으로 천하에 이름이 알려져 있어 각처에서 칼을 사들이려고 오는 자가 많았다. 이런 나그네는 대개 후쿠오카에서 묵는다. 여담이지만 쇼구로보다 약간 후년에 나타난 구로다 간베(黑田官兵衛)의 조상은 한때 이 비젠 후쿠오카의 장터에 살고 있었다. 구로다 가문이 지쿠젠(筑前)의 한 영토를 얻어 하카타(博多) 서쪽에 성을 쌓았을 때, 조상과 인연이 깊은 비젠 후쿠오카의 지명을 따서 그곳 이름을 후쿠오카라고 명명했다. 지금의 후쿠오카 시가 그곳이다.

쇼구로 일행은 이 후쿠오카를 중심으로 나누어 숙박하면서, 들깨를 구입했다. 쇼구로는 이 일대를 차지하고 있는 후쿠오카 히젠노스케(福岡肥前介)라는 토호의 저택을 숙소로 정했다. 히젠노스케는 융숭한 대접이다. 그럴 수밖에. 쇼구로의 일행은 당시의 기름 상인의 관습을 좇아

'야마자키 하치만 궁 신인'이란 자격으로 와 있다. 이 자격이 있는 한 각국의 관문은 군말 없이 통과시켜 줄 뿐 아니라 각국의 영주·호족들은 그 여행의 안전을 보장하게끔 돼 있다. 야마자키 하치만 궁이 기름의 전매권을 아

시카가 막부로부터 받고 있음은 이미 말한 바 있다. 아마 몰락한 것이나 진배없는 아시카가 장군은 이런 허가권을 줌으로써 하치만 궁에서 돈을 받고 있었으리라. 나라야 같은 도매상은 그 하치만 궁에 1년마다 돈을 바치고, 1년 기한인 '신인(神人)'의 자격을 얻는다. 그런 시스템인 것이다.

쇼구로 일행이 비젠의 원료 생산지에서 크게 대접받았던 것은 막부의 허가가 있었다는 점에서보다도 토호나 농부들에게 돈을 뿌려주었기 때문이리라. 쇼구로는 후쿠오카 저택에 묵으면서 비젠 일국의 정세를 조사했다. 원래가 면밀한 사나이인 데다. 속셈이 있다. 나라야를 가로챈 다음 그 막대한 재산을 갖고서 어떤 나라를 눈독 들여 그 영주가 되겠다는 심보다. 거기에는 조건이 맞아야 한다. 그 나라는 영주·호족 따위의 내부 사정이 어지럽고 한편끼리 싸우고 있을수록 좋다. 그리고 뛰어난 인물이 없다는 점도.

'내가 그 나라를 일으켜 영웅이 되는 것이니까'

그렇기 때문에 자기의 야망을 가로막을 토착 영웅이 있다면 조건이 맞지 않는 것이다. 집주인 후쿠오카 히젠노스케는 바보나 다름없는 호인으로써, 쇼구로에 대해 알지도 들어본바도 없을텐데

'영락전님' 하고 칭하며 떠받들었다. 쇼구로가 나라야에서 싣고 온 영락전을 인심 좋게 뿌려주기 때문이다.

"정말이지 비젠은 이제" 하고 히젠노스케는 우는 소리를 늘어놓았다.

비젠의 한 실력자는 지난날 아카마쓰 가문의 집사에 지나지 않던 우라카미 씨(浦上氏)다. 지금 시멘트공업이 성한 미쓰이시(三石)에 성을 쌓고, 미마사카(美作)에까지 위력을 떨치고 있다. 그 우라카미 씨가 하리마의 옛 주인 가문인 아카마쓰 일족들로부터 공격을 받든가 공격을 가하든가 하는 한편, 우라카미 씨의 집사인 우키타 씨(宇喜多氏)가 요즘 두각을 나타내어 주인집을 뺏으려는 낌새가 있었다. 이렇듯 복잡다단한 사정이므로 옛날엔 하리마 아카마쓰 가문의 보호를 받고 있었던 후쿠오카 집안 따위는 하리마의 아카마쓰 일족에게도 줄을 대고 있는 한편, 겉으로는 우라카미 씨에게 속해 그 출동 명령이 있으면 전쟁에도 나가야만 되었고, 우라카미 씨의 가신인 우키타 씨의 비위도 맞춰 둬야 한다. 꽤나 신경이 쓰이는 일이었다.

"큰일이겠군."

"우리들 소영주는 고생스런 일이죠. 그에 비한다면 당신 같은 상인이 부럽소."

"천만에요."

쇼구로는 적당히 대꾸해 주며 비젠의 인물을 물었다. 에피소드를 듣는 것이다. 토막 이야기 따위를 들으며 비젠의 인물들 무게를 저울질하는 것이었다. 그것에 의하면 비교적 인물이 있는 듯한 심정이 들었다.

왜냐하면 비젠에선 아시카가 막부에 의해 봉해진 제후는 이미 쇠약하여, 하극상에 이은 하극상으로 차례차례 신흥 세력이 머리를 들고 온 나라가 부글부글 끓고 있다. 이런 난리에는 인물이 나온다. 졸개라도 입신양명 영주가 될 가능성이 있기 때문이다.

'비젠은 무리이겠는걸.'

쇼구로는 이렇게 생각했다. 뒷날 '살모사 도산'이라고 일컬어진 쇼구로부터 '버림받은' 비젠이야말로 다행이었다고 할 수 있으리라.

들깨 구매를 끝내고 쇼구로 일행은 교토로 돌아갔다.

나라야의 점원 스기마루가 후시미(伏見)까지 마중을 나와 있었다.

"원로에 고생이 많으셨습니다."

스기마루는 이미 쇼구로의 편지로 우네 고개에서 일어난 사건, 후쿠오카에서의 들깨 구매 상황 따위를 모두 알고 있었다.

"스기마루, 마님은 무사하신가?"

그걸 듣고 싶다.

"예, 별일 없으시고말고요. 쇼구로 님의 안부를 걱정하시며 매일처럼 말씀이 떠나지를 않았습죠."

"달콤한 말을 하는구나. 오마아 님은 내 몸보다도 내가 호송하고 있는 짐바리 쪽이 염려스러웠을 테지."

"아닙니다요" 하고 사람 좋은 스기마루는 황급히 고개를 저었으나, 실은 쇼구로의 말대로인 것이다. 젊은 과부의 몸으로 나라야의 큰 재산을 굴리고 있는 오마아인데, 철없는 처녀처럼 남자생각만 할 턱이 없다.

쇼구로보다도 짐, 물론 그것이 걱정이었던 것이다. 호위대장의 후임 따위는 얼마든지 구하면 모여든다. 후시미에서 30리.

교토에 들어섰다.

이 무렵의 교토는 귀족문화의 전아한 기풍이야 쇠퇴했지만 인구 많기로는 뭐니뭐니해도 일본 제일의 번화한 수도로 난세 중기(中期)에 찾아 온 예수

회 선교사의 일본 통신, 1549년 11월 5일자 보고서에도
'교토의 호수 9만 이상'이라고 적혔고 '이 도시를 본 포르투칼 사람들은 모두 리스본 시보다 크다고 말했다'고 돼 있다. 그 중에서도 손꼽히는 상인의 하나가 나라야였다. 오마아는 이날 아침 화장을 곱게 하고 기나렸다. 이윽고 짐바리가 나라야의 가게 앞에 도착했을 때, 오마아는 넓은 봉당에 내려섰다.
"쇼구로 님은?" 하고 스기마루에게 물었다.
스기마루는 우물거렸다.
"글쎄 도사(東寺)까지 왔을 때, 쇼구로 님이 여기서부터는 교토 시내다. 이제 호위도 필요 없을 것이므로 여기서 헤어지겠다고 하시면서……."
"하시면서?"
"뿌리치시고 어디론가 사라져 버리셨습니다."
"스기마루!"
오마아의 손가락이 스기마루의 여윈 뺨에 살금살금 기어갔다.
"아얏, 마님 용서해 주세요."
스기마루는 비명을 울렸다. 볼이 이지러졌다. 스기마루의 발이 발돋움하듯 서 버렸다. 오마아가 볼을 힘껏 꼬집고 있는 것이었다.
"왜 붙들지를 않았지? 이 정도의 고통으로는 끝나지 않을 테니 두고 봐."
"저, 짐작하건대."
"말해봐."
"쇼구로 님은 그렇듯 욕심이 없으신 분이시라 나라야에 돌아와 사례를 받기가 싫으셨겠지요."
"머나먼 비젠까지 다녀오셨는데 호위대장으로 사례를 받아 주시는 게 당연하잖아?"
"그, 그것이 쇼구로 님에게는 통하질 않습니다. 쇼구로 님으로선 호송을 맡으신 것이 살아가기 위해서가 아니라 심심풀이 삼아 맡았을 뿐으로, 만일 사례를 받는다면 마쓰나미 쇼구로쯤 되는 자가 한낱 장사꾼의 호위대장에 지나지 않게 된다고 생각하시고 몸을 숨기신 것이겠지요."
오마아는 손을 놓았다. 멍한 얼굴이다.
'이상한 사람도 다 있지.'
마쓰나미 쇼구로라는 무사가 더욱 더 신비스런 인물로 오마아의 마음에 비쳐왔다.

'어쩌면 그리 욕심이 없으실까······.'
요즘 세상에 있다고 믿어지지 않을 만큼 담담한 인물이 아닌가!

계략

놓친 물고기는 크다고 하는 게 나라야 오마아의 심정이었다.
"스기마루, 찾아내!"
──마쓰나미 쇼구로 님을.
'얼마나 깨끗한 풍류남아일까?'
짐바리를 호송하고 전투를 벌이고, 더구나 교토에 돌아와서 한 푼의 보수도 받지 않고 몸을 감춰 버렸다. 참된 풍류남아인 것일 테지. 하나 반하는 데까지는 가질 않았다. 아니,
'남자에게는 반하지 않는다' 하고 굳게 다짐하고 있는 과부인 것이다. 명랑하고 개방적이고 때에 따라서는 고용인이 보는 앞에서도 태연히 옷을 갈아입든가 하는 오마아지만,
'아냐, 좀처럼 아니야······' 하고 교토 호색가들이 고개를 젓고 있는 과부다.
'나라야의 오마아는 녹지를 않는다. 그 여자가 놈팽이 손에 녹아떨어진다면, 단바(丹波)의 흑석(黑石)이 뜨거운 물에 녹을 거야.'
오마아의 경우 정결 따위의 말로 끝날 그런 성질의 것이 아니다.
첫째, 오마아에게 정조관념 따위는 없었다. 당시 교토 민가의 과부는 에도 시대(江戶時代)와 같은 옹색한 세상에 살고 있지는 않았다. 과부라고 하면 누구도 꺼릴 것 없이 마음에 들면 아무 남자하고도 잘 수 있고, 새로운 남자와 살림도 차린다. 그렇다면 오마아는 죽은 남편을 생각하는 걸까? 아니다. 오마아는 데릴사위로 남편 맞은 여자이다. 죽은 남편은 돌아간 부모가 정해 준 점원 출신으로, 잇펜 종(一遍宗)이라고 하는 이상한 종교에 몰두하는 것만이 재주인 음산한 사나이였다. 사시사철 나무아미타불, 나무아미타불, 나무아미타불만 외고 있었다. 남편이 죽었을 때
'아, 저 나무아미타불에서 해방되겠구나' 하고 한시름 놓았을 정도다.
잇펜 종은 평생에 한 번만이라도 나무아미타불을 부르면 그것만으로 극락에 갈 수 있다고 하는 난세에 알맞은 교의이니만큼 남편은 아마 극락에 갔으리라.
'그러므로 공양할 필요도, 추도할 필요도 없다.'

――극락에 갔을 테니까.

속 시원하게 이렇게 생각하고 있다. 그런 말이다. 정조관념도 죽는 남편에 대한 추모도 별로 없는 오마아긴 하지만 대신 재산이 있다. 나라야의 막대한 재산이 있다. 이것이 오마아의 사서오경이고, 부처님 말씀인 아미타경(阿彌陀經)이었으며, 현세이익의 법해(法海)였고, 이를테면 정조이기도 했다.

'얼간이 사나이하고 자면 어물쩍 나라야에 들어오게 되고, 내 몸뚱이 위라면 또 몰라도 재산 위에 털썩 자리를 잡게 될 뿐 아니라 제멋대로 날리고 만다.'

이렇게 생각하고 있다. 자기방어의 긴장을 조금이라도 늦추면 남에게 생명과 재산을 뺏기고 마는 시대인 것이다. 오마아의 이 심정은 당연했으리라.

그러나 마쓰나미 쇼구로 님에겐 흥미가 있다.

스기마루를 비롯한 점원·심부름꾼·식객 무사에 이르기까지 동원하여 찾도록 했다. 그런데 없다. 예의 니치렌 종 묘카쿠 사에도 없고, 절에 있는 쇼구로의 옛날 친구들에게 물어봐도

"그만큼 재주가 있는 사나이다. 마땅한 영주라도 만나 가신으로 들어간 것이 아닐까" 하고 말할 뿐이었다.

이윽고 가을이 깊어졌다.

교토의 민가 추녀 밑에서도 귀뚜라미 소리가 들리게 되었지만, 쇼구로의 소식은 끝내 들을 수가 없었다. 겨울이 되었다. 마침내 새해가 되고 말았다. 새해는 1518년.

그 정월도 다 지나갔을 무렵, 교토 다카쿠라(高倉) 거리를 북쪽으로 걷고 있는 스기마루가 하나소노 좌대신(花園左大臣)의 폐옥 네거리에서 아카베와 딱 마주쳤다.

"아, 아카베 씨!"

반색을 했다.

"찾고 있었습니다. 마쓰나미 쇼구로 님은 어디 계십니까?"

"누군가 했더니 스기마루로군." 아카베는 태연하기만 하다. 천천히 허물어진 토담에 걸터앉았다. 발밑에 얼마 전 내린 눈이 남아 있었다.

"찾았다니, 누굴?"

"마쓰, 마쓰나미 쇼구로 님이죠."

"쇼구로 님을 어느 분이 찾고 계시다는 말인가?"

아카베, 이건 사람의 얼굴이 아니다. 능글능글한 것이 살가죽은 두껍고 표정은 알 수 없다. 하나 표정 속에는

'걸려들었구나' 하는 미소가 있었지만, 스기마루 같은 사나이로선 모른다. 아카베는 쇼구로의 명령으로 요 며칠 동안 교토의 시내를 돌아다니고 나라야 사람과 마주칠 기회를 기다리고 있었던 것이다.

"나라야의 마님입죠, 쇼구로 님이 교토에서 모습을 감추신 이후 오늘까지 매일처럼 저희들을 나무라시기 때문에 정말 몸이 바짝바짝 마를 정도랍니다."

"딱하게 됐군." 아카베는 허리에 찬 때에 찌든 베주머니에서 말린 고기를 꺼내 입에 넣었다.

'무슨 짐승 고기일까──' 하고 스기마루는 기분이 나빴다.

아카베는 맛있는 듯 먹고 있다.

"임자도 먹겠나?" 하고 한 덩어리 주었다. 스기마루는 받긴 했으나 정체를 알 수 없는 짐승고기라는 것보다도 아카베의 손을 스친 것이 오히려 꺼림칙해서

"고, 고맙습니다" 했을 뿐, 손바닥에 올린 채였다.

"먹어."

"예, 그런데 마쓰나미 님은……"

"계신 곳 말인가? 쇼구로 님은 교토에 계시지 않아."

"그럼 어느 곳에?"

"여행을 떠나셨지."

그건 사실이었다. 쇼구로는 단바(丹波), 다지마(但馬), 와카사(若狹), 이나바(因幡), 호키(伯耆) 같은 여러 지방을 돌아다니고, 예의 삼킬 만한 영주는 없을까 하고 찾고 있었다.

"그렇지만?" 아카베는 고깃덩어리를 입에 넣었다.

"지금은 아리마(有馬) 온천에서 휴양을 하고 계시다네."

"앗, 거기라면……"

교토에서 가깝다. 사흘이면 갈 수 있으리라.

"즉시 제가 만나 뵈러 가겠습니다."

"아니, 임자가? 만나 주시지 않을 걸세. 쇼구로 님은 병서며 불경 등을 읽으시느라고 바쁘신 몸이야" 하고 아카베는 이말 저말 덧붙이며 거드름을

피웠다.

"그, 그럼" 스기마루는 결심한 듯이 말했다.

"마님더러 가주십소사 하겠습니다. 교토에서 한 발자국도 나서지 않는 분이시지만, 스기마루가 사정을 말씀드려 설득하겠습니다. 그런데 숙소는?"

"아리마 운센 사(溫泉寺)의 객사인 오쿠노보(奧之坊)일세."

굉장한 산중이다. 아리마 온천은 셋쓰 아리마 군에 있다. '둘러싸고 있느니 산봉우리들이요, 물은 흘러 동남으로 빠진다'라고 옛 기록에 적혀 있듯이 북(北) 셋쓰산맥 깊은 계곡 안에 있다.

하지만 기나이(畿內 : 왕성부근의 지방. 일본에선 역대의 황실이 있었던 大和, 山城, 河內, 和泉, 攝津 등지를 이름)는 온천이 없는 곳으로 겨우 아리마 한 군데다. 따라서 옛날부터 교토의 귀족들과 부호들에게 사랑을 받고, 36대 천황인 고토쿠 천황(孝德天皇)은 좌우대신 뭇 공경, 여러 대부(大夫)를 거느리고 82일이나 체류하셨다. 이 동안은 골짜기에 나라 도읍이 옮겨 온 듯한 감이 있었다고 한다. 그런데 온천물이 엄청나게 붉다. 이상한 냄새도 난다. 화산지대에 사는 간토(關東), 오우(奧羽), 규슈(九州)사람이라면 천민이라도 싫어할 온천이지만, 기나이에선 옛날 천황마저 이렇듯 소중하게 여겼다.

"아리마 온천에?"

오마아가 우선 그 점에 마음이 쏠렸다.

'가 볼까?'

"스기마루, 온천이란 어떤 곳인가?"

"골짜기 물이 뜨겁습니다."

"정말 뜨거워?"

"예, 겨울 같은 때는 뭉게뭉게 김이 서려 눈앞의 나뭇가지도 보이지 않을 정도죠."

"거짓말!"

오마아는 즐기고 있다.

"뜨거운 물이 저절로 솟아나올 까닭이 없지 않아?"

"가 보시면 아십니다."

"스기마루는 온천을 본 일이 있어?"

"아리마는 못 가봤지만 지난 해 비젠으로 들깨를 사러 갔을 때 미마사까 온천에서 목욕한 일이 있습니다."

"오마아도 목욕하고 싶어."

"꼭 하십시오" 하고 스기마루는 말했다.

"아리마 온천에 가시도록 하세요. 평생의 이야깃거리가 될 겁니다."

"좋아."

결심을 하면 오마아는 성급하다. 곧 호위부대를 조직케 했다. 도중 사이코쿠가도(西國街道)는 괜찮다 하더라도 아리마가도는 고갯길이 몇 개 있고 산적의 소굴도 있다고 한다. 집에서 먹이고 있는 무사 말고는 도 사(東寺)에서 무사를 빌어 30명의 부대를 만들었다. 목적지에 도착하면 그들을 돌려보내고, 또 마중하도록 할 계획이었다.

오마아는 출발했다.

2월.

교토에는 이미 눈이 없다. 그러나 셋쓰의 산 속으로 접어들수록 눈은 깊었고, 그것이 도회지 태생인 오마아에게는 도리어 신기했다. 아리마의 산골로 들어갔다. 이 두메 산골이 온천으로 비약적인 발전을 한 것은 이로부터 70년 후인 도요토미 히데요시(豊臣秀吉)가 여러 무장과 측실을 거느리고 온천요양을 왔을 때였으므로, 당시는 풍류스럽다기보다 지나치게 쓸쓸하여 '어쩜 이런 산골에——' 하고 오마아가 저도 모르게 멍청해지고 말았을 정도의 산 속이었다. 일반 온천휴양객은 나무꾼의 집을 찾아 숙박을 부탁하는 것이 보통이었다.

좀 돈이 있는 부자, 신분 있는 자는 운센 사 객사에 묵었다. 오쿠노보, 니카이노보(二階坊), 고쇼노보(御所坊), 그리고 란냐쿠 원(蘭若院), 아미타 원(阿彌陀院), 세이료 원(清涼院)과 같은 암자. 그것들이 계곡에 흩어져 있다. 이것이 숙소다.

"효험이 뛰어나답니다" 하고 스기마루가 입에 침이 마르도록 말했다. 당시의 온천요양은 반쯤 종교적인 것이었다.

옛날 온천의 대부분은 승려에 의해 개발되었다. 승려는 중국 의학서를 읽어서 온천이 약효가 있음을 알고 있었다. 그들은 온천에 절을 짓고 객사를 만들고 크게 선전하여 속인(俗人)을 모았다. 불법을 말로 전도하느니보다도 온천의 약효로 사람을 놀라게 하고, 그런 연후에 '이것이야말로 영험(靈驗)이시다' 하고 설법했다. 아리마 온천도 나라시대(奈良時代)의 중 교키(行基)

가 개설한 것이며, 운센 사도 마찬가지였다. 오마아 일행은 고쇼보와 란냐꾸원에 나누어 숙박했다.

비좁은 계곡이다. 바로 눈앞에 마쓰나미 쇼구로가 묵고 있을 오쿠보의 노송나무 껍질 지붕이 보였다.

"스기마루, 넌지시 알아보도록 해" 하고 명했다. 아니, 알아볼 것까지도 없었다. 이 산골의 나무꾼에 이르기까지 "교토에서 수려한 무사님이 내려오시어 매일 밤늦도록 오쿠노보에서 책을 읽고 계시다"는 소문이 자자했다.

'그분이야말로 쇼구로 님'

오마아의 가슴은 설레었다. 어쩐 까닭일까? 사랑인 것일까?

"제가 앞장서겠습니다" 하고 스기마루는 말했지만, 오마아는 막으며

"내가 느닷없이 찾아뵙고 저 점잖으신 쇼구로 님을 놀라게 해 드릴 테야" 하고 목소리를 높인다.

'······?'

스기마루는 그 태도를 보고 좀 걱정이 되었다.

'오마아 님은 사모를 하시는 게 아닐까?'

도착한 이튿날, 아직 해가 높은 시각에 오마아는 오쿠노보로 가는 이끼 낀 돌층계를 올라갔다. 건물이 나타났다. 흰 나무로 만든 고풍스런 침실인 듯한 건물이지만, 한 귀퉁이는 흔히 보는 서원이었다. 그 둥근 창 밝은 장지에 사람 그림자가 어렸다.

'쇼구로 님이 틀림없을 거야.'

현관에서부터 안내를 청하고 나온 스님에게 설레는 마음으로 마음 내키는 대로 많은 돈을 주었다.

"이렇듯 많은 시주를······" 스님은 어쩔 줄 모르는 태도를 지었다.

"안내는 필요 없어요. 마쓰나미 쇼구로 님의 방으로 가겠어요."

"저, 서원입니다."

스님도 무언가 눈치챘던 모양이다. 자리를 비켜줄 셈으로 모습을 감추고 말았다.

"쇼구로 님."

미닫이 밖에서 오마아는 말을 걸었다.

'왔구나──' 하고 쇼구로.

붉은 경문 책상에 눈길을 떨구고 있다.

'어떻게 다룰까?'

어려운 고비다. 오마아 하면 절개가 굳기로 소문난 여자가 아닌가 하면서 쇼구로는 한껏 궁리를 하는 것이지만, 사실인즉 뱃속에 있는 것은 이 사나이 천성의 강렬한 자신뿐이었지 막상 여자를 모른다. 사미는 속속들이 알고 있다. 수단 방법이야 같으리라고 믿지만, 그렇긴 하나 그 '몸뚱이'는 사미와 얼마나 다르냐 말이다. 우네 고개에서 고자이쇼의 몸을 만지고 '여자란 이런 생김의 것이었구나' 하고 비로소 알았다.

어처구니 없는 무지였다. 하나 불과 얼마 전까지 계율이 엄한 묘카쿠 사의 학승이었던 처지라 무식은 할 수 없다 하더라도, '그러나 그런 내가 소문 난 나라야의 오마아 마님을 호리겠다고 하는 만큼, 이건 우네고개 전투처럼은 쉽지 않으리라'고 생각했다. 그러나 오마아로 하여금 머나먼 아리마 온천까지 오게 했다는 것은 쇼구로의 작전이 반 이상 성공했음을 뜻한다고 할 수 있으리라.

"누구십니까?"

그제야 쇼구로는 나직한 목소리로 말했다.

"나라야의" 하고 오마아가 말했다.

"나라야의?"

"오마아예요."

"거짓말 말아!" 쇼구로는 책에서 눈을 떼지 않는다.

"거짓말이라고요?"

"속이려고 하더라도 법화경 경문에 통달을 한 이 마쓰나미 쇼구로는 속지 않는다."

"?"

오마아는 무슨 영문인지 알 수 없었다.

"그저께 밤에도 오마아는 여기에 왔다."

"옛?" 귀신도 아닌데 오마아가 올 수 있을 턱이 없지 않은가.

"나는 정체를 알고 있었어. 그런데도 버르장머리 없이 오늘도 왔다……그것도 한낮에."

"……"

"너는 뒷동산에 사는 여우일 테지."

"아, 아닙니다." 오마아에게도 조금씩 이해가 되었다. 이걸 어떻게 증명해 보여야 좋을가.

"미닫이 밖에 있는 너!"

"예……예."

"정체는 여우라는 걸 알고 있다. 내가 나라야의 오마아 님을 사모하고 있음을 알고서 요사스럽게도 둔갑을 하고 나타났을 테지."

"앗?" 하고 놀란 것은 다름이 아니다. 쇼구로의 본심을 알았기 때문이다. 이만한 인물이 시치미를 떼고서 속셈은 자기를 사모하고 있었던가. 게다가 밝히지도 않고서 몸을 감추는 등, 얼마나 마음씨 고운 분일까.

'아이, 기뻐라' 하고 생각했다.

그 점, 여자답다. 자기를 사모해 준다고 알고서 마음이 움직이지 않는다면 여자가 아니리라.

"여우──" 쇼구로의 목소리는 해맑기만 하다.

"끝까지 나라야의 오마아 님이라고 속이는 이상……"

"속이는 이상?"

"이리 들어와 허리띠를 풀고 옷을 벗어서 몸을 드러내라. 정체를 밝혀 줄 테니까."

"……저"

오마아는 난처했다. 차라리 여우가 되어서 옷이고 뭐고 쇼구로의 손으로 벗겨져 봤으면 하고 생각했다.

아리마의 여우

미닫이 밖에서 오마아는
'차라리 여우가 되어 드릴까?' 하고 생각했다.
'――그러면'
인간이 아니게 된다. 오마아가 아니게 된다. 나라야의 마님이 아니게 되고, 오마아에게 덮어 씌워져 있는 인간세상의 제약이 훌렁 벗겨지고 마는 셈이다.
'그렇게 되면 쇼구로 님의 무릎 위에서 어떠한 부끄러운 짓을 하더라도, 나중에 그건 오마아가 아니예요, 아리마의 오쿠노보에 있는 여우겠지요 하고 말할 수 있지 않은가.'
두근두근 가슴이 뛰어왔다. 마음이 단단하다는 소리를 세상에서 듣고는 있지만 오마아는 자기를 잘 알고 있다.
'나는 남자가 그립다.' 그러나 그 남자보다도 나라야의 재산이 더 소중할 뿐이다.
'그렇다. 여우가 돼 버리자.'
여우의 음란으로 여겨진다면 쇼구로와 이 아리마에서 어떠한 인연을 맺은

들 속세에서는 해(害)가 되지 않으리라.
'그건 여우의 짓'
그걸로 끝난다. 오마아는 달아오른 젖가슴을 누르고, 미닫이 밖에서 이런 궁리를 했다.

한편 방 안의 쇼구로.
오마아의 속셈을 환히 꿰뚫어 보고 있다. "여우일 테지" 하고 말한 것은 쇼구로의 작전이다. 그렇게 규정하면 재산이 제일인 오마아는 '나라야의 과부'라는 속박에서 해방된다.
'뒤끝이 없는 음락(淫樂)을 즐길 수 있다고 생각하고 알몸이 되어 내 무릎에 안기리라' 거기까지 내다본 작전인 것이다.
"오쿠노보의 여우" 하고 쇼구로는 말했다. 경문 책상에 눈길을 떨군 채다. 뜰에는 2월 동백이 흰 꽃을 달고 있었다.
"예" 하고 미닫이 밖에서 오마아는 나직한, 조그만 목소리로 고개를 끄덕였다. 여우의 거동이란 이런 것일까 하고 궁리하며.
"여우, 내가 법화경 법력(法力)의 행자라는 것을 알고서 이곳에 왔느냐?"
'어떻게 대답할까?'
오마아가 미처 대꾸를 못하는 사이 쇼구로는 맑은 목소리로 말했다.
"현중기(玄中記)란 책에 적혀 있다. 여우는 50년이면 곧잘 둔갑하며 백년이면 미녀가 되고 도사가 된다. 혹은 장부가 되어 여자와 교접하고, 제법 천리 밖의 일을 안다."
"어머" 오마아는 그만 엉뚱한 목소리를 내고 말았다.
"학식이 많으시네요."
"……"
오마아의 들뜬 목소리에 쇼구로 쪽이 입을 다물어 버렸다.
'이건 안되겠다.' 하고 오마아는 반성했다.
'좀 더 요사스럽게 굴지 않는다면'
"들어 와라" 하고 쇼구로는 말했다.
예, 하고 입 속으로 대답하고 오마아는 미닫이 밖에서 옷자락을 높직하게 걷어올렸다. 다리가 희다. 자기도 쓰다듬어 주고 싶을 만큼 아름다운 다리다.

'그럼, 나는 여우가 되어야지.' 오마아는 쇼구로의 방에 들어가진 않고 발소리를 죽이고 복도로 나갔다. 복도를 미끄러지듯 걸어가자 묵직한 삼나무 덧문이 있었다.

'무거워라.' 조금 들어 올려서 소리가 나지 않도록 열었다. 밖은 뜰이다. 뜰로 뛰어내려가 맨발로 삼나무 아래 깔린 이끼를 밟았다. 걸음을 옮길 적마다, 발가락이 이끼에 파묻혔다. 이윽고 서원의 툇마루로 돌아갔다. 쇼구로가 책을 읽고 있다. 쑥 내민 특징적인 이마, 날카롭게 치켜 올라간 눈썹, 속눈썹이 긴 눈. 그 눈이 오마아를 보았다.

"여우답게 뜰로 돌아왔구나."

"예."

이미 오마아는 여우가 된 심정이었다. 쇼구로에게 무슨 짓을 당하든 이승의 일이 아니다.

"이 근방에 사는 다길니천(茶吉尼天)이옵지요" 하고 여우를 이르는 불교 용어로 말했다.

"허허, 마침내 본색을 고백했군."

"마쓰나미 쇼구로 님의 신통력에는 고개를 조아릴 뿐입니다. 이곳에 요양을 오신 후 쭉 사모하고 있었어요."

"남자를 알고 있는가?" 하고 묻는 쇼구로.

하긴, 고압적으로 나가긴 했지만 쇼구로도 비젠 국경의 산 속에서 고자이쇼의 은밀한 곳에 손을 대보고 여자란 이런 것이로구나 하고 깨달은 것 말고는 아직껏 여인의 몸에 손을 댄 일이 없었다.

"알고 있어요" 하고 오마아는 대담하게 말했다. 처녀시절 공경 집의 귀공자들, 진종(眞宗)의 스님들 따위 두서너 명과 관계를 가진 일이 있었다. 그리고 점원 출신의 죽은 남편, 그것뿐이다.

"지금까지 몇 명 가량?"

"글쎄요."

오마아는 대답에 궁했다. 자기인 경우는 서너 너덧이지만, 여우라면 어떻게 말해야 여우다운 대답이 될까?

"다길니천이라면 백년 묵은 여우지. 불경에 의하면 신통력이 뛰어나 사람의 죽음을 여섯 달 전에 미리 알고, 그 사람이 죽으려고 할 때는 피를 빨아 먹는다고 한다. 넌 남자의 피를 몇 사람이나 빨아 먹었느냐?"

'어머' 하고 오마아는 놀랐다. 곰곰이 생각해 봤더니 처녀시절 관계를 가졌던 공경의 귀공자들도 진종의 스님도 오마아의 전 남편도 모두 죽었다. 사내팔자가 거센 줄로만 알고 있었지만, 어쩌면 자기는 정말 여우의 화신이 아닐까?

'싫어, 생각만 해도 머리가 이상해져.'

자기의 망상을 쫓아버리고 오마아는 얼굴빛도 바꾸지 않고 서 있었다.

"쇼구로 님의 심장을 먹고 싶어요" 하고 오마아는 소리죽여 웃었다.

"으핫핫핫!" 쇼구로는 책을 내던지고 벌렁 누웠다.

"먹을 수 있다면 먹어 봐."

"먹고말고요" 하고 오마아는 툇마루에 맨발을 올려놓았다. 쇼구로는 그걸 피하듯이 일어섰다.

"골짜기로 내려간다" 하고 방을 나가 버렸다.

오마아는 방 안에 우뚝 섰다.

'못난이──' 자기가 말이다. 오마아는 자기를 꾸짖었다. 나라야의 오마아쯤 되는 자신이 너무 비참하지 않은가.

'고작해야 떠돌이 무사인데……'

자기에게 침을 뱉고 싶은 심정이다. 교토에선 길을 걷기만 해도

저것이 나라야의 마님 하고 눈길을 던지지 않는 자가 없다. 호화로운 의상, 아리따운 용모, 교토의 사나이들은 말한다. 나라야 마님의 발을, 그리고 발가락을, 그 벚나무 꽃잎 같은 발톱일망정 만질 수만 있다면 목숨도 소원도 필요 없을 텐데 하고.

그런 오마아가 쇼구로에게 딱지를 맞았다.

그날은 저물었다.

다음 날도, 쇼구로는 아침부터 독서를 하고, 점심에는 몸소 산새를 구워 먹었다. 아직 점심식사하는 습관이 신기한 시대여서, 이런 사소한 점에서도 쇼구로는 시대보다 한 발 앞서고 있었다고 할까.

오후에도 독서. 시간이 되면 골짜기로 내려간다. 이것이 판에 박은 듯한 일상생활이다. 하긴 어제 골짜기에 내려간다고 말하며 오마아를 따돌릴 것도 '작전'이긴 했지만, 그러나 그 시각에 골짜기에 내려가는 것은 그의 습관이기도 했다. 실전용 창을 옆구리에 끼고 있었다. 계곡엔 크고 작은 바위가

많다. 쇼구로.

 그 계곡 한 기슭에 섰다. 창을 들고 있다. 그 모습을 오마아는 자기 숙소인 고쇼노보 뜰에서 내려다보고 있었다.

 '무엇을 하시려는 걸까?'

 쇼구로는 보고 있다는 것을 모를 테지. 품 안에서 한 홉 짜리 되의 밑바닥 크기로 자른 종이를 꺼내 열장을 공중에 홱 던졌다. 너울너울 떨어진다. 그걸 쇼구로는 바위에서 옮겨 뛰며 한 장씩 창으로 꿰뚫는 것이다. 새파랗게 간 창끝은 허공에서 반짝반짝 춤을 추고, 춤출 때마다 쇼구로의 몸이 도약하고, 도약할 때마다 종이 하나가 꿰뚫린다.

 헛찔리어 계곡 물에 떨어지는 종이도 많았지만, 단지 경탄할 것은 쇼구로의 멋들어진 발놀림이었다. 눈은 허공의 종이를 쫓고 있는데, 발은 발 그 자체에 눈이라도 달린 것처럼 바위에서 바위로 옮겨뛰어 실수란 게 없었다. 허리는 언제라도 묵직하게 도사린 채였고, 엉거주춤하거나 허리를 펴는 일이 전혀 없었다.

 "인간의 재주가 아니군요" 하고 어느덧 등 뒤에 와 있던 스기마루가 말했다.

 "무엇 때문에 저런 단련을 하고 계실까요?"

 스기마루도 이상하다.

 "글쎄."

 오마아는 생각했다. 춤을 배운 적이 있는 오마아로서는 알 것 같은 느낌이 든다. 아마 허공의 종이쪽지를 찌르는 것이 주목적이 아닐 것이다. 허리를 고정시키고 항상 묵직하게 도사리는 단련을 하고 있음이 아닐까. 그렇긴 하지만 색다른 창이다.

 "마치 뎅구(天狗 : 깊은 산에 산다는 상상의 괴물, 코가 붉고 길며 신통력과 비행술을 가졌다함) 같기도 하군요."

 '……뭐 그까짓' 오마아는 감탄하고 싶지 않았다.

 "저 분은 미쳤어요" 하고 오마아는 단언했다. 물론 본심으로 그렇게 생각하고 있는 것은 아니지만, 쇼구로에게 맞대놓고 쏘아붙이고 싶은 심정이 이글이글 불타오를 만큼 그 가슴에 있었다.

 "무슨 말씀이십니까?"

 스기마루는 완전히 쇼구로의 숭배자다.

 "저 분은 묘카쿠 사에 계실 때도 학문과 여러 가지 재주를 모두 통달하고 지혜가 제일이라는 호렌보라고 일컬어졌을 만한 분이시지만, 아마 하늘에 계신 보살님의 환생일 거예요."
"스기마루는 저분을 좋아해?"
"예, 아주 좋아하죠."
"오마아는 싫어."
"그럴 리가……." 스기마루는 황급히 타일렀다.
"그렇게 말씀하시면 안 됩니다. 마쓰나미 쇼구로 님은 나라야의 은인이십니다. 더구나 은혜를 내세우시지 않는 것만 봐도 이 어지러운 세상의 분이라곤 생각되지 않습니다."
"그래?"
언덕 아래의 쇼구로를 바라보고 있는 오마아의 가슴은 터질 것 같았지만, 그렇다고 해서 스기마루처럼은 생각되지 않았다. 관상학에, 큰 욕심의 소유자는 무욕의 상을 하고 있다고 한다.
'쇼구로 님이 그렇지 않을까?'
저 남자에게는 강렬한 체취 같은 것이 있다. 스기마루는 모르지만 오마아는 여자의 육감으로 그 체취를 알 수 있었다. 그런 체취의 소유자가 담백하고 욕심이 없을 턱이 없지 않은가.
하나──.
오마아는 그 체취가 싫지 않았다. 오히려 그 체취에 이끌리고 있다는 것을 자기 자신도 알고 있었다.
'그 체취가 수수께끼야' 하고 오마아는 생각했다. 어쩌면 하늘도 놀라게 하고 땅도 뒤흔들 일을 저지를 근원이, 지금은 얌전하게 그 체취가 되어 깊이 감추어져 있는 게 아닐까. 그러므로 '무섭다'고도 생각되고, 그런 만큼 무서운 것에 가까이 가고 싶은 마음도 있었다. 그 때문에 아리마와 같은 산골 외진 온천까지 찾아왔던 것이다.
저녁안개가 깔리기 시작했다. 안개는 아마 이 위쪽 도지 산(童子山) 너머 산골짜기에서 생겨나, 산골짜기를 채우고 이 계곡으로 흘러오는 모양이다.
"스기마루, 목욕을 하고 오겠어."
"그럼 몸종을 부를까요?"
"필요 없어."
오마아는 바위를 쪼아낸 비좁은 돌층계를 내려갔다. 안개는 한결 짙어졌다.

바위 사이 온천에 쇼구로는 몸을 담그면서 무심코 양치류의 잎을 잡아 뜯고 있었다. 온천물이 붉다. 옆에는 계곡이 흐르고 있다. 바위 사이의 붉은 온천물이 그 계곡 여울에서 좀 서성이다가 이윽고 섞여 흘러내려가는 것이 재미있었다.

"나에게 시를 짓는 재주가 있다면."

그 재미를 읊었으리라. 만 가지 재능을 타고 난 쇼구로도 시의 재질만은 없었다. 그런 만큼 사물에 대한 사고방식이 시적은 아니다. 몹시 산문적이다. 그런 산문도 바위에 한 자 한 자 새겨가며 쓰는 듯한 그런 성격이었다. 그러한 성격을 쇼구로도 알고 있었다. 하나 과연 이 성격이 자기의 일생에 이익이 될지 어떨지 세상에 나가보지 않고선 아직 모른다.

'승방의 생활은 단조로웠다.'

그러나 무익하지는 않았다. 배운 것은 법화경이다. 내용은 별것 아니지만, 법화경 특유의 아주 강력한 문장으로 씌어져 있다. 모든 것을 단정하고 있다. 그것도 아주 격렬하게 단정하고 있다. 인도말을 번역한 당나라의 번역관 성격이 문장을 그렇게 만든 것인지 어떤지는 모른다. 하나 쇼구로의 성격을 깊이 조각하는 데는 도움이 되었다. 적어도 오마아가 말하는 '체취'도 강화시켰다. 법화경 교의에선 악인도 나온다. 선인도 나온다. 선악 모두 강렬하고 과격한 그런 인간을 낳게 하는 이상한 토양인 것 같다. 그 뜻은 말을 보아도 안다. 그들은

'나무 묘법연화경' 하고 연신 부른다. 큰 소리로 외친다. 자연 마음이 보무도 당당하게 앞으로 앞으로 전진하는 듯한 리듬이 된다. 더구나 현실적인 냄새가 짙고, 이것을 염불하면 부처는 이승에서 여러 가지 욕망을 채워 준다는 공격적인 가르침인 것이다.

쇼구로가 만일 정토교의 본산에서 사미시절을 보냈다고 한다면 훨씬 다른 인간이 돼 있었으리라. 호넨(法然), 신란(親鸞) 스님에 의해 성해진 정토교는 어디까지나 현세 부정의 종교로 내세만을 소원한다. 자연 인간은 내성적이 되고 철학적이 되지 않을 수 없다. 그들은

'나무아미타불'이라고 한다. 나무 묘법연화경 같은 외공적(外功的)인 신나는 가락이란 없다. 신나는 가락이 없을 뿐 아니라 외면 욀수록 심리적으로

안으로 안으로 깃드는 듯한 리듬이 돼 있다. 마침내는 모든 욕심을 초월한 사람이 완성되리라. 이 두 가지 교의로 대표되는 정신의 형태는 쇼구로가 살고 있는 이 난세 초기의 두 매력있는 거봉(巨峰)이었다. 그러나 이 두 가지가 과연 석가의 불교인지 어떤지 필자도 물론 모른다. 고금의 대학자라도 아마 잘라 말할 수는 없으리라.
──그건 그렇다 하고,
쇼구로는 바위를 베개 삼아 몸을 붉은 온천물에 띄우고 있었다.
'오마아는 내 품 안에 떨어질까?'
그만 호렌보 적 버릇으로 제원성취의 법화경을 마음속으로 외고 만다.

나무 묘법연화경
나무 묘법연화경
나무 묘법연화경

南無 妙法蓮華經
南無 妙法蓮華經
南無 妙法蓮華經

하고 염하는 사이 '허어' 하고 눈을 떴다.
바위 두서너 개 떨어진 건너편 온천에 새하얀 나체가 잠기는 것을 보았기 때문이다. 이미 저녁 어스름이 스며들고 있었다.

무사

 산골짜기 하늘이 순식간에 남빛으로 물드는가 싶더니 그 비좁은 하늘에 벌써 샛별이 나타나 있다.
 '그 바위 온천의 여자가 언젠가의 아리마 여우냐?' 하고 온천에 잠긴 채 쇼구로는 말했다.
 '훗훗……' 하고 뱃속에서 웃었지만 오마아는 잠자코 있다. 이 재미, 처녀 시절로 돌아간 것 같았다.
 "여우도 온천목욕을 하나?"
 "해요."
 "여우야,"
 쇼구로는 초저녁 샛별을 우러러보며 말했다.
 "이곳으로 와라. 그대의 살갗을 내 손으로 어루만져줄 테니."
 목소리가 늠름하다.
 "싫어요."
 "싫으면 말고." 눈이 남빛 하늘로.

샛별이 쇼구로의 장래를 기대하듯이 반짝이고 있다. 쇼구로가 묘카쿠 사에서 배운 천문술에 의하면 샛별이 요 몇 해 동안 해가 진 후 서쪽 하늘 높이 반짝이고, 태양보다 네 시간이나 늦게 사라졌다. 쇼구로가 태어난 해도 그런 주기에 해당하였다. 어머니는 싱도 없는 야마시로 니시노오카의 전한 여자였지만,

"이 아들은 샛별의 점지를 받았어요" 하고 말하곤 했다.

쇼구로도 그렇게 믿고 있다. 샛별은 혼자 반짝이고 다른 뭇 별과 어울리지 않는다. 쇼구로가 자신의 광채로 하늘에서 반짝일 때가 오리라.

'올해도 그 주기로군!'

운이 열리는 해일지도 모른다. 그렇지만 적수공권으로 운을 개척하기란 쉬운 일이 아니다. 순서가 있다. 계단을 밟듯이, 개운의 순서는 우선 오마아의 몸을 열게 하는 일이었다.

"아리마 여우, 저 별을 보라."

"저걸?"

"나다."

단호하게 말했다. 쇼구로는 숙요경(宿曜經)이라는 옛날 중국의 점성술 이야기를 하였다. 오마아는 수증기를 사이에 두고 듣고 있다. 쇼구로는 원래 음량이 풍부한 목소리인데다 그 속에 힘이 있었다. 절로 사람을 설득시키고 도취케 하는 힘이 있었다.

"저는 무슨 별이죠?"

"모르겠는걸."

"박정하셔요."

오마아는 약간 말괄량이가 돼 있다.

"나는 내가 샛별이면 그만이다. 그것만은 아리마 여우, 알아 두어라."

오마아는 몸이 떠올랐다. 바위 모퉁이를 돌아 징검돌을 밟고서 쇼구로 곁으로 왔다.

"저, 오마아의 별은 어느 것이죠?"

응석을 부리고 있다.

"아리마 여우," 하고 말했을 때는, 물 속에서 쇼구로의 팔이 오마아의 허리를 끌어당기고 있었다.

"좋은 살갗이다."

배후의 산기슭에 천년 묵은 삼나무가 하늘을 덮듯이 나뭇가지를 펼치고 있었다. 이미 사방은 어두워져 있었다. 쇼구로는 오마아의 입술을 빨았다.
'달다'
이 얼마나 달콤한가. 쇼구로는 여자의 입술을 빠는 게 처음이었다. 쇼구로는 오른팔을 가라앉혀 오마아의 풍만한 사타구니를 만졌다. 물 속에서도 그것이라고 짐작될 만큼 젖어 있었다.
"오마아, 이건 뭐지?" 하고 오마아의 귀에다 속삭였다.
"오마아의 '노노님 (부처님을 부르는) (어린이 용어)'이죠."
"나는 아직 이 극락의 안을 모르지만 그토록 환락적인 곳이냐?"
"몰라요. 쇼구로 님 같은 분이면 많은 여자들의 '노노님'을 알고계실 텐데 뭐."
"호렌보라고" 하며 쇼구로는 늙은 삼나무를 천천히 올려다보며
"나는 전에 불린 적이 있다. 계율을 굳게 지키는 불제자였지. 하긴 지난해 어떤 여자의 극락을 만진 일은 있지만 안은 모르며, 하물며 어떤 모양인지 잘은 모른다."
쇼구로는 쏴 하고 상반신을 물 속으로 일으켜 오마아를 안아올렸다. 옆에 언덕이 있다. 안성맞춤으로 편편하고 게다가 깊숙하니 이끼로 덮여 있었다.
"보아줄 테니 움직이지 말라."
"싫어" 하고 말했지만 이미 눕혀지고 있다. 이미 산골짜기엔 잔광이 거의 없었지만, 그래도 오마아의 나체가 새하얗게 보였다. 터질 듯이 솟아오른 가슴 구릉이 명치에서 떨어져 다시금 완만하게 기복되고 마침내는 조그마한 둔덕을 이루고 있다. 둔덕에 봄풀이 보기 좋게 너풀거리며 아련하게 밑으로 빠져서 사타구니로 떨어지고 있다.
"이게 노노님이냐?"
"놓아 주세요" 하고 말했지만, 쇼구로는 오마아의 몸에 손가락 하나 대고 있지 않다. 오마아는 주문(呪文)에 결박된 것처럼 버둥거리려고해도 버둥거릴 수 없었다.
"딴은, 이게 극락이로군."
쇼구로는 쏘아본 채 싫증도 내지 않는다.
"이제 놓아주세요. 물에, 따뜻한 물 속에 넣어주세요."
"추운가?"

"부끄러워요."

"여우가 아니란 말이냐? 나라야의 진짜 오마아 마님이라면 쇼구로도 이런 짓은 하지 않는다."

"용서해 주세요."

"이쪽에서 빌고싶을 정도다. 쇼구로는 상문(桑門 : 불문) 출신이지. 상문에선 주지·학승·일반 승려에 이르기까지 남색을 허용받고 있다. 그렇지만 노노님은 모른다. 이 극락을 참배하는 법이 어떠한 것인지 너에게 가르침을 받고 싶구나."

"싫어."

오마아는 그제야 눈을 뜨고, 눈을 내리깔고 자기 몸뚱이 너머에 있는 마쓰나미 쇼구로의 두 눈을 보았다. 의외로 해맑은 눈이다. 이제부터 덮치려고 하는 눈빛이 아니었다.

'이 사람은 드문 마음의 소유자일지도 모른다'

호색이 아니다. 새로운 진리를 발견한 자만이 보이는 저 천진난만한 놀라움이 있다.

'좋은 사람이로구나' 하고 생각했을 때는 쇼구로의 팔이 오마아의 목덜미와 양쪽 다리를 안고, 이윽고 들어올렸다.

'어떻게 하시려는 걸까?'

기대가 있다. 하나 쇼구로는 오마아의 흰 몸뚱이를 온천물에 담갔다.

"감기 든다."

그렇게 말했을 뿐이다.

그 이튿날 뜻밖의 사건이 일어났다.

오마아의 종자(從者) 중에 호소카와(細川) 영주 가문의 전 가신으로서 간토(關東)의 가토리 신궁(香取神宮)의 신관에게서 칼 쓰는 법을 배웠다는 사나이가 있었다. (일본 무사도는 불교에서 나온 색채가 농후하지만 일본 古來의 무술은 神通에서 비롯되기도 하였다.)

그 무렵,

'병법(兵法)'이라고 불렀다. 원래 병법이란 군략(軍略)이란 뜻의 한문이지만, 이 시대는 지식수준이 낮다. 그만 검술까지도 세상에선 병법이라고 부르고 있었다. 시작된 지 얼마 안 되는 새로운 기술로 꽤 이치에 맞는 것이긴 하지만 당시의 무사사회에선 이것을 경멸했으며, 쇼구로보다 조금 뒤 고슈(甲州) 다케다 신겐(武田信玄) 막하의 명장이라고 일컬어졌던 다카사카 단죠(高坂彈正)도 신겐에게 이렇게 말하였다.

난세의 무사는 무예를 모르더라도 괜찮은 것이다. 목검 따위로 연습함은, 평화로운 세상에선 벨 상대가 없으므로 그 베는 방법을 배우기 위해서일 뿐이다. 싸움터에 나갈 때는 처음부터 베면서 익히므로 배우지 않더라도 자연히 수련이 된다……

그 정도로밖에 받아들여지지 않았다. 첫째 싸움터에선 갑옷을 입고 있다. 칼날이 들어가지 않는다. 하나 검객은 차츰 늘기 시작하고 있었다. 병법자라고도 하고 무예가라고도 한다. 대부분은 무사이고 세상의 대우는 고작 떠돌이 광대를 보는 정도의 눈으로 밖엔 보지 않았다. 이들 병법자는 각 고장의 영주들에게 환영받는 일도 있었지만, 그 병법에 의해 환영받는 게 아니다. 병법자뿐만 아니라 행각 수도승, 고야히지리(高野聖 : 중을 이름. 高野山은 眞言宗 大本山으로 金剛峰寺가 있는데 그 절에서 기부금 모집 행각을 떠난 중을 말한다) 등 여행을 하는 자는 모두 그만한 대우를 받았다. 각처의 실정, 지리, 소문 등을 그들은 잘 알고 있고, 영주나 성주는 그런 자들로부터 앉아서 정보를 얻었던 것이다.

나라야의 무사는 가도의 신궁 신관이던 이이시노 죠이사이(飯篠長威齋)가 창시한 신도류(神道流)의 검객으로서, 교토에선 이름난 솜씨의 소유자였다. 오마아가 아리마에 온 다음 날, 그도 도착하여 스기마루의 지시로 여주인을 호위하고 있었는데, 그 온천 목욕을 한 이튿날 아침 중간여울이라는 벼랑가 길에서 두개골이 빠개어져 죽어 있는 것이 발견되었다. 하수인은 곧 판명되었다. 오마아의 숙소로 일부러 이름을 대고 나타났기 때문이다. 원한이란 없다.

"시합을 했었소" 하고 뻔뻔스럽게 말했다. 이것이 이런 무예자 사회의 특수한 관습이었다. 이 기법(技法)의 무예자는 오닌(應仁)의 난 무렵부터 일어난 하인계급의 떠돌이 무사 중에 많았고, 태생은 대개 농군의 차남이나 삼남이다. 원래 떠돌이가 많아 서로 기술을 다투고 이긴 자는 곳곳에 가서 이름을 대어 명성을 퍼뜨린다.

"이 사람은 병법 중조류(中條流)의 검을 익히고 즐풍목우(櫛風沐雨) 산과 들에서 수련하여 마침내 신묘한 재주에 이른 자, 조슈(常州)의 오다(小田)에 사는 오다니 뎅안(猪谷天庵)이라고 하오."

행각 수도승 차림을 하고 있다. 당시 병법자는 이런 차림새가 많았다.

"나라야의 식객이 되고 싶소"라는 것이었다.

나라야의 고용 무사를 죽이고서 뻔뻔스레 나오는 것이었지만, 이 병법자의 사회에는 주인을 가진 무사와는 다른 그런 대로의 예법이 있어서 다른 계급세상에선 간섭하지 않도록 조심하고 있다. 사정은 꽤 다르지만 사회를 달리 하고 있는 점에선 현재의 폭력배 조직에 대한 세상의 태도하고 어딘가 닮지 않았을까.

"그 문제에 대해서는 의논을 드릴 분이 이 댁에 계시기 때문에" 하고 스기마루가 말했다.

"마님이오?"

상대는 사정을 잘 알고 있다.

"아닙니다."

"여보시오, 아무래도 나의 칼 솜씨를 의심하시는 것 같군. 의심하는 거라면 고용무사를 만나게 해 주오. 그 사람이 병법자라면 다시 한번 시합을 해 드리겠소."

"그런 것이 아닙니다. 나라야에는 우두머리라는, 영주로 말하자면 무사대장이 되시는 분이 있어요. 그 분과 한마디 의논을 하고서……"

"뭐라고 하시는 분이오?"

"마쓰나미 쇼구로 님."

"병법자냐."

쇼구로는 흥미를 가졌다. 오쿠노보의 서원이었다. 쇼구로는 뜰의 젖꼭지 나무 가지에 덮인 눈을 보면서 순간적으로 결심을 했다. 호기심이다. 병법자라는 걸 일찍이 만난 일이 없다.

'언젠가 한 나라 한 천하의 주인이 되려는 나다. 병법이란 어떠한 기예(技藝)인지 보아 두는 것도 무익하지는 않으리라.'

'만나주지'라고 말하지 않았다.

"시합한다."

"옛?"

상대편은 검객이다. 쇼구로가 아무리 전쟁의 전술, 마상의 창쓰기, 군졸의 지휘에 뛰어났다고 할지라도 이것과는 다른 일이다.

"상대는 천한 자이옵니다. 내버려 두십시오."
"보고 싶다."
쇼구로는 자기 자신을 억제하기 어려웠다.
"어떤 사나이냐. 인상, 거동, 버릇, 말투, 자세히 말해 보아라."
키는 다섯 자 일곱 치. 행각승 차림이지만 경문은 읽지 않는다. 나이는 스물너덧쯤으로 코가 납작하고 광대뼈가 유난히 튀어나오고 눈이 작다. 전체적으로 천박스럽지만 눈만은 짐승과 비슷하다. 사람을 죽이기를 벌써 스물여덟 명.
"피에 굶주린 듯" 하다고 스기마루는 말했다. 살인을 해야 비로소 피가 가라앉는다는 광기의 소유자이리라.
"곧 이 아래 계곡에서 기다리라 일러라."
오다니 뎅안은 계곡 물가에서 기다렸다. 날씨가 맑다. 햇볕이 좁은 계곡가에 떨어져, 조약돌 하나하나에 짙은 그림자를 만들고 있다. 이윽고 훨씬 떨어진 건너편 언덕에서 뛰어내리는 그림자가 있었다. 쇼구로다.
'인간을 본 다음에 부하로 삼자'고 하는 게 쇼구로의 속셈이다. 성격이 충실한, 그것도 한 가지 재주와 기술에 뛰어난 자를 포섭한다는 게 무장의 마음가짐이어야 할 것이다.
"뎅안, 이리로" 하고 쇼구로는 손짓해 불렀다.
거동을 지그시 보고 있다. 이 쇼구로의 눈초리에 걸리면 사람은 내장 속까지 들여다보이는 것 같다. 얼굴이 가까워졌다. 뎅안, 턱이 날개를 편 듯하다. 반역자의 인상이다.
'우선 턱은 실격.'
쇼구로의 시야에 쫙 퍼진 얼굴이 다가온다. 입술, 욕심스럽다. 입술만이 따로 살고 있는 듯한.
'탐욕스럽군.'
그렇게 보였다. 오다니 뎅안, 넉자 가량의 비파나무 목검을 갖고 있다. 나뭇결이 투박하게 햇빛을 되쏘았다.
"무기는 무어지?" 하고 눈꼬리를 곤두세웠다. 단지 승부만 아는 사나이다. 승부에 집착하는 사나이는 집단 속에서 살기 어렵다.
'부하로선 적당치 못하다.' 그렇게 판단했다.
쇼구로는 그렇게 판단하며 상대의 인상과 인물을 볼 뿐, 이 사나이와 승부를 겨루는 일 따위 전혀 잊어버리고 있었다. 흥미는 온통 거기에 있다. 투기(鬪技)의 우열, 자칫 잘못하면 자기가 살해될지도 모른다는 걸 생각지도 않는다. 보기 드문 성격이다. 대담이라는 말조차 어울리지 않으리라.

"무기는 무엇으로?"

"서두르지 말고" 하며, 자기 앞 바위를 손가락질했다.

"앉아라."

"지체할 필요 없어. 준비를 해라."

"오다니 뎅안."

쇼구로는 품 안에서 주머니를 꺼내 모래밭에 던졌다. 묵직하게 떨어진다. 돈이다.

"이것이 착수금이야."

"......?"

허점을 찔리었다.

"내 부하가 되라는 말이다. 분별이 생길 때까지 그 바위에 앉아라."

"마, 마쓰나미."

"님이라고 불러! 나를 누군 줄 아는 거냐?"

앗, 하고 위험을 느꼈다. 이미 뎅안의 패배이다. 인간의 관계는 순간의 기합으로서 결정되는 것이다.

"어, 어떤 분이십니까?"

"보고 스스로 판단해라."

"무슨 유(流)를 익혀 쓰십니까?"

"비천하게스리!"

쇼구로는 이빨을 드러내었다.

"이래봬도 한 나라 한 천하를 꿈꾸는 사람이다. 졸개의 기술 따위 배우지 않는다."

"그렇지만 나라야의 점원 말로는 귀공께서 시합을 원했다고 하던데?"

"나는 병법자가 아니다. 병법자가 아닌 사람이 시합이라는 말을 쓸 때에는 원래 다른 의미가 있다. 너의 골상을 보러 왔다."

"골상?"

"쓸만한가 어떤가 하고."

"쓸만하오?"

뎅안, 얼떨떨했다.

"쓸만한 골상이오, 이 사람이?"

"아냐, 너무 야비하다."

"야비하다고?"

"하늘이 낸 그릇이라는 것이 있다. 그 골상으론 장차 내 무사 대장 노릇도 못할 거다. 고작 졸개다."

"잘도 지껄이는구나!"

허리를 펴고 목검을 번뜩거렸다. 도약했다. 아니 도약하려고 한 뎅안의 골통에 '콱!' 하고 이상한 소리가 깃들었다.

빠개졌다.

쇼구로의 오른손에, 그 자신이 니치렌 대사의 불법이 보호하는 보검이라고 일컫는 아오에 쓰네쓰구가 새파라니 들려서 늘어져 있다.

'이것이 병법자냐.'

오다니 뎅안은 쇼구로의 자신감을 강화시키기 위해 죽은 거나 다름없었다. 쇼구로는 여울물로 칼날을 씻었다.

세상에서 말하는 푸른 물그림자를 드리운 무늬인 그야말로 멋진 모습으로, 칼날의 얼룩을 물결에 씻는다. 가까운 곳에서 물고기가 뛰었다. 예사롭지 않은 물속 광채에 놀랐으리라. 이튿날 새벽 쇼구로는 아리마에서 모습을 감추었다.

음양의 길

그날 아침 스기마루는 고쇼노보에 묵고 있는 오마아 앞에 꿇어 엎드린 채 고개를 들지 못했다.

"마, 마님."

오마아는 문지방 하나를 사이에 둔 안쪽 방에 배를 깔고 누워 있었다. 얼굴을 두 팔꿈치로 괴고 있다.

"화, 화가 나셨습니까?" 하고 스기마루가 말했다.

"응"

오마아의 눈은 뜰의 젖꼭지나무를 멍청하니 바라보고 있었다.

"주, 죽을죄를 지었습니다. 스기마루가 있으면서도 쇼구로 님이 이곳을 떠나시는 걸 모르고 있었으니."

"스기마루,"

"예, 예."

"오마아에게는 쇼구로 님을 끌 만한 사랑스러움이 없느냐?"

'아……'

스기마루는 울고 싶은 심정이었다.

'오마아 님은 사랑을 하고 계시다.'

"없느냐?" 하고 오마아는 힘없이 물었다.

"처, 천만에요. 교토에서 제일이라고 일컬어지는 마님이십니다. 스기마루의 눈으로 봐도 눈부시게 보입니다."

"아냐."

오마아는 눈도 깜박이지 않고 말했다.

"틀렸어. 쇼구로 님은 오마아를 아름답다고 생각도 하지 않고 있어."

"그, 그럴 리가……" 하고 말했지만, 스기마루도 마음속으로 그렇게 생각지 않을 수 없다. 도대체 마쓰나미 쇼구로라는 무사는 목석으로 만든 분일까? 아니면 승방 시절의 생각이 남아서 여인을 부정한 것으로 여기고 계실까.

스기마루는 여섯 살 때 니시노오카에서 나라야에 들어와 자라왔고, 나라야를 둘도 없는 집으로 알고 있다. 둘도 없는 것이라면 여주인인 오마아에 대해서도 마찬가지다. 부드러운 살갗에 피가 통하는 선녀처럼 숭배해 왔다. 만일 오마아가 명령한다고 하면 스기마루는 오마아의 오줌이라도 기꺼이 마셨으리라. 하나 스기마루는 무사 가문으로 친다면 가신이다.

부양(扶養)을 받는 자다. 오마아에 대한 정념을 사랑이라고 생각한 적은 없었다. 생각할 수도 없다. 만일 그런 엉큼한 마음을 일으킨다면 '죽어라' 하고 스기마루는 자기에게 명하리라. 뜰의 나무에 새끼줄을 늘이고 목을 매어 죽으리라. 그 대신 오마아의 사랑을 위해서라면 어떠한 짓이라도 하고 싶다.

"더구나"

그 상대인 마쓰나미 쇼구로는 이 세상에 있으리라고 생각할 수 없으리만큼 욕심 없는 분이 아닌가. 나라야의 재산을 노릴 그런 분이 아니다.

'말하자면' 보살승의 하나다. 천녀님의 사랑의 상대로 이만한 사람은 없다.

"스기마루, 나는 말이야" 하고 오마아는 선녀처럼 천진난만한 표정으로 말했다.

"나의 노노님을 보여 드렸다."

"노노님?"

"그렇다니까. 노노님을……."

오마아는 공허한 눈으로 말했다.

스기마루의 비극, 아니 비극이라고 하기보다 오마아와 스기마루의 희극은, 오마아가 스기마루라고 하는 인간이 성(性)을 갖춘 남자라고 생각지 않는 데 있었다. 어렸을 적부터 집의 뜰에 심어져 있는 정원수와 같은 것이라고 생각하고 있다. 그렇기 때문에 스기마루 앞에서 태연히 옷도 갈아입었고 "노노님을 보였다"는 등 태연히 말할 수 있는 것이다. 어지간한 스기마루도 숨을 들이마시고 가슴의 고동을 억누르고 있다.

"마님, 마님께서 자청하여 노노님을 보여 드렸다는 말씀입니까?"

"아냐."

울적한 듯 고개를 저었다.

"쇼구로 님이 보여라 하셨기 때문에."

"아니, 그건?" 놀랐다.

"쇼구로 님이 그런 쌍스러운 말씀을 하셨다는 겁니까?"

그 분이……믿어지지 않는다.

"쇼구로 님이 말씀하시길 우네고개에서 무슨 아씨의 노노님에 손을 댄 일은 있었지만 어두워서 보지 못했다. 본 일이 없다, 보여 다오, 하시지 않겠어?"

"그래서요?"

"할 수 없잖아."

"보여 주셨다는 말씀이로군요. 쇼구로 님은 어떻게 하셨습니까?"

"잠자코."

"잠자코?"

"잠자코 계셨을 뿐. 쇼구로 님은 승방에서 사미만을 아셨기 때문에 여자는 싫어하시는 게 아닐까?"

"설마 그럴 리야."

스기마루는 말투를 거칠게 했다. 여자를 싫어하는 사나이가 있을 수 있는 일인가. 각처의 무장 가운데 하긴 소년을 사랑하는 자는 많다. 그러나 그건 싸움이나 원정 때 여인을 데리고 가지 않기 때문이리라. 그 증거로 그들은 평소 성에선 여인의 시중을 받고 있는 것이다. 짐작컨대 소년이 가진 '국화(당시의 은어)'는 고작 여인의 노노님 대용품에 지나지 않는 것이라고 스기마루는 생각하고 있다.

"스기마루, 오마아는" 하고 눈길만을 보내왔다.

"참을 수 없어. 사모를, 이 가슴 속에 있는 사모를 스기마루는 모를 거야. 모르니까 그렇게 태연한 얼굴을 하고 있는 거야."

"아뇨, 그럴 리가."

"잠자코 있어."

오마아는 일어났다.

"나는 사랑을 했어. 여자로 태어나 이처럼 가슴이 타는 생각을 한 일이 없어, 스기마루."

"예, 예."

"준비를 해."

오마아는 일어섰다.

"아름답다."

스기마루는 달착지근한, 슬픈 듯한 심정으로 오마아를 올려다봤다.

"교토로 돌아가겠다. 요시다(吉田: 교토 북쪽에 있음)의 음양사(陰陽師)에게 쇼구로님의 행방을 점쳐 달라겠어."

쇼구로는 교토를 향해서 걸었다.

스스로 생각해도 연극이 지나치다고 생각하는 것이다.

'오마아를 품 안에 넣을 수 있다'는 데까지는 자신이 섰다. 그렇지만 단지 그저 오마아의 육체만을 손에 넣는 것으로는 시시하다. 탐나는 것은 나라야의 재산이다. 아리마 온천에서 오마아의 노노님을 보면서, 오마아를 놓아준 것은 쇼구로 나름의 수법이다. 그때는 오마아를 품을 수 있었다. 오마아는 얼씨구나 하고 쇼구로에게 몸을 맡겼으리라.

'그렇지만'

그것 뿐이라고 쇼구로는 생각했다. 오마아를 얻을 뿐의 일이다. 오마아로 하여금 미칠 듯이 쇼구로를 사모케 해야 한다. 사모하여 마침내는 목숨보다도 소중한 나라야의 재산을 내던지도록까지 오마아의 마음을 바짝바짝 조여가야 한다.

'그러기 위해선'

인내가 첫째.

쇼구로는 성큼성큼 걸어간다. 한 발자국, 한 발자국이 땅을 다지는 듯한 걸음걸이다. 쇼구로에겐 새로운 자기에 대한 자신이 생겼다. 자기에의 발견이라고 해도 좋았다.

'나는 아주 드문 사나이다.'

이러한 자신이었다. 쇼구로는 북녘 셋쓰 쪽의 하늘을 올려다보았다. 오마아는 교토 제일의 미녀라고 한다. 교토 제일의 미녀라고 하면 천하제일의 미녀라는 뜻이다.

'하늘이여, 나를 칭찬해라.'

이 마쓰나미 쇼구로는 그 미녀를 발가벗게 하고 그 몸을 열도록 하고서도 품지를 않았던 것이다. 그 지경에 이르러 그 일을 참을 수 있는 자는, 이 나라는 물론 멀리 당나라, 천축(天竺: 인도)이 넓다고는 하나 이 쇼구로 말고는 없으리라.

'야망이 있기 때문이야' 하고 쇼구로는 생각했다.

남자된 가치란 야망이 있느냐 없느냐에 달렸다고 쇼구로는 생각하고 있다. 쇼구로의 만족은 자기의 야망이 여색마저 물리칠 수 있으리만큼 강하다는 것이었다.

'정말이지 이 쇼구로, 지금까지도 사내대장부라고 생각은 했지만 이만한 사나이일 줄은 비로소 알았다. 한 나라, 한 천하를 꿈꾸는 것도 이제는 꿈이 아닐 거야.'

소리개가 원을 그리고 있다. 쇼구로는 아리마의 산봉우리들을 뒤에 두고 묵묵히 교토를 향해서 걸어간다.

'교토에서의 할 일은'

오마아를 품는 일이다. 그리움으로 몸부림치고 있을 오마아의 육체를 이번에야말로 품겠다. 품겠다.

'어떻게 품을까?'

유감스럽게도 학문만은 고금에 통달하고 있는 호렌보 마쓰나미 쇼구로도 천지 만물의 이치 가운데서 단 한 가지 여자를 품는 방법만은 모른다.

'아니다, 알고는 있어. 남녀의 합환(合歡)은 자연의 길이야. 가르침을 받지 않더라도 저절로 알게 되는 것이지만, 단지 그것만으로는 오마아의 마음을 녹일 수는 없다. 재주가 필요해. 재주가…… !'

재주가──이것이 쇼구로의 수단이다. 한 발, 한 발 재주로 무장하며 계단을 올라간다.

쇼구로.

교토로 들어가기 전에 그 '재주'를 닦기 위해 이름 높은 에구치(江口) 마을에서 발길을 멈추었다. 옛날부터 알려진 환락가로 교토에서 공경대부들이 요도 강(淀江)에 배를 띄우고 이 마을로 놀러 왔었다. 자연히 유녀(遊女)의 대부분은 시문에 밝아, 시인 사이교 대사(西行大師)가 이 에구치에서 묶으며 유녀 다에(妙)란 여자하고 주고받은 시가 칙선(勅選)인 〈신고금화가집(新古今和歌集)〉에 올라 있을 정도다.

물론 쇼구로는 이곳의 유녀하고 한가롭게 시문을 논할 속셈은 아니다. 여자를 어떻게 다루면 좋은가. 다루는 데 그치지 않는다. 어떤 방법을 쓰면 여자의 몸을 녹게 할 수 있는 것인지 그 가르침을 청할 셈이었다.

강기슭에 으리으리한 기루(妓樓)가 추녀를 잇대고 있다. 노송나무 껍질의 지붕에, 공경의 저택이라 해도 속을 듯한 우아한 궁전 양식의 건물뿐이다.

'그 방면에서 이골난 여자하고 자고 싶다' 하고 쇼구로는 생각하는 것인데, 과연 "그런 기녀가 있을까?" 하고 집집마다 들어가 물어볼 수는 없다. 그 점, 약빠르고 착실한 사나이다.

낚싯대를 하나 사들고, 창가(娼家) 거리를 등쪽에 두고 낚싯줄을 늘였다. 숙소도 약삭빠르게 정해 놓았다. 이 마을에 있는 작코 사(寂光寺)라는 절이다. 종파야 달랐지만,

"지난날 교토의 묘카쿠 사 본산에 있었던 자요" 하고 말하니 고맙게도 선선히 재워 주었다.

며칠 낚시질을 했다. 한 마리도 걸리지 않았다. 걸릴 까닭이 없었다. 실을 늘이고 있지만 낚시는 달고 있지 않았다. 그것이 마을의 소문거리가 되었다.

"이상한 무사야. 의복·용모로 본다면 신분깨나 높아 보이는 분인데, 무슨 속셈이 있는 걸까?"

한가한 마을사람이 말을 걸어온다. 쇼구로는 그것을 노리고 있다. 낚싯줄을 늘이고 있으면, 이상한 일이지만 사람들은 경계심을 풀고 묻지 않는 마을

이야기를 지껄인다.

"이곳에선 어떤 여자가 잘하지?" 하고 쇼구로도 넌지시 물을 수 있다.

어부, 뱃사공, 기루의 하인, 온갖 사나이들, 이삼십 명쯤하고 쇼구로는 수작을 나누었을 것이다.

시라네(白根)

쓰끼고제(月御前)

기쿄(桔梗)

하고 세 사람의 이름을 들먹이는 자가 가장 많다. 그렇지만 마지막으로 늙은 어부가 말했다.

"지금이야 암자에서 여승이 돼 있지만 옛날 이름은 시로타에(白妙), 여승님이 되고서의 이름은 묘센(妙善)이라는 분이 가장 많이 알고 있지요."

"나이가 몇 살인가?"

"마흔 두서넛."

"그거 좋다. 그 여승님에게 물어 볼 것이 있으니 이 편지를 갖고 심부름을 해 주지 않겠나?"

쇼구로는 문장가다.

특히 한문이 뛰어났지만 이 경우는 유려한 화문을 사용했고, 게다가 당시의 속어도 섞어서 재미를 가미하였는데, 자기가 일찍이 승방에 있었기 때문에 여자를 모르지만 지금은 알고 싶다는 점, 그리고 최고의 기법을 배우고 싶다는 것 등을 썼다. 늙은 어부는 까막눈이다. 공손하게 그걸 에구치 서쪽, '눈물 연못' 기슭인 솔밭 속에 호젓하니 떨어져 있는 묘센 여승의 암자까지 가져갔다. 이윽고 돌아와서

"와 주십소사 하는 전갈이었습니다" 하는 대답을 전했다.

"그래."

일어났을 때는, 낚싯대가 쇼구로의 손에서 떨어져 서쪽으로 흘러 내려가고 있었다. '눈물 연못'의 기슭, 암자 앞에 섰다. 암자를 둘러싼 동백꽃나무가 울타리 대신이었다. 동백나무는 그 잎사귀를 말리면 향기가 있어 여자들은 그걸 주머니에 넣어 품안에 간직하기도 하는 법이다. 과연 이 암자 여주인의 과거를 연상케 만드는 요염함이다.

눈앞은 새하얀 장지문.

등 뒤의 석양이 쇼구로의 그림자를 윤곽도 뚜렷하게 장지문에 비쳤다.

장지문은 열리지 않는다.

다만 매우 맑은 목소리가 "들어오세요" 하고 새어 나왔다.

쇼구로는 가죽끈의 짚신을 벗어 연못에 흐르고 있는 시냇물에서 발을 씻은 다음, "실례하겠소" 하고 장지문을 열었다.

향이 방 안에 피워져 있다. 사람 모습은 없었다. 둥근 방석이 하나 손님을 고대하듯 놓여져 있다.

쇼구로는 아오에 쓰네쓰구의 대도(大刀)를 옆에 놓고 둥근 방석에 앉았다. 눈앞에 청자 향로가 하나 향연을 토하고, 그 너머에 늙은 매화 나뭇가지가 하나 꽂꽂이 돼 있는 것 말고는 아무런 치장도 없었다. 거의 한 시간, 그곳에 앉아 있었다. 그동안 해는 차츰 기울어지고, 이윽고 어둠이 깃들었다.

쇼구로는 어둠 속에 단정히 앉아 있었다. 그때 비로소 미닫이가 열리고 소리도 없이 향기가 다가왔다. 눈에는 보이지 않는다. 향기만으로 여자 몸을 냄새 맡을 수 있었다.

"가르쳐 드리겠어요" 하고 그 향기 나는 그림자는 말했다. 이윽고 향기의 그림자는 쇼구로의 손을 잡고 춤추는 듯한 몸짓으로 일어서게 했다.

"이리로 오세요."

방을 하나 지났다.

옆방은 다다미방이었다. 병풍이 둘러쳐져 있는 모양이지만, 어둠에 눈이 익지 않은 쇼구로에게는 보이지 않았다. 향기나는 그림자는 쭈그리고 앉아 쇼구로의 바지를 풀고 옷을 벗겼다. 단지 그것뿐 동작 동안에 이따금 사락사락 살에 스치는 손가락의 가냘픔, 나긋함, 그것은 그저 쇼구로의 살갗에 닿는다는 그런 게 아니었다. 살갗으로 황홀한 음악을 듣는 듯한 감촉이다.

"머지않아" 하고 향기나는 그림자가 말했다. 그 목소리는 맑은 울림 속에 축축한 물기가 있었다.

"머지않아 달이 떠오르겠지요. 촛불은 켜지 않겠어요."

쇼구로는 자리에 누웠다. 이윽고 그 옆에 그림자도 들어와 누웠다. 쇼구로는 느닷없이 끌어당기려고 했지만, 그림자는 살며시 쇼구로의 손을 뿌리치고

"아직 일러요" 하고 미소를 머금은 목소리로 속삭이더니 입으로 쇼구로의 귀를 잘게 깨물었다.

"아!"

저도 모르게 쇼구로는 소리를 내었고, 아직 여자 몸을 모르는 쇼구로의 '남성'이 불끈했다.

"어머, 엄청나라" 하고 향기나는 그림자는 쇼구로의 '남성'이 엄청난 데 조용한 놀라움을 터뜨렸다.

"쇼구로 님, 아까부터 쇼구로 님의 몸놀림으로 짐작컨대 아마 춤을 익히셨으리라고 생각되는데, 틀렸나요?"

"난무(亂舞), 곡무(曲舞), 대충은 모두 배웠소만, 그것이 어쨌다는 거요."

"호호……춤이 능숙하셔요" 하고 그림자는 속삭였다.

"춤도 이 길로 다를 게 없어요. 피리를 부실 줄 아나요?"

"그것도 대충은."

"아, 그러시다면 숙달이 빠르실 거예요. 음악이나 가무나 여자를 다루는 길이나 비결은 똑같지요" 하고 향기의 그림자는 쇼구로의 왼손가락을 가볍게 움켜잡고, 이윽고 자기 몸으로 가져갔다. 손가락이 은은히 젖어 간다.

"쇼구로 님" 하고 목소리가 낮아졌다. 이미 향기나는 그림자가 아닌 여자라는 실체가 되어갔고, 뒤이어 피가 뜨거워지고 살결이 움직였다. 쇼구로의 손가락은 이미 그림자를 만지고 있지 않았다. 거기에는 '여자'가 있었다.

'이것이 여자냐!'

이윽고 달빛이 베갯맡에 쏟아졌다. 쇼구로는 여승이 이끄는 대로 춤이란 걸 추기 시작했다. 우아하게, 그러나 때로는 격렬하게.

'이것도 한 나라, 한 천하에 대사를 꾸미기 위해'

쇼구로의 정사는 어디까지나 계산적이다.

저녁 종소리

 나라야의 오마아가 교토에 돌아와서 두 달쯤 지난 어느 날.
 이미 교토는 봄빛이 무르익었다.
 아침에 기요미즈(淸水: 淸水寺를 말함)를 참배하고 돌아오자, 스기마루가 문 밖까지 쫓아 나와서 "저 쇼구로 님이" 하고 말을 잇지 못했다. 오마아는 다음 말을 기다렸다. 그 마쓰나미 쇼구로의 행방을 찾은 지 벌써 두 달이나 되는 것이다.
 "쇼구로 님이 어떻게 되었다는 거냐?"
 "몸소 찾아오셔서 지금 안에서 기다리고 계십니다."
 "어머!" 하고 오마아는 벚나무 가지를 떨어뜨렸다.
 "안이란, 안채 말이냐?"
 "예. 아리마에서 곧장 여행을 하셨다나 봐요."
 그건 거짓말이 아니다. 쇼구로는 아리마에서 에구치로 나왔다가 예에 따라 셋쓰·가와치(河內)·야마토(大和)의 형세를 살핀 다음 야마시로(山城)로 들어섰고, 이어 교토로 올라왔던 것이다.
 "여행?" 하고 오마아는 중얼거렸다.
 "예, 여행을."

"여행에 여행을 거듭하시니, 쇼구로 님은 대관절 무엇이 목표일까?"

"모르겠습니다. 그건 마님께서 쇼구로 님께 직접 묻도록 하십시오" 하고 스기마루는 공손한 말투지만, 이 사나이대로 여주인을 놀려주고 있는 속셈이다.

"스기마루, 사람을 놀리는 거야?" 하고 오마아는 도끼눈을 뜬 다음 가게 안으로 들어갔다.

스기마루의 코에 은은한 향기가 남았다. 오마아는 복도를 몇 개인가 건너고 한 발 한 발 마루를 밟으며 갈린 곳까지 와서 잠깐 생각했다. 오른쪽으로 꺾었다. 왼편이 쇼구로가 있는 객실.

'기다리시도록 해야지.'

그만한 벌을 받아도 좋다. 오마아는 자기 방으로 들어가 하녀의 도움을 받으며 옷을 갈아입고, 화장을 다시 했다.

"스기마루를 불러." 이르고 입술에 연지를 바르고 있다.

얼마 후 스기마루가 옆방에 대령했다.

"부르셨습니까?"

"발을 닦아 줘."

거울 속의 오마아는 분주하다. 어릴 적부터 오마아의 발은 스기마루가 닦아왔다. 습관이 돼 있었다. 스기마루는 곧 검은 옻칠한 함지박을 갖고 와서, 헝겊을 쥐어짰다.

오마아는 발을 내밀었다. 스기마루는 닦았다. 서로 아무런 감정의 움직임도 없다. 단지 스기마루가 닦아주면, 발가락 사이사이까지 구슬을 닦듯이 정성껏 닦아준다.

"수고했어."

오마아는 일어섰다.

쇼구로는 객실에서 뜰의 벚꽃을 보고 있다. 옷차림이 말쑥하다. 내민 이마, 약간 두툼한 입술, 우람한 턱, 반짝이는 눈, 예사롭지 않으면서도 그런대로 수려한 용모다.

"아, 오마아 님이로군."

쇼구로는 벚꽃에서 시선을 돌렸을 뿐 표정도 바꾸지 않는다. 이 사나이, 교만하지만 절에서 자란 탓인지 인사만은 정중하다. 몇 마디 인사말을 나눈 다음 "교토엔 숙소가 없소" 하고 말했다.

"오늘 밤은 폐를 끼치기로 하겠소."

"에, 잠자리가 불편하시겠지만." 오마아도 나라야의 여주인답게 예의는 유난스레 차리고 있다. 아리마의 온천에서 여우가 되어 쇼구로 앞에서 보인 교태는 지금 손톱만큼도 없다.

"교토에서의 체류는 며칠이 될지도 모르오."

"며칠이라도 묵도록 하세요."

"고맙소."

쇼구로는 에보시를 약간 수그렸다. 끈이 자줏빛이다.

"실은 아리마에서 마님으로 둔갑한 여우를 보았소."

등등, 주책없는 소리는 일체 않는다. 딱 하고 소리가 날 듯한 엄숙한 얼굴이다. 잠자코 있다. 가운데뜰에서의 햇볕이 굳어진 얼굴을 반쯤 비쳐주었고, 무릎은 바지의 주름 그대로 단정하기만 하다.

"……"

오마아는 난처했다. 이 사나이하고 마주 앉아 있으면 왠지 마음이 안절부절못하는 상태가 되는 것이었다. 이쪽에서 그만 말이 많아진다. 그러지 않고선 못 배기게끔 마쓰나미 쇼구로가 만드는 것일까.

"교토에서의 볼 일은 무엇인가요?"

"볼 일 말이오?"

쇼구로는 오마아의 눈을 쏘듯이 보고, 그 시선을 떼지 않고서 "그대를 품기 위해서지" 하고 말했다.

오마아는 햇볕 속에서 당황했다. 쇼구로는 덮어씌우듯 말을 이었다.

"아리마의 온천에선 여우를 품으려고 했소. 하나 여우라면 싫어. 품으려면 진짜 오마아 님을, 그대의 침실에서 품고 싶소."

'저──'

오마아는 자기가 어떤 얼굴을 짓고 있는지도 모른다. 단지 몸뚱이만이 쇼구로의 눈앞에 드러나고 있었다. 그 몸뚱이가 이미 꿰뚫린 것과 같은 충동을 느꼈다.

"오늘 밤, 잠자리에서 기다리도록."

"그, 그 대신……"

오마아는 자기의 입술이 벌써 의지의 통제를 벗어나 엉뚱한 소리를 지껄이고 있는 것도 깨닫지 못했다.
"그 대신 며칠 체류이니 하시지는 말아 주세요."
"몇 달이면 되나?"
"아아뇨."
"몇 년이나"
"아아뇨. 쇼구로님이 평생 나라야에 계셔주시겠다고 한다면, 오마아는 오늘 밤 침실에서 기다리겠어요."
"어쩌면 천하의 주인이 될지도 모를 마쓰나미 쇼구로를, 나라야가 사육하겠다는 건가?"
"아, 아니에요. 오마아가."
"그대가?"
"쇼구로님에게 사육되고 싶어요. 이승뿐 아니라 다음 세상까지도."
"데릴사위가 되란 말이로군" 하고 쇼구로는 얼굴을 찌푸렸다.
"나는"
쇼구로는 말했다.
"여러 곳을 다녀보고 겨우 알았어. 이 쇼구로, 지금은 하찮은 존재지만 장차 이 나라의 역사를 바꿀 사나이가 될지도 모른다. 그런데 나라야의 데릴사위로 만들겠다는 건가?"
"호랑이도" 하고 오마아는 말했다.
"키워 길들이면 고양이처럼 된다고 합니다."
"시장하군."
쇼구로는 이미 이 대화에 싫증이 났던 모양으로 뜰아래 벚꽃에 눈길을 옮기고 있었다.
"식사 좀 주지 않겠소?"

그날 밤 달이 떠올랐다.
쇼구로는 지정된 자기 방에서 아오에 쓰네쓰구를 손질하고 있었다. 둥근 창에서 달빛이 흘러들어와 칼날을 시퍼렇게 물들였다. 이 칼은 잘 든다. 사실 몇 번인가 사람을 베었다.
'그러나 한낱 이 떠돌이 무사의 칼 한 자루로 천하를 베어 뺏을 수가 있는 것일까?'

점칠 수 있는 것이라면 자기의 장래를 점쳐보고 싶다. 쇼구로는, 맨손이다. 맨손으로 나라를 뺏을 수 있는 걸까. 쇼구로는 칼날에 반사되고 있는 달빛을 더듬어 가서 창문을 보았고, 가초 산(華頂山)에 높이 걸려 있는 달을 보았다.

그때 조보다이 사(淨菩提寺)의 초경(初更)을 알리는 종소리가 울렸다.

'아참, 오마아가 있군.'

쇼구로는 생각난 듯이 칼을 칼집에 꽂고 일어섰다.

"자, 잠이나 자자" 하고 쇼구로는 이 무렵 유행하는 노래를 흥얼거리며 춤추는 듯한 발걸음으로 방을 나섰다.

자, 잠이나 자자
밤도 이슥했다
종소리도 울린다.
쿵쿵 마루를 밟으며
초저녁부터 누웠건만
싫증이 나지 않으니 어찌하랴.

'과연 여자란 그토록 좋은 것일까.'

에구치의 여승에게는 비법을 전수받는 일에만 정신이 팔려서 열중할 수가 없었다.

쇼구로는 오마아의 침실 미닫이를 열고 충분히 달빛을 비치게 한 다음, 조용히 닫았다. 향불이 사라져 있음을 알았다.

"나요" 하고 말했을 때, 종소리가 그쳤다.

쇼구로는 칼을 도코노마(床ノ間 : 객실 따위 방 한쪽에 좀 높게 칸을 마련하고 서화나 꽃꽂이 등을 장식하는 곳)에 놓고 옷을 훌훌 벗었다.

오마아는 그 그림자를 응시하고 있다. 저도 모르게 눈을 감았을 때, 몸이 들렸다. 쇼구로의 늠름한 팔이 오마아를 안아 올리고 있다. 도매집 나라야를 안아 올리고 있다고 해도 좋았다.

"오마아, 괜찮겠지?"

"왜, 다짐을 하시나요?"

'재산 말이다' 하고 쇼구로는 다짐을 준 셈인 것이다.

쇼구로의 손가락이 교토의 남자들이 침을 흘리는 나라야의 마님 옷띠를 풀었다. 그 밑은 맨살이다.
"그럼 해로(偕老)하겠어" 하고 쇼구로는 오마아의 몸을 열도록 하고
"노노님은 이것이겠지?"
고지식하게 다짐을 받았다. 무뚝뚝함. 저도 모르게 나온 것은 쇼구로의 정직한 일면이리라.
"아!" 하고 오마아가 신음소리를 냈을 때, 나라야의 재산은 마쓰나미 쇼구로의 것이 돼 있었다. 오마아는 몸이 단숨에 불탔다. 사모하고는 있었지만 이 순간이 무섭기도 했다. 그 무서운 것이, 오마아의 몸에 들어갔다. 들어갔을 뿐 아니다. 오마아의 오장을 끊어놓으리라고 여겨질 만큼 날뛰었다.
"오마아."
쇼구로는 속삭였다.
"예" 하고 오마아는 건성 대답했다.
"나는 오늘밤 여자를 처음으로 안 것이 된다."
"거짓말!" 하고 오마아가 대답한 건, 그러고 나서 한 시간이나 지난 뒤였다. 해방되었다.
"거짓말이죠?"
"아냐, 사실은" 하고 우네고개에서의 일, 에구치에서 전수받은 일 등을 솔직하게 털어 놓은 다음
"그대를 사모하고 있었기 때문이야. 오늘밤을 위해서 그만한 일을 나는 했어" 하고 말했다. 딴 사람이 말하면 돼먹지도 않은 이유지만 쇼구로의 입에서 나오면 그것만으로 벌써 오마아를 감동시켰다.
"하지만"
미심쩍은 데가 있었다.
"그렇다면 왜, 쇼구로 님은 지금까지 나라야에 얼씬거리지도 않으셨습니까?"
"오마아는 그런 사나이라야 좋은가?"
"그런 사나이라니요?"
"그대의 미색에 반해서 낮이나 밤이나 나라야의 담 밖을 빙빙 도는 그런 사나이가 좋으냐 말이야."
"아아뇨."
그런 사나이라면 지금까지 몇 사람이고 있었다.

"이 쇼구로, 오마아에게는 좀 안됐지만 오마아의 생각만 하지는 않아."

"그럼 또 누군가?"

"아냐, 여자는 없어. 야망이 있지."

"장군님이라도 되시겠어요?" 하고 얼마쯤 놀리는 말투로 쇼구로의 우람한 가슴을 쓰다듬었다. 설마 될 수는 없을 테지, 하는 안심감이 있었다. 한낱 보잘것없는 떠돌이 무사의 몸으로 무엇을 할 수 있단 말인가.

"오마아, 그대는 비웃고 있어. 그러나 나보다 앞서서 이런 사나이가 또 하나 있었어. 이세 신구로(伊勢新九郎)라고 하는 사나이야."

"그 사람이 누구예요?"

"지금 동쪽의 도읍이라고 일컫는 오다와라(小田原) 성을 쌓고 간토 일대를 주름잡고 있는 호조 소운(北條雲)이야. 그 사나이가 한 일을 이 쇼구로가 못할 줄 아느냐?"

"어머?"

오마아는 그런 지식에 어둡다. 그러나 간토의 호조라고 하면 천하가 그만큼 강한 영주가 없다고 하는 것쯤은 알고 있었다.

"그러나 쇼구로 님. 오마아하고 이렇게 된 이상은 그러한 무서운 꿈을 버려 주실 테죠?"

"나라야의 재산을 지키라는 건가?"

"예."

이것만은 오마아도 단호하게 말했다.

"그렇게 해 주셔야 해요. 그 대신 나라야로서는 쇼구로 님을 데릴사위로 맞아들였다는 것을 야마자키 하치만 궁에도 신고하고, 물론 그렇게 할 뿐 아니라 세상에도 알리기 위해 성대한 식을 올리고 싶어요."

"으음."

쇼구로는 입을 다물었다. 여기서 이의를 말해 보았자 별 도리 없다. 한 나라, 한 천하이니 아무리 떠들어 보았자, 꿈의 또 꿈이다. 지금 쇼구로에겐 실제로 나라야의 거부(巨富)가 굴러들어와 있다. 이것만이라도 천하의 야망가를 부럽게 만들기에 충분하리라.

"알고 있어" 하고 쇼구로는 그만 본심으로 말했다. 꿈을 쫓더라도 자기에게 운이 없으면 어쩔 도리 없는 것이다.

"장사꾼이 돼 주셔야 해요."

"오마아는 고집이 대단하군."
"그야 나라야 쇼구로 님의 마님인걸요, 뭐."
"나라야 쇼구로라……"
"장사꾼이 된 거예요" 하고 오마아는 말했다.
"틀림없이 일본 제일의 훌륭한 상인이 되실 거라고 오마아는 믿고 있어요. 그렇게 되면 그 칼을 버려 주셔야 해요. 묘카쿠 사 본산의 학승에서 환속하시어 무사가 되셨지만, 이번에는 장사꾼이 되신다. 마쓰나미 쇼구로 님도 정말 바쁘시겠네요, 호호……"
"졌어."
오마아의 미소에는 당하지 못한다.
"어쩐지 고양이가 되었군."
"기뻐요!" 하고 오마아는 얼굴을 쇼구로의 가슴에 묻어 왔다.
'이겼다.' 하고 오마아는 여기고 있다.
"장사는 점원이 많이 있으니까 쇼구로 님은 좋아하시는 춤, 학문이나 하시면서 지내시면 돼요."
"싫다."
쇼구로는 진지한 얼굴빛이 되었다.
"나라야 쇼구로가 될 바에는 이 가게의 재산을 세 갑절로 늘리겠다."
세 갑절이라고 해서 오마아가 기뻐한 것은 아니다. 쇼구로가 그런 마음이 돼준 것이 기뻤다.
"쇼구로 님, 이제 오마아는 평생 쇼구로 님에게 안겨서 사는 일만 생각해도 좋겠지요?"
"그러나 언제 호랑이로 돌아갈지 모른다."
"오마아가 꼭 붙들고서 놓아주지 않겠어요" 하고 말했는데, 문득 턱을 들고서 "오마아가 귀여워요?"
마지막으로 더욱 중요한 것을 물었다. 서로 그것만은 잊고 있다.
"귀엽다."
이것도 쇼구로의 본심이었다. 오마아라기보다, 여자가 이토록 귀여운 것이라는 걸 오늘밤 비로소 안 것만 같은 느낌이 든다.
"오마아, 그럼 나라야 쇼구로로서 처음으로 내가 마누라를 품어주지."
"좋아라."

오마아는 쇼구로 밑으로 몸을 밀어 넣었다.

장사 솜씨

쇼구로라는 사나이의 엉뚱함은, 나라야의 데릴사위가 된 순간 바로 장사꾼이 돼버렸다는 점이었다. 장사꾼 집에서 자라난 오마아까지 "마치 처음부터 장사꾼 출신이기나 한 것 같아요" 하고 혀를 내둘렀다. 지금의 나라야 쇼구로에게는 지난날의 호렌보 모습도, 지난날의 마쓰나미 쇼구로의 모습도 전연 없었다.

"장사꾼이란 영락전 한 잎의 손님에게도 한 냥의 손님에게도 똑같이 공손히 대해야 한다" 하고 점원들에게 일렀다.

쇼구로 자신이 그랬다. 그 당시 기름장수는 나라야 정도의 도매상이라도 소매를 겸하고 있었다. 가게에서 파는 것과 행상이 있다. 행상은 삼베옷에 맨발로 목도를 메고, 그 양 끝에 기름통을 걸고서

"기름 사려, 기름 사려!" 하며 시내에서 변두리에 이르기까지 마을을 돌아다니며 팔았다. 그런데 쇼구로는 나라야의 주인이면서도 그러한 행상까지 했다.

"기름이여, 기름!" 하고 외치며 다닌다. 쓰라린 일이다. 한때의 장난이나 심심풀이 삼아서 할 수 있는 일은 아니었다. 그러나 뭐니 뭐니 해도 당시 기름 매매에 있어선 교토의 기름 도갓집이 방계(傍系)였고, '야마자키'가 일본의 기름장수 조종(祖宗)이었다. 그 야마자키에서도 교토 시내로 기름 행상인이 들어온다. 그러한 자가 오면 나라야 같은 교토의 기름집은 문을 닫고서 야마자키 기름장수의 통과를 기다렸다. 그토록이나 교토의 기름 도가들은 야마자키의 패들에 대해서 경의를 표했던 것이다. 이 무렵의 교토 사람들은 그 야마자키 기름 행상인을 이렇게 노래했다.

초저녁마다 도성에 나타나는 기름장수
이슥해야 보는구나, 야마자키의 달

한 폭의 그림 같은 풍경이었으리라. 그러나 당사자인 행상인으로서는 쓰라린 노동이었을 게 틀림없다. 쇼구로도 그런 식으로 팔고 다녔다.

"그런 일까지 하시지 않더라도" 하고 오마아는 기쁘면서도 쇼구로가 딱하

기만 해 말렸다.

"아냐, 장사꾼의 시작은 행상부터야. 이걸 모르면 큰 장사도 못해" 하고 쇼구로는 말했다.

그것도 일리가 있었으리라. 쇼구로는 행상을 하면서 행상인의 악덕을 발견했다. 행상인은 기름을 되로 되어 준다. 그걸 사는 사람의 항아리에 넣어 주는 것인데, 마지막 한 방울을 교묘하게 되 안에 남기면 장사 솜씨가 있다고 했다. 그 한 방울씩을 모아두어 자기가 착복하는 것이다. 하루면 꽤 많은 양이 된다.

"그건 안돼" 하고 쇼구로는 엄격히 금했다. 한 방울까지도 모조리 산 손님의 것이다.

"나라야의 장사에 거짓이 있어선 안 된다. 되에서 항아리도 따라줄 때에는 손님 손으로 따르게 해라. 나라야의 장사 신조는 이렇다고 하면 손님도 기뻐할 거다."

사소한 일이지만, 이것이 교토 안팎에서 인기를 얻게끔 되었다. 동시에 쇼구로는 행상인의 이익도 보장해 준다. 되 눈을 속이는 대신 같은 양을 가게에서 무상으로 주도록 하였던 것이다. 그 일은 행상인도 기뻐했다. 인기가 있으므로 한나절에 기름을 다 팔고 일단 가게에 돌아왔다가 다시 반통을 더 초저녁까지 팔았다. 가게로선 엄청난 이윤이 되었다.

쇼구로는 새로운 창안을 좋아하는 성미다.

'그저 팔게만 해선 시시하다. 무언가 재주를 부리면서 팔도록 하면 어떨까?'

그 며칠 후 그는 광 속에서 열심히 무언가 시험해 보더니, 이윽고 스기마루와 점원, 행상인 등을 모이도록 하고서

"이런 게 어때?" 하고 영락전 한 잎을 꺼내들었다. 돈 한가운데 네모진 구멍이 뚫려 있다. 쇼구로는 우선 되에 기름을 채우고 그걸 항아리에 쏟는가 싶었는데

"그게 아냐" 하고 히죽 웃었다. 영락전을 움켜 들고 그 위로 되를 기울여 줄줄 따르기 시작했던 것이다. 돈 밑에 항아리가 놓여져 있다.

"앗" 하고 모두들 감탄한 것은, 되에서 쏟아지는 기름이 한 가닥 실처럼 영락전의 구멍을 통해 아래 항아리로 들어가는 게 아닌가. 엽전은 쇼구로의 두 손가락으로 공간에 고정되고 있다.

저녁 종소리

"자, 손님들 보십시오" 하고 쇼구로는 쭉 늘어선 점원과 행상인들을 둘러보았다. 놀랍게도 쇼구로의 두 눈은 손님들을 지켜보고 있을 뿐으로, 되를 잡은 손이나 영락전을 쥔 손은 보지 않는다. 그런데도 기름은 되에서 실처럼 가닥이 되어 떨어지고 영락전 구멍으로 빨려들어갔다. 놀라운 재주다.

"되는 천축 수미산(須彌山)이요, 기름은 보타락(補陀落) 나지(那智)의 폭포수라, 스르르 스르르 하늘에서 방울져 떨어지는 기름님은 영락 선지(永樂善智)의 구멍을 지나고, 이윽고 불빛이 되어 무명(無明)인 이 세상의 어둠을 비치는……" 하고 가락도 재미있게 붙여가며 노래했다. 목청도 좋다. 넘어가는 가락이 구성지다. 저도 모르게 넋을 잃고 귀 기울였을 때

뚝——

마지막 한 방울이 항아리에 떨어지고

"어때?"

쇼구로는 새삼스러이 사람들의 얼굴을 본다.

"이런 식으로 팔면 사람이 모인다. 일일이 집집을 찾아다니지 않더라도 네거리에서 팔린다. 손님이 제 발로 걸어오는 셈이지. 물론 앞서 한 마디,"

쇼구로는 말을 끊었다가

"한 방울일지라도 구멍 밖으로 기름이 흐르면 거져 드려요! 하고 말해 둔다. 손님의 흥미가 한층 돋워지는 셈이야" 하고 말했다.

모두들 멍청히 있다.

"알겠느냐. 오늘 밤부터 장사가 끝나면 모두 연습을 해. 요컨대 장사를 호별 방문에서 거리판매로 바꾸는 거야."

하나 이 계획은 실패했다.

어느 사나이고 앞을 다투어 연습을 해 보았지만, 모두 기름을 엽전에 쏟고 말았고, 쇼구로처럼 되지는 않았던 것이다.

"주인님, 그 방법은 중지하도록 하세요" 하고 스기마루가 울상이 되어 말했다. 서투른 재주로 팔면 기름을 모두 공짜로 손님에게 주는 것이 된다.

"그래?"

쇼구로도 쓴웃음을 짓지 않을 수 없었다.

어쨌든 쇼구로는 차례차례 새로운 판매술을 꾸며내어 기름을 팔았고, 나라야의 재산은 눈에 띄게 불어갔다. 오마아는 기뻐했다.

애당초 오마아는, 묘카쿠 사 본산에서 학문을 닦고 여러 재능을 몸에 익힌

쇼구로만한 젊은이를 남편으로 삼은 것만 하더라도 나라야의 자랑이라고 생각하고 있었다. 묘카쿠 사 본산의 학승 출신이라 하면, 현재의 박사 이상으로 희소가치가 있었으리라.

가만히 앉아있는 것만으로도 나라야에 있어서는 그 이상의 장식이 없다고 믿고 있다. 그랬건만 니시노미야(西宮)의 에비스(戎 惠比須라고도 씀. 七福神의 하나로 어업과 상업의 신. 도미를 낚아 올리는 그림으로 표현됨) 님 화신(化身)이라고 여겨질 만큼 장사솜씨를 발휘하기 시작한 것이다.

'이처럼 복된 일이 없다'고 생각했다. 게다가 쇼구로는 사나이로서 오마아를 만족케 하고 있었다.

"오마아, 여자란 참 좋은 것이야" 하고 침실에서 매일 밤 말하는 것이었다.

"나는 승방에 있었지. 어렸을 때부터 배우기를 여자란 죄가 많은 자, 중의 몸으로 가까이 하면 지옥에 떨어진다고 믿었지. 자라서는 승방에서 아기 중을 사랑했다. 그런데 이제야 알았어. 여자는 이토록 맛이 좋은 것이라 수도의 방해가 된다고 부처님이 금했을 거야."

"쇼구로 님."

오마아는 걱정이 돼 왔다.

"맛있는 건 오마아뿐이에요."

오마아에 맛들려 이것저것 여인을 시식한다면 야단이다. 그렇다면 오마아는 시험대의 역할뿐이었던 게 된다.

"거짓말 말아."

쇼구로는 소리내어 웃었다.

"난 모르지만 세상에는 더욱 맛있는 여자가 있을 거야. 여자에게 질투가 있음은, 여자도 여러 종류가 있다는 증거일 테지. 남자의 천성이 바람둥이인 것은 좋은 물건을 찾으려는 본능에 있을 거다. 그런 일로 미루어 보아 나 같이 여자에 어두운 인간이라도 세상의 온갖 종류의 여자가 있다는 건 알 수 있지."

쇼구로는 전에 없이 말이 많아져 있었다. 자기 앞에 여색이라고 하는, 지금까지 지적으로나 정감으로서나 어두웠던 세계가 훤하게 동트고 있는 듯한 느낌이다.

"쇼구로 님, 그게 진심이에요?"

"글쎄, 진심이라고."

저녁 종소리 101

"그럼, 싫어요!"

오마아는 어쩔 줄 몰랐다. 이 승려 출신의 사나이에게 자기는 터무니없는 일을 가르쳐주고 만 게 아닐까.

"그러나 오마아만은 버리지 않겠죠?"

"나는 에구치의 여승에게 들었어. 이불 속의 속삭임이라는 것은 진정을 기울이고 말하면 말할수록 거짓이라고 말이야. 거짓으로 아로새겨져 있기에 규방이란 아름답다. 그러나 오마아."

쇼구로는 문득 생각했다.

"그런 거짓말이 세상의 침실이란 침실에서 별이 반짝이는 하늘을 향해 매일 밤 속삭여진다. 그런 거짓말이 하늘의 어디에 감추어져 있을까." 진지한 얼굴빛이다.

"내가 구천을 날 신통력이 있다고 한다면 우선 가보고 싶은 것이 그 거짓말의 '묘지'다. 그곳에 가면 아무개라는 이름이 붙은 보살님이 얌전하게 묘지기를 하고 있을 테지."

키득키득 웃고 있다. 이 상상력이 풍부한 사나이의 눈에는 그 장면이 역력하게 보이고, 보살의 표정까지 떠오르고 있는 모양이다.

"거기 가서 쇼구로 님은 어떻게 하시겠어요?" 하고 오마아는 그만 끌려들어갔다.

"무덤의 문을 열어달라고 하겠다. 허락된다면 그 안에 들어가 공부하겠다. 고금동서의 규방에서 지껄여진 거짓말의 기록을 읽으면, 만 권의 책을 읽는 것보다도 인간이란 걸 알게 될 거야."

'어린애 같은 마음을 가진 분이시지.'

"그러니까 그 거짓말의 진실을 말씀해 주세요."

"이 세상 끝까지 오마아를 놓아주지 않겠어."

새빨간 거짓말이 또 하나 하늘로 올라갔다.

사실 쇼구로의 장사 솜씨는 놀랄 만했고 무지무지하게 돈이 벌렸다. 야마자키에서 신인 3백 명이 나라야에 떼져 몰려왔을 정도다.

"나라야의 주인은 있느냐? 대답에 따라선 때려부수겠다" 하고 신인 대표가 말했다.

신인은 당시의 천민이다. 하치만 궁에 속하고 야마자키의 직속 기름행상을 하고 있다. 반면 하치만 궁의 승병같은 존재로서, 그 이익을 위해서는 타국에까지 몰려가 싸우는 골치 아픈 패들이다. 나라야의 기름이 너무 잘 팔린다. 정작 조종이자 기름 전매권을 가진 야마자키 신인의 기름이 교토에서 잘 팔리지 않게 되고 말았다.

"그러니까 때려부순다고 합니다" 하고 스기마루는 새파랗게 질려서 쇼구로에게 알렸다.

"그래?" 하고 말했지만, 어지간한 쇼구로도 뾰족한 수가 없는 것 같았다.

대야마자키 하치만 궁의 상권을 내세우는 신인에겐 당할 재간이 없다. 왜 쇼구로조차 당할 재간이 없었는지 그 이유를 설명하자면 자유 상업시대가 아닌 중세의 '좌(座)'라는 걸 설명하지 않으면 안 된다. 요컨대 거의 대부분의 업종인 상공업은 자유롭게 개업할 수 없었다. 허가권을 저마다 특정의 유력한 신사와 사찰이 갖고 있었다. 사찰이나 신사라고는 하지만, 중세의 유력한 사찰과 신사는 종교적 존재라고 하기보다 영지를 가진 무장집단이다.

신성권과 지상의 지배권을 가졌고, 그걸 배경으로 삼아 상공업의 허가권을 갖고 있다. 나라(奈良)의 고후쿠 사(興福寺)·다이조 원(大乘院) 등은 한 사찰로서 소금·옻·발·귤·깔자리 등 열다섯 종류의 상공권을 쥐고 있었고, 거기서 얻는 수입은 막대한 것이었다. 이런 우스운 제도를 때려 부수고 낙시(樂市)·낙좌(樂座)——자유경제를 출현케 한 것이 뒷날 쇼구로의 사위가 된 오다 노부나가(織田信長)였다. 노부나가는 단지 무장이라고 하기보다도 혁명아라고 해도 좋다. 그런 경제제도의 혁명 필요성을 노부나가에게 가르친 것이 쇼구로였다.

쇼구로 자신이 이 제도를 때려부순 선각자이긴 하지만, 이 당시의 쇼구로에겐 아직 그 힘이 없었다. 어쨌든 들기름의 '좌(座)'는 대 야마자키 하치만 궁. 그 직속 신인에게 기름을 직접 판매케 하고 있다. 교토의 나라야만 하더라도 하치만 궁에서 신인이란 자격을 받고 있는 몸이기 때문에, 거상이면서도 야마자키의 신인들에겐 고개를 들 수 없었다. 그들은 한낱 행상이면서도 더구나 개처럼 꼬리를 흔드는 신인이라고 경멸당하고 있는 천민이면서도, '신사 직속'이란 점에서 쇼구로보다 격식이 위였고, 집단으로 오기 때문에 귀찮기도 하다.

"스기마루, 아무튼 돈 얼마라도 주어서 쫓아 보내라."

"글쎄요."

돌아가지 않으리라. 그들은 나라야의 폭발적인 판매 때문에 생활의 위협을 받고 있는 것이다.

"신인의 우두머리는 어떤 놈이냐?"

"험상궂은 사나이죠. 지금 아카베 님께서 응대하고 있습니다만."

아카베는 쇼구로가 나라야에 들어오자 곧 불러서 점원으로 삼았던 것이다.

"아카베도 다루기 어려우냐?"

"글쎄 아무튼 트집을 잡아 나라야를 때려부술 속셈인 것 같습니다."

"인원은 몇 명쯤이지?"

"차츰 늘어나고 있기 때문에 3백 명은 넘을 거예요. 칼, 창, 활을 갖고 있는 자도 있습죠."

"그건 겁나는걸."

어깨를 으쓱 오므렸다. 장사꾼이 아니고 무사였다면 곧 무사를 불러모아 몰살시켜 버릴 일이다.

'어쩔 수 없는걸.'

"오마아, 내가 장사꾼이 된 게 잘못이었던 것 같아."

"서방님이 오랜 관습을 깨뜨리고만 계시기 때문이에요."

"그 덕분에 재산이 늘지 않았나?"

"하지만 이런 일을 당하면 결국 아무 것도 없게 되잖아요?"

"허허, 장사란 골치 아픈 것이군." 대담하게도 눈이 반짝였다.

'역시 무장이 돼야 한다. 한 나라 한 천하를 차지하여 신사와 절에서 이따위 악덕 권리를 뺏고, 낙시·낙좌를 만들지 않으면 세상이 번영하지 못한다.'

"잠시 버려둬라."

"그, 그러나 이대로 가면 밤이 되고 맙니다."

사실, 밤이 되었다. 신인들은 화톳불을 나라야 둘레에 군데군데 피우고, 저마다 손에 햇불을 들고서 떠들고 있다.

"불을 지를 테다" 하고 고함치는 놈도 있었다. 아니 공갈이 아니다. 신인들에 의하여 부서지든가 불살라진 부호 상인이 몇 집 있었다. 그런 제재권까지 신인에게는 있는 것이다.

"그럼, 나가 볼까" 하고 쇼구로는 칼도 안 갖고 담 밖으로 쑥 나섰다.

"제가" 하고 공손하다.

"나라야 쇼구로입니다. 우두머리는 어느 분이십니까?"
"나야."
쿵 하고 창자루를 곧장 세웠다. 과연 험상궂은 생김의 사나이다.
"댁이?"
"그렇소, 야마자키의 신인으로 슈쿠가와라(宿河原)의 고엔이란 이름이지."
"알았습니다. 분부대로 오늘 밤부터 나라야의 문을 닫겠습니다."
"뭐라고?" 오히려 신인 쪽이 놀랐다.
쇼구로는 아카베를 시켜 말을 한 필 끌어오게 했다.
쇼구로는 훌쩍 말안장 위의 사람이 되었다.

공작

때마침 달이 있다. 한길이 밤눈에도 희다. 쇼구로는 왼손에 횃불을 들고 단기(單騎), 교토의 밤길을 남쪽으로 달렸다.
"비켜라, 비켜!" 하고 고함치면서 박차를 가해 질풍같이 내닫는다.
──홍매전(紅梅殿)의 폐허, 한창 유행인 잇코 종(一向宗 : 불교의 한 종파) 도량, 원청(院廳) 따위의 폐허를 순식간에 지나고 다케다가도(竹田街道)로 들어섰다. 하치조(八條) 십자로에서 개를 한 마리 말발굽에 밟아 죽이고 규조(九條)에 이르렀고, 도 사(東寺)의 산문 앞에서는 노상에 잠자코 있는 거지 떼를 만나자,
"움직이지 말라, 다친다!" 하고 멋들어진 솜씨로 뛰어넘어 옛 라쇼 문(羅生門) 터로 나섰다.
"뭐야, 저건?"
질풍처럼 달려간 그림자를 보고서 거지들이 어리벙벙하며 일어났을 때에는, 이미 쇼구로는 사이코쿠가도(西國街道)에 이르고 있었다.
"아마 귀신일 테지."
"무섭네." 저마다 지껄였다. 쇼구로는 달려간다. 이윽고 전방, 달빛이 어스름한 하늘에 덴노 산(天王山) 봉우리가 거무스름하니 드러났다. 그 산기슭에 야마자키 고을의 불빛이 보인다. 왼편은 넘실넘실 흐르는 요도 강의 강물.
'아, 번화하구나.'
쇼구로는 이 부근에서 태어난 만큼 야마자키라고 하는 상업 도시가 교토

처럼 점잔을 빼는 듯한 도읍보다 오히려 좋았다.

호수는 줄잡아 3천 호 이상. 깊은 밤이라도 나니와(難波 : 지금의 大阪)에서 올라오는 밤배가 짐을 부리기도 하고 싣기도 하느라고 화톳불·횃불의 떼가 연신 움직이고 있다. 싸움터 비슷하다.

'과연 야마자키로구나.'

거리 입구에서 획 말에서 뛰어내렸다. 한밤중이건만 노상에 상인·인부가 오가기 때문에 도저히 말탄 채 달려갈 수 없었던 것이다.

'일본 제일의 번화함일 거야' 하고 생각되기도 하는 것이었다.

상도(商都)로서의 야마자키의 번영은 중세 말기에 시작되고 난세 중기에까지 이른다. 쇼구로의 이 무렵이 전성시대의 말기라고 할 무렵으로, 이후 기름을 깨에서도 짤 수 있다는 게 발견되었으므로 이 들깨의 주생산지는 차츰 활기를 잃어 오늘날엔 끝없는 대나무 숲과 전원으로 바뀌었다.

참고로 말한다면 당시 야마자키 시의 중심이던 대야마자키 하치만 궁은 국철(國鐵), 도카이도 선(東海道線)이 생겨서 경내가 나누어지고, 또한 작아지고 말았지만, 당시는 아마 그 터만해도 1만 평은 되었으리라.

도리이(鳥居 : 신사 정면에 세운 문) 양편에 130호의 신관 집들이 추녀를 잇대고, 변두리에는 유곽이 추녀를 잇대고 있었다.

쇼구로가 신관 쓰다 오오이(津田大炊)의 문을 두들기고

"교토의 나라야입니다. 급한 일이 있어 찾아 뵙고자 왔습니다" 하고 온 동네가 떠나갈 듯한 목소리로 외치자, 문지기가 행랑채 창문으로 얼굴을 내밀고

"벌써 밤이 깊었네, 내일 아침에 오게" 하고 말했다.

쇼구로는 재빨리 돈주머니를 창문으로 던져 넣었다. 잠시 기다리자 효과는 곧 나타났다.

"무슨 볼 일이야?" 하고 샛문이 열렸다.

"청지기인 마쓰나가 다사에몬(松永多左衞門) 님이 계신지요?" 하고 들어가면서 말했더니, 문지기는 졸린 듯한 눈을 비비고

"주무시고 있네, 무슨 볼 일인지 모르지만 내일로 하지 그래."

"부탁하겠습니다" 하고 쇼구로는 공손히 말했다.

"바보 같으니, 이 밤중에 깨우면 내가 꾸지람을 받아."

"그러니까 부탁하는 것이죠."

"안돼."

"문지기."

쇼구로는 대뜸 말을 바꾸었다.

"아얏!" 하고 문지기가 신음소리를 내었을 때에는 이미 쇼구로에게 팔을 틀어잡히고 있었다.

"돈을 먹고도 내 말을 듣지 않겠다는 거냐? 이 팔을 꺾어 버릴 테니 그래도 좋으냐."

"아으!"

"어때?"

쇼구로가 정말 꺾을 셈인지 눈에 핏발이 서 있다.

"문지기, 소문은 들었을 거다. 내가 예사 장사꾼이라고 알았다가는 큰코 다칠 줄 알아."

"놓아! 놓지 못하겠어?" 문지기는 버둥거렸다.

"아무래도 팔이 꺾이고 싶은 모양이군" 하고 싱글벙글 웃으면서 문지기의 얼굴을 들여다 보자, 어지간한 문지기도 겁을 먹었다. 일단 겁을 먹게 되면 아무 것도 아니다. 털썩 주저앉으며

"깨, 깨우겠습니다."

"진작 그럴 것이지" 하고 쇼구로는 돈을 더 주었다. 이윽고 쇼구로는 경내에 있는 청지기인 마쓰나가 다사에몬 집으로 들어갔다. 다사에몬은

"무슨 일이야?" 하고 퉁명스럽게 말했지만, 평소 쇼구로에게서 많은 뇌물을 받고 있는 터라 함부로 다루진 못했다.

"실은 급한 일이 있어서 영감님(신관)을 뵙고 싶습니다만."

"지금 어느 때라고 생각하나?"

"우선 이것을" 하고 쇼구로는 사금을 담은 조그만 주머니를 꺼내 다사에몬의 무릎에 놓아주었다.

"받아 주십시오. 이런 볼 일이라면 밤중이라도 귀찮아하지 않으실 겁니다."

"으음."

다사에몬은 우선 품 안에 우겨넣고

"헌데 영감님에게 볼 일이란 게 뭔가?"

"아닙니다, 별일 아니죠" 하고 품 안에서 가죽으로 만든 커다란 사금 주

머니를 꺼내 앞에 놓았다.
"이걸 바치고 싶은 것입니다."
"이걸?"
다사에몬의 눈초리가 몹시 천박하다.
"언제나 다름없는 기특한 생각이로군. 그러나 이 밤중에 잠을 깨우게 하는 것도 뭣하니 밝은 날까지 기다리게."
"기다리면 나라야가 파산되죠."
"파산?"
"파산되어도 좋다고 하신다면 언제까지라도 기다리겠습니다. 다사에몬 님, 어떻습니까?"
"자초지종을 말하게" 하고 다사에몬은 움찔했다. 쇼구로의 눈초리가 무시무시했기 때문이다.
"아닙니다. 자세한 것은 영감님을 뵙고 나서 말하도록 하지요. 지금은 단지 뵙도록 해 주십시오."
"내용을 모른다면 전갈해 줄 수가 없는데……"
"그럼 다사에몬 님은 대체 뭣입니까? 제가 모처럼 신관님께 헌금을 한다고 하는데 자신의 결정으로 가로막겠다는 셈이시군요. 나중에 이 일이 영감님 귀에 들어가고 꾸지람을 받아도 상관없다는 말씀이신가요?"
"허, 협박할 셈이냐?"
"협박은 않습니다. 이 쇼구로, 영감님께 급한 볼 일이 있어 왔습니다. 만일 새벽녘이 되면 나라야는 파산하고 있을지도 모르죠."
"그러니까 왜 파산을 하는지, 그 까닭을 들려달라는 거란 말이다."
"그건 뵙고 나서 말하겠습니다" 하고 쇼구로는 꿈쩍도 않는다.
'지금쯤 교토의 가게는 어떻게 되었을까?'
무사할까? 아냐, 무사하지 않으리라.
'그렇듯 많은 망나니들이 몰려와 있으니 아마 불을 지르거나 가게를 때려부수고 있거나 둘 중의 하나일 것이다.'
그 나라야를 때려 부수길, 쇼구로는 은근히 기다리고 있다.
'나라야 같은 건 오늘 밤 안에 없어지고 말아라' 하고 생각하는 쇼구로.
사실을 말한다면 교토의 나라야를 에워싸고 있는 망나니 신인들이 가게를 때려부수리라 기대하면서, 다시 말해서 망나니 신인들에게 때려부술 시간을 주기 위해 다사에몬과 이런 언쟁을 벌이고 있는 것이었다.
"그럼 다사에몬 님" 하고 쇼구로는 교묘하게 양보를 하고 나섰다.
"말씀대로 지금 굳이 뵙자고는 않겠습니다. 아침에 잠이 깨신 다음 뵙도록 하고, 그대신 이 사금만은 지금 당장 전해주실 수 있겠습니까?"
"오, 그 일이라면."
황금이 들어오는 일이라면, 밤중에 두들겨 깨우더라도 쓰다 오오이는 싫다 하지 않으리라. 사람의 마음인 것이다.
"쇼구로 씨, 잘 생각해 주셨소. 이 주머니만은 지금 갖다 드리다" 하고 다사에몬은 일어섰다.

한편 교토의 나라야를 에워싸고 있는 야마자키의 신인들은 주인 쇼구로가 달아났다고 생각하고서,
"으와!" 하고 집안으로 난입했다.
일종의 사법행위(司法行爲)다.
기름의 전매권을 대야마자키 하치만 궁이 갖고 있음을 몇 번 말한 바 있다. 동시에 하치만 궁은 그 전매권을 지키기 위해 사법권을 갖고 있고, 그 사법권을 위임받고 있는 것이 여기 몰려와 있는 야마자키 신인들이다. 이를테면, 절로 말하면 히에이 산(叡山) 엔랴쿠 사(延曆寺)나, 나라 고후쿠 사의 위답·교권(敎權)을 지키고 있는 승병과 같은 것이다. 그러므로 신인들은 당당한 '경찰대'로서 나라야에 몰려와서 에워싸고 있는 셈이고, 때려 부수건, 불을 지르건 모두 정당한 경찰행위인 것이다.
난세였다.
"기, 기다려 주십시오. 주인이 곧 돌아오실 텐데요" 하고 아카베는 필사적으로 가로막았으나, 창자루로 정강이를 얻어맞고 쓰러졌다. 안에선 스기마루가 오마아를 부축하여 창고 속으로 달아나서 마룻장을 들어 지하실에 숨겼다.
"스기마루, 쇼구로 님은 어떻게 되셨을까?"
"안심하고 계십시오. 쇼구로 님은 말을 달려 야마자키 하치만 궁으로 가셨습니다. 신관님께 부탁드려 신인들의 행패를 막도록 탄원하고 계실 것입니다."

사실 그랬다. 쇼구로는 '탄원'한다는 핑계로 유유히 청지기의 집에서 새벽을 기다리고 있다. 앉은 채, 예의 단정한 자세를 흐트리지도 않고.

그 무렵 나라야에 난입한 신인들은 기름통을 때려부수든가 눈에 띄는 가구 따위를 약탈하는가 하며 온갖 행패를 다 부리고 있었는데, 이윽고 귀중하게 모셔 둔 하치만 궁의 허가장을 찾아내어 화톳불 속에 던졌다.

"활활——

불타 재가 되었다. 이것으로 나라야가 대야마자키 하치만 궁에서 허가받고 있던 들기름의 판매권은 소멸된 셈이다. 나라야는 기름장수로서 망했다.

"이젠 됐다" 하고 신인들이 야마자키를 향해 물러가기 시작한 것은 축시(丑時: 새벽 1시~2시)도 거의 지났을 무렵이었다. 하치만 궁에 있는 쇼구로는 첫닭이 울자 유유히 양치질을 하고, 닭이 두 번째로 홰를 칠 무렵이 되어서야 청지기 집에 달려 온 아카베와 만났다.

"쇼, 쇼구로 님!" 하고 아카베가 새파랗게 질린 얼굴로 보고하려는 것을 가볍게 부채로 제지하고

"나라야는 망했단 말이지?" 하고 말했다.

"그, 그렇습니다."

"자, 덤비지 말고 자세히 말해 봐. 아냐, 잠깐 기다려라. 이 이야기는 나 혼자 듣기보다도 다사에몬 님이 참석한 자리에서 듣자꾸나" 하고 다사에몬을 불렀다.

아카베는 현장에서 금방 달려왔기 때문에 이야기에 생생한 흥분·공포 따위가 들어 있었다. 대충 이야기가 끝나자, 쇼구로는 천천히 다사에몬에게 눈길을 돌리고

"들으신 대로입니다. 다사에몬 님이 그때 영감님을 만나뵙도록 주선해주셨다면 이런 일이 생기지 않아도 되었을 것입니다. 나라야는 이곳 신인들에 의해 망했지만, 이건 다사에몬 님의 책임이란 말입니다. 어떻게 해 주시겠습니까? 설마 변명은 하지 않으실 테죠!"

"그, 그건." 다사에몬은 일의 중대성에 얼굴이 하얗게 질렸다.

"쇼구로, 어떻게 하면 좋은가?"

"저야말로 묻고 싶습니다. 신인의 행패는 천재와 마찬가지라 우리들 상인의 손으로선 어쩔 수도 없습니다. 그들을 막는 힘은 신관이신 영감님밖에 없습니다. 그 영감님에 대한 면회를 다사에몬 님이 막으셨기 때문에 이런

불상사가 생겼습니다. 즉 다사에몬 님이 나라야를 망쳐놓은 것과 같단 말씀입니다."
"쇼구로——" 파랗게 질려 있다.
쇼구로는 껄껄 웃고서
"여보시오, 함부로 부르지 마시오. 나라야 쇼구로는 지금이야 한낱 장사꾼이지만 한때는 무사였소. 지금도 주판질보다는 활이나 칼 다루는 솜씨가 제법이오. 가게가 망한 분풀이로 여기서 그 솜씨를 보여 드릴까요?"
준비한 칼을 당겨놓았기 때문에, 다사에몬은 더욱 더 파랗게 질려서
"그, 글쎄 너무 성급하게 굴지 마시오. 그대하고는 특별히 친한 사이가 아니었소?"
"물론. 돈을 많이 갖다바쳤으니까."
"저, 정말이지" 하고 다사에몬은 풀이 죽었다. "어, 어떻게 하면 좋을까?"
"새로 허가장을 발급하도록 하시오."
"그, 그러나."
무리인 것이다. 신사측에서 보자면 신인의 신분 따위는 훨씬 낮은 것이지만, 그들에게 경찰권을 위임하고 있는 이상 그들이 맺은 나라야의 '영업권'을 신사측에서 멋대로 되살릴 수는 없다.
"다사에몬 씨."
쇼구로는 답답하다는 듯 웃었다.
"지혜가 없으시군. 나라야는 없어졌지만 쇼구로는 살아있지 않소."
"……?"
"지금 이 시간부터 나라야의 간판을 내리고 내가 태어난 야마자키를 간판으로 삼아 야마자키야 쇼구로라고 개칭하고 싶소. 이 야마자키야 쇼구로에게 허가장을 내린다고 하면 하치만 궁도 난처한 일이 없는 게 아니오?"
"딴은."
다사에몬은 후유 한숨을 돌렸다.
"곧 신관님께 나도 말씀 올리고 다른 사람들과도 의논하여 야마자키야 쇼구로에게 허가장이 교부되도록 힘써보리다. 그러자면 날짜가 걸리는데, 교토에 돌아가 통지를 기다려 주시구려."
"아니오. 여기서 기다리고 있겠소. 오늘 중으로 허가가 나도록 주선해 주

시오."

"그건 곤란해."

"곤란한 건 이쪽, 내 입장도 생각 좀 하시오. 나는 나라야의 데릴사위요. 데릴사위가 가게문을 닫게 했다고 하면, 이대로 처량하게 교토의 마누라한테 돌아갈 수 없소. 그런데도 다사에몬 님은 돌아가라고 말씀하시는 거요?"

"그건 아니지만……"

"다사에몬 님. 나라야에는 약간의 재산이 있습니다. 댁의 주선을 순조롭게 하기 위해 백 몇 집인가의 신사 관계자들이며 신인의 모모하는 사람들에게 후히 돈을 쓸 작정이오."

"그, 그렇다면 가망이 있소. 곧 신관님을 뵙고 올 테니 여기서 기다리구료."

"좋습니다." 쇼구로는 뱃심 두둑하게 대답니다.

영업권은 그날 당장 내리진 않았지만, 쇼구로가 체류한 뒤 사흘째 되는 날 발급되었다. 미친 듯이 기뻐한 것은 걱정한 나머지 죽 하치만 궁에서 살다시피 한, 나라야의 충성스런 점원 스기마루다.

"서, 서방님. 이것으로 나라야의 맥은 끊이지 않게 되었습니다. 마님이 얼마나 기뻐하실까요?"

"곧 네가 교토로 먼저 달려가서 알려 드려라."

"그렇게 하고말고요!"

스기마루는 교토로 향해서 한길을 달려갔다. 그런 후 쇼구로는 며칠 체류하며 신관·그 아랫것들·신인의 우두머리 따위에게 후히 사례를 하고서 맑게 개인 날 아침, 말을 타고 하치만 궁을 떠났다.

오른편엔 오토코 산(男山)

왼편엔 덴노 산.

한가운데의 망망한 갈대밭 속을 요도의 강물이 흐르고 있다.

'야마자키야 쇼구로라――'

나라야는 사라지고 쇼구로는 자립했다.

'이젠 데릴사위가 아니다.'

지금까지의 입장으로선 쇼구로의 자존심이 허락지 않았다. 그 속박에서 해방되었다.

'이제 두고 봐라!'

며칠 동안의 눈부신 쇼구로의 활동은 뒷날의 '사이토 도산'의 나라 훔치기 공작에 자신을 굳혀주었다고도 할 수 있다.

쇼구로가 탄 말의 걸음도 가벼웠다.

하늘을 찌르는 기쁨

우선 여담이지만 필자는 쇼구로, 즉 사이토 도산의 옛 터를 조사하러 미노로 간적이 있었다. 미노의 기후(岐阜)에 조자이 사(常在寺)라는 옛 절이 있고 전당들이 고색을 띠고 있다. 쇼구와 인연이 있는 절로 이 긴 얘기의 중간중간에 나오므로 여기서는 자세히 말하지 않겠지만, 주지는 기타가와 에이신(北川英進)이며, 기후 아사모리 중학교(朝森中學校)의 교무주임이다.

"도산은 참으로 영웅이라는 칭호에 어울리는 인물입니다" 하고, 아침저녁으로 도산을 위해 공양하고 있는 그분은 말했다. 도산이라는 사람은 불행하게도 이 조자이 사에만 모셔져 있다. 기타가와 에이신 씨는 아침저녁으로 쇼구로에게 봉사하고 있는 세계에서는 단 한 사람의 인간이다.

'영웅'의 정의를 필자는 아직 모른다. 이 소설이 진행됨에 따라서 독자와 함께 생각해 볼 작정이다. 그러나 사나이로서 그 야망을 위해 강렬하게 사는 인물을 영웅이라고 한다면, 도산은 그야말로 바로 영웅이리라.

"단지 에도시대의 유교 도덕적 견지에서 도산 같은 인간은 나쁜 놈이 돼버리면서 어딘가 시즈오카 현(靜岡縣) 방면엔 지금도 그 자손이 살고 계시는 모양입니다만, 에도시대에 성(姓)을 바꾸신 모양입니다."

이 절에는 중요문화재인 사이토 도산 상(像)이 보존되어 있으며, 도산이 사용하던 도장도 보존되어 있다. 사이토 야마시로(齊藤山城)라고 새겨져 있다. 참으로 꼼꼼한 도장이다. 만일 그것을 애용했다면 쇼구로 도산이라는 사나이는 커다란 야망을 품었으면서 더구나 정신이 아득해질 것 같이 확실한 장소로부터 계획적으로 일을 추진시켜가는 사나이이리라. 문득 이집트의 묘 도둑 얘기가 생각난다.

고대 이집트의 묘 도둑은 파라오가 생전에 자기 피라밋을 만들기 시작하면 그 도둑들도 인적 없는 아득한 사막 끝에서 굴을 파기 시작한다는 것이다. 물론, 5년이나 10년에 분묘의 밑바닥에 이르지는 않는다. 경우에 따라서는 아버지가 파다가 죽으면 그곳서부터 아들이 이어 파고, 손자 대가 돼서 겨우 묘 속의 재보를 훔쳐낸다 한다.

사이토 도산 쇼구로는 역시 일본사람이므로 이처럼 끈질긴 '계획'은 세울 수 없다. 그러나 기타가와 에이신 씨가 말하는 이 '참다운 영웅'은 이집트의 두더지도둑들에게는 미치지 못한다 하더라도 일본사람으로서는 진기하게도 '계획'이 있었다.

나라야의 데릴사위로부터 교묘하게 자리를 옮겨, '야마자키야 쇼구로'로 둔갑한 중대한 일이다.

가게도 그대로, 장사 도구도 그대로, 점원·행상인도 그대로. 그러나 간판만은 나라야가 없어지고 야마자키야가 되고 말았다.

"마님, 이 댁으로서 이만큼 경사스런 일은 없습니다" 하고 사람 좋은 점원인 스기마루 등은 뚝뚝 감격의 눈물을 흘리면서 오마아 마님에게 말하는 것이었다.

"가게는 이걸로 만만세이옵니다."

"…… ?"

오마아는 여우에 홀린 듯한 얼굴이다. 과연 일단은 신인들에게 박탈당한 영업권이 쇼구로의 눈부신 솜씨로 부활됐다. 그러나 눈 깜짝할 사이에 나라야가 사라지고 야마자키야가 탄생한 것이다.

'그렇다면'

오마아는 고개를 갸우뚱했다.

'나는 나라야의 여주인이 아니다. 한낱 여편네로 전락하고 말았다는 말인가?'

대야마자키 하치만 궁으로부터의 기름판매의 허가장이 야마자키야 쇼구로라는 이름으로 교부된 이상, 쇼구로는 이미 데릴사위가 아닌 어엿한 주인이 되어버린 셈이다.

'마치 여우에 홀린 듯한'

아냐 아냐, 애당초 쇼구로를 끌어들인 시초는 셋쓰 아리마 온천의 아리마 여우 사건에서부터 시작된 것이기 때문에, 사건의 일체는 여우의 짓일지도 모른다. 그날 밤 쇼구로는 밤 늦도록 서원에서 책을 보고 있었는데, 이윽고 책을 덮고 침실로 들어갔다. 침실은 사치를 좋아하는 오마아가 독신시절부터 돈을 아끼지 않고 만든 것으로서, 침대는 아마 당시 천황도 사용 않는 듯한 휘장을 두른 침상이었다.

호화로웠다.

침대 바닥은 검은 옻칠 바탕에 야광 조개껍질을 박은 나전(螺鈿)인데 두께 세 치 가량의 두터운 다다미를 깔았고, 침대에는 천정이 달리고, 안에 비단을 박혔으며, 전후좌우는 온갖 무늬로 장식된 휘장이 드리워져 있어 내부가 보이지 않도록 돼 있다. 침실 구석에는 촛대가 아련하게 어둠을 불 밝혀주고, 도코노마에는 중국에서 건너 온 청자향로가 달콤한 향기를 모락모락 피워주고 있다.

오마아는 쇼구로를 얻고 나서 한결 아름다워졌다. 지금 오마아는 배를 깔고서 누운 모습, 쇼구로를 기다리고 있다. 기다리는 동안 베개 맡 단지를 끌어당겨 과자를 먹고 있었다. 한 알에 엽전 몇 잎이니 하는 값비싼 외국 과자다. 이윽고 쇼구로는 잠옷으로 갈아입고 오마아 옆에 누웠다.

"잡수시지 않겠어요?" 오마아는 한 알 들어올렸다.

"음." 쇼구로는 받질 않는다.

이 과자는 사카이 항구 등에 들어오는 중국배의 수입품이지만, 중국 것이 아닌 포르투칼 과자로 남만어로는 콘페토(confeito : 金米糖, 별사탕과 비슷한 설탕과자)라고 하는 모양이었다. 원료는 빙밀(氷蜜)이라고 하는 설탕이었다. 빙밀은 커녕 제대로 사탕도 만들지 못하는 일본에선 이 과자가 진귀, 바로 그 자체였다. 제조법은 빙밀을 졸인 끈적끈적한 것에 밀가루를 섞어 양귀비씨 한 알을 싸고 다시 휘저으며 끓이면, 차츰 부풀어 올라서 바깥쪽에 몇 개의 뿔이 돋는 그런 과자다.

"드시겠어요?"

"필요 없소."

집이나 가게는 같지만 쇼구로는 이미 나라야의 데릴사위가 아닌 야마자키야의 주인이었다. 오마아가 언제까지나 집주인으로서 온갖 사치를 다하고 있음을 용서할 수는 없다고 생각하고 있다.

"오마아, 그 단지를 이리 내 놔" 하는 태도에 이전과는 다른 위엄이 있었다.

"단지를 어떻게 하시겠다는 거예요?"

"이런 사치는 이후 용서 않을 테니 콘페토고 뭐고 뜰에 내던져 깨뜨려버리겠어."

"어머!" 오마아는 천지가 뒤집힌 듯한 놀라움을 얼굴 가득히 나타냈다.

저녁 종소리 115

"여보, 사치를 하든 말든 이 집은 오마아의 집이에요."

사실 며칠 전까지는 그랬었다. 데릴사위 따위는 이혼장 하나로 당장 나가라고 하면, 집에 있을 때 입고 있던 무명옷 한 벌로 곧 나가야 하는 신세다. 하나 지금은 다르다.

"오마아는 착각하고 있어, 이 집은 이미 나라야가 아니야. 나라야는 야마자키의 신인들에 의해 부서지고, 야마자키 하치만 궁으로부터 이 쇼구로에게 새로 허가장이 내려진 거야."

"……"

오마아는 하얗게 질려 있다.

〈지금부터 이 집 주인은 야마자키 쇼구로, 여편네는 오마아―〉

지위가 뒤바뀌었다.

"그, 그러면 어떻게 되는 거죠? 오마아는 이제 여편네에 지나지 않기 때문에 나가라고 하시는 건가요?"

쇼구로는 시원스런 목소리로 웃었다.

"죽을 때까지 데리고 살 거다."

"그렇게 되면 어떻게 되는 거죠?" 하고 오마아는 몸을 파르르 떨었다. 여느 때라면, 아니 여느 때는커녕 오마아의 성미라면 이런 경우 앞뒤를 가릴 것도 없이 발끈한다든지 노여워했으련만 그런 여유를 주지 않는 것이었다. 오마아의 떨림은 불안이다. 태산같이 믿었던 산이 무너지는 듯한 불안이다.

"그대를 불행케 하지는 않는다" 하고 쇼구로는 목소리를 부드럽게 해서 말했다.

"다만, 말하지 않을 수 없다. 야마자키야가 된 이상 종전의 가풍·장사하는 방식·안살림·부엌 단속에 이르기까지 고칠 생각이다. 오마아."

"네, 네."

처량하지 않은가, 하고 오마아는 마음 한구석으로 생각하는 것이었다. 어제까지 교토 시내를 쩡쩡 울리던 '나라야 오마아 마님'이 지금 하녀처럼 떨고 있다.

"일어나요."

"예."

"술, 술그릇과 잔을 두 개 가져오도록. 알겠소? 하녀에게 시켜선 안 되오. 당신이 부엌으로 가는 거요."

"예, 예."

오마아는 꿈속의 사람 같다. 자기도 모르게 침대를 빠져나와 종종걸음으로 복도를 달리기 시작했다. 이윽고 은주전자·은잔 등을 갖고서 돌아왔다.

"술을 잔에 따라요."

"예."

시키는 대로 했다. 술을 따르게 하고서 무엇을 하는지, 물어 볼 틈마저도 쇼구로는 주지 않는다.

"오마아, 잔을 들어요."

"예."

"내가 따라 주겠어" 하고 다정하게 채워주고 쇼구로는 자기 잔을 들었다.

'……?'

오마아는 불안스런 듯이 쇼구로를 보고 있다.

쇼구로는 번쩍번쩍 남 유달리 반짝이는 눈으로 휘장 밖 어둠을 지그시 쏘아보고 있었다. 뜰에는 등이 하나 아련한 불빛을 비쳐주고 있다.

"오마아" 하고 쇼구로는 오랜 침묵 끝에 말했다.

"오늘밤, 이것이 혼례야."

"옛?"

'그건 이미 끝나지 않았던가?' 하는 표정을 지어 보였더니, 쇼구로는 천천히 미소를 떠올렸다.

"나라야는 파산했다. 데릴사위인 쇼구로는 어디론가 가 버렸다. 오마아는 거지가 되었다. 새로이 야마자키야 쇼구로라는 사나이가 나타나 원래의 나라야 재산을 건져주고 오마아를 아내로 맞았다. 오마아는 오늘 밤 야마자키야 쇼구로한테 시집 온 것이 되는 셈이야."

"어머나!"

오마아는 구원받은 듯한 느낌이 되었다고 할 정도였으니, 감정이란 이상하다 할 수 밖에 없다.

"오마아는 새로이 아내가 되었다는 말씀이로군요."

"그렇지."

"그렇지만 어느 친정에서 시집 온 것이에요?"

"지금은 없는 나라야에서."

"이 야마자키야로?" 하고 오마아는 아둔하게 끄덕여 보였지만, 집이고 뭐고 어제와 다름없고 이 방도 오마아가 태어났을 때부터의 것이었다.

"술을 마시도록 해요. 중매쟁이는 비록 없지만, 쇼구로가 지닌 법화경의 공덕으로 하늘에 계신 모든 보살이 여기와 계시지. 이만한 중매쟁이도 없을 거야. 만일 오마아가 아내로서의 법도에 어그러지는 일이 있다면, 곧 천벌이 내릴 테니까."

"무서워요."

농담이 아니다. 오마아는 정말 파랗게 질려 있다. 당시는 불경이라든가 하늘의 여러 보살이라든가, 그러한 우스꽝스러운 것들을 가장 무서워했기 때문이다. 무서워하지 않는 것은 쇼구로 정도였다. 왜냐하면 쇼구로는 묘카쿠사에서 자랐으니만큼 많은 승려와 한가지로 그러한 것의 실재나 공덕은 믿고 있질 않았다. 단지 믿고 있는 것은, 위로는 천자에서부터 밑으로는 어리석은 백성에 이르기까지 그러한 것에는 겁을 먹게 된다는 한 가지 뿐이다.

"나도 마시겠소."

"저도요."

오마아와 쇼구로는 동시에 마셨다. 오마아의 눈에는, 두고두고 이야기한 일이지만 휘장 밖에 금색 찬란한 하늘의 여러 보살이 혹은 합장을 하고, 혹은 검을 들고, 혹은 독코(獨鈷 : 중앙에 잡는 부분이 있고 양측이 뾰족한 절굿공이처럼 생긴 佛具의 하나)를 움켜쥐고 웅성웅성 이 혼례를 지켜보는 모습이 역력하게 보이는 것만 같았다. 그 뒤는 오마아에게 있어 평생 잊을 수 없는 환락의 밤이었다.

"오마아, 첫날밤이야" 하고 쇼구로는 이미 숙달될 대로 숙달된 사나이의 기교로 오마아를 몇 번인가 죽음 직전까지 몰아갈 정도로 애무했다.

'야마자키야 쇼구로 님한테 시집왔다'고 하는 생각이 오히려 오마아에게 신선한 정감을 자극시켜서

"쇼구로 님, 쇼구로 님" 하고 몇 번이나 불렀다.

"오마아는 여자로 태어나서 오늘 밤과 같은 기쁨을 맛본 일이 없어요."

"부처님의 은혜지."

"정말, 부처님의 은혜로……"

오마아는 정신이 없다. 그러나 뭇 부처 중에서 남녀의 교합을 다스리는 부처님이란 누구이실까.

"쇼구로 님, 그건 누구이실까요?"

"대성환희천(大聖歡喜天)"

"저기, 저기에" 하고 오마아는 황홀할 대로 황홀했다.

"계시나요?"

"지금은 와 계시지 않지만, 쇼구로가 염불을 외고 빌면 하늘에서 내려오실 테지."

"쇼구로 님, 그 기도를" 하고 오마아는 헐떡이고 있다. 천태법사종(天台法師宗)・진언종(眞言宗)의 두 종파라면 반드시 대성환희천을 모시지만, 쇼구로가 배운 니치렌 종에선 그러한 부처는 교의로써 인정치 않는다. 하나 쇼구로는 불법에서 말하는 편법을 썼다. 쇼구로는 오마아를 안아 무릎 위에 앉히고 대성환희천 모습 그대로인 자세를 취했다. 대성환희천은 남불(男佛), 여불(女佛)의 쌍신으로 일체가 돼 있다. 남불은 몇 개인가의 손을 가졌으며, 제1수에는 금강공이(金剛杵), 제2수에는 월부(鉞斧), 제3수에는 견삭(羂索), 제4수에는 삼차극(三叉戟)과 같은 고대 인도의 각종 무기로 힘을 상징하는 한편, 여불은 깔아뭉개고 끌어안는다고 하는 엄청난 모습을 취하고 있다.

"오마아."

"예."

"너는 여불이다."

오마아는 그렇게 연상했다.

"나는 남불이고" 하고 말하면서 쇼구로는 남몰래 수많은 손에 들린 무기의 하나를 설명하고

"금강공이는 문자 그대로 쇠절구공이로 적에게 내던져 거꾸러뜨린다. 월부는 도끼로 적의 머리를 두 쪽 내고, 견삭은 포승, 삼차극은 칼날에 칼날 가지가 돋친 칼이야. 오마아, 이 쇼구로를 남불이라고 알아 두도록."

"……"

천하의 난세를 맞아 칼로써 야망을 이룩한다는 의미가 아닐까 하고, 오마아는 좀 걱정이 됐다.

"──그럼,"

"응?"

"그럼 이 오마아는 무엇일까요?"

"여불이라니까." 깔아뭉개져 있다. 그 대성환희천의 여불 모습에야말로 여인의 행복이라고 이 쇼구로는 말하는 것일까? 이윽고 오마아는 정신이 가물

가물해져 왔다.

'될 대로 되라지' 하고 생각하는 것이었다.

'우선 이 남불을 따라간다.'

오마아는 확실히 세상에서도 일품(逸品)이라고 할 기이한 남자를 남편으로 가졌다. 하나, 그것이 오마아의 행복이 될지, 환희천의 여불이 되고 만 오마아는 생각할 여유가 없다.

진출

 야마자키야는 크게 번창했다. 그러나 정작 쇼구로는 그다지 기쁘지도 않은 얼굴이다. 서원에서 멍청하니 생각에 잠겨 있을 때만 하더라도, 오마아가 "서방님, 왜 그러세요?" 하고 말을 걸어도 귀에 들리지 않는 눈치였다.
 때로는
 "아니, 뭐……"
 미소로 얼버무리는 일도 있다. 언젠가 '덕정(德政)'이 있었다.
 막부의 상투 수단이다. 아시카가 막부라고는 하지만 있어도 없는 것과 같은 존재로서, 이 시대보다 몇 대 전인 장군 요시마사(義政)조차도 그 첩의 해산비용이 없어서 부득이 갑옷을 잡히고 교토의 전당포에서 5백 관문(貫文)을 빌렸다고 하는 이야기가 남아 있을 정도이므로, 당시의 장군 요시타네(義種) 등은 천황과 더불어 속 빈 허위(虛位)를 갖고 있는데 지나지 않았다. 그러면서도 아시카가 가문의 재정이 궁색해지면 덕정을 베푼다. 관명(官命)에 의한 '사채(私債) 무효화'다. 물론 서민들 사이의 대차(貸借)에까지 미치는 막부의 명령이지만 사실은 아시카가 가문의 재정을 구출하기 위한 것일 뿐, 덕정은 단지 구실이었다. 울상인 것은 장사꾼들이다.

"이거 죽겠는 걸" 하고 쇼구로는 덕정이 선포된 며칠 동안 초를 마신 듯한 얼굴을 짓고서 보냈다. 야마자키야는 현금거래가 많으므로 그다지 타격은 받지 않지만, 그렇다고는 하나 아시카가 가문에 납품하고 있는 기름은 1년에 두 번 지불받게 돼 있다. 그것을 깡그리 못 받게 된 셈이다. 화가 날 수 밖에.

"무사란 정말 제멋대로군" 하고 오마아에게 불만을 털어놓았다.

"장군님의 분부라 할 수 없지 않아요?"

"흥, 장군."

불쾌한 아시카가는 10대. 초대 다카우지(尊氏) 이래 180년쯤 되었지만 일족이나 중신들 사이의 싸움은 꼬리를 물고, 40년 전인 오닌(應人)의 난에선 교토 전 시가지가 전쟁으로 불타 없어질 이만큼의 소동도 벌였다.

'백성을 괴롭히기 위해 존재하고 있다'는 건 명백하다. 일본 역사상 아시카가 막부만큼 어리석고 악덕한 정부는 없으리라.

아직 멸망시켜야 한다는 소리는 일어나지 않고 있다. 여러 곳의 영주·토호들은 아직 장군의 '신성권'만은 인정하고 있기 때문에, 거기까지의 원성은 생기지 않는 것이었다.

──빛 좋은 개살구 같은 공위(空位)를 갖고 있으니만큼 해로움이 없지 않는가. 하는 식이었다.

무해(無害)라곤 하지만 어디까지나 영주들에게만 해당되는 사항이다. 그러나 쇼구로와 같은 교토 서민들로선 이만큼 해로운 존재도 없다. 아니 사실은, 전국 시대의 지도를 펼쳐 보더라도 교토에 올라와 새 정권을 세울 만큼의 실력자가 보이지 않았다. 뒷날 쇼구로의 사위가 되어 교토를 차지하고 근세의 막을 올리면서 드디어 막부를 쓰러뜨린 오다 노부나가는, 아직 이때 출생조차 하지 않았다. 어느 날 밤 쇼구로는 오마아를 가까이 불러

"내가 하는 말을 순순히 들어 주겠소?" 하고 물었다.

"무슨 일인데요?"

"막부를 쓰러뜨리고 싶다."

"옛?"

"앗하하하, 뭐 놀랄 것까지는 없어. 한낱 기름장수인 야마자키야 쇼구로의 손에 막부가 쓰러지지는 않을 테니까."

"그, 그야 그렇겠지요. 사람을 놀라게 하시면 싫어요."

"하긴 당연한 일이지. 그러나 오마아가 쓰러뜨릴 수 없다는 법도 없어."
쇼구로의 말투가 자못 농담조인지라 오마아도 그만 농담조가 되어
"어떤 방법이 있는데요?" 하고 흥미도 없는 일을 물어 보았다.
"우선 오마아의 승낙이 필요하지."
"저의?"
"그렇지, 오마아의 힘을 빌어야 해."
"호호, 재미있네요. 저에게 그런 힘이 있을까요?"
"있어." 쇼구로는 단정했다.
"있다고 한다면 어떻게 하시겠어요?"
"나는 나라를 도둑질하러 간다."
"옛?" 의미를 알 수 없다.
"한 나라를 빼앗아 그 병력을 이용하여 이웃을 집어 삼키면서 마침내는 백만의 군사를 갖추어 교토로 쳐 올라와, 장군을 몰아내고 정권을 수립한다. 그리고 쇼구로의 천하가 되면 신인 같은 것들도 용서 않고 덕정 따위의 폭정도 않고 말이야. 상인에게는 낙시·낙좌(자유경제)의 권리를 줄 뿐 아니라 20리가면 통행세를 물어야 하는 식의 짓을 중단시켜 관문을 철폐하고, 농군에게는 일정한 세금 말고는 거둬들이지 않거니와 천자나 공경에겐 비용을 헌납하여 생활을 해 나갈 수 있게 만들겠다."
"어머나, 살기 좋겠네요." 오마아는 농담인 줄로만 알고 있다. 당연한 일로서, 한낱 기름집 주인의 힘으로 될 일이 아니었다.
"어때, 오마아?"
"참, 훌륭해요" 하고 말할 수밖에 없다.
"그래, 훌륭한가?"
"……"
쇼구로의 얼굴이 웃지 않는 것을 깨닫고 오마아는 움찔했다.
"서방님, 훌륭하다고 하면 어떻게 되나요?"
"오마아에게 힘을 빌릴 일이 있다."
"어떤 일인데요?"
"손쉬운 일이야."
"빨리 말씀해 주세요."
"1년."

"1년?"

"그 기간 동안 나를 세상에 내보내 줘. 그것뿐이야."

"싫어요."

"아냐, 오마아는 벌써 승낙하지 않았어? 1년만 달라는 거야. 가게는 이제 스기마루와 아카베에게 맡겨도 된다. 오마아는 단지 장부만 보고, 그 나머지는 매일 내가 돌아오기만을 기다리면 돼."

"여쭙겠는데요?"

"뭐야."

"1년 지나면, 서방님은 백만의 군사를 이끌고 교토로 쳐올라 오시게 되나요?" 믿고는 있지 않다.

"그건 무리야" 하고 쇼구로도 비로소 웃었다.

"1년으로 백만의 군사는 무리지만 한 나라를 잡을 만한 가망이 있는지 없는지는 알 수 있다. 그 기간이 1년이란 말이야."

"1년……"

"그렇다니까. 1년 안에 도저히 쇼구로의 힘으로 무리라고 깨달으면 나는 원래의 기름장수가 되어 돌아오겠어."

"가망이 있다면, 어떻게 하시겠어요?"

"오마아를 부른다. 1년 후에는 그 영지로 부르겠다는 거야."

"정말?"

"쇼구로가 거짓말을 한 일이 있나?"

마음으로는 거짓이 없다. 진실인 셈이다.

"1년 지나고서도 오마아에 대한 정이 변하지 않겠다는 말씀이세요?"

"변하지 않아" 하고 끄덕인 것도 진실한 마음이었다.

쇼구로는 책략이 많은 인간이지만, 그때 그때마다 마음에 짙고도 격렬한 진실을 품고 있었다. 다만 격렬한 진실이라는 것도 다음 순간에는 색이 변하는 허무함도 알고 있다. 쇼구로의 진실은 동짓달에 빛나게 물드는 단풍의 아름다움을 닮고 있었다. 단풍이란 다음 달인 섣달엔 벌써 색이 바랜다. 그런 덧없음이 있으므로 동짓달 단풍은 한층 돋보이는 아름다움으로 사람의 마음을 울려 주리라.

"알았습니다."

오마아는 말하지 않을 수 없다. 오히려 감동하고 있었다.

"꼭 1년이어야 해요."

오마아는 쇼구로의 무릎에 두 손바닥을 놓았다. 그러고 나서 며칠, 쇼구로는 서원에 틀어박혔고 밤에도 거기에 자리를 펴도록 했다. 생각에 잠겨 있다. 이미 쇼구로는, 과장해서 말하면 일본 60여 주(州)의 여러 나라 국정에 관해서 앉아 주워섬길 수 있으리만큼 자료를 갖고 있었다.

기나이(畿內)나 주고쿠(中國) 방면은 자기 발로 걷고 눈으로 보아 알고 있을 뿐 아니라, 이 장사 덕분에 각국으로 행상 다니는 행상인으로부터 듣고 있었다. 먼 나라에 대해선 행각승·무당·점쟁이·떠돌이 중·광대 등 여행을 인생으로 삼고 있는 자를 집에 재워주고선 이야기를 들어 왔다. 각 영주의 능력·성벽(性癖)·보좌관의 사람됨, 그리고 가문의 내정 따위를 소상하게 조사하고

'과연 어느 나라가 좋을까?' 하고 곰곰이 생각해 왔다.

마침내 '미노(美濃)'라고 작정했다.

미노하면 군(郡)의 수효가 열여덟, 쌀의 수확고는 65만 석 이상이다. 게다가 교토에서 멀지 않고 길은 사통팔달이며, 이웃 나라인 오와리(尾張)로 나오면 도카이 가도(東海街道)가 나 있어 천하의 교통요지여서 병마를 움직이는 데 참으로 안성맞춤이다.

'미노를 제압하는 자는 천하를 제압하게 된다' 하고 쇼구로는 꿰뚫어 보았다.

쇼구로가 미노를 선택한 것은 천재적인 안목이라고 해도 좋다. 미노에서 천하를 판가름하는 싸움이 벌어졌던 것은, 멀리는 임신(壬申)의 난이 있고 그 후엔 세키가와라의 난이 있다. 도쿠가와 시대(德川時代)엔 미노에 대영주를 봉하지 않았으며, 다시 말해서 이 나라가 제압되는 것을 겁내어 한 나라 중 11만 7천 석을 막부 직할로 삼고 나머지 60여 만 석은 영주의 직속 신하인 80가문에 조각조각 나누어 주고 서로 견제토록 했다. 그만큼 요지에 있는 나라다. 그리고 쇼구로는 멀리 가마쿠라 시대(鎌倉時代)부터 미노에 봉해지고 있는 도키(土岐) 가문이 썩을 대로 썩어 있는 게 무엇보다 마음에 들었다. 도키가문은 아시카가 막부의 여러 영주들 중에서도 손꼽는 명문으로 왕년에 강성을 자랑했다. 아시카가 초기에 이런 이야기가 있다. 도키 요리토(土岐賴遠)라고 하는 그 무렵의 당주(當主)가 다카우지 쇼군에게 문안차 교토에 올라와 있었는데, 도성 큰길에서 지묘인 상황(持明院上皇)의 가

마하고 마주쳤다. 으레 요리토는 말에서 내려 자기의 일행을 길 한 옆으로 비키게 하고 가신과 더불어 꿇어 엎드려야만 되는데, 시대는 아시카가의 천하가 막 시작된 최성기였고 도키 요리토는 그 막하에서도 최대 영주 중 한 사람이다. 요리토는 못 본 체 시치미를 떼고 말 탄 채 태연히 스쳐 지나가려고 했다.

"말에서 내려라!" 하고 상황을 수행하는 신하가 말했다.

요리토는 미쳤다 싶을 만큼 성을 내고

"어떤 놈이냐? 이 교토에서 나에게 말을 내리라고 외치는 바보 놈은! 건방진 놈, 말발굽으로 짓밟아 버릴 테다" 하고 고함을 질렀다.

상황의 하인들과 신하들은 놀라고, 이건 틀림없이 교토에 서툰 촌무사라 그러려니 생각하고 저마다

"상황의 행차이시다!" 하고 외쳤다. 요리토는 껄껄 마상에서 웃고

"뭐 상황이라니, 개 말이냐? 개의 행차라면 화살도 쏘아주지" 하고 부하들 10여 기에게 활에 화살을 먹이도록 하여 휭, 상황의 가마를 둘러싸고 개 쏘아 맞추기 경기처럼 말을 달리면서 마구 위협의 화살을 쏘아댔다. 정말 어처구니없는 이야기이지만 도키 일족 하면 교토의 큰길을 내노라하고 활보했던 시대도 있었던 것이다.

'그 도키 가문의 기둥도 이제 썩어가고 있다.'

영주나 그 일족은 백년의 무위도식으로 완전히 무능력자로 전락했다. 정치는 가로(家老)가 틀어잡고, 그 가로 일족도 귀족화되어 실권을 잡고, 그 또한 환락에 빠져서 세상 소문으로는 어느 인간이나

'똥오줌이나 싸는 멍청이'와 진배없다는 것이었다.

'알맞겠는 걸.'

쇼구로는 생각했다. 쇼구로가 배운 한학으로선 백성을 다스릴 능력을 잃은 통치자는 그 자리에 머물러 있는 것이 이미 악이며, 그걸 쓰러뜨리는 게 정의라고 한다.

"오마아, 미노로 정했어" 하고 쇼구로는 어느 날 싱글벙글 얼굴에 가득 웃음을 띠고 서원에서 나왔다. 그 말투가 너무나 예사로웠기 때문에 오마아도 그만

"미노로 정하셨어요?" 하고 일상적인 일처럼 말했다.

"그 나라는 강 경치가 좋아. 나라가 강(長良江) 둑에는 끝없이 대나무 숲

이 이어져 있고 가을날에는 시라도 한 수 읊고 싶은 곳이지. 오마아도 그걸 기대하고 있으면 돼."

"제발 그랬으면요" 하고는 말했지만 벌써 오마아의 마음은 꿈에서 깨고 있다.

'과연 1년 동안에?' 하고 새삼스러이 쇼구로의 얼굴을 바라보는 것이었다.

쇼구로가 무사의 모습으로 되돌아와 아오에 쓰네쓰구의 대도를 허리춤에 찌르고, 혼자 교토를 떠난 것은 다이에이(大永) 원년(1512년) 여름이었다.

이 어수선한 세상에 아무리 무사라고는 하나 혼자서 길을 걷는다는 건 대담 이상의 짓이었다. 도중 거지·도둑·산적이 각처에 들끓고 선량한 농군이라 할지라도 상대에게 돈이 있다고 생각하면 때려죽여서 뺏던 시대였다. 출발할 때 오마아가

"괜찮겠어요?" 하고 파랗게 질려서 말했다.

아카베와 스기마루도 입을 모아

"사람을 모아 떠나도록 하세요" 하고 말했지만, 쇼구로는 웃으며 "나를 죽일 만한 놈이 있을 게 뭐야." 성큼 떠나고 말았다.

사실 쇼구로를 죽일 수 있는 사나이는 없었다. 교토에서 19리.

오우미(近江)에서 벗어난 산중에 사메가이(醒ヶ井)라는 마을이 있고, 이 마을까지 이르렀을 때 아직 해가 높았다.

'조금 더 발을 뻗쳐서 가시와바라(柏原)까지 갈까?' 하고 험한 산길을 밟아 짓이기듯 올라갔다.

현재의 아즈사(梓) 근처였을까, 적송(赤松) 숲이 슬슬 삼나무로 바뀌기 시작했을 무렵, 쇼구로는 그제야 다리가 피로해 왔다.

해도 기울어지기 시작했다. 문득 고갯길에서 산마루를 올려다보았더니 집이 한 채 보였다. 쇼구로는 물었다.

"재워줄 수 없겠소?" 하고 창문을 넘겨다보며 말했더니, 안에는 뻔한 노릇으로 산적이 셋 가량 있었다.

새벽녘, 도둑이 쇼구로의 돈지갑을 노리려고 살금살금 다가섰을 때, 느닷없이 뛰어 일어나 아오에 쓰네쓰구를 움켜쥐고 실내용 화로를 뛰어넘어

"받아라!" 하고 뽑기가 무섭게 하나를 베어버리고 다시 봉당으로 뛰어내

려가 하나를 베었다. 그리고 한 사람만은 살려주고서 칼등으로 그의 뺨을 찰싹찰싹 때리며

"마쓰나미 쇼구로다. 마음에 새겨 두도록" 하고 돈을 주어 미노 쪽으로 놓아 보냈다. 자기의 용맹스러움을 미리 미노에 퍼뜨리기 위한 술책이었으리라. 쇼구로뿐 아니라 그즈음의 무예 수업자가 곧잘 써먹은 자기 선전법이다.

절

"흠?"

고장에서 니치고 대사(日護大師)라 불리고 있는 이 절의 주지가 입가에서 찻종을 뗐었다.

"나그네 무사라고?"

"예, 대사님을 만나기 위해서 머나먼 교토에서 찾아왔다고 하십니다."

"이름은?"

"말씀 안 하십니다. 교토에서 한솥밥을 먹은 자, 이렇게 말씀드리면 아실거다, 이름을 말한들 지금의 이름은 대사께서 모르신다고 하시지 않겠어요?"

전갈하는 제자가 식은땀을 흘리고 있다.

"누굴까?"

니치고 대사는 시선을 뜰로 보냈다. 뜰 바깥은 나가라 강이다. 절 바로 전면은 미노 평야에 우뚝 솟은 이나바 산(稻葉山)이었다. 한여름의 녹음이 온 산을 덮고 있다. 슈린 산 조자이 사(鷲林山 常在寺)'

이것이 이 절의 이름이었다. 미노에서 손꼽히는 큰 절이며 게다가 이 이나바 지방(지금의 岐阜 市 부근)에선 유일한 니치렌 종의 절이다. 당시 니치렌 종하면 가장 번창한 종교로, 조자이 사는 이 지방 새로운 문화의 중심이었다. 더구나 니치고는 미노에서도 손꼽는 실권자 나가이 도시타카(長井利隆)의 친동생으로서, 그 점에서도

'대사님'하고 존경받고 있었다. 아직 나이는 젊다. 턱이 둥근 온화한 용모를 가졌고 먼산의 아지랑이 같은 눈썹, 시원스런 눈, 입술이 붉고 어딘가 귀부인을 연상시키는 생김이다.

"나는 교토에서 수도 중에 무사하고는 별로 사귄 일이 없는데."

"그러나 현관의 손님은 대사님하고는 막역한 사이였다고 말씀하십니다."

한편 현관마루에 걸터앉아 있는 쇼구로는 삿갓을 옆에 놓고 땀을 씻으면서 산문 너머로 솟은 이나바 산을 올려다보고 있었다.
'이상한 산이로군.'
이 넓은 평야에 우뚝 솟고 자못 험해 보이는 게 올라가기 힘들 것 같았다.
"저, 무사님" 하고 안내하던 중이 돌아왔다.
"대사께서는 생각이 나지 않는다고 하십니다. 이름을 밝혀 주십시오."
"내 골상을 말했나?"
"……"
딴은 새삼 바라다보니 좀처럼 볼 수 없는 기이한 상이다. 이마하고 아래턱이 쑥 튀어나오고 두 눈이 번쩍 빛나고 있다. 그러면서도 어딘가 끌려 들어갈 듯한 고귀한 느낌이 있다. 이 사나이가 지닌 교양 탓이리라.
"앗하하하, 하긴 무리일지도 모르겠군. 교토에서 옛날 친구인 호렌보가 왔다고 하게."
"예?"
승명(僧名)을 말했지만, 차림은 무사다. 중이 어리둥절해 하는 것도 무리는 아니었다.
"호렌보라고 하십니까?"
"그렇게 말한 시절도 있지. 당시엔 이곳 대사님도 난요보(南陽坊)라고 불리며 같이 교토의 묘카쿠 사에서 책상을 나란히 한 채 글을 읽었다네."
"예, 그렇다면."
제자는 또 긴 복도를 왔다갔다해야 한다.
'빨리 그렇게 말했으면 좋았을 것을. 애를 먹이는군.'
그러나 쇼구로의 입장으론 미노에서도 손꼽는 절의 지위가 높은 슈린 산 조자이 사의 주지를 찾는 데 있어 비굴한 방문법을 쓰고 싶지는 않았다. 될 수 있으면
"나다, 하고 말해라" 하고 들어서고 싶은 것이었다.

아니나 다를까, 니치고 대사는
"앗!" 하고 기쁜 빛을 띠었다.

"호렌보 님이 오셨단 말이지. 그렇다면 소중한 분이다. 나하고는 나이가 한 살 차이인 형, 법랍(法臘 : 출가한 연령)도 한 해 앞서인 선배님. 더구나 그때 여러 곳에서 모인 묘카쿠 사 대본산의 천여 명 중에서 학문·지혜·여러 가지 재주가 첫째라고 일컬어지던 준재다. 정중히 대접하도록 하고 객당에 모셔라."

젊은 주지는 너무나도 기뻐서 어쩔 줄 몰라 했다.

"그렇지, 온 절의 힘을 다 들여 대접하라."

"옛."

절에는 제자 중이 열 명, 사미가 셋, 나가이가문에서 딸려나온 절 무사가 둘, 거기에 하인이 있다. 그들이 모두 긴장했다.

쇼구로는 각반을 풀고 손발을 닦고서 현관마루로 올라선 다음

"작은 방이 없나? 옷을 갈아입고 싶다"고 말했다. 이대로라면 흙먼지로 인해 너무 추하다. 짐 속에 준비한 의복이 있었다.

"예, 이쪽으로" 하고 작은 방으로 안내되었다. 거기서 유유히 옷을 갈아입은 것은 때·먼지로 얼룩진 첫인상을 옛 동료에게 주고 싶지 않았기 때문이다. 긴 여행 끝이라고는 하나

'꽤 추한 모습으로 나타났군.' 하고 여겨지면, 두고두고 이야기가 남고 그 인상은 사라지지 않는 법이다. 쇼구로는 옷을 갈아입는 시중을 들고 있는 두 사미에게 영낙전 한 주머니씩을 주고 "나에게 받았다고 하면 못쓴다" 하고 미소지었다.

"예, 예."

한 사미는 어리둥절하고 있다. 이만한 무게의 영낙전을 가져본 일이 없는 게 틀림없었다. 또한 사미는

"그러나 저, 왜 이렇게 돈을 주시나요?"

"나에게도 너희들 같은 시절이 있었고 남에게서 물건을 받으면 기뻤다. 그 시절의 일을 돌이켜보았을 뿐이다."

"예."

소년들은 눈에 눈물이 글썽해졌다. 절의 소년들이란 어른들 사이에 끼여 있어서 조숙하다. 그러니만큼 입이 가볍고 남들의 좋고 나쁜 소문도 그들 입에서 나오는 일이 많다.

쇼구로는 안내를 받아 객당으로 들어갔다. 니치고 대사는 기다리고 있었다.

"오!" 하고 대사는 아기중이었을 무렵, 난요보 시절로 돌아가 일어섰다.

"호, 호렌보, 반갑다."

"난요보" 하고 쇼구로도 손을 잡았다. 냉철한 계산이 앞서는가 하면 때로는 격렬한 감정가이기도 한 쇼구로는 손을 잡으면서 기쁨을 누를 길 없어 눈물을 흘렸다. 얼굴만은 웃고 있다.

니치고 대사도 마찬가지였다. 아니 대사 쪽이 몇 갑절 더 감격했으리라.

"아, 아무튼 앉으십시오. 교토 이야기를 듣고 싶소, 수업 시절의 이야기도 나누고 싶고. 그런데." 하며 불안스러워졌던 모양이다.

"며칠, 묵어 주시겠소?"

"글쎄, 열흘쯤일까?" 하고 이건 쇼구로의 거짓말.

가능하다면 두 달쯤 체류하여 미노의 실정을 알든가 니치고를 통해서 미노의 명문·토호들을 소개받든가 하고, 때에 따라선 평생 이 미노에 자리잡을 속셈이다.

"열흘, 그건 너무 짧아. 적어도 한 달은 있어 주어야지. 미노에도 명승지가 있소. 가을이 되면 나라가 강의 달구경도 할 만해."

"글쎄."

"그게 정해지지 않으면 마음놓고 이야기도 할 수 없다. 자, 그러지 말고 한 달 이상 있겠다고 말해요."

"그럼, 신세를 져 볼까?"

"안심했어."

학생시절의 친구라는 것은 본디 좋은 법이지만, 더구나 니치고와 쇼구로의 시대는 더 말할 것도 없었다. 당시의 친구가 먼 미노까지 찾아와 줄 줄이야 뜻하지 않았던 일이다. 쇼구로는 쇼구로대로 이제부터 '나라 도둑질'을 시작하려고 하는 이 미노에서 아는 사람이라고 하면 이 옛 친구밖에 없는 것이다. 시작은 니치고 대사의 힘에 의지할 수밖에 없었다.

"임자가 환속했다는 소문은 바람편에 듣고 있었지. 중으로 있으면 얼마만큼의 학승이 되어 있을지 한정이 없을 임자가 정말 아까운 노릇이었어" 하고 니치고는 말했다.

"뭐, 난요보" 하고 옛 친구를 수업 시대의 이름으로 부르고

"나 같은 권문의 출신도 아닌 자는 상문에 있더라도 별 뾰족한 수가 없다는 것을 알고 싫증이 났지. 좋은 본보기는 임자야. 나와 함께 책상을 나란히 해 배운 처지지만, 미노의 나가이가문은 권문 출신인 탓으로 묘카쿠 사에서 수업이 끝나자 벌써 이 같은 큰 절의 주지스님이지. 임자의 그 소문을 들었을 때 나는 중노릇을 그만두고 속세로 돌아갈 결심을 했네."

"그럼 내 죄인 셈이로군" 하고 조자이 사의 젊은 주지는 진심으로 동정하는 표정을 지었다.

"앗하하하, 죄가 아니지. 단지 부러웠을 뿐이야."

"마찬가지지. 이거 내 힘이 닿는 한 임자를 도와서 속죄를 해야만 되겠군."

음식이 운반돼 왔다. 술도 곁들여져 있다.

"우선 한 잔" 하고 주지는 술병을 들었다.

"난요보 술을 마시나?"

"잠자리에 들 때 한 잔쯤은 즐기지. 출가(出家)에 술은 금물이지만, 망령된 말을 않도록 마시는 거라면 좋다고 내 자신에게 말하고 있다네."

"하긴 자네는 그 무렵부터 마음이 단단했으니."

쇼구로는 잔을 비웠다.

"맛있군!"

저도 모르게 정직한 탄성을 올렸다.

"미노의 술이 이처럼 맛있을 줄은 미처 몰랐네. 술이 맛있는 고장은 사람도 총명하다고들 하는데 미노에는 똑똑한 사람도 많을 테지?"

"뭐, 바보들뿐이지" 하고 조자이 사 주지는 씹어뱉듯이 말했다. 절에서 일국의 정치를 바라보고 있으면, 방목팔목(傍目八目 : 곁에서 바둑을 관람하면 냉정하기 때문에 여덟 수까지 내다본다는 뜻)이라서 결점만 눈에 띄리라. 더구나 미노의 실력자는 가깝고 먼 차이는 있을망정 이 조자이 사 주지스님의 친척들이다. 그들의 능력·생활정도는 손바닥 들여다보듯 알고 있다.

"그런데 호렌보" 하고 주지는 쇼구로를 옛날 이름으로 불렀다.

"풍문으론 나라야의 데릴사위로 들어갔다고 들었는데, 사실인가?"

"사실이지." 쇼구로는 잔을 핥고 있다.

"나라야라고 하면 교토에서도 이름난 부상(富商)이지. 아마 영화를 누리고 있으리라 생각했는데, 그 모습은 또 어쩐 일인가?"

"이 모습?"

무사의 차림이다.

쇼구로는 그후의 경과를 짤막하게 이야기하고

"나라야는 개망나니 신인들의 파괴로 일단 찌그러졌지만, 곧 야마자키야로 재흥하여 전보다 더 번창하고 있지. 그러나 장사꾼이란 시시한 것이라서 말이야."

"그만한 부호가 되고서도 말인가?"

"무사에겐 맥도 못써."

"흠."

"권세와 힘이 없단 말일세. 모처럼 재산을 모아도 쇼군은 마치 무슨 큰 인심이나 쓰는 것처럼 빚돈을 잘라먹은 덕정령(德政令)을 휘두르고, 때로는 빈민이 도당을 이루어 시중을 나찰처럼 휩쓸고 다니지. 게다가 우리 기름장수에겐, 위론 대야마자키 하치만 궁이 있고, 그 권세를 등에 업은 신인들이 행패를 일삼는다네. 그걸 당할 때 보고만 있어야 하는 것이 이 마쓰나미 쇼구로의 성미로는 참을 수 없단 말이야."

"그래서?"

"무사가 될 속셈으로 나왔네. 내 가문은 옛날 황실의 공경무사로서 대대로 사곤노 쇼겐(左近將監) 관직을 받아왔지. 참, 이걸 말했던가?"

"못 들었네."

당연한 일이다. 쇼구로가 교토의 서쪽 변두리 니시노오카에 토착하고 있는 마쓰나미 가문에 가서 족보에 자기 이름을 써 넣어 달라고 했을 뿐인 '혈통'이니까.

"그렇다면 호렌보는 명문의 피가 흐르고 있군."

조자이 사 주지는 순진하게 감탄하고

"그만한 정도라면 아무쪼록 무사로 돌아가 조상의 이름을 빛내야지. 정말 나도 그 말엔 놀랐네. 나도 임자의 소원을 돕고 싶소."

"부탁하네."

"곧 형님인 붕고노카미(豊後守) 도시타카에게 소개해 줄까?"

"아냐, 미노에서 입신한다고는 아직 정하지 않았어. 이렇게 말하면 뭣하지만, 미노 한 나라를 다스리는 도토가문은 미나모토노 요리미쓰(源賴光) 이래의 명문이라고는 하나 해마다 가문 사정이 복잡해서 친척끼리 서로 으르렁거리고 명문의 자식 대부분은 환락을 일삼고 있어. 이미 이웃나라며 가까운 나라에 영웅호걸이 구름처럼 일어나고 있을 때 과연 이 같은 도키 가문에 몸을 의탁해도 좋을지 어떨지."

"잠깐, 호렌보" 하고 조자이 사 주지는 꽤 취했다.

"그런 도키 가문이니까 임자 같은 영재가 힘을 써 주어서 기울어진 가문의 토대를 일으켜주면 되잖는가?"

"쉬운 일이 아니지" 하고 쇼구로도 도키 가문의 앞날을 염려하는 것처럼 침통한 표정을 지었다.

"권위라든가 가문이라든가 하는 건 한번 내리막길에 들어서면 좀처럼 돌이킬 수가 없는 거야."

"참, 재미있군" 하고 주지는 무릎을 쳤다. 왜냐하면 교양인으로서 시골에 있는 것만큼 고독한 일은 없기 때문이다. 쇼구로의 역사 이야기나 역사론은 그다지 뛰어난 것은 아니었지만, 그렇다곤 하나 이런 종류의 교양있는 이야기를 주고받을 수 있는 기회는 교토의 수업 시절 이후 한 번도 없었던 일이다. 쇼구로는 다이라 가문(平家)의 멸망을 이야기했고, 다시 미나모토 씨(源氏)인 가마쿠라 막부의 쇠약을 이야기했으며, 또한 무로마치 막부(室町幕府: 아시카가 막부의 다른 이름)를 세운 아시카가 씨가 지금은 속빈 허위(虛位)만을 갖고 있는 데 지나지 않는 상태를 말한 다음

"병자라면 약을 쓰면 낫는다. 그러나 노인의 죽음을 막을 수는 없지" 하고 말했다.

"도키 가문이 노인이란 말이지?"

"이미 수명이 다해가고 있어. 그 증거로 사람들은 사사로운 당을 만들고, 사사로운 이익을 좇으면서 나라를 돌보지 않는다. 중국이나 일본 역사를 보더라도 한 정권이 망할 때는 늘 이 꼴이야."

"참말이지 호렌보, 그렇게 듣고 보니 우박을 맞은 것처럼 아프군. 그러나 부탁이니 도키의 미노를 봐서 치료를 해 주게."

"병자로서 보란 말인가?"

"그렇게 보아 주게."

"병자라……"

쇼구로는 팔짱을 끼고 생각에 잠겼다. 그 모습에 명의 같은 위엄이 있다.

"백 보 양보해서 병자로 봐도 말이다, 이 병자에게 내과·외과·침술, 온갖

방법을 다하여 치료하더라도 나을지 어떨지는 모른다네. 설혹 극약을 써서 양약으로 변케 하여 그 병자에게 주어도 정작 육체가 견디어 낼지 어떨지?"

"호렌보."

"왜?"

"임자가 그 극약이 돼 주지 않겠는가!" 하고 조자이 사 주지가 말한 것은, 이를테면 지적 대화의 방편으로 쓴 것이지 쇼구로가 '독종'이라고 생각해서는 아니었다.

"부탁하겠어."

"아냐, 오우미에는 아사이 씨(淺井氏)가 일어나고 있어. 이웃나라인 오와리에선 오다의 작은 집의 작은 집 끄트머리에서 몸을 일으킨 오다 노부히데(織田信秀 : 노부나가의 아버지)가 제법 범상치 않은 무장이라는 소문이야. 무사가 입신출세를 하려면 그런 대장을 고르지."

"고집이 세군."

주지는 손뼉을 쳐 사미를 불러 술을 더 가져오라 이른 다음

"우선 천천히 체류하며 미노의 사정도 알고 사람도 사귀어 보고, 도키의 미노란 것에 애착이 생기고 나면 임자에게 권유하기로 하겠네. 오늘밤은 뭐니뭐니해도 옛날 추억담이나 나누세. 옛 스승이신 니치센(日善) 대사님이나 동료들의 소문이라도 이야기하며 밤을 즐겨 보세" 하고 말했다.

그 이튿날 이른 새벽, 쇼구로는 일어나자마자 벌써 이나바 산에 올라가 있었다.

음모의 시작

긴카 산(金華山).
이나바 산. 어느 쪽이라도 좋다. 같은 산인 것이다.
'엄청나게도 단단한 산이로군.'
바위를 깨서 만든 가느다란 산길을 오르면서, 쇼구로는 발바닥을 찔러오는 바윗길의 단단함에 기묘한 실감을 느꼈다.
"앗하하하" 올라가면서 혼자 웃음이 나왔다.
"단단하다" 하고 중얼거린다. 단단함 자체는 산의 가치와 아무런 상관도 없는 것인데, 쇼구로한테는 이게 말할 수 없이 마음에 들었다.
'좀처럼 찾아볼 수 없는 단단함이로군.'
쇼구로는 지질학자의 산책이기나 한 것처럼 바위조각을 집어들고서는 돌조각과 돌조각을 마주 부딪쳤다. 쨍그렁하고 금속성 같은 소리가 났다. 산 대부분이 규석(硅石)으로 돼 있다. 태고적에는 화살촉으로 사용하고 쇼구로 시대엔 부싯돌로 사용할 정도의 돌이다.
'어쩐지 보물 같은 느낌이 든다.'
야망가란, 그 본심이 언제나 어린이마냥 천진난만한 것이다. 쇼구로도 자기가 언젠가 뺏겠다고 하는 이 산이 단지 단단하다는 것만으로 의미도 없이 기뻐하고 있다. 쇼구로는 유쾌한 기분으로 올라갔다.
 '허어!'
 깊은 골짜기를 내려다보고선 놀란다. 깎아지른 듯이 깊다. 한 가닥의 등성이길 말고는 골짜기에서 도저히 기어오를 수 있는 산이 아니다.
 '성으로선 안성맞춤인 산이로군.'
 등성이길만 해도 마치 여윈 말등을 걷는 것 같아 두 사람이 나란히는 걷지 못한다. 발밑이 위태위태하고 산 중복부터 위로는 휘몰아쳐 올라오는 골짜기 바람만으로 비틀 하고 골짜기 밑으로 굴러 떨어질 것만 같았다. 이 산꼭대기에 성을 쌓으면 백만의 적이 산기슭을 에워싸더라도 함락시킬 수 없으리라. 아니, 지금도 성이 있다. 이 산성(山城)은 니치고 대사의 집안인 나가이 씨의 성으로, 산마루 군데군데에 울타리를 치든가 벼랑에 굵은 나무를 얼기설기 엮어 활을 쏠 수 있게 만들었고, 성채 같은 구조물을 여기저기 만들어 놓았다. 이날만 해도 쇼구로는 그것들을 지키는 나가이 가문의 졸개들로부터
 "산에 못 올라간다" 하고 몇 번인가 제지를 받았다. 그때마다 조자이 사의 니치고 대사가 써 준 쪽지를 보이고 책문을 열도록 했다. 항상 주둔하는 성병은 10여 명이리라. 이 산성을 관리하고 있는 데 지나지 않는다. 소유자인 나가이 씨는 미노 평야의 중앙인 가노(加納)에 성곽을 쌓고, 언제나 거기에 있다.
 "음, 아까운 산이 버려져 있군."
 별로 버려져 있는 셈은 아니다. 옛날 가마쿠라 시절 니카이도 유끼마사(二階堂行政)가 이곳에 산성을 쌓은 지 200년, 퇴락할 대로 내버려 두었던 것을 아시카가 중기(中期), 사이토 도시나가(齊藤利永)라는 무장이 수리를 했다. 지금은 나가이 씨의 소유, 아니 관리라고 하는 편이 실정에 가깝다. 그러나 황폐해 있다. 이 천연의 요새를 써먹을 만큼 대규모 전쟁이 없기 때문이리라.
 '이웃 나라인 오우미, 오와리엔 크고 작은 영웅호걸이 구름처럼 나타나고 있는데, 미노는 아직 태평스런 꿈을 꾸고 있는 셈이군.'
 어림잡아 미노 무사는 8천 기(騎)라고 한다. 모두 옛 풍습에 젖어 그날 하루의 평화에 만족하고 있다. 그들은 재조직하여 강력한 미노를 만들지 않

는 한, 언젠가는 이웃 나라의 밥이 되리라. 쇼구로는 마침내 산마루에 올랐다. 정상에는 조촐한 누각이 있다. 지붕은 무너져서 이가 빠졌고 기둥 몇 개는 부러져 있다.

"누구냐?"

파수병인 듯한 자가 나타났다.

"말을 삼가라. 산 아래 조자이 사의 손님으로 온 마쓰나미 쇼구로라 한다."

"앗, 조자이 사 대사님의?" 하고 파수병은 그 한마디로 태도를 바꾸었다. 이곳에서의 니치고 대사의 위력을 알 만했다.

"산을 보러 왔다."

"예, 예."

"안내하지 않아도 좋아. 혼자서 볼 테니."

쇼구로는 천천히 사방을 둘러보았다. 하늘에는 몇 개의 흰 구름, 그 아래 아득한 노비(濃尾 : 미노와 오와리)평야가 펼쳐져 있다.

북쪽으론 아련하게 히다(飛驒)의 산들이 보였고 발아래 산기슭을 나가라 강이 굽이치고 있다.

'정말이지, 놀라운 천연 요새구나!'

쇼구로는 물론 알 턱이 없지만 이나바 산은 4억 년 전인 지구의 조산운동으로 생긴, 이를테면 지구의 주름살이다.

'용케도 이렇듯 넓은 들에 이런 산이 있구나.'

기산(奇山)이라고 해도 좋다. 그런 만큼 하늘이 쇼구로를 위해서 몇 억년 전부터 준비해 둔 듯한 느낌도 든다.

'천명(天命)이로구나' 하고 생각하는 것이었다. 이 산에 성을 쌓고 아득히 굽어보이는 미노의 산하를 통일하라고, 하늘이 쇼구로를 이 산에 오르게 했으리라.

"음, 이곳에 성을 쌓아야지."

"예, 뭐라고 하셨습니까?"

파수병이 멍청한 얼굴을 짓고 있다.

"들렸느냐?"

"아니, 못 들었습니다."

정말인 듯싶다.

"들리지 않았다니 잘 되었어. 그런 소릴 들으면 네 귀가 멀고 말 테니."
"예?" 파수병은 공손하게 굽실거렸다.

쇼구로는 그리고 나서도 골짜기를 기웃거리든가 통나무를 얽어 놓았을 뿐인 성채를 올려다보든가, 능선을 한 마장쯤 걷고서는 또 돌아오든가 하였다. 몹시 즐거운 얼굴이다. 머리 속에 벌써 성곽의 설계가 떠올라 있었던 것일까. 난세의 영웅이란 기묘한 믿음을 마음속 어딘가에 갖고 있어서, 하늘이 자기를 지상으로 내려 보낸 것이라고 믿고 있었다. 일종의 과대망상증이다. 이 '천명'이 있기 때문에 하는 짓은 모두 정의였고, 그런 강렬한 정의관이나 과대성이 없다면 도저히 통일의 대업은 이룩할 수 없는 것이다. 가이(甲斐)의 다케다 신겐(武田信玄)은

"천명이 나에게 있다"고 믿었기 때문에 아비를 몰아내고 권력의 자리에 앉았던 것이며, 오우슈(奧州)의 다테 마사무네(伊達政宗)가 적에게 납치되어가는 아버지인 데루무네(輝宗)를 적과 함께 죽인 것도 이런 생각에서였다. 그리고 야망을 성취하면

'하늘에 가장 가까운 자'

라는 걸 과시하기 위해 하늘을 찌를 듯한 성을 만든다.

쇼구로는 그 후 조자이 사에서 빈둥빈둥 지내고 있었는데, 열흘 가량 지난 안개가 짙은 어느 날 아침, 니치고 대사는 문득

"호렌보, 마음을 결정했나?" 하고 말했다.
"무슨 마음 말인가?"
"미노에서 일해 보겠다는 것 말일세. 임자 같은 큰 그릇이 미노의 정치를 도와주지 않는다면, 이 나라의 내일 운명은 없네."
"음." 쇼구로는 마음 내키지 않는다는 표정이다.
"사실을 말하면" 하고 니치고는 한 무릎 다가앉았다.
"나가이 도시타카 형님에게 임자에 대해서 자세히 이야기했어."
"나가이 님에게?" 쇼구로는 눈빛을 번뜩였다. 도시타카는 가노(加納)에 있다. 조자이 사로부터 불과 십리 남쪽이지만 현재는 모두 기후시에 있다. 참고로 말하면, 기후라는 도시는 쇼구로의 후신인 도산이 만들고 사위인 노부나가가 완성시킨 도시지만 이 당시엔 이름이 존재 않는다. 오히려 이 근방은 '가노'란 이름으로 알려져 있었다. 거리의 길이가 십여 마장, 도산가도

(東山街道)의 중요한 주막거리이기도 하다. 이 가노 성 성주가 미노의 한 세력자인 니치고 대사의 형 나가이 도시타카다. 나이는 마흔.

쇼구로가 조사한 바에 의하면 생각이 깊은 인물인 것 같다.

"나가이님은 뭐라고 하시던가?" 하고 쇼구로는 니치고의 표정 구석구석까지 놓치지 않으려 하고 있다.

"기뻐하더군."

'뭐라고?' 하고, 안심이 되지 않는다.

"아냐, 정말일세, 나는 묘카쿠 사 시절의 임자의 재치·그 후의 무예·학문·상재(商才)를 일일이 실례를 들어서 이야기했더니 형인 도시타카는,"

'도시타카는?'

쇼구로는 마음속으로 되묻고 니치고의 눈을 보고 있다. 몹시 부드러운 눈길이다.

"그런 완전에 가까운 인물이 있을 턱이 없다고 처음에는 곧이듣지를 않았지만, 점점 이해하게 되자 자세를 바로하고 꼭 대감님에게 추천하고 싶다, 지금 도키 가문에 필요한 것은 그런 인물이다 하면서 바짝 구미를 당겨 왔네."

"아니 뭐, 부끄럽군."

쇼구로는 실제로 부끄러운 빛을 나타내며

"너무 지나치게 평가되었어. 임자의 말이 이 마쓰나미 쇼구로의 인상을 아름답게 장식해 주었네."

"아니야."

니치고 스님은 손을 저었다.

"천하에서 이전의 호렌보, 지금의 마쓰나미 쇼구로를 이해하기로는 나보다 나은 사람이 없지. 말을 꾸미지 않더라도 전할 수 있네. 그런데 형님을 만나 주겠나?"

"만나 뵙고말고."

'오늘은 신기한 사람이 온다'고 가노 성 깊숙한 내전에서 나가이 도시타카가 측근에게 말한 것은 그 이튿날 아침이다. 이 나가이 가문이란 미노의 태수인 도키가문의 직접 가신은 아니다. 도키가문의 가로(家老)인 사이토 씨의 또 가로였다. 그러나 여러 제도가 문란해지고 실력 위주인 하극상(下剋

上)인 세상이니만큼, 실력자인 나가이 가문이 멸망한 거나 다름없는 사이토 가문을 뛰어넘어 직접 도키가문의 뒤를 돌봐주고 있었다. 이건 특별히 무력 다툼이나 권력다툼으로 비롯된 것이 아니라 사이토 나가이인 도키가문과도 백년 남짓한 피의 교류가 있었기 때문으로, 이를테면 친척이고 집안 사정인 셈이다.

 실력과 재주가 있는 아저씨가 종가의 뒷바라지를 봐주는 것과 같았으며, 후세에서 생각하는 듯한 월권사건은 아니다. 그런데 미노 도키 가문은 현재의 주인 마사요리(政賴) 때에 피를 흘리는 상속다툼이 있었던 것이다. 이로서 도키가문에 금이 갔다. 이 틈바구니에 이윽고 쇼구로가 끼어든다. 이런 금간 곳이 없었다면 한낱 떠돌이인 쇼구로 따위가 도저히 들어갈 틈이 없다. 도키가문의 선대는 마사후사(政房). 이 선대의 상속시에도 '후나타(船田)싸움'이라는 한바탕 소동을 겪었지만, 이런 것은 버릇이 되는 모양이다.

 마사후사에겐 1남 1녀가 있어 장남을 마사요리. 차남을 요리아키(賴藝)라고 했다. 아버지 마사후사는 차남인 요리아키를 사랑하고 그에게 집안을 물려주려고 했기에 분란이 길어져 온 나라가 두 패로 갈라져 싸웠고, 실력자인 나가이 일족도 둘로 갈라져 싸웠다. 그리고 이때 영웅이 나타나면 도키의 미노는 멸망하고 말았을 것이지만, 니치고 스님의 말처럼 나라에 인물이 없다는 것이 오히려 다행으로 교토의 아시카가 쇼군의 중재로 장남 마사요리에게 상속이 결정되었다. 이 소동이 벌어졌을 때, 나가이 도시타카는 차남인 요리아키를 받들었다. 그러나 패했다. 하긴 앞서도 말한 것처럼 이를테면 미노의 동족싸움이라 소동이 끝나도 복수는 없었다. 그렇지만 정쟁(政爭)에 진 나가이 도시타카는 영토와 성은 그대로라 할지라도, 이 가노 성에서 우울하니 살고 있는 것이었다.

 "누군가 인물이 없을까?" 하고 평소부터 동생인 니치고 스님은 말하고 있었다.

 "요리아키 님에게 추천할 만한 인물이 아쉽다"는 것이다.

 도시타카가 믿었던 차남 요리아키는 상속 싸움에 패한 뒤, 사기야마(鷺山)에 화려한 성곽을 짓고 거기서 가무음곡으로 세월을 보내고 있다. 도시타카는 이 사기야마의 도키 요리아키가 측은하기만 하다. 분가를 할 때 영지를 얻었지만, 든든한 후견인이 필요하다. 이 시대의 지방귀족은 십수 대에 걸친 무위(無爲)한 생활의 결과, 피의 농도가 엷어졌다고나 할까, 후견인

없이는 자립할 수 없는 생활이 돼 있었다. 그런 판에 쇼구로의 이야기를 들었다.

반가운 이야기라고 도시타카는 생각했다. "대감님에게 추천하자"고 동생을 통해서 전갈케 한 그 '대감님'이란 같은 도키 씨로 분가한 '사기야마 대감님'인 것이다.

이윽고 쇼구로는 니치고 대사와 함께 가노에 나타났다. 물론 쇼구로는 몇 번이나 조사를 하여 이 도시는 잘 알고 있었다. 성이라고는 하지만 평성(平城)으로 아라타 천(荒田川)이라는 시냇물 같은 작은 강을 바깥해자로 삼은 동서 4정(町:町은 60간), 남부 5정 가량의 작은 성곽인데, 석축은 쌓지 않고 토담을 쌓았다.

"난요보" 하고 쇼구로는 대사를 옛 호칭으로 불렀다.

"임자가 태어난 성이로군."

"응, 부끄러워. 성이라곤 하나 저 토담도 홍수를 막을 정도의 것으로 큰 싸움에는 쓸모없을 게야. 그러나 미노는 모두 이런 작은 성이라서."

"왜 이나바 성을 거처로 삼지 않지?"

"이나바 성?"

니치고 스님은 놀랐다.

"거긴 너무 험해."

성문을 들어섰다. 곧 무사에게 안내되어 안으로 들어갔다. 검소한 객실이지만 정원이 아름답다. 10리 저편에 이나바 산이 보인다. 정원은 그 경치를 배경으로 만들어져 있다.

'이나바 산이 정원의 배경밖에 되지 않다니, 정말 한가한 생각들이군.'

사람들이 한가한 것이 아니라 쇼구로가 너무 과격했으리라. 이윽고 도시타카가 나타났다.

'허어!'

귀족 타입이다. 얼굴이 희고 갸름하며 머리가 작고 눈이 '한겹'이었다.

곰곰이 생각해 보았더니, 1대 전 교토에서 이치조 간파크(一條關白:_{간파크는 최고급 관위로 섭정}) 가네요시(兼良)를 비롯한 이십여 명의 공경·대부가 가족을 데리고 이 미노 도키 씨의 보호를 받고자 낙향했다. 그때 그들은 많은 자식을 낳고, 이 도시타카·니치고 대사의 어머니도 그 이치조 간파크의 딸이라고 쇼구로는 듣고 있었다.

"마쓰나미 쇼구로입니다."

정중하게 이마를 조아렸다. 한 차례의 인사말이 오고간 뒤, 도시타카는

"여기선 너무 자리가 딱딱하니 이야기하기 어렵소. 지금 다실(茶室)에 차를 끓이게 했으니 쇼구로 님, 그리로 갑시다"

하고 말했다.

이 시절 귀족이 다실을 즐겨 사용한 것은 정식 좌석에선 무로마치시대의 무사예법이 거추장스러워 친밀한 이야기를 할 수가 없었기 때문이다. 다실에 들어가면 계급도 그것에 따르는 예의도 필요 없이 오로지 주객만 있을 뿐이라고 하는 이상한 장소가 마련된다.

쇼구로의 이 시대, 다실이 사교의 장소로 유행한 것은 무로마치 막부가 만든 까다로운 오가사와라(小笠原) 예법에 대한 반항과 같은 것이었다.

쇼구로와 도시타카는 노(爐 : 마룻장을 뚫고 상자형으로 만든 화로의 일종. 거기서 물도 끓이고 난방용으로도 쓴다. 다실용은 50센티 사방 가량이고 그보다 큰 보통의 것은 이로리라고 함)를 사이에 두고 주인과 손님 자리에 앉았다.

도시타카의 차 끓이는 솜씨는 훌륭했다.

그에 응하는 쇼구로의 거동도 도시타카 및 요리아키오가 홀딱 반하리만큼 우아한 것이었다.

"과연 교토 사람이로군!"

도시타카는 문화에 대한 동경심이 강하다.

'다루기 쉽겠다.'

쇼구로는 교토 문화의 기름 항아리에서 빠져나온 듯한 사나이다. 아마 학문을 논하고 여러 재주를 부리게 할 때 과연 쇼구로만 한 '교양인'은 당시 천하에 없었던 게 아닐까. 화제는 마침내 그런 것으로 흘러갔다.

"춤을 추실 줄 안다면서요?"

"곡무와 난무 따위를 약간."

"그런가 하면 등산도 하시는 모양이고?"

"……"

이나바 산 답사를 가리키는 말이리라. 이건 경계할 친구인 걸, 하고 쇼구로는 생각했다.

"며칠 묵었다 가십시오" 하고 도시타카는 말했다. 천천히 쇼구로의 인물을 보고 싶다고 마음먹은 것이다.

음모의 시작 143

쇼구로도 긴장하고 있다. 초대면에 너무 길게 앉아 있으면, 오히려 싫증을 주리라 생각하고
"아닙니다, 뒷날 찾아뵙겠습니다" 하고 차를 마시며 두 시간쯤 있다가 가노 성을 물러나와 조자이 사로 돌아왔다.
'이젠 얼마동안 반응을 기다리자.'
쇼구로가 생각하길 도시타카가 며칠 있다가 또 초대하면 좋고, 초대 않는다면 첫 대면에서의 쇼구로 인상이 그다지 멋진 것이 아닌 셈이 되리라.
'참 이상하지, 인생이란 춤을 추는 사이 같으니. 이 기다리고 있는 한 호흡 시간에 행·불행의 갈림길이 정해지니 말이다' 하고 유유히 조자이 사에서 기다리고 있었다.

붉은 입술

'흥──'
쇼구로는 오늘도 조자이 사의 객당 툇마루에서 낮잠을 자고 있다.
'아직 오지 않는걸.'
문득 구실잣밤나무를 보았다. 밑동에서 가지 쪽으로 점점 눈길을 옮겨가다가, 홱 눈을 감았다. 나뭇가지에 태양이 걸려 있었기 때문이다.
'생각해도 쓸모없는 일이다.'
아직 오지 않는다. 즉, 미노의 실력자 나가이 도시타카로부터의 사자가 말이다. 오지 않는다고 한다면 나가이가 쇼구로를 어지간히 경계하든가 아니면 이 나라 귀족사회에 소개할 만한 인물이 못된다고 보았든가, 어느 쪽이리라.
'기다려 보는 거야.'
쇼구로의 처세관은 세상에 '한다'와 '기다린다' 두 가지밖에 없다. 기다리는 일도 중요한 행동인 것이다. 그날 오후, 툇마루에 있는 쇼구로의 귀에 산문 방향에서 별안간 말울음 소리, 웅성거리는 사람 목소리가 들려왔다.
'……?'
눈을 감고 있으려니까 사미가 복도를 달려와서
"마쓰나미 님, 마쓰나미 님, 교토의 야마자키야에서 스기마루·아카베라고 하는 분이 오셨어요" 하고 말했다.
"허, 마침 잘 왔군."

교토를 출발할 때 오마아에게 명해둔 일이다. 미노에 행상대(行商隊)를 보내라고.

"어디 나가 볼까."

쇼구로는 본당 서쪽 마루를 지나 산문으로 나갔다. 늘 그렇듯 반 정 가량의 거리가 야마자키야의 짐바리, 인마(人馬)로 메워져 있다. 짐바리는 모두 고급 들기름이고 사람은 호송자인 무사·행상인·점원이다.

"앗, 서방님!" 울상인 스기마루가 달려왔다. 털썩 땅바닥에 꿇어앉아 오래간만입니다, 마님은 매일 서방님 말씀만 하고 계십니다. 별고 없으셨습니까? 하고 입 재게 말했다.

"보다시피 별일 없다."

그러고 있는데 예의 험상궂은 얼굴로 아카베도 다가와서 싱긋 웃었다.

"별일 없으신 것 같군요?"

"너희들도 별일 없어 보여서 다행이다. 숙소는 정했느냐?"

"예, 근처 각 마을에 나누어 묵도록 했습니다. 저만한 짐을 미노 일족에 팔러다녀야 하므로 스무 날은 걸리겠죠?"

"많이 벌도록 해."

"그럴 속셈입니다."

우선 두 사람을 자기 방으로 맞아들였다. 스기마루는 앉더니 기름종이에 싼 봉서를 꺼내곤 무릎걸음으로 다가와 쇼구로 앞에 놓았다.

"마님의 편지입니다."

"아, 그래."

어지간한 쇼구로도 오마아가 보고 싶었다. 그러나 두 사람의 눈앞에서 읽는 것도 뭣하여 그대로 품안에 찔러 넣었다.

"그 물건은 가져 왔나?"

"예."

스기마루와 아카베는 쇼구로 앞에 사금이 든 사슴가죽 자루를 셋 늘어놓았다. 그 뒤에 영락전을 가마니로 스무 개 말에 싣고 왔다고 한다.

"됐어."

쇼구로는 이 순간부터 미노 제일의 부자가 되었다고 해도 좋다.

"마님께서는 서방님이 출세하실 때까지 야마자키야의 재산을 다 기울이더라도 금은을 나르겠다고 하셨습니다" 하고 스기마루가 말했다. 우두머리 점

음모의 시작 145

원으로서 스기마루도 그렇게 생각하고 있다. 하긴 스기마루로 볼 때는 주인이 미노 도키 가문에 사관(仕官)을 한다는 정도 밖에 몰랐지 설마 기름집 주인 주제로 미노를 가로채려고 생각하는 줄은 꿈에도 상상할 수 없는 일이었다.

"스기마루, 교토에 돌아가면 곧 그 길로 사카이로 가서 진귀한 당나라 물건을 사 두어라. 이번엔 언제 오지?"

"석 달 후입니다."

"그때 가져오도록 부탁해. 중국의 화장품, 향료 따위도 잊지 말고."

"예."

"조선에서 건너온 호랑이 가죽도 이곳은 촌놈들이니까 좋아할지 모른다."

"찾아보겠습니다."

"교지(交趾 : 지금의 월남)의 향합 따위도 좋을 거야. 그리고 참, 중국 수입품인 먹·벼루·붉은 주(朱)·군청(群靑 : 도료)·호분(胡粉)·그림 폭으로 쓰는 명주 따위도 가져 와."

"그림 재료 말이죠? 서방님이 그리시나요?"

"아냐, 나는 이 세상에다 그림을 그린다. 한가하게 명주 따위에 그림 그릴 시간은 없어."

달리 생각이 있다. 그건 차츰 밝혀지리라.

"너희들은 이 절에서 자라." 쇼구로는 조자이 사를 자기 집처럼 생각하고 있는 모양이다.

"온, 별 말씀을……"

스기마루는 사양했다. 주인이 신세를 지고 있는데 점원까지 자기는 그렇다.

"뭐, 사양할 것 없어. 이 사금은 전부 조자이 사에 시주하겠어."

"옛?"

아카베는 질겁했다. 사금은 도키 가문의 요소에 뇌물로 뿌릴 테지 하고 갖고 왔는데 그것을 엉뚱한, 별로 효과도 없을 절에다 모두 시주하겠다니 어떤 속셈일까?

"아, 아깝습니다."

"아카베, 너는 전신이 묘카쿠 사 절머슴이었는데 그런 마음으로는 극락에 못 간다."

쇼구로는 웃었다.

스기마루는 요즘 쇼구로의 감화를 받아 완전히 니치렌 종의 착실한 신자가 돼 있었기 때문에 쇼구로의 이 아름다운 소행에 감동했다. 과연 존경하는 자기의 주인이로구나 하고 생각했다.

"서, 서방님, 그렇게 하십시오. 이 나라에선 니치렌 종이 이 조자이 사 뿐이라더군요. 니치렌 대사님의 가르침을 흥하게 하기 위한 그 어떤 것보다도 귀중한 시주입죠."

"나도 그렇게 생각한다."

"아니?"

아카베는 쇼구로의 얼굴을 뚫어져라 쳐다보고 있다. 나무 법화경의 공덕 따위, 이전의 호렌보이자 지금의 마쓰나미 쇼구로는 옛날이나 지금이나 믿지 않는 걸 잘 알고 있기 때문이다.

"그럼 너희들은 여기서 기다려. 이곳의 니치고 대사님을 뵙게 해 주마."

"니치고 대사님이라면 옛날의 난요보 님 말씀인가요?"

아카베는 절머슴 출신이라 잘 알고 있었다.

"그렇다. 그러나 학승 시절과는 달리 지금은 이곳에서 손꼽는 큰 절의 주지님이다. 함부로 굴어선 안 된다."

"옛."

아카베는 목을 움츠렸다.

시주란 말에 니치고는 기뻐했다. 아니, 놀랐던 것이다. 이전의 선배로부터 돈을 기부 받다니 생각도 못한 일이었다.

"호렌보" 하고 이 젊은 주지는 쇼구로를 동학시절 옛 칭호로 불렀다.

"왠지 낯간지럽군. 임자가 아무리 부자라고는 하나 그처럼 염려하지 않아도 좋을 텐데."

"난요보, 그런 말 말게. 나만 하더라도 절밥을 먹고 자란 몸, 환속했다고는 하나 나무 묘법연화경의 공덕에 의해 살고 있는 몸일세. 얼마 안 되더라도 부처님 은혜에 보답토록 해 주게."

"참다운 보시행(布施行)란 이런 것이로군."

주지는 더욱더 감동했다. 자기 소유물을 남에게 주는 것을 불법에선 보시행이라고 이르며, 네 가지 덕목의 하나로 꼽힐 만큼 중대한 행위다. 그러나 시주한 자는 시주함으로써 복록을 기대하는 일이 있어선 참된 보시가 되지 않는다. 단지 주며, 오로지 주는 것만으로 원래의 집착을 버리고 마침내는 불법 궁극의 목적인 공(空)의 경지에 이른다. 그러므로 행(行)이라고도 하는 것이다.

"임자가 바로 그래" 하고 니치고는 말하는 것이었다. 호렌보는 과연 학재지변(學才智辯)이 첫째라고 했던 만큼 불법의 참 정신을 알고 있다는 말이었다. 더구나 그 보시의 액수가 말 열 필에 실은 영낙전이라는 것을 듣고서 니치고는 소스라치게 놀랐다. 이 당시는 아직도 물물교환이 주이고 화폐라고 하는 것은 명나라에서 수입되는 영낙전 밖에 없었으며 그것도 통화로서는 절대량이 부족한 것이다. 특히 미노 같은 시골에선 이 돈 자체가 진귀하다고 해도 좋다. 그걸 말 열 필에 실어 왔다니 까무러칠 듯한 재산이다. 곧 니치고 주지는 절머슴에게 밥을 짓도록 하고, 아카베와 스기마루까지 동석을 시켜 대접했다.

'......?'

주지는 아카베의 얼굴을 보고서 이상한 낯을 지었다. 기억이 있는 상이다.

쇼구로가 왜 있잖아, 그 시절의 절머슴이야 하고 소개를 하자 그런가, 하며 쓴웃음을 지었다. 나중에 니치고 대사가

"호렌보, 임자답지도 않군. 그 절머슴은 묘카쿠사에서도 말썽꾸러기 악당이었지 않은가. 조심해야 하네."

"핫핫핫, 난요보. 악인이란 천성적으로 욕심이 사나운 자를 이르는 말인데, 그런 만큼 쓰기에 따라선 꽤 쓸모가 있지. 선악의 구별을 할 수 없는 멍청이보다는 오히려 쓸 만해."

"임자 재주이기에 쓸 수 있는 거야. 그러나 스기마루라고 하는 점원은 선량해 보이더군."

"나는 선악을 모두 재주에 따라 쓰고 있지."

"아무튼 감탄했네."

니치고의 호렌보 쇼구로에 대한 숭배는 묘카쿠 사 시절부터의 습관이다.

한편 가노 성에선——.

그 다음다음 날 오후, 성주인 나가이 도시타카가 아침부터 시무룩한 얼굴로

'보센 정(忘筌亭)'이라고 이름 지은 작은 서재에서 혼자 책상에 기대앉아 차 항아리에 손을 뻗쳐선 차 잎사귀를 씹고 있었다. 도시타카가 연령에 비해서 주름살도 많고 얼굴빛이 좋지 않은 것은 속병인 위병 탓이리라. 첫째로 차를 지나치게 좋아한다. 잎사귀채 씹는 것을 좋아하는 것이다.

도시타카는 미노에서 손꼽는 학문을 좋아하는 인물이라는 평판을 듣는 사나이다. 전국시절, 더구나 작을 망정 이런 성주의 몸으로 태어나지만 않았다면 벌써 출가하여 세상을 버리고 꽃과 새를 읊는 풍류를 즐기고 있었으리라.

"정말일까?" 하고 중얼댄다. 씁쓰름한 얼굴은 그 탓이다. 전번에 왔던 마쓰나미 쇼구로가 조자이 사에 막대한 시주를 하였다는 보고였다. 불쾌했다. 아니, 쇼구로에 대해서가 아니다. 도시타카는 자신에 대해서 기분이 불쾌하다. 그날 쇼구로를 보았을 때 너무나도 영리하고 너무나도 인간으로서 매력이 있는데 대해 불안마저 느꼈다.

"이건 반역자의 인간형이 아닌가."

도시타카가 읽어서 알고 있는 중국의 역사책에선 이런 매력의 사나이가 한 나라 한 가문을 뒤엎는다는 걸 가르쳐 주고 있다.

"가까이 해선 안 된다"고 보았다. 그러므로 "그럼 또" 하고 말했으면서도 조자이 사로 사자를 보내지 않았던 것이다. 그러나 도시타카의 '예상'은 빗나갔다. 오늘 아침 그 '사나이'가 조자이 사에 많은 시주를 했다는 보고를 들었던 것이다.

"절에 시주를 하는 짓 따위는 영리한 자가 할 짓이 아니다. 의외로 그런 미담을 좋아하는 만만한 데가 있는 사나이가 아닐까?" 하고 생각지 않을 수 없게 되었다. 자기 미담에 도취될 사나일지도 모른다. 이를테면 겉보기보다 약지 못할는지 모른다. 즉, 그 정도라면 도토의 영주님에게 추천해도 해는 없으리라고 생각을 바꾸었던 것이다.

'요컨대 이런 사나이로군. 가마쿠라 이래의 명문이라는 도키가문을 동경하여, 그 명문이 쇠퇴하고 있음을 애석히 여겨 동정하고서 얼마만큼의 힘이라도 되어주고 싶다. 그런 감상과 미담을 좋아하는 마음을 가진 사나이란 말이야.'

아무튼 절에 기부를 하고서 좋아하고 있는 녀석이다. 의외로 그런 유의 인간일지 모른다. 바꾸어 말한다면 남에게 충성을 하고 싶어서 그 상대를 찾아다니는 사나이——요컨대 천성적인 충복이랄까.

"게다가 그 놀라운 재주."

이건 도키 가문을 위해서 하늘이 내려준 명살림꾼이 될지도 모른다.

"정말이지, 내가 잘못 보았구나. 나에게도 그런 실수가 있었구나."

나가이 도시타카는 겨우 얼굴빛을 고치고 곧 출발준비를 시켰다.

"조자이 사에 간다" 하고 성문을 나섰다. 수행은 열 명 남짓. 시대가 시대니만큼 저마다 무장을 갖추고 활이며 긴 창 등을 갖고 있다. 목적지인 조자이 사에는 한 사람이 먼저 말을 달려와 알려 놓았기 때문에 도시타카가 도착했을 때는 온 절에서 모두 나와서 맞이했다.

"아우" 하고 도시타카는 니치고에게 물었다.

"마쓰나미 쇼구로 씨는 계신가?"

"호렌보 말씀입니까? 이미 미노에도 싫증이 났다고 하며 오늘부터는 여기 저기서 특산물 따위를 구해 갖고 교토로 돌아갈 준비를 하고 있지요. 내가 아무리 만류해도 미소짓고 있을 뿐 준비를 서두르고 있습니다."

"그, 그건 안 된다. 만류해라. 그만한 인물을 다른 나라에 뺏기는 일이 있어선 안 되지. 아우, 만류해라."

"형님, 생각이 너무 길었습니다. 신중함은 형님의 나쁜 버릇이지요."

"뭐, 그러나 마음을 작정하고 나면 흔들리지 않는 게 내 성격이야."

곧 조자이 사의 다실에서 니치고 주지를 주인으로 하여 쇼구로가 자리를 같이 했다.

"떠나신다면서요?"

"저 말씀입니까?" 쇼구로는 찻종을 놓았.

"아무래도 도성에서 마누라의 편지가 와서 말입니다. 그걸 보았더니 한시가 급한 것이 참을 수 없게 되어 별안간 떠날 마음이 생겼습니다."

"쇼구로 씨의 부인이라면 과연 재색을 겸비한 여인이시다. 요즘 교토에선 어떤 서체가 유행되고 있나요?"

"역시 쇼렌 원류(靑蓮院流)겠지요. 호사가들은 일부러 오노 도후(小野道風:유명한 당시의 서도가)풍을 즐기는 모양입니다. 그러나 저의 안사람은 그런 유파가 아니지요."

"허어."

나가이 도시타카는 몸을 내밀었다. 도시의 문화라면 홀딱 하는 무사인 것이다.

"지장이 없으시다면 볼 수 없을까요?" 하고 말했다.

"뭘요. 별로 남이 읽어도 난처해질 편지가 아니므로 보여드려도 좋지만, 나가이 님께서 아마 웃으실 테죠."

"아니, 웃다니요. 교토의 유행을 알고 싶을 따름이죠."

"그러시다면" 하고 쇼구로는 품속에서 한 통의 편지를 꺼냈다. 스기마루가 전해준 그 편지다.

"그럼 보십시오" 하고 도시타카 쪽으로 밀어 주었다. 도시타카는 집어 들고 두 손으로 정중하게 받든 다음 조용히 펼쳤다.

쇼구로는 단정히 앉은 자세.

"......"

도시타카는 얼굴이 새빨개졌다.

두루마리에는 아무런 글씨도 씌어 있지 않다. 다만 중앙 근처에 붉은 입술을 대고서 연지를 찍은 자국이 선명하게 부각돼 있다.

"그 편지에 곁들여서" 하고 쇼구로는 다시 종이조각 접은 것을 꺼내 도시타카의 무릎 앞으로 밀어 주었다.

"이런 소식도 전해져 왔습니다."

"예?" 도시타카는 거의 무의식적으로 그 종이 싼 것을 펼쳤다. 한 가닥, 가는 것이 들어 있다.

"이, 이것이 뭣입니까?"

"음모(陰毛)입니다." 쇼구로는 싱긋도 않는다.

아아, 하고 도시타카는 긴 한숨을 쉬고 정중히 두루마리를 다시 감고 종이조각도 다시 싸서 쇼구로의 무릎 앞으로 돌려주었다.

"정말, 놀랍습니다. 천만 마디의 문장, 왕희지의 글씨도 못 따를 명필입니다. 쇼구로씨는 좋은 부인을 가지셨소."

"......"

"잘 보았으니 넣어 두십시오."

도시타카는 맥이 없어졌다. 호된 충격을 받은 탓이었으리라. 그러나 이것이 쇼구로에 대한 도시타카의 인상을 바꾸어 놓았다.

'그렇듯 좋아하는 것을 보니 빈틈이 없는 것 같지만, 사실은 어지간한 얼간이다)하고 두고두고 남에게 이야기했다.

물론 쇼구로의 술수. 나가이 도시타카 같은 인물에게는 이런 술책으로 나가면 그런 인상을 가질 테지 하고 속까지 들여다 보고서의 작전인 것이다. 하긴 오마아가 그런 편지를 보내온 것만은 사실이지만.

그날 밤. 밤늦도록 도시타카는 쇼구로를 설득하고 나중에는 손을 짚어 절을 하면서까지 애원했다.

"촉나라 유현덕이 제갈량의 초가집을 세 번이나 찾아가 출려하기를 간청했을 때의 심정도 바로 이런 것이 아니었을까 생각됩니다. 쇼구로 님, 귀공의 힘이 아니면 미노 도키 가문의 쇠운을 돌이킬 수가 없습니다."

나가이 도시타카, 한번 반했다고 하면 무의식중에 고전 따위를 인용하는 지나친 심정이 되는 모양이다. 차츰 언사가 공손해지고 수식을 늘어놓으며 칭찬하는 사이, 오히려 자기 말에 암시를 받아 쇼구로가 제갈공명으로 보여진 것이리라.

쇼구로가
"그러시다면" 하고 고개를 끄덕인 것은 그날 밤도 이슥했을 무렵이었다.
"고맙소!"
도시타카 니치고 형제는 동시에 손뼉을 치며 기뻐했다.

탐나는 여자

인간의 세상은 내일을 모른다고 하지만 이런 알 듯 모를 듯 알쏭달쏭한, 그러면서도 사실은 사는 데 아무런 도움도 되지 않는 영탄사상(詠嘆思想)은 쇼구로에게 없다.

'내일 무슨 일이 닥칠 것인가는 이치로 생각한다면 알 수 있는 일이다)라고 믿고 있다.

"그럼 쇼구로 씨, 행운을 빌겠소" 하고 조자이 사의 니치고 대사는 절 현관에서 쇼구로를 배웅했다. 산문에서부터 말을 탔다. 채찍을 들어 가노를 향해 길을 달렸다.

미노는 천지가 완전히 가을빛으로 물들어 있었다.
"아름다운 산하다. 언제 내 것이 될까?"
쇼구로의 인생에는 목적이 있다. 목적이 있어야 인생이라고 믿고 있다. 사는 의미란, 그 목적을 향해서 나가는 일이다. 그때문에 악이 필요하다면 악한 짓을 해라. 선이 필요하다면 그걸 구사하는 것도 좋다.

'전진하는 것뿐이다.'

쇼구로는 다시 채찍을 들었다. 말이 달렸다.

"달려라, 달려라, 그게 내 인생이다. 말굽에 개미가 짓밟히든 개가 차여서 죽든 상관할 것 없다. 염불은 약자나 외어라."

이윽고 쇼구로는 가노의 성문으로 들어왔다. 이미 나가이 도시타카는 동행할 준비를 하고 기다리고 있었다.

"속히 오셨군요" 하고 도시타카는 현관마루에서 내려섰다. 신발 담당 하인이 신발을 가지런히 놓았다. 이윽고 두 필, 말머리를 나란히 사기야마로 달리기 시작했다.

"마쓰나미 씨, 사기야마의 영주님은 이 사람을 통해 귀공의 소문을 듣고 고대하고 계십니다."

"예, 그렇습니까?"

고삐를 당겼다. 털이 빠진 암캐가 벌렁 자빠져 있었기 때문이다.

"과연 불문 출신이시군. 짐승에까지 측은지정을 베푸시니."

"버릇이 됐습니다. 별로 측은해 하는 것도 아닌데."

"겸손의 말씀."

도시타카는 홀딱 반해 버렸다. 이윽고 나가라 강에 이르렀다.

쇼구로는 달그락달그락 말을 강기슭으로 몰고 내려가 얕은 곳을 골라 건넜다.

"마쓰나미 씨, 나는 이 고장의 사람이라 얕은 곳을 알지만 교토에서 온 당신이 그렇듯 아무렇게나 얕은 곳을 골라 건너가는 것을 보니 이상한 느낌이 드는군요."

"물빛, 여울의 물소리로 알 수 있지요."

"참, 별난 재주와 능력을 가졌군요."

건너편 기슭에 뛰어 올랐다. 도중 도시타카는 지금부터 쇼구로를 데리고 가는 '사기야마 공(鷺山公)'의 인품에 관해서 들려주었다.

"좋으신 분이죠" 하고 도시타카는 말했다.

사기야마 공, 즉 도키 요리아키는 미노의 수호직은 아니다 (수호직이란 한 지방의 작은 영주들을 다스리는 태수와 같은 것).

형인 도키 마사요리가 수호직으로, 그는 미노의 중심이라고 할 가와테 성(川手城 : 현재 기후시)에 있다. 요리아키는 몇 년 전 형과 상속을 다투고 작은 전쟁까지 벌이며 싸웠으나 마침내 패해 이 사기야마 성을 받고 매일 유흥으로 세월을 보내고 있다. 도시타카는 이 상속 싸움 때 요리아키를 편들었다. 그때의 인연으로 지금까지도 요리아키의 후견인으로 이것저것 뒷바라지를 하고 있었다.

"사기야마 대감을 응원한 것은 형제분의 아버님 마사후사 님의 부탁을 받았기 때문이기도 하지만, 도키 가문 10대를 계승할 분은 요리아키 님 말고는 없다고 믿었기 때문이지요."

"그토록 인물이십니까?"

"뭐, 형님이신 영주보다는 낫다는 의미로서──"

"딴은."

쇼구로가 들은 소문대로 현 수호직인 마사요리는 어지간히 용렬한 모양이다.

"나는" 하고 도시타카는 중대한 말을 했다.

"지금도 사기야마 영주가 미노의 지배자가 되는 편이 좋다고 믿고 있습니다."

"그러시겠군요" 하고 대답했지만 저도 모르게 시선을 돌려 도시타카의 얼굴을 보았다.

도시타카는 여전히 귀족적인 잔잔한 얼굴에 미소를 띠고 있을 뿐이다.

'내 재치로 마사요리를 몰아내고 요리아키를 수호직으로 밀어달라고 하는 의미일까?'

도시타카의 표정으로는 알 수 없다.

"사기야마의 요리아키 님은 이를테면 어떠한 인품이십니까?" 하고 쇼구로는 자세히 조사해 둔 일이었지만 도시타카의 입에서 그걸 들으려고 했다.

"그림을 잘 그리십니다."

"호!" 크게 감탄했다.

"그렇게 잘 그리십니까?"

"중국의 휘종황제까지는 안 되더라도 우선은 그만하다고 할 재주이지요."

사실 요리아키는 그 이름처럼 예술적 천분이 풍부했고, 다른 세상에 태어났다면 좀 더 큰 이름을 후세에 남겼을지도 모른다. 즐겨 매를 그린다. 매만 그리고 있었다. 화공이라면 의뢰자의 주문에 따라 그려야만 되지만 요리아키는 영주이니만큼 좋아하는 걸 그리고 있으면 된다.

자연히 그림도 깊어져 그의 매는 고금의 어떤 화가보다도 훌륭하다.

현재도, '도키의 매'라고 하는 특별한 호칭으로 몇 폭인가의 명작이 남아 있다. 고미술계에서 몹시 진귀하게 여겨지는 그림이다. 아호는 도몬(洞文).
"그림뿐 아니라 가무음곡에도 뛰어난 분이죠."
'그런 일이라도 즐겨야지 달리 매일 할 일도 없는 생활일 테지.'
"마쓰나미 씨의 교토식 춤이라도 보여드리면 기뻐하시리라."
"원, 별말씀을. 고작 기름장수, 춤이라고 한댔자 뻔한 것입니다."
이윽고 사기야마 거리에 당도했다. 거리라고는 하지만 이 작은 성의 소비 생활을 뒤댈 정도의 상가와 농가 등이 50호 가량 모여 있을 정도다. 언덕 위에 흰 성곽이 보인다. 정문은 동쪽을 향해 나 있었다. 두 사람은 성으로 들어갔다.
"화려한 건물이로군요" 하고 쇼구로는 누마루를 올려다보았다.
본성·망루·통로 등에는 듬뿍 기름을 섞어 갠 회로 칠한 흰 벽이 눈부셨고, 어느 건물이고 파랗게 구워낸 미노 기와로 아담하게 지붕을 이었다.
"작지만 좋은 성이오" 하고 도시타카는 말했다.
'아름다운 성이다. 이 나라를 먹어치운 다음 은퇴라도 할 때 살도록 할까?'
힐끗 눈알을 굴리며 둘러보았다. 태도는 은근하지만 둘러보고 있는 눈초리는 뒷날 살모사 도산이라고 일컬어진 이 사나이다운 눈이다.
쇼구로는 작은 방에서 기다리고 우선 도시타카가 안내되어 들어갔다.
'설마 하인 취급으로 뜰아래에 대령시켜 만나보겠다는 건 아닐 테지.'
만약 그렇다면 쇼구로의 자존심이 허락지 않는다. 애당초 학승이니 떠돌이니 하는 식으로 이렇다 할 자랑스러운 전신은 없지만, 스스로 귀하다고 하는 정신이 강한 건 천성이리라.
"마쓰나미 쇼구로 님" 하고 아리땁게 차려입은 계집종이 복도에 무릎을 꿇었다.
"안내해 드리겠습니다."

쇼구로는 요리아키 앞에 나가 문지방 하나를 사이에 두고 꿇어 엎드렸다. 정면에 요리아키. 한 단 내려서서 나가이 도시타카가 있다.
"저 자가" 하고 도시타카가 소개하려고 하자, 요리아키는
"기름장수냐?" 하고 키득키득 웃었다.

심심해 견딜 수 없는 요리아키다. 기름장수라고 하는 인간을 구경할 수 있다 해서 오늘을 고대하고 있었을 뿐, 별로 쇼구로의 인물을 기대한 셈은 아닙니다.

"나는 기름장수라는 걸 보는 게 처음이다. 꽤 특이한 얼굴 생김인데, 기름장수란 모두 그러냐?"

"이건 저의 얼굴이옵니다. 기름장수이기 때문에 이 얼굴이 붙어 있는 것은 아닙니다" 하고 쇼구로는 한껏 점잖을 빼며 대답했다.

"아닙니다, 주군."

도시타카가 한 마디 했다.

"저 자는 궁궐 무사 마쓰나미 사곤 쇼겐의 자손으로 성은 후지와라 씨(藤原氏), 신분도 확실한 자이옵니다."

"그래." 요리아키는 태평스런 귀족답게 기름장수라고 하는 동물이 따로 있는 줄 알고 있는 모양이다. 도시타카가 옆에서 무언가 귀띔을 하자,

"허허, 니치고 스님과 동학을 했다고?" 하고 잠이 깬 듯한 표정을 지었다. 홱 태도가 달라져 존경하기 시작한 것이다.

"교토의 묘카쿠 사 본산에서 함께 내외의 학문을 했습니다."

"이 나라에선 니치렌 종이 드물다. 니치렌 종은 다른 종파를 배척하고 한 나라의 정사에까지 간섭을 하려고 하는 게 교풍이라고 하는데, 사실인가?"

"아닙니다. 묘카쿠 사 본산의 학풍은 그런 것이 아닙니다. 그건 니치고 대사의 덕행을 보시면 아시리라고 믿습니다."

"니치렌 종이란 한 마디로 어떤 것이냐?"

"차토입성(此土入聖)."

"?"

"타 종파는 깨우침을 얻고서야 비로소 불자가 된다, 정토종(淨土宗)이나 정토진종(淨土眞宗)은 나무아미타불을 염불함으로써 사후 극락에 태어난다, 진언종(眞言宗)이나 천태법사종(天台法師宗)은 즉신성불(即身成佛) 등을 말하며 어느 것이나 이승을 더러운 세상이라고 부정하고 얼른 죽어서 극락에 가는 법만을 설법합니다만, 우리 종파는 그렇지가 않지요. 이 그대로의 몸, 이 그대로의 시간, 이 그대로의 세계로써 그대로 부처가 된다고 하는 가르침입니다."

"매우 건방진 가르침이로군."
"그렇습니다."
쇼구로는 끄덕였다.
"인간이 건방지지 않고서 무엇을 할 수 있겠습니까? 미인은 자기 몸이 아름답다고 교만하게 생각하기에 보다 아름답게 보일 것이고, 또 아름다움을 더할 수도 있는 것입니다. 재주 있는 자는 교만방자해야 10의 힘을 12라도 발휘할 수가 있고, 힘이 있는 자는 힘이 뛰어나다고 생각하기에 뱃속에서 힘이 솟아오르는 것입니다. 나무 묘법연화경의 묘미는 거기 있다고 할 수 있겠지요."
"그렇게 들으니 법화경을 싫어하는 나라도 무언가 알 것 같은 느낌이 든다. 사람의 힘을 갑절로 한단 말이지" 하고 요리아키는 흥미를 보였다. 엄청난 사상의 소유자가 나타났구나.
"쇼구로,"
"옛."
"아무래도 그대는 인간에 관해서 밝은 모양이군. 나는 소시적부터 온갖 것을 알고 싶다고 생각해 왔지. 재미있는 인물이 굴러들어 와 주었네."
몸을 바짝 앞으로 내밀었다.
"그렇다면 쇼구로, 사람은 죽으면 어디로 가는지 한 마디로 가르쳐 주게."
"그건,"
쇼구로는 설득력에 넘친 음량으로 말했다.
"중에게 맡긴다, 맡기고 생각 않는다, 이것이 깨달음입니다."
"맡기기만 하면 되나?"
"그뿐만이라고 인간이 도달할 수 있다면, 이미 크게 깨달은 자입니다. 죽음은 중에게 맡긴다, 맡기고서 즐겁게 생을 보낸다, 그것이 도통한 사람의 삶이라고 하겠지요."
"의미심장한 소리를 하는군."
요리아키는 순진하게 고개를 갸우뚱했다.
나가이 도시타카가 옆에서 싱글벙글하고 있다. 추천한 보람이 있다고 생각하고 있으리라. 하나 쇼구로는 마음속으로
'죽음은 중에게 맡겨라, 생은 나에게 맡기고' 하고 뻔뻔스럽게 중얼거리고 있는 것이다. 쇼구로의 생각으로는, 바보란 어차피 지혜로운 사람의 신세를

질 수 밖에 도리가 없는 것이다.
 "참, 재미있다. 술을 마시자" 하고 곧 그 자리에서 술좌석이 벌어졌다.
 요리아키는 쇼구로를 가까이 오도록 하고 손수 잔을 주었다. 쇼구로는 그걸 세 번에 나누어서 마신다. 상 위의 것에 젓가락 대는 법도 모두 왕년에 무로마치 막부가 무사예법으로 제정한 오가사와라 예법에 맞는다.
 "쇼구로, 오늘은 취하도록 마셔라" 하고 요리아키는 몇 번씩 말하면서 교토의 이야기 따위를 몹시 캐묻고 싶어 했다.
 쇼구로의 이야기는 재미있다. 교토의 거리거리에 얽힌 전설, 어떤 귀족 저택의 도깨비 이야기, 절중의 여자 간음 등을 손짓까지 섞어서 이야기 해준다.
 "아, 도성에 살고 있는 기분이로군" 하고 요리아키는 한숨을 쉬었다. 지방 무사로서는 평생 그곳에 살 수 없는 일이니만큼 교토에 대한 동경은 예사로운 게 아니다. 이를테면 쇼구로가
 "이위(二位 : 品階)의 비(妃)께서 이치겐 사(一元寺) 남쪽마을 별궁에 계실 때" 하고 말하자 요리아키는 무릎을 치고서
 "오, 그 옆에 아리스 강(有栖江)이 흐르고 있지. 그 남쪽은 기타고지(北小路) 호리가와(堀川)궁이 있고, 그리고 그 남쪽에는 무라쿠모(村雲)의 다이큐 사(大休寺) 토담이 이어져 있다"고 맞장구를 치는 것이었다. 물론 요리아키는 교토에 가 본 일이 없었다. 하나 사람들의 이야기나 책으로 읽으면서 거리의 지도가 머릿속에 그려져 있는 것이다. 이윽고 주연도 무르익었을 때, 미닫이가 조용히 열렸다.
 "……"
 쇼구로는 눈을 휘둥그렇게 떴다가 곧 실례를 깨닫고 고개를 조아렸다. 눈을 내리뜨고 머리를 수그리고 숨을 들이마시고, 이윽고 숨결을 죽이면서 방금 본 것이 이 세상의 것인지 어떤지 의심스러워졌다.
 '무서운 것을 보았다!'
 소문은 듣고 있었다. 도키 요리아키의 애첩 미요시노(深芳野)의 아름다움에 대해선
 미요시노——.
 이 여인은 출생부터가 기구했다. 미천한 출생은 아니다. 단고(丹後) 미야즈(宮津)의 성주 잇시키 사코 대부(一色右京大夫)의 딸이었다.

아버지가 마흔두 살인 액년(厄年)에 태어났다. 액년에 낳은 자식은 자라지 않는다고도 하고 생가에 액운을 갖다 준다고도 한다. 그때문에 언니가 이 요리아키에게 시집 왔을 때 함께 딸려 왔다. 언니는 정실부인이다. 미요시노는 첩이었다. 아무리 난세라도 자매를 같은 규방에 두고 총애하는 예는 드물다.

그런 만큼 이웃나라에까지 소문이 높았다. 요리아키 영주는 염복이 많다고 가까운 이웃의 영주들로부터 부러움을 받았다.

"쇼구로, 이게 미요시노야" 하고 요리아키는 말했다.

"옛" 하고 쇼구로는 얼굴을 들었다.

파고들 듯이 미요시노를 보았다. 미요시노도 뚫어져라 쇼구로를 보고 있다. 검은 눈동자가 이윽고 소리를 내기나 하듯 깜박거리고 눈길을 돌렸다.

쇼구로의 응시에 견딜 수 없게 된 것이리라. 가냘픈 목덜미가 약간 수치심으로 물들고 있다.

"마쓰나미 쇼구로입니다."

"미요시노" 하고 요리아키는 말했다.

"어젯밤 말한 그 인물이야."

"예." 힐끗 쇼구로를 보았다.

'어젯밤 이야기했다면 잠자리에서 말인가?'

쇼구로는 요리아키를 보았다. 요리아키는 태연을 가장하고 있지만 소문에 의하면 미요시노에 넋을 잃고서 영내의 정치도 돌아보지 않을 정도라고 한다.

'잠자리에서 내 이야기를 했다?'

쇼구로는 다시 미요시노를 보았다.

"술을 따라 주어라" 하고 요리아키는 명했다.

미요시노는 은술병을 들었다. 쇼구로는 무릎걸음으로 미요시노 앞으로 가서 붉은 칠을 한 술잔을 떠받들 듯이 앞으로 내밀었다. 그것에 조용히 술이 부어졌다.

잔을 받으면서 쇼구로는 잔 너머로 눈길을 보내고 술병을 든 사람의 눈에 말을 걸듯이 보았다.

'탐이 난다.'

그 목소리가 마치 들리기나 한 것처럼 미요시노는 쇼구로를 보았고, 약간 고개를 갸웃했다.
 "쇼구로 님, 벌써 술이 찼습니다."
 고개를 갸웃한 것은 그때문이었다.
 "옛" 당황하여 물러났다.
 본디의 자리로 돌아와 잔을 입술에 대고서 두 번 마셨고, 세 번째는 단숨에 마셔 버렸다. 잔을 내려놓았다. 이마에 땀방울이 맺혀있다.

계산

　미요시노의 몸에 술이 들어간 것도 아닌데 취기가 밤중까지 남았다. 가볍게 두통이 난다.
　'얼마나 이상한 사나일까?'
　그 마쓰나미 쇼구로라고 하는 사나이의 번쩍거리는 눈이 미요시노의 망막에 잔상이 되어 이렇게 눈을 감고 있어도 어둠 속에 역력하니 떠오르는 것이었다.
　싫지 않지만 어쩐지 기분이 꺼림칙하다. 마치 방구석에 숨어 들어온 밤 고양이의 눈이 깜박이지도 않고서 이쪽을 노려보는 듯한 그런 으스스한 느낌이다.
　'나를 탐내고 있다.'
　미요시노로선 본능으로 알 수 있다. 남의 집에 처음 와서, 더구나 한낱 기름장수인 주제에 얼마나 버릇없는 시선을 던졌던가!
　'오싹' 하고 미요시노는 몸을 떨었다.

　요리아키는 어지간히 쇼구로가 마음에 들었던 모양으로 이튿날 아침에도

사자를 조자이 사에 보내어

"내 말벗이 되라" 하고 명해 왔다.

쇼구로는 밤새 감기가 들어 몸이 편치 않다고 거절했다.

사자는 거의 매일 찾아온다. 쇼구로는 그때마다 거절했다. 당연한 일이다. 부른다고 곧 찾아가는 것은 떠돌이중 정도이리라. 거절하는 이유는 언제나 병이었다.

"오늘도 몸이 편치 않아서" 하고 니치고 대사에게 전하도록 부탁한다. 그러면서도 쇼구로는 독서를 하든가, 정원을 멍하니 바라보든가, 창을 한 차례 연습하든가 하고 있다.

"호렌보, 어쩔 셈이야" 하고 니치고는 혀를 내두르며 말했다.

"꾀병을 써서 가 뵙지 않는 건 수호직 아우님에 대한 무례가 아닌가?"

"만날 생각이 들지 않아."

"여전히 까다로운 사람이군. 요리아키 님이 마음에 들지 않는다?"

"높은 사람 앞에 나가는 건 숨이 막히는 일이야. 어차피 목숨이 같은 50년이라면 되도록 그런 기회는 피하며 살고 싶네."

마음과 딴판인 말을 하고 있다. 이 쇼구로의 말이 니치고 대사의 입을 통해 요리아키의 귀에 들어갔던 모양이다.

"과연 욕심이 없는 사나이로군" 하고 감탄하고서 더욱 더 마쓰나미 쇼구로라는 인물이 귀중한 것처럼 여겨져 왔다. 요리아키는 가노 성주 나가이 도시타카를 불러 쇼구로를 어떻게 하면 미노에 붙들어 둘 것인가 의논했다.

"역시 지위와 녹봉을 주셔야겠지요."

"그 쇼구로가 받을까?"

"모르겠는걸요."

두 사람의 머리엔 교토에 있는 쇼구로의 막대한 재산이 있다. 도읍에 그만한 재산을 가진 사나이가 이런 촌구석에서 남을 섬기고 싶을 리가 없잖은가.

두 사람은 귀족이라곤 하지만 시골 사람이다. 시골 사람답게 교토에 거주하는 쇼구로에 대해서 불필요할 만큼 신경을 쓰고 있었다.

"아, 묘안이 있습니다" 하고 도시타카는 말했다.

"니시무라(西村)의 가문을 잇도록 하신다면——"

"음!"

요리아키도 무릎을 쳤다.

니시무라 가문이란 미노에선 명족의 하나로 수호직인 도기씨하고도 피의 연관이 있고 나가이 씨와는 동족이 된다.

지난 해 '니시무라'의 호주 니시무라 사부로사에몬(西村三郎左衛門)이 병사한 뒤 후사가 없어 가문이 끊기고 있다. 그 니시무라의 위패의 영지는 도시타카가 친척으로서 관리하는 중이다.

"그렇군. 니시무라의 가문을 잇게 하는 게 좋아. 도시타카, 그대가 알아서 처리하도록 해."

"아닙니다. 이 문제는 쇼구로에게 주군께서 직접 말씀하시는 게 좋을 것입니다. 사람이란 그런 걸로 감격하는 법입니다."

쇼구로는 쇼구로대로 계산이 있었다. 쭉 사기야마 성을 찾아가지 않았던 것은 교토에서 가져올 선물을 기다리고 있었기 때문이다. 그것이 겨우 도착했다.

'비위를 맞추는 것만으로는 이쪽이 깔보인다.'

그렇게 생각하고 계획을 짜 두었던 것이다. 이 사나이는 한낱 장사꾼이면서 마음속으로 미노의 태수(太守) 동생인 도키 요리아키와 대등한 속셈으로 있다. 아니, 마음으론 벌써 요리아키 따위 무시하고 있었다.

교토에서 말도 도착했다. 적조모(赤糟毛 : 말의 터럭빛, 불그스름한 잿빛 바탕에 흰 털이 섞여 있다)다. 뛰어난 준마로 귀는 발딱 섰고, 눈빛에 광채가 있으며 목이 길고, 비파처럼 둥근 허벅다리에 탄력이 있다. 네 다리는 마상(馬相)에서 말하는 삼(麻)을 세운 듯 날씬하다. 쇼구로는 미리 사기야마 성주에게 사자를 보낸 다음 날 아침, 조자이 사의 머슴에게 짐을 들리고서 사기야마로 갔다.

둔탁한 푸른빛의 겉옷에 약간 색이 엷은 옷, 하카마 따위를 두르고 유행하는 칼 장식이 들어간 대소도(大小刀)를 찌르고 자개 장식의 안장을 얹은 적조모 위에서 흔들리며 가는 모습은 어딘가의 작은 영주인가 싶은 차림이었다. 사기야마의 성 안에선 요리아키가 기다리다 지쳐 창문으로 성문께를 내다보고 있었다. 이윽고 말을 탄 조그만 모습이 보였고 점점 이쪽으로 가까이 다가오고 있었다. 말에 활기가 있고 사람에겐 주위를 꿇어 엎드리게 만드는 위엄이 있었다.

"미요시노, 이리 와" 하고 요리아키는 재촉을 했다.

미요시노가 창문 가로 왔다.

"보라, 저게 사나이야" 하고 요리아키는 반한 듯이 말했다.

쇼구로의 조그만 그림자가 차츰 커져 성문으로 다가오고 있었다. 그것이 요리아키와 미요시노의 일생에 어떠한 운명을 줄 것인지는 그들이 신이 아닌 이상 모른다.

요리아키의 어전——.

쇼구로는 앞으로 나가 나가이 도시타카에게 헌상품 목록을 올렸다. 요리아키는 그걸 들여다보면서 하나하나 어린애같이 환성을 올렸다. 이윽고 자리를 옮겨 술좌석이 벌어졌다. 미요시노가 동석했다.

쇼구로는 앞으로 나아가 미요시노에게도 다른 목록을 올렸다.

"이건 부인님에게——"

지그시 미요시노의 눈을 바라보았다. 주인의 눈앞에서 남의 첩한테 뻔뻔스러이 선물을 하는 사나이도 드물리라. 목록을 받아쥔 미요시노의 손이 떨린다. 왠지 쇼구로의 시선을 받으면 몸이 떨려 오는 것이었다.

"마음에 드실는지" 하고 쇼구로는 말했다.

중국에서 온 비단 역시 중국의 촉강금(蜀江錦), 분, 연지 등등 사까이가 아니면 손에 들어오지 않는 외국 물건들 가운데 핏빛 같은 도사(土佐) 산물인 산호(珊瑚) 등이 들어 있다.

"……"

미요시노는 쇼구로를 보았다. 열심히 표정을 감추면서 보일 듯 말 듯 고개를 수그렸다.

쇼구로는 부복을 하고 이윽고 뒷걸음질로 자기 자리에 돌아갔다.

"쇼구로" 요리아키는 사람 좋은 미소를 머금고 있다.

"또 한 가지 청이 있는데."

"무엇입니까?"

"그대의 몸을 나에게 주지 않겠는가? 그냥 달라는 게 아니라 이쪽에서도 니시무라 가문의 상속권을 선물로 하고 싶은데, 어떨까?"

쇼구로는 말없이 도시타카에게 얼굴을 돌렸다.

"받고 안 받는 건 모두 나가이 님의 주선에 맡기고 싶습니다." 이런 말을 들으니 소개자인 도시타카도 기분이 나쁘지는 않았다.

"마쓰나미 씨, 전례가 없을 만큼 고마운 분부이시오. 고맙게 받도록."

"옛" 하고 쇼구로는 부복했다.

"옛말에도 선비는 자기를 알아주는 자를 위해서 죽는다고 했습니다. 모자라는 재주를 채우기 위해 죽음으로써 충성을 다하겠습니다."

"오, 안심했다. 그럼 지금부터 니시무라의 성을 쓰고 간구로(勘九郎)라고 칭하도록."

"니시무라 간구로(西村勘九郎)."

쇼구로는 평생에 열세 번 이름을 바꿨다. 바꿀 적마다 신분이 올라갔다. 뒷날 가장 유명해진 사이토 도산이란 이름은 그 만년의 것이다 (이 이야기에선 번거롭기 때문에 쇼구로라고 일관하겠다).

"쇼구로, 아니 간구로" 하고 도시타카가 옆에서 말했다.

"니시무라 간구로가 되면 우리 나가이 가문의 친척이 되오. 앞으로 부탁하겠소."

"아, 아니 저야말로."

쇼구로는 이성을 잃은 것처럼 말을 더듬었다. 아니 솔직히 말해서 그 자신 이토록 요리아키나 도시타카의 대접을 받으리라고는 생각도 못했던 것이다.

"뭐, 겸손하실 것 없소. 차후 일족을 모아 피로의 자리를 이 사람이 마련하리다."

"황송하기 이를 데 없는 일입니다" 하고 쇼구로는 어디까지나 말을 공손히 했다.

"일가친척이라기보다는 그저 가신처럼 대해 주십시오. 가노 성에도 제 형편이 닿는 대로 곧 출사(出仕)하겠습니다."

"이봐, 간구로."

요리아키는 말했다.

"출사는 이 사기야마로 하는 거야. 그대 같은 사나이를 가노 성에 뺏겨서야 되겠나?"

"이것은 주군의 대단한 질투시로군" 하고 도시타카는 쓴웃음을 지었다.

"정말로, 주군의 말씀처럼 그대는 이 사기야마 도키 가문의 집사(執事)로 일해주기 바라오. 가노 성에는 이따금 놀러와 주기만 해도 좋소."

다시 술자리가 무르익었다.

"미요시노, 한자리 추지 않겠나?" 하고 요리아키는 더욱더 기분이 좋아졌다.

미요시노는 곧 눈을 내리깔고, 이윽고 원망하는 듯한 눈을 들어 요리아키에게만 아는 몸짓으로
'싫어——'라고 말해 보였다.
"왜 그처럼 부끄러워하지? 언제라도 나를 위해 춤춰 주지 않느냔 말이야."
'하지만' 하고 눈으로 열심히 요리아키에게 호소했다.
'오늘만은 싫어요.'
교토에서 이름난 춤의 명수라고 일컫는 쇼구로 앞에선 도저히 출 마음이 들지 않는다.
"……오오라, 그렇단 말이지."
'예' 하고 눈으로 말했다. 몸을 섞은 남녀 사이에서만 통하는 대화다. 그걸 빤히 쳐다보고만 있노라니, 쇼구로는 격렬한 질투심이 났다.
"그러시면" 하고 쇼구로는 빠른 말로 말했다.
"제가 추지요" 하고 말했다. 쇼구로는 종잡을 수 없는 충동에 사로잡혀 있다.
"오, 그대가 추어주겠나? 마침 잘 되었네" 하고 요리아키는 매우 기뻐하며 가수를 비롯한 소북·큰북 같은 반주 준비를 시키고 다시 미요시노 쪽을 돌아보며
"피리는 네가 불어" 하고 명했다.
춤추는 건 곡무(曲舞 : 춤의 일종. 꽤 긴 서사적인 것을 북소리에 맞추어 춘다)였다.
"아쓰모리(敦盛 : 일본 고대의 武將 이름. 그에 연유하여 춤 이름이 됨)를 하겠습니다."
쇼구로는 부채를 펴들고 일어섰다. 여인 앞에서 춤추기에는 열일곱 살을 일기(一期)로 구마가이(熊谷 : 武將 이름)한테 죽은 이 꽃과 같은 다이라 가문(平家)의 공자(公子)를 선택하는 게 알맞으리라. 이윽고 쇼구로는 노래와 반주에 따라 춤추기 시작했다.

……그리하여 헤케(平家)가 천하를 잡은 지 20여 년,
그야말로 한바탕 오래된 꿈 같구나.
쥬에이(壽永 : 年號)의 가을 잎,
몰아치는 바람에 속아 흩날린 그 한 잎,
배처럼 물결 위에 엎드려 꿈에조차 돌아오지 않네.

조롱에 갇힌 매 구름을 그리워하고,
돌아가는 기러기들이 흩어지네.
정처 없는 나그네 길,
세월은 흘러도 하염없이 되돌아오는 봄철……

쇼구로는 7·5·7·5의 가락에 맞추어 가면서 사뿐사뿐 몸을 움직인다. 멋들어진 춤이다. 춤이 끝나고 이윽고 반주도 그쳤을 때, 요리아키는 비로소 제정신이 돌아와 무릎을 쳤다.
"대단하구나!" 하고 찬사를 말하려고 했을 때, 쇼구로는 재빨리 말했다.
"다음엔 미요시노님에게 부탁드리겠습니다."
"오!"
요리아키는 미요시노 쪽을 보았다. 그것과 박자를 맞추듯이 쇼구로는 스르르 미요시노 앞에 무릎걸음으로 나아가
"그걸" 하고 손바닥을 펴들고 피리를 가리켰다. 미요시노는 무심코 쇼구로에게 피리를 건넸다. 쇼구로는 받고 나서,
"저는 피리를 불겠습니다" 하고 거침없이 말했다. 싫다 좋다 할 여유를 주지 않는다. 할 수 없이 미요시노는 준비를 했다. 곡은 요시노 덴닌(吉野天人 : 仙女)이다.
쇼구로는 조용히 숨을 들이마시고 바로 직전까지 니시무라의 입술에 닿았던 피리구멍에 자기 입술을 가져가 이윽고 살짝 갖다댔다. 그때에는 벌써 영묘한 소리가 나오고 있었다.
미요시노가 춤춘다.
쇼구로는 그 춤추는 모습에서 눈을 떼지 않고 피리를 불었고, 쉬었다가는 또 불었다.
'보고 있다……'
미요시노는 박자에 맞추어 춤추면서 숨이 가빠온다.
땀이 미요시노의 이마에 방울졌다. 일찍이 없었던 일이다.

쇼구로는 매일 사기야마 성에 출사했다. 출사라고는 하지만 요리아키의 유흥상대를 할 뿐이다. 그동안 미요시노의 거동에 되도록 관심을 기울였다. 이윽고 쇼구로는 매월 19일의 해지기 전부터 해진 후에 걸쳐, 불과 30분가

량 미요시노가 성내 염불당에 참배하는 습관이 있음을 알았다.
 '어머니든가 누군가의 기일(忌日)인가 보지' 하고 사람에게 물어보았더니, 아무래도 그런 모양이었다. 기회라고 생각했다. 하나 그렇다고 해서 쇼구로는 남의 눈을 피하여 이 여인과 사랑을 속삭일 생각은 아닌 것이다. 여인은 도둑질할 게 아니다. 백주에 당당히 사랑할 수가 있는 그런 사랑을 쇼구로는 바라고 있었다. 그러나 그와 같은 일이 가능할지.
 '가능할지 어떨지 생각하기보다는 한 가지씩 달성해 가야 한다.'
 우선 미요시노에게 자기의 의사를 전해둘 필요가 있다고 생각했다. 그날 쇼구로는 해가 설핏해짐과 동시에 염불당에 들어가 등명(燈明 : 신불에게 올리는 등불)을 올리고 향을 사르고, 그런 다음 불단 뒤에 숨었다. 얼마 후, 염불당 문이 조그맣게 소리를 내며 열리고 곧 닫혔다.
 "……"
 미요시노의 발걸음이 우뚝 멈춰진 것은 불당에 불이 밝혀지고 향불이 피워져 있는 데 의문을 느꼈기 때문이었으리라. 이윽고 무릎을 꿇었던 모양이다. 염불소리가 나직하니 흐르더니 곧 그쳤다. 미요시노는 일어섰다.
 그때 쇼구로가 불단 뒤를 돌아 모습을 나타냈고, 미요시노 옆에 섰다. 목소리도 나오지 않는 모양.
 "한 마디, 말씀드리고 싶었을 뿐입니다" 하고 쇼구로는 마룻바닥에 앉았다.
 "무엇을 말씀입니까?"
 미요시노는 그렇게 묻는 것만으로도 벅찬 눈치였다.
 "부인을 언젠가는 주군으로부터 물려받을 작정입니다."
 "……"
 쇼구로는 밖으로 나왔다.
 엷은 핏빛 같은 별이 긴카 산 위에서 반짝이고 있었다.

교토의 꿈

 미노에 온 지 일곱 달이 지났다.
 다이에이(大永) 2년(1522년)의 봄, 니시무라 간구로, 즉 쇼구로는 사기야마 성주에게 문안드리러 가서 요리아키에게 간청했다.
 "재산 따위의 정리도 있고 한번 교토에 돌아갈까 합니다."

"돌아가고 싶나?"

요리아키는 좋은 낯을 짓지 않았다.

"간구로, 돌아간다고 하는 말은 온당치가 못해. 그대의 고향은 이제 미노가 아닌가. 아직도 미노에 뿌리박을 생각이 없단 말인가?"

"아, 제 불찰이었습니다. 교토에 다녀오겠습니다."

"무엇 때문에 교토에 올라가지?"

"방금 말씀드린 것처럼 교토의 제 재산들을 정리하고 싶어서 이렇게 아뢰옵고 있습니다."

"재산정리라니 거짓말일 테지."

"어째서입니까?"

"그대는 아무 말도 않지만 딴 곳에서 들은 바에 의하면 교토에 아내가 있다면서?"

'난처한 말을 지껄이는군.'

쇼구로는 미요시노 쪽을 힐끗 쳐다봤다. 이 여인의 귀에 들려주고 싶지 않은 화제다. 미요시노는 곧 눈을 내리깔았지만 그 가냘픈 어깨의 표정은 이 화제에 몹시 관심이 있어 보였다.

그걸 보고서

"허허……" 하고 쇼구로는 곧 당황한 마음을 돌이킬 수 있었다. 밝은 표정이 된다. 어쩌면 자기가 생각하고 있는 이상으로 나에게 관심이 있는 게 아닐까.

"있습니다."

쇼구로는 어느 쪽인가 하면 묵직하게 대답했다.

"오마아라고 합니다만, 나라야의 집에 딸린 여자였습죠."

"그대쯤 될 터이니 그 오마아인지도 틀림없이 아름답겠지?"

"교토의 여인이니까요."

쇼구로는 싱긋도 않고 끄덕였다.

"우쭐대는군." 요리아키는 쓴웃음을 지을 수밖에.

미요시노는 얼굴을 들었다. 표정을 열심히 감추면서 쇼구로의 얼굴에 시선을 보내고 있다.

"그 아내가 그리워졌다 이 말인가? 설마하니 그리운 나머지 그대로 전의 기름장수로 돌아가지는 않을 테지?"

요리아키는 요리아키대로 놀려주고 있는 속셈인 것이다.
"간구로, 어때? 그 오마아를 이곳에 부르는 것이."
"야마자키야란 가게가 있습니다."
"이제 기름장수를 그만두지 않겠나?"
"앗핫핫핫, 야마자키야가 장사를 그만두면 교토의 절과 신궁에 등명을 올릴 수가 없게 되고 공경과 민가의 불빛도 꺼져 교토의 밤은 캄캄해질 것입니다."
"그렇게 큰 가게인가?"
"그렇습니다."
"그 가게를 다른 자에게 팔면 되겠지."
"가게를 말씀입니까?"
 팔 수 있는 게 아니다. 당시는 점포가 돈이 되지 않았으므로 팔 만한 것이라고 한다면 고작 대야마자키 기름장수의 권리 정도였다.
"어쨌든 가게를 처분하고 거뜬한 마음으로 충성을 해 다오."
"그건 난처합니다. 니시무라 간구로라고 해봤자 녹봉은 뻔한데 주제에 비해선 사치스런 자이므로 황금을 낳는 가게가 없어지면 큰일입니다."
"쇼구로, 녹봉을 올려 달란 말인가?"
"온 별 말씀을. 이 쇼구로, 황공하오나 20관(貫: 이 당시엔 엽전 천 잎이 1관), 30관의 녹봉은 바라지 않습니다. 소원은 좀 더 큽니다."
 이것도 본심이다.
"그럴 테지." 요리아키는 사람 좋은 얼굴로 끄덕였.
"그러나 나도 나누어 줄 만큼의 영지가 없어, 지금 말은 비꼬는 것으로 들리는군."
"천만의 말씀입니다."
 쇼구로는 이 대화를 즐기고 있다.
"녹봉 같은 것 더 바라지 않습니다."
"그렇다면 이렇게 하는 게 어떤가? 교토의 아내는 그대로 놔두고 이 나라에서 누구에겐가 장가들어 자리를 잡아 주지 않겠나? 소원대로의 여자를 주선해 주겠다."
"예?"
 쇼구로는 고개를 갸우뚱했다. 지금의 말은 잘 알아듣지 못했다고 하는 눈치다.

"다시 한 번 말씀해 주실 수 없을까요?"

"오, 몇 번이라도 반복해 주지." 요리아키는 되풀이했다.

쇼구로는 무릎을 치고 고개를 끄덕이며 말했다.

"언젠가 간청을 올릴 때가 있겠지요. 그때까지 지금의 말씀 잊지 말아 주십시오."

"잊지 않겠다."

쇼구로는 말을 타고 교토로 떠났다. 수행원으로선 말탄 무사 두 사람, 졸개 열 명을 거느렸고 긴 자루의 창·옷궤 등을 들리고 있었다. 아와타 산(粟田山) 기슭을 지나고 게아게(蹴上) 고개를 넘어서 교토의 거리를, 먼 아지랑이 속에 보았을 때에는 어지간한 쇼구로도 반가웠다.

가게에 도착했다. 스기마루도 아카베도 놀랐다. 누구보다도 놀란 것은 물론 오마아였다.

쇼구로는 그리운 내 집 툇마루에 걸터앉아 미노에서 데리고 온 하인에게 발을 씻기면서

"오마아" 뒤돌아보았다.

오마아는 마룻장 위에 털썩 앉아 있을 뿐이다. 너무나 기뻐서 벌써 넋이 나간 눈치다.

"약속한 1년은 아직 지나지 않았지만, 나도 미노에선 조그마하나마 토지 관리자가 되고 태수 도키 가문의 분가 집사가 되었기 때문에 일단 돌아왔지."

"예, 예."

자기는 얼마나 바보일까 하고 오마아는 생각하는 것이었으나 그렇게 무뚝뚝한 대답밖에는 하지 못했다. 마음 탓인지 쇼구로가 다른 사람처럼 보여서 견딜 수 없다. 목덜미, 어깨 언저리가 늠름해지고 태도에 숨길 수 없는 위엄이 생겨 있다. 쇼구로는 스기마루·아카베에게 명하여 가게의 고용인을 불러 모으고 미노에서 데려온 부하들과 상면을 시킨 다음

"어느 쪽이나 같은 주인을 섬기는 몸. 상가(商家)·무가(武家)의 차별 없이 의좋게 지내라" 하고 술을 대접했다. 요컨대 교토의 야마자키야도 미노의 명문 니시무라 가문도 같은 한집안이라는 뜻이었다. 뒤에서 들으며 오마

아는 기뻤다. 그 교토와 미노의 양 가문을 겸한 정실부인은 자기가 아닌가.

눈앞의 세계가 별안간 넓어진 듯한 느낌이 들었다. 쇼구로는 여행으로 몸이 더러워져 있었다.

"곧 목욕 준비를" 하고 말했다.

이런 깜빡 잊고 있었습니다, 하고 봉당에 있던 하녀와 하인이 달려갔다. 모두 쇼구로가 돌아와 주어서 기쁜 것이다.

아니 오마아 마님의 기뻐하는 모습이 그들마저 덩달아 들뜨게 만들었으리라. 하녀가 넘어졌다. 옷자락이 들리고 딱딱한 삼베 속옷자락이 보였다.

"아하하하"

웃은 건 쇼구로가 아니다. 넘어진 하녀다. 자기가 웃는다면 걱정은 없으리라. 쇼구로로선 신기하게 입술가에 주름살을 짓고 피식 웃었다.

"내 집은 역시 좋군."

복도를 걸었다. 무엇이고 교토를 떠나던 그때 그대로였다. 겨우 일곱 달 전이었다고는 하나 이 집의 주인이었던 게 꽤 옛날인 것처럼 생각된다. 쇼구로는 사람을 물리치고 캄캄한 골방으로 들어가 잠깐 자리에 누워 눈을 감았다. 목욕 준비가 될 동안 여행의 피로를 풀기 위해서다. 곧 잠이 들었다. 한 시간 가량 잠을 잤으리라. 꿈을 꾸었다. 미노의 꿈이었다. 미요시노가 있었다. 그것도 쇼구로 곁에서 시중들며 그가 내미는 붉은 잔에 연신 술을 따라 주고 있는 것이었다. 쇼구로의 건너편에는 가신들이 늘어앉고 중앙에서 부채를 펴 들고서 누군가 '고고(小督)'를 춤추고 있었다.

젊은 여자였다. 물론 오마아는 아니다. 미요시노가 옆에 있으니까 미요시노도 아닌 것 같았다. 춤추는 손이 아름답다.

그 옛날 헤이케(平家)가 영화를 누리고 있을 때 기요모리(淸盛)의 권세를 피하여 사가노(嵯峨野)에 몸을 숨긴 '고고 부인(小督夫人)'을 나카쿠니(仲國))란 사람이 칙명을 받아 말을 타고서 찾으러 간다. 달이 밝은 밤에 상부연(相夫戀)의 곡이 흘러나오는 걸 듣고 그 피리의 임자를 찾다가 마침내 그것이 '고고'임을 알고 무사히 천황의 칙명을 완수했다고 하는 이야기다. 그 '고고'를 추는 여자가 누군지 알 수 없었다.

쇼구로는 꿈에서 깨었다.

"그런데 그 여자는 누구일까?"

본 기억이 없다. 그러나 꿈속의 쇼구로는 이 지상의 누구보다도 그 여자에게 홀딱 반한 듯한 눈치였다. 잠이 깬 지금도 그 생각이 가슴 속에 엷은 향기의 여운처럼 남아 있다.

"아니야, 이 세상 여자가 아닐 거야" 하고 쇼구로는 자기답게 단정했다. 그렇다고 해서 신도 아니다. 신이, 신을 믿지 않는 쇼구로의 꿈속에 나타날 리가 없는 것이다.

쇼구로는 두근거리는 가슴으로 그 여자를 머리 속에 다시 그려 보았다. 그 여자──틀림없이 쇼구로의 '장래'라고 하는 것의 화신이 아닐까?

쇼구로는 '장래'란 것의 강렬한 신자다. 쇼구로는 '장래'라고 하는 눈부신 광채를 향해서 전진한다. 기도하듯이 간절하게 바라며 전진한다. 쇼구로가 믿고 있는 신이 있다고 한다면 그것 밖에 없다.

"그건 그렇고 그 자리에 오마아가 있었던가?"

있었다고도 생각된다. 자기의 붉은 잔에 술을 따라 주고 있는 여인이 미요시노 같기도 했고 오마아 같기도 했다.

"목욕 준비가 갖추어졌어요" 하고 오마아가 금색으로 칠해 놓은 미닫이 밖에서 말을 건넸고, 곧 이어 두 치 가량 열었다.

쇼구로는 눈을 살포시 떴다. 생각과는 달리, 그 틈바구니로 햇빛이 비쳐 들어오지 않는 것이었다.

"허, 벌써 밤인가."

인생도 이런 것인지 모른다 싶어 일어나 앉아 얼굴을 쓰다듬었다. 한잠 자는 사이 해가 졌다. 사람도 언젠가는 죽는다.

'그러나'

쇼구로는 생각했다. 목숨이 있는 한 격렬하게 사는 자만이 이 세상을 살았다고 할 수 있는 자이리라.

"겉만 핥는 식인 체념주의자들은 언제나 어스름 속에 살고 있는 거나 같아. 나는 햇빛이 쨍쨍 비치는 아래서만 마음껏 살아 줄 테다."

"저 서방님, 주무셔요?" 하고 오마아가 다시 말을 걸었다.

"아냐, 잠이 깼어."

쇼구로는 일어섰다.

오마아의 촛불에 발밑을 비쳐가면서 쇼구로는 몇 개의 징검돌을 밟고 가운데뜰을 빠져나가 샛문을 나섰고, 곳간 옆 목욕탕으로 들어갔다. 엷은 돗자리를 깐 작은 방에서 훈도시(男子의 살 가리개) 바람이 되어 계단 세 개 내려가 욕실 문을 열었다. 쇼구로는 수증기 속으로 들어갔다. 땀이 내배어 이윽고 방울져 떨어졌다. 그 안의 장치는 이세(伊勢)풍의 한증막으로 돼 있다.

"오마아, 때를 밀어 줘" 하고 말했다.

오마아는 호화로운 옷을 걷어 올리지도 않고 들어왔다.

"제 힘으로 때를 밀어 드릴 수 있을까요? 미노의 기름기 많은 때를——" 하고 밝게 웃었다.

"교토의 물로 교토의 여자가 밀면 쉽게 때가 밀릴 거야."

쇼구로는 엉거주춤 등을 돌렸다. 살갗이 흰 대신, 굳은 힘살이 돌아 오르고 그 융기 하나 하나가 땀으로 번쩍거려 늠름하기만한 등이다.

오마아는 수건을 물에 축여 단단히 쥐어짜고 그 쥐어짠 모양 그대로 쇼구로의 피부에 밀어 붙였다. 문지르자 재미있으리만큼 때가 밀렸다.

"이게 모두——" 하고 오마아는 끔찍한 듯이 말했다.

"미노의 때인가 보죠?"

"도중의 먼지도 섞여 있겠지."

"미노에서 꽤나 나쁜 짓을 하셨나 보죠."

"앗핫하……때를 보고 투기를 하나?"

"아아뇨, 그러나 때에 하나하나 귀도 입도 있다면 오마아는 쇼구로 님이 여자들하고 사귀셨는지 물어보고 싶어요."

"여자들은 없어."

쇼구로는 얼굴을 쳐들며 웃었다.

"때도 조자이 사의 아기중이 밀어 주었지. 나는 미노에서 여자를 싫어하는 간구로라고 소문나 있어."

"간구로?"

"그렇지. 오마아, 나는 간구로라는 이름으로 바꾸었어."

"마쓰나미 간구로예요?"

"아냐."

"무슨 성씨인데요?"

마누라이면서 어느 틈에 남편의 이름이 바뀌었는지도 모른다는 것 역시 분한 노릇이다.

"무슨 성인지 알아 맞추어 보아."

"몰라요." 모르는 게 뻔하지 않은가.
"니시무라라고 하지" 하고 쇼구로는 말했다.
"교토에서도 무사에게 물으면 안다. 미노에서 니시무라라고 하면 유서 깊은 성이야. 물론 도키 가문의 먼 친척이 되는 성이므로 아무나 함부로 쓸 수 없는 성이지."
"오마아는 모르겠어요. 하지만 서방님은 처음에 호렌보, 다음은 마쓰나미 쇼구로, 그리고는 나라야 쇼구로, 야마자키야 쇼구로, 다시 마쓰나미 쇼구로, 이번에는 니시무라 간구로 등등 여섯 번이나 이름이 바뀌셨네요."
"이름 같은 건 표적이야."
쇼구로는 태연히 말했지만 이 사나이의 경우는 단지 표적만은 아닌 것 같다. 그때마다 복장·신분·직업·재산까지 바뀌었다.
"눈부실 정도죠."
"그처럼 변화가 심한가?"
"호호호…… 오마아 따위는 태어났을 때부터 오마아인데."
"알맹이는 바뀌었을 거야."
"아아뇨, 바뀌지 않았어요. 붉은 피도 온순한 마음도."
"앗핫핫……"
"미노에선 틀림없이, 틀림없이 오마아 말고 여자를 건드리시지 않으셨겠죠?"
"옛날 호렌보의 굳은 마음 그대로야."
"그 굳은 마음이 무서워요."
"그만 하라니까."
"아녜요, 실컷 하겠어요. 매일 밤 매일 밤의 원망이 얼마나 쌓여 있는지 서방님 같은 남자 분은 몰라요."
"나중에 그 원망을 풀어 줄 테니까. 내일은 일어날 수도 없게끔 말이야."
"아이, 싫어요."
오마아가 뒤로 몸을 뺐다. 쇼구로의 손이 뻗쳤던 것이다.
때를 미는 일이 끝났다.
오마아는 그때를 씻어 버리려고 목욕탕 구석의 큰 솥 곁으로 갔다. 솥은 둘 있다. 하나는 물이 끓고 있고 다른 하나는 물이 채워져 있다. 오마아는 물통에 뜨거운 물을 뜨는 척하고 찬물을 떴다.

"자, 돌아서세요."

쇼구로에게 명했다.

"음" 하고 쇼구로는 순순히 등을 돌렸다.

오마아는 그 등어리에 한통 가득 담은 찬물을 철썩! 하고 끼얹었다.

"앗!" 하고 어지간한 쇼구로도 껑충 뛰어올랐다.

"오마아——"

"알았어요?"

오마아는 깔깔 웃고 있다. 좋은 꼴이라고 생각하는 모양이다.

"무엇을 말이야."

"일곱 달 동안의 원한을 말이죠."

오마아는 또 솥에 물통을 담그었다.

쇼구로는 달아났다. 그 모습이 아마 어지간히 우스웠던 모양으로 오마아는 목욕탕이 울릴 만큼 큰 목소리로 웃고 곧 밖으로 나왔다. 물통을 들고 있다.

또 한번 끼얹어 줄 속셈인가 보다.

오마아 문답

오마아의 베개가 뒹굴었다. 엷은 달빛 속에서 몸부림친다. 입술을 깨물고 있었다. 붉은 휘장이 흔들리고 있었다. 오마아가 버둥거릴 적마다 흔들린다. 이 붉은 휘장은 지난 일곱 달 동안 흔들리는 일이 없었다.

"오마아, 목욕탕에서 물벼락을 준 벌이야."

애무하고 있는 쇼구로는 오마아의 귀에 대고 속삭였다.

'얼마나 귀여운 여자인가!'

내 아내이면서 그렇게 생각한다. 남자를 기쁘게 하는 천성의 몸을 갖고 있었다. 오마아 자신 그걸 깨닫지 못하는 게 귀엽다.

"서, 서방님. 기뻐요."

오마아는 황홀경 속에서 말했다.

"오, 나도 기뻐."

쇼구로도 본심이다.

"저, 그렇게…… 그렇게 해 주세요."

"어떻게?"

"꼭 아기가 생기도록."

"그렇지. 당신에게 자식이 없다면 이 쇼구로, 아무리 한 나라 천하의 주인이 되었다고 하더라도 뒤를 이을 자가 없다."

"그럼요, 그렇치요."

오마아는 기도하면서 몸부림치고 있다. 생식(生殖)을 빌 때 부부는 가까이 한다. 가까이하고, 마침내는 신이 된다. 쇼구로와 오마아가 속하는 이 열도의 족속은 태고적부터 그런 신앙을 갖고서 살아왔다. 지금 부부는 제단에다 자기들의 환희를 바치고 있다. 두 사람의 몸이 뿜는 숨결과 숨결 속에서 지금 흰 빛을 내뿜으며 불길이 타고 있다. 제단에 올리는 등명(燈明)이라고 해도 좋았다.

쇼구로는 니치렌 종의 중 출신이다. 그만 생식에의 기도가 불경으로 바뀌었다.

"백천만억 나유타 아승기국 도리중생 제선남자 어시중간
아설연등불등 우복언기입어열반 여시개이 방편분별 제선남자 약유중생 내지아소 아이불안……
(百千萬億 那由矘 阿僧祇國 導利衆生 諸善男子 於是中間 我說然燈佛等 又復言其 入於涅槃 如是皆以 方便分別 諸善男子 若有衆生 來至我所 我以佛眼……)"

나직한, 밑바닥까지 울리는 듯한 소리이다. 오마아는 듣고 있는 사이 자기 몸 둘레에 현란한 법화세계(法華世界)가 펼쳐져 가는 것처럼 생각되었고, 환희는 몇 번인가 절정에 도달하는 것이다. 이윽고 부부는 몸을 떼었다. 붉은 휘장이 정지되었다.

"오마아, 꼭 아기를 낳아야 해."

"저도 그렇게 바라고 있어요."

오마아의 흰 팔이 쇼구로의 목에 감겼다.

"법화경의 공덕이 당신을 감싸고 있다. 그 경문을 염하면 다보불(多寶佛)·시방(十方)의 여러 부처·보살·해와 달·달과 해·별과 별, 그리고 또 온 세계의 착한 신이 모두 이곳에 모여서 우리들의 기도를 들어 주신다고 하는 고마운 경문이야. 그 증거로 당신의 그 흰 살갗이 광채를 뿜고 있지."

"거짓말!"

기분 나쁜 듯이 두 젖가슴을 눌렀다. 오마아의 손바닥으로선 채 가리지 못하는 가슴의 융기다.

"오마아, 장래 이야기를 하자. 모든 부처와 모든 신이 지켜보고 계시니."

"정말?"

오마아는 급히 엷은 비단인 붉은 휘장을 둘러보았다. 딴은 그렇게 생각해서 그런지 어둠 속인데도 군데군데 요이(妖異)스럽기만 한 엷은 빛이 흔들리고 있는 것 같았다. 사실은 달빛에 지나지 않았지만.

"이야기해 줘요."

오마아는 허리를 밀어붙였다. 그 부분이 뜨겁다. 어지간한 쇼구로도 몸이 움찔 떨렸다. 오마아의 몸에는 무한무량의 환희불이 숨어 계신 게 아닐까.

"나는 쇼군이 될 수 있다."

"어머!"

오마아로선 꿈결 같은 이야기다. 하나 침실을 즐겁게 하기 위해서 이 말의 가락·작은 북·피리를 연주하려고 생각했다.

"정말?"

쇼구로에게는 오마아가 생각하는 것과 같이 꿈 같은 이야기가 아니다. 필사적인 현실감을 깃들이고 있다.

"오마아, 난 몽상가는 아니야. 몽상가라는 건 언제든지 툇마루에 있다. 툇마루에서 하늘을 멀거니 바라보고 있다. 하늘에서 황금이라도 쏟아지지 않을까 하고 생각하고 있다. 경우에 따라선 하늘에 엽전을 던진다. 신불에 기도하겠다는 수작이지."

"서방님도 몽상가죠?"

"어째서지?"

"아까 불경을 읽으시지 않았어요?"

"그건 빌었던 게 아니야. 신불에게 명했던 거야. 나에게 신불은 부하밖에는 안돼. 나를 위해서 일한다. 일하지 않으면 꾸짖는다. 꾸짖어도 듣지 않는다면 불상·사당·관음당 따위를 때려 부수고 사람이 사는 지상에서 하늘로 쫓아버릴 테다."

"어머! 무서워라."

"나는 현실로 움직이고 있다. 지금도 불경을 염하기는 했지만 오마아의 몸에 내 것을 쏟아 넣었지. 나는 언제나 큰길에 있다."

"툇마루가 아닌?"

"그렇지, 큰길에 있다. 큰길에 있는 자만이 일을 이룩할 수 있는 자야. 큰길이 비록 천리가 되더라도 나는 한 발자국씩 전진한다. 매일 매시간 별들이 쉬지 않고 운행하듯이 나는 언제나 전진하고 있다. 쇼군의 길이 천리 밖에 있다고 한다면 나는 벌써 십리를 걸었다. 작을망정 미노의 작은 토지 관리자가 되었다."

"니시무라 간구로 님이시라 이 말씀이죠?"

"또 이름이 바뀐다."

쇼구로는 베개 맡 단지에 손을 뻗었다. 한 알, 소금에 절인 콩을 집었다. 깨물었다.

"하지만 서방님, 몇 번 이름이 바뀌더라도 오마아에게는 언제까지라도 쇼구로 님이 돼 주실 거죠? 니시무라 간구로 님이라니 아무래도 남만 같아요."

"그렇고 말고, 오마아." 쇼구로는 아주 진지하다.

"니시무라 간구로는 미노에 있어."

"어머!" 오마아로선 의미를 잘 모르는 모양이다.

"그럼 여기 계신 낭군님은?"

"야마자키야 쇼구로지."

우드득, 하고 또 콩을 깨물었다.

"그럼 딴 사람인가요?"

"나는 두 개의 인생을 살고 있지. 미노의 니시무라 간구로는 천하를 노리는 대강도야."

"옛?" 오마아는 숨이 막혔다.

"놀라지 않아도 좋아. 어쨌든 미노의 니시무라 간구로 하면 천하의 명문 도키 씨의 일문으로 미노에서 말하는 나가이 씨·사이토 씨·아케치 씨(明智氏)·후와 씨(不破氏) 등등과 더불어 유서 깊은 무사의 성(姓)이지. 더구나 그 니시무라 씨의 종가를 잇는 간구로란 녀석은 미노 태수 도키 가문의 분가 도키 요리아키 공의 집사, 그리고 미노의 여러 영주 중에서 제일 큰 영지를 가진 나가이 도시타카의 집사를 겸하고 있단 말이야."

"높으신 양반이로군요."

계산 179

오마아는 후유 한숨이 나왔다. 그렇지만 그 높은 양반이라는 것이 지금 여기에 반은 발가숭이로 있는 쇼구로가 아니다.

"그렇지요?" 하고 오마아는 다짐했다.

"그럴 리가 없어." 쇼구로는 웃지도 않는다.

"여기에 오마아하고 자고 있는 건 야마자키야의 주인 쇼구로, 다시 말해서 오마아의 신랑이지."

복잡하다.

"그러면요?"

"그러니까 니시무라 간구로라고 하는 사나이에겐 따로 아내이든 첩이든 필요하다는 말씀이야. 미노에서 집을 갖고 있는 이상 당연한 일이잖아."

"……"

"간구로에게도 아내를 맞아주고 싶어. 그렇게 이 쇼구로는 생각하고 있다. 아무튼 마땅한 여자가 있으면 나도 중신해 줄 작정이다."

"잠깐, 기다려요." 오마아는 두뇌를 정리하려고 했다.

하나 쇼구로는 그 여유를 주지 않는다.

"오마아도 알아 두도록 해. 그걸 나는 간구로에게 부탁 받았기 때문에 일부러 미노·오오미·야미시로 등등 세 나라의 국경을 넘어 당신의 쇼구로는 교토에 돌아온 거야."

"모르겠어요."

"오마아, 세상 일, 우주의 일은 이상(二相)이 있어야 비로소 일체인 거야. 이건 밀교학(密敎學)에서 말하는 주장이지만 우주는 금강계(金剛界)와 태장계(胎藏界)의 두 개가 있고, 그로써 하나의 우주가 이루어져 있다. 하늘에 일월이 있고 땅에 남녀가 있다. 만물엔 모두 음양이 있고, 음양은 서로 싸우고 서로 당기고 게다가 하나가 되어 만물은 움직여 간다. 우주 만물은 모두 이러한 것이야. 한 사람의 인간 속에도 음과 양이 있지. 쇼구로와 간구로의 어느 쪽이 음인지 양인지는 모르지만, 어쨌든 엄연하게 이 세상에 둘 존재하고 있다. 오마아, 의심스럽다면 미노에 가 보도록 해. 간구로라는 사나이가 정말로 있을 테니까."

"그렇지만."

"오, 그렇지만 쇼구로는 교토의 야마자키야의 주인으로서 지금 오마아와 함께 누워 있지. 세상이란 제법 재미있는 거야."

오마아로선 도무지 재미가 없다.

"그, 그건 싫어요."

"오마아." 쇼구로는 볶은 콩을 입에 넣었다.

"오마아는 분명히 내가 쇼군이 된다는 걸 언젠가 승낙해 주었을 텐데."

"예."

"그렇다면 좋아. 쇼군이 되기 위해서는 적수공권인 나는 말이야, 예사 수단으로선 될 수 없어. 두 사람이 되어서 활약해야 돼. 오마아는 총명한 마님이라 알아 줄 테지."

"예" 하고 말하지 않을 수 없잖은가.

'그러나' 하고 생각하는 것이었다.

"무언가 또 의문이 있나?"

"있어요. 가령 쇼구로 님이 쇼군이 되신다 치고서 그 쇼군마님은 어느 분이 되죠? 간구로 님의 마님인가요, 아니면, 쇼구로 님의 오마아가 되나요?"

"앗핫핫핫……이건 어려운 문제로군."

"오마아로선 웃을 일이 아녜요."

"그것도 그렇군! 나는 거기까지 미처 생각을 못했어. 대체 간구로가 천하를 차지할지 쇼구로가 천하를 차지할지. 어쨌든 간에 뺏은 쪽 마누라가 쇼군 마님이 되겠지."

"되겠지라니요?" 오마아는 알쏭달쏭하다.

"아냐, 그렇게 돼, 이치상 당연하잖아."

"그럼 어느 쪽이 천하를 차지하시게 되나요?"

"앗핫핫핫, 어느 쪽이 차지할지 기대되는 걸."

"나쁜 사람."

"그건 어느 쪽의 사나이지?"

오마아는 뭐가 뭔지 모르겠다. 그러나 곰곰이 생각하는 사이 점점 화가 치밀어 왔다.

'이 사람은 하지도 못할 일을!' 하고 생각하는 것이었다.

'묘카쿠 사에서 어려운 학문을 배우셨기 때문에 이런 터무니없는 분이 되었을 거야. 요컨대 간구로건 쇼구로건 간에 훈도시 밑에서 꾸물거리고 있는 소중한 것은 하나일 뿐이야.'

계산 181

그렇게 생각하자 더욱더 화가 치밀어서 살그머니 손을 뻗쳐 느닷없이 그 것을 꽉 틀어잡았다.
"앗, 아프다! 무슨 짓이지?"
"서방님." 오마아는 달빛 속에서 웃고 있다.
"지금 아프다고 말씀하신 건 쇼구로 님인가요, 간구로 님인가요?"
"오마아." 쇼구로도 지지 않는다. 이불속에서 두 손바닥을 내어 허공에 펼쳐 보았다.
"이 두 손바닥을 봐."
"예, 보고 있어요."
"좋아" 하더니 짝, 하고 손바닥을 마주쳤다.
"들렸나?"
"예."
"그럼 어떻게 들렸지?"
"짝, 하고——"
"그 소리가 왼손바닥 소리야, 오른손바닥 소리야?"
"……"
또 꾀까다로운 소리를 한다고 오마아도 이번엔 마음을 긴장시켰다.
"어느 쪽이지?"
"오른손바닥."
"그렇게 생각하면 오른손바닥이지만, 왼손바닥이라고 생각하면 왼손바닥이지. 좌우가 하나가 되어 소리를 내고 있다. 이것이 불법의 진수라는 거야."
"이상도 하여라."
"그렇지, 이상한 가르침이지. 그렇지만 진여(眞如 : 우주의 절대 유일한 진리)란 이것밖에 없다. 그런데 오마아."
"……"
"대답을 해."
"예." 마지못한 듯 대답을 했다.
"두 손바닥이 만들어 낸 이 소리야말로 진여라고 한다면 간구로와 쇼구로를 통일하는 자가 하나 있지."
"그건 누군가요?" 오마아는 자기도 모르게 진지해졌다.

"소리야."
"예?"
"좌우의 손바닥이 만들어낸 소리야. 오마아가 집요하게 쇼군부인 문제를 말하겠다면, 이 절대 진리처럼 소리가 되면 돼."
"소리는 어디에 있지요?"
"허공에 있다. 양 손바닥을 마주치면 허공에서 소리가 생긴다."
"그럼 그 소리를 오마아 앞에 갖고 와서 오마아를 품도록 명해 주세요. 어때요," 하고 오마아는 대들었다.
"앗핫핫핫." 쇼구로는 웃었다.
"무엇이 우습지요?"
"소리는 방귀와 같은 거야. 붙잡을 수 없어."
"그럴 테죠. 그렇다면 왜 그런 말도 안 되는 궤변을 늘어놓으세요."
"궤변이 아니야. 중요한 불법의 진수를 나는 말하고 있다. 아직 모르겠나. 석가모니불조차 여인의 득도(得度)는 어렵다, 여인은 끝끝내 깨달을 수 없는 것이다, 하고 말씀하셨는데 당연한 소리였군."
"어머, 너무하셔요."
오마아는 성을 냈다.
"석가님이 그런 말씀을 하셨다고요? 그렇다고 한다면 너무 사나이에게만 편리한 가르침이 아니에요?"
"모르겠단 말이지." 쇼구로는 딱 하고 어금니로 콩을 깨물고
"소리란 비유야, 방편으로 진리를 설명했을 뿐인 거야. 진리는 쇼구로 속에 있다. 쇼구로는 오마아의 남편임과 동시에 소리지."
"소리라구요?"
"통일체란 말이다. 간구로를 포함해서 일체의 모습이 쇼구로기도 하고 동시에 간구로의 별체(別體)이기도 하다. 이건 화엄경이라는 어려운 불경에 씌어 있는 논리야. 이 논리를 안다면 깨우침이라는 걸 얻게 된다."
"오마아에게 화엄이 뭔지를 깨달으라 하시는 건가요?"
"그렇지. 이걸 깨닫게 해주기 위해 머나먼 세 나라의 국경을 넘어 돌아왔다."
'도저히 당하지 못하겠다——' 하고 오마아는 생각하는 것이었다.
그 이튿날 아침부터 쇼구로는 야마자키야 쇼구로가 되어 일하기 시작했

다. 기름 짜는 감독도 했다. 그 나무기계가 꽤 낡아 있었으므로 교고쿠(京極)에서 기술자를 불러 새로 만들도록 시켰다. 그리고 시내와 시외를 다니며, 네거리나 마을에서 들기름을 팔고 있는 행상인을 감독했고 말솜씨가 서툰 자가 있으면 손수 모범을 보여 사람들을 모았다. 예의 엽전 구멍으로 되에서 기름을 한 가닥 실처럼 따라 구멍에 정통으로 들어가게 한 뒤

"쑥쑥 돈구멍으로 들어가는 이 기름, 만일 한 방울이라도 엽전에 묻는 일이 있으면 이 기름을 공짜로 드리겠습니다" 하고 말했다.

재미있는 유행가도 불러 보였다. 그런가 하면 단골인 신사·사찰·민가·공경 저택 따위를 찾아가서

"소인은 여행하는 일이 많아 인사도 제대로 못 올렸습니다. 아무쪼록 잘 돌봐 주십시오" 하고 정중히 인사를 하고 다녔다. 물론 인사를 받고 있는 쪽에선 이 기름도매집 주인이 설마 미노에서 작은 토지 관리자가 돼있을 줄 꿈에도 모른다.

"수고하는군" 하고 거만하게 인사를 받는다. 그 집집마다 선물을 갖고갔기 때문에 상대는 더욱더 기뻐했다.

대야마자키 하치만 궁에도 문안을 드리러 갔다. 선물로선 미노의 종이를 수레에 싣고 가서 신관·청지기·신인 우두머리 등에게 빠짐없이 나누어 주었다.

"쇼구로는 여행을 자주 한다면서, 오마아가 가엾지 않은가?" 하고 신관은 말했지만 쇼구로는 꿇어 엎드린 채

"여행이 취미라서요" 하고 얌전히 대답했다.

눈곱만큼도 빈틈이 없는 기름집 주인이다. 이 주인이 미노에서 천하를 차지할 궁리를 하고 있을 줄은 신관도 눈치채지 못했다. 가게의 매상은 쇼구로가 돌아오고 나서 눈에 보이게 올랐다. 고용인들도 긴장하고 일에 열성을 보였다.

'역시 이따금 돌아와야겠군.'

쇼구로는 새삼스레 생각했다.

한 냥짜리 창술(槍術)

쇼구로가 슬슬 미노로 돌아갈 준비를 하고 있을 무렵, 교토에 이상한 차림의 인물이 나타났다.
"이상한 인물이래도" 하고 스기마루가 거리의 소문을 듣고서 돌아왔다.
"어떤 사나이인가?"
"수도승입니다."
"행각승이냐, 야마토(大和) 요시노(吉野)의?"
교토이므로 당연히 지리적으로 봐서 수도승 하면 요시노에서 왔다고 생각한다.
"그런데 데와(出羽)의 하구로 산(羽黑山) 수도승입죠. 덴구(天狗 : 전설상의 괴물) 차림을 하고 있습니다."
이마에 두건을 두르고 스스카케(鈴掛 : 수도승의 옷 위에 입는 것)에 감색으로 물들인 옷 따위는 보통 행각승과 다름없었지만, 그 차림에다 매 깃털을 이어서 만든 걸 두르고 중국의 신선 같은 괴상한 차림을 하고 있었다. 그 자가 니조 무로마치 네거리 곁에 있는 폐궁(廢宮)에 움막을 짓고 매일 도성에 나타나선 창솜씨를 보이고 있다는 것이었다.

"창 솜씨를?" 그 말엔 쇼구로도 흥미가 생겼다.

난세가 한창이던 시절이라 싸움터의 무기도 꽤 변화했다. 휘두르며 베는 언월도는 약하고 대신 옛날에 극(戟)이라고 불려진 창이 집단전투의 주무기로 바뀌었다. 그러나 예(藝)라고 일컬을 만큼의 기술은 고안되지 않았다. 참고로, 나라 고후쿠 사 2만 5천 석 분원(分院)인 호조원(寶藏院)의 주지 가쿠젠보(覺禪坊) 인에이(胤榮)가 창술 역사상의 조상이라고 할 것이다. 창술의 여러 유파는 거의 이 호조원에서 나왔고 도쿠가와 막부 말기에 이르기까지 이 전국 중기의 창술이 그대로 계승되었다. 그 호조 원류는 이 무렵 아직 탄생되어 있지 않았다. 쇼구로보다도 한 세대 뒤의 일인 것이다. 그러므로 쇼구로는

"신기하군" 하고 생각했던 것인데 쇼구로뿐 아니라, 도성에 있는 아시카가 가문의 무사, 미요시(三好) 가문의 가신, 여러 나라에서 상경한 시골 무사·떠돌이 무사들도 아마 "신기한 것이로구나" 하고 생각했으리라. 아니 우선 신기하다기보다도 시대적으로 이만큼 전쟁에서 기사·보병이 창을 사용했으면서도 그 취급법은 개개의 솜씨와 역량에 맡기어져 있을 뿐, 기예로선 완성돼 있지 않았다. 그것을 그 하구로 산의 수도승이 예(藝)로까지 완성시켰다는 데에 굉장한 값어치가 있는 것이다.

교토에선 크게 인기를 끌고 있었다. 그 증거로 성품이 온화한 스기마루까지 흥미를 가졌던 것이다.

"게다가" 하고 스기마루는 말했다.

"매일 몇 사람인가 그 하구로 수도승에게 시합을 청해 창을 서로 겨누자마자 넓적다리를 찔리든가 팔꿈치를 찔리는 등 목숨을 잃는 자가 많다고들 합니다요."

"굉장히 솜씨 있는 친구인가 보군."

쇼구로가 감탄한 것은 내밀어 찌르는 것만이 능사인 이 단순한 무기를 기예로 완성시켰다고 하는 그 사나이의 독창력이다.

"재미있는 녀석이군. 스기마루, 아카베를 불러라."

"예."

이윽고 장지문이 열리고 아카베의 험상궂은 상판이 나타났다. 무릎걸음으로 들어온다.

"아카베, 무로마치 니조의 네거리에서 창 솜씨를 보이고 있다는 자의 소문

을 들었느냐?"

"예, 보러 갔죠. 이름은 승명(僧名)을 밝히지 않고 오우치 무헨(大內無邊)이라고 하더군요. 그러므로 수도승 같은 그 괴상한 차림은 이름을 팔기 위한 것이겠지요."

"네가 며칠 제자가 되었다가 오너라. 내용을 잘 들은 다음 내가 나가겠다. 경우에 따라선 시합을 할 테니."

"아니, 그것은."

그만 두십시오, 하고 말하는 소리였다. 모처럼 이만큼 출세하였는데 고작 걸인 광대 같은 자에게 목숨을 잃을 것도 없지 않은가.

"아무튼 좋아. 갔다 와."

쇼구로에겐 혈기가 있다. 계산적으로만 살고 있는 건 아닌 것이다.

"애당초" 하고 쇼구로는 생각하는 것이었다. 무로마치 니조의 네거리에서 '창술의 일본 시조' 따위의 기치를 세우고 있는 오우치 무헨이 어떤 자이든, 창술을 일본에서 시작한 것은 이 쇼구로라고 그는 믿고 있다.

'건방지단 말이야. 혼꾸멍을 내 주어야지' 하고 생각하는 것이었다. 이야기는 쇼구로의 옛날로 돌아간다.

그가 교토 묘카쿠 사에 있던 소년 시절부터 독특한 창의 단련법을 꾸며내어 호렌보 시절에도 그걸 계속했고 지금도 틈만 있으면 그 단련을 하고 있다. 우선 두 간 길이의 참나무 창대 끝에 고리를 끼우고 다섯 치 못을 박아 창끝으로 대용한다. 그것이 쇼구로의 연습 창이었다.

대나무 숲속이 단련장이다. 왜냐하면 어울려 싸우게 되면 주위엔 피아(彼我)간에 인마(人馬)가 있기 마련이다. 그것이 곧 빽빽이 들어찬 대나무들이다. 대나무 숲에서 연습을 하면 절로 창놀림에 어떤 요령이 터득되는 것이다. 다음은 안목이다. 대나무 한 그루를 골라 가지에 실로 영낙전을 매단다. 그 구멍을 찌르는 것이다.

처음 한동안은 겨냥이 어렵고 구멍을 찌를 수 없었지만, 요령도 비결도 일심(一心)에 있다고 병서에도 있는 것처럼 마침내는 백 번 천 번 찔러도 한 번 빗나가는 일이 없다.

하고 옛 기록에 있다.

쇼구로의 묘기는 영낙전과 인연이 깊다. 기름을 되 가장자리로 실처럼 따라서 영낙전 구멍으로 받는 묘기를 갖고 있는가 하면, 창의 수련까지 영낙전으로 하였다. 과연 장사꾼 출신다운 무예 수련법이었다. 그건 그렇고 그 창술.

마침내는 실로 매단 영낙전을 시계추처럼 흔들리게 하고서도 자유롭게 찔렀으며, 스무 간 서른 간 거리에서도 달려와 정통으로 찌를 수가 있었고, 나중에는 대나무 숲 여기저기에 칠석날 헝겊 장식처럼 영낙전을 매달고서

'이건 난군(亂軍) 중의 적'이라고 생각하며 자유롭게 창을 휘두르면서 번개처럼 찔렀고, 다시 찌르며 전진 후퇴를 마음대로 할 수 있게 되었다. 아마 일본의 창술 개시의 명예는 그야말로 마쓰나미 쇼구로, 아니 뒷날의 사이토 도산에게 주어야 하리라.

그런데 데와 사람 오우치 무헨에 관해서인데, 고향은 데와 중에서도 우고(羽後)였다. 요코테(橫手) 출신이라고 한다. 신분은 농부다. 어쩌면 어부, 또는 그 근처는 아끼다 씨(秋田氏)의 가신 도무라 쥬다유(戶村十太夫)라고 하는 영지가 많은 무사의 고장인지라 그 부하였었는지.

요코테는 현재 아끼다 현 요코테 시(市)다. 분지 한 복판에 있고 바다에선 멀다. 그러나 우고에서 제일 큰 오모노 강(雄物江) 등도 그 지류의 수원(水源)은 이 요코테 근처에서 시작되고 있다. 구태여 이런 지리적 설명을 한 것은 가을에서 이른 봄에 걸친 연어의 산란기에는 오모노 강 일대가 너도밤나무 빛깔을 닮은 연어 껍질로 온통 뒤덮어 버릴 만큼 연어가 거슬러 올라오기 때문이다. 그것이 오모노 강 하구에서 이백 리나 안쪽인 이 요코테까지 올라온다.

오우치 무헨은 그 계절이 되면 강물에 배를 띄우고 쇼구로와 우연하게도 비슷하게 만든 두간 길이 참나무 막대기에 큰 못을 박아 연어를 찍어서는 번개처럼 배 안에 집어넣는다. 그런 작업을 하고 있는 사이 문득 '이 솜씨로 창술을 꾸며낼 수는 없을까?' 하는 생각이 들어 연구를 거듭하는 사이 마침내 묘기를 얻었다. 그야 연어 찌르기에서 터득했다고 하면 재미롭지 못하기 때문에 이 시대의 여러 기예 시조들과 마찬가지로 신위(神威)를 빌어, 우슈(羽州) 센보쿠(仙北)의 마유미 산(眞弓山) 신령께 빌어 영몽을 얻었고 그에 의해 꾸며냈다고 했다. 그리하여 유파 이름을 무헨 류(無邊流)라고 이름 짓

고 여러 나라를 돌아다녀 한번도 진 일이 없었다. 마침내 이름을 천하에 떨치기 위해서 교토에 온 것이리라. 당시 교토는 전 일본의 소문의 중심지다. 여기서 이름을 올리면 천하제일로 인정된다. 약간 후세로 내려와서 미야모토 무사시(宮本武藏)가 집요하게 교토 제일의 검술도장 요시오카 겐포(吉岡憲法)의 일족 일문에게 도전한 것도 그 까닭이다. 요시오카를 쓰러뜨리고 교토에서 검명(劍名)을 떨치면 천하의 명사가 될 수 있었던 것이다.

야마나카 시카노스케(山中鹿之助)도 마찬가지다. 쇼구로보다도 약간 뒤인 전국 중기, 주인 가문인 아마코(尼子) 가문을 부흥시키기 위해 그 생애를 바친 인물이지만 그가 천하의 호걸로 간토 규슈에까지 알려지고, 또한 후세에까지 이름을 남긴 것은 교토에서 낭인생활을 하여 공경이나 여러 명문가를 드나들었고, 때로는 시중에서 무용을 발휘했기 때문에 오늘날까지 유명한 이름으로 남아 있다는 것이다.

되풀이해서 말하지만 전국 시대인 당시 교토는 '소문'의 생산과 집산의 도시였다. 오우치 무헨도 그걸 알고 무로마치 니조 네거리에서 '창술'이라고 하는 신기한 재주를 보여주고 있었던 것이다.

"주인님, 역시 그만두십시오" 하고 아카베가 돌아와서 말했다. 얼굴빛마저 달라져 있다.

"사람의 솜씨가 아니라니까요." 라고도 말했다.

무리가 아니다. 인간의 기법 중에서 예(藝)만큼 이상한 것은 없다. 아카베는 창술을 난생 처음 보았다. 그러니 창 놀리는 귀신같은 솜씨는 정말 탄복하지 않을 수 없었으리라.

쇼구로는 아카베에게 자세히 보고하도록 했다. 뿐 아니라 창을 들려서 그대로 흉내를 내도록 했다.

"정말 이상한 재주로, 내밀었다가 이렇게 당기면 두 간의 창이 한 자 가량으로 줄어드는 것만 같았죠."

"그게 모두 예라는 것이다. 놀랄 것 없어."

그 이튿날 쇼구로는 집 뒤꼍에서 창을 잡고 연신 연구를 거듭하고 있었는데, 저녁때가 되자 중단하고 편지를 써서 아카베에게 주며

"이 편지를 오우치 무헨에게 전해라" 하고 말했다.

편지 뒷면에는 교토의 기름 도매상 야마자키야 쇼구로가 아닌, 미노 도키 가문의 가신 니시무라 간구로라고 씌어 있었다. 단 교토에서의 숙소는 일부

러 쓰지 않았다. 아카베는 해진 후 달려 돌아와서
 "승낙했다는 대답입니다" 하고 복명했다.
 내일 모레 사람 왕래가 많은 사시(巳時 : 오전 10시) 산조(三條) 가모(加茂) 강변에서 만나 창의 우열을 겨루자는 것이었다.
 "괜찮겠습니까?" 하고 아카베도 스기마루도 불안스런 눈치였다. 떠돌이 무사 시절부터 따라다닌 아카베마저 쇼구로의 창 솜씨를 모르는 것이었다.
 "뭐, 염려할 것 없어."
 쇼구로는 태연하게 웃고 있었다. 그는 교토에서 창의 명성을 떨침으로써 그 소문이 니시무라 간구로의 거주지인 미노에까지 들리기를 기대하고 있었다. 그렇지 않다면 자존심이 강한 쇼구로가 한낱 무예자 따위하고 솜씨를 겨루는 어리석은 짓은 하지 않는다. 그날 밤 쇼구로는 미노에서 데리고 온 니시무라 간구로의 부하들에게
 "내일 모레 사시 전에 교토를 떠나 미노로 돌아간다. 그 준비를 하도록" 하고 별안간 선언했다. 그 길 떠나는 방법도 꽤나 용의주도했다. 수행원인 부하들에게는 산조 다리를 건너 아와다(粟田) 어귀까지 먼저 가게 하고 거기서 기다리고 있으라는 것이었다. 물론 시합에는 쇼구로 혼자서 나간다. 그러나 만일 이긴 다음 오우치 무헨의 제자들이 쇼구로를 쫓아오지 않는다고 볼 수는 없는 일이었다.
 "옛, 내일 모레 떠나시겠어요?" 하고 나중에 안 것은 오마아다.
 "응, 떠나겠어. 또 야마자키야 쇼구로가 되기 위해 돌아올 테니 기분 좋게 배웅해 다오."
 "이 야마자키야의……" 하고 오마아는 말했다.
 "추녀를 한 발자국만 나서면 벌써 미노의 무사 니시무라 간구로 님이란 말씀이죠. 오마아는 집을 지키는 건 싫지 않지만, 딴 분이 되고 마는 게 슬퍼요."
 "언젠가 쇼군이 되어서 돌아오겠어."
 "그게 어느 세월의 일일지." 정말 골치 아픈 사나이를 남편으로 맞았다.
 "뭐, 1, 2년 앞날 일일지 몰라. 즐거움 삼아 기다려다오."
 "쇼군이 되시고도 기름장수인 야마자키야를 경영하시겠어요?"
 "그것 재미있다." 쇼구로는 무릎을 쳤다.
 "오마아, 그대의 말을 듣고 있으면 생각지 않은 궁리가 떠오른단 말이야.

나는 장군이 되어 이곳에 궁전을 짓더라도 낮엔 정이 대장군(征夷大將軍), 밤엔 야마자키야 쇼구로다. 참 재미있을 거야."

"……"

하나 오마아로선 조금도 재미가 없었다. 그러나 이런 남편을 가진 것이 팔자라고 체념하지 않을 수 없었다.

"자, 서방님" 하고 오마아는 일부러 명랑하게 졸랐다.

"뭐야."

"쇼군의 마님은 틀림없이 오마아겠지요. 이걸 잊으시면 싫어요."

"그렇다면 기름장사인 야마자키야 쇼구로의 마누라 자리가 비겠는걸. 누가 되지? 그 뒤는?"

"부디 미노에서라도 모셔 오세요" 하고 농담이라도 그런 소리를 한 걸 보면 오마아는 쇼구로의 설득대로 미노에 아내를 두는 걸 승낙한 모양이다. 아니 그 문제에 대해선 단념하고 말았다는 편이 그녀의 심정에 가까웠다. 그날, 사시보다 조금 앞서서 쇼구로는 하인 하나에게 창을 들리고 무사 차림으로 야마자키야의 추녀를 나섰다. 동쪽에의 여행은 이와다 어귀까지 배웅하는 게 교토의 습관이지만 쇼구로는 그걸 싫어했다.

오마아를 비롯한 가게 점원들에게는

"배웅하지 않아도 좋아" 하고 말했다. 무사 차림인 니시무라 간구로를 기름집 점원들이 '가게 주인'으로 배웅한다는 것도 어색한 것이리라.

"그럼, 잘 있어" 하고 쇼구로는 가게 앞에서 오마아에게 눈짓을 해 보였다. 길 떠나는 이별에는 눈물이 불길하다는 미신이 있기 때문에 오마아는 열심히 눈물을 참고 있었다. 눈매가 흥건하게 젖었으면서도 미소짓고 있었다. 곧 자기 방으로 돌아가서

'실컷 울리라' 하고 마음먹고 있었다. 쇼구로의 모습이 작아졌다.

오마아는 아직도 서 있었다. 다행한 일인지 어떤지, 불과 30분도 지나기 전에 쇼구로가 산조 강변에서 창술 시합을 한다고 하는, 가장 염려스러운 일을 오마아는 몰랐다.

'오마아에겐 알리지 말아' 하고 쇼구로가 아카베에게 단단히 입막음을 해 두었던 것이다.

쇼구로는 가모 강 서쪽 기슭에 나섰다. 당시는 둑 같은 것이 없었다. 강폭은 오늘날의 교토 가모 강보다도 훨씬 넓고 홍수 때마다 호수처럼 보이기도

하지만, 평소는 거의 풀이 무성한 모래밭이다.
 산조 거리도 쿄고쿠 사(京極寺)에서 동편은 풀밭이었다. 물론 강 바닥이므로 군데군데 물웅덩이가 있다. 쇼구로는 껑충껑충 뛰어 그걸 피하면서 걸었다.
 "창" 하고 하인에게서 받아들고 다리 건너편 동쪽 기슭에서 기다리고 있으라고 명했다.
 요 근래 비가 내리지 않아 강이 메말라 있다. 산조 부근은 모래톱을 가르며 세 가닥 가량의 가는 물줄기가 흐르고 있는데 지나지 않았다. 오우치 무헨이 강 중간 모래톱에서 기다리고 있었다. 제자 열 명 정도를 배후에 거느리고 있었다.
 "……"
 쇼구로는 강 상류 쪽을 보았다. 거기에 난간도 없는 빈약한 나무다리가 걸려 있었다. 산조 다리였다. 다리 위엔 교각이 주저앉지 않을까 염려스러울 만큼 많은 구경꾼이 이쪽을 보고 있었다.
 "무헨이 불러 모았을까?"
 백성들도 있다.
 승려·떠돌이·광대·무사·공경집의 호위 무사·아와타 어귀 근처의 대장장이 직공 등, 온갖 계층의 사람들이 이 시합을 보려고 몰려들었다.
 쇼구로에게는 귀중한 손님들이다. 그들이 지껄이는 관전담이 하루 사이에 시중의 소문이 되고 한 달도 지나기 전에 도오카이(東海)에서 산요(山陽)·산잉(山陰)에 걸쳐 화젯거리로 퍼지리라. 화제로서의 가치는 크다. 창술이라는 '예(藝)' 자체가 신기롭기만 한 것이었으니.

대결

 눈 앞에 물이 있다. 얕다. 물 속 조약돌이 햇빛을 받아 온갖 색으로 반짝이고 있다. 쇼구로는 창을 옆구리에 끼고 허리를 나직히 '덜그럭' 하고 소리가 나는 도약법으로 뛰어넘어 발부리를 모래톱의 모래에 조용히 디뎠다. 창술 시조라고 칭하는 무헨류의 술객 오우치 무헨은 그 건너편 모래톱에 서 있다. 무헨은 창을 겨누고 있었다, 이미
 "……"
 쇼구로는 그 쪽을 보았다. 쇼구로와 무헨의 모래톱 사이에 또 하나 가느다

란 강줄기가 있다. 얕지만 폭은 다섯 간쯤 되리라.

"뛰어 넘을까?"

하나 뛰어넘는 순간 오슈(奧州) 오모노 강을 거슬러 올라오는 연어와 마찬가지로 쇼구로는 발이 건너편 모래톱에 닿기 전에 허공에서 인간 꼬치가 되고 말리라.

"무헨, 이쪽으로 오라."

쇼구로는 말했다. 무헨은 비웃으며

"미노의 니시무라 간구로인지 누구인지 너야말로 이리 오너라. 아니면 겁이 났느냐?"

무예자가 상투로 쓰는 욕설이다.

쇼구로는 무엇보다도 격조와 기품을 존중하는 사나이니만큼 이따위를 상대로 수작을 나눌 생각은 없었다.

"내 말을 못 알아듣겠나? 무헨, 거기에선 승부를 가릴 수 없으니 이쪽으로 오라는 거야" 하고 점잖게 말했다.

산조 다리 위의 구경꾼은 처음에야 손에 땀을 쥐고 지켜보고 있었으나 점점 싫증을 느꼈다. 두 모래톱의 사람 그림자가 도무지 움직이려 하지 않는 것이다. 다만 무헨 쪽은 쇼구로를 성나게 해서 강을 건너오게 하려는 전법인지 몇 명의 제자들까지 합세해서 차마 입에 담을 수도 없는 욕설을 퍼붓고 있었다.

쇼구로——. 넘어가지 않는다.

"네놈 쪽에서 올 때까지 여기서 천천히 기다리겠다" 하고 창을 놓고 풀 위에 털썩 주저앉고 말았다.

쇼구로 역시 무헨과 마찬가지로 무헨이 강을 건너올 때를 노려 창으로 찌를 속셈으로 있었다. 그런 쇼구로에게 무헨쪽에서 비겁자라든가 겁쟁이 가짜 무사 건달 송장 쥐새끼 등등 온갖 욕설을 던져온다. 구경꾼도 시합이 이렇듯 길어지면 따분하다. 당연히 무헨 쪽을 편들고 비슷한 욕설을 다리 위에서 보내왔다. 무헨은 오만하게 서 있다. 당연히 구경꾼을 의식하고 있다. 무예자 따위 중엔 십중팔구 이런 매명(賣名)의 무리가 많다. 이 당시 검술은 이미 주조 류(中條流)·신도 류(神道流)·가시마신 류(鹿島神流) 등이 존재하고 저마다 비전(뾻秘傳)을 전하여 제자를 거느렸고 무예 수업이라고 해서 각처를 돌아다니는 자가 나타나기 시작했으며, 쇼구로도 몇 번인가 그런 검객과 만났다. 모두 공통된 점은 지금 눈앞에 서 있는 오우치 무헨처럼 색다른 복장이며 수염을 기른 자가 많다는 것이다. 속셈은 뻔했다. 속이 들여다 보이는 과시욕이다. 이런 자들에 대해 전국 무장간에도 호감을 갖는 자와 그렇지 않은 자가 있는데 오다 노부나가는 이 패들을 아주 무시했고, 그런 기예가 있다고 해서 고용하거나 하지 않았다. 도요토미 히데요시도 전혀 무관심이었다.

다케다 신겐은 어느 쪽이었는지 확실치 않다. 우에스기 겐신(上杉謙信)은 병법을 좋아했고 스스로도 배웠다. 이 점 도쿠가와 이에야스(德川家康)도 마찬가지였다. 이에야스의 그 취미가 제후에게도 전해져서 도쿠가와 초기의 검술 황금시대가 형성되었던 것이며, 도요토미의 천하가 계속되었다면 검술사라는 것이 상당히 달라졌으리라.

다케다 신겐의 막하 무장 다카사카 단죠(高坂彈正)가 신겐에게 한 말 가운데

"전국의 무사란 무예를 몰라도 괜찮습니다. 목검 따위로 연습하는 건 태평스런 세상의 노릇이죠. 우리 난세의 무사는 애당초 사람을 베는 일을 익혀 가느니만큼 수련이 되는 법이지요."

창술도 마찬가지다. '예'로서는 경시되고 있다. 그런 만큼 칼이나 창의 무예자는 요란스럽게 자기의 존재를 과시하고 돌아다녀야만 했으리라.

그건 그렇고 이 시대의 사람들은 성질이 느긋했던 것일까. 해가 지고 말았다. 강변의 모래톱도 강물도 저녁 어스름으로 어둑어둑해지고 사람의 얼굴을 똑똑히 구별할 수 없었다. 그런데도 다리 위의 구경꾼은 아직 가지도 않을 뿐 아니라, 횃불 따위를 손에 들고 있는 자까지 있다.

쇼구로는 털썩 앉은 채다. 단지 창만을 가까이 끌어당겨 놓고 있다. 무헨도 피곤해진 모양이다. 강기슭에서 빈틈없이 창을 옆구리에 끼고 이쪽을 노리고 있었다. 그 그림자가 한 마리의 야수처럼 보였다. 제자들은 뛰어 돌아다니더니 이윽고 화톳불을 피우기 시작했다. 그 활활 타는 불길을 배경으로 삼고 있기 때문에 무헨의 그림자는 불길이 강하면 강할수록 거멓게 되어 쇼구로 쪽이 명백히 불리했다.

"이건 안되겠다."

쇼구로는 생각했는지 아니면 예정된 행동이었는지, 돈주머니를 들어 보이

며 다리 위 구경꾼을 손짓해 불렀다.
"이걸 보라." 주머니를 흔들고 돈소리를 쩔렁거렸다.
"장작·섶·짚을 가져 와 불을 피워주는 자는 한 사람당 백 잎씩 주마."
곧 다리 위에서 스무 명 가량이 움직였고, 이윽고 뛰어다니며 손에 손에 그러한 것들을 쇼구로 등 뒤에 갖고 와서 쌓아올린 뒤 불을 질렀다. 쇼구로는 방심 않고 앞쪽의 무헨을 쏘아본 채, 돈주머니를 군중 가운데 연장자에게 주면서,
"모두에게 나누어 줘라. 남으면 네가 가져라. 그 대신 거기 있으면서 불을 죽이지 마라" 하고 말했다.
"예, 나리." 늙은이는 걸인인 듯.
이윽고 쇼구로의 불은 무헨의 불길 세 갑절만큼의 크기로 타오르고 하늘을 그을리듯 커지기 시작했다.
"늙은이."
쇼구로는 걸인에게 말했다.
"네 말을 듣는 패들이 몇 명 있지?"
"예, 이 녀석들이 전부 그렇습죠."
"잘 됐다. 또 한 주머니 돈을 줄 테니 이번에는 건너편 녀석들 등뒤로 돌아가 물통을 갖고 불을 끄고 달아나주지 않겠나?"
"그, 그건……"
"무서우냐?" 쇼구로는 웃었다.
거지들은 교토의 시중에서 전쟁이나 화재·폭동이 있을 적마다 마음껏 날뛰었고 약탈·파괴 같은 짓엔 익숙하다. 쇼구로는 이 패들이 못할 게 없다고 보고 있었다.
"늙은이, 나는 이 두 번째 주머니의 돈을 너에게 주면 이제 한 푼도 없다. 그렇지만 돈은 저 건너편 녀석들이 갖고 있다."
"옛?"
늙은이는 쇼구로가 말하는 의미를 재빨리 알아차렸던 모양이다.
"제자가 다섯 사람, 무헨을 넣어서 여섯 사람, 즉 창이 여섯 자루 있다. 그것도 너희들 것이다. 옷도 벗겨 가져라. 하나같이 삼베옷이라 대단한 가치도 없지만 벗기지 않는 것 보다는 나을 거야."
"그, 그러나 무사님" 하고 거지 떼의 늙은 두목은 걱정했다. 그건 모두 쇼

구로가 이기고 여섯 명을 해치웠을 경우의 이야기가 아닌가. 쇼구로에게도 상대의 걱정이 이해되었던 모양으로
"글쎄, 염려 말라니까" 하고 말했다.
"나는 이긴다. 만일 내가 진다고 하면 내 송장에서 옷·창·칼을 뺏어라. 그런데 저쪽은 여섯 명이나 있다. 더구나 내가 보기에는 세 놈이 제법 좋은 칼을 차고 있는 모양이다. 저쪽을 지게 하는 것이 이익이야."
"그야 그렇습니다만."
"나는 법화종 신자다. 법화경 공덕이 몸을 지키고 있지. 질 리는 없어. 그것보다도 늙은이, 내가 말하는 작전이나 들어."
"예, 예."
늙은이는 기쁜 듯이 손바닥을 비벼댔다. 오랜만의 돈벌이로 일족이 수지 맞는다고 생각한 것이리라. 쇼구로는 앞을 노려보며 늙은이에게 자세히 행동요령을 가르쳐 주었다. 이윽고 거지떼 스무 명의 그림자는 쇼구로의 근처에서 사라졌다.

얼마 안돼서다. 오우치 무헨의 모래톱 등 뒤쪽에 강물을 건너 날래게 접근한 거지 떼의 그림자 하나가 '획――' 하고 물통 가득한 물을 던져 화톳불을 꺼 버리고 말았다.
앞쪽은 어둠에 싸였다. 순간 쇼구로는 자기의 불길을 등에 업고 스르르 강을 건넜다.
다섯 간
쇼구로의 그림자는 그 배후의 불빛 때문에 오우치 무헨의 눈에 몹시 식별하기 어려웠을 게 틀림없었다.
쇼구로의 창이 전진했다. 모래톱에 한 발자국 발을 딛자마자, 오우치로서 뜻밖이었던 것은 창을 한껏 길게 쥐고서 쇼구로가 장대라도 휘두르듯이 그의 허리를 겨냥해 왼쪽에서 오른쪽으로 후려친 점이었다.
"이, 이놈은 창술을 모르는구나" 하고 오우치 무헨은 당황했다. 모르는 게 아니다. 달려가서 창끝으로 엽전 구멍을 찌르는 솜씨다. 그러나 병법에도 정(正)이 있고 기(奇)가 있다.
쇼구로는 기를 쓴 데 지나지 않았다. 두어 번 후려갈겼더니, 어지간한 무헨의 자세였지만 약간 창이 위로 들렸다. 쇼구로는 창을 버리고 무헨의 품

안으로 달려들었다.

무헨은 불의의 습격을 당한 셈이었다.

"으악?"

안에 달려들면 창은 약하다. 물러서려고 하는 순간, 쇼구로의 칼 주스마루 쓰네쓰구가 바람소리를 내며 정통으로 놓인 물건을 두 쪽 내듯 무헨을 베어 버리고 있었다. 찰칵 칼을 꽂고 창을 집어 들어 덤벼드는 제자를 하나 찔러 거꾸러뜨리며

"일본 창술 시조 오우치 무헨을 미노의 무사 니시무라 간구로가 거꾸러뜨렸노라!" 하고 큰 목소리로 외쳤다.

그 목소리에 으와──하고 거지떼들이 횃불을 갖고 앞뒤로 강물을 건너왔다. 그들은 저마다 손에 든 횃불을 남은 네 제자에게 던지기 시작했다. 그 횃불이 네 제자 발 밑에 차례차례로 떨어져 불타고 네 사람의 움직임을 쇼구로의 눈앞에 뚜렷하게 부각시켜 주었다. 하나 이 패들 역시 몇 번인가 싸움터를 경험했던 모양으로 막상 몰리게 되자 죽을힘이 나오는 듯싶었다.

"찔러라, 찔러 버려라" 하고 저마다 소리쳐대며 창끝을 나란히 하고 덤벼왔지만 쇼구로의 창에 대면 어린애 장난이었다. 순식간에 찔려 넘어졌고 시체가 될 적마다 거지 떼가 파리 꾀듯 했다. 두 사람 남았다. 쇼구로는 상대가 불쌍해졌다.

"바보 같은 놈들, 창을 버려라. 칼도 버려라. 입고 있는 것도 벗어라. 발가숭이가 되어 달아나기만 하면 목숨이 사는 거야" 하고 말했다.

두 사람 모두 당연하다고 생각한 모양이다. 창을 버리고 달아나면서 쫓아가는 거지 떼에게 칼과 옷을 벗어 던진 뒤 강물 속으로 뛰어들었다.

'별것 아니로군.'

인간의 움직임에는 심리의 법칙이 있다. 이 법칙의 급소만 파악하고 사람의 무리를 잘 조종하면 힘 안 들이고 이렇게 되는 것이다.

'인간이란 얼마나 어리석은 것인가.'

쇼구로는 동쪽 기슭을 향해 강을 건넜다. 아와다 어귀에서 말을 탔다.

눈앞에 거뭇거뭇한 오우사카 산(逢坂山)이 보인다. 종자에게 등불을 켜도록 하고 쇼구로는 별빛 아래 나그네 길을 동쪽으로 전진하기 시작했다.

"밤길이긴 하지만 오오쓰(大津) 주막거리까지 가자. 거기서 이틀 묵으며 여자를 품도록 해 줄 테니 힘을 내어라."

"예."

모두들 술렁거렸다. 이처럼 신나는 주인의 명령도 없으리라. 모두 마치 북을 울리며 싸움터로 나가는 군사들처럼 발걸음도 거뜬거뜬 오우사카 재를 넘기 시작했다.

미노에 닿은 것은 이레째다. 쇼구로는 인사 다니기에 바빴다. 모모한 사람을 위해 고르고 고른 선물을 갖고 찾아다녔다. 가노 성주 나가이 도시타카에는 아와다 어귀에서 나오는 유명한 칼을, 사기야마 성의 도키 요리아키에겐 한 돈쭝의 값이 금보다도 비싸다고 하는 정군방(程君房)의 먹을, 미요시노에게는 명나라에서 건너 온 분(粉)을, 그 외 도키 가문의 본가를 비롯한 미노의 실력자들에게도 빠짐없이 분배했다.

귀국 인사차 사기야마 성에 등성하여 요리아키에게 인사를 올렸을 때, 그때만큼 요리아키가 기뻐하는 얼굴을 본 것은 쇼구로에겐 일찍이 없었다.

"돌아와 주었나" 하고 눈물짓고 있다.

미노에서 요리아키하고 말이 통할 만큼의 교양인은 쇼구로 말고는 한 사람도 없는 것이었다.

"쇼구로, 나는 고독이라는 것을 비로소 알았다" 하고 요리아키는 말했다.

"예? 주군만큼 행복하신 분이 뭐가 부족해서 고독하시단 말씀이십니까?" 하고 쇼구로는 잘 알고 있으면서도 고개를 갸우뚱했다.

요리아키는 여기(餘技)인 그림만 하더라도 후세 수백 년에 명성과 명작을 남긴 사나이니만큼 미노 같은 시골에선 교양이 너무 뛰어나게 높았다. 요리아키의 불행이라고 해도 좋았다. 아무도 말벗이 없었고, 동족의 어느 사나이하고도 말을 해 보아야 답답하기만 했고, 시문을 더불어 이야기하고 서로 감상할 상대도 없었으며, 무엇보다도 같은 수준으로 해학과 미소가 들어맞는 상대가 없었다. 이건 감옥의 독방에 있는 것과 마찬가지다.

쇼구로가 나타날 때까지는 이 쓸쓸함의 정체를 몰랐지만 쇼구로의 출현에 의해 지금까지 자기가 얼마나 고독했나를 알았다. 이미 이렇게 되면 쇼구로는 가신이나 부하라고 하기보다도 벗이라고 말해야 좋았다.

정군방의 먹을 헌상하였더니 손뼉을 치면서 기뻐하고

"간구로, 그대의 마음씨도 고맙다. 그러나 무엇보다도 기쁜 것은 먹은 정군방이라야 한다는 걸 그대가 알고 있다는 점이지. 나에겐 정군방의 먹보다도 그대가 그걸 알고 있다는 편이 귀중해" 하고 말했다.

"황공합니다. 먹은 중국의 휘주(徽州), 그것과 송나라 때의 것이 좋다고 들었습니다. 너무나 새롭고 생생하더라도 색깔을 내는데 우아한 맛이 덜하며, 너무나 오래되고 지나치게 건조한 것도 먹빛에 영묘한 맛이 죽는다지요. 그래서 먹을 만든 지 30년에서 80년까지의 것이라 하겠기에 사카이 항구를 뒤지게 하여 그것만을 얻었을 뿐입니다. 원래가 야인이라 필묵 같은 건 잘 알지 못합니다."

"무슨."

요리아키는 기쁜 듯이 손을 저었다.

"겸손인가. 그만한 말 속에도 절로 엿보이는 풍류에서 소양이라는 게 느껴진다. 간구로, 이제 여행은 하지 말아라."

"황공합니다."

이날은 미요시노의 모습이 보이지 않았고, 그때문에 쇼구로는 선물을 요리아키에게 대신 전했다.

"미요시노에게까지 마음을 써 주나!" 하고 요리아키는 녹을 듯이 미소를 지었다.

'당연한 일이 아닌가. 내가 사모하는 여자인데.'

쇼구로는 눈을 크게 뜨고 단정히 앉아 있었다.

한 달쯤 있다가 미노에, 예의 산조 가모 강가에서 니시무라 간구로가 일본 제일의 창술 명인을 거꾸러뜨렸다는 소문이 들려왔다.

요리아키의 귀에도 들어갔다.

"무엇이?" 하고 깜짝 놀라 자빠질 정도였다.

"그 사나이는 그토록 무예가 뛰어났단 말인가? 낌새도 보이지 않다니, 속을 알 수 없는 사나이로군."

약간 꺼림칙하게는 여겨졌으나 한편 더욱더 믿음직하게 생각돼왔다.

"한번 본인의 입에서 들어 보자. 될 수 있으면 그 묘기를 보고 싶구나."

요리아키에게 쇼구로는 변화무쌍한 산악과 같은 것이었다. 봄 아지랑이를 통해서 바라보면 아련하게도 풍취가 있어 보였고, 가을 서리 내린 거리에서 우러러보면 칼날과 같은 설봉을 겨울하늘에 우뚝 솟게 하고 있었다.

"아냐, 그 사나이는 퍼도 퍼도 마르지 않는 것을 갖고 있어."

요리아키는 쇼구로에게 홀딱 반했다. 남자에게 반한다는 건 때론 여자에게 반하는 것보다도 무섭다는 것을 고생을 모르는 이 귀족이 물론 알 턱이 없었다.

수마(水馬)

쇼구로에겐 재미있는 전설이 있다. 같은 시대의 사람도 믿었다고 여겨지는 점이 있으므로 잠깐 말하겠다.

어느 때 사기야마의 영주인 도키 요리아키가 매사냥을 나갔을 때, 거리 밖에 조그만 암자가 있었고 그 뜰악에 대나무가 서 있었다. 그 대나무에 우연하게도 매가 앉았으므로 요리아키는 이상하게 생각하고

"저런 곳에 대나무가 서 있다니 어쩐 까닭이냐?" 하고 가신에게 물었다.

가신도 고개를 갸웃할 뿐, 이유를 알 수 없었다. 다만 한 사람이

"이곳은 니시무라 간구로 씨의 집입니다" 하고 뜻밖의 말을 했다.

요리아키는 놀랐다. 미노 태수 도키 가문의 도련님 출신인지라 그토록 간구로를 총애하고 있으면서도 그가 어느 곳의 어떤 집에 살고 있는지는 생각지도 않았었다.

"조그마한 암자로군."

놀라고 말했다. 부엌 말고는 방 한 간이 있을 정도의, 세상을 버린 승려의 암자와 마찬가지인 형편없는 주거였다.

"간구로를 불러라" 하고 가신에게 명했다.

쇼구로는 길 위로 나와서 말의 왼쪽으로 돌아가 무릎을 꿇고 엎드렸다.

"간구로, 저 대나무는 뭐요?"

"예, 저건 창입니다."

"창?" 모르겠다. 대나무 창이냐고 물었더니, 쇼구로도 쓴웃음을 짓고

"아니죠. 집이 옹색하므로 창을 둘 데가 없지요. 그러므로 대나무 속을 뚫고 창을 집어넣은 다음 비나 이슬을 맞지 않도록 저렇게 세워 놓은 것입니다."

이야기는 다시 전으로 돌아간다.

쇼구로가 교토에서 미노로 돌아온 지 얼마 안 되어서였다. 가노 성주 나가이 도시타카가

"그대의 집에 대해서 생각하고 있소" 하고 말했다.

"……"

쇼구로는 담담한 미소를 짓고 있을 뿐이다.

"어쩔 셈이오?"

"지금도 괜찮습니다."

쇼구로는 정해진 집이라는 게 없다. 니치고 대사의 조자이 사가 넓은 걸 다행으로 여기고 부하들도 함께 살고 있으며, 또 그 근처 암자가 비어 있는 것을 니치고의 주선으로 손에 넣어 약간 수리를 해서 사용하고 있었다. 사이토 도산 전설인 〈대나무에 넣은 창〉이란 이야기에 나오는 암자란 이것이었으리라.

애당초 쇼구로는 니시무라 가문의 종가를 이었을 때, 모토스 군(本巢郡) 가루미 마을(輕海村)에 있는 약간의 영지와 그 마을에서 반쯤 무너져가는 고옥을 인계받았다. 하나 그 헌집엔 살려고 하지 않았다. 도시타카가 '왜 살지 않나. 그대는 아무래도 좋다고 하지만 부하들과 하인이 가엾잖은가?' 하고 연신 권했지만 막무가내였다. 이유는

"미노 니시무라 가문이라고 하는 명문을 잇게 해 주신 것만 해도 이미 충분하옵니다. 영지는 니시무라 가문의 체면을 손상치 않기 위해서 받는다고 하겠습니다만 저택에까지 들어가 살 수는 없습니다. 만약 제가 들어가 산다면, 세상의 눈에는 어쩐지 이 사람이 니시무라 가문을 가로채고 들어앉았다고 하는 식으로 보이겠지요."

"간구로, 욕심 없는 것도 병신 축에 든단 말이요" 하고 도시타카도 너무하다는 듯한 표정을 지었다. 그 후 이 문제는 그대로 미해결로 남았다. 그걸 도시타카는 다시 끄집어낸 것이다.

"그대가 교토에 올라가 있는 동안 사가야마의 요리아키 님에게 의논을 드려, 그대의 저택 자리로 사기야마 성 아랫거리인 정문에서 일 정 가량 되는 곳에 터를 잡아 두었소. 주군의 명령이므로 곧 집을 짓도록" 하고 말했다.

이 말은 거역하지 못하고 사람들 보기에는 신중하기 짝이 없는 쇼구로도 마침내 승낙했다. 터는 천 평 가량 된다.

사기야마의 성주인 요리아키도

"목수며 일꾼들은 히다(飛驒 : 지금은 미노와 히다가 모두 같은 岐阜縣이다)에서 부르도록 해라. 성 아랫거리 집이라고는 하나 영지의 성채 마찬가지로 해자를 깊게 파고 담을 높이 쌓아 되도록 으리으리하게 만드는 게 좋을 거다" 하고 말했다.

"옛" 하고 대답했지만 쇼구로에겐 그런 생각이 조금도 없다.

뒷날 천하의 명성(名城)이라고 일컫게 된 이나바 산성(일명 기후 성)을

손수 설계하고 공사를 한 사나이니만큼 건축의 재능도 있고 취미도 있는 그였지만 쇼구로는 미노에 건축을 하러 온 것은 아니었다. 나라를 도둑질하러 왔던 것이다.

그 대망(大望), 야심이라고 하는 것을 지금의 단계로선 남에게 눈곱 만큼도 눈치채게 해서는 안 된다.

"고마우신 분부입니다" 하고 말하면서도 쇼구로는 그 하사지(下賜地)에 복숭아나 밤·매화나무 등 열매가 열리는 나무를 잔뜩 심어 과수원을 만들고 말았다. 그 나무들 속에 겨우 부하 무사를 거처토록 하기 위한 행랑채를 두 채 짓고, 자기가 살 안채는 만들지도 않았다.

쇼구로는 부하들과 똑같이 행랑채를 하나 쓰고 있는데 지나지 않았다. 이 일에는 도시타카가 놀랐다기보다도 화를 내었다.

"간구로, 이상한 집을 지었다면서?"

"옛."

쇼구로는 대답을 준비하고 있었다.

"저와 같이 벼락출세를 한 자는 그걸로 충분합니다. 열매가 열리는 나무를 심었던 것은 그걸 팔아서 내려주신 영지인 모토스 군 가루미 마을의 농군들에게 농사지어 바친 상으로 나누어 줄 작정입니다."

'욕심 없는 사나이로군' 하고 생각은 하면서도 도시타카는 모처럼의 자기 호의를 무시해 버린 불쾌감은 어쩔 수 없었다.

"간구로, 일러두겠소. 무사의 집이란 세심한 배려를 해야만 하는 것으로서 뜰은 되도록 널찍하게 잡고 돌이나 수목을 심어 꾸미는 것도 피하는 편이 좋다고 하오. '침입자' 따위가 자택 내부에 숨지 못하도록 하기 위한 방비요. 그런데 그대는 어떻게 했지? 집에 담도 마련하지 않을 뿐 아니라 나무들 사이에다 짚으로 지붕을 해 이은 행랑채를 만들었을 뿐이라고 하잖는가. 나무들 속에 집을 짓다니 도무지 방비가 없는 것이라, 한낮에 이걸 공격하려고 한대도 활을 가진 자들이 나무들을 방패삼아 쏘아대면서 전진할 수 있어 쉽게 자택을 점령하고 마오. 적을 위해서 일부러 쳐들어오란 듯이 하고 있는 거나 같소. 그리고 나는" 하고 도시타카는 말을 이었다.

"이번 공사에서 그대의 병법적 재능을 보는 것이 즐거움이었는데 크게 실망했소."

"황송하오나," 쇼구로는 말했다.

"주군의 성을 설계하라 분부가 계신 거라면 이 니시무라 간구로, 어떠한 적이라도 얼씬 못할 금성철벽(金城鐵壁)의 성을 만들어 드릴 자신이 있습니다. 그렇지만 저 같은 주제에 적을 예상하고 자택을 만들 필요는 조금도 없으므로 과일나무라도 심어 열매가 열리는 걸 즐기는 편이 분수에 맞는 일이라고 생각했습니다."

그렇게 듣고 보니 쇼구로의 말대로다. 도시타카로선 더 할 말이 없다. 동시에 기쁘기도 했다. 나가이 도시타카가 확신하고 사기야마의 주군이 추천했던 대로 이 사나이는 재치뿐이고 엉큼한 생각이란 전혀 없는 인물인 것도 같았다. 세상의 평판도 좋았다. 애당초 분가인 도키 요리아키는 별개로 치고, 본가인 도키 마사요리를 비롯한 미노 일국에 크고 작은 영지와 성을 갖고 흩어져 있는 도키 일족은 전부라고 해도 좋을 만큼 이 교토에서 흘러들어 온 정체불명의 기름장수에게 당연한 일이지만 호감을 품고 있지 않았다. 눈을 하얗게 흘기며 쇼구로의 일거일동을 지켜보고 있었다.

"대관절 어떠한 속셈이 있는 사나이냐" 그런 눈이었다. 게다가 요리아키로 하여금 무비(武備)를 잊게 하고 놀이의 상대나 해 주며 그것으로 비위를 맞추고 있는 것이 미노 일국 고장 고장의 작은 귀족들이 가장 못마땅하게 여기고 있는 점이었다.

'간신'이라고 보고 있었다. 그 '간신'이 아니나 다를까, 유예(遊藝) 전문인 장사꾼 출신다운 생각으로 그따위 방비가 허술한 자택으로 만들었다. 경멸이야 할망정

"역시, 고작해야 그 정도의 사나이였군" 하고 안심하는 점도 있었다. '평판이 좋다'고 한 것은 그 정도의 의미였다. 요컨대, 쓸만하지도 못하고 해롭지도 않은 인물 같다고 하는 정도다.

가을이 왔다. 긴카 산이 낙엽수로 물들기 시작하고, 그날 아침 단 한 조각의 흰 구름이 산봉우리 위에 떠 있었다. 쇼구로는 말을 타고 과수원집을 나섰다. 새파란 하늘이 미노 일국 11개 군의 들과 강과 마을들의 성채를 굽어보고 있었다.

"참, 좋은 가을이로구나."

쇼구로는 감탄하고 싶은 느낌이었다. 종자는 마부와 창을 드는 하인, 그리고 신발 담당 하인──눈앞인 사기야마 성에 오르려 하고 있었다. 그러나

오늘 아침에는 왠지 기분이 내키지 않았다. 그렇다고 별로 대단한 이유는 없었다.

"아, 몸이 쑤시는군."

피가 마구 들끓고 있다. 얼마동안 야심가로선 너무나도 평원 무사한 세월이 계속되었다.

쇼구로 같은 사나이에겐 이 평온함이 오히려 독이었다. 무언가 일을 일으키지 않으면 응혈이 풀릴 것 같지 않다.

"곤스케(權助), 창을 다오" 하고 창 하인에게서 자랑인 두 간 짜리 창을 받아들고

"등성은 점심에 하겠다. 너희들은 집에 돌아가 쉬고 있어라" 하고 마부까지 쫓아 보내고서 창을 옆구리에 끼자마자 쏜살같이 달렸다.

서쪽은 사기야마 성. 남쪽은 아득하니 나가라 강이 흐르고 있다. 쇼구로는 그 강변을 향했다. 현재는 사기야마에서 나가라 강까지 직선으로 5리는 되지만 당시는 강줄기가 다르다. 지금보다도 훨씬(약, 1.5킬로) 북쪽을 흐르고 있었기 때문에 그때 쇼구로가 있던 곳에서는 말로 달려서 금방이다.

'에라 수마(水馬)라도' 하고 생각했던 것이다.

쇼구로는 강변 갈대밭 속으로 말을 몰았다. 능숙하게 말고삐를 다루며 수렁에 빠지려고 하는 말 다리를 연거푸 빼게 하면서 강물로 다가간다. 강은 넘실넘실 물을 채우고 있다. 상류는 구조(郡上)의 산악지대에 수원을 둔 구조 천(郡上川)이라고 하며 산 계곡을 꼬불꼬불 남쪽으로 흐르면서 중간에 사카도리 강(坂取江)과 합류하고 다시 부기 강(武儀江), 쓰호 강(津保江)을 합친 뒤 방향을 바꾸어서 남쪽으로 흐르다가 미노 평야에 들어서자마자 당당한 대하(大河)가 된다. 이 강은 쇼구로 시대보다도 훨씬 고대부터 가마우지(오리과의 새)로 유명하여 밤이면 가마우지에게 물고기를 잡게 하는 불빛이 강에 떠오른다.

"풍덩" 하고 쇼구로는 말을 강물 속으로 몰아넣었다. 곧, 말의 다리는 강바닥에 닿질 않게 된다.

쇼구로는 쉴새없이 소리를 내어 말을 격려하면서 헤엄치게 했다. 말이라고 하는 건 고삐를 잡은 주인의 격려와 조력 여하에 따라 헤엄치는 법인 것이다. 수마는 어렵다. 말이라는 짐승은 콧잔등만 수면에 내놓고 있으면 헤엄을 치지만 단, 쉽게 피로해진다.

"지쳤구나" 하고 생각하면 쇼구로는 번쩍 창을 휘둘러 지팡이처럼 바꿔쥐고서 물속에 내리 찔러 강바닥 모래를 '퍽' 찌른다. 말이 뜬다. 그만큼 말은 편해진다. 몇 번인가 그걸 되풀이해 준다.

이 창 지팡이로 하는 말 훈련은 겐페이 시대(源平時代 : 일본 무사의 두 조종인 源氏가 살았으므로 源氏의 무사를 이름)의 비술(당시엔 연월도를 썼음)이라는 설도 있지만 전국 시절의 미노 무사는 아직 그걸 모를 때였다.

쇼구로의 독창이라고 해도 좋았다. 이윽고 건너편 기슭으로 뛰어 올랐다. 말이 숨을 돌리도록 하고 또 다시 안장에 묵직하니 앉아서 달그락달그락 강기슭으로 내려간다. 다시 건너갔다가 또 돌아온다. 그 광경은 귀신같은 솜씨라고 해도 좋았다. 이윽고 북쪽 기슭으로 돌아가 말을 강둑 오리나무에 매고, 쇼구로는 갈대밭 속으로 들어가 젖은 옷을 벗고 발가숭이가 된 뒤 쥐어짰다. 앞가림 하나뿐. 힘살과 골격이 늠름한 체격이다. 이 광경을 쇼구로의 위치에서 불과 열 간 남짓한 거리인 맞은편 잡목 숲 속에서 보고 있는 사람이 있었다. 어지간히 눈이 빠른 쇼구로도 수마 훈련에 열중하고 있었기 때문에 그 존재를 눈치 채지 못했다.

"춥다." 견딜 재간이 없어 불을 피우려고 그 근처를 둘러보며 삭정이와 가장 잎 따위를 찾아보았으나, 마땅한 것이 없었다. 부득이 나직한 둑으로 올라가 잡목 숲에서 그걸 찾으려고 했다.

"……"

그 발가숭이 모습이 쇼구로가 다가오는 걸 보고서 잡목 숲 속의 두 사람은 잔뜩 움츠러들고 말았다.

"오쿠니, 어떻게 하면 좋아?" 하며 눈살을 찌푸린 건 미요시노다. 이 숲에 버섯이 있다는 말에 가을 들놀이로 늙은 시녀인 오쿠니를 데리고 성에서 멀지도 않은 이 숲에 와 있었던 것이다. 오쿠니는 미요시노의 친정인 단고 미야즈의 성주 잇시키 가문에서 따라온 시녀로 쇼구로 하고도 친하다. 쇼구로에게 빈틈이 있을 리 없다. 전부터 오쿠니가 좋아할 만한 물건을 주어 환심을 사고 있었다. 실은, 쇼구로의 수마(水馬)연습도 오쿠니가 먼저 발견했다.

"저건 니시무라 간구로 님 아니예요?" 하고 미요시노에게 말했다. 두 사람은 강 가까운 숲가까지 가서 늙은 밤나무 뒤에 몸을 숨기고 강물 속을 왔다 갔다 하는 쇼구로의 모습을 보고 있었다.

"얼마나 아름다운가!"

저기에 '사나이'라고 하는 한 마리 짐승이 자연으로 돌아간 듯한 모습으로 생명의 가능성을 무심하게 시험하고 있지 않은가. 미요시노는 간구로라고 하는 사나이에게서 이때만큼 산 동물로서의 아름다움을 느낀 일은 없었다.

"아씨, 저분에게 저만한 무예가 있을 줄은 정말 몰랐어요" 하고 오쿠니는 말했지만, 미요시노의 인상으로선 무예라고 하는 따위의 것이 아니다. 자연 속에서 하나의 자연이 멋들어지게 살고 있다고 하는 느낌이었다. 저도 모르게 미요시노는 바구니에 담은 버섯을 바구니째 떨어뜨렸다. 그리고 나서 얼마 안 되어서다. 뜻하지 않게 쇼구로가 앞가림 하나뿐인 알몸으로 잡목 숲 속으로 들어왔던 것이다.

"어머!" 하고 미요시노는 달아나려고 했으나 늦었다.

쇼구로의 강한 시선이 벌써 미요시노를 발견하고 옴짝달싹도 못하게 했다. 더구나 무례하게도 절도 않고 단지 웃었을 뿐이었던 것이다.

"이 모습으로선" 하고 자기의 가슴팍을 보며 쓴웃음을 짓고,

"예의를 차릴 수도 없지요. 용서해 주십시오" 하고 떡 버틴 채 말했다.

숲은 울창하다. 나뭇가지 사이로 새어 들어오는 햇빛이 쇼구로의 알몸을 아름다운 빛깔로 비쳐준다.

"오쿠니 님에게도 여기서는 실례하겠소" 하고 목례를 했다.

오쿠니는 쇼구로의 편이기 때문에 오히려 그러한 쇼구로에게 호감을 갖고

"무예단련 중이오니 싸움터나 마찬가지, 예의는 차리지 않으셔도 좋다고 생각해요" 하고 적당한 말로 얼버무리며 웃음지었다.

"아니올시다. 실례는 실례죠. 아무쪼록 여기서 저를 만났다고 하는 말은 성에 돌아가서 말씀 않도록."

별로 비밀을 필요로 할 정도의 일도 아니라고 생각했지만, 오쿠니는 인심 좋게 고개를 끄덕인다.

"실은 추워서."

쇼구로는 쓴웃음을 짓고 있다.

"몸을 녹이고 의복을 말릴까 하여 삭정이 따위를 찾고 있었지요."

"그럼 간구로 님, 여기서 제가 불을 피워 드리겠어요."

오쿠니는 쇼구로의 평소 호의에 보답하기 위해 근처에 흩어져 있는 삭정이며 가랑잎을 긁어모은 뒤 곧 다섯 자 만큼이나 불길을 타오르게 했다.

"고맙소."

쇼구로는 두 손바닥을 불길에 쬐었다. 물론 발가숭이 모습 그대로.

미요시노는 눈 둘 곳을 몰라 했다. 쇼구로의 앞가림 틈바구니로 터럭이 삐져나와 있다. 아니 삐져나와 있다고 할 만큼 어지간한 것이 아니고, 자못 당당하게 그것이 숨쉬고 있는 것이었다.

"어때?" 하고 미요시노 앞에 과시하고 있다. 터럭뿐 아니다. 앞가림이 불길에 몸이 녹음에 따라 부풀기 시작하고 있었다. 미요시노는 압도되어 숨도 가냘퍼지는 듯한 느낌이었다.

숲속에서

미요시노는 모닥불 앞에 옹크린 채 지그시 불을 쏘아보고 있다. 불길은 더욱더 세차게 타올랐다. 아무래도 불 속에서 송진이 타고 있는 듯.

'어쩌면 좋아……' 하고 미요시노는 자기의 시선을 주체 못하고 있었다. 무리도 아니었다. 불길이 있다. 그 건너편에 쇼구로의 알몸이 미요시노의 시선 가득히 두 다리를 버티고 있는 것이었다.

마치 '이 '사나이'에게 안겨 보지 않겠는가 라고나 하듯'

미요시노는 친정인 단고 미야즈 성내 관음당에 있던 애염명왕(愛染明王)을 수호불로 삼고 있다. 여인에게 행복을 안겨 준다고 하는 천축(天竺: 인도)의 신이라고 가르침을 받아왔다. 애염명왕은 불길을 딛고 있다. 지금의 쇼구로와 흡사한 것이었다. 노시녀인 오쿠니는 눈치가 빠르다.

"간구로 님, 교토의 이야기라도 해 주세요." 등등 이야깃거리를 찾아내어 지껄였다.

"무슨 말씀이오?"

쇼구로도 눈치가 빠르다.

"오쿠니 님께서 자라신 단고의 미야즈라고 하면, 교토에서 300리라고는 하지만 옛날부터 교토의 왕래가 잦았고 교토의 문화가 밴 고을이잖소. 그곳 대감댁에서 자라셨다고 한다면 니시무라 간구로 따위는 도리어 촌사람이죠."

"어머, 말씀도 잘 하시네요." 오쿠니는 깔깔 애교 있게 웃었다.

"하물며 미요시노 님은 그 잇시키 가문의 공주 아씨입니다. 이 간구로 따위 교토가 어찌구저쩌구 지껄이기도 부끄럽습니다."

잇시키 가문이란 무반으로선 일본에서 손꼽는 명족이다.

그 조상 잇시키 도유(一色道猶)은 아시카가 씨의 친척으로 다카우지(尊氏)가 천하를 잡자 규슈 단다이(九州探題 : 단다이는 관직 이름. 관찰사 비슷한 것)가 되고, 그 후 아시카가 막부의 네 중신 가운데 하나로서 무로마치 시대를 통해 영화를 누렸다. 잇시키 일족 가운데 여러 나라의 수호직(태수)을 한 자가 많았지만, 미요시노의 친정인 잇시키 가문은 백년 남짓을 내려오면서 단고의 수호직이었다. 그런 가문이니만큼 중간에 온갖 성쇠도 있었지만, 이 난세에 아직도 가문을 지키고 일본 동쪽 바다에 임하는 미야즈 성을 본거로 하고 있다. 하나 아무튼 오래된 집안이라 무문(武門)으로서의 세력은, 이 미노의 도키 가문과 마찬가지로 꽤 떨어져 있다. 현재의 호주도 좋지 않다. 미요시노의 아버지 잇시키 요시유끼(一色義幸)만 해도 미요시노가 마흔두 살의 액년(厄年)에 낳은 자식이라 집안에 탈이 있다고, 언니를 도키 요리아키에게 출가시킨 김에 동생인 미요시노까지 첩으로 주어버렸다고 하는 미신의 소유자다.

구가(舊家)란 미신의 폐단이 쌓이고 쌓여 그 '찌꺼기' 속에서 사람이 자란다. 똑똑한 자가 생길 까닭이 없다. 가이(甲斐)의 수호직(태수) 당주란 발랄한 사고력을 잃고 지위를 부하나 침략자에게 뺏기든가 뺏긴 거나 진배없이 돼 있다. 다만 여자는 좋다.

미요시노가 그 좋은 보기다. 200년의 명문에서만 탄생할 수 있는 아리따운 기품을 이 소녀라고 해도 좋을 나이의 여자는 갖고 있다. 그것이 이미 요리아키에 의해 여인으로서도 두드러져 있는 것이다.

쇼구로의 눈으로 볼 때, 기품 어딘가에 요염함이 깃들어 이상하다고 할 수밖에 없는 매력을 풍기고 있다.

"미요시노 님" 하고 쇼구로는 불길 너머로 말했다.

'예?' 하고 대답하듯 미요시노는 눈길을 들었다.

"성내에만 계시기는 답답하시겠죠, 이렇게 이따금 들로 나오십니까?"

'예……'

속눈썹을 내리깔았다.

"봄에는 오쿠니하고 둘이서 햇나물을 캐러……그리고 가을에는 성주님과 함께 이 나가라 강에서 가마우지를 보죠."

"미야즈의 성에 계실 때는 어떠했습니까?"

"……무슨 말씀이신지?"

"들놀이 같은 걸 하셨습니까?"
"예."
우뚝 이야기가 끊긴다.
'힘이 드는 일이야.'
미요시노의 입에서 이야기를 끌어내기란.
"버섯따기 등도 말씀입니까?"
"아아뇨, 이런 버섯은 제가 잘 모르는 탓인지 미야즈 성 근처에는 없었다고 생각돼요."
말이 좀 가벼워졌다.
"미야즈는 바다가 가깝지요?"
"예, 새파란——"
"바다였습니까?"
"예" 하고 미요시노의 머리 속에는 그리운 고향의 경치가 먼 아지랑이처럼 아슴푸레 떠올랐다.
"봄에는"
미요시노의 눈이 무릎 밑 떡갈나무 낙엽 위를 기는 개미를 바라보고 있다.
"해변으로 조개껍질을 주우러 가기도 했지요."
"허, 그건 즐거우셨겠습니다. 그 근방의 바다는 물속으로 바위틈을 들여다보면, 곳곳에 전복이며 소라 같은 것이 있습니까?"
"글쎄요……"
미요시노는 비로소 엷게 미소지었다.
"그런 위험한 곳은 오쿠니가 데리고 가주지 않았기 때문에 잘 모르겠어요."
"앗하하하……오쿠니 님은 충성스런 분이라 굉장히 답답하셨겠습니다."
"어머, 간구로 님" 하고 오쿠니도 그만 마음이 들떠왔다.
"그렇게 말씀하신다면, 마치 오쿠니가 아씨를 들볶은 것처럼 들리지 않아요?"
"그렇게 들렸던가요" 하고 쇼구로는 오쿠니에게 미소를 보냈다.
"예, 들렸고말고요."
"그렇다면"
쇼구로는 오쿠니를 미소로 감싸고 있다.

"오쿠니 님은 충성스러운 나머지, 아씨의 자유를 속박해 드린 게 아닐까 하고 뉘우치고 있는 것 같군."
"어머나."
오쿠니는 손을 들어 손바닥을 펴보였다.
"간구로 님, 때리겠어요."
"이거 야단났군."
말하면서 지그시 오쿠니의 눈을 응시하고
"오쿠니 님, 그 점에 대해 부탁드릴 게 있소."
"어떤?"
오쿠니는 기분이 좋다.
"말하자면 아씨에게 단 한 가지, 그것도 이 순간만 자유를 허락해 주시지 않겠소?"
"왜 그러시나요?"
"말로는 할 수 없습니다" 하고 쇼구로는 발밑의 삭정이를 집어 불길 속에 넣었다.
"……."
오쿠니는 그 손놀림을 보고 있다. 쇼구로는 근처의 삭정이를 찾고 있는 모양으로, 조금 멀리 갔다. 차츰 멀어지고 여기저기서 삭정이를 줍고, 줍고 있는 동안에도 사방에 눈을 보내며 숲 안팎에 사람 모습이 있나 없나 살피고서 없다는 걸 알자 삭정이를 주우러 다니는 척하며 미요시노 옆으로 다가갔다.
"……?"
미요시노도 쇼구로의 행동이 궁금하다. 바람이 나뭇가지를 흔들었다. 오쿠니도 미요시노도 쇼구로에게 마음을 빨린 것처럼 그 거동에 이끌려서 마음을 움직이고 있다. 순간, 세계가 정지되고 쇼구로만이 거기에 있는 것처럼 생각되었다. 쇼구로는 천천히 손을 뻗쳤다. 미요시노는 그것에 이끌려서 일어섰다. 그 쇼구로의 손이 어느덧 저도 모르는 사이 미요시노의 가는 허리에 감기고, 갑자기 끌어당겼다.
"앗" 하고 조그맣게 부르짖은 미요시노의 입술에 쇼구로의 입술이 담뿍 겹쳤다.
혓바닥이 미요시노의 조그만 혓바닥을 못살게 굴었다. 입 안에서 쫓으며 엉키고 향긋한 향기를 가졌다고 생각되는 그 타액을 마음껏 빨기 시작했다.

오쿠니는 멍청해졌다. 믿을 수 없는 사태가 지금 눈앞에서 벌어지고 있다. 눈으로 역력히 그걸 보고서도 오쿠니에게는 믿어지지가 않았다. 방금 이제까지 살고 있던 세계가 찢어지고 다른 세계에 서 있는 것처럼 생각되었다.

미요시노는 반항했지만 어쩔 도리가 없었다. 몸뚱이가, 쇼구로가 스치고 있는 허리 언저리에서 전신에 걸쳐 마비되어 있는 것만 같다. 혹은 가벼운 실성을 하고 있었는지도 모른다. 좀 과장해서 말하면, 나중에 성내의 자기 거처로 돌아왔을 때에야 미요시노는 가까스로 실감이 들었다. 쇼구로의 억세고 탄력 있는 힘살과 체취가, 처음으로 미요시노 속에 남자를 맞기에 알맞는 점액을 가진 '여자'라고 하는 동물을 낳게 했다고 할 수도 있었다. 하나 이때는 의식이 허공에 날아가 버린 듯해서 무슨 일이 일어나고 있는지, 쇼구로가 자기에게 무슨 짓을 하고 있는지 아무 것도 알 수가 없었다. 미요시노의 발뒷꿈치가 들리고 등허리가 꺾일 듯이 뒤로 젖혀지고, 간신히 숨만 쉴 수 있었다. 어쩌면 옷자락이 타개지고 만 것은 아니었을까. 바람이 밤나무 고목을 뒤흔들고 통곡하듯이 스쳐 지나갔다. 하늘이 흐려 있었던 것처럼 기억된다. 쇼구로에게서 놓여나 땅바닥에 웅크리고 앉았을 때, 눈앞이 캄캄했던 것이 상기된다. 결코 불쾌한 것은 아니다. 무엇인가가 미요시노에게 햇빛을 보는 능력을 앗아갔다. 땅 속으로 빨려 들어가는 듯한 그런 느낌이었다. 미요시노가 정신을 차렸을 때는 하늘이 나뭇가지 위에서 파란 빛을 되찾고 있었다. 오쿠니의 무릎에 안겨 있는 자기를 깨달았다.

쇼구로의 모습은 이미 없다.
"아씨." 오쿠니는 떨고 있다.
"저는 어쩔 수도 없었어요, 용서해 주세요."
"괜찮아" 하고 미요시노는 겨우 말했다.
"병이 들었던 거야. 내가 그렇게 생각하면 돼. 오쿠니, 너도 꼭 그렇게 생각해야 해요."
미요시노는 중얼거렸던 모양이다. '모양이다'고 한 건 나중에 오쿠니에게 듣고서야 알았기 때문이다.

미요시노의 거처는 사기야마 성내에서도 본성·내전·망루 따위와는 별채로 돼 있다.
잇시키 궁전이라고 불리고 있었다. 나들이에서 돌아오자 미요시노는 입술

까지 핏기를 잃고 침실에 이부자리를 깔게 하여 눕고 말았다. 오쿠니가 베개 맡에서 시중들려고 했지만

"싫어" 하고 고개를 젓고선 막무가내다.

지쳤다. 손도 발도 몸의 구석구석에 이르기까지 힘이 빠져 달아나고 있었다. 쇼구로에게 진까지 홀딱 빨리고 만 듯한 느낌이었다. 아무 것도 생각할 힘이 없었으나 단지 마음이 부끄럽기만 하다. 그런 짓을 당했다는 것이 아니다. 당한 다음도 그것이 남아 있는 일이었다. 남아 있다고 하기보다 새로이 탄생되었다. 탄생된 것이 미요시노의 몸뚱이 속에서 꼼지락거리고 손에 잡힐 듯 숨을 쉬고 있다. 그것이 부끄러움의 실체인지도 모른다. 해가 저물고 나서 오쿠니가 살며시 미닫이를 열고 정신 드는 약을 가져왔다.

"그게 뭐지?" 하고 미요시노는 소녀처럼 오쿠니를 보았다. 눈이 몹시 맑았다.

'이처럼 아름다운 아씨를 본 일이 없다.'

오쿠니는 눈이 번쩍 띄어지는 느낌이었다.

"칡뿌리로 쑨 미음이에요."

"어머, 좋아라."

미요시노는 요 위에 앉았다. 눈빛이 생기를 띠고 있었다.

"아씨, 무슨 좋은 일 있으세요?"

"뭐가?" 하고 미요시노는 자기의 변화를 깨닫지 못한다. 미요시노는 미음의 김을 작게 세 번 불고 조금 들이마신다.

"아이, 뜨거워" 하면서 오쿠니를 보고 의미도 없이 미소지었다.

열적어하신다고도 생각되지 않는다. 경망하다고 생각될 만큼 웃는 얼굴이다. 오쿠니는 미요시노가 태어났을 때부터 시중들고 있지만, 이런 미요시노를 본 일이란 없다. 그러고서 두 사람은 오랫동안 잠자코 있었다. 어느 쪽이나 '그 일'을 말하기가 무섭고 부끄러웠던 것이다. 하나 오쿠니를 더욱 놀라게 한 것은 미요시노 쪽에서 그걸 끄집어낸 일이었다.

"오쿠니, 그 일 말이야."

"예, 화톳불 말이에요……아씨?" 하고 받아 주었다. 오쿠니는 자기가 잘 받아냈다고 생각했다.

"그래, 화톳불 말인데 그건 누구에게도 말 않도록 해."

'물론이죠'라는 긴장된 표정으로 오쿠니는 고개를 끄덕였다. 말 않더라도

그런 일을 입 밖에 낼 사람이 어디 있는가. 아무리 미요시노가 요리아키의 총애를 받고 있다고 하나, 그 상전의 몸에 커다란 상처가 나고 말 일이 아닌가.

"무서우셨어요?" 하고 오쿠니는 말했다.

오쿠니는 미요시노의 신체 일부분이 되어 있는 듯한 노시녀. 미요시노는 고개를 저었다.

"조금도 무섭지 않았어. 이 세상 모두 꿈속에 있는 기분이었어."

"하지만 니시무라 간구로 님은 너무 지나친 분이었어요. 저는 처음에 무슨 일이 일어나고 있는지 눈이 캄캄해서 아무 것도 알 수가 없었어요. 깨달았을 때는 목소리도 안 나오고 손발도 움직일 수 없었어요. 지금은 믿어지지 않을 정도죠. 온 일본의 무사 중에 자기의 주인아씨에게 그따위 대담한 짓을 하는 자가 있어서는 안 되고, 있을 턱도 없을 거예요. 더구나 나중에 생각했지만, 알몸으로."

"오쿠니."

미요시노는 짜증스럽게 말했다. 오쿠니의 신경으로 견디지 못할, 자기의 그 이상야릇한 체험을 쉬어빠진 목소리로, 더구나 속된 도덕을 섞어가면서 그 자리에서 재현당하고 싶지는 않았던 것이다.

"그 이야기는 이제 않도록 해."

"예."

오쿠니는 미요시노의 강한 말투에 어리둥절한 모양이었으나, 순순히 고개를 끄덕였다.

"그리고" 하고 미요시노는 말했다.

"니시무라 간구로 씨에게 악의를 가져선 안돼."

"어, 어째선가요?"

"미요시노가 그 일에 대해서 잘 모르고 있기 때문이야. 어쨌든 니시무라 씨에겐 어제까지와 같은 태도로 변함없이 대하도록 해."

"예."

고개를 끄덕일 수밖에 없다.

"……."

쇼구로도 그날은 끝내 등성 않고서 집에 돌아가자 감기가 들었다고 틀어박히고 말았다.

'좀 지나쳤을까?' 하는 뉘우침도 있었으나

'아냐, 거기까지 갔는데 차라리 오쿠니 앞에서 넘어뜨릴 걸 그랬어'라고도 생각했다. 몸이 근질거렸다. 아무리 자제력이 있는 쇼구로라도 미요시노가 남겨준 이 '설레임'은 견딜 수 없다.

'언젠가는——' 그런 방법이 아닌, 당당하게 요리아키의 손에서 그 애첩을 빼앗아 버려야지 하고 생각했다. 이를 으드득 가는 듯한 결의였다.

하늘의 계시

그로부터 얼마 지나지 않아서다. 역시 하늘이 밝은 겨울 아침, 쇼구로는 도키 요리아키에게 문안을 드리려고 사기야마 성으로 등성했다. 정문을 들어서면 기마 무사 50기를 수용할 수 있을 만큼의 평지가 있고 바로 그 위는 바위를 깎은 돌층계가 돼 있다. 쇼구로는 올라갔다. 올라가면서 석축 위의 소나무를 보았더니, 푸른 가지가 하늘 가운데 눈부셨다.

'좋은 날이다.'

무언가 생기리라고 하는 예감이 쇼구로의 가슴 속에 번쩍 했다. 아니, 이 사나이만은 생기는 게 아니라 일을 일으키는 것이다. 정확히 말하면 오늘은 자기가 무엇인지 저지른다고 하는 예감이 스쳤다.

요리아키는 내전에서 술을 마시고 있었다. 그 옆에 미요시노가 고도(琴: 악기의 하나)를 타면서 시중들고 있다.

"오, 간구로" 하고 요리아키는 기쁜 듯이 맞았다.

"마침 잘 와 주었다. 심심해서 견딜 수 없던 참이지."

"심심하시다니 황송하신 말씀입니다. 여기에 미요시노 님이 계시온데" 하고 쇼구로는 요리아키에게 말꼬리를 잡아 따끔하니 일침을 가했다. 심심하다면 미요시노에 대한 모욕이 아닌가, 하는 뜻이었다.

"아닐세, 미요시노도 심심해하고 있어."

'어느 분에게 말이죠?' 하고 쇼구로는 말하지 않았다. 잠자코 싱글싱글 웃고 있다.

"간구로는 꽤 기분이 좋은 모양이로구나."

"제 눈동자가 파랗지 않습니까!"

"눈동자가?"

"예, 오늘 아침의 하늘은 구름 한 점 없고 성의 소나무들이 눈에 스며드는 듯싶었습니다. 이런 날은 좋은 일이 있다고 저는 옛날부터 믿고 있습니다."
"재미있는 사나이로군. 아침에 등성할 때 그날의 운명을 안단 말인가? 대관절 인간에게 운명이란 것이 있느냐."
"있습니다" 거짓말이다.
쇼구로는 인간에게 운명이 있다고는 생각지 않고 있다. 중국에서 건너온 것인 달콤한 운명철학 따위, 약자의 자기변명과 위안을 위해서 있는 것이라고 믿고 있다. 쇼구로는 운명을 만들지 않으면 안 될 쪽의 사나이다. 중국인이 말하는 운명 따위가 만일 있다고 한다면, 적수공권인 이 쇼구로 따위는 죽을 때까지 한낱 쇼구로로 썩고 말 게 아닌가.
'그럼 곤란해.'
대담하게 뱃속으로 웃고 있다. 하나 요리아키 같은 심심한 족속에게는 운명론이 꽤 알맞은 오락이다. 이따금 몸소 점쳐 보기도 하고 점쟁이를 불러 점을 쳐 달라기도 한다.
"운명은 있지요" 하고 말한 것은, 단지 요리아키에게 영합하기 위해서였다. 하긴 쇼구로에게 요리아키는 운명론자인 편이 좋다. 앞으로 어떤 사태가 되더라도 '이건 내 운명이다'고 자기를 단념하고 체념해 주는 편이 만사 편리하다.
"간구로, 오늘은 그대의 학식 가운데서 역경의 이야기라도 들어 볼까?"
"아닙니다, 그러면 미요시노 님이 심심해하실 것입니다."
"그럼 점을 쳐주겠나? 그대는 지금 날씨가 좋아 기분 좋다고 말했다. 천상(天象)도 좋고 인기(人氣)도 좋다. 이런 날 이런 인물에게 점을 쳐 달라면 잘 맞는 법이지."
"그럼 약식으로 점괘를 내 보지요."
"오, 승낙해 주겠나."
요리아키는 시동에게 준비를 명했다. 곧 칠을 한 붉은 책상 위에 도구가 준비되어 시동들의 손으로 운반돼 왔다. 쇼구로는 요리아키에게 점을 한 번 올리고 북쪽을 향해 책상 앞에 앉았다.
점대(點竹) 쉰 개.
그 중 하나를 뽑아 청동으로 만든 점통 속에 넣었다.
태극(太極 : 宇宙의 大元靈)인 셈이었다. 나머지 마흔 아홉 개의 점 가지를 왼손에 잡고 끝을 부채꼴로 편다. 이것에 오른손의 네 손가락을 바깥쪽으로 대고 엄지손가락을 안쪽에 댄 후 이마 높이로 바쳐 든다. 그리고 호흡을 가누고 아랫배에 힘을 주었다. 눈을 감고 정신을 통일한 다음 이윽고

"……!" 하고 숨을 내쉬며 점가지 뭉치를 단숨에 가른다. 그 다음은 뻔한 작업이 남아 있다. 오른손에 들린 것을 조용히 책상 위에 놓고 그 중에서 한 가지 뽑아 왼손의 새끼손가락과 무명지 사이에 끼운다. 이게 '사람(人)'으로 비유된다. 왼손에 남은 점 가지는 '하늘(天)', 오른손의 것은 '땅(地)'. 이 하늘과 사람을 합치고, 여덟 개째 헤아려서 마지막으로 여덟 개가 못 되는 단수(端數)가 남을 때까지 세고, 또 세어 나온 단수에 의해 점괘를 만드는 것이었다.

"허, 천택리(天澤履)라고 나왔군요" 하고 요리아키의 얼굴을 보았다.

요리아키는 고개를 끄덕였다. 천택리의 대강 뜻은 이 한가한 사람도 알고 있다.

──가만히 있으면 만사가 순조롭다고 하는 뜻이다, 우선은 '소길(小吉)'이라고 할 수 있으리라. 그런데 쇼구로는 '천택리'에서 특별한 의미를 읽었는지 무언가 복잡한 미소를 띠고 요리아키를 지켜보고 있다.

"왜 그래, 간구로?"

"아닙니다, 그저 주군의 운수가 이처럼 좋을 줄은 몰랐습니다."

"음, 나로선 알 수 없는데?"

"무슨 말씀을. 주군 같으신 분이 모르실 턱이 없습니다. 곰곰이 자신을 살피시어 이 점괘를 음미해 주십시오."

"이건 점점 심술궂군. 이건 나의 점괘야. 알쏭달쏭한 말은 하지 말고 일러주게."

"아닙니다. 제가 말씀드리면 흥취가 깨어지십니다. 몸소 생각해 주십시오."

"천택리…… 모르겠다."

그날 밤, 요리아키는 생각했다. 쇼구로가 물러갈 때 귓속말로 한마디 남기고 간, 수수께끼 풀이의 '열쇠'를 떠올리며,

"형님이신 태수님입죠."

단지 그 한마디였다.

형님이신 태수님이란, 미노의 수호직(태수) 도키 마사요리다.

'형이 어쨌다는 걸까?'

마사요리는 미노 일족의 본성(本城)이라고도 할 가와테 성(川手城)에 있다. 이것이 미노의 태수다. 평범하고 재미로운 맛이란 없는 사나이다. 일찍이 아버지 마사후사(政房)가 마사요리를 싫어하여 동생인 요리아키를 후계자로 세우려고 했다. 이 때문에 미노 일국의 호족이 두 파로 갈라져 싸웠고, 나가이 도시타카 등은 요리아키 파의 거두(巨頭)였다. 마침내 미노 일국의 전란으로 번지려 했으므로 교토에서 실속 없는 빈 지위를 지키는 아시카가 장군이 중간에 나섰고, 형이 계승하는 일이 순리일 거라는 결정에 의해 마사요리가 가와테 성에 들어가 태수가 된 셈이다. 요리아키는 불만이 있다. 벼락치기 영주와는 달리 요리아키는 태어나면서부터 귀족이므로 영토욕은 눈곱 만큼도 없는 사나이지만 명예욕만은 있다. 오히려 물욕을 빠뜨려 놓은 듯한 사나이이니만큼 명예욕은 남달리 세다.

'나는 태수가 될 사람이었어'라는 '긍지'가 있고, 자연히 형 마사요리에 대하여 가신의 예를 차리지 않았으며 가와테 성에는 가지도 않는 것이었다. 사기야마 성에서 주색과 풍류로 날을 보내고 있는 것도 하나는 형에 대한 시위였고, 하나는 그런 방법으로 밖에 불만을 가라앉힐 수단이 없기 때문이다. 더욱 나빴던 것은 미노 무사의 반은 이 요리아키의 자포자기 비슷한 생활에 동정적이고, '정말 딱하게 생각됩니다' 등등 얼굴을 맞대 놓고 말하는 자도 많다. 그러니만큼 요리아키는 선뜻 단념할 수 없는 심정으로 있다.

'니시무라 간구로는 그런 뜻을 말한 것일까?'

그렇다고 한다면 예사로운 일이 아니라 생각하고, 요리아키는 주역 관계의 책을 들추며 조사해 보았다. 뜻밖의 일을 알았다. '천택리'에는 놀랄 만한 의미가 포함돼 있다. '앞사람의 뒤를 계승한다'는.

'형 마사요리를 몰아내고 내가 태수가 된다는 뜻일까?'

더구나 모든 일을 장자(長者)의 지도대로 좇으라는 점괘인 것이다. 이 경우 장자란 간구로라고 못할 것도 없다.

'굉장한 점괘가 나왔구나.'

요리아키는 차츰 암시에 걸리기 시작했다. 하긴 이 점괘엔 '여인, 알몸의 상(象)을 취하다'라고 하는 의미도 있다.

자기의 아내나 첩이 바람을 피울 염려가 있다고 하는 것인데, 요리아키는 그것까진 생각 못했다. 자기의 여러 조건으로 보아, 생각할 수 없는 일이라고 여겼던 것이다.

이튿날 요리아키는 말했다.
"간구로, 풀었다!"
"예?"
쇼구로는 요리아키의 말뜻을 이해 못한다는 듯한 흉내를 내보였다.
"무슨 말씀이신지?"
"아냐." 오히려 요리아키 쪽이 당황했다. 곧 '뜻'이 너무나 중대한 일이었기 때문이다.
"잊어 버렸으면 곤란해. 어제 그대가 점쳐준 점괘 말일세."
"아, 그것 말씀입니까, 그만……"
쇼구로는 씁쓰레하니 웃었다.
"황송하옵니다. 지나가는 장난으로 주군의 흥을 돋우려고 했던 것인데 그토록 심각하게 생각하셨습니까?"
"나중에 생각했지. 책도 뒤져보고" 하고 요리아키는 어디까지나 지적 유희인 셈으로 천연스럽게 무릎을 다가앉았다.
"간구로, 그걸 나는 이렇게 풀었는데 들어 주게."
"기다려 주십시오." 쇼구로는 손을 들어 막았다.
"주군."
"뭐야?"
"그 이상은 말씀하지 마십시오. 주군의 생명에 관계가 됩니다."
"뭐라고?"
요리아키는 뜻밖의 표정을 지었다. 애당초 장난삼아 점친 것이 아닌가, 그것이 어떻게 나오던 그뿐 아닌가.
"간구로" 하고 요리아키는 쇼구로의 긴장된 표정을 풀어주려고 애썼다.
"그대는 지나는 장난으로 점을 쳤다. 나도 장난삼아 조사했을 뿐이다. 그걸 심심풀이로 들어주면 그만이야."
"알고 있습니다. 이 간구로는 알고 있습니다만, 남이 어떻게 생각할는지 모릅니다."
"간구로, 장난이라고 하는데."
"주군, 역(易)이란 하늘의 소리를 듣는 거라고 합니다. 그렇다면 주군께서 하늘의 소리를 장난삼아 들으셨다는 것입니다. 즉 하늘의 소리를 놀림감으로 여기셨다는……"
"간구로, 그대도 방금 장난이라고 말했잖은가?"
"예, 소인에게 있어선 장난이었지요, 그러나 점쳐 드린 상대편은 주군, 주군에게는 나온 점괘가 어찌됐든 하늘의 소리인 것만은 틀림없습니다. 그걸 함부로 입 밖에 내시는 일은, 황송하오나 목숨에 관계되는 일이라고 말씀드리고 있는 것입니다."
"……"
당연한 일이다. 점괘는 해석에 따라선 반역이라는 게 된다.
"간구로, 알았다. 말 않겠다."
이 귀인은 꾸지람 받은 어린애와 같은 표정을 짓고서 고개를 끄덕였다.
"알아 주셨습니까?"
"알고말고."
"정말이지, 이 간구로란 놈이 빌어야만 됩니다. 이렇듯 분수에 넘치는 신임을 받고 있으면서도 지금의 이 시간까지 대감의 심중도 살펴드리지 못하였다니, 오직 부끄러울 따름입니다."
"……"
요리아키는 멍청하니 쇼구로를 보고 있다. 이 사나이가 무슨 말을 하고 있는지 도무지 알 수가 없다.
"간구로, 무슨 소린가?"
"말씀하시지 않아도 다 압니다."
쇼구로는 애처롭다는 듯이 요리아키를 보았다.
"머잖아 소원을 푸시도록 이 니시무라 간구로가 힘을 다하겠습니다."
"아니?"
그곳에 시녀가 들어왔으므로 요리아키는 입을 다물었다.
쇼구로는 물러나왔다.

며칠, 쇼구로는 병이라고 핑계를 내세우고 사기야마 성에는 등성하지 않았다. 그러면서도 가노 성의 나가이 도시타카 쪽에는 등성을 하여 며칠인가 후에 도시타카가 다실로 청해 들었을 때, 쇼구로는 심각한 표정으로 입을 열었다.

"말씀드리지 못하고 있었습니다만" 하고 예의 그 일을 꺼냈다.

물론 조금은 이야기를 바꾸었다. 요리아키가 주역의 '천택리'를 구실삼아 자기가 태수가 되고 싶다는 대망을 쇼구로에게 털어놓았다고 하는 것이었다.

도시타카는 물론 요리아키에 대한 동정파인지라 이야기를 곧이들었다. 오히려 비통한 표정을 지으며

"아직도 주군은 단념하시지 않았군" 하고 말했다.

"허허, 그토록 뿌리가 깊은 소원이신가요?"

"뿌리가 깊다고 할 것 까지는 없지만 아버님이신 선군(先君)께서 요리아키 님에게 뒤를 물려주고 싶어 하셨던 건 명백한 일이었고, 나도 그때 돌아가신 선군에게서 직접 요리아키 님 추대의 부탁을 받고 여러 가지로 힘을 썼었지. 그런데 미노가 두 쪽으로 갈라질 것 같았으므로 부득이 쇼군님의 중재에 따라 요리아키 님에게도 단념하시도록 했지. 요리아키 님만 하더라도 그런 일이 없었다면 인품으로 보아 태수직을 바라실 턱이 없었을 테니 추대한 우리들이 나빴어, 지금의 상태로선 아마 불만이 많으실 거야."

"여쭙겠습니다."

"오, 무슨 말이고 사양 말고 해주게."

"미노의 태수로선 요리아키 님이 어울리시는지 아니면 지금의 태수님이 어울리시는지, 어느 쪽입니까?"

"그야 뻔하지, 우리들이 요리아키 님이라면 하고 그러한 무리를 무릅쓰고서라도 후나다(船田) 싸움──선대 마사후사의 상속 싸움──의 전철을 밟았던 것이지. 미노라는 나라에는 요리아키 님이 백번 어울리시지."

사실 말이지 쇼구로가 볼 때, 요리아키고 마사요리고 비슷비슷하지만 단, 요리아키에게는 태수다운 교양이 있다. 같은 범인(凡人)이라도 교양이 있는 편이 그래도 괜찮다는 게 도시타카의 심정이었으리라.

"알았습니다" 하고 쇼구로는 그 이상 묻질 않고 이야기를 끊었다. 왜냐하면 이 이상 이 문제를 파고들어 '──그럼 제가' 하는 등의 말을 꺼내면, 도시타카는 미노의 분열을 겁내고

"안돼, 섣부른 짓은 안돼" 하고 반대할 것이 뻔하다. 잡담 정도로 그쳐두는 편이 일하기에 편리하다.

'이것으로 나가이 도시타카는 암암리에 찬성한 것이 된다.'
이러고 나서 쇼구로는 사기야마 성에 얼굴을 내밀었다.
"몸은 어떤가?" 하고 요리아키는 염려를 해 주었다.
"아직도 개운치 않습니다."
"의사에게 보이도록 해라. 뭣하다면 마나세 료겐(曲直瀨良玄)을 보내 줄까?" 요리아키의 전의다.
"아닙니다. 소인의 병은 낫지 않을 겁니다. 주군의 소원이 이룩되는 날로 나을 줄 압니다."
"소원이라니?"
"예의 천택리 말입니다" 하고 쇼구로는 요리아키로부터 얼굴을 외면하고 넌지시 말한 다음, 그 뒤를 이어 곧 그 말을 덮어버리듯 목소리를 높여 다른 화제로 옮겼다.

호랑이 눈동자

그리고 열흘쯤 지난 어느 아침, 쇼구로는 집에 있었다.

양지바른 툇마루에 방석을 깔고 뜰의 잡목 숲에서 재재거리는 새 울음소리를 들으며, 차를 후후 불면서 마시고 있었다. 잡목은 거의 과일나무인지라 새들이 많다. 새들은 긴카 산에서 나가라 강을 넘어 이 쇼구로의 과수원으로 날아오는 것이다.

"이봐, 날씨가 좋군" 하고 숲 속에 말을 던졌다. 새에 말을 걸만큼 쇼구로는 한가로운 시인이 아니다. 이윽고 새 울음소리가 그치고 눈 앞 숲속에서 사람 모습이 나타나더니 발소리도 없이 풀을 밟고 툇마루 아래 웅크렸다.

"미미지(耳次)이옵니다. 무슨 시키실 일이라도?"

"응."

몹시 작은 사나이다. 이름 그대로 단지 귀만은 큰 버섯처럼 비정상적으로 크다. 귀가 얼굴에 붙어 있는 게 아니라, 우선 양쪽에 큰 귀가 있어 그것을 붙여 놓기 위해 얼굴이 만들어져 있는 듯한 느낌이 든다. 나이는 스물 대여섯, 둔해 보이는 표정이다.

이웃나라인 히다(飛驒) 태생으로 이 집을 지을 때 정원지기인 하인으로 고용한 사나이였다. 그 시대, 일본인 노동력이 유럽 사회와 비교해서 엄청날 만큼 싸다는 것을 조금 뒤에 온 선교사들이 고국에 토픽으로서 써 보내고 있다. 쌀만 있으면 성이라도 세워지는 나라다. 무사의 집에는 쌀이 있다. 그걸로 사람을 선발하여 심복으로 만드는 것이었다. 나중에 영주가 된 히데요시(秀吉)의 심복 부하 후쿠시마 마사노리(福島正則)나 가토 기요마사(加藤淸正)는 이런 하인 출신이다.

미미는 온순했다. 게다가 욕심이 없다. 부하로서 안성맞춤인 성격이다. 그 위에 한 가지 재주가 있었다. 걸음이 빠른 것이다. 하루에 2백 리는 달렸다. 쇼구로는 그 재주를 사랑하여 심복 첩자로 훈련을 시키고 있다.

"미미지, 아카베는 아직 오지 않는가?" 하고 쇼구로는 차를 한 모금 마셨다.

"예, 나리." 고개를 갸우뚱하고 있다.

미미지는 쇼구로의 명령을 받고 교토로 갔으며, 아카베에게 '곧 미노로 내려오십시오'라고 전하고 왔던 것이다.

'아니?' 하고 미미지는 고개를 갸웃했다.

"아카베 님이 지금 도착하신 모양입니다."

"너에겐 들리느냐?"

쇼구로는 이런 재주꾼이 마음에 든다. 이윽고 문께서 말 울음소리가 들리고 아카베의 탁하게 쉰 목소리가 울려 퍼져왔다. 곧 이어 아카베의 목소리가 복도를 걸어 다가왔다. 미닫이 밖에 멈추고

"교토의 아카베입니다" 하고 부복하고 있는 눈치다.

"잘 왔다. 들어와라."

"예, 예."

인상이 고약하다고 할 수 있는 상판인 아카베의 붉은 얼굴이 나타났다.

쇼구로는 미미지를 물러가게 하고 방으로 들어갔다.

"아카베, 오래간만이로구나. 별안간 만나고 싶어 불렀다."

"인정도 많으시죠."

아카베는 코웃음치고 있다. 이 사나이의 버르장머리 없는 짓으로, 아무래도 좋지는 않다. 그 쌍통과 더불어 판에 박은 듯한 악인의 느낌이 든다.

"아카베, 네 악당 모습을 보니 마음이 가라앉는 듯한 느낌이군."

"예" 하고 아카베는 얼굴을 들었다.

"칭찬이십니까, 그건?"

"앗핫핫핫! 칭찬이야. 왜 신관들이 곧잘 말하지 않던가? 한 사람의 인간엔 두 개의 영혼이 있다고. 착한 영혼과 악한 영혼의 둘이야. 아카베. 너는 내 악한 영혼의 분신이라고 생각하지."

"악한 영혼의 분신?"

"그렇지."

"그러면 착한 영혼의 분신은 누구입니까?"

"스기마루지."

"헷헷……딴은 그렇군요. 그 친구는 마음이 순하고 나리님을 신처럼 떠받들고 있으니까요."

"떠받들 수 있을 만한 것이 나에게 갖추어져 있기 때문에 스기마루도 나에게 이끌려 따라오는 것이다. 나하고 서로 이끌리는 게 있어. 아마 그는 나의 착한 마음의 분신일 테지 하고 생각하는 것도 그런 근거에서야."

"스기마루에 대해선 아무래도 좋습죠. 지금 이 아카베의 낯짝을 보면 마음이 가라앉는다고 말씀하신 건, 나리님의 악한 마음이 패거리를 만나 기뻐한다는 뜻입니까?"

"이를테면 그렇다."

"이거, 놀랍군요. 그런데 이번에 부르신 것은 악한 마음이 부르셨다 이 말씀입니까?"

"착한 마음이 너를 부를 까닭이 없다" 하고 쇼구로는 쓴웃음을 지었다.

"이건 갈수록 태산이군요. 지금 안색을 살펴보았더니 볼에 홍조가 떠오르고 자못 건강하신 것 같습니다. 짐작건대 어지간히 악한 계책을 꾸미고 계시군요."

"그렇게 발랄해 보이나?"

"그럼은요. 말씀해 주십시오."

"아카베, 앞으로 한 달쯤 미노에 있거라. 하는 일이란 여기서 머지않은 곳에 가와테 성이란 게 있다."

"미노의 태수님 성이로군요. 거기에 미노의 태수 도키 마사요리님이 살고 계시다고 들어서 알지요."

"그 가와테 성을 삼켜 버리겠다."

"옛, 나리님이?"

"앗핫핫핫……아직 이르다. 내가 지금 가로챈다면 미노 일국의 무사들이 가만히 있지 않을 거다. 동생인 요리아키 님이 가로채어 태수가 된다는 포석을 연구하고 있지. 그런데 아카베."
"예, 소인의 할 일이란?"
"너는 성을 공격하는 그날, 미미지와 함께 성 내부에서 불을 질러라. 그때까지 눈에 띄지 않도록 성의 무사들에게 접근하여 사귀어 두어라. 그 방법은 너에게 맡긴다."
"돈을 뿌리라는 것이로군요."
"뿌리는 방법이 어렵단 말이다. 뿌렸기 때문에 오히려 의심받는 일도 있다."
"알고 있습니다."
이만한 재간도 부릴 수 없다면 쇼구로의 분신이라고는 할 수 없잖은가.

쇼구로의 반생은 모반의 연속으로, 그 교묘함은 모반을 예술로 승화시킨 사나이라고 해도 좋을 정도이지만 이건 그 첫 번째 일이었다. 며칠 후 사기야마 성의 요리아키에게 불리었다. 요리아키는 언제나처럼 술이 취해 있었다. 주위에 측근 무사도 없다. 미요시노가 단 혼자서 시중들고 있다.
'좋은 기회다' 하고 쇼구로는 생각했다.
화제가 무예로 옮겨졌다.
"간구로" 하고 요리아키는 쇼구로를 그런 이름으로 불렀다.
"그대의 뛰어난 창 솜씨, 보인다 보인다 하면서 재주를 숨기고 있다. 오늘이야말로 보여 주게."
"우선 술 한 잔을 청하겠습니다."
"오, 이건 깜빡 잊었군. 미요시노, 이 창의 명수를 위해서 따라 주어라."
──네.
하고 미요시노는 무릎을 돌려 앉았다.
"아, 이건 황송합니다" 하고 지그시 미요시노를 쳐다보고, 이윽고 잔을 받쳐 들고서 미요시노가 따라주는 술을 받았다. 그걸 마시고 나자 요리아키는 상석에서
"간구로, 큰 잔으로 마셔라" 하고 말했다.
"마시겠습니다" 하고 말없이 절을 한 번 올린 다음, 앞에 놓인 상 위의 세

개 겹친 잔 가운데서 붉게 칠한 큰 잔을 집어 들었다.
 쇼구로는 한정 없는 주량이다. 그러나 큰 잔을 기울이고 나자 어지간한 그도 볼이 불그스레 물들었다.
 "이거 취했습니다그려."
 "취하더라도 창을 쓸 수 있겠나?"
 "뭘요, 이까짓 술 취한 것쯤……" 하고 말하면서 가쁜 숨을 쉬었다. 일부러 취한 척하고 있는 것이다.
 "앗핫핫핫, 간구로가 보기 드물게 취한 모양이로군. 그런데 간구로, 저기에" 하고 요리아키는 맞은편 미닫이 그림을 손가락질했다.
 "호랑이 그림이 있다. 산 그림자를 등에 지고 겨울 달을 향해 포효하고 있는 그림이다. 그 검은 눈동자를 그대의 창으로 찌를 수 있겠나?"
 "찔러 보인다면 어떻게 하시겠습니까?"
 "소원하는 걸 내리겠다."
 "앗핫핫……주군은 마음이 작으십니다. 그런데 이 간구로는 천성이 배포가 크죠. 아마 생각이 어긋날 텐데요."
 "무슨 소리야?"
 요리아키는 그만 객기가 생겼다. 그런 사나이다.
 "내가 마음이 작다고? 바보 같으니! 나만큼 마음이 큰 사람이 있느냐?"
 "그럼, 주군."
 쇼구로는 무릎을 당겼다.
 "오, 말해라 소망을!"
 "저 호랑이의 눈동자를 보기 좋게 찌른다면, 여기 계신 미요시노 님을 내려 주십시오."
 "……"
 요리아키는 대답이 없다.
 곧 이어 얼굴이 벌개졌다. 입술이 젖어서 축 늘어져 있다. 뜻밖이라기보다도 그 소원의 엄청남에 아연하고 말았다.
 "간구로" 하고 큰 소리를 치려고 했다. 그러나 쇼구로는 딱 잘라버리듯
 "역시 주군께선 마음이 작으십니다."
 말을 끝내고 시선을 미요시노에게로 옮겼다.
 고개를 푹 수그리고 있다. 와카사(若狹)의 태수 잇시키 성주의 딸은, 지

금은 내기를 건 물건에 지나지 않는 것이다.

 미요시노의 마음이 어떠한 것이었는지 잘 모른다. 별로 싫어하는 낌새가 보이지 않았던 것은, 쇼구로에게 관심 이상의 것이 있다고 하기보다도 이제까지 몇 번이고 쇼구로에게서 암시를 받아왔기 때문에, 이러한 운명의 자리에 자기가 끌어내어진 일에 놀라움을 느끼지않게 돼 있었는지도 모른다. 무언가 이것과 비슷한 장면을, 꿈에도 몇 번인가 꾸어 온 듯한 느낌이 드는 것이었다.

 "어떻습니까?" 하고 쇼구로는 날카로운 눈으로 미요시노를 보았다.
 장사꾼이 물건을 물색하고 있는 그러한 눈빛이다.
 "주군, 어떻겠습니까?"
 "흥취가 있군."
 요리아키는 쓴 덩어리를 삼킨 듯한 표정을 지었다.
 흠칫, 하고 미요시노는 요리아키를 보았다. 실망과 슬픔이 얼굴을 스친 것은 당연했으리라. 밤마다 몸을 내맡기고 있는 사나이에게서 이제 공공연하니 팔리고 만 것이다.
 "정말, 재미있다."
 요리아키는 자기의 말로 자기 마음을 부채질하듯 말했다. 일부러 무릎을 뒤흔들고 들뜬 목소리로 말을 이어나갔다.
 "전대미문의 내기다. 재미있다. 간구로, 빨리 해라."
 "아닙니다, 그만두겠습니다. 주군이 딱해서요."
 "동정은 필요 없어, 심심하던 참이야."
 심심풀이로 이만큼 자극적인 놀이란 없다.
 "그러시다면, 주군" 하고 쇼구로는 요리아키를 위해서 흥을 돋우었다.
 "만일 제가 실수를 했을 때에는 저기 보이는 저 뜰 한 구석을 빌려 달라 여쭙고, 시원스럽게 할복해 보이겠습니다."
 "목숨을 걸겠다는 말인가?"
 "주군의 흥취를 돋우기 위해서죠."
 "오, 잘 말했다. 주인의 흥취를 위해서 죽는다는 것은 충성 중의 으뜸인 일이다. 나는 아직 사람이 할복하는 것을 본 일이 없다. 이건 더욱 재미있구나."
 "그리고 또 한 가지, 주군을 위해 흥취를 돋워 줄 것이 준비돼 있습니다."

"오" 하고 요리아키는 차츰 흥분해 왔다.

"아직도 내기로 걸 것이 남았느냐?"

"아닙죠. 이건 제가 지고 할복해서 죽는다면 어쩔 수도 없는 일입니다만, 만일 이겨서 미요시노 님을 하사받거나 한다면……" 하고 쇼구로는 말을 잠깐 끊었다.

"그래서?"

"만일 이기고 미요시노 님을 하사받는다면……"

"답답하다, 빨리 말해라."

"만일 미요시노 님을 하사받았을 때에는 그것에 견줄 만한 것으로서, 주군께 미노 일국을 바치겠습니다."

"뭣이?"

무슨 소리냐, 미노의 태수는 형인 마사요리가 아니냐 하고 말하려다가 너무나 뜻밖의 말에 우물우물 말을 삼켰다.

"주군, 큰 뜻을 품으십시오. 이 니시무라 간구로가 주군을 위해 불과 한 달 안에 미노의 태수 자리를 빼앗아 멋들어지게 바치겠습니다."

"가, 간구로!"

"이것도 술좌석의 흥취죠, 주군."

"음, 딴은 흥취라……"

술자리의 흥취로 나라를 뺏는다……. 심심해 죽을 만큼 한가로운 귀족에게 이만큼 자극적인 놀이도 없으리라.

"간구로, 시작해라."

"예, 해 보겠습니다" 하고 쇼구로는 겉옷을 걷어붙이고 문설주에 얹혀진 긴 창을 잡았다.

옆방인 미닫이를 썩 열고

"그럼!" 하고 옆 칸으로 들어간다. 미닫이는 활짝 열려진 채다. 그리고 그 방 맞은편의 미닫이를 열어젖히고, 미끄러지듯 뒤로 물러났다. 방 둘을 사이에 두고 쇼구로는 창을 옆구리에 끼고 발을 모으고 서 있다.

멀다. 과연 멀다.

그 거리를 쇼구로는 달려와서 창을 호랑이 눈동자에다 찌르겠다는 것이다. 창의 길이는 세 간 반, 이건 일찍이 쇼구로가 요리아키에게 권하여 일부러 만들게 한 장창이다.

자개를 박은 훌륭한 창으로, 자루는 히슈(肥州) 아마쿠사(天草)에서 가져오도록 한 참나무였고, 쥐면 손가락이 빠듯한 굵기로 무게도 상당했다. 그걸 갖고 달려가 곧장 호랑이 눈동자를 찌르는 건 아무리 명수라도 해낼 것 같지 않다.

"앗핫핫핫, 간구로, 술좌석의 흥취였다. 그만둬라" 하고 사람 좋은 요리아키는 목숨을 걸고 있는 쇼구로에게 연민을 느꼈던지 손을 저었다.

쇼구로는 그런 요리아키를 힐끗 노려본 채 묵살했다.

미요시노는 새파랗게 질려서 방 둘을 사이에 두고 서 있는 쇼구로의 모습을 응시하고 있다. 그녀는 마음속으로 쇼구로에 대한 호감을 되살리고 있었다. 저 니시무라 간구로는 자기를 얻기 위해서 목숨을 내던지고 있지 않은가. 이것을 구애의 일종이라고 한다면, 고금을 통해서 이처럼 강렬한 구애는 없으리라. 그런데 요리아키는 어떤가. 그처럼 자기를 사랑하고 있으면서도 쇼구로에게 강요당해 식은 죽 먹듯 자기를 내기의 대상으로 내놓고 있잖은가.

'요리아키 님은 믿을 만한 분이 못돼.'

아무리 세상을 모르고, 깊은 규방의 여인인 미요시노라도 이렇게 생각하지 않을 수 없었다.

"간구로, 목숨이 아깝지 않은가?" 하고 요리아키는 무릎을 치면서 놀려댔다.

'간구로 님, 제발 이기세요.'

미요시노는 빌고 싶었다.

자기의 운명을 잊고서 미요시노도 점점 이 내기에 마음이 들떠갔다. 요리아키도 마찬가지다. 숨소리가 거칠어지고 있다. 단지 쇼구로만이 가라앉아 있다. 호흡을 가누고 있는 모양으로, 차츰 눈이 크게 떠졌다. 왼발을 내놓았다.

……창을 겨누었다.

강탈

쇼구로는 창끝을 가라앉혔다. 아직도 겨누고 있다.

확, 부릅뜬 쇼구로의 눈이 차츰 가늘어진다. 눈이 가늘어짐에 따라 얼굴에서 표정이 사라지고, 사라짐에 따라 어깨와 양팔에 주어졌던 힘이 빠지고, 빠진 힘은 자세를 잡고 있는 쇼구로의 모습을 아래로 끌어당기듯 마침내 허리가 묵직하니 자리 잡혔다.

'어머, 멋들어진 모습이야.' 하고 춤을 잘 추는 미요시노는 쇼구로의 균형 잡힌 자세에 눈을 크게 떴다. 도키 요리아키는 술잔을 입에 댄 채 얼어붙은 듯이 꼼짝도 않고서, 잔 너머로 쇼구로의 모습을 지켜보고 있었다.

"……"

쇼구로는 말없이 움직였다. 달렸다. 스르르 미끄러지듯, 다다미 위를 탄력 있게 이동해 간다.

재빠르다. 두 발이 문지방을 지났다. 또 하나의 문지방을 가뿐하게 넘었다. 넘는 것과 동시에

"얏!" 하고 도약을 했고, 잘 벼른 창끝이 번쩍 빛의 꼬리를 끌면서 요리아키와 미요시노의 눈앞을 지나갔다. 마지막으로 쇼구로는 대갈(大喝)했다.

몸이 뛰어올랐다. 창끝이 퉁겨지듯 뻗쳐, 금색으로 빛나고 있는 호랑이의 검은 눈동자 한가운데서 정지되었다. 미닫이에 그려진 맹호는 아직도 포효하고 있었다.

"주군, 살펴보십시오" 하고 쇼구로는 창을 등 뒤에 눕히고서 꿇어 엎드렸다. 요리아키는 벌떡 일어섰다.

미요시노 역시 저도 모르게 일어섰다.

"오——" 하고 요리아키는 호랑이에게 얼굴을 다가대며 신음했다.

믿어질 수 없을 정도지만, 호랑이 눈동자 중앙에 푹 하고 은바늘로 찔렀을 만큼의 희미한 구멍이 뚫려져 있었다.

"간구로, 훌륭한 솜씨다!"

요리아키는 칭찬하지 않을 수 없었다.

"황공합니다. 그럼 이 내기는 저의 승리겠군요."

"그렇다."

"제 승리라고 한다면 약속하신 것을 고맙게 받겠습니다——미요시노 님" 하고 쇼구로는 미요시노의 손을 잡았다.

"이쪽으로 오십시오" 하고 손을 잡으며 살금살금 다다미를 밟고서 요리아키의 자리에서는 훨씬 물러난 자리로 뒷걸음질쳐, 무릎을 꿇고 손을 짚으며 꿇어 엎드렸다.

미요시노도 쇼구로 옆에 앉으면서 핏기를 잃은 얼굴을 요리아키 쪽으로 보내고 있었다. 요리아키는 금방이라도 울음을 터뜨릴 듯한 얼굴로 미요시노를 보고 있었다.

"미요시노 님, 무엇을 하고 있소?" 하고 쇼구로는 요리아키에게 들리란 듯이 큰 소리로 나무랐다.

"고개를 조아리십시오. 오랫동안 주군께서 돌보아주신 은혜에 감사의 말씀을 드려야죠."

"예……" 하고 미요시노는 흐느끼는 듯한 작은 목소리로 말했다.

"주군, 미요시노는……"

"오!" 하고 요리아키는 그만 엉덩이를 들며

"미, 미요시노, 무언가 할 말이 있느냐? 할 말이 많을 거다. 말해라" 하고 입에 침을 괴게 하며 말했다.

요리아키로 볼 때는 이 판국에서 미요시노가 떼를 쓰면서 싫다고 애원을 할 것을 바랐으리라. 그렇게 되면 쇼구로에게 '이 내기는 농담이었어, 용서하게' 하고 말할 속셈이었던 것이다.
"빨리 말해라."
"예."
미요시노의 가느다란 목에 불그레 물이 들었다. 원망의 말이 목구멍까지 치밀었으나, 그걸 술술 털어놓을 만큼의 습관을 미요시노는 갖고 있지 못했다. 체념하고 다른 말을 하려고 했다. 말하지 않으면 안 될 일이었다.
요리아키에게는 그걸 알 권리가 있었다. 왜냐고 하면 요리아키의 자식이 미요시노의 가냘픈 몸에 깃들고 있었던 것이다. 아직 석 달밖에 되지 않았고, 시녀인 오쿠니도 그 눈치를 채지 못하고 있었다.
하나 요리아키와의 잠자리에서조차 부끄러워서 말할 수 없었던 일을 이 자리에서 꺼낼 용기는 미요시노에게 더욱 없었다.
"……"
치밀어 오르는 것을 무엇 하나로도 표현할 수가 없었다. 하다못해 이런 자리라 울며 꿇어 엎드려야만 했으리라. 그러나 이상하게도 눈물이 나오지 않는 것이었다. 요리아키에 대한 원망·증오가 이 자리의 미요시노에게서 울음마저 빼앗아 간 것이었을까.
"주군──" 하고 침착하게 말을 올린 것은 쇼구로 쪽이었다.
"제가 비록 내기에 이겼다고 할망정 주군에겐 하늘과도 바꿀 수 없는 미요시노 님을 하사받은 은혜를 이 목숨이 살아 있는 한 잊지 않겠습니다. 이렇게 되고 난 바에는, 황공하나마 미요시노 님을 통해서 군신은 일체나 다름없고……" 하고 쇼구로는 상스런 말을 썼다. 군신이 같은 여자의 몸뚱이를 통해서 맺어졌다고 하는 상스런 울림을 이 쇼구로의 말은 풍기고 있었다.
"그러므로 저는 더욱더 뼈를 갈아서라도 충성을 다할 결심입니다, 미요시노 님."
"예, 예."
"이제는 미요시노라고 부르겠습니다. 주군의 심정이 바뀌시기 전에 급히 물러나도록 합시다" 하고 무릎걸음으로 물러가려고 했다.
요리아키의 표정이 일그러졌다.
"미요시노" 하고 말을 걸고서, 뒷말을 이으려는 것을 쇼구로의 목소리가 딱 잘라 버렸다.

"미련이십니다. 무문(武門)의 우두머리인 자가 아녀자 같은 미련을 가져선 안 됩니다. 모반이야말로 남자의 큰 뜻이라고 생각하옵소서. 그 일에 관해선 며칠 후에 등성하옵고 자세히 아뢰올 작정입니다."
"그런가."
요리아키는 힘없이 고개를 끄덕였다. 쇼구로의 번쩍거리는 눈에 위압되고 있었다.
"주군, 방금 말씀드린 대로입니다. 이 니시무라 간구로는 역대의 가신도 아니옵고 또 핏줄을 이어받은 일족친척의 끄트머리로 태어난 자도 아닙니다. 그런 간구로란 자가 이제부터 주군과 함께 일족 분들에게도 누설할 수 없는 비책·비밀을 꾸미고, 마침내는 미노 일족을 주군의 것으로 바치려는 때에 즈음하여, 주군과의 연결이 미미함을 늘 고민하지 않을 수 없었습니다. 주군도 아마 그러하신 허전함을 이 소인에게 품고 계셨으리라 생각합니다. 그러나 이 미요시노를 하사받은 이상은 이미 주군과의 인연이 혈족·친척, 대대로 내려온 무리들보다도 깊고 깊은 것입니다. 오늘은 참으로……" 하고 꿇어 엎드렸다.
"경사스럽다고 축하를 올리겠습니다."
군신이 여자의 육체를 통해서 피를 나눈 것보다도 진한 인연을 맺은 것이라고 쇼구로는 말하는 것이었다. 마음 약한 요리아키는 그렇게 듣고 보니 무언가 경사스럽다고 생각하지 않을 수가 없어서
"간구로, 내려준 미요시노를 통해서 언제까지라도 변함없는 충성을 바쳐다오" 하고 볼을 떨며 말했다.
"으핫핫핫핫."
쇼구로는 방약무인하게도 너털웃음을 터뜨리는 것을 잊지 않는다. 이 장소의 음산스러운 분위기를 언제까지라도 미요시노나 요리아키에게 남겨선 안 되겠다고 생각한 것이다.
"왜 웃느냐?"
요리아키는 눈을 둥그렇게 떴다.
"기뻐서 정말로 군침이 다 나왔습니다. 이제부터는 밤마다 미요시노를 귀여워해 주면서 주군의 말 따위를 할 테니까요."
그러고 나서는 자못 근엄한 얼굴이 되어 천천히 물러갔다.
요리아키는 쇼구로와 미요시노가 사라진 뒤, 다시 한번 호랑이 그림의 미

닫이로 다가가서 이마를 가까이 해 보았다. 푹, 조그마한 구멍이 뚫려 있었다.

손으로 쓰다듬어 보았다.

'귀신같은 솜씨다!'

창 솜씨 말이다. 이 사람 좋은 사나이는 그걸 감탄하고 있었다. 그 바람에 미요시노를 멋지게 채 가버린 쇼구로의 또 다른 솜씨에 대해서는 밤이 되어서야 비로소 절실하게 느끼게 될 것이었다.

쇼구로는 미요시노를 과수원집으로 데리고 돌아갔다. 미요시노는 단 하루 동안에 벌어진 너무나도 심한 운명의 전환에, 말을 할 기운도 없었다.

'마치 화분의 꽃처럼, 너무도 쉽게 내 운명은 옮겨 심어졌다'고 하는 분격은, 솔직히 말해서 미요시노의 마음속엔 떠오르지 않았다. 환경의 변화가 너무 격렬해서 무언가 생각할 기력도 체력도, 미요시노로부터 빼앗아 가고 있었다.

"이것이 내 집이야" 하고 쇼구로는 집의 구석구석까지 안내했고, 아카베, 미미지 따위의 부하며 하인들에게도 소개하고, 더욱 이 사나이의 우스꽝스러운 점은 미요시노를 뜰로 데리고 나가 정원의 나무 한 그루 한 그루의 줄기까지 쾅쾅 두들기고선,

"이건 복숭아."

"이건 밤."

"이건 감" 하고 가르쳐 준 일이었다. 미요시노는 처음 한동안 말없이 끄덕이고 있었는데, 점점 웃음이 치밀어올라 그만 얼굴에 미소를 띠고 말았다.

"아, 그대는 수심어린 얼굴도 예쁘지만 역시 웃는 얼굴이 예뻐서 좋아. 뜰로 데리고 나온 것은 또 한 그루의 나무를 소개하고 싶었기 때문이야. 그 나무는 하늘을 찌를 듯이 당당하게 솟고 나뭇가지를 무성하게 펼쳐서 미노 일국을 덮으려 하고 있지."

"무슨 나무인데요?"

"그대 눈앞에 있지. 원래 이름은 마쓰나미 쇼구로, 지금의 이름은 니시무라 간구로."

"……."

"어떤 일이 일어나든 그대는 나를 의지하고 있으면 돼."

입 끝만의 장담은 아니리라. 그렇게 단언할 수 있을 만큼 늠름한 힘이 이

사나이의 온몸을 감싸고 있다. 요리아키에게는 없는 것이었다.

쇼구로는 미요시노에게 방을 하나 주고 노시녀인 오쿠니에게도 방을 주었다. 곧 집이 비좁아졌다. 당장 증축을 해야만 하리라. 아무튼 그날 집안에서도 가장 놀란 것은, 교토에서 와 묵고 있는 아카베였다.
"교토 마님을 어떻게 하실 속셈입니까?"
"오마아 말이냐. 그대로지. 야마자키야 쇼구로의 아내는 천지간에 그 자밖에 없다."
"마음을 놓겠습니다. 그러나 이 일은 교토에 돌아가서 잠자코 있어야만 하겠군요."
"지껄여라."
"아니, 무슨 말씀입니까?"
"오마아에게는 미리 말해 두었다. 미요시노는 미노 무사 니시무라 간구로의 것으로서 오마아하고는 아무런 상관이 없다. 나는 둘 있어."
"핫핫……따로따로란 말씀이죠."
아카베는 아연해지고 말았다.
"한데, 저희들은 저 공주님을 어떻게 불러야 할까요?"
"미요시노 님이라고 부르면 돼."
"마님이라고 부르지 않고 말입니까?"
"오, 그렇게 부르고 싶다면 마음대로 불러라. 호칭 같은 건 아무래도 좋으니까."
"그럼, 마님은 아니라는 뜻이겠군요?"
"이를테면 그렇다." 첩인 것이다.
쇼구로는 요리아키가 총애하던 첩을 첩으로서 받은 셈이었고, 그걸 정실 부인으로 삼을 생각은 없었다.
남의 첩을 본처로 하는 일은, 자존심 강한 쇼구로에겐 참을 수 없는 일이었다.
"놀랍군요, 요리아키 님이 총애하는 측실을 뺏고서 그걸 정실부인으로 삼지 않겠다니."
"당연한 일이다. 정실 따위는 정략에 의해 주고받는 것으로서, 남자의 정이 가지 않는 여자란 뜻이야. 정을 주는 여자로는 측실이야말로 알맞지.

하긴 측실, 정실에 상하는 없는 것이지만."
"그럼 나리님은 앞으로 또 어딘가에서 정실을 맞으실 작정이겠군요."
"어느 쪽의 나라냐. 야마자키야 쇼구로라면 오마아라고 하는 어엿한 정실이 있다."
"미노의"
"아, 간구로 쪽이냐. 앞날의 일은 아직 모른다. 그러나 미요시노를 얻었다고 해서 허둥지둥 정실로 들어앉힐 바보도 없잖느냐. 그런 자리는 비워 두어야 두고두고 묘미가 생기는 법이야."

미요시노도 그것을 알 수 없었다. 혼례식은 올리지 않는 것일까. 오늘 밤은 어디에서 자게 될까…….
"아씨, 도무지 알 수가 없어요" 하고 오쿠니도 목소리를 죽여 가면서 말했다.
미요시노는 잠자코 있었다. 하루 사이에 이렇듯 뒤바뀐다면 그런 일까지 생각할 여유도 없다. 밤이 찾아왔다. 미요시노는 새 비단 이불에 몸을 눕혔다.
'올까' 하고 생각했다.
하나, 지쳤다. 그만 꾸벅꾸벅 졸다가 이윽고 깊은 잠에 빠졌다. 한밤중이었으리라. 잠이 깨었을 때, 이불 속에 쇼구로가 와 있음을 알았다.
"나야" 하고 쇼구로는 부드럽게 끌어당겼다. 그 팔이 곧 이어 미요시노의 가냘픈 뼈가 휘어지리만큼 힘을 주어 왔다.
입술이 미요시노의 입술을 적시고 있었다.
"수, 숨이 막힐 것만 같아요."
"앗핫핫……이것이 나의 사랑이야. 주군은 이처럼 사랑해 주지 않았나?"
미요시노는 고개를 저었다. 그 고갯짓이 중간에서 정지되고
'앗'
하고 비명이 나올 뻔했다. 몸을 꿰뚫는 듯한 충격이 온 몸을 달렸다. 요리아키하고는 모든 점에 있어 방법이 달랐다.
"곧 익숙해진다."
"예."
"미요시노, 나는 마침내 그대를 얻었다. 지금 하늘에라도 오른 듯한 심정이다. 나의 기쁨에 응해라."

그만 미요시노는 절도를 잊었다. 잊게 하는 것이 미요시노의 몸속에 도사리고 있었다. 그것이 격렬하게 움직였다.

긴 머리가 흐트러지고 미요시노가 움직일 적마다 다다미 위에 여울을 이루며 흘렀다.

"미요시노, 알겠지?"

"예."

"내 아들을 낳아야 해."

이날 밤 지붕 위에 펼쳐진 미노의 하늘에는 별이 숱하게 흘렀다. 미노의 마을 마을에서 그걸 보고 있던 자들은 난리가 난다고들 수군거렸다. 설마 미요시노하고 쇼구로의 합환이 미노의 난리를 차례차례 불러일으킬 줄은 아무도 모른다.

쇼구로는 미요시노의 몸에서 떨어졌다.

"그대를 위해 집을 개축한다" 하고 쇼구로는 말했다.

"오쿠니에게도 녹(祿)을 줄 작정이다. 이 니시무라는 그대가 살기 좋은 집을 만들어 갈 테다."

쇼구로의 가슴에 미요시노는 얼굴을 파묻고 있다. 이것이 행복인지 어떤지는 미요시노로서도 모른다. 단지 따뜻하다. 자기가 지금 안기고 있는 사나이가 몹시 높은 체온을 갖고 있는 것만은, 알았다.

배짱

미요시노를 얻고 나서의 쇼구로는 단 한가지 일에 몰두했다.

미노의 부성(府城) 가와테 성을 쳐서 뺏는 일이다. 뺏어, 태수인 도키 마사요리를 몰아내고 동생인 요리아키를 그 자리에 앉힐 작정이다. 이미 요리아키와 약속이 돼 있다.

바꾸어 말한다면 요리아키에게 치르는 미요시노의 '댓가'라고 해도 좋다.

쇼구로는 미요시노와 지낸 첫날밤, 품고 나서 그 가늘고 아리따운 새끼손가락을 입에 물고 아작 깨물었다.

"경국(傾國)의 미녀란 옛말이 있건만 진정 그대를 가리키는 말이야."

경국, 경성(傾城), 같은 뜻이다. 제왕이 총비의 색에 빠져서 정사를 돌보지 않게 되고 그 때문에 나라가 기울어진다——그만한 미녀라는 말이었다.

"제가? 이상한 말씀을 하시네요. 언제 나라를 기울도록 하였나요."

"잠깐 기다려, 이건 틀렸나 보군."

과연 생각해 보니 이 경우, 이 말은 맞지를 않는다.

미요시노의 색에 빠진 것은 쇼구로 쪽이다. 쇼구로는 제왕이 아니다. 그 미요시노의 대가로, 아무것도 모르는 미노의 제왕 도키 마사요리를 몰아내고 나라를 고스란히 그 아우에게 바치겠다는 것이므로, 과연 '성이 기울어진다'는 것은 틀림없지만 그 당자인 마사요리야말로 꼴좋게 됐다.

"아냐, 이건 이를테면 비유야. 옛날부터 경국·경성·국색(國色)이라고 하면 미인의 최고형용을 말하는 거야."

가와테 성——
革手, 河手라고도 쓴다(발음은 똑 같음).

쇼구로는 성의 내막을 조사할 수 있는 한 모두 조사했다. 아무튼 가와테 성 하면 도키 씨의 전성시대에 미노·오와리(尾張)·이세(伊勢)의 세 나라 백수십 만 석의 중심 요새로 만들어진 성이다. 어마어마한 규모를 갖추고 있다.

"나리, 이것이 조감도입니다" 하고 그로부터 열흘 뒤, 아카베와 미미지는 눈으로 보고 온 가와테 성 내부의 길, 여러 문, 건물 등을 도면으로 그려 내놓았다.

"마사요리 님의 거처는 어느 거냐?"

"바로 이 본성 꽃밭 속에 있습니다. 기와지붕으로 그 뒤는 담입니다."

"수고했다."

쇼구로는 품 안에 넣었다. 이어서 자기 눈으로 성내의 상황을 확인하기 위해, 어느 날 요리아키의 사자로 매사냥에서 잡은 짐승 따위를 갖고 가와테 성으로 마사요리를 방문했다. 이 성은 현재 기후 시 남쪽 교외 논 가운데 있다. 성터에 노목이 서 있다. 나무 곁에 '사적(史跡) 가와테 성터"라는 돌비석이 있다. 그것뿐이다. 성을 둘러싸고 바깥 해자 역할을 하고 있었다는 사카이 천(境川)도 지금은 도랑 정도밖에 안된다.

하나 쇼구로가 본 가와테 성은 달랐다. 뭐니뭐니해도 태수의 거성(居城)이다.

'훌륭한 걸!'

말을 천천히 몰아 해자 기슭을 돌아보았다.

해자는 깊었다. 건널 수 있을 것 같지 않다. 해자 건너편은 성벽이다. 돌을 쌓은 것이 아니라 해자를 판 흙을 쌓아올린 것이다. 별로 방어력은 없다. 성 정문에는 다리가 걸려 있었다. 말에서 내려 그 다리를 뚜벅뚜벅 건넜다.

문지기가 쇼구로를 맞아들인다.

"수고한다" 하고 쇼구로는 치켜주는 걸 잊지 않았다.

모두들 요즘 미노에서 소문이 자자한 쇼구로를 진귀한 동물이라도 보는 듯한 눈으로 흥미 깊게 보고 있었다.

쇼구로는 거침없이 주위를 둘러보고 있었다.

'딴은, 도키 가문도 평화가 너무 오래 계속되었군' 하는 실감이었다. 아시카가 초기 이래로 이 성에는 요리야스(賴康), 야스마사(康政), 요리마스(賴益) 모치마스(持益), 나리요리(成賴), 그리고 현재의 마사요리까지 6대의 태수가 살아왔다. 성내 건물은 어느 것을 보나 지나치게 화려하여, 모름지기 전투용 건축물이라고 할 실감이 생기지 않는다. 하긴 평지에 있는 영주의 거성이란 것은 이 무렵까지는 이 정도가 고작이었고, 그게 전투용으로서 커다란 발전을 이룩한 것은 쇼구로, 뒷날의 사이토 도산이 이나바 성을 쌓고 나서 부터다.

'약하군.'

쇼구로는 건축 설계자 같은 눈으로 이곳저곳의 건물·배치·도로 등을 살폈다. 건물의 이름이나 역할은 아카베나 미미지를 시켜 탐색하여 두었기 때문에, 그 뒤쪽의 어떻게 돼 있는 것까지 짐작을 할 수가 있었다. 그리고 또 한 가지 이 중세풍의 구식 성의 취약점이 있었다.

성내나 성 아래에 전투원이 늘 살고 있지 않은 점이었다. 고급 무사들은 모두 자기 영지에서 작은 성을 쌓고 살고 있다. 성에서 전령이 달려가든가 출동을 알리는 고동소리, 북소리가 울려 퍼져야 비로소 달려오는 것이었다. 그것이 오랜 습관이었다. 무사 가문이 일어나고서부터 다이라 기요모리(平淸盛)도 미나모토 요리토모(源賴朝)도 아시카가 다카우지(足利尊氏)도 자기 성을 쌓으려고는 하지 않았고 무장을 성 아래 모아두지도 않았다.

'이래 가지고선 앞으로의 시대에 견디어 나갈 수가 없다. 공방용의 거성을 하나 만들 필요가 있으리라.'

쇼구로의 머리 속에는 희게 칠한 꿈만 같은 거성이 떠올라 있다. 그 성에 비한다면 현실의 가와테 성은 아이를 장난감처럼 보인다. 졸개의 안내를 받

아 걸어갔더니 맞은편에서 마사요리의 시위대장인 듯한 무사가 나타나

"니시무라 간구로 씨입니까? 주군께서 기다리고 계십니다. 이쪽으로 따라오시죠" 하고 안내했다.

쇼구로는 걸었다.

'마사요리는 나를 싫어하고 있다'는 걸 알고 있다.

"간악한 놈이야" 하고 말하는 모양이었다.

"동생 요리아키는 그런 자를 가까이 하고 니시무라의 성까지 잇게 한 모양이지만, 나는 속지 않는다. 내 성에는 얼씬도 못하게 할 테다"라고도 하는 모양이다.

그러나 오늘은 요리아키의 사자라고 하므로 부득이 마사요리는 만날 것을 승낙했다.

'과연 마사요리는 어떤 태도로 나올까?'

쇼구로는 마음 한 구석으로 그런 상상을 즐기고 있었다.

성내 마사요리의 거처는 동남쪽에 치우쳐 있고 현관은 북쪽으로 면하고 있었다. 유행인 서원(書院)식 건축이다.

'저게 현관이로군.'

쇼구로는 판단했지만, 안내하는 무사는 현관으로 데리고 가지 않고 건물 한쪽의 사잇문을 열고 뜰로 들어갔다. 뜰로 안내된 것이다.

"여기서 기다리시죠" 하고 면도 자국이 짙은 무사는 동정어린 말투로 말했다.

쇼구로는 흰 자갈 위에 앉았다. 이 대접은 좀 뜻밖이었다. 하인 취급이다. 그 무사는 이름을 밝혔다.

"저는 아케치(明智) 고을을 맡고 있는 아케치 요리타카(明智賴高)라고 합니다. 앞으로 잘 부탁드리겠습니다."

"아, 이름 높으신 아케치 씨는 바로 귀공이셨군요."

이나라 도키 씨의 지족(支族)으로 미노에선 명문의 하나다. 쇼구로는 전부터 이 일족에 접근하고 싶다고 마음먹고 있었다.

'과연 아케치 요리타카——'

훌륭한 생김의 무사다.

이 요리타카의 아들이 아케치 미쓰히데(明智光秀)가 되고 도산에게 사숙

(私淑)하기에 이르는 것이지만, 이건 이 이야기의 뒷날 사건이다.

"니시무라 씨, 언젠가 조용히 뵙게 될 날이 있겠지요" 하고 아케치는 오히려 쇼구로에게 호감을 가진 눈치였다.

"저도 기꺼이 기다리겠습니다" 하고 쇼구로는 꾸밈없는, 웃는 낯으로 끄덕여 보였다. 요리타카도 웃는 얼굴로 대했다. 어딘지 모르게 짝이 맞았다는 게 첫대면의 인상이었다.

요리타카는 잦은걸음으로 사라졌다.

쇼구로는 혼자 남았다. 뜰에서 올려다보니 정면에 난간이 달린 계단이 있고, 그 위는 마루, 그 맞은편 상석(上席)이 방으로 돼 있다. 기다렸다. 두 시간 기다려도 태수 도키 마사요리는 나타나지 않는다.

'골탕을 먹이려는 생각일 테지.'

쇼구로는 벌렁 누워버렸다.

팔베개를 베고 누웠다. 상대편이 그런 태도라면 이쪽도 방법이 있다는 배짱이다. 이때 얌전히 앉아 있으면 상대는 시골 귀족이니만큼 더욱더 깔보리라. 이윽고 마룻장을 밟는 많은 사람의 발소리가 들리고 마사요리의 부하 열 대여섯 명이 마루에 앉았다.

"니시무라 간구로, 일어나시오" 하고 한 사람이 고함을 질렀다.

쇼구로는 꼼짝도 않는다. 이윽고 다다미를 밟는 소리가 희미하게 들려왔으므로, 쇼구로는 실눈을 떴다.

'저게 도키 마사요리로군.'

나이는 서른 남짓, 동생 요리아키와는 달리 디룩디룩 살이 쪄 있다.

"어전이시다."

쇼구로는 눈을 뜨고 천천히 일어나 옷매무새를 고치고, 그런 다음 부복했다.

"니시무라 간구로입니다."

"들은 일 없는 이름이다. 너는 동생인 요리아키한테 빌붙고 있는 교토의 기름장수 야마자키야 쇼구로가 아니냐?" 하고 몸집에 어울리지 않게 신경질적인 높은 목소리가 뜰로 떨어져 왔다.

"그런 이름도 있습니다."

"나는 지금 야마자키야 쇼구로로서의 너를 만나보고 있다. 그러므로 뜰에 있게 한 것이다."

"주군은 기름을 사실 작정입니까?" 하고 오만하게 말했다.
"미노의 태수께서 몸소 기름 한 되라도 사시겠다면 팔아 드리죠."
"다, 닥쳐라!"
"무슨 말씀이십니까? 지금 당장 기름장수를 만나보고 있다고 하시지 않았습니까? 기름장수의 용건이란 기름의 매매밖에 없을 텐데요."
"닥쳐라, 니시무라 간구로" 하고 말한 것은 마사요리의 가로(家老)인 나가이 도시야스(長井利安)였다. 도시야스는 미노에서 태수 대리님, 작은 태수님 등등으로 불리고 있다. 이 사나이도 쇼구로가 마땅치 않은 모양이다.
"허허, 니시무라 간구로라고 부르셨군요. 니시무라 간구로라면 요리아키 님의 가신이죠. 지금 주군의 명을 받고 사자로 와 있습니다. 그 사자를 하인이나 죄인 다루듯 뜰아래 꿇어앉히다니" 하고 말하고서 다시 빠른 말투로 이어 나갔다.
"다시 한번 말씀 올리겠습니다. 니시무라 간구로는 주인의 대리로 와 있습니다. 그걸 뜰아래에 앉히다니, 즉 다름 아닌 이 나라의 태수님 아우이신 요리아키 님을 뜰아래 꿇어앉히는 것과 마찬가지입니다. 태수 대리님, 어떻게 생각하십니까?"
"노, 놀릴 셈이냐?"
"놀림을 받고 있는 건 이쪽입니다. 아니, 놀림은 상관없습니다. 오늘의 이 대접을 보고서 요리아키 님을 하인으로 취급하려는 속셈임을 알았습니다. 이 점 틀림이 없겠지요?"
협박을 하고 있다.
"태수 대리님, 대답을 해 주십시오."
상대는 꿀 먹은 벙어리가 되었다.
"주인이 수치를 당하고 있습니다. 옛글에도 있습니다, 주인이 수치를 당하면 신은 죽는다고. 그렇다면 니시무라 간구로, 이 자리를 떠나지 않고 칼을 잡고서 주인의 원한을 풀어 드려야 할 것인가, 방금 뒹굴고 있으면서 곰곰이 생각하고 있던 참입니다. 자, 태수 대리님, 대답을 해 주십시오."
"이, 이놈 말을 함부로……"
"잠깐, 아직도 할 말이 있습니다. 이 나라의 거리거리, 혹은 마을에 퍼지고 있는 요사스런 소문이 있지요. 황공하오나 이 나라의 태수 마사요리 님, 어떠하신 심정인지 모르지만 아우님 요리아키를 미워하시고 언제 어느 때 달 밝은 밤을 기하여 사기야마 성에 밀어닥쳐 죽이실지 모른다는 소문, 이것이 참말입니까?"

거짓말이다. 쇼구로가 나중 행동에 대한 복선으로 일부러 만들어 퍼뜨린 소문으로서, 소문은 아카베와 미미지가 퍼뜨리며 다니고 있다.

마사요리, 나가이 도시야스 등으로서는 물론 처음 듣는 소리였다.

"니시무라 간구로, 말을 삼가라."

"때와 경우가 있습니다. 이토록 중대한 말을 듣고서는 삼갈 여유가 없습니다."

"그 소문, 누구에게 들었느냐?"

"누구라고 할 것도 없습니다. 온 나라의 농사꾼까지 알고 있지요. 저도 처음엔 물론 일소에 붙였습니다. 믿지 않았습니다만, 그러나 오늘 이렇게 취급하시는 태도를 보고서 믿지 않을 수 없게 되었습니다. 이것도 대답해 주십시오."

죄수 입장인 사나이가 오히려 탄핵하는 입장이 돼 있다.

"대답해 주십시오. 대답에 따라선 이 니시무라 간구로 이 자리를 떠나지 않고 싸우다 죽을 각오입니다. 빨리 빨리 대답을 내려 주십시오."

"……."

도시야스는 마사요리 옆에 다가가 무언가 귀띔을 했다. 이윽고 자리에 돌아와

"간구로, 그 뜬소문은 전연 사실 무근이다. 나중에 천천히 해명해 줄 것이니 우선 이 자리에선 참아라. 그대를 뜰아래 있게 한 것은 이쪽의 실수였다. 언젠가 뒷날, 주군께 배알할 수 있도록 내가 주선하마. 오늘은 기분 좋게 물러가 주지 않겠느냐?" 하고 태도가 확 달라졌다.

태수 도키 마사요리는 불쾌한 듯이 일어섰다. 그 뒤를 무사들이 줄줄 따라 사라진다.

쇼구로도 일어섰다. 해가 저물어 가고 있다. 쇼구로는 별실로 안내되고 거기서 식사를 대접받았다. 예의 아케치 요리타카가 접대역으로서 앉아 있었다.

"한 공기 더" 하고 쇼구로는 하녀에게 공기를 내밀었다.

시동이 여섯 공기째 담았다.

"왕성하신 식욕이로군요" 하고 요리타카는 혀를 내둘렀다.

"뭘요, 그만큼 지껄이면 배가 꺼지는 법이라서 다섯 공기까지는 뱃속 어디로 들어갔는지 모르지요." 마지막 공기를 깨끗이 비우고 나서 쇼구로는 무릎에 두 손을 가지런히 놓고 허리를 펴고서 자세를 바로 했다.
"무엇을 궁리하고 계십니까?" 하고 요리타카가 물었다.
"아무 것도 아니죠. 만일 독이 들어 있었다면 슬슬 반응이 나타날 무렵이라고 생각해서 말입니다. 위장의 상태를 살피고 있는 중이죠."
"정말 놀랐습니다."
요리타카는 쇼구로가 식사를 청했을 때, 사실은 감탄했다. 이쪽이 독살하려고 생각하면 이런 기회는 다시없다. 쇼구로도 그런 염려를 가졌으리라. 그런데도 불구하고 식사를 여섯 공기나 비운 배짱에 요리타카는 혀를 내둘렀던 것이다. 하녀가 상을 물렸다.
그 틈을 이용해 요리타카는 재빨리 귀띔을 해 주었다.
"뭣이?"하고 쇼구로는 귀를 가까이 대고 한쪽 무릎을 쳤다.
"돌아가는 길에 암살할 준비가 돼 있다고?"
"쉬! 목소리가 높습니다. 단지 주의하라는 뜻이오. 있다든지 없다든지 말한 것은 아니었습니다."
"과연 지당한 말씀입니다."
쇼구로는 품 안에서 이쑤시개를 꺼내 이를 쑤시기 시작했다.
요리타카는 이 사나이의 배짱에 놀라 다만 멍청하니 눈을 크게 뜨고 있었다.

불타는 칼

"돌아가는 길에 조심하시오" 하고 아케치 요리타카가 쇼구로에게 귀띔한 일은, 거짓말이 아니다.
가와테 성에선 암살 준비가 갖추어져 있었다. 암살 대장으로선 가니 곤조(可兒權藏)라는 강자가 선발되었다. 곤조는 후세에 야담 속의 호걸로서 '다치가와 문고(立川文庫)' 따위에 등장하는 가니 사이조(可兒才藏)의 아버지이다.
──알겠지, 곤조
하고 뚱뚱한 태수 도키 마사요리는 직접 명령을 내렸다.
"상대는 창의 명수라고 한다. 방심해선 안 된다."

"뭣, 염려 없습니다."

가니 곤조는 기쁨을 누르지 못하고 무릎을 쳤다. 그 당시의 무사 기질로서는 암살이든 뭐든 주군께서 직접 이름을 지적하여 선발된 것이 기쁜 것이다. '충성' 따위와 같은 도쿠가와 시대적인 케케묵은 도덕이 아니라 모든 일에 개인의 명예가 중심이 돼 있다.

곤조의 무용을 미노의 태수님이 알아주었다고 하는 점이 기쁜 것이다.

곤조는 자기 부하를 영지인 가니 마을(可兒村)에 두고 왔기 때문에 인원은 '태수대리님'인 나가이 도시야스에게서 빌렸다. 열 명. 그들을 거느리고 성을 출발하여 성 밖 3정 되는 솔밭 속에 몸을 숨겼다. 그 무렵 쇼구로는 식사를 끝내고 품 안에서 이쑤시개를 꺼내어 이를 쑤시고 있었던 셈이다.

쩍!

쩍!

소리를 내면서 이를 쑤시고 있다. 이 사나이는 턱이 앞으로 내밀고 있기 때문에 이 따위를 쑤시고 있으면 웃고 있는 것처럼 보인다. 이윽고 이쑤시개를 버리고 손뼉을 쳤다. 시중을 드는 하녀가 옆방에서 바닥을 짚고 절을 했다.

"내 수행원을 불러 주지 않겠나?"

이윽고 아카베와 미미지가 들어왔다.

"아카베, 대령했습니다."

"미미지, 부르심을 받고."

"작은 소리로 말하고 싶다. 가까이 오라."

예, 예 하고 두 사람이 앞으로 다가오자, 쇼구로는 암살계획이 있는 듯싶다고 말했다.

"저쪽으로서는 그럴 만도 한 일, 물론 각오는 하고 있던 참이다" 하고 즐거운 듯 웃고, 또 한 개비 이쑤시개를 꺼내 다시 이를 쑤시기 시작했다.

"미미지, 너는 돌아가는 길을 탐색해라. 적의 인원 수, 활의 유무를 조사하고 내가 성문을 나설 무렵 보고해라. 아카베, 너는 성 아래 거리에서 짐수레를 두 개, 큰 냄비를 두 개, 장작을 열 단, 들기름을 두 말 가량 사서 성문 근처에서 나의 퇴성을 기다리고 있어라. 서둘러라."

두 사람은 나갔다. 그런 뒤 쇼구로는 시간을 벌기 위해 시중드는 하녀를 불러 의사를 불러 달라고 부탁했다.

"배가 아프다."

꾀병을 쓰고 벌렁 누웠다. 이윽고 의사가 왔다. 맥을 짚고 약을 달이기 시작했다. 쇼구로는 기다리고 있다. 약이 달여질 무렵에는 미미지도 아카베도 명령받은 소임을 끝내고 있으리라. 약이 달여졌다. 의사가 그걸 그릇에 옮기고 쇼구로에게 권했으나, 쇼구로는 마시질 않는다.

"아마, 가라앉은 모양입니다. 진맥을 하기만 했는데 벌써 나은 것 같습니다" 하고 방을 나섰다.

이윽고 성문을 나섰다. 완전히 밤이 돼 있다. 그믐이라 달은 없고 별만 있었다.

미미지가 다가왔다.

"저편은 스무 명 가량입니다. 활은 갖고 있지 않습니다."

"그건 잘 되었다. 아카베" 하고 어둠을 향해 불렀다. 아카베가 덜그럭거리며 짐수레를 끌고 왔다.

"너는 그런 걸 끌면 잘 어울릴 것 같다."

농담을 하여 모두들 긴장을 풀도록 하고 수행 하인 한 사람씩 짐 수레를 끌게 하였다. 수레 한 대는 앞, 한 대는 뒤에 따랐다.

"아카베, 슬슬 불을 피워라."

"알았습니다."

수레에는 하나씩 큰 냄비가 마련돼 있다. 그 냄비에는 가득 기름이 채워져 있고 기름 위에는 기우제라도 지낼 때처럼 장작이 쌓아 올려져 있었다.

아카베는 각각 불을 붙였다. 불길이 벌겋게 솟아오르고, 이윽고 활활 하늘을 그을릴 만큼 타올랐다.

쇼구로는 두 대의 화염차(火炎車)로 앞뒤를 호위 받으며 걸어간다. 가와테 성 아랫마을 사람들은 놀랐다. 불길을 보고서 달려오는 자도 있었다.

——누구야, 저건?

——사기야마의 요리아키 님 집사로 니시무라 간구로 님이란 저분일 거야.

"괴상한 행렬이로군."

모두 아연실색했다. 쇼구로는 성공했다. 불길에 비쳐져 가면 저 자가 니시무라 간구로라고 성 아래 주민에게 알려진 이상 가와테 성에선 섣불리 암살을 못한다. 하수인이 누구, 암살의 명령자가 누구라는 것이 알려지기 때문이다.

쇼구로는 더욱 선전적이었다.

"아카베, 서민들에게 일러 주어라. 지금부터 내가 니치렌 종 비전(祕傳)인 '보행기도'라는 불길 기도를 올릴 테니, 무사안정(無事安靜)을 원하는 자는 불똥을 뒤집어 쓰면서 사기야마까지 따라오면 공덕이 크니라 하고 말이야."

"예, 예 그렇게 외치겠습니다."

아카베는 군중 앞에 나서 쇼구로에게 배운 웅변을 발휘하여 그 말을 전했다. 아무튼 군중은 쇼구로가 미노에선 조자이 사밖에 없는 니치렌 종의 수도승 출신임을 어렴풋이나마 알고 있었다. 더구나 니치고 대사의 선배였다고 하지 않던가.

환속했다고는 하나 그 법력은 크리라 생각하고 너도나도 두 대의 짐수레 곁으로 몰려들었다.

나무 묘법연화경

나무 묘법연화경

나무 묘법연화경

나무 묘……

쇼구로는 목에 건 염주를 헤아리고 손바닥 속에서 소리를 내며, 맑고 낭랑한 목소리로 경문을 외기 시작했다. 군중은 와 하고 떠들썩했다. 이 종파는 진기했으니만큼 그 감동도 신선했을 게 틀림없다.

한편, 솔밭 속에 잠복하고 있는 가니 곤조는 한길 저편에서 다가오는 큰 불길과 그걸 둘러싼 군중에 놀랐다.

"가니 님, 어떻게 하죠?" 인원 중 몇 명이 파랗게 질려 달려왔다.

"이러고 보면 암살이고 뭐고 할 수 없습니다."

"그렇다면 그만둬라."

곤조는 퉁명스러워져 있다.

"예?"

"겁이 난다면 그만두라는 거야. 놈은 나 혼자서 처치하겠다. 나도 가니 고을의 곤조라는 말을 듣던 남자다. 상대가 불길을 짊어지고 나타났다고 해서 슬슬 꼬리를 감추고 성으로 돌아갈 수 있다고 생각하느냐?"

"저 군중 속에 뛰어들란 말씀입니까?"

"앗핫핫핫핫……싫으냐?"

"싫지는 않습니다만 저 밝은 불빛과 군중 앞에서는 우리들이 가와테 성의 누구라는 걸 금방 알 수 있지 않습니까?"

"알아도 좋다."

"그, 그건 저희들의 주인(도시야스)에게도 불리하고, 나아가서는 태수님의 명예도 더럽혀집니다."

"나는 그따위 얕은 수작을 싫어하는 성미야. 암살이라고 하면 무사에게 있어 싸움터의 출전이나 마찬가지라고 생각하고 있다. 용맹스럽게 내로다 하고 이름을 밝히고서 칼을 뽑을 작정이지. 싫은 자는 지금부터 돌아가라. 가니 곤조가 혼자서 공을 차지할 테니까."

"그, 그건 너무 욕심 많은!"

누구나가 공명심은 있다. 앞뒤를 생각 않고 칼을 번쩍번쩍 뽑아들었다. 창을 가진 자는 획획 창을 내질러 보고 불길이 가까워지는 것을 기다렸다.

"……"

곤조는 앞을 보고 있다. 소나무가 불길 조명을 받아 꿈속의 풍경처럼 어슴푸레하다. 군중이 일으키는 먼지가 채운(彩雲)처럼 소나무 가지에 감돌고 있었다. 그것이 이쪽으로 움직이고 있다. 더구나 낭랑한 독경소리가 솟아오르고 있다. 이윽고 그것은 합창이 되었다.

나무 묘법연화경

나무 묘법연화경

나무 묘법연화경

쇼구로는 그 합창 중앙에 있다. 자신도 큰 목소리로 염하고 있다. 하나 눈은 번쩍번쩍 주위를 휘둘러 살피며, 한 순간도 방심하지 않는다. 법열 속에서 쇼구로만이 정신을 차리고 있고 그만이 법화경의 염불 공덕 따위 눈곱 만큼도 믿고 있지 않았다.

'나타났구나.'

쇼구로는 솔밭 어둠 속 여기저기서 움직이는 사람 그림자를 보고, 차고 있는 칼집 끝을 조금 들어 고정 장치를 충분히 늦추었다. 늦추면서 군중을 향해 말했다.

"법화경을 따르는 마음, 고맙게 생각한다. 여기까지 오는 동안 '보행기도'의 불티를 맞은 것만 해도 이미 무사안정의 공덕은 충분하리라. 실상 이쪽의 마음으론 사기야마까지 와 주기를 바랐었지만 불행한 사태가 생겼다. 전방에 자객이 기다리고 있다. 가와테 성 태수님이 사기야마의 아우님을 해치고자 하시고 우선 그 시작으로 우리에게 암살대를 보낸 것이다. 우리는 여기서 주인을 위해 싸울 테니 이 근방에 몸을 숨기고 이 자리를 똑똑히 본 다음 뒷날의 이야깃거리로 삼으라."

순간 군중은 조용해졌다. 곧 이어 동요가 일어나며 달아나 내빼는 자, 소나무 뒤에 숨는 자, 쇼구로에게 격려의 말을 던지는 자, 짐수레 뒤를 따르려고 하는 자……등등 저마다 행동을 취하기 시작했다.

쇼구로는 다시 짐수레를 끌고 가게 했다. 이윽고 그 불길이 환하게 비치는 속에, 불 속으로 뛰어드는 하루살이처럼 달려든 자가 있다. 쇼구로의 주스마루 쓰네쓰구(칼이름)가 허공을 갈랐다. 일합(一合)도 나누지 않고 도약하여 스쳐 지나가면서 베어 버렸다.

퍅, 하고 적은 길바닥에 뒹굴며 손으로 땅바닥을 때렸다.

쇼구로는 그 자의 심장을 찌르고 아카베를 불러서

"뒷날의 증거가 된다. 목을 베어 두어라" 하고 말했다.

이 눈부시리만큼 빼어난 칼 솜씨에 적은 분명히 기가 꺾인 모양이다. 그 뒤로는 아무도 덤벼들지 않는다.

쇼구로와 화염수레는 다시 전진한다. 이윽고 가니 곤조의 눈앞까지 이르렀다. 곤조는 큰 칼을 뽑아들고 어슬렁어슬렁 나서서 길앞을 가로막았다.

"니시무라 간구로냐?"

"그렇다, 임자는 누구냐?"

"미노 가니 고을 사람, 가니 곤조다. 어떤 분에게서 그대의 목을 베라는 분부를 받았다. 각오하도록."

"오라, 미노에서 이름난 강자, 가니 곤조란 당신이었군. 한 번 만나보고 싶던 참이지. 그런데 아깝게도 용사가 싸움터라면 또 몰라도 암살 같은 일에 쓰이다니 애석하군."

쇼구로는 곤조와 같은 사나이의 마음을 휘어잡는 방법도 알고 있다. 곤조는 명백하게 기가 꺾였다. 쇼구로가 가와테 성에서 들었던 것과 같은 사나이가 아니고 의외로 호감이 가는 인물이었던 것이다.

하나 그렇기 때문에 더욱 보람 있는 적이라고도 할 수 있다. 발을 내디디었다. 그 발을, 쇼구로는 아카베에게서 창을 받자마자 옆으로 후려갈겼다. 곤조는 껑충 몸을 솟구쳐 피했지만, 자세가 흐트러졌다. 발이 땅에 다시 닿았을 때에는 쇼구로의 창 자루 뒤끝이 가슴까지 와 있었다.

획, 하고 쇼구로는 찔렸다. 찔려서 비틀거렸다. 그 틈을 노려 쇼구로의 창은 다시 허공에서 빙그르르 돌며, 또 다시 발을 후렸다. 쾅, 하고 넘어졌다.

쇼구로는 재빨리 창날을 곤조의 목젖에 대었다. 마치 마술과 같은 창 솜씨다.

"움직여선 안돼. 다치오. 가니 씨의 용맹에 대해선 감탄하셨소. 과연 이름 높은 호걸이라고 생각했소."

놀리고 있는 것은 아니다. 쇼구로는 어디까지나 진지한 태도다.

"단지 이 사람의 창이 임자의 칼보다도 좀 길었을 뿐인 일, 지더라도 수치스럽지는 않소. 뒷날, 다시 천천히 차라도 마시면서 이야기할 일도 있겠지요." 쇼구로는 창을 거두어들였다.

곤조는 천천히 일어나 별로 부끄럽다고 여기지도 않는 태도로 쇼구로 옆으로 다가왔다.

"내가 졌소" 말하며 쇼구로의 어깨를 토닥거렸다.

"지더라도 그만한 창 솜씨, 수치스럽지 않소. 이걸로 우리들은 물러가리다."

어슬렁어슬렁 어둠 속으로 사라지고 말았다.

쇼구로는 너덧 마장 걷고 나서 생각난 듯 아카베에게 말했다.

"미노는 무사 고장이라고 들었지만, 과연 아케치 요리타카며 가니 곤조며, 꽤 흥미로운 사나이가 있는 나라다. 단, 그들은 아직 깊은 두메에서 살고 있는 시골 무사일 뿐이고, 이 나라의 권력을 쥐고 있는 녀석들은 이상하게도 쩨쩨한 것들만 있다. 쩨쩨한 것들을 몰아내고 저런 무사를 부린다면, 이건 천하에 다시없을 강국이 될 거야."

쇼구로는 흥분하고 있다. 이 사나이만큼 인간을 깔보면서도 인간에게 잘 반하는 사나이도 드물다.

이튿날 아침, 사기야마 성으로 등성했다.

요리아키를 만나 어제 가와테 성에서 있었던 일, 자객들을 만났던 일을 자세히 아뢰었다. 이 '쩨쩨한' 영주는 그것만 듣고도 벌벌 떨었다.
"역시 형님은 나에게 원한이 있는 모양이로군, 간구로."
"원한 정도가 아닙니다. 주군을 없애지 않으면 태수님의 권세가 안정되지 않습니다. 주군을 없애려는 뜻은 당연한 필요성에서 우러나온 것이옵니다. 주군의 손발을 끊기 위해, 우선 이 간구로를 없애는 일부터 시작했을 것입니다."
"알았다."
눈초리가 치켜 올려져 있다.
"나는 죽이러 오는 것을 한가히 기다리고 있을 사람이 아니다. 이쪽에서 쳐들어가 결판을 내자."
"주군, 온 나라에 격문(檄文)을 띄우도록 하십시오."
다행히 요리아키는 인기가 있다. 그리고 나가이 도시타카의 부하, 더부살이 무사까지 합치면 당장 3천 명은 얻어지리라 생각되었다.
"간구로, 형은 얼마쯤 모을 수 있을까?"
"모으려고 한다면 이 나라의 태수이므로 1만 명 이상은 쉽겠지요."
"1만 명에 대하여 우리 편은 겨우 3천 명."
요리아키는 떨었다. 쇼구로는 웃었다.
"주군의 계산은 주판상의 계산이옵니다. 이와 같은 싸움은 1만 명 대 3천 명이라는 단순한 것이 아니지요. 우선 안심하시고 이 간구로의 계산을 들어 보십시오."
쇼구로의 계산은 가와테 성의 허점을 노리고 단숨에 공격한다는 것이었다. 기습을 하여 마사요리를 몰아낸 다음 요리아키를 태수로 앉히고 나면, 미노의 호족과 시골 무사들은 앞을 다투어 주종관계를 맺으리라. 그들은 마사요리가 좋은 것이 아니다. 또 요리아키에 대해 자기 몸을 버리고까지라고 할 만큼 경애하고 있는 셈도 아니다. 모두들 자기 몸이 가장 아까운 것이다. 그런 개인주의로 이 시대의 주종관계는 성립돼 있었다.
"앗핫핫……싸움은 더하기 빼기의 계산이 아닙니다" 하고 쇼구로는 우선 요리아키에게 격문을 쓰도록 하고, 거기에 나가이 도시타카의 서명을 받았다.
쇼구로는 그날 밤부터 격문을 갖고 미노의 작은 토호, 시골 무사들의 성을 하나씩 방문하기 시작했던 것이다.

음모

쇼구로는 음모 꾸미기에 바빴다. 음모야말로 이 사나이의 사는 보람이었다.

'언젠가는 미노 일국을 가로채는 것이다. 부지런히 걸어야지.'

후와 군(不破郡)·요로 군(養老郡)·가이즈 군(海津郡)·안파치 군(安八郡)·하시마 군(羽島郡)·이비 군(揖斐郡)·모토스 군(本巢郡)·이나바 군(稻葉郡)·무기 군(武儀郡)·구조 군(郡上郡)·가니 군(可兒郡)·도키 군(土岐郡)·에나 군(惠那郡) 등 온 나라를 잘게 쪼개어 차지하고 있는 촌락 토호들을 찾아다니며 요리아키의 격문을 돌렸다.

물론 돈을 뿌리고 있다. 이 때문에 교토의 야마자키야에서 매달 숱한 금품이 운반돼 오고 있었다. 미노의 여러 토호들에겐 마치 복덩어리 같은 사나이다.

단 쇼구로를 싫어하는 자도 있다. 뚜렷하게 태수 마사요리 편인 자도 있었다. 그런 사나이한테는 물론 가지 않았다.

그즈음 쇼구로는

'적토(赤兎)'

라고 이름 지은 준마를 손에 넣고 있었다. 말이라기보다 맹수처럼 사나운 말로서, 이걸 타고 창 한 자루를 옆구리에 끼고서 온 나라의 들길을 걷고 계곡을 건너고 산을 넘으면서 비가 오건 바람이 불건 쇼구로는 돌아다니는 것이었다.

"사기야마의 요리아키 님은 딱한 처지입니다. 그만한 그릇을 타고나셨으면서도 형님이신 태수님의 시기를 받고, 지금 이대로 가면 형님 손에 목숨을 뺏기고 말지도 모르죠. 요리아키 님은 귀공을 의지하고 계십니다. 힘이 되어 주십시오" 하고 설득하는 것이었다.

아케치 고을만 해도 몇 번씩 찾아갔다. 예의 아케치 요리타카의 영지다.

아케치 고을은 미카와(三河) 국경의 산골로 미노 평야에선 2백리 가까이 떨어져 있고, 길은 말도 다리를 떠는 험한 길이 계속되었다. 이 때문에 미노 평야 사람들은 이 서쪽 산악을 겁내어, 이 일대를 에나 군이나, 아케치라고는 하지 않고 막연하게 '도야마(遠山)'라고 부르고 있을 정도였다.

참고삼아 말한다면 에도 시대의 명판관이라고 일컬어지고 야담 등에서 '도야마(遠山)의 긴(金) 상'이라고 사랑받고 있는 도야마 가게모토(遠山景元)의 조상도 이곳 출신이다.

"용케도 이런 산골짜기까지 찾아 오셨습니다" 하고 요리타카는 그것만으로 쇼구로에게 홀딱 호감을 갖고 말았다.

쇼구로도 이 토호들에게 접근하고 싶었다. 가능하면 친밀한 위에 더욱 친밀한 관계를 맺고 싶었다. 장래에 자기 손발이 되어 줄 만한 것은 이 아케치 일족이라고 점찍었던 것이다.

쇼구로는 요리타카에게 반하고 있었다. 요리타카 또한 그걸 아는지 가와테 성에서 쇼구로를 보았을 적부터 호감이 갔다. 깊은 산중에선 지혜로운 인물이 태어난다고 한다. 그 탓은 아닐 테지만, 이 아케치 요리타카는 미노의 수많은 촌락 귀족 중에선 꽤나 사려가 깊은 인물인 듯싶었다.

확실한 세계관을 갖고 있다.

"간구로 씨" 하고 쇼구로의 현재 이름으로 불렀다.

"여기는 산중이지만, 아케치의 산은 동으로 신슈(信州)에 이어지고 남으론 미카와에 잇닿아 있소. 즉 미노·시나노(信濃)·미카와의 세 나라 국경이지요. 그 때문에 여러 나라의 정세를 오히려 미노의 들판에 있는 패들보다도 알기 쉽소."

그런 만큼 요리타카는 여러 나라의 움직임에 민감한 것이리라. 민감하지 않다면 국경의 작은 영주 따위는 어물어물하는 사이 이웃나라에 먹히고 마는 것이다.

요리타카는 다시 말을 이었다.

"교토의 막부는 있어도 없는 거나 마찬가지. 지금 전국이 소용돌이치고 있소, 여러 나라에 영걸이 구름처럼 일어나고 있소. 그 가운데 있으면서 오직 미노만이 태평의 꿈을 꾸고 덧없는 평화의 잠을 자서는 안 되오. 힘 있는 자만이……" 하고 거기서 말을 끊으며 쇼구로의 눈을 들여다보고

"도키 가문을 일으키지 않는다면 머지않아 이 나라는 이웃 나라의 강자에게 도둑맞을 거요." 하고 말했다.

처음으로 이 아케치 고을의 요리타카 집을 찾았을 때, 사흘이나 묵었다. 그때 쇼구로는 연모를 하고 있다. 아니, 사랑이라고 할 수 있을는지 어떨지. 체재 중 쇼구로는 저택에 나나(那那)라는 딸이 있음을 알고 몹시 흥미를 느꼈다.

요리타카의 죽은 형님의 딸로서 만일 사내애라면 이 아케치 가문이 상속자가 될 입장이지만, 딸이었기 때문에 나나를 대신하여 삼촌인 요리타카가 상속을 했다. 그런 만큼 요리타카는 이 딸을 자기 자식 이상으로 소중히 여기고 있었다. 눈초리가 이상하리만큼 가늘고 길게 찢어졌으며 입술이 약간 두터웠다. 미인이라고는 할 수 없지만, 남자의 욕정을 유발하는 그 무언가를 갖고 있다.

'욕심나는 계집이로군.'

쇼구로는 교토에서 보내온 물건 따위를 나나에게 주어 친하게 사귀었다. 물건이라곤 하지만 금·은도 아니거니와 옷감도 아니다.

과자였다. 딸은 과자를 좋아했다. 좋아하는 것이 당연했다. 아직 여덟 살이다.

"나나 아가씨, 나나 아가씨" 하고 쇼구로는 어린애인 것을 기화로 안아주든가 볼을 비비든가 했다.

정말 엉큼한 사나이지만, 그렇다고 해서 쇼구로는 여덟 살짜리 여자아이를 짝사랑할 만큼 여자에 굶주리고 있는 셈도 아니다. 그토록 변태적인 호색가는 아닌 것이다.

속셈이 있다. 나나가 쇼구로를 따르고 무릎에 안기든가 하면 머리카락을

쓰다듬어 주고

"어때, 나나 아가씨. 이 다음에 크면 내 색시가 되지 않겠어?" 하고 속삭이든가 한다.

진심이다. 사랑을 호소하고 있는 심정인 것이다.

이 딸이 아케치 가문의 죽은 호주의 유아(遺兒)라고 한다면, 쇼구로가 그걸 아내로 맞아들였을 경우 아케치 일족은 쇼구로의 뜻대로 움직이리라. 쇼구로는 그걸 계산했다.

나나도 이상하게 잘 따른다. 하긴 아직도 어린애라고 과자를 바라고서였을 게 틀림없다. 아무튼 설탕이 진귀한 시절이고, 설탕을 사용한 교토 과자는 이 산골 미노에선 보석과 같은 것이었다. 나나가 좋아한 것도 무리는 아니다.

"앗하하하……나나가 간구로 씨를 홀딱 따르게 되었군요" 하고 요리타카는 거기까지 쇼구로의 원대한 계획을 몰랐으므로, 실눈을 뜨고서 이 어른과 어린애의 다정한 모양을 바라보고 있었다. 세 번째로 아케치 고을을 찾았을 때 요리타카는 생각도 못한 말을 했다.

"어떻겠습니까, 나나는 간구로 씨를 그토록 따르고 있으니 사기야마의 성이나 간구로 씨의 집에서 잠시 맡아 주시지 않겠습니까?"

이건 암암리에 다른 의미를 뜻하고 있었다. 아케치 일족이 사기야마의 도키 요리아키의 편을 드는 이상, 아케치 쪽에서 인질(人質)을 내놓은 게 이 시대의 당연한 예였으며 정치적 태도 표명이었고 성의의 표시인 동시에 극히 상식적인 일이다.

요리타카는 나나를 볼모로 내놓았다. 쇼구로는 무릎을 치고

"요리아키 님께선 기뻐하실 것입니다" 하고 말했다. 사실은 쇼구로 자신이 춤을 출듯이 기뻐했다.

쇼구로는 나나를 교토의 옷으로 귀엽게 차려 입히고 사기야마 성 아랫거리인 자기 집으로 데리고 돌아갔다. 곧 목수들을 불러 모으고 밤을 낮삼아 일을 시켜, 저택 안에 나나를 위한 거처를 한 채 증축했다.

고작 여덟 살 계집애의 거처로서는 호사스러울 만큼의 치장이다. 미요시노의 거실보다도 훌륭했다.

"소중한 손님이니까" 하고 미요시노에게는 납득을 시켰지만, 그녀는 결코

유쾌하지 못했다.
'태수의 볼모라면 또 몰라도 기껏해야 산골의 토호 딸이 아니야.'
너무 위하는 것 같다. 게다가 쇼구로는 나나를 손수 목욕시켜 주기까지도 했다.
미요시노는 마음이 편안치 못했다. 물론 고작 여덟 살 여자아이라는 건 알고 있다. 그러나 나나라고 하는 아이에 대한 쇼구로의 태도는 어딘가 수상했다.
'이상해……'
하고 생각하는 것이었으나, 자기의 질투가 너무나 어리석어 보여 노시녀에게도 말하지 못했다.
'몸 탓일 거야.'
몸이란 미요시노 자신의 그것이다. 남 보기에는 그다지 대단치 않은 편이지만, 해산달이 가까워져 있었다. 그렇지 않아도 마음이 짜증스러워지는 시기다.
하나, 사실은 미요시노가 수상하게 보는 것도 무리가 아니었다.
미요시노는 목욕탕에서 쇼구로가 나나에게 무슨 짓을 하고 있는지 차츰 알게 되었다. 겨주머니로 나나의 몸뚱이를 마치 옥돌이라도 닦듯이 정성껏 씻어주는 눈치였다.
어느 날 밤 침실에서
"아직 어린애라고는 하나 계집아이예요. 몸소 몸을 씻어 주는 건 좋은 취미라고 생각되지 않아요" 하고 미요시노는 조심스럽게 말했다.
"엉큼한 생각이라도 갖고 있다는 말인가?"
쇼구로는 의외로 구김살 없는 목소리로 웃었다. 그 밝은 웃음에 미요시노는 정직히 말해서 마음이 놓였다. 미요시노는 쇼구로를 아직 그다지 좋아하지는 않는다곤 하나,
'이 사나이야말로 중국의 삼국지 따위에 나오는 영웅일지도 몰라' 하고 여기게끔 돼 있었다.
그 '영웅'이 여자아이에게 장난을 하는 치사한 취미를 갖고 있을 턱이 없다고 마음을 고쳐먹는 것이었다.
"그럼 왜 그런 짓을 하시나요?"
"신기해서 말이야."

쇼구로는 대수롭지 않게 말했다.
"무엇이 말이죠?"
미요시노로선 알 수가 없었다.
"무엇이 신기하단 말씀입니까?"
"여자아이의 몸뚱이가 말이야. 나는 유년·소년·청년시대를 통해서 절이라고 하는 금욕의 장소에서 자랐지. 여자에 대한 생각이 잔뜩 뭉쳐 있었어. 환속하고 나서 겨우 여자를 대할 수가 있었는데, 절의 사미 시절, 절에는 없는 여자아이라는 게 대체 어떻게 생겨먹은 것일까 하면 갖가지의 망상이 아직도 마음속에 찌꺼기처럼 남아 있지. 아직도 그 버릇이 남아 있어."
"모르겠어요. 오마아 님이나 저도 여자일 텐데요."
이 두 사람의 몸뚱이론 모르겠는가, 하고 싶었던 것인데 차마 거기까지는 입 밖에 내어 말할 용기가 없었다.
"아냐, 그대나 오마아의 몸은 어른이야."
'어머, 쌍스러워요.'
미요시노는 얼굴을 가렸다.
"그대나 오마아를 사랑하기에 나나에게 흥미를 갖는 거야. 대관절 그대나 오마아가 어째서 이처럼 되었는지 그걸 알고 싶을 뿐이야."
단순한 호기심이라고 우겼다. 그리고 보면 쇼구로라고 하는 사나이는 일단 무엇이고 흥미를 가진 이상, 참으로 끈질기다. 호기심이 지식으로 변할 때까지 샅샅이 조사하는 기질을 갖고 있는 모양이다.
"그러나 이젠……."
"그만두라는 건가?"
"예, 아니면 미요시노는 당신을 싫어하겠어요."
"쓸데없는 말 말아."
쇼구로는 진지한 표정을 지었다.
"미요시노, 나는 그대를 사랑하고 있어. 될 수 있는 일이라면, 그대의 어렸을 적부터 사랑하고 싶었어. 남자는 그런 욕심을 갖고 있지."
"쇼구로 님만 그렇겠지요."
"나는 욕심이 많은 사나이야. 사랑한 이상은 미요시노의 과거까지 사랑하고 싶어. 하나 과거는 여기서 볼 수도 손으로 만질 수도 없어. 미요시노의 과거가 지금 나나에게 있단 말이다."

"그럼." 미요시노는 놀랐다.
"나나의 '그것'을 손으로 만지세요?"
"앗하핫……당연하지. 만지는 것이 곧 미요시노를 사랑하는 거야."
'중놈!'

하고 외치고 싶었지만 입을 다물었다. 중에게는 그런 터무니없는 논리가 있다. 그 논리를 구사하여 온갖 자기의 행동을 정당화시켜 가면서, 할 수 있는 온갖 못된 짓을 이 사나이는 현세에서 부려 보겠다는 것이다.

"미요시노" 하고 쇼구로는 끌어안으려고 했다.
'싫어!'

하고 몸으로 저항했다. 손이 닿는 것도 싫은 심정이다.

쇼구로는 크게 웃었다. 웃고 나서
"그대는 아직 나를 모르고 있어" 하고 손을 놓았다.
'몰랐으니 다행이지——'

미요시노는 마음속으로 외쳤다. 두 눈을 멀쩡하게 뜨고서 자기를 이 사나이에게 강탈당하고 만 요리아키가, 이때처럼 그립게 생각된 적이 없었다.

"오, 움직이고 있다."

별안간 쇼구로는 말했다. 손바닥을 미요시노의 배 위에 얹고 있었다. 그 속에 태아가 있다.

"사내 녀석이로군."

쇼구로는 말했다. 미요시노가 움찔할 만큼 천진난만한 목소리였다.

"내 후계자가 이 속에 있다."

"……."

"움직이고 있다."

쇼구로는 미요시노의 배에 귀를 가져갔다. 미요시노는 눈을 뜨고서 천정을 보았다. 열심히 표정을 감추려고 천정을 노려보았다.

'복수——'

라고 할 만큼의 격렬한 심정은 샘솟지 않았지만, 그것과 닮은 은근한 쾌감은 있었다. 움직이고 있다. 그러나 이 태아는 쇼구로의 씨가 아님을 미요시노만이 알고 있었다.

요리아키의 자식이었다. 요리아키의 씨가 지금 꿈틀거리고 있다. 이 아이가 어른이 되었을 때, 자기와 쇼구로와 요리아키에게 어떠한 운명을 가져다

줄까.

하나 쇼구로는 싫증도 안 내고 귀를 기울이고 있었다. 미요시노는 이 사나이가 가엾게 여겨졌다.

'똑똑한 것 같지만'

하고 미요시노는 생각했다. 그 장소에는 사나이가 끝내 들어설 수 없게끔 되어 있다. 아무리 쇼구로의 지혜가 뛰어나다 하더라도, 남자는 끝내 여자의 마지막 방까지는 들여다볼 수가 없다.

그러나 미요시노의 뱃속 일은 몰랐을망정, 쇼구로는 미노의 뱃속을 환히 알고 있었다.

대충 한편이 될 여러 토호들에 대한 공작도 끝나고 가와테 성의 수비 내막도 손에 잡힐 듯이 알게 되었다. 마침내 정변을 일으킬 밤이 왔다. 다이에이(大永) 7년(1527년) 8월의 밝은 보름달이 떠오른 날 밤, 쇼구로는 사기야마 성에 5천 5백의 군을 은밀히 집결시켰다.

탈취

웅덩이나 늪 따위가 많은 고장이다.

그날 밤, 달이 긴카 산 위에 떠올랐을 때 쇼구로의 부대는 사기야마 성을 출발했다. 군데군데 늪이 달빛을 받아 반짝반짝 빛났다. 미노의 들엔 오리나무가 많다. 나무들이 반쯤 달빛을 받아 도깨비처럼 논두렁 여기저기에 우뚝 솟아 있다.

5천 5백의 갑옷차림의 무리가 그 나무들 사이로 꼬불꼬불 이어진 좁은 길을 두 줄로 나아갔다. 말에는 재갈을 물리고 갑옷자락은 쇠장식이 부딪치지 않도록 새끼로 묶고 창날엔 짚을 감아 달빛의 반사를 피하고, 군사에게는 벙어리처럼 입을 다물게 했다.

사기야마 성에서 미노의 태수 성인 가와테 성까지 15리.

"좋은 달이다" 하고 쇼구로는 선두에 나서 말을 몰면서 투구의 차양을 올려 달을 우러러보았다. 오늘 밤이 중추(仲秋)의 명월이었다.

'굉장한 달맞이가 되겠군.'

하고 생각하니, 쇼구로는 뱃속에서부터 웃음이 치밀어 올라온다.

다이에이 7년 8월의 보름달은 쟁반 같이 둥글었다. 쇼구로는 기분이 좋았다.

목표인 가와테 성에선 태수인 마사요리가 교토 풍의 관월연(觀月宴)을 베푸느라 한창일 것이었다.
'지금쯤 성내에는 가곡이 흐르고 여자들의 부채춤이 한창일 테지.'
그러니까 이 밤을 고른 것이다. 성내의 인원은 여자가 백 명, 무사가 백 명, 아마 그 이상은 없으리라. 더구나 고맙게도 미노의 태수 도키 마사요리는 이 평온한 미노에서 반란이 일어날 줄은 꿈에도 생각지 않고 있는 것이다.
사기야마 성을 출발할 때, 요리아키는 쇼구로를 별실에 불러
"간구로, 염려 없겠나?" 하고 새파랗게 질린 얼굴로 다짐을 했다. 이가 덜덜 마주치는 눈치였다.
"염려하실 것 없습니다. 내일은 가와테 성으로 옮기실 준비라도 하고 기다려 주십시오."
"나는 믿어지지 않아."
"앗핫핫핫, 쇼구로의 솜씨를 의심하시는 것입니까. 아무쪼록 오늘 밤은 일찍 주무시든가 좋아하시는 매라도 그리시며 경사스런 밤을 평안히 보내십시오. 내일 아침 잠이 깨시면 주군은 미노의 태수, 국주(國主)가 되십니다."
"그처럼 일이 쉽사리 될는지 어떨는지."
쇼구로는 그 말엔 대꾸도 않고
"아무튼, 미노를 빼앗아 드리는 것은 주군으로부터 미요시노를 하사받았을 때의 약속입니다. 쇼구로, 뼈가 되더라도 주군과의 약속만은 지켜야지요."
"고마운 일이다."
요리아키는 감사를 하고 있다. 어쨌든 대대로 내려온 귀족이란 어린아이 같은 것이었다.
"미요시노 말이 나왔으니 말입니다만 주군, 꽤나 좋은 여자더군요. 주군과 저는 '그' 몸뚱이를 함께 알고 있는 사이, 요즘은 과육(果肉)이 농익어 한껏 기쁨을 아는 여자가 됐습니다."
"그래."
요리아키는 어설픈 듯이 고개를 끄덕였다.
"여자로서 과육이 농익은 탓인지 끌어안으면, 그것의 숨결이 몸에 비해서

는 어찌나 늠름한지……."

"간구로. 웬만큼 해 두어."

요리아키는 듣기가 쓰라린 모양이다. 미요시노의 치부 생김, 규방에서의 행동, 숨결까지도 역력히 상기되는 것이었다.

"그러나 이미 해산달도 가까우니 만큼 만일의 염려도 있어, 이미 침실에는 불러들이지 않죠."

"그래야만 할 테지."

"이 간구로에게는 처음인 자식이니까요."

"음."

요리아키는 조심스럽게 쇼구로를 보았다. 아무래도 미요시노의 태중에 있는 것이 자기 자식이라고 쇼구로는 믿고 있는 눈치였다.

'이만큼 약아빠진 사나이라도 빈틈이 있는 모양이지.'

요리아키는 후유 한숨 돌리고, 예술가인 양 인간의 존재에 우스꽝스러움을 느끼기도 했다.

그 쇼구로는 달빛 아래 나가라 강을 건넜다. 미리 얕은 곳을 조사해 두었다.

"내 뒤를 따르라" 하고 쇼구로는 마치 백년이나 이 강 기슭에서 살았던 것처럼 익숙한 솜씨로 얕은 모래톱을 골라잡으면서 강을 건넜다.

건너편 둑에 올라서서, 부대는 다시 전진했다.

가니 곤조가 말을 가까이 몰고 왔다.

"니시무라 씨, 부탁이 있소."

"무엇이오?" 하고 쇼구로는 얼굴을 정면으로 마주보며 물었다.

"나는 일착으로 돌입하고 싶소."

"좋은 일이로군."

"시치미를 뗀다면 곤란해. 선봉은 아케치 씨가 아니오. 나를 선봉으로 내보내 주시오."

이전의 그 무사다.

바로 며칠 전까지 마사요리를 섬기고 있었는데, 오늘은 그걸 치는 선봉이 되고 싶다고 한다. 무용의 이름만이 소중한 것이다.

"이 군속에 가니 곤조가 들어 있지 않다고 한다면 또 몰라도 참가하고 있는 이상은 일착을 남에게 양보할 수 없소. 그건 국내, 이웃나라에도 창피한 일이고 하니 아무쪼록 후문의 선봉을 맡고 싶소."

"부득이하군."

쇼구로는 고개를 끄덕이고 자기가 후문의 대장을 맡고 있는 것을 미련 없이 가니 곤조에게 양보했다. 무공은 남에게 세우도록 하는 게다. 두고두고 가니의 제일착 돌입이 사람들의 기억에 새겨지는 이상, 이 반란의 주모자의 한 사람으로서 빼놓을 수 없는 이름이 되리라.

"뒷문을 맨 먼저 달려가 돌입하시면, 가니 씨의 무명은 교토와 간토에까지 높아지리라."

가니가 자기의 행군 서열(序列)로 돌아가자, 그걸 듣고 이번에는 7, 8기의 기마무사가 쇼구로 옆으로 말을 몰고 왔다.

'납득이 안 간다'는 것이었다.

"곤조란 놈은 지위도 변변치 않은데 뒷문의 선봉을 맡다니 기분이 좋지 않소. 우리들이야 말로 일착으로 돌입하고 싶소."

"천하에 용맹으로 알려진 미노 무사들께선 그러실 게 당연하지."

쇼구로는 구스르는 데 수단이 있었다. 게다가 요리아키의 대리라는 명목이니만큼 자유로운 지휘권이 있다.

"그럼 여러분, 뒷문의 선봉을 맡으십시오."

"아케치 씨가 있는데?"

"그렇습니다, 아케치 씨도 선봉입니다. 그러나 오늘밤의 야습은 이착, 삼착을 두지 않고 나야말로 일착을 하리라 마음먹은 분들은 뒷문 앞에 말머리를 나란히 하여, 빠른 게 선봉이다! 외치고 공격하시는 게 어떻습니까?"

사기는 으와, 하고 올랐다.

쇼구로는 곧 말을 달려 그 양해를 얻기 위해서 아케치 요리타카에 다가가 자초지종을 부드럽게 설명하고

"귀공은 오늘밤의 부대장 격입니다. 부디 젊은 사람들의 기분을 맞춰 주십시오. 싸움이란 신속이야말로 중요하니까."

"잘 말씀하셨소."

요리타카는 어디까지나 쇼구로에게 호의적이다. 순순히 양보해 주었다. 이윽고 가와테 성 아랫거리의 불빛이 보였다. 그 무렵 쇼구로가 예측했던 대

로 미노의 태수 도키 마사요리는 달구경, 술잔치에 흠뻑 취하고 있었다.

"또 춤추어라" 하고 손수 작은 북을 잡았다. 춤추는 건 교토의 무희들이었다. 고풍스런 옷에 장식 칼을 찬 모습은 어딘지 요염하다.

다섯 사람 있다. 사실인즉 쇼구로의 명령으로 스기마루가 교토에서 불러온 무희들로, 며칠 전부터 가와테 성 아랫거리에 체류시키고 있었다. 물론 마사요리는 쇼구로가 배후에서 조종을 하고 있을 줄은 꿈에도 모른다.

성 아랫거리에 교토에서 온 무희들이 있다고 듣고 마사요리는 곧 달 구경 잔치에 불렀던 것이다.

스기마루는 그 무희들의 수행인이란 명목이었다. 쇼구로의 부하라는 것은 성내에서 아무도 모른다. 스기마루에게는 오늘밤의 야습에 관해서 아무 것도 귀띔을 한 일이 없다. 귀띔을 하면 이 소심한 자는 틀림없이 소스라치게 놀랄 것이고, 그렇지 않아도 연극이 서투른 고지식한 점원이니만큼 당황해서 정체가 탄로나고 말지도 모르는 일이다.

아카베와 미미지는 이 무희들에 섞여 들어가 성내의 파수병 대기실에 있었다. 파수병들과는 전부터 돈으로 안면을 익혀둔 터이다.

"미미지" 하고 아카베는 속삭였다.

"달이 저 소나무 근처에 올 무렵, 나리님이 쳐들어오실 약속인데 아직 그 낌새도 없는 모양이야."

"불화살 신호가 하나 하늘에 날았을 때 우리들은 뒷문 빗장만 뽑아 놓으면 될 일, 하늘을 보고 기다립시다."

"너무 서두를 것 없어."

점점 시간이 지났다. 내전에선 마사요리가 벌써 춤을 구경할 경황도 없었다. 거기서 춤추고 있는 무희 가운데 누군가를 빨리 골라 침실에 들고 싶은 마음이 간절해져 있었다. 이미 작은북은 시동에게 넘겨주고 있다. 무희들도 직업상 그런 '썰물 때'를 알고 있었다.

한 사람씩 춤추다가 빠져나와 마사요리 앞에 공손히 무릎을 꿇고 술을 따른다. 따르고서는 일어나 범나비처럼 춤추는 동료들한테로 돌아간다.

다시 한 사람이 훨훨 날아와 마사요리 자리 앞에 앉는다. 다시 한 사람이 ······.

하는 식으로, 몇 번인가 그걸 되풀이하는 사이 마사요리의 마음에 드는 자가 생긴다.

"너" 하고 고사가(小嵯峨)라는 무희의 손을 잡아끌었다. 고사가의 소맷자락이 펄럭이고 촛대의 불이 흔들렸다.
꺼졌다.
"따라와" 하고 마사요리는 무릎을 세우고 엉덩이를 들었다. 방에는 남은 촛대가 셋, 어렴풋한 불빛을 흘리고 있었다.
마사요리는 비틀거리며 일어섰다.
"넘어지시겠어요" 하고 남은 네 무희가 달려와 마사요리의 몸을 부축했다.
"오, 고맙다."
마사요리는 미식으로 살이 찐 몸뚱이를 일부러 비틀거려 보였다. 얼굴에 살짝 얽은 자국이 남아 있다. 볼따구니에 살이 늘어진 둔한 생김이다.
친동생 요리아키하고는 전혀 얼굴 생김이 다르다. 성격도 다르거니와 취미도 다르다. 형인 마사요리는 매일 돼지처럼 먹고 잠자고 기름이 올라 뚱뚱해지는 게 일인 사나이다. 동생 같은 시문의 교양도 없거니와 그림 재주도 없었다.
몹시 호색적인 것만은 닮고 있었다. 아니, 사실 그들에게 여색 말고 피를 끓게 하는 어떤 목표가 이 환경에 있을까? 귀족은 단지 살고 있으면 된다. 대대로 살아 왔다. 그러나 마침내는 그 몇 대쩨인가의 목이 피의 제단에 바쳐져야 하는 게 이를테면 이 세상에서의 귀족 가문의 역할과 같은 것이다.
쇼구로는 그렇게 생각하고 있다. 그가 뒷문 앞에서 반란군을 배치하고 있을 때, 마사요리는 한 마리의 돼지처럼 되어 침실에서 뒹굴었다. 다섯 명의 무희가 마사요리의 몸뚱이를 중심으로 얽히고 있다. 시녀가 마사요리에게 명주 잠옷을 입혔다. 옷을 갈아입으면서 마사요리는 그 다섯 사람에게 모두 수청을 들라고 명했다.
"싫으냐?"
마사요리의 눈에 흰자위가 많아졌다. 오싹하리만큼 잔혹한 눈이다.
"나는 이 나라의 태수다. 이 나라의 하늘을 나는 새, 땅을 기는 개미 한 마리라고 할지라도 내 뜻을 거스른다면 살 수가 없지. 말을 듣지 않는다면 곧 목을 베어 성 밖 강가에 내다 까마귀밥을 만들 테다."
"무서워요."
여자들은 호들갑을 떨며 떠들었다. 하나 무희라곤 하지만, 몸을 파는 것이 직업의 하나다. 한 차례 질겁하든가 버둥거리든가 하면서도 이윽고 옷을 벗었다.

마사요리는 흐뭇해 했다. 태수로서의 그의 명령이 내려진 마지막이었으리라. 그 무렵 반란군이 성 안으로 난입했다.

쇼구로는 말발굽소리도 요란하게 말을 몰아 성내의 무사 저택, 졸개들의 한 일(一)자 형태의 병사(兵舍) 근처까지 오자

"천명이 바뀌면 왕이 죽는다고 한다. 지금의 태수님은 국토를 지키지 못하며, 이웃 나라의 침략이 가까움을 모르며, 정사는 어지럽고, 민심은 흩어지고, 그 황음무도(荒淫無道)함은 옛날의 걸주(桀紂)와도 같다. 그런고로 아우님 요리아키 성주의 명에 의해 이를 치고자 한다. 오늘부터는 이 나라 태수님은 요리아키 님이시다. 만일 요리아키 님에게 충성을 바치려거든 활을 버리고 창을 거두어라. 나아가 요리아키 님을 위해 싸우려고 하는 자는 공훈에 따라, 분수에 따라 많은 상이 내릴 것이다. 가슴을 부풀리며 기다려라."

늠름하게 부르짖었다.

별로 마사요리를 포악무도한 국왕이라고 하는 것도 아니다. 묘카쿠 사 본산에서 배운 한문 지식으로, 말을 그렇게 신나게 해 보았을 뿐이다.

성내의 무사들은 놀라 저마다 무기를 잡고 덧문을 발길로 차며 뛰어 나왔다. 가운데 오오노 주로(大野十郎)라고 하는 자는 마사요리의 측근무사의 하나로 용맹이 알려진 사나이인데, 이건 잠옷 바람으로 마루를 달려와 장창을 휘두르며 뜰로 뛰어내렸다.

2, 3합 쇼구로의 창과 겨루었으나, 창술에 있어 쇼구로의 적수가 못된다. 창이 번개같이 흘러 오오노의 허리통을 꿰뚫고, 창을 뽑자마자 배후로 돌아간 적을 창 뒤끝으로 찔러 쓰러뜨리면서

"대항하여 목숨을 버리지 말라" 하고 외쳐대며 안으로 달려갔다.

"뭐냐, 저 소리는?" 하고 마사요리는 베개에서 볼따구니가 축 늘어진 얼굴을 들었다. 아무리 보아도 포악한 국왕은 못될 멍청한 얼굴이다.

"바람소리일까요?" 하고 옆의 고사가는 말했다. 설마하니 고사가네들은 자기들이 이 반란의 중요한 역할을 맡고 있을 줄은 꿈에도 몰랐다. 그 때 피 묻은 창을 든 측근무사가

"태수님!" 하고 달려 들어왔다.

마사요리는 놀라서 벌떡 일어났다. 실오라기 하나 걸치지 않았다.

"말씀드립니다. 요리아키 님의 모반입니다. 이미 성문도 모두 깨지고 성내를 뛰어 돌아다니고 있는 건 적의 발소리뿐이며, 아군은 거의 전사했습니다."

"뭣이, 요리아키가? 넌 꿈을 꾸고 있는 게 아니냐. 분명히 꿈일 거야."

도키 가문은 수백 년, 태평의 꿈을 꾸어 왔다. 마사요리는 이 지경이 되고서도 아직 사태 파악을 못하는 모양이다.

"빨리 준비를……."

"어, 어떻게 하란 말이야?"

몸뚱이가 방금 전까지 희롱하고 있던 고사가의 체액으로 젖어 있다. 그 마당에 '준비를' 하라고 재촉한들, 마사요리는 어떻게 해야 좋을지 모른다.

"서, 설마 자결하라는 건 아닐 테지?"

"운수가 남아 있는 한 달아나셔야 합니다. 의복을……" 하고 말하더니 측근무사는 방구석에 몰려서 떨고 있는 다섯 명의 무희를 광기어린 눈초리로 노려보았다.

"이년들, 이 나라에선 못 보던 계집들. 음, 오늘밤의 모반을 안에서 내통했구나" 하고 소리치며 번쩍 창을 내질렀다.

그 후는 피비린내와 아우성이 침실을 지옥으로 만들었다. 순식간에 여자의 시체가 다섯, 방과 복도 여기저기에 뒹굴었다.

마사요리는 그 피바다 속에서 떨리는 손으로 허리띠를 매고 옷을 입기에 바빴다. 그 무렵 쇼구로는 복도를 질풍처럼 달려 침실로 다가오고 있었다.

눈부신 변신

쇼구로는 복도를 달려 마사요리의 침실 비상문께로 오자, 내부의 낌새를 살피듯이 문에 귀를 대었다.

복도는 어둡다. 갑옷차림인 쇼구로는 오른손에 창, 왼손엔 햇불을 들었는데 그 불길은 쇼구로의 야망처럼 불티를 별같이 날리며 세차게 타고 있다. 비상문의 그림은 교토의 화공을 일부러 미노에 불러 그리게 한 그림인 듯싶다. 그림물감을 진하게 돋보이도록 칠한 '불타는 북'이었다.

홱!

하고 비상문을 열었다. 안으로 들어서자, 피가 흥건했다.

시체가 있다. 다섯 구, 여자뿐이었다. 그 시체 속에서 눈을 부릅뜨고 창을 겨누고 있는 측근무사가 한 사람, 그리고 그 배후에서 막 의복을 입은 미노의 태수 도키 마사요리가 떨고 있었다.

"태수님이시죠?"

쇼구로는 일보 앞으로 내디디었다. 이 순간이야말로 쇼구로가 그 생애에서 몇 번이나 보여 준 연극 중에서도 가장 극적인 장면이었으리라.

"이 성을 물려받겠습니다. 물론 제가 아니죠, 태수님의 동생이신 요리아키

님에게 물려 주시도록."

"기, 기름장수 놈아!" 하고 고함친 것은 측근무사다.

"너는 장사꾼 주제에 엉큼한 심보를 품고 동생인 성주를 부추기어 난을 일으켰을 뿐 아니라 시역(弑逆)의 큰 죄를 저지르겠다는 거냐?"

"황공하오."

쇼구로는 그 자에게 공손히 일례를 하고

"시역이란 신하가 임금을 죽인다는 의미인데, 이 사람이 앞서 요리아키 님의 사자로서 이 가와테 부성에 등성했을 때 태수님은 저를 기름장수로 대우했소. 미노의 태수와 기름장수 사이에 주종관계가 있을 까닭이 없소."

쇼구로의 발에 여자들의 피가 흘러오고 있다.

"또 말하겠소. 거기 계신 마사요리 님, 요리아키 님의 아버님이신 마사후사 님은 생전에 가문을 요리아키 님에게 물려주시려고 하셨소. 일부 노신의 반대를 물리치고 작은 전투까지 일으킨 뒤에야 마침내 형님이신 마사요리 님이 태수가 된 셈인데, 이건 아버님의 의사를 거스른 일이 아닐까요? 효는 나라의 근본이라고 들었소. 불효한 태수를 주인으로 섬긴다는 것은 나라의 문란을 가져오는 일이오."

무슨 수작인가, 문란의 원인은 바로 쇼구로 자신이 아닌가.

어지간한 쇼구로도 이 도학자인 체하는 수작이 스스로 우스웠던지, 약간 고개를 갸웃거리고 나서 소리내어 웃기 시작했다. 몹시 밝은 목소리였다.

"성주님께 아뢰오. 이미 성주님으로선 이 난세의 틈바구니에서 미노 일국을 감당하실 수 없다고 이 사람은 보았소."

"이 사람이란 어떤 놈이야?"

마사요리는 이를 갈고 있다. 입술에서 피가 흐르고 있었다. 공포보다도 분노로 몸이 떨리고 있었다.

"이 사람이란 여기 있는 바로 이 사람."

"기름장수 말이냐?"

"그렇기도 하고 그렇지도 않소. 성주님의 눈에는 뭐로 비치고 있는지 모릅니다만, 하늘이 미노를 혁신하여 나라를 일으켜라 하고 명한 비사문천(毘沙門天)이라고 생각하시는 게 우선은 속편하시겠지요. 성주님."

"뭐, 뭐야?"

"꿇어 엎드리십시오."

쇼구로는 위엄에 넘친 발걸음과, 그야말로 비사문천과 같은 불길같이 타는 눈을 부릅뜨고 천천히 마사요리에게로 다가갔다. 측근무사는 그제야 정신을 차리고 획, 창을 내질러 왔으나, 쇼구로는 재빨리 창자루를 걷어차고 힘을 잃으며 빗나가는 그 창을 발로 밟아 꺾어 버렸다. 측근 무사는 칼집에 손을 가져갔다.

반쯤 뽑은 상대의 품 안으로 뛰어들며 횃불을 그 얼굴에 밀어붙였다.

"으악!" 하고 벌렁 자빠졌다.

"네 놈이 이 무희들을 죽였느냐, 무슨 죄가 있어 여자를 죽이지?"

사실 말하자면 묘카쿠 사 본산을 뛰어나온 쇼구로도 환속한 다음 한동안 떠돌이와 마찬가지 신세였다. 이를테면 무희들과도 같은 계층의 출신이라고 할 수 있다.

"이 기름장수도 또한 사람을 죽인다. 하나 모든 일에 있어 하늘의 명에 의해 죽인다. 기름장수의 살육은 모두 정의라고 생각해라. 그렇지만 네 놈들이 사람을 죽이는 것은 공포 아니면 증오, 이 두 가지 이유밖에 없다. 이 기름장수는 공포도 증오도 없이 사람을 죽일 테다."

"……."

무사로선 의미를 모르리라.

"성주님, 목숨만은 살려드릴 테니 미노에는 다시 발그림자도 하지 마십시오. 돌아오신다면 이 기름장수의 창이 그때는 정말 용서 없으리다."

그렇게 말을 하자 별안간 공포가 되살아났던지, 마사요리는 으악 하고 짐승 같은 비명을 올리며 달아났다. 측근무사가 그 뒤를 따랐다.

"뒷문으로 달아나시오" 하고 쇼구로는 한 마디 해 주고, 재빨리 앞질러 뒷문의 공격대장인 가니 곤조에게

——마사요리는 버려둬라.

하고 말했다.

다만 쇼구로는 자기의 부하 백기를 보내어 마사요리를 쫓도록 했다. 양떼를 모는 개 같은 역할이다. 쇼구로에게서 명령을 받은 '양몰이 개들'은 마사요리를 몰면서 오가키(大垣)에서 세키가와라(關ヶ原)로 들어섰고, 다시 혹코쿠 가도(北國街道)를 북상시켜 에치젠(越前)까지 달아나게 했다.

에치젠 이치조다니(一乘谷)에 수도를 가진 아사쿠라(朝倉) 씨는 호쿠리쿠(北陸)의 왕이라고 해도 좋다. 미노 도키 씨와는 전부터 혼인을 해 왔기 때

문에, 마사요리는 그 아사쿠라 요시가게(朝倉義景)를 찾아가 몸을 의탁했다.

이튿날 아침 쇼구로는 부대 중 5백 명을 쪼개어 가니 곤조를 대장으로 삼고, 사기야마 성으로 급히 가서 요리아키를 맞아오도록 했다.

요리아키는 당일로 미노의 부성인 가와테 성에 입성하고 태수의 자리에 앉았다.

쇼구로는 교토에도 손을 썼다. 황실도 아시카가 막부도 아무런 권력이 없지만, 관직의 수여권만은 갖고 있었다. 얼마 후 황실에서 요리아키에게 미노를 다스리는 임관의 첩지가 내렸고, 막부에서도 미노 태수로서의 상속을 인정한다는 통지가 있었다.

'이젠 이것으로 됐다.'

쇼구로는 요리아키에게 축하 인사를 드렸다. 요리아키도 순진한 편이다. 쇼구로의 손을 쥐고

"그대 덕분이다" 하고 눈물을 글썽거렸다. 쇼구로는 손을 요리아키에게 맡기면서 무표정하게 고개를 끄덕이고

"미요시노를 하사받았을 때의 약속을 지킨 것뿐입니다" 하고 말했다.

이를테면 쿠데타 덕택으로, 바로 몇 년 전까지는 한낱 기름장수에 지나지 않았던 쇼구로는 태수의 집사가 되고 권세가 당당한 존재로 되었다. 하나 그 권세도 실상은 불안정한 것임을 누구보다도 쇼구로 자신이 알고 있었다. 아무튼 의지할 자라고 하면 요리아키뿐으로서, 요리아키의 권위 그늘에 숨어 그걸 다루고 있을 뿐인 존재인 것이다.

미노 8천 기라고 일컫는다. 면적 400평방 리의 이 나라에는 그만큼 작은 영주들이 많은 것이다. 그들의 동향에 따라서는 쇼구로의 위치도 위험한 것이었다. 어쨌든 요리아키는, 쇼구로에 대한 논공행상(論功行賞)으로 모토스 군(本巢郡) 몬주 성(文殊城)을 주었다.

하나 쇼구로는 성과 영내의 마을들을 한번 보러 갔을 뿐으로 옮겨가려고도 하지 않았다. 하긴 전연 무관심도 아닌 증거로, 영내의 농사꾼 세금을 미노의 다른 영지보다 얼마쯤 너그러운 걸로 해 주었다. 당연히 농민의 인심을 얻었다. 이 시대의 농사꾼은 도쿠가와 시대처럼 법제화된 '계급'은 아니다. 병·농(兵農)이 아직 분리되지 않은 상태에 있었고, 대농(大農)은 막상 전쟁

이 벌어지면 작은 영주에게 동원되어 기마 무사(장교)가 되는 자도 있다. 그 농민 집에 살고 있는 머슴들이 때론 병졸로서 활약한다. 그들의 인심 동향은 중요하다고 봐야 했다.

쇼구로는 그런 '영지의 농민'을 교묘하게 구슬렸다. 아무튼 쇼구로는 교토에 야마자키야라는 막대한 재산이 있어, 부지런히 농민을 착취해야 하는 쩨쩨한 소영주는 아니다.

어쨌든 그 성에는 살지 않는다. 가와테 성내에 저택을 만들고, 요리아키의 그림자처럼 도키 가문의 정사를 보고 있다.

"몬주 성으로 불만인가" 하고 요리아키가 걱정스런 듯 물었다.

"아닙니다, 몬주 성은 이 가와테 성에서 너무 멀지요. 매일 등성을 할 수 없다면 충성에 지장이 있습니다."

그런 쇼구로에게 뜻밖의 행운이 찾아들었다. 행운을 가져다준 자는 나가이 도시타카다.

도시타카는 조자이 사 니치고 대사의 형이고 쇼구로가 미노에 온 처음부터 유별난 호감을 갖고 있는 늙은 무장이다. 미노 대호족의 한 사람이며, 도키의 일족이고, 요리아키의 소년 시절부터 후견인 노릇을 한 인물이란 걸 이 이야기의 처음에 소개했다. 쇼구로를 요리아키에게 추천한 것도 도시타카였고, 쇼구로의 재능에 대해서 기분 나쁠 만큼의 존경을 표해온 오직 하나뿐인 실력자이기도 했다.

도시타카로 볼 때는 쇼구로의 재능을 사랑하고 그것을 후원하는 일은 요리아키를 후원하는 일이었고, 또한 이웃나라에서 자라고 있는 오오미(近江)의 아사이(淺井) 씨, 오와리의 오다(織田) 씨의 위협에서 미노를 지키는 유일한 방법이라고 믿고 있었다. 뿐더러 이 가와테 성 공격의 병력 태반은 도시타카의 일족, 가신인 것이다. 그토록 쇼구로를 지원해 왔다.

'그 사나이만 있다면 나는 안심하고 눈을 감을 수 있다.' 고도 생각하고 있다.

도시타카에겐 병이 있었다. 그래 요즘은 거의 병석에 있고, 자기의 남은 수명이 얼마 남지 않았다는 것을 깨닫기 시작하고 있었다.

어느 날 쇼구로를 가노 성의 자기 병실로 불러

"내가 걱정인 것은 요리아키 님의 장래와 미노의 안전이다. 어떤가, 그대가 보다 더 요리아키 님에게 충성을 할 수 있도록, 또 충성하기 쉽도록 내

집과 성을 물려받아 주지 않겠는가?" 하는 의미의 말을 했다.

믿어지지 않는 일이었다. 도시타카는 정신이 돈 게 아닐까. 어느 나라에, 정체도 알 수 없는 떠돌이에게 성과 영지와 가문을 물려줄 천치가 있으랴.

"……"

쇼구로는 베갯맡에서 약간 물러나 두 손을 짚은 채, 눈만은 조심스럽게 도시타카의 표정을 알아내려고 하고 있었다.

도시타카는 눈동자에 눈꺼풀이 약간 씌워지고 있었지만, 맑은 눈빛을 갖고 있었다. 거짓말이나 농담을 하고 있는 표정은 아니다. 잠시 눈을 감고 생각을 하는 눈치였으나, 이윽고

"쇼구로 공" 하고 도시타카는 옛날 이름으로 불렀다.

"악인이란 뭔가, 하는 걸 나는 옛날부터 쭉 생각해 왔소."

"……"

쇼구로는 눈을 들었다. 이야기는 엉뚱한 내용으로 발전될 것 같았다.

"쇼구로 공은 생각해 본 일이 있소?"

"저는 일찍이 절에 있었던 몸인지라."

당연히 선악의 문제는 생각해 온 일이다, 하는 의미의 고갯짓을 쇼구로는 했다.

"그랬지, 그대는 교토의 묘카쿠 사 본산의 수재였다지? 옛날부터 니치렌 종은 선에도 강렬한 인간을 낳고 악에도 강렬한 인간을 낳는다고 들었지."

"그렇습니다. 다른 파의 종교는 몰라도……."

쇼구로는 '철학'을 지껄였다.

"다른 종파는 선악이 애매합니다. 호넨(法然), 신란(親鸞)(둘 다 이름 높은 스님)의 정토종에 있어선 인간의 존재 그 자체가 악이라고 합니다. 인간은 어패조수(魚貝鳥獸) 따위 생물의 목숨을 뺏어 먹는 것밖에 육체를 유지할 방법이 없고, 여인을 사랑치 않으면 자손을 번식시킬 수 없고, 그와 같이 살생여범(殺生女犯)을 하지 않으면 살아갈 수 없게끔 만들어진 존재가 인간이라고 하고 있습니다. 그리하여 석존의 가르침으로 볼 때는 구원받을 수 없는 게 인간이고, 그러한 인간을 악인은 악인 그대로, 믿음이 두터운 자도 믿음이 엷은 자도 있는 그대로의 모습으로 구원해 주신다는 게 아미타여래라고 합니다만, 니치렌 종은 그처럼 너그럽지 않습니다. 니치렌 종의 근본 경문인 법화경을 믿지 않는 무리는 비록 세상에서 말하는 선인이라고

할지라도 모두 악인인 것이며, 세상을 해코자 하는, 나라를 망치는 자라 합니다. 자연 선악이란 것에 강렬한 구애를 갖기 때문에, 그 탓인지 니치렌의 무리엔 악이 많죠. 비록 악한 짓을 하더라도 법화경을 염하면 죄가 소멸한다고 하는 편리한 가르침이 있기 때문에 무지무지한 악을 저지르는 자가 있는 모양입니다."

쇼구로는 태연하게 말했다. 다름 아닌 바로 이 사나이가 그렇지 않은가.

하지만 도시타카는 그렇게 생각지 않았다. 쇼구로의 재주와 그릇에 완전히 심취하고 있는 것이었다.

"아냐, 이야기가 어려워졌지만 내가 말하는 악이라든가 악인이라든가 하는 건 다른 거요. 곰곰이 생각해 보건대 무능한 태수, 무능한 중신, 무능한 영주란 난세에 있어 악인일 것 같아."

"예?"

놀라 보였지만, 쇼구로도 동감이었다.

"이 미노를 보오."

도시타카는 눈을 감았다.

딴은, 미노는 이 10년 남짓한 동안 몇 번이고 아사이·오다 씨로부터 국경을 침략당하고 그때마다 출전은 하는 것이었지만 이긴 역사가 없다. 국경의 백성이야말로 죽을 지경이었고 벼를 벨 무렵이면 오오미의 아사이 군이 침략해 온다. 벼를 베어가 버리는 것이었다.

'무엇 때문에 있는 태수냐?'

하고 세키가와라 부근이나 스미마타(墨股) 부근의 국경에 있는 농민들은 원망이 대단하다고 한다. 농민들뿐 아니라 그 부근의 시골 무사도 비참한 것으로, 침략될 적마다 부모 자식은 살해되고, 저장하고 있는 무기며 식량은 약탈된다. 마키타(牧田)라고 하는 시골 마을에 있는 무사로 마키타 우곤(牧田右近)이란 자는 처자를 오오미의 아사이 패에게 학살당한 나머지 걸인 같은 모습으로 교토로 갔다고 한다. 이 비참함의 원인은 단 한가지다. 도키 가문에 인재가 없다는 것.

태수는 대대로 무능했고, 보필하는 호족들에도 인물이 없다.

"나를 포함해서 그렇지" 하고 도시타카는 말했다.

요컨대 도시타카가 말하길, 영토를 경영하는 자가 무능함은 최대의 악이며 악인이라는 것이었다.

"요리아키 님은 마사요리 님보다 낫다고는 하나 보시다시피 그런 분이오. 대군을 거느리고 아사이나 오다를 쳐부술 분이 아니지. 또 대대로 썩은 도키 가문의 조직을 한칼에 베어 버리듯 재건할 분도 못되오. 그 보좌역인 내가 이 꼴로 병이 들고 무능하오. 이를테면 악인이지."

"……."

그렇다면, 쇼구로는 하늘이 내려준 다시없는 선인이 되는 셈이다.

"이대로라면 도키 가문은 멸망하고 미노도 멸망한다. 나와 같은 '악인'은 물러가야 한다."

나가이 가문은 도키 가문의 지족으로서도 최대의 집안이니까, 쇼구로가 이 집을 계승해서 이 가문의 이름으로 미노의 정치에 임한다면, 약간의 거친 치료법으로도 재건이 가능할 거라는 도시타카의 말이었다.

"그러니까 받아주오."

진심일까? 하고 쇼구로는 생각했다.

도시타카는 진심이었다. 민감한 사나이니만큼 쇼구로가 가공할 존재라는 것도 알고 있었을 게 틀림없다. 하나 이 사나이에게 수완을 휘두르게 하는 것밖에 미노를 멸망에서 구하는 길이 없다는 것도 도시타카는 알고 있었다.

도시타카는 몹시 담담한 심정이 돼 있었다. 병골로 정력이 쇠약해져 있는 탓도 있었을 거고 누대(累代)의 명문 후예란 도시타카처럼 욕심을 빼놓고 태어난 듯한 자도 나오는 모양이다. 그리고 무엇보다도 요리아키에겐 친자식이 없었다.

쇼구로는 양자라는 형식이 되었다.

도시타카는 모든 걸 쇼구로에게 물려준 뒤 자기는 머리를 깎고 중이 되어 무기 군(武儀郡)의 산속 절에 은퇴하고 말았다.

쇼구로는 이때 '나가이 신구로 도시마사(長井新九郎利政)'란 이름으로 바뀌었다.

몇 해 사이에 쇼구로는 묘카쿠 사의 호렌보, 마쓰나미 쇼구로, 나라야 쇼구로, 야마자키야 쇼구로, 다시 마쓰나미 쇼구로, 이어서 니시무라 간구로, 그리고 이번엔 나가이 신구로란 이름이 되었다. 바뀔 적마다 인생이 일변하고 있다. 일생 동안 혼자서 몇 종류나 되는 인생을 보내겠다는 속셈인 듯하다.

아무튼 가노 성주가 되었다. 가와테의 부성을 강탈하고 나서 불과 한 달쨰의 일이었다.

재빠른 변전(變轉). 과연 삶의 명인(名人)이라고 부를 수밖에.

여자 사 들이기

가노 성주가 된 쇼구로의 매일은 몹시 바빴다.

쇼구로는 목표를 둘 세우고 모든 정력과 지혜와 행동을 그것에 집중했다. 하나는 미노 8천 기인 무사들 길들이기다.

'어디서 빌어먹던 놈인지 모를 사나이에게 가와테 성 다음 가는 미노 제2의 중요한 성을 뺏기다니 될 말인가?'
하고 누구나가 생각하고 있다. 인간 심리를 누구보다 잘 아는 쇼구로가 그 감정을 모를 턱이 없다.

'그렇게 생각하는 게 당연하지.'
쇼구로는 혼자 우습기만 했다. 어떻게 길을 들일까.
'나 혼자선 곤란해.'
그만한 권위가 아직 쇼구로에겐 없었다.
'단 한 가지, 방법이 있다.'

그건 새로운 태수·나라 주인·미노노가미·주군인 도키 요리아키의 신성권을 이용하는 일이다. 미노 8천 기라고는 하나 그들은 가마쿠라(鎌倉) 이래 여기서 세력을 길러온 도키 가문의 일문·일족·인척·먼 친척 관계에 있는 자들 뿐으로, 이를 테면 이 일국은 하나의 거대한 혈족 단체가 돼 있다. 그 종가가 태수 요리아키인 것이다.

당시 일본인의 종가에 대한 심정은 신앙이라고 해도 좋을 만한 것으로, 이 신앙을 이해 못한다면 요리아키가 이번에 새로이 취임한 '태수직'이라고 하는 지위의 고마움을 독자는 알기 어렵다. 태수직은 그 후 천하에 속속 생겨났던 벼락치기 영주들과는 달리 혈족의 '신'인 것이다.

그 무렵까지의 일본 민족은 민족 사회의 연합체였다. 특히 무사에게 있어서는······

여담이지만, 일본 역사의 흥망성쇠를 통해서 어떻게 천황 가문이 살아남았느냐고 하면 바로 이 혈족신앙 덕분이다. 씨족의 정점에 천황 가문이 있는 것이다. 도키 가문은 미나모토 씨(源氏)로서 그 먼 조상은 하치만타로 요시이에(八幡太郎義家)까지 거슬러 올라가고, 다시 그 위는 세이와 천황(淸和

天皇)으로부터 갈려 나오고 있다. 겐·뻬이·도·기쓰(源平藤橘 : 모두 성씨)는 모두 그 조상을 천황 가문에 둔다.

당시는 어떤 일본인도, 물론 토민까지도 먼 조상은 이 네 가지 성의 어느 쪽이라고 칭했다. 이를테면 쇼구로는 자기의 원래 성인 마쓰나미 씨가 멀리 후지와라 씨(藤原氏)에서 나왔다고 자칭하고 있다. 나중에 그의 사위가 된 오다 노부나가(織田信長)는 처음 후지와라 씨를 칭하고 도중에 다이라 씨(平氏)로 바꾸었다. 도쿠가와 이에야스(德川家康)는 전설적인 족보를 만들어 미나모토 씨라고 칭했다.

그들 일본인의 모든 성씨의 총 우두머리가 천황인 것이다.

혈족 신앙의 신이라고 해도 좋다. 그러므로 그 존재가 신성시되고 어떠한 권력자도 혁명아도 이 존재를 부정할 수가 없었다. 그런 지방적 규모가 미노에선 도키 종가다. 요리아키는 미노 씨족들의 작은 천황이고 미노에선 범접할 수 없는 '신성'이었다.

쇼구로는 교토 태생이므로 각 시대의 권력자가 이 천황이라고 하는 비군사적 신성한 종주를 어떻게 이용해 왔는가를 잘 알고 있었다. 그 '요령'으로, 그가 앉힌 미노의 작은 천황 요리아키의 신성권을 크게 이용했다. 물론 요리아키에게 불만을 호소하러 오는 일족·일문 사람이 엄청나게 많았다.

"그 따위 성도 신분도 알 수 없는 자를 가까이하지 마십시오" 하고 그들은 요리아키에게 귀띔을 한다.

하나 요리아키는 쇼구로의 귀족적 교양에 홀딱 반하고 있었기 때문에, 쇼구로가 자칭하는 족보라도 모조리 믿고 있었다.

"뭣이? 고작 기름장수라고 한단 말이지. 너희들은 모르니까 그렇게 말하는 거야. 그는 황실 무사 마쓰나미 가문의 정통이고, 마쓰나미 가문은 후지와라 씨에서 나오고 있다. 공경(公卿)이나 당상관(堂上官)은 아니라 하더라도 그것에 버금가는 가문 출신이야."

미노 겐지(源氏)의 종가 도키 요리아키가 쇼구로의 혈통에 보증을 서니만큼 일족·일문의 말단들도 그렇게 믿지 않을 수 없었다.

"그럼, 귀한 가문 출신이라고 하더라도" 하고 그들은 다시 한 무릎 다가앉으며 말한다.

"간악한 지혜가 있는 자입니다."

"말을 삼가라" 하고 요리아키는 쇼구로에게 모르는 사이 교육받은 대로의 대답을 하는 것이었다.
 "그자는 지혜와 정의로 나를 태수로 앉혀준 거야. 너희들 따위가 말하듯 그의 지혜가 간악하다고 한다면, 내가 간악한 마음으로 태수의 지위에 앉은 것이 된다. 그렇다면 너희들이 나의 지휘를 그르다고 하는 것과 마찬가지. 그를 헐뜯는 건, 너희들이 나에게 반역심이 있기 때문이라고 해도 말 못하리라. 그걸 알고서도 말하는 건가?"
 모두 입을 다물고 만다.
 제2의 목표는, 요리아키라고 하는 작은 천황을 더욱 바짝 쇼구로의 손아귀에 쥐어야 한다는 것이었다.
 귀족 출신이란 언제 마음이 바뀔지 알 수가 없는 것이다.
 '요리아키 님을 더욱더 내 손아귀 속에 바짝 틀어잡자면……'
 여자다. 그것밖에 없다.
 사실 말이지 요리아키는 태수직과 가와테 성을 얻자마자 몹시 호색적으로 변해 있었다.
 "신구로" 하고 쇼구로를 새 이름으로 부르더니, 약간 쑥스러운 듯한 표정을 짓고서 말했다.
 "무엇입니까?"
 "무리일 테지?"
 "무엇이 말씀입니까?"
 "내 소원이."
 "앗핫핫핫, 미노의 주인이라도 만들어 주는 이 나가이 신구로 도시마사, 제 힘으로 불가능한 일이란 없지요. 특히 태수님을 위해서라면 천축의 하늘을 난다고 하는 금날개의 새라도 잡아 오겠습니다."
 "참말인가?" 하고 요리아키는 소년처럼 눈을 빛냈다. 하나 그 아랫 눈꺼풀은 지나친 음탕으로 부은 것처럼 처져 있다.
 "자, 말씀하십시오" 하고 말하면서 쇼구로는 이 바보가 그리는 꿈이란 어떤 것일까 하고 흥미가 일었다.
 요리아키의 지금 정신 상태를 아는 데 필요한 일이었던 것이다.
 '이 바보가 무엇을 소원할까?'
 쇼구로는 미소지으며 넌지시
 "천하라도 차지하고 싶으십니까?"

"아냐, 그건 나에게 짐이 무거워."

'그럴 거다.'

쇼구로는 속으로 우스워서 견딜 수 없었다. 그러나 한시름 놓기도 했다. 나라 주인이 된 이상 바라는 것은 당연히 천하일 텐데, 요리아키에겐 그런 방면의 꿈이 없는 것처럼 보였다. 쇼구로는 다시 넌지시 물었다. 요리아키에게 얼마만큼의 정치적 야망이 있는지를.

"아니면 이웃 나라인 오와리이십니까? 가만있자, 이웃 나라 하면 오오미도 있고 동쪽엔 신슈(新州)가 있지요."

"신슈는 추울 거야" 하고 요리아키의 반응은 보잘 것이 없었다.

"추우시면 싫습니까?"

"나는 홍수하고 눈보라만큼 싫은 게 없다는 걸 그대도 알고 있잖은가?"

"아, 그랬었군요. 그럼 오오미는 어떻겠습니까? 호수 동쪽의 기름진 논은 천하의 제후들이 모두 침을 흘리고 있지요."

"오오미에는 좋은 매가 없어."

"아차."

매는 화가로서의 요리아키가 즐겨하는 주제다. 아니 매밖에 그린 일이 없는 사나이인 것이다. 현재에도 미노의 오랜 가문 따위에서 요리아키가 그린 '도키(土岐)의 매'가 얼마든지 남아 있는 것으로 보아, 한 달에 몇 장씩 그리고 있었으리라.

"나라가 탐나지 않는다고 하시는 말씀이라면, 요리아키 님에게 원한이라도 품는 이 나라 반대파 무사의 목이라도 잘라오라는 분부이십니까?"

"그런 자가 있느냐?"

"없다고는 할 수 없겠지요, 실제로 일족 분들 가운데도 있으니까" 하고 쇼구로는 자기에 대한 반대 세력의 총대장인 나가이 도시야스(長井利安)의 얼굴을 허공에 떠올리며 말했다.

"아하하하! 그런 자는 없어" 하고 이것만은 요리아키도 단언했다. 그럴테지, 미노의 신성한 종주인 요리아키에게 거슬리려고 할 자가 있을 턱이 없다.

"신구로, 여자야."

"딴은, 그런 일이라면 아주 쉽지요. 인간의 반은 여자니까요."

쇼구로는 더욱더 기분이 좋았다. 그 태평스런 쇼구로의 얼굴을 보고 요리아키는 난처한 듯한 표정을 지었다.

"신구로, 여잔 여자라도 좀 다른 거야."

"물론 미인이어야 하겠지요, 태수님의 취미는 잘 알고 있죠."

"그건 고맙네만 미인이라는 것 말고 소망이 있어."

"소망이 있기에 인간이지요. 한데 어떠한?"

"천황의 딸을 얻고 싶어."

아니, 이 멍청이가! 하고 쇼구로는 순간 깜짝 놀랐지만, 놀라움을 얼굴에 나타내지 않고

"잘 밝혀 주셨습니다. 그럼 곧 마련하여 갖다 드리지요."

물건이라도 운반하는 듯한 투다.

"시, 신구로, 분명히 약속해 주겠나?"

"예."

"약속하여 나를 고대하게 만들고 나중에 그 이야기는 틀렸습니다, 하고 말하며 나를 슬프게 만들지는 않을 테지."

'이 야마자키야' 하고 말하려다가 황급히 나가이 신구로라고 고쳐 말했다.

"그런 짓을 한 일이 있었나요?"

"글쎄, 그런 뜻이 아니라 그만큼 어려운 일일 테니 하는 소리야."

"어려운 일이라도 태수님을 미노의 주인으로 만들어 드린 것만큼 어려운 일은 아닐 테죠."

"설마 누군지도 모를 교토 여자를 데리고 와서 이게 천황의 공주님이라곤 하지 않을 테지."

"자랑은 아닙니다만 이 신구로, 야마자키야라고 불렀던 옛날부터 기름의 품질이 천하제일이었습니다. 물건만은 틀림없는 사나이죠. 실제로 주군은 가짜가 아니신, 어엿한 미노의 태수님이 되시잖았습니까?"

쇼구로가 가져오는 물건은 신용할 수 있다는 의미이리라.

"부탁한다" 하고 요리아키는 손을 모았다.

미노의 군주가 되자마자 그것에 알맞은 관작을, 고귀한 여성을 얻는 일로써 표현하고 싶었으리라. 아니, 요리아키도 남자다. 교토에 올라가 천자를 옹립하고 천자 다음 지위에 앉아 간파쿠(關白)나 쇼군군이 되어 천하를 호령하겠다는 것도 난세의 남자가 찾는 길일지 모르지만, 요리아키는 그 대신 천자의 딸을 얻는다고 하는 뒷길에서 매우 닮은 쾌감을 맛보려고 하고 있는

게 틀림없다.

'이불 속에서 천하 탈취로군.'

쇼구로는 요리아키가 우스웠다.

"그럼 주군, 지금의 마님은 쫓아 버리시는 겁니까?"

"처, 천만에. 그건 그것이지."

"그럼 측실로?"

"이를테면 그렇게 되겠지."

"그렇다면 어렵겠군요" 하고는 말했지만, 뭐 정식으로 혼인하는 편이 더욱 어렵다. 공경의 최고 가문 격인 다섯 섭정가문의 아씨라면 이런 난세이니만큼 오히려 기꺼이 지방 토호의 종가로 오지 않는다고도 할 수 없지만, 천황의 딸인 내친왕(內親王)이 신분 그대로 실력가인 영주의 정실이 되었다는 이야기는 별로 듣지 못했다.

'오히려 측실인 편이 이야기가 빠르다.'

쇼구로는 성을 물러나왔다.

가노 성으로 돌아오자 아카베에게 용건을 들려주고 곧 교토로 보냈다. 천자에게 어떤 공주가 있는지, 그 기초 조사를 해 두기 위해서다.

아카베가 출발할 때 쇼구로는

"내가 상경하여 이야기가 될 것 같으면 곧 소식을 보내라" 하고 일러두었는데, 며칠 후 아카베로부터 급한 소식이 전해져 왔다. 편지를 받아 펴보니까

'이것도 글씨야?'

하고 기절해 나가자빠질 정도인 글씨로

——한 사람 있습니다.

하고 적혀 있었다.

천한 놈은 역시 존칭을 쓸 줄 모르는구나 하고 쇼구로는 쓴웃음을 짓고 그걸 찢어 버렸다. 쇼구로는 미요시노나 성내의 심복 부하들에게

"잠시 어떤 절로 기도를 드리러 갈 테니, 누구에게도 내가 부재중이라고 하지 말라. 사람들에게는 병중이라고 해 두어" 하고 말했다.

지금 같은 험한 세상에선 성주가 없다는 걸 안다면 성밖 세력은 말할 것도 없거니와 성내에서도 반란이 일어나지 않는다고 장담 못한다.

쇼구로는 미미지 따위 눈치 빠른 부하 열 명에게 기름장수 차림을 하게 하

고서, 물론 자기도 옛날의 그 차림으로 밤을 타고 성을 나와 나카센 도(中仙道)를 타고 급히 교토로 향했다.

야마자키야 근처까지 오자, 가게는 여전히 짐을 묶거나 실어내느라 분주하여, 쇼구로가 있던 시절과 번창함이 조금도 변함없었다. 점원인 스기마루 등이 힘을 모아 가게를 지키고 있는 증거인 것이다.

쑥 가게 안으로 들어섰더니

"앗, 나리님!" 하고 스기마루가 한낮에 귀신이라도 본 것처럼 기절초풍을 했다. 설마 예고 없이 쇼구로가 돌아올 줄은 생각지도 못했으리라.

"무얼 그리 놀라나."

쇼구로는 가게 앞, 가게 안, 고용인의 일하는 모습, 점원이 움직임 등을 자세히 살피고

"열심히 일들 하는구나" 하고 흐뭇한 듯이 고개를 끄덕였다.

그런 다음 통 뚜껑을 열고 기름을 손가락에 찍어 핥아 보았다. 잠시 생각한다.

"품질이 떨어지지 않았군."

완전히 예전의 야마자키야 쇼구로로 되돌아가 있다.

"곧 오마아 마님에게 알려 드리겠습니다" 하고 스기마루가 번쩍 뛰어오르듯이 달음박질하려고 했지만, 쇼구로는 제지했다.

"그냥 둬, 놀라게 해주겠다."

쇼구로는 봉당에서 발을 씻고 땀 먼지로 더러워진 옷을 벗어 던지고서, 교토 제일의 대자본가 주인답게 요즘 유행인 비단옷에 팔을 끼우고 띠를 매고 물로 머리카락을 약간 쓰다듬어 붙인 다음, 미노에서 데리고 온 나가이 신구로 도시마사인 자기 부하들을 가리키며

"가게 사람이나 미노의 부하들이나 같은 나의 사람들이다. 너희들은 그들을 친절히 돌봐 주어라."

"예."

주인이 좋아서 어쩔 줄을 모르는 스기마루는 힘차게 대답을 했다.

"부탁한다" 하고 쇼구로는 안채로 들어갔다.

오마아는 자기 방에 있었다. 정원의 녹음이 툇마루의 햇볕을 새파랗게 물들이고 있었다. 쇼구로는 복도에서 발소리를 죽여 들어갔으며, 앉아서 무언가 비단 헝겊 조각을 꿰매고 있는 모양인 오마아의 두 눈을 등 뒤에서 살짝

가렸다.

"!"

"누, 누구시죠?"

오마아는 놀라서 버둥거렸다.

"나야."

"어머, 서방님!"

기쁨으로 더욱 세차게 버둥거리며 쇼구로의 손을 떼려고 했다.

"가만히 있어, 그대로" 하고 쇼구로는 뒤에서 끌어안았다. 미요시노에게는 없는 풍만한 살갗의 감촉이 오마아에 대한 쇼구로의 욕망을 오래간만에 되살아나도록 했다.

"그대로 있어" 하고 쇼구로는 오마아의 두 눈을 가린 채 밀어 쓰러뜨리고 두 다리를 벌리도록 했다.

"아, 안돼요. 누가 와요."

"부부야, 꺼릴 게 없어. 가게 점원에게도 보여 줘라."

곧 쇼구로의 욕정이 오마아에게도 전염되고, 오마아 또한 욕정의 달뜬 포로가 되었다. 두 눈이 가려진 채

"보여 주세요, 얼굴을."

헛소리처럼 말했다.

저녁달

그날 밤 쇼구로는 혼자 자기 방에 있었다.

미노로부터의 급한 여행 뒤였다. 보통 사람이라면 다리가 나무토막처럼 뻣뻣해졌을 테지만, 이 사나이의 얼굴에는 피로도 보이지 않는다.

'세상에 일만큼 재미있는 건 없다'고 생각하고 있었다.

그것이 쇼구로를 피로하지 않게 하는 것이리라. 옆에서 등잔불 하나가 깜박이고 있었다.

드르륵, 하고 방문 밖의 덧문이 열렸다.

"아카베냐?"

"예, 그렇습니다" 하고 툇마루에서 목소리가 났다.

"들어와."

"예, 예."

아카베가 험상궂게 생겨먹은 얼굴을 얌전하게 숙이면서, 무릎걸음으로 들어왔다. 뒤따라 미미지도 들어왔다.

"우선 가까이 오라."

"그럼 가까이 가겠습니다."

나직한 목소리가 들릴 정도로 다가앉고서는

"천황의 딸……"

"내친왕이라고 해라."

"예에, 그러니까 그 여자……"

"여자라니? 불경스럽다. 아카베, 너도 내 가신이야. 장차는 영주라도 시킬까 생각하고 있는데, 언제까지나 묘카쿠 사의 절머슴 같은 말씨여선 안 된다."

"예, 예."

애교인 셈으로 바보 같은 아가리를 벌리고 있다. 이 꼬락서니로는 평생 영주가 될 수 없는지도 모른다.

"알맞은 게 하나 있었습니다."

"그 일이라면 네 편지로 알았다. 어떤 분이냐?"

"나이는 열여덟, 나이가 들었기는 합니다만 눈이 부실 만큼 아름답지요――나리께서" 하고 쇼구로의 얼굴을 손가락질하고

"침을 삼키시지 않을까 걱정입니다."

천박한 웃음을 띠웠다.

"이름은 뭐라고 하지?"

"요시코(香子)."

"음" 하고 쇼구로는 고개를 끄덕였다.

내친왕이란 황실에선 "우찌노 히메미코(內の姬御子)"라고 불리고 있다. 메이지(明治)의 황실전범(皇室典範)에선 적출(嫡出)의 황녀 또는 여자인 적출 손녀·적출 중손녀 하는 식으로 황후의 몸에서 난 여성에 대한 호칭이 돼 있지만, 쇼구로 시대는 먼 나라(奈良)시대의 '대보율령(大寶律令)'이 살아 있는 무렵으로, 어머니가 황후가 아니라도 내친왕이라고 불릴 경우가 많았다.

요시코의 어머니는 궁중의 노비였던 모양이다. 선제(先帝)의 딸이다.

내친왕이라는 건 동녀(童女)인 채로 끝나는 사람이 많다. 여승이 되어 교토·나라 등지에 많이 있는 여승방의 암주 뒤를 잇거나 이세의 신궁 제녀(齊女 : 신전에 봉사하는 여자)가 되는 일이 많았다.

요시코도 교토의 호리가와(堀河) 도도마치(百百町)에 있는 호쿄 사(寶鏡寺)에 딸린 여승방의 암주가 되기로 돼 있었는데, 절에 복잡한 상속 문제가 생긴 까닭에 여승이 되지 않았고, 그렇다고 해서 새삼스러이 공경 가문이나

친왕(親王)가문에 출가할 수도 없게 되어 머리를 기른 속세의 모습 그대로 사가(嵯峨)의 오쿠라 산(小倉山) 기슭에 조그만 암자를 하나 마련하여 쓸쓸하게 살고 있었다.

"허, 그거 안성맞춤이다."

고개를 끄덕이면서 쇼구로는 그 여인이 가엾어졌다. 어머니가 공경 출신이라면 여승방의 상속 문제도 말썽 없었을 것이고 아버지인 선제가 살아 있었다면 이토록 박복하지는 않았으리라.

황실이란 박정하기만 하다.

선제의 유아(遺兒)인데다가 생모의 친정이 없는 거나 다름없기 때문에 요시코는 황실 사회에서 망각된 존재가 돼 있다고 쇼구로는 상상했다.

'내가 보호하잖으면'

불끈 그런 느낌이 치밀었다.

"그런데 요시코 내친왕은 어떤 성미이시냐?"

"글쎄 말입니다. 그게 어렵습죠. 시시한 공경 따위로부터 혼담이 없는 것도 아닌 모양입니다만, 본인은 말하길 나는 일단 불문에 들어가려 했던 사람이라면서 영 막무가내로 마다하시고 세상에 나오려고 하지 않습죠."

"그럴 테지."

쇼구로는 고개를 끄덕였다. 요시코는 세상일의 번거로움에 싫증이 나고만 모양이었다.

"조사하는 데 수고했다" 하고 아카베와 미미지에게 은을 한 쪽 주었다. 나머지 일은 이 자들의 손으로 되지 않는다. 쇼구로의 지혜, 재치에 달려 있는 것이다.

이튿날 쇼구로는 말을 준비시키고 무사용 에보시(鳥帽子)에 정갈한 겉옷, 칼은 황금 장식의 호화로운 것을 차고 단 혼자서 야마자키야를 나섰다.

사가노(嵯峨野)로 간다.

"가슴 설레는 일이로구나."

옛 노래에도 있다.

오쿠라 산기슭 마을의 저녁 안개에
집은 보이지 않는 다듬이질 소리

완만한 구릉과 솔밭이니 대나무 숲이니 하는 옛 노래의 전경 그대로인 사가노의 풍경이 펼쳐지고, 쇼구로의 눈앞 마을에는 저녁밥 짓는 연기가 나부끼고 도성 저 멀리 저녁달이 걸려 있다. 한 폭의 그림 같은 정경이었다.

쇼구로와 그가 탄 말은 저녁달을 등에 지고 그림 속 점경(點景)처럼 사가노의 들을 달려간다. 다듬이질을 하는 소리가 들렸다.

'아, 옛 노래 그대로군.'

고장 사람이 '히모노미야(日裳宮)'라고 부르는 사당 앞에 이르렀다.

'이것이 전설의 사당인가?'

고삐를 당기고 마상에서 굽어보았다.

들어서 알고 있다. 옛날 사가 천황(嵯峨天皇)이 총애한 여인으로 가치코(嘉智子)라는 가인이 있었다.

'단링 황후(檀林皇后)'라고 통칭되고 중국의 서시(西施)나 모장(毛嬙) 못지않은 미녀였다.

젊어서 세상을 떠났다. 숨을 거둘 때 천황의 한탄이 너무나 심했기 때문에 그 애모하는 생각을 없애 주려고 궁전의 여자들에게 유언길,

"내가 생전에 입던 옷을 오쿠라 산에서 사가노를 향해 버려다오" 하고 부탁했다.

그 상의가 떨어진 곳이 여기서 좀 건너 쪽인 나카노인(中院) 마을이며, 거기에 마을 사람이 '우라야나기(裏柳)사당'이란 걸 세웠다. 이 '히모노미야'는 황후의 붉은 옷이 떨어진 곳으로, 지금도 그 옷이 신주(神主)로 돼 있다.

'멋진 이야기야.'

쇼구로는 말을 몰았다. 니손 원(二尊院) 문 앞을 지나고 나카노인 마을을 지나 세이료 사(淸凉寺) 서문에 이르기 전에 북으로 들어가는 오솔길이 있다.

덤불을 지난다. 그 너머에 보잘것없는 나무 울타리를 두른 암자가 하나 있다.

'이거로군.'

쇼구로는 안장에서 내려 마을 곁의 감나무에 매었다. 저녁 어스름이 짙다.

암자의 판자문에서 불빛이 새고 있다. 풍류남아라면 허리에서 피리를 뽑아 한 곡조 불고 싶었으리라.

쇼구로는 지나가는 나무꾼을 불러 세웠다.

"이 암자가 선제의 내친왕이신 요시코 님의 거처인가?"
"예, 그렇습죠."
"아!"
쇼구로는 일부러 한탄스러운 듯 한숨을 지었다.
"아무리 난세라고는 하나 서글픈 노릇이다. 금지옥엽의 몸이 지금은 교토의 대궐에서 버림을 받았을 뿐 아니라, 보아하니 울타리엔 잡초가 무성하고 풀을 베어 드릴 사람도 없는 모양이다."
"……"
마을 사람은 쭈뼛쭈뼛하고 있다.
"나무꾼" 하고 쇼구로는 불렀다.
"옛 왕조가 영화를 누렸을 무렵엔 이 마을 사람의 마음씨도 고와, 당시의 황후의 것이 떨어진 상의며 하카마조차 사당에 모셨다고 한다. 지금은 살아 있는 내친왕이 사는 집의 풀 한 포기도 뽑아주지 않는 모양이지?"
"…….''
"나무꾼, 너는 이 울타리 옆을 하루에 몇 번 지나나?"
"예, 한 번은……."
"지날 테지. 지나며 저 초가지붕에 잡초가 난 것을 볼 수 있을 테지. 보고서도 뽑아 드리려고 하지 않는단 말이야?"
"그, 그런 고귀한 분의 집인 줄 모르고서."
"풀을 뽑아라."
쇼구로는 묵직하니 말했다. 그러나, 하고 목소리를 떨어뜨리고 요즘 세상에 공짜로 일할 순 없을 테니 이걸——하고 말안장에 단 커다란 돈자루를 내리고
"마을 사람 모두에게 나누어 주어라" 하였다.
마을 사람은 놀라 자빠질 정도였다. 다섯 관문(貫文)은 되리라. 이토록 많은 영락전은 본 일도 없다.
"이 돈으로 앞으로 1년 동안, 이 길을 지나는 마을 사람 가운데서 무를 심는 자는 무를 가져오고, 마른 어물을 손에 넣는 자는 마른 어물을 가져오고, 쌀이 수확되는 계절에는 쌀을 가져오고, 가난한 자는 손발을 써서 풀을 뽑아라."
"나, 나리님은 누구십니까?"

"나는 미노의 태수 도키 요리아키 님의 집사로 미노에 있는 가노 성주 나가이 신구로라고 한다."
"예, 예."
털퍼덕 돈자루를 안고서 엉덩방아를 찧었다.
"볼 일이 있어 교토까지 올라갔다 마침 날씨가 좋아 이 사가노까지 멀리 말을 달렸던 것인데, 이 초라한 암자를 보고서 눈시울이 뜨거워졌다."
"죄, 죄송합니다."
"빌지 않아도 좋아."
쇼구로는 붓통을 꺼내 종이를 한 장 가늘게 찢어 노래 한 수를 썼다.

이슬과 서리 내리는 오쿠라 마을에 집 한 채
떨어지느니 눈물, 소매로 닦는다.

쇼구로의 노래가 아니다. 옛날 이 마을에 은거한 시인 후지와라 데이카(藤原定家)의 노래다. 이 경우 자작시를 쓰기보다는 옛 시를 써서 교양을 엿보이도록 하는 편이 좋으리라 생각했던 것이다.
쇼구로는 칼집에서 황금 손잡이의 단검을 뽑고 그것에 노래를 적은 종이 쪽지를 붙들어 맨 다음
"내일이라도 지나는 길에 암자에 던져 넣어라" 하고 부탁한다.
그대로 말 머리를 돌려 교토의 야마자키야로 돌아갔다. 이튿날 암자에서 요시코의 생애에서 가장 이상한 사건이 일어났다. 처마 밑에 무를 갖다 쌓는 자, 봉당에 쌀가마를 져 들이는 자, 지붕의 잡초를 뽑는 자, 뜰의 풀을 뽑아주는 자, 울타리를 손질하는 자, 사람과 물건이 땅에서 솟듯 암자에 넘쳤다.
"어쩐 일이냐?" 하고 요시코는 부엌데기한테 물었다. 부엌데기는 단바(丹波)에서 부엌일을 하러 온 시골 여자로, 암자를 돌보는 종은 이 늙은 여자 하나 밖에 없다.
"글쎄요."
부엌데기도 고개를 갸우뚱하고 있다. 이윽고 마을 사람 하나가 황금의 단검에 붙들어 맨 그 옛 시를 내밀었다. 미노의 태수 도키 씨의 집사 나가이 신구로라는 이름도 귓결에 들었다.
'마음 꺼림칙한 일을 한다'고 생각했지만, 거칠기만한 동쪽 나라(미노에서

동쪽은 東國)의 무사로선 그윽한 교양의 소유자 같구나 하고도 생각했다.
더구나 놀란 것은 그 재력이다. 지나는 길에 다섯 관의 영락전을 마을 사람에게 거저 버리듯 준다는 건, 놀라운 재력의 배경이 없이는 안 된다.
'무가(武家)는 부자라고들 하지만, 미노는 상국(上國)이라 재력도 한결 넉넉한 모양이지.'
그러나 제법 풍류객답다. 그만한 재산을 가졌으면서도 마을 사람에게만 줄 뿐, 요시코에게는 옛 시 한 수를 보낸 데 지나지 않는다.
'꺼림칙한 일이긴 하나 생각하기에 따라서는 꽤나 세련된 무사로군'라고도 생각하는 것이었다.
요시코는 문득 만나보고 싶었다.
"어떤 사람이더냐?" 하고 요시코는 뒷마루에 쭈그리고 앉아 일하고 있는 마을 사람에게 물어봤다.
마을 사람들은 어제의 나무꾼을 데리고 와서 요시코의 물음에 대답케 했다.
"청아한 분이었습죠."
"나이는?"
"서른을 하난가 둘 넘었을까요."
"생김은?"
"교토에 드물 만큼 썩 잘 생기셨으며 가느다란 다리의 밤색 말이 잘 어울리셨죠."
'보고 싶다'고 생각 않는 건 여인이 아니리라. 요시코는 당연히 한 번만이라도 만나고 싶었다.
쇼구로는 그 무렵 야마자키야의 안채 내실에서 뒹굴고 있었다. 오마아가 차를 끓이고 있다.
"또 이름이 바뀌셨다면서요?"
"응, 바꿨어. 이번엔 나가이 신구로라고 하지. 미노의 나라에 성이 있는데 말이야, 가노 성이라고 하는 그 성의 성주 성씨야."
"이전의 니시무라보다도 높은 성인가요?"
"높고말고. 미노에선 태수의 집이 도키야. 그 다음이 사이토(齊藤), 그것과 어깨를 겨누는 성(姓)으로서 성(城)과 커다란 영지마저 딸려 있어."
"아직도 교토에 올라오셔서 쇼군이 되시지 못하나요?" 하고 물은 것은,

쇼구로가 쇼군이 되어 교토에 궁전을 지었을 때, 정실로서 오마아를 앉힌다고 한 적이 있기 때문이다.
그럴 예정이었다. 하나 실현은 아직도 멀다.
"천하의 병마는 미노에서 써야 한다고 한다. 미노를 제압하는 자는 천하를 제압한다고도 한다. 언젠가 미노 일국의 주인이 되면 천하는 선반 위의 것을 꺼내기보다도 쉽다."
"그동안에 오마아는 나이를 먹고 서방님에게 소박을 맞지 않을까요?"
"뭘, 오마아의 살갗은 세월에 끄덕 없어. 미노에 내려갔을 때와 비교해 보면 더욱더 젊어진 것처럼 보이는데."
"어머나, 말씀도 잘 하시네요."
오마아는 쉽게 넘어가서 키득키득 웃었다.
찻종을 쇼구로 앞에 놓았다.
쇼구로는 찻종을 들고 일어나서 뜰을 보았다. 사가노의 하늘이 눈에 떠오른다. 오늘이라도 가 보고 싶은 마음이 굴뚝같지만
'아냐, 좋은 술은 빚는 거나 마찬가지. 앞으로 2, 3일 사이를 두는 편이 좋을 거야' 하고 생각했다.
"이번엔 무슨 볼 일로 오셨나요?"
"오마아의 얼굴을 보러 왔지."
흰 잇몸을 드러내며 웃고 있다. 오마아로서 이런 종잡을 수 없는 남편을 둔 것이 과연 행복했는지 어떤지, 자기도 모른다.
"내일은 어디로 가세요?"
"아무데도 안 가. 장사 지시라도 하고 있겠어."
"또 아리마 온천에 데려가 주시지 않겠어요?"
'그런 일도 있었구나.'
하고 쇼구로는 불과 작년의 일을 먼 옛날 일처럼 돌이켰으나, 오마아로서는 쇼구로와의 사이에 즐거운 추억이 있었다고 한다면 그때 말고는 없었을지 모른다.
"즐거운 한때였어요."
"응."
내친왕 요시코를 생각하고 있다. 생각하면 생각할수록 도키의 바보 주군에게 주기가 아까운 듯싶은 여인이 아닌가.

때는 전국이 풍운의 세상이다. 여러 나라의 무장들이 교토에 사람을 보내 돈을 물 쓰듯이 하며 공경의 딸을 물색하여 영지로 데려가고 있다.

'용케도 그만한 여인이 그런 장사꾼들 눈에 띄지 않고 남아 있었구나.'

이상하다면 이상한 일, 쇼구로에게 있어선 뜻밖의 행운이었다.

그 다음 다음 날 아타고 산(愛宕山)에 해가 걸렸을 무렵, 쇼구로는 혼자서 말을 몰며 또 다시 사가노의 풍경 속 사람이 돼 있었다.

천황의 딸

쇼구로는 문을 두들기고

"여봐라" 하고 외친 다음 잠시 대답을 기다렸다.

해는 한낮에서 약간 기울고 있다. 사가노의 하늘은 물로 씻은 듯 새파랗고, 눈앞 오쿠라 산의 적송(赤松) 나무줄기의 붉은 빛깔이 오랜만에 교토로 돌아온 쇼구로의 눈을 즐겁게 해 주었다.

미노에는 흑송이 많다.

적송이 있긴 해도 교토의 그것과 같은 품위 있는 적갈색이 아닌 듯싶다.

'교토는 소나무 하나라도 아름답다'고 쇼구로는 생각했다.

왕성(王城)의 땅이란 수목조차 품위가 갖추어지는 것일까. 아니면 이런 우애로운 산하이기에 왕성의 문화가 태어난 것인가.

'최소한 적송이 적은 동쪽 나라인 반토(坂東 : 關東)에 도읍이 정해졌다고 한다면, 건물이나 사람들의 복장 하나만이라도 지금과 달랐을 게 틀림없다.'

쇼구로는 대도의 칼집 끝을 올려가면서 주위의 풍광을 즐기고 있었다.

'언젠가는 교토로 돌아오겠다.'

이 왕성의 고장에 자기의 가문 문장(紋章)을 박은 기치를 세우는 게, 난세에 태어난 남자의 보람인 것이다.

'쇼군이 된다.'

몽상이 아니다. 미노로 내려가서 불과 3년 안에 지금의 모습이 되지 않았는가. 추녀에 대나무 빗물 통이 걸려 있다. 거기에도 풀포기가 고개를 내밀고 바람에 흔들리고 있다. 참새가 있었다. 그것이 날았을 때, 문득 문이 열리고 부엌데기가 얼굴을 내밀었다.

"누구세요?"

"미노의……"

쇼구로는 말하고서 붓통을 꺼내, 나무껍질을 하나 주위들고 그 뒤쪽에 '미노 나라 가노에 사는 나가이 신구로 도시마사'라고 조그많게 써서 하녀에게 주었다.

"공주님은 계시겠지?"

"계십니다만 사람은 만나지 않습니다. 어떠한 볼 일이신지요?"

"이 사람은 무위무관(無位無官)의 천한 시골 무사이니 대면은 바랄 수도 없겠지. 하다못해 장지문을 두고서라도 음성을 들려주실 수 없을까 생각하고 찾아왔다."

"한데 볼 일은요?"

"사랑이지" 하고 쇼구로는 재빨리 부엌데기 손을 붙잡고 돈을 쥐어주었다.

여자는 어리둥절해 했다.

사랑, 하고 중얼거리다니, 여자는 덜덜 떨기 시작했다. 얼마나 무엄한 시골 무사인가. 벼슬도 관직도 없으면서 자기의 부강만 믿고서 내친왕을 짝사랑한다며 만나게 하라니.

요시코는 방 안에 있었다.

물론 쇼구로 목소리는 늠름하게 울려오고 있다. 요시코는 귀를 기울이며 듣고 있었다.──그 사람의 목소리를.

'보고 싶다'

고 생각했다. 목소리에 이상한 매력이 있고 그 매력이 요시코의 몸에 미미한 작용을 가하는 듯했다.

요시코는 책상 위의 방울을 들고 손끝으로 두 번 흔들었다.

하녀가 쇼구로를 기다리게 해 놓고 요시코 방의 장지문 밖에 무릎을 꿇었다.

"부르셨나요?"

"불렀다."

그 뒤는 침묵이 계속되었다. 꽤 지나고 나서 조그만 목소리로

"손님이군" 하고 요시코는 말했다.

하녀는 할 수 없이 장지문을 조금 열고 예의 나무껍질 명찰을 들이밀었다. 요시코는 팔을 엇갈리게끔 소맷자락 속에 넣고서 다다미 위에 놓여진 명찰을 집어 보려고도 하지 않고, 약간 멀리에서 그 글자를 읽으려 했다. 결코

단정한 자세는 아니다.
"미노의 나가이 신구로 도시마사라고——"
남자아이처럼 중얼거렸다. 짐작한 대로 그저께의 무사일 테지. 요시코의 눈꺼풀은 쌍거풀이 아니며, 속눈썹이 짧고 고른 것이 짙었다. 그것이 깜빡깜빡 잘 깜빡이고, 그 탓인지 몹시 반짝이는 빛을 띠고 있었다.
"어떻게 할까요?"
"툇마루에 차라도 갖다 줘" 라고만 말할 뿐, 만나겠다니 만나지 않겠다니 말도 하지 않았다.
요시코의 명령대로 하녀는 툇마루에서 차를 대접했다.
쇼구로는 걸터앉았다. 차에 곁들여 곶감이 나와 있다.
"공주님은 뭐라고 말씀하시던가?" 하고 쇼구로는 물었다.
"차를 대접하라고만 말씀하셨습니다."
하녀는 솔직하다. 그대로 전한다.
'넌지시 볼 작정이로군.'
맞은편에 발이 드리워져 있다. 어쩌면 그 안쪽에서라도 쇼구로의 모습을 보고 있는 것이리라.
쇼구로는 우애로운 여인을 상상했다. 하나 당사자인 요시코는 책상에 턱을 받히고 뜰의 울타리를 보고 있다.
'왜 선물 따위를 하고서 접근할까?'
그걸 생각하고 있다. 요시코는 대궐 안에서야 자기가 불우하지만, 바깥 세상에 나오면 자기가 얼마나 가치가 높은 것인지 알고 있었다.
'사러 왔을까?'
미노의 태수는 도키 가문이다. 옛날 아시카가의 전성시대에는 이세·오와리까지 차지했던 강성한 가문으로 그 태수의 성이 있는 가와테는, 교토·가마쿠라(鎌倉)·야마구치(山口)·가와테라고 손꼽히던 고장이었다. 요시코는 공경들의 이야기를 들어, 그런 인문지리는 잘 알고 있었다. 기왕 말이 나왔으니 말인데, 이 당시의 공경은 영지를 잃고 몰락했으며, 연줄을 찾아 지방의 영주한테로 가서 신세를 질 일만 생각하고 있었다.
"어디 어디가 부강타고 하더라" 하는 소문만이 거미줄을 친 궁궐 안에서 수군거려지고 있다. 공경의 가난한 집에 아름다운 딸이 있으면 교토의 장사꾼이 눈독을 들이고 흥정을 붙여 그 딸을 데리고 지방 영주한테로 가 첩으로 넘기는 일이 흔히 행해지고 있었다.

물론 그런 영주로부터 딸의 친정인 공경에게 상당한 금품이 보내어져 온다. 딸이 자식이라도 낳으면 그런 연줄로 부모가 밥을 얻어먹으려고 도읍을 낙향하는 일도 많다. 그러므로 요시코도 알 정도로, 전국의 지리를 이 사회에선 잘 알고 있었다.

영주들 가운데서도 특히 공경을 좋아하는 스오(周防 : 지금의 山口縣)의 오오우치 씨(大內氏) 따위는 의지하러 오는 공경들을 인심 좋게 받아들였기 때문에, 그 부성 야마구치는 '서경(西京)'이라고 불렀을 정도다.

'도키 요리아키도 놀기를 좋아한다던데……'

그렇게 듣고 있다. 요시코는 팔짱을 낀 채였다. 화장은 하지 않았으며 입술에 연지도 바르지 않고 있다. 어지간히 용모에 자신이 있는 걸까. 하긴 사실 화장 따위를 필요로 하지 않을 아름다운 살갗을 갖고 있었다.

"……"

요시코는 방울을 흔들어 하녀를 불렀다.

"부르셨어요?"

"숯불을."

짧게 이르고 다짐삼아 '향을 피우고 싶다'는 손짓을 해 보였다. 그 정도의 숯불이면 된다고 하는 의미인 것이었다.

요시코는 자기가 손수 향로 준비를 했다. 이윽고 숯불이 운반돼 오자 요시코는 그것을 재 속에 묻고 재가 따뜻해지기를 기다려 향을 묻었다.

방안에 향기가 풍겨나도록 하기 위해서다. 향은 보석을 빻아서 불태우는 듯한 사치스러움이지만, 요시코는 아무리 쪼들리더라도 이것만은 필수품이라고 하는 환경 속에서 자랐다.

향기가 풍겨 온다. 그걸 기다리는 동안 요시코는 책상에 기대어 낮잠을 자리라 생각했다. 사실 깜짝 잠이 깨었을 때에는 해가 넘어가기 시작하고 있었다.

쇼구로는 툇마루에서 기다렸다.

애당초 성미가 느긋한 사나이는 아니지만 참을성 있게 기다리고 있었다.

'엔간히 콧대가 센 여자로군.'

쇼구로는 이것저것 궁리를 하고 있다.

'귀족이란 인간의 기형(畸形)이다'고 쇼구로는 믿고 있었다. 도키 요리아키도 귀족이다. 그러나 고작 시골 귀족이고, 그 위에 재력과 무력이라는 배경이 있는 점에서 교토의 본격적인 귀족과는 종류를 달리하고 있다.

교토의 궁정만큼 고약한 인간을 낳는 세계는 없다고 쇼구로는 생각하고 있었다. 재력·무력과 같은 배경이 없는 탓으로 그걸 가진 패들을 꼬드기든가 그 패들부터 꼬드김을 받든가 하며 수백 년의 역사를 지내왔다.

──이래도 인간인가.

하고 혀를 찰 만큼 삶아도 구워도 먹을 수 없는 인간이 공경 중에는 많다. 그들 교토 귀족으로 본다면 도키 요리아키 따위는 그야말로 양반이다.

'요시코도 그 속에서 자란 여자다. 방심은 할 수 없어.'

쇼구로 정도쯤 되는 사나이가 엄격하게 마음을 가다듬게 된 것은, 이 기다리게 하는 태도가 보통이 아니었기 때문이다.

요시코는 잠에서 깨었다.

'참 깜빡 잊었네. 아직도 있을까!'

하고 고개를 갸웃했다.

미노의 시골 무사에게 자기 값이 비싸다는 걸 알리기 위해선 기다리게 하는 수밖에 없다. 요시코는 방울을 흔들고 겨우 하나뿐인 종, 부엌데기에게 엄숙히 말했다.

"그 자를 남쪽 툇마루에 안내하여 뜰에 앉히도록 해요."

"예."

하녀는 신발소리를 찍찍 내며 쇼구로에게로 갔다.

"따라오세요."

"그럼 만나 주시겠다는 겁니까?"

쇼구로는 대도를 풀어 봉당 한 구석에 세워놓고 남쪽 뜰로 돌아가 땅바닥에 앉았다. 눈 앞에 새하얀 장지문이 있다.

석양이 강렬하게 비쳐오고 있었다. 닫힌 채 장지문은 열릴 낌새도 없다. 이윽고 장지문 안에서 조그만 기침소리가 들렸으므로 쇼구로는 부복했다.

"나가이 신구로 도시마사입니다."

"무슨 일인지?" 하고 목소리가 들렸다.

"이 아랫마을의 사람에게 친절을 베풀어 주셨다면서요. 감사를 드리겠어요.”
 장지문을 닫은 채인 것은, 대궐로 말한다면 발인 셈이리라.
 '얼굴을 보고 싶은데 무슨 수가 없을까?'
 "신구로라든가? 무엇 때문에 오셨지요?"
 "이야기를 들려 드리기 위해서입니다."
 "그대는 시골 향사(鄕士)일 테죠."
 "관위는 없습니다. 그러나 미노에서 5천의 병사를 움직일 힘과 성을 하나 갖고 있지요. 또 도키 요리아키님의 집사로서 국정을 보고 있습니다."
 "그래요?"
 말이 끊겼다.
 쇼구로는 저녁 하늘을 우러러보며
 "벌써 해도 기울어졌으므로 내일이라도 또 오겠습니다. 이건 약소하지만 지붕이라도 고치실 비용으로" 하고 무거운 금은 자루를 툇마루에 놓았다.
 저녁놀 남은 하늘에 별이 벌써 엷은 빛을 내고 있다.
 산도(山桃) 아래서 말에 올라, 쇼구로는 암자 옆 언덕을 달려 내려갔다. 요시코는 그 모습을, 가느다랗게 연 장지문 틈바구니로 보았다.

 이튿날 쇼구로는 왔다. 남쪽 툇마루 앞으로 가서 앉았다.
 요시코는 잔뜩 기다렸던 것처럼 장지문을 사이에 두고 앉았다.
 "좋은 날씨가 계속되는군요."
 쇼구로는 작전을 바꾸었다. 이대로 가면 백 번 만나러 와 봤자 끝장이 나지 않으리라 생각했던 것이다.
 "그렇습니까?"
 "앗핫핫핫……그곳 장지문을 닫아 두시면 모처럼의 저 하늘이 보이지 않겠지요."
 쇼구로는 쇼구로 식으로 나가는 수밖에 없다 생각하고, 툇마루에 한 발을 걸치고 두 손을 장지문 문살에 대고서 '드르륵' 하고 열었다.
 "무례한!" 이라고, 무사 가문의 아가씨처럼 말하지 않는다. 요시코는 조용히 눈을 가늘게 뜨고서 미소짓고 있었다.
 "미노에는 예법이란 것이 없나 보죠?" 하고 요시코는 말했다. 쇼구로도 지지 않는다.

"하늘을 바라보는 데 예의는 필요 없겠지요."

"예."

요시코는 이 대꾸가 마음에 들었다.

"그대의 말이 옳아요."

"황송하오나 공주님" 하고 쇼구로는 무릎을 꿇고 품 안에 넣어 두었던 새 조리(草履: 신의 일종)를 꺼내 가지런히 놓았다.

"밖으로 나오시지 않겠습니까. 뒷동산 이끼 '보료'에 앉으시어 미노의 이야기라도 들어보시는 게 어떻겠습니까?"

실내에선 한 푼 값어치 없는 격식에 얽매여서 자유롭게 이야기가 될 수 없다고 생각했던 것이다.

요시코는 조금 들떴다.

'그것도 재미있을지 모른다'고 생각한 순간부터 쇼구로의 솜씨에 넘어갔다고 해야 할 것이다.

쇼구로는 손을 잡아 주며 조리를 신긴 뒤 뜰 한편 사립문을 열고 뒷동산으로 샛길을 오르기 시작했다.

2백 보 가량 올라가자 숲이 깊어지고 적송 아래 눈이 씻기는 듯한 아름다운 이끼가 있었다.

"앉으십시오" 하고 쇼구로는 요시코를 앉히고 자기도 약간 떨어진 장소에 앉았다.

요시코가 놀란 것은 그 쇼구로의 자리 앞에 돌로 에워싼 화덕이 마련돼 있고, 숯불이 벌겋게 피고, 솥이 걸려 있는 일이었다. 그것뿐이 아니다.

이 숲 속의 어디서부터인지 예쁘장한 차림의 남녀가 7, 8명이나 나타나, 휴대용으로 만든 모양인 미즈야(水屋: 水舍라고도 씀. 다실 구석에 마련하여 茶器를 씻는 곳, 또는 茶器 따위를 넣는 장)를 나르더니 병풍을 둘러치고 차 도구를 꺼내지 않는가.

"차를 올리겠습니다" 하고 쇼구로는 익숙한 솜씨로 차를 끓여 요시코에게 전했다.

'아니, 이 사나이가?'

요시코가 눈을 둥그렇게 떴을 때, 쇼구로는 이 사나이를 가장 특징 있게 하는 그 우아한 목소리로

"차 말입니다만, 참 편리한 것이 유행되었습니다그려. 여기 한 보시기의 차를 놓는 것만으로도 이 뜬세상의 신분 차이, 쓸데없는 허례 같은 것은 모

두 없앨 수 있으니까 말입니다" 하고 말했다. 사실 차 좌석에선 주인과 손님의 두 가지 입장 밖에 없다.

쇼구로는 주인 격이다.

"자, 한 모금 더 하시겠습니까?"

"만족했습니다" 하고 요시코는 수수한 의상 무릎에 떨어진 솔잎을 집어내며 말했다.

"그런데 도시마사" 하고 쇼구로를 본다.

"세상에서 버림을 받은 저에게 그대는 무슨 볼 일이라도 있나요?"

"사랑입니다" 하고 찻종을 행주질하면서 대답했다.

"사랑?"

"그렇습니다. 잠깐, 신분은 따지지 마십시오. 여기선 그저 여자와 남자의 이야기만 하고 싶으니까요. 그런데 이 사랑이 참 어렵습니다. 옛날 시와 이야기에도 없는 사랑이니까요."

"어떻게?"

어려운 것일까. 하고 요시코는 고개를 갸우뚱하고 나서 쇼구로의 가슴팍을 쥐어박는 듯한 소릴 했다.

"도시마사, 그건 돈으로 사는 사랑일 테죠. 그대가 보기에 저는 얼마쯤 값이 나가겠어요?"

'재미있다.'

쇼구로는 이 공주가 마음에 들었다.

"얼마쯤이라면, 공주님은 자신을 파시겠습니까?"

"글쎄……"

어려운 계산이다. 딴은 쇼구로의 말대로 이런 사랑은 〈겐지 이야기(源氏物語)〉 속에도 〈고금집(古今集)〉 속에도 없으리라.

공주의 몸값

소나무 가지를 바람이 흔들었다. 쇼구로는 바람 속에서 눈을 가늘게 떴다. 무릎 위에서 찻종을 행주질하며 내친왕 요시코의 '값'을 생각하고 있다.

"얼마쯤 되죠?" 하고 요시코는 즐거운 듯 말했다.

'좀처럼 구슬리기 어려운 여자인걸.'

쇼구로는 질리고 말았다. 어쩌면 이 여자 악당은 자기 손에 휘어잡히지 않을지 모른다.
 쇼구로는 선뜻 대답을 않는다. 그러는 사이 음식이 운반돼 왔다.
 "변변찮습니다만" 하고 쇼구로는 겸손했지만, 웬걸 그런 게 아니다.
 본상(本膳), 칠채(七菜)'
 둘째 상, 오채 이즙(五菜二汁)'
 셋째 상, 삼채 일즙(三菜一汁)으로서, 이만한 음식상은 요즘 교토의 몰락한 공경 사회에선 볼 수도 없는 것이다. 주인 격인 쇼구로는 술잔과 주석의 술 단지를 집어들고 요시코 앞으로 나아갔다. 그 거동이 또한 우아롭다. 요시코 앞에 술잔이 놓였다. 옻칠한 잔이 세 개 겹쳐져 있다.
 요시코는 일례를 하고 그 맨 위의 잔을 손에 들었다. 쇼구로가 따른다.
 이것이 초헌(初獻)이다. 차 좌석의 술은, 주객에겐 아쉽다. 초헌·재헌(二獻)·삼헌(三獻), 주인이 세 번 나아가 세 번 따라 주고 그걸로 끝난다.
 그런데 요시코는
 "술은 삼헌뿐입니까?" 하고 쇼구로를 보며 웃었다. 굉장한 공주님이다. 술을 좋아하는 모양이다.
 "소망껏 드리기로 하겠습니다."
 쇼구로는 공손하게 고개를 조아리고, 조아리면서 마음속으로
 '취하도록 만들까?' 하고 생각했다.
 어쨌든 단 한 사람의 여인을 대접하기 위한 쇼구로의 야외 다석(茶席)은, 주인으로서의 정성이 구석구석까지 미치고 있었다.
 이를테면 측간(測間)이다. 휴대용 측간까지 준비하고 있었다. 쇼구로가 특별히 고안한 것으로, 작은 병풍을 둘러치고 옻칠을 한 널빤지 대(臺)가 놓여진다. 대 아래에는 구멍이 파져 있고, 구멍에는 소리가 나지 않도록 삼나무 생가지가 깔려 있었다. 한동안의 음식상이 끝난 다음, 요시코는 하녀에게 안내되어 삼나무 숲 속에 마련된 그 측간으로 들어갔다.
 요시코는 몸을 웅크렸다. 눈앞에 병풍 그림이 있다. 먼 경치는 산 아지랑이에 덮여 있고 가까운 경치는 외로운 소나무가 하늘을 찌를 듯 솟았는데, 그 나무 아래 바위 위에 당풍(唐風)의 인물이 앉아서 가야금을 뜯고 있었다.
 '어머?' 하고 요시코가 놀란 것은, 그 인물의 얼굴이 쇼구로 그대로인 것이다.

'설마' 하고 여기며 자세히 바라보았으나, 쇼구로가 그림 속에 있으며 가야금을 뜯고 있다고 밖에 생각되지 않았다.

물론 거기까지 쇼구로의 지혜와 공작이 미치고 있었던 셈은 아니다. 우연이었다. 아니, 요시코가 그리 착각할 정도의 쇼구로가 빚어내고 있는 이 사나이의 독특한 음률과 색채 속에 사로잡혀 가고 있었다고 하는 게 정확하리라.

요시코는 측간을 나왔다. 눈앞의 벼랑 밑에 샘물이 있다. 대나무 국자로 물을 떠 손을 씻었다.

"이걸로 손을" 하고 하녀가 흰 무명 수건을 준비하고 있다가 말했다. 요시코는 잠자코 두 손바닥을 내놓았다. 하녀는 무명 수건을 덮고 깨끗이 물기를 닦아 주었다.

풀 덤불을 헤치며 샛길로 나서서 삼나무 숲을 지나 잡목림으로 들어가 쇼구로의 자리로 돌아왔다. 돌아왔더니 상황이 바뀌어 있었다.

차 좌석은 걷어 치워지고 돗자리 하나가 깔렸으며, 조촐하게 술그릇이 놓여 있는 데 불과하다. 술그릇도 앞서의 것과는 다르다. 술병은 청대를 잘라서 만든 소박한 대나무 통이었고, 술잔은 사기잔이다. 안주는 산나물·마른 어물·된장과 같은 것이 한 가지씩 청대를 갈랐을 뿐인 그릇에 담겨져 있다.

"드십시오" 하고 쇼구로는 술을 권했다.

요시코는 취했다. 하나 취한 티를 보이지 않는 건 역시 출신 탓이리라고 쇼구로는 생각했다.

단지 말끝마다 깔깔 웃는다. 술이 취하면 웃기를 잘하는 모양이다. 얼굴이 미소로 한껏 풀렸고 웃음짓고 있는 미소의 그림자가 취하면 취할수록 짙어진다. 이상한 취태(醉態)다.

"신구로라고 했죠?" 하고 쇼구로의 지금 이름을 불렀다.

"값의 계산은 끝났나요, 얼마쯤으로 저를 사겠어요?"

"싸게는 사지 않죠."

쇼구로 역시 취하고 있다. 술이 세다고 자부하고 있었는데, 요시코와 더불어 술잔을 주고받은 사이 그만 손발이 믿어지지 않을 정도로 취하고 말았다.

'취하게 해서 어찌 하기는커녕, 이쪽이 오히려 곯아떨어지겠다.'

저녁 어스름이 스며들었다. 쇼구로의 하인들은 돗자리 곁에 화톳불을 피우고 두 사람의 자리를 밝혔다.

"얼마쯤이죠?"

"예, 미노에 아쓰미 군(厚見郡) 다카가와라 마을(高河原村)이라는 곳이 있지요. 그 한 마을을 화장료(化粧料)로 드리고 싶습니다."

"안됩니다."

흔들흔들 고개를 저었다. 취하기 전과는 사람이 달라진 것처럼 요염하다.

"쌀, 220섬이 수확됩니다."

"안됩니다."

"그럼 모토스 군(本巢郡) 마에노 마을(前野村)은 어떻습니까? 여기는 쌀이 320섬입니다."

"안됩니다" 하고 미소가 더욱더 요염하다.

"안되겠습니까, 그럼 아쓰미 군 우사 마을(宇佐村)을 드리죠. 이곳에선 540 섬이나 산출되지요."

쇼구로는 기껏 불렀다고 생각했다. 측실의 대가로 이렇게 비싸게 지불되기란 미노에선 전대미문이리라.

"안됩니다."

'그럼 큰 마을을 하나⋯⋯하나, 이건 무리일 거야' 하고 도키 가문의 토지대장을 머릿속에 그리고 그 마을의 정경을 생각해 내면서 말하려고 했다. 그 말머리를 요시코의 교성이 가로막았다.

"호호호⋯⋯시골 무사의 말은 듣기만 해도 재미가 있어. 그런데 그건 어느 군의 어떤 마을이에요?"

"그⋯⋯" 하고 쇼구로는 입을 다물었다. 조롱을 받고 있다는 걸 깨달았던 것이었다. 뭉클하고, 가슴에 치밀었다.

'생각해 보란 말이다' 하고 생각하는 것이었다.

의복과 신분으로 가리어져 있다고는 할지언정 고작해야 여음(女陰) 하나에, 무사가 피를 흘려 쟁탈하는 마을 하나를 값으로 내줄 필요가 있을까 하고 생각하는 것이었다.

'그렇지만 요리아키에게 바치는 미끼로서의 여음이다.'

메슥메슥 속이 끓고 있다.

"아쓰미 군 로쿠조 마을(六條村)입니다. 쌀 산출은 1890섬."

"값이 올랐군요."

요시코는 좋다고도 싫다고도 하지 않는다.

"신구로라든가. 미노 나라에서 저를 원한다면 못갈 것도 없지만, 저의 후견인 친왕·간파쿠·아무개 대신이니 하는 사람들에게 금·은을 선물해야만 합니다. 대궐 나라님에게도 바쳐야 하죠. 그런 것까지 생각하면, 미노 일국의 재력을 다 기울이더라도 모자랄 거예요."

그건 생각하고 있다. 그러나 그건 황금 몇 잎과 비단 얼마를 주면된다고 생각하고 있었다.

"미노 일국을 내놓으라는 말씀이십니까?"

쇼구로는 쓴웃음을 지었다.

"하다못해 그만큼 받으면 황실·공경도 한숨 돌리겠지요. 그러면 그대에게 관위도 내려 주실 거예요."

"관위 따위는 필요 없습니다."

쇼구로의 마음은 별안간 식었다.

"아무리 관위가 있어 봐야 이 난세에선 아무런 도움이 되지 않습니다. 간파쿠의 관직을 받은들 이웃 나라의 대군이 밀어닥쳐 오면 그만인 것입니다. 무사는 강한 병력만 있으면 되지 관직 따위는 쓸 데 없죠" 하고 쇼구로는 밀리는 기세였던 진용을 재정비하여 역습하기 시작했다.

"공주님은 미노 일국의 재력을, 하고 말씀하십니다. 그러나 무사에게 있어 토지는 내 육체의 피나 살과 마찬가지여서 지금은 드릴 수 없습니다. 딴 나라를 뺏고 나서의 일이지요."

"이웃나라인 오와리를 뺏고서인가요?" 하고, 요시코는 지리에 제법 밝다.

"아니죠, 고작 오와리 일국을 뺏고서 미노를 드린다고 하면 다른 이웃나라의 공격을 받아 멸망당합니다."

"그럼 오미도?"

"무슨 말씀입니까, 천하 604주를 정복하여 완전히 평정하고 나서 겨우 비용조로 일국을 드릴까 말까 할 정도이죠. 그리 쉽게는, 신불만 위하고 계시는 대궐이나 공경들에게 이익이 돌아가질 않지요. 일국이란 그만큼 무거운 것입니다."

"그러니까 마을 하나를?"

"그것도 살을 베는 듯한 느낌으로 드리는 것입니다."

"그만두겠어요" 하고 요시코는 말했다.

쇼구로는 갑자기 웃었다. 알을 품고 있던 산비둘기가 놀라서 날 만큼 요란스런 소리로 웃고 나더니
"그만두었소. 나도" 하고 말했다.
"우선 한 잔" 하고 쇼구로는 청대의 술그릇을 잡고 요시코의 잔에 따랐다.
"잡수십시오. 저도 마시겠습니다. 이제, 이 문제는 단념했소. 선가(禪家)에선 일기일회(一期一會)라고 말합니다. 보천(普天) 아래 인간은 억천만 있을지라도 이렇듯 말을 나눌 만큼의 인연을 맺는 상대는 평생에 손꼽을 정도인 것이지요. 어지간히 전생의 인연이 길었던 모양입니다."
쭉 마시고 입술의 술방울을 닦고 나서
"그렇지 않습니까, 공주님? 공주님의 앞에 있는 건 부처님의 점지에 의해 여기 솟아난 한낱 남자" 하고 말을 끊고서 다시 술을 채우고
"내 앞에 있는 공주님은 이 또한 만나기 어려운 부처님의 인연에 의해 이 산에서 솟아난 한낱 여자."
흔들흔들 몸이 비틀거렸다.
"그 한낱 여자와 남자가 이상한 인연으로 술을 나누었다고 하는 정도로 이번엔 헤어집시다. 그렇게 되면 인연의 소중함을 알고 환락을 다하겠죠."
술에 취하기는 했다. 그러나 쇼구로의 술 취한 모습이 보통과는 다르다. 요리아키가 쇼구로에게 매혹된 것도, 하나는 이 취한 모습에서였다. 목소리에 시원스런 가락이 있고, 취중의 말인데도 싯귀 같은 말이 쏟아지고, 때로는 노래하고, 때로는 춤추면서 도읍의 명인이라도 따르지 못할 황홀감을 준다.
"춤을 춥시다" 하고 쇼구로는 비틀거리며 일어섰다.
"그럼 아쓰모리(敦盛 : 平家의 귀공자 중의 한사람으로 그를 주제로 한 비극조의 춤)를——"
천천히 추기 시작했다. 장단을 맞출 노래도 북도 없다. 하나 어디선가 그것들이 들려오는 듯한 춤이다.
요시코는 그만 이끌려서 쇼구로를 위해 창을 뽑았다. 처음에는 나직이 부르고 있었는데 이윽고 흥이 올랐음인지 방울이 울리듯이 노래했다.
쇼구로는 춤춘다. 깃털이 바람에 날리는 듯한 가쁜한 손놀림이다. 이미 주위는 어둡다. 화톳불은 숲 위의 별이 반짝이는 하늘을 그을리듯 불티를 날리며 타고 있다.

쇼구로의 하인들은 이미 하나둘 사라지고, 지금은 한 무더기의 불길과 두 사람밖에 없다. 춤 추고 나서 쇼구로는 돗자리에 쓰러졌다.

"취했다" 하고 별을 올려다보았다.

"공주님도 춤추시오. 제가 노래할 테니."

"그렇다면 제가 '하고로모(羽衣)'를 추겠어요" 하고 요시코가 사뿐 일어나, 이 역시 멋들어지게 추기 시작했다.

곡무(曲舞)다.

땅에 떨어진 선녀가 다시는 돌아갈 수 없는 하늘을 그리워하고

——하늘을 우러러보니 아지랑이만 끼었네

하고 아득한 하늘을 올려다보는 모습이란, 예사로운 태도가 아니다.

——정든 하늘에 언제나 가 보리, 구름처럼

하고 요시코는 구름마저 부러워하는 듯한 시늉을 해 보이면서, 자기 자신을 마치 깃옷(羽衣)을 뺏겨서 하늘로 돌아갈 수 없는 '미호(三保)의 솔밭 (여기서 선녀가 목욕을 하다가 羽衣를 뺏겼다는 전설이 있음)' 선녀이기나 하듯 착각하는 눈치다.

'허어, 이건.'

노래하면서 쇼구로는 생각했다.

'미노로 가겠다는 암시일지 모른다.'

이윽고 춤을 끝내고 자리에 돌아오려고 했을 때, 쇼구로는 일어섰다.

"조연(助演)을 해 드리지요" 하고 깃옷을 뺏은 어부 역을 춤추기 시작했다. 요시코도 다시 추어 나간다. 때로는 까불었다. 의외로 경망한 데가 있는 아가씨인 듯.

쿵, 하고 요시코가 박자를 맞추었을 때 쇼구로는 느닷없이 끌어안았다.

"저에게 깃옷을 주시오"라고 요시코의 귀에 속삭였다. 깃옷이란 쇼구로가 말하는 '여음'이리라.

"싫어요"라고는 요시코도 말하지 않았다. 쇼구로의 분위기 속에 휘말려 들고 있었다. 입술을 저도 모르게 벌렸다.

쇼구로는 그걸 빨았다. 요시코는 더욱 맞아들였다. 잇몸 안쪽에 침이 괴고 쇼구로의 피를 뜨겁게 만들었다.

'이 여자는 이미 사내를 알고 있구나.'

쇼구로는 생각했다. 마음이 가벼워졌다고 할 수 없는 것도 아니다.

쓰러뜨렸다.

그 다음은 내친왕이 아닌, 한낱 여자가 되었다. 남자로서의 쇼구로는, 한낱 시골 무사가 아니다. 이 일도 무예와 마찬가지로 예술이라고 믿고 있을 만큼의 풍류남아다. 그 점이 요시코에게서 긴장감을 뺏어갔다. 요시코의 눈은 별을 보고, 화톳불을 보았다. 이윽고 눈앞이 몇 번이나 캄캄해졌다.

아직도 쇼구로는 놓아주지 않는다. 그가 이상으로 삼고 있는 대성환희불(大聖歡喜佛)처럼 여신을 깔아뭉개고, 무릎 꿇리고, 딩굴리고, 흐느껴 울게 하고, 비명을 울리게 하면서도 놓아주질 않는다.

요시코는 마왕에게 겁간되고 있는 자신을 연상했다. 몸을 찍어 누르고 있는 거상(巨像)은 풀을 쓸어 넘기는 듯한 가쁜 숨결을 토하고 있었다. 그 숨소리가 종내는 낭랑한 법화경의 염불이 되어 요시코를 더욱 기묘한 도취감 속에 몰아넣었다.

이시불고제보살 급일체대중 제선남자 여등당신해
여래성체지어 우부고대중 여등당신해 여래성체지어 우부고제대중
여등당신해 여래성체지어
'爾時佛告諸菩薩, 及一切大衆 諸善男子 汝等當信解
如來誠諦之語, 復告大衆 汝等當信解 如來誠諦之語 又復告諸大衆
汝等當信解 如來誠諦之語'

요시코는 그만 까무러치고 말았다. 정신이 깨어났을 때에는 산봉우리에 둥근 보름달이 떠올라 있었다.

"극락 같군" 하고 요시코는 중얼거렸다.

"공주님. 저 달은 사가노만 비쳐 주는 게 아니지요. 미노의 명승지 나가라 강둑도 비쳐 줍니다. 도읍을 버리십시오."

요시코는 동녀(童女)와 같은 얼굴로 순순히 고개를 끄덕였다.

반대세력

쇼구로는 내친왕인 요시코를 데리고 미노로 돌아왔다. 주인 요리아키에게 요시코를 바쳤다.
"신구로, 고맙다. 그건 진짜 내친왕이었어" 하고 요리아키는 요시코와의 첫날밤을 보낸 이튿날, 가와테 성의 한 방에 쇼구로를 불러들여 손을 잡고 눈물을 뚝뚝 떨어뜨렸다.
"나도 남자로서, 평생에 내친왕을 수청들게 할 수 있을 줄이야 몰랐다. 그대의 은혜를 잊지 않겠다."
시원찮은 사나이다. 눈물과 콧물이 한꺼번에 나와 그것이 턱까지 흘렀다. 쇼구로는 휴지를 꺼내 코 아래의 콧물을 닦아 주었다.
요리아키는 내분비의 이상이 오고 있었다. 가슴의 왼쪽 쇄골 아래 언저리에 불룩 혹이 돋아 오르고 있었다.
"내친왕이라면 그렇게도 좋은 것입니까?"
"좋지."
히죽 웃었다.
"그러나 우리 같은 천인에게는 내친왕이라도 여자는 여자라고 생각합니다만, 과연 어떨까요?"
"그것이 얕은 생각이란 말이다."
어느 쪽이 얕은 것인지 모른다.
"나처럼 계집에 물리면 이미 미추보다도 색다른 출신의 계집을 갖고 싶어 하는 법이야. 나는 중국의 천자가 차라리 부럽다. 내가 중국의 천자라면 호마(胡馬)를 구하여 서역에 원정하기보다도 벽안금모(碧眼金毛)의 호녀(胡女)을 구하고자 병을 일으키겠다."
"호녀 대신 내친왕이란, 딱하기만 하시군요" 하고 쇼구로는 웃지 않는다.
'이 심심해 견딜 수 없는 돼지야.'
속으론 욕지기가 치미는 생각이었다. 이 난세에 돼지처럼 살겠다는 건 무슨 생각에서일까.
'하늘도 무서워하지 않는 사나이다.'
쇼구로의 철학을 갖고 말한다면, 하늘을 무서워하지 않는 건 쇼구로가 아니고 이런 지배자인 것이었다.
"미요시노는 그 후 잘 있나?" 하고 요리아키는 목소리를 떨구었다.
군신이 한 여자의 몸뚱이로 맺어지고 있다.
"잘 있습니다."
"기쁘네. 기쓰보시(吉法師)는 그 후 감기라도 들지 않았나?"
기쓰보시란 요즘 미요시노가 낳은 사내아이다.
요리아키는 미요시노의 귓속말로 자기의 '씨'임을 알고 있었다. 하나 쇼구로는 모른다. 이토록 빈틈이 없는 사나이라도 천지간에 단 한 가지, 그것만은 몰랐다.
"잘 있습니다."
"기쁜 일이다. 아이의 얼굴이란 성장함에 따라 부모·조부모의 얼굴을 차례로 닮아간다고 하지만, 지금은 누굴 닮고 있나? 아버지인 그댄가, 아니면 어머니인 미요시노인가?"
"글쎄요, 저를 닮았겠지요. 눈썹은 짙고, 눈은 맑고, 장차 주군을 위해 믿음직한 무사가 될 뼈대를 갖고 있습니다."
"앗핫핫핫……그대도 자식에게 빠졌군."
요리아키는 기쁜 듯이 웃었다. 쇼구로에게 대해서 가질 수 있는 우월감의 으뜸은 이것이었다.

사실 쇼구로는, 특히 미요시노와 기쓰보시에 관한 한, 평범한 가정인이었다.

매일 성에서 물러나오면
"기쓰보시는 어디 갔지?" 하고 말하는 게 첫마디였다.

의복의 띠도 풀지 않고 안아올려 한 시간가량 애무하고 나서 퇴성 후의 일과로 들어가는 것이었다. 그런 쇼구로를 보고 미요시노는 착잡한 생각을 갖지 않을 수 없었다. 미요시노는 자기를 마술과 같은 방법으로 요리아키로부터 뺏은 쇼구로에 대하여 뿌리 깊은 증오를 키우고 있었다.

기쓰보시가 뱃속에 있을 무렵, 이 아이의 친아버지를 자기하고 요리아키만이 알고 쇼구로는 모른다는 일에 은근한 복수심을 만족시켰다. 그 점 지금도 변함은 없지만, 아무 것도 모르고 기쓰보시를 애지중지하고 있는 쇼구로의 모습을 볼 것 같으면 그걸 애처롭게 생각하는 새로운 감정이 마음 한편에서 싹터 온 것도 부인할 수 없다.

'보기보다는 신 같은 선인인지도 모른다.'
고 생각하는 것이었다.

기쓰보시가 태어나고 그가 점점 성장해 감에 따라, 미요시노의 쇼구로에 대한 애정은 증오를 품고 있으면서도 짙은 것이 되었다. 이 사나이에 대한 미안함, 그리고 이 사나이를 애처롭게 여기는 마음이 그렇게 만들었는지도 모른다.

'후지사에몬(藤左衞門)'이라는 인물이 있다.

그가 살고 있던 기후 시 이나바 산기슭에는 지금도 후지사에몬 동(洞)이라는 거리 이름이 남아 있고, 그 저택이 으리으리했음을 알게 한다. 단 지금은 화장터가 돼 있다. 후지사에몬은 정확히 말해서 나가이 후지사에몬 도시야스(長井藤左衞門利安)라고 하며, 눈썹이 희다.

이 이야기에서는 미노 일국이 동족사회이기 때문에 비슷한 이름이 곧잘 등장하여 참으로 혼란스럽다. 후지사에몬, 다시 말해서 나가이 도시야스는 이 이야기의 최초부터 등장하여 쇼구로의 은인이 된 나가이 도시타카하고 이름이 글자 하나밖에 틀리지 않는다.

물론 다른 인물이다. 도시타카, 도시야스는 미노의 명문 나가이 씨를 대표하는 양쪽 날개와 같은 인물로서 도시타카는 쇼구로에게 모든 걸 물려주고 은퇴했기 때문에 앞으로는 그 존재가 희미해지지만 도시야스 쪽은 새로이 등장한다. 그렇다고 해서 허술히 다룰 수 없는 존재다.

나가이 가문은 대대로 미노의 태수 대리였고 이 나라의 토박이 무사들로부터 '작은 태수'라고 불리는 가문이었다.

그 나가이 가문은 두 집 있고 쇼구로가 은인이 된 도시타카 집안이 약간 적다.

두 나가이 가문은 사이가 나쁘다. 그뿐인가, 대대로 도키 가문의 싸움이 벌어질 적마다 양 파로 갈라져서 몇 번인가 전쟁까지 벌여온 사이다. 나가이 도시타카만 하더라도 일찍이 쇼구로가 미노에 오기 전 도키 마사요리, 요리아키의 사이에서 벌어진 상속 소동 때 동생인 요리아키를 받들었다가 패했다.

그때 이긴 것이 마사요리를 옹립하고 있던 나가이 후지사에몬 도시야스다. 그런데 도시타카는 쇼구로를 요리아키에게 추천함으로써, 마침내 태수 도키 마사요리를 에치젠(越前)으로 쫓아내고 요리아키를 태수로 앉혔다.

도시타카는 동성인 도시야스의 콧대를 꺾고 옛날의 분풀이를 한 셈이다. 하나 도시야스는 태수 대리이기도 하고 미노 제일의 세력가이기도 하기 때문에, 도시타카를 압박하여 끝내는 도시타카를 죽일지도 모른다고 하는 예측은 당연히 선다.

도시타카가 자기의 나가이 성과 가노 성을 쇼구로에게 물려주고 재빨리 은퇴한 것은, 첫째로는 후지사에몬으로부터의 압박·박해·위난을 벗어나기 위해서였다.

하기는, 모면은 했다. 그렇지만 후지사에몬의 압박은 당연히 도시타카의 자리를 이은 '나가이 신구로 도시마사', 다시 말해서 쇼구로에게 덮어 씌워져 왔던 것이다.

후지사에몬은 가와테 성의 요리아키한테 좀처럼 문안도 드리지 않고, 혼자 도끼눈을 뜨고서 쇼구로의 그 뒤 동정을 이나바 산 밑 저택에서 보고 있었다. 그럴 즈음 사건이 일어났다.

사건이라고 하나, 언제나처럼 쇼구로가 씨를 뿌린 것이었다. 이 해 6월, 미노 명물인 홍수가 있었다.

기소 강(木曾江)이 범람하고 요리아키의 가와테 부성도 성벽 위만 남긴 채 물 위에 떴다.

성 아랫거리는 유실되고, 물은 쉽게 빠지질 않았다. 엎친 데 덮친 격으로 돌림병이 돌고, 매일 시체를 화장하는 연기가 그치질 않았다.

홍수를 싫어하는 요리아키는 손을 들고 말았다.

"신구로, 그대는 꾀가 많다. 홍수에서 달아날 좋은 방법은 없을까?"

이 한 마디가 요리아키의 운명을 바꾸었다.

"이 가와테 성에서 어디로 옮기시면 어떻겠습니까?"

"뭣, 가와테 성에서?"

요리아키는 여우에 홀린 낯빛을 지었다.

무리도 아니다. 가와테 성은 수백 년을 내려 온 미노의 수도로서, 현재로 말하면 천황을 교토에서 천도해 달라는 것과 같았기 때문이다. 당시 가와테 성의 아랫거리라고 하면 동쪽 나라 제일의 도시로, 서쪽의 야마구치(山口)와 나란히 '작은 교토'라고 불렀을 정도의 번화한 고장이다. 요리아키는 이 성에서 태어나고 이 성을 잇고 싶어 형 마사요리를 에치젠으로 쫓고 간신히 차지했다.

가와테 성을 버리다니, 생각도 할 수 없는 일이었다. 하나 쇼구로의 속셈은 다르다.

가와테 성은 뭐니 뭐니 해도 미노의 정치 중심이고 상업의 중심이기도 하다. 애당초 정치에 아무런 흥미도 없는 요리아키 따위가 눌러앉아 있을 성은 못된다. 있어선 곤란한 것이다. 되도록 요리아키를 어딘가 별장에 살도록 하고, 자기가 이 미노의 신경 중추라고도 할 성에 '성주 대리' 자격으로 들어가, 미노 일국의 정치와 경제를 실질적으로 쥐고 싶었다. 요리아키만 다른 곳에 보내고 자기가 실권자가 되면, 미노 사람의 요리아키에 대한 인상은 점점 엷어지고 실력자인 자기의 인상이 짙게 미노 토박이 무사 8천 기의 앞에 두드러지게 부각되리라.

"주군, 이 가와테는 조상 대대의 성이라고는 하오나 물에 약합니다."

쇼구로가 말하는 대로다.

가와테 성은 미노 평야의 중앙에 있고 땅이 낮으며 옆을 기소 강이 흐르고 있다. 큰비가 오면 뱀이 꼬리를 버둥거리듯 강물 흐름이 바뀌고, 가와테 성 근처는 호수처럼 되고 만다.

"게다가 옥야(沃野) 중앙에 있기 때문에 경치에 변화가 없지요. 왕후(王

侯)가 있을 장소는 아니라고 생각합니다."
"바로 그 점이라니까, 신구로."
요리아키는 호색적인 얼굴이 되었다.
"요시코가 말이야."
입술이 벌어진다.
"싫어한다니까, 이 가와테 성을. 이처럼 물이 들어오는 성에 있고 싶지 않다. 그러니 교토로 돌아가겠다는 거야. 그리고 경치에 아무런 맛이 없다. 그대가 말하듯, 왕후가 거처로 정할 곳은 아니라고 요시코도 말했어."
"허어"
역시 요시코를 데리고 온 보람이 있었다고 쇼구로는 생각했다. 남자의 철석같은 간장을 녹이는 데는 여색밖에 없다. 하물며 요리아키 같은 남자는 규방의 뒤에서 건드릴 수밖에 도리가 없는 것이다.
"공주께서 그런 말씀을 하셨습니까? 황공하옵기 이를 데 없는 말씀입죠."
"뭐, 황공할 것까지는 없고" 하면서 요리아키는 자기의 여자를 쇼구로가 이토록이나 황송해하고 있는 일에 몹시 만족하고 있었다.
"그래서 나도 어딘가 좋은 장소는 없을까 하고 생각했지."
"그렇습니다."
가와테 같은 정청(政廳)이 아닌, 누구에게도 거리낌 없이 여자와 노닥거릴 수 있는 별장이 요리아키 같은 사나이에겐 필요했다.
"저에게 생각나는 곳이 있습니다."
"허, 어딘가."
"에다히로(枝廣)" 하고 북쪽을 가리켰다.
가와테 성에서 북쪽으로 30리, 나가라 강 기슭에 있다 (이 지명은 현재 없다. 岐阜의 새 시내인 崇福寺가 그 위치다).
"우선 장점은 이나바 산의 절경과 나가라 강을 사이에 두고 마주 보고 있다는 점이죠."
쇼구로는 에다히로의 아름다운 풍경을 추켜세웠다.
아침엔 거대한 초록 아지랑이가 솟아오르고 점차 이나바 산이 그 모습을 드러내면서 한낮엔 푸른 봉우리를 빛내며 미노 평야에 군림한다. 이윽고 저녁 안개에 둘러싸이고 저녁놀에 물들어서 흡사 붉은 옷을 두른 듯 어둠 속으로 서서히 사라져 가고, 밤은 밤대로 강기슭에서 고기 잡는 불빛이 반짝거린다. 하루 종일 성 밖의 풍경만 보고 있더라도 목숨이 느는 듯한 느낌이 든다고 쇼구로는 말했다.

"그러나 홍수의 염려는 어떤가? 에다히로 또한 강기슭이 아닌가?"

"이상한 지형입지요. 들판에 있고 강기슭에 있으면서도 작은 언덕을 이루고 강에는 벼랑이 져 있어 적군 방비에도 좋습니다. 아무튼 작은 구릉이긴 하지만 도도 봉우리(百百峰), 쓰루 봉(鶴峰), 이와자키(岩崎), 마마코 늪 등 심산유곡 같은 이름이 붙어 있는 것만 보더라도 이곳이 홍수하고는 인연이 먼 모습을 갖고 있다는 것을 아시겠죠."

"딴은."

요리아키는 매우 마음이 솔깃해졌다.

"그럼 곧 설계를 해 주려나."

"아닙니다."

쇼구로는 고개를 저었다.

"아무튼 가와테는 대대로 주군 종갓집의 성으로서 전해져 내려 온 곳입니다. 태수이신 주군께서 다른 곳으로 옮겨가게 된다고 한다면, 완고한 가신들이 떼져 몰려와 반대를 하겠지요. 그걸 꺾어 버리실 만한 각오가 되고 나서의 일입니다."

"나는 미노의 태수야. 성을 어디다 두건 눈치를 볼 것 없잖은가. 대관절 누가 반대한다는 거냐?"

"아무도 없습니다" 하고 쇼구로는 모순된 말을 했다. 곧 말을 덧붙여

"주군께서 굳이 알고 싶다고 하신다면" 하고 말했다.

"그러나."

쇼구로는 말했다.

"그런데도 반대를 내세우는 자가 있다고 한다면, 그건 황송하오나 주군을 해코자 할 뜻이 있는 자라고 봐도 좋겠지요."

쇼구로의 논리가 비약했다.

요리아키는 놀랐다.

"해할 뜻이 있다니, 심상치 않은 말이다. 왜 그런 말을 하느냐?"

"그렇지 않겠습니까? 물에 잠길 정도로 평지의 성인 이 가와테의 부성 같은 것은, 공격하려고 한다면 하룻밤에 함락시킬 수가 있습니다. 이 약한 성에 주군을 굳이 있게 하려 한다는 건 딴 속셈이 있는 증거……"

"아핫핫핫. 신구로는 타국 태생이라 그런 말을 하는 거야. 이 미노에선 비

록 길바닥에 자고 있더라도 나를 해코자 할 자는 한 사람도 없다."

"아닙니다, 실제로 현재 있습니다."

"누구냐?"

"나가이 후지사에몬 도시야스 공."

쇼구로는 물끄러미 요리아키를 보았다. 이 후지사에몬의 이름을 들었을 때 희미한 증오감이 요리아키의 표정에 스친 것을, 쇼구로는 놓치지 않았다.

"그렇지 않다고 생각하십니까?"

"음."

어려운 판단이다.

과연 후지사에몬은 지난날 요리아키의 태수직 상속에 반대하여 형인 마사요리를 옹립한, 정적이라고도 할 존재다. 그 뒤 쇼구로의 쿠데타가 성공하여 요리아키가 태수직에 앉은 것인데, 그 기간 동안 후지사에몬은 군사를 이끌고 오미와의 국경인 세키가와라(關ヶ原) 부근에서 오미의 아사이 군이 침입해 오는 것을 막고 있었다.

개선했을 때에는 태수직의 요리아키에게로 넘어가 있었다. 후지사에몬은 이걸 불쾌하게 여기고 태수인데도 요리아키에게 거의 문안드리지 않았다.

쇼구로의 예상은 맞았다.

요리아키가 에다히로 축성을 공표하자 곧 후지사에몬은 반대파의 대장이 되어 국내에 사발통문을 돌리고 반대자의 결속을 시작했다.

후지사에몬의 반대는, 물론 요리아키에 대해서 어떻게 하겠다는 게 아니라 이 기회에 교토에서 흘러들어와 미노의 실권을 쥐려고 하는 쇼구로를 몰아내기 위해서였다. 그가 국내에 사발통문을 돌려 동지를 모으자 거의 반수 가량이 동의를 하고, 이번에 아주 쇼구로를 없애 버려라, 하고 강경론을 내세우는 자조차 나타났다. 요리아키의 세 동생이 그 중 강경파였다. 이비 고로 미쓰치카(揖斐吾郎光親)·와시즈 로쿠로 미쓰아쓰(鷲巢六郎光敦), 도키 하치로 요리요시(八郎賴香).

그들은 이나바 산기슭의 후지사에몬 저택을 근거지로 음모를 꾸미기 시작했다.

암살자

터럭이 예사롭지 않다. 머리카락과 눈썹은 희었으나 턱수염만이 젖은 것처럼 검다. 게다가 혈색은 좋고, 분홍빛이라고 해도 좋을 볼따구니 살이 축 늘어져 있다.
　기상(奇相)이다.
　'사람 얼굴이 아니야.'
　쇼구로는 전부터 후지사에몬을 그렇게 생각하고 있었다. 신경이란 없는 것 같다. 너무 기름져 있다. 온 몸의 지방질을 뒤룩거리며 후지사에몬은 걷고 있었다.
　'신경' 대신 후지사에몬은 온몸을 실권으로 무장하고 있었다. 사실 미노에선 태수인 도키가문 이상의 권력을 후지사에몬, 즉 소태수(小太守)님이 갖고 있었다.
　이 후지사에몬이 지금까지 어디서 굴러먹었는지 모를 쇼구로를 그냥 내버려 두고 있었다니, 이상하다. 반격이 오히려 늦을 정도였다.

　연호는 다이에이(大永)가 바뀌어 교로쿠(享祿 : 원년은 서기 1528년)로 돼 있다. 그 2년 12월.
　"뭐라 하셔도 안됩니다" 하고 후지사에몬은 가와테 성에 등성하여 요리아키의 옷자락을 붙들 듯 간했다.
　"원래부터 이 가와테란 성은 먼 조상이신 요리토(賴速) 님·요리야스(賴康) 님부터 200년, 미노의 진성(鎭城)으로서 전해져 온 것입니다. 그걸 어찌."
　후지사에몬은 두터운 입술을 핥고
　"장사꾼 출신인 신출내기에 홀리시어 엉뚱한 에다히로에 옮기신다 하는 것입니까? 아닙니다, 이 후지사에몬은 다 알고 있습니다. 그 짱구머리 놈은 태수님을 에다히로로 몰아내고 제 놈이 이 가와테 성을 차지하려는 속셈, 태수님은 그걸 모르십니까?"
　"후지사에몬, 말이 지나치다."
　요리아키는 이 촌스런 비계 덩어리보다 쇼구로의 도회적인 감각이 더욱 마음에 들었다.
　"그 자는 그런 속셈이 아니야."
　"태수님, 눈이 멀고 계십니다. 동생이신 이비 고로님·와시즈 로쿠로 님도 그렇게 말씀하고 있습니다."

"고로와 로쿠로가?"

요리아키는 불쾌한 낯을 지었다.

형제만큼 방심할 수 없는 건 없음을 요리아키는 뼈저리게 느끼고 있는 것이다. 요리아키 자신 형인 마사요리를 에치젠으로 쫓아내고 태수가 되었다. 그렇다면 언제 고로·로쿠로가 후지사에몬의 도움으로 자기를 몰아낼지 모른다.

쇼구로도 그렇게 말하지 않았던가. 피는 독(毒)과 같은 것이라고.

쇼구로가 요리아키에게 한 말은 일종의 제왕학(帝王學)과 같은 것이다.

"피는 독과 같은 것이지요. 가난한 집의 형제는 나누어 가질 재산이 없기 때문에 힘을 합해서 일하여 가문을 일으키는 근원이 됩니다. 독도 이 경우엔 약이라고 할 수 있겠지요. 그렇지만 권력가나 부잣집의 형제만큼 방심할 수 없는 것도 없습니다" 하고 고금동서의 실례를 자세히 들고

"우선 태수님이 좋은 보기입니다. 형님께서는 태수님에 의해 쫓겨나셨고, 동생께서 그 흉내를 안 낸다고 할 수 없습니다. 육친은 독물이라고 생각하십시오."

애당초 요리아키는 자기의 형제에게 애정 따위를 가질 수 없는 성장을 해왔다. 저마다 따로따로 키워지고 소년시절의 공통된 추억 따위도 없다. 게다가 고로와 로쿠로 등은 첩의 소생으로, 그 점에서도 더욱더 뜨악했다.

후지사에몬이 물러간 다음, 쇼구로가 등성해 왔다.

"성성이 공(색욕이 왕성한 노인을 일컫는 말도 된다)께서 오셨다면서요" 하고 말하자, 요리아키는 크게 웃었다. 과연 후지사에몬의 용모는 성성이를 닮고 있었다.

"그대를 짱구머리라고 하더군."

"황송합니다. 그러나 성성이 공께서 하신 말은 그것뿐이 아닐 테죠. 짱구머리는 가와테 성을 가로챌 작정이라고 하셨을 게 뻔합니다."

"어떻게 그리 잘 아나?"

요리아키는 감탄했다.

"그대로였지."

"앗핫핫핫. 성성이 공이야말로 이 가와테 성이 탐나시는 모양이죠. 성주님을 몰아내고 고로 님을 뒷자리에 앉혀 전과 마찬가지로 미노 일국을 주물러 보겠다는 게 진심일 것입니다."

"증, 증거가 있느냐?"

"있습니다" 하고 고개를 끄덕였으나 말은 하지 않았다. 말을 할 수 없었다. 증거 따위 아무 것도 없는 것이다.

쇼구로를 죽인다고 후지사에몬 일파가 정한 것은 12월 26일이었다. 이날 후지사에몬은 '연가(連歌 : 노래의 한 가지. 다인수로 윗구절과 아랫 구절을 번갈아 이어나가는 형식)의 모임'을 연다는 명목 하에 이비 고로·와시즈 로쿠로를 비롯한 미노에서 손꼽히는 토박이 무사 20여명을 아침부터 이나바 산 밑 자기 집에 초청하고 있었다.

'수상쩍다──'고 쇼구로는 짐작하고, 히다(飛驒) 태생인 미미지를 후지사에몬의 저택에 잠입시켜 놓고 있었다.

그 뿐만이 아니다.

초대를 받은 손님의 하나인 후와 이치노조(不破市之丞)라고 하는 자가 전부터 쇼구로에게 기맥을 통하고 있음을 다행으로, 은근히 알려줄 것을 부탁했던 것이었다.

과연 음모의 모임이었다. 모인 자의 대부분은 미리 후지사에몬에게서 의논을 받았던 모양으로 놀라지도 않았다. 이날의 회의도 찬반 의논이 아닌 이미 실천의 예비계획까지 나가고 있었다.

"새해 초엿새 날에는, 선군(先君) 마사후사 님의 기제(忌祭)가 가와테 쇼호 사(正法寺)에서 열린다. 그 자는 당연히 참석하리라. 기제가 끝난 직후 우리들이 법당 안에서 들고 일어나 찔러 죽인다. 제공들, 실수가 없도록."

후지사에몬은 다짐을 받았다. 좌석에 후와가 있다. 마루 밑에는 미미지가 있었다. 쇼구로에게 자세히 각각 보고했다.

쇼구로는 그날 밤 미미지 말고도 아카베를 불러 비책을 일렀다.

"작은 태수(후지사에몬) 님 모반이오, 하고 소문을 퍼뜨려라"라는 것이었다.

"알겠나, 작은 태수님이 가와테 성으로 밀어닥쳐 요리아키님을 시역하고 그 자리에 이비 고로 님을 세우실 작정이더라고 말이야."

이튿날 소문은 자자하게 퍼졌다. 이걸 들은 후지사에몬 일파 이외의 토박이 무사들은 놀라서 꼬리를 물고 가와테 부성에 등성해 왔다.

"태수님, 큰일났습니다" 하고 그들은 모두 서둘러 말했다.

요리아키는 새파랗게 질려 있었다. 그런데 요리아키 곁에 모시고 있는 쇼

구로 만은 놀라지도 않고
 "말들을 삼가시오!" 하고 일갈했다.
 "그런 일은 다른 사람은 몰라도, 후지사에몬 님이 할 리가 없소. 뜬소문이오. 짐작컨대 오와리의 오다·오미의 아사이 따위가 미노에 혼란이 생길 것을 노리고 첩자들을 써서 엉뚱한 소문을 퍼뜨리는 것입니다. 백전 연마의 여러분께서 그런 아이들 장난 같은 속임수에 넘어가다니 무슨 추태요!"
 이튿날 가와테의 광장에

　——요즘 수상쩍은 음모를 퍼뜨리는 자가 있다. 이 뜬소문은 엄중히 삼가라. 만일 위반 시에는 처벌이 있을 것임.

이라고 하는 의미의 방문을 도키 요리아키의 이름으로 게시했다.
 이 때문에 일부에서 쑤군거려지고 있던 소문이 오히려 퍼지는 결과가 되었고, 아무것도 모르고 방문을 읽은 자가
 ——수상한 음모란 무얼까?
하고 남에게 묻기도 했다. 쇼구로가 노리는 결과였다.
 소문과 방문이 붙었다는 말을 듣고서 놀란 것은 본인인 후지사에몬이다. 고지식한 사나이니만큼 곧 말과 인원을 준비시키고 이비 고로·와시즈 로쿠로에게 권유해서 백 명 남짓한 병력으로 당당히 가와테의 성 아랫거리에 나타났다.
 성 정문 앞의 광장 방문 써 붙인 곳에 말을 세우자
 "어떤 놈이 소문을 퍼뜨리느냐!" 하고 종소리 같은 목소리로 고함질렀다.
 "내가 미노를 가로챈다는 등 떠벌이는 자가 있지만, 가로챌 필요도 없다. 우리 가문은 대대로 미노의 태수 대리다. 모든 자는 들어라, 무사들도 들어라, 나에게 반역의 뜻이 없음은 이 방문 그대로다."
 후지사에몬은 거리를 누비고 다니며 외쳤다. 이 사나이에겐 이 같은 단순한 점도 있었지만, 그것 뿐이 아니다.
 한 사람의 자객을 놓고 있다. 이유는, 이런 소문이 난 이상 쇼호 사에서의 모살은 하기가 어렵게 되었기 때문이다. 자객은 이런 때 곧잘 고용되는 이가(伊賀) 출신의 사나이였다. 별명은 '네코바(猫齒)'라고 했다.

그믐인 스무 여드렛날 쇼구로의 가노 성 안의 개는 해가 짐과 더불어 모두 죽었다. 성 안의 아무도 눈치를 채지 못했지만, 단지 미미지만이 서북 망루 아래에서 한 마리의 개 시체를 발견하고 쇼구로에게 보고했다.

"독약이라고 짐작됩니다."

"그 개는 점심나절에도 잘 놀았다. 그럼 살해된 지 얼마 안 되었으리라. 괴한은 성 안에 있다. 아마 오늘밤 칼날에 독을 칠하고 내 방에 나타날 테지."

"어떻게 하시겠습니까?"

"음?"

쇼구로는 다른 일을 생각하는 듯 잠시 잠자코 있다가 이윽고

"미미지, 그대가 내 대용품이 돼라" 하고 말했다.

"살해되란 말씀이시군요."

미미지는 놀라지도 않았다. 쇼구로는 아주 진지하게 고개를 끄덕였다.

"그렇다."

그런 다음, 자세한 지시를 했다. 사카야키(月代 : 남자가 앞이마에서 머리 중앙에 걸쳐 면도질한 것)를 말끔히 밀어 쇼구로답게 꾸밀 것, 침실에선 미요시노와 같이 잘 것.

"미요시노 님과?"

듣고서 비로소 미미지는 몸을 떨었다.

"품어도 좋아. 미요시노에게 당부해 두겠다."

"그, 그러나."

"미미지, 거역 말라."

쇼구로는 재빨리 자기의 옷을 벗어 미미지에게 주었다.

밤이 깊고 달이 떨어졌을 무렵, 성의 주방 굴뚝으로 한 마리의 거미가 내려오듯 검은 그림자가 밧줄을 타고서

획!

하고 봉당에 내려섰다. 후지사에몬이 이가에서 고용해 들인 네코바다.

벽장에 숨었다. 그 내부는 미리 손질을 해 두었던 모양으로 천정의 널빤지가 쉽게 열리도록 돼 있었다. 네코바는 널을 떼어내고 몸을 들어올리자, 단숨에 천정 위로 올라탔다. 보위를 살금살금 건넜다. 군데군데 침입자를 막기 위한 철망이 쳐져 있었다. 하나 무용지물이다. 미리 네코바가 줄로 썰어 놓았기 때문이다.

'잘 되어간다.'

밤이 깊어진다. 네코바는 쇼구로의 침실 위로 살금살금 이동했다. 기척을 죽이고 있다. 이 사나이 옆에 쥐구멍이 있었다. 쥐가 두 마리. 그 쥐마저 옆을 지나가는 네코바의 기척을 깨닫지 못한다. 네코바는 쇼구로의 방 위까지 이르렀다. 격자(格子) 천정 널 일각에 뚫린 송곳 구멍으로 불빛이 새들어온다. 그 송곳 구멍에 눈을 대었다. 그대로의 자세로 네코바는 30분이나 꼼짝 않고 있었다. 잠자는 숨결 소리를 듣고 있는 것이었다.

──때는 무르익었다

고 생각했으리라.

소리도 없이 널빤지를 떼어냈다. 모든 걸 미리 준비해 두었으리라. 네코바가 몸을 들여 밀려고 했을 때, 눈앞 들보에서 자기를 내려다보고 있는 사나이가 있었다.

'…… ?'

복면에 검은 옷차림, 짧은 칼…… 모두 자기하고 같다.

"누, 누구냐?"

나직한 목소리로 네코바는 물었다.

"후지사에몬 님으로부터 임자를 도우라고 분부를 받은 사람일세."

"이름은?"

조심스럽게 거듭 물었다.

"말하지 말라고 후지사에몬 님은 분부하셨다."

"이가의 패거리냐. 누구의 부하냐?" 하고 네코바는 묻고서 틈을 노렸다. 찔러 죽일 속셈이었던 것이다.

"일이나 계속해."

들보 위의 검은 차림은 말했다. 뿐더러 천천히 내려왔다.

검은 차림은 기었다. 엔간히 솜씨가 있는 사나이인 듯, 음싯 하고 소리도 나지 않는다. 네코바는 살며시 칼을 거머쥐고 안 듯이 하며 뽑자마자 등으로 돌려 곧바로 세웠다. 검은 차림은 기어왔다.

"가까이 오지 말라."

네코바가 말했을 때, 검은 차림은 이미 일어나고 있었다. 보아한즉 오른쪽 무릎을 세우고 있는 눈치였다. 이렇게 생각한 순간, 검은 차림의 등허리에서 칼이 번개보다도 빨리 뽑히고 원을 그리며 떨어져 왔다. 네코바는 간신히 그 칼을 '칼막이'로 받아내고, 젖히자 뒤로 물러섰다.

"네, 네놈은 누구냐?"

"아직도 모르느냐?"

검은 차림은 눈만 웃었다.

"네가 만나려고 찾아온 이 성의 주인, 나가이 신구로 도시마사!"

"아, 아니!" 칼을 휙 옆으로 휘둘렀다. 하나 빗나갔다. 검은 차림은 들보 위로 돌아가 있다.

"이가의 녀석, 내 부하가 되지 않겠냐? 무사를 시켜 주마."

"……."

욕심이 생겼다. 그 틈을 노려 검은 차림은 들보에서 뛰어내렸다.

그 무렵 숙직인 자가 대여섯 명, 창을 갖고 천정 밑에 이미 모여 있었다. 모두 핏발 선 눈으로 천정을 올려다보고 있다. 소리가 뒤섞여 들리고 먼지가 연신 떨어져 오지만, 어느 것이 자기 주인인지 잘 알 수 없었다. 이미 성 안의 사람들이 일어나 추녀 끝마다 빈틈없이 화톳불을 사르기 시작했다. 이런 때의 재빠름이란, 쇼구로의 부하는 미노에서도 제일이었다.

"이가의 녀석, 이젠 달아나지 못한다. 내 부하가 돼라."

"되……."

더듬었다.

"되겠습니다."

쇼구로는 가장을 풀고 몸을 느슨하게 하며 칼을 꽂았다. 네코바의 진심을 알기 위해서다. 과연 네코바는 움직였다. 뽑았다. 옆으로 후려치고 결과도 보지 않고서, 그대로 들보에 뛰어올라 달아나려고 했다. 하나 이미 허리가 두 동강 나고 있었다.

휙, 하고 피가 튀었고 시체가 들보에서 떨어졌다. 쇼구로는 천정의 널을 떼어내고 날짐승마냥 경쾌하게 방으로 뛰어내렸다. 다다미 위에 서자

"나다."

복면을 벗었다.

천정에서 피가 뚝뚝 떨어지고 있다.

"싸움 준비를 해라."

"적은?"

"후지사에몬."

지금부터 이나바 산으로 달려가면, 새벽 공격이 되리라. 쇼구로는 갑옷 궤의 뚜껑을 열었다.

야습

"사람 사는 세상의 재미여."

쇼구로는 갑옷을 입으면서 껄껄 웃고 중얼거렸다. 사람은 떼져 살고 있다. 떼를 짓더라도 서로 살아나갈 수 있으리만큼 도덕이 생기고 법률이 생겼다. 쇼구로가 생각건대, 인간처럼 가엾은 동물은 없었다. 도덕에 지배되고 법률에 지배되고 그래도 아직 지배되는 게 모자랐음인지 신불(神佛)에까지 꿇어 엎드리며 살아가고 있다.

'──그러나 나만은' 하고 쇼구로는 생각하는 것이었다.

'도덕·법률·신불 따위에 지배 안 당한다. 언젠가는 그것들을 지배하는 자가 될 거다.'

재미있다. 사람 사는 세상은──

쇼구로에 있어서 무엇이 재미있느냐 하면 권모술수 바로 그것이었다. 권(權)이란 계책, 모(謀)도 계책, 술(術)도 계책, 수(數)도 계책, 이 네 글자만큼 쇼구로가 좋아하는 글자도 없었다. 쇼구로는 지금 이나바 산 밑에 저택을 둔 미노 제일의 권력자 나가이 후지사에몬을 야습하여 죽이려 하고 있었다.

"그게 정의냐?"고 '도덕'은 대갈일성, 쇼구로를 공격하리라. 너 같은 불의(不義)도 없으리라 하면서.

교토에서 흘러 들어온, 어디서 빌어먹던 뼈다귀인지 모를 적수공권인 쇼구로의 뒤를 밀어 준 것은 나가이 일족이다. 나가이 일족 가운데 특히 나가이 도시타카가 후원에 후원을 거듭하여 쇼구로를 밀어 올려 주었던 것이지만, 나가이 후지사에몬에게도 전연 신세가 없는 것도 아니다. 아무튼 후지사에몬은 나가이 일족의 종가다. 그 후지사에몬이 그만하면 됐다는 태도로 묵인해 주었기에 별 지장 없이 미노 제일의 벼락출세를 했고, 게다가 '나가이'라는 성마저 쓸 수 있게 되었던 것이다. 이를테면 큰 은혜.

그리고 '법률'도 나무라리라. 왜냐하면 쇼구로는 형식적으론 미노의 태수 대리인 나가이 후지사에몬의 밑사람이 된다. 상하의 계열로 말한다면 미노 태수 도키 요리아키──미노 태수 대리 나가이 후지사에몬──요리아키의 집사 쇼구로──하는 식이 되므로, 쇼구로가 상관을 친다는 것은 무법이라고 할 수밖에 없다.

하나 쇼구로의 '정의'는 다르다. 미노를 자기 힘으로 정복하고 새로운 질서를 만드는 일이야말로 그의 정의이다.

쇼구로의 도덕으로선, 그러기 위해서는 어떠한 짓을 해도 좋았다. 예부터의 법을 지키고 도덕을 지키고 신불에 온순한 자가 낡은 질서를 뒤엎고 통일의 대업을 이룩할 수 있을 턱이 없다.

쇼구로와 거의 같은 시대에 태어난 르네상스기 이탈리아의 정치사상가 마키아벨리는 말했다. "힘이야말로 세상의 안정을 가져오는 것"이라고. 또 마키아벨리는, 능력 있는 자야말로 군주의 지위에 앉아야 한다고도 말했다. 능력이야말로 지배자의 유일한 도덕이라는 말도 했다. 이 프로렌스의 가난한 귀족 가문에 태어난 권모사상가가 자기와 동시대에 사이토 도산, 즉 쇼구로가 일본에 있음을 알았다고 한다면 자기 사상의 실천자로서 눈물을 흘리며 좋아했을지도 모른다.

아카베조차 말했다.

"나리, 나리."

목소리가 떨렸다.

"소태수님을 치시겠다는 것입니까? 은혜 입은 사람을 죽이면 신불의 벌이 무섭습니다요."

"신불이 이 쇼구로에게 벌을 준단 말이냐. 나는 신불 따위, 내 부하라고 알고 있어."

"무섭습니다."

소악당이라 배포도 작다.

"아카베. 그토록 신불이 무섭다면 오늘밤 미노의 절이란 절, 신궁이란 신궁의 신불에게 모두 눈가림을 하고 오너라. 그래도 벌을 내리는 신불이 있다면, 나중에 바로 그 신불을 퇴치하고 산사와 절을 때려 부수어 혼을 내 줄 테니까."

"무섭습니다" 하고 말하면서, 아카베는 이 주인을 믿음직하게 여기고 있다.

신불로 하여금 발밑에 꿇어 엎드리게 하는 사나이는 천하 어디를 찾아봐도 없으리라.

"그러나 나리."

아카베는 말하는 것이었다.

"후지사에몬 님을 죽이시면 미노 일국의 무사들이 벌집을 건드린 듯 떠들고 이 가노 성에 몰려올지 모릅니다. 어떻게 하시겠습니까?"

"생각은 하고 있다."

어지간한 쇼구로도 이 점은 걱정인 듯 많은 말을 하지 않았다. 쇼구로는 투구를 썼다. 앞 장식인 황금이 번쩍번쩍 촛불에 빛났다. 앞 장식은 물결을 도안화한 것으로서, 쇼구로의 고안이었다. 쇼구로는 물결을 좋아하여 이 무렵부터 자기의 문장(紋章 : 가문을 나타내는 표지·기치·옷 따위 온갖 것에 이걸 씀)을 스스로 고안한 '이두파(二頭波)'로 바꾸고 뒷날엔 기치에도 이걸 사용했다.

——물결이야말로 용병(用兵)의 비결이다. 노도처럼 밀려오고 밀려갔다간 물러난다.

고 쇼구로는 입버릇처럼 말하였다. 군사뿐 아니다. 인생 만사 물결의 운동을 배워야 한다고 했다. 이 두 물결의 문장은 사이토 도산의 문장으로서 나중에 천하에 유명해진다.

"여봐라, 준비는 되었느냐?" 하고 쇼구로는 말했다.

성 안엔 20명밖에는 없다. 쇼구로의 심복 대다수는 요소 요소에 상주하고 있어 모으려고 하면 통지를 해야만 했고, 그런 짓을 하고 있다가는 그만 움직임이 드러나고 의도가 탄로나고 만다. 성내 거주의 20명으로 쳐들어갈 수

밖에 없었다.
"준비는 되었습니다."
"아직 문에서 나가지 말라."
쇼구로에게는 계책이 있는 모양이다.
"난 잠깐 나갔다 오겠다."
"혼자서?"
"응, 혼자서다. 말을 끌어 오너라."
쇼구로는 일부러 뒷문을 열어 말을 끌어내도록 하고, 채찍을 들자마자 단신으로 태수 요리아키가 있는 가와테 부성을 향해 달렸다.
가깝다. 곧 성문에 이르렀다.
"나다. 급히 여쭐 말이 있어서 왔다. 문을 열어라" 하고는 말은 문지기에게 맡기고 갑옷 차림으로 성큼성큼 성내 요리아키의 거처로 향했다.

"밤중에 어쩐 일이냐?"
요리아키는 시무룩한 얼굴로 서원 툇마루로 나왔다. 안에서 여자를 품고 있었던 모양이다.
"더구나 그 차림은?"
요리아키는 툇마루에 선 채 말했다. 쇼구로는 무장한 채인지라 실내에는 들어가지 않고 땅에 부복하고 있었다. 투구는 뒤로 벗어 매달고 머리카락은 상투를 풀어헤쳐 가관이다.
"큰일이 돌발했습니다."
말했을 뿐, 침묵을 지켰다. 요리아키 쪽에서 묻잖을 수 없었다.
"또 국경에 오미의 침략군이라도 나타났느냐?"
"아닙니다."
"빨리 말해라."
"옛."
쇼구로는 옆구리에 끼고 있던 오동나무 상자를 눈높이로 받쳐들고 무릎걸음으로 다가가서 툇마루에 놓았다. 요리아키는 움찔했다. 목을 담는 통인 줄 알았던 것이다. 시동을 시켜 촛불을 가져가게 했더니 그렇지 않았다. 뚜껑을 열게 했다.
멋들어진 새 투구가 나타났다. 쇼구로는 다시 나아가서 그걸 투구걸이에 걸고 요리아키 쪽으로 돌렸다.

"허허."

요리아키는 전부터 쇼구로가 갑옷·전투복의 의장(意匠)을 고안하는데 있어 비상한 재주가 있음을 알고, 자기의 투구를 만들어 달라고 부탁해 두었다. 가늘고 긴 역(逆) 팔자(八字)형의 앞 장식, 투구 상부에는 은별을 박았고 투구 미늘은 넉 장을 겹치고 빨간 실로 꿰단 것으로 별 신기한 것도 아니다. 옛날부터 총대장이 사용해 온 보통 투구다.

난세가 되자 무장도 군사도 색다른 모양의 것을 즐겨 찾았고, 저마다 그 의장을 경쟁했다. '유행용' 투구라고 하는 것이었다. 즈나리(頭形)·시노바치(篠鉢)·모모나리(桃形)·돗파이·이치노다니(一ノ谷)·바이나리(貝形)·나마즈오 등이라고 불리는 게 그것이고, 지금 눈앞에 있는 새 투구는 '옛날식'이라고 불리고 있다.

요리아키는 '유행용' 투구를 부탁했던 것이다.

"이건 옛날식이 아닌가?"

"그렇습니다."

쇼구로는 고개를 끄덕였다.

"보시다시피 옛날 투구지요. 주군은 미나모토 씨(源氏)의, 그리고 미노의 태수님이라고 하는 혈통·신분이시기 때문에 유행용 투구는 어울리시지가 않습니다. 옛날식 투구야말로 총대장의 신분에 알맞습니다. 그렇지만" 하고 쇼구로는 다시 보통이를 풀었다.

휘황찬란하게 빛나는 것이 나타났다. 비단인가 싶었는데 비단도 아니다.

"공작의 꼬리입니다."

사카이(堺) 항구에 들어오는 중국배에서 입수한 것이라고 한다. 그걸 금실로 이어 놓았다.

"이걸로 '투구 미늘'을 덮지요" 하고 쇼구로는 투구를 손에 들고서 철사로 미늘에 달아 보였다. 이상하게도 아름다운 투구가 되었다.

"오, 이것은!"

"그렇죠. 주군을 공작명왕(孔雀明王 : 보살의 하나)으로 비유한 것이죠."

"허, 그래?"

"공작명왕으로 말할 것 같으면,"

쇼구로는 요리아키가 즐기는 현학 취미를 더욱 발휘했다.

"태장만다라(胎藏曼茶羅)에 살며 그 모습은 백색(白色)으로서, 흰 비단의 가뿐한 옷을 걸치고, 머리에는 보석관을 쓰고 가슴에는 영락(瓔珞 : 목걸이)을 늘어뜨리고 두 귀에는 이당(耳襠 ; 귀걸이)를 달고 금색의 공작을 타고서……" 하며 그 보살형용을 말한 다음, 공작명왕의 유래까지 설명했다.

인도의 새다. 이 새는 즐겨 독초나 독충을 먹기 때문에 고대 인도인은 이것을 '공작명왕'이라고 신격화했으며, 인간을 해치는 탐(貪)·진(瞋 : 성냄)·치(痴 : 어리석음)의 삼악(三惡)을 먹어 버린다고 믿고 신앙했다.

"공작이 삼악을 먹어 준단 말이지? 딴은, 무문의 대장 투구를 장식하는데 어울리는 새이겠군."

"그렇습니다."

쇼구로는 시치미를 떼고 있다.

"그러나 그대는."

요리아키는 당연한 의문으로 되돌아갔다. 아무리 투구가 마련되었다고는 하나 그걸 밤중에 가져오는 건 몰상식한 일이 아닌가.

"어쩐 까닭이냐?"

"그 삼악을 퇴치해 달라는 것입니다. 자, 시간이 없습니다. 빨리 그 투구를 쓰십시오."

"악은 어디에 있지?"

"반역입니다."

쇼구로는, 후지사에몬이 요리아키의 동생 고로·로쿠로를 떠받들고 요리아키를 죽이려고 하는 움직임이 더욱더 노골화되었다고 말했다. 물론 이야기는 쇼구로의 창작이지만, 그 가능성이 없다고도 할 수 없었다.

요리아키도 요즘의 후지사에몬의 태도를 보고 희미하나마 그런 의심을 품고 있던 터였다.

"갑옷을 입어야 하나?"

"예, 그렇게 하십시오."

"출전하는 것이냐?"

"아닙니다."

쇼구로는 자못 믿음직하게 웃었다.

"전쟁은 제가 하겠습니다. 그러나 오늘밤 혹시 후지사에몬 쪽이 성을 공격해 올지도 모르는 것이니만큼 이 성 안 구석구석까지 화톳불을 피우고, 무사에겐 갑옷을 입히고, 졸개에게는 활과 창을 갖도록 하시고, 최소한 주군께서는 옷이라도 입고 계십시오."

"그렇게 하겠다"고 할 수밖에.

쇼구로는 결사적으로 이제부터 야습을 간다는 게 아닌가. 쇼구로는 성문 밖에서 말을 탔다. 달렸다.

'이걸로 됐다'고 생각했다.

자기가 후지사에몬의 저택에 야습을 가했다고 하더라도, 다른 사람들은 쇼구로가 제멋대로 한 게 아니고 요리아키의 명령이라고 생각하리라. 왜냐하면 요리아키는 가와테 성에 크고 작은 화톳불을 피우고 몸소 무장하고 대기하고 있는 것이다.

그런데 쇼구로는 몰랐다. 요리아키는 쇼구로가 질풍처럼 뛰어 들어왔다가 질풍처럼 가버린 다음, 왠지 우스꽝스러워졌다.

'조용한 밤이 아닌가.'

하늘에 별이 가득 반짝이고 있다. 미노의 천지는 어디까지나 평화롭기만 하고 어느 산 어느 마을 어느 들에도 반란군이 들고 일어난 것 같은 낌새는 보이지 않는다.

'우스꽝스럽다'고 여긴 것은, 지적으로 그렇게 생각한 건 아니다. 감정이 그렇게 생각했다. 게으른 것이었다.

입어보지 않았던 갑옷을 입고 싶지도 않았고, 내려보지 않았던 군명(軍命)을 내릴 생각도 들지 않았다.

"아아" 하고 하품을 크게 하고서 어깨를 두들기고 안으로 들어갔다.

'설사 모반이 일어난들 그 자가 잘 처리해 줄 거야.'

쇼구로는 몰랐다. 이 약빠른 사나이조차 요리아키라고 하는 사나이가 이토록 게으름뱅이인 줄은 몰랐었다. 종류가 다르다. 수백 년, 지배자의 위치에서 잠을 잔 귀족의 피가 요리아키를 그렇게 만들고 말았다. 놀란다는 건 천한 서민의 몫이다. 시녀에게 발밑을 비치도록 하면서 요리아키는 긴 복도를 걸었다. 또 한 차례 하품을 했다.

공경을 흉내낸 잇몸을 검게 물들인 모습이, 벌린 입을 검은 동굴처럼 보이게 했다. 침실로 들어갔다. 여자가 기다리고 있다. 오늘 밤은 요시코가 아니다.

"허리를 주물러라."

요리아키는 팔다리를 쭉 펴고 누웠다.

쇼구로는 가노 성으로 돌아가자 성 안 광장에서 달그락달그락 말을 몇 바퀴 돌게 한 다음
"나를 뒤따르라" 하고 다시 성문으로 달려 나갔다.
쇼구로와 그 부하는 새까만 덩어리가 되어 북으로 북으로 달렸다. 이나바 산 밑까지 십리.
후지사에몬의 저택은 오늘날에도 '후지사에몬 동'이라는 지명으로 남아 있다고, 앞서 말했다. 동(洞)이라는 건 여기서 동굴이 아니다. 산기슭이 움푹 파여 들어가 있는 지형을 가리키고 있다.
오늘날 기후 시(岐阜市)……마쓰야마 초(松山町)에서 산으로 접어드는 드라이브 도로에 경찰학교가 있으며, 이윽고 잡목에 둘러싸인 화장터가 나타난다. 모쿠 산(默山) 화장터다. 그것이 쇼구로 당시의 후지사에몬 저택이었다.
후지사에몬은 반주를 즐긴다. 촛불을 가까이 당겨놓고 자기 영지의 농군이 만들어 바친 탁주를 기분 좋게 빨고 있었다.
"정월 초엿새 날이 기다려지는군" 하고 총애하는 첩인 고하즈(小笥)란 열두 살 난 소녀에게 술을 따르도록 하며 말했다. 후지사에몬에겐 그런 버릇이 있어 아직 초조(初潮)도 보지 않은 계집애를 사다가 수청을 시킨다. 그 일 말고 두드러진 결점도 없는 사나이지만, 이 한 가지 일로 미노에선 평판이 매우 나빴다.
"정월 초엿새에는 무언가 기쁜 일이라도 있나요?" 하고 고하즈는 물었다.
어지간한 후지사에몬도 쇼호 사에서 쇼구로를 암살하는 일이라고는 말 못했다.
"너는 그 사나이를 어떻게 생각하느냐?" 하고 쇼구로의 이름을 들며 물었다.
고하즈의 대답은 뜻밖이었다.
"좋은 분이라고 생각해요."
그리고 말을 이었다.
"미노의 여자들은 모두 그분이 시원스러워 좋다고들 하세요."
소녀이니만치 정직하다.
후지사에몬은 미간을 찌푸렸다.

하극상

길은 비좁다. 북으로. 이나바 산기슭의 후지사에몬 저택을 바라고 곧장 치닫고 있다. 교로쿠 2년(1529년) 12월 28일의 마지막 시간은 이미 지났다. 시간은 29일 자시(子時 : 오전 영시)를 지나고 있었다.

쇼구로는 더욱 채찍을 내리치며 달렸다. 그를 따르는 건 아카베 이하 저택 안 행랑채에 사는 심복부하들 뿐이고, 무사는 별로 없었다. 아카베는 말안장에 큰 메를 매달고 있었다. 이 메로 대문을 때려 부수려는 것이다. 그들은 이나바 산 밑에 이르렀다. 숲이 많다. 숲 서쪽으로 돌았다. 언덕길이 있다. 후지사에몬의 저택으로 들어가는 정면 길이다. 저택 둘레, 해자에 이르렀다.

"미리 일러 둔 대로 세 방향으로 헤어져라."

쇼구로는 군사를 분산시켰다. 모두 물 없는 해자로 뛰어 들어가 끝에 갈퀴가 달린 밧줄을 던져서 담을 기어오르기 시작했다.

아카베는 대문으로 다가가서

쾅!

하고 큰 메로 문짝을 때렸다. 끄떡도 않는다.

"바보 같으니! 아카베, 이리 내라."

쇼구로는 큰메를 뺏어서 자루 끝을 쥐고, 느릿하게 허공에 원을 그리기 시작하더니 이윽고 원을 그리는 속도가 빨라지고 바람소리를 내며 회전하는가 싶자

쾅——

문을 때렸다.

조각 널판자가 깨지고 문 장식이 날아가고, 다시 세 번, 네 번 타격을 거듭하는 사이 사람이 들어갈 만큼의 구멍이 뚫렸다.

"누군가 뛰어 들어가 빗장을 뽑아라" 하고 명하자,

"알겠습니다" 하고 부하 하나가 뛰어 들어갔다. 곧 문이 열리고, 일동은 창끝을 나란히 으와 하고 난입했다.

한편 후지사에몬.

이미 두 시간이나 전에 저녁 반주를 끝내고 첩인 고하즈와 더불어 잠자리에 들어가 있었다. 후지사에몬은 이가에서 고용한 자객이 돌아오기를 조마조마하니 기다리고 있었다.

'과연 잘될지 어떨지.'

그걸 생각하자 잠이 오질 않는다.

'아무튼 좋아. 그게 실패한들 쇼호 사에서의 계책이 남아 있으니.'

고하즈는 애무에 시달려서 가볍게 코 고는 소리를 내고 있었다. 후지사에몬은 어느덧 잠이 들었다.

고하즈는 눈을 떴다.

'...... !'

후지사에몬의 얼굴을 들여다보고 잠이 들었다는 것을 확인하자 혼자서 살며시 자리를 빠져 나왔다. 옆방에 숙직 호위무사의 대기소가 있다. 무사가 둘, 잠을 자지 않고 대기하고 있었다.

"측간에 가겠어요" 하고 고하즈는 조그만 목소리로 말하고 사뿐사뿐 복도를 걸었다.

'산시로(三四郞) 씨의 말로는 오늘 밤쯤 무슨 이변이 있을 거라고 했는데.'

고하즈는 쇼구로의 하인 세키 산시로(關三四郞)와 사촌간이다. 그 산시로를 통해서 전부터 '무언가 이변이 있으면 후지사에몬님에게서 떨어지지 말라'고 당부를 받고 있다.

'이변이란 무얼까?'

모른다.

고하즈는 의문도 품지 않았고 캐묻지도 않았다. 그 머리 매무새가 소녀 그대로인 것처럼, 마음도 소녀에서 벗어나지를 못했다. 고하즈에겐 버릇이 있다.

허리에 방울을 달고 있는 일이었다. 자나깨나 방울을 몸에서 뗀 일이 없다. 고하즈가 가는 곳, 언제나 방울이 딸랑딸랑 하고 울렸다. 그것이 자못 귀엽다. 측간에서 돌아와 딸랑딸랑 방울소리를 내며 잠자리로 들어가자, 후지사에몬은 심드렁하게 눈을 뜨고

"어딜 갔었지?" 하고 물었다.

"네, 측간에."

고하즈는 거리낌없었다. 당연한 일로서 고하즈는 쇼구로 일당의 음모 따위 눈곱만치도 모르는 일이며, 지금도 변소에 갔던 일은 엄연한 사실이었기 때문이다.

그때였다.

쾅! 하고 땅이 울리는 듯한 소리를 후지사에몬이 들은 것은.
"저건 뭐냐?"
벌떡 일어났다.
이어서 두 번, 세 번, 네 번……무지무지한 소리가 일어났다.
"지진일까?"
"주군! 주군!"
무사가 두엇 소리치면서 복도를 뛰어왔다.
"적, 적의 습격이옵니다."
"허둥대지 말라."
이렇게 되고 보면, 후지사에몬도 용맹과 담력으로 오미·오와리까지 이름이 널리 알려진 사나이다. 중방에서 작은 언월도를 집어 들고 다시 손을 뻗어 중방 위의 돌멩이를 다섯 개 가량 품안에 넣었다. 중방은 (일어로 나게시,
長押라고 쓴다) '나게이시 (投石
투석)'라고 쓴다는 설이 있을 정도로 무사의 집에선 중방 위에 조약돌을 준비해 놓고 있었다. 습격을 받았을 경우 실내 전투용으로 쓰기 위해서다.
"고하즈, 달아나라."
후지사에몬은 말했으나, 고하즈는 이때야말로 떨어져선 안 된다 싶어, 이 장년의 태수 허리를 끌어안고 놓지를 않는다.
"고하즈는 무서워요."
산시로가 가르쳐 준 대사였다.
"주군을 모시려면 이걸 알아둬야 해. 만일 이변이 일어나면 저택 안의 사람들 모두 주군의 몸을 지키고 주군 한 사람을 안전한 장소로 피신케 할 것이니, 주군의 몸에서 떨어지지 않으면 너도 안전해" 하고 말했던 것이다.
"귀찮다!"
후지사에몬은 떼어 버리려고 했으나 고하즈는 울음을 터뜨리며 한사코 떨어지려고 하지 않았다.
"적은 누구냐?"
"모, 모릅니다. 다만 주군의 명령이다, 주군의 명령이다, 하고 외치고 있을 뿐입니다."
"주군의 명령?"
후지사에몬은 격노했다.
'태수가 나를 죽이겠다는 뜻인가?'

짚이는 데가 있다. 애당초 후지사에몬은 망명한 선대(先代)의 태수 마사요리를 떠받들고 있던 사나이였다. 당대인 요리아키에게 좋은 인상을 줄 리가 없다. 순간, 후지사에몬은 결심했다. 생각지도 않았던 일을 결심했다. 당장 이 순간부터 쿠데타를 일으키고 요리아키를 몰아내고 뒷자리에 요리아키의 배다른 동생인 이비 고로를 내세워 태수직에 앉힐 것을.

어차피 요리아키도 쇼구로에 의해 일으켜진 쿠데타로 지금의 지위에 앉은 태수가 아닌가.

"좋다!"

후지사에몬은 흥분한 나머지 얼굴이 새빨개졌다. 큰 소리로 인원 배치를 한다.

"오오다 덴나이(太田傳內), 덴나이는 어디 갔느냐?"

"여기 있습니다."

가로(家老)인 덴나이가 달려왔다.

"곧 봉화를 올리도록 해라. 고로 공(五郞公)께 사자를 보내라, 온 미노의 군사를 불러 모으는 거다. 당면의 적은 지금의 태수란 말이다."

"옛!"

오오다 덴나이는 달려 나갔다.

후지사에몬도 예사로운 사나이는 아니다. 자택을 습격받았는데도 그걸 막는 것보다——아니 오히려 방어를 잊고 적극적인 공세로 나가려고 했다.

저택 안은 넓다. 건물의 배치도 복잡하다.

후지사에몬은 여기저기로 뛰었다. 그 뒤를 따라 딸랑딸랑 딸랑딸랑 하고 방울소리가 따라왔다.

한편 쇼구로,

"달아나는 놈은 쫓지 말라. 쓸데없는 살생은 하지 말라" 하고 고함치고는 있으나, 쇼구로는 쇼구로대로 어딘가 제정신이 아니었다.

후지사에몬 쪽 인원은 50명쯤 된다. 쇼구로 쪽은 그 반 이하인 스무 명밖에 안된다.

——달아나는 놈은 쫓지 말라.

하고 말할 처지가 못 된다. 쇼구로의 부하 쪽이 오히려 후지사에몬의 부하에게 쫓겨서 저택 안을 갈팡질팡하고 있는 것이었지만, 이 사나이의 배짱은 그 깊이를 모를 정도다.

"여봐라, 듣거라."

쇼구로는 늠름하게 목청을 쥐어짰다.

"목표는 태수 대리 하나다. 나머지 자들은 상대 말라."

"받아라" 하고 날랜 무사가 대도를 휘두르며 덤벼드는 것을, 쇼구로는 몸을 피하며

땡그렁

하고 칼을 옆으로 후리쳤다. 무사는 쿵 하고 쓰러졌다. 그 시체를 뛰어넘고 복도를 달렸다. 복도며 회랑·툇마루·뜰 여기저기에 피아간의 햇불이 뒤섞여 있다.

"…… ?"

쇼구로는 귀를 기울였다.

딸랑 딸랑 딸랑

하는 방울소리가 벽 안에서 들려오고 있었다. 오른편에 골방이 있는 것이다.

'여기로구나!'

홱 문을 열고 재빨리 몸을 비켰다. 돌멩이가 쇼구로의 머리 위를 스쳐 지나갔다.

쇼구로는 실내에 햇불을 던져 넣었다. 캄캄한 실내가 훤해졌다. 후지사에몬이 작은 언월도를 거머쥐고 있었다. 그 옆에서 고하즈가 얼굴을 다다미에 붙이고 웅크리고 있었다.

"태수 대리님이십니까? 주군의 명입니다. 순순히 목을 내놓으시오!"

"네, 네 놈이었구나."

후지사에몬은 펄쩍 뛰어오르듯 언월도를 휘둘렀다.

으악,

하고 고하즈가 후지사에몬에게 매달렸다.

"놓아라."

후지사에몬은 발길로 찼다.

으악 하고 고하즈는 쓰러졌으나, 그래도 아직 후지사에몬을 믿고 있음인지 정신없이 달려든다.

"이것이!"

언월도가 반월을 그렸다. 무참하다고 할 수밖에 없었다. 고하즈의 가는 목

은 소리도 없이 날아가고 말았다.
 '주, 죽었구나.'
 후지사에몬은 당황했다. 고하즈의 죽음이 그를 더욱 날뛰게 만들었다. 언월도가 윙윙 소리를 내며 쇼구로에게 육박한다. 당할 재간이 없다. 그때 아카베가 달려왔다.
 "아카베, 창을."
 쇼구로는 잡아채기가 무섭게 거머쥐고 뛰어들며 바람처럼 찔렀다.
 옆으로 후려쳐 온 것을, 쇼구로는 창끝을 다다미 위에 곧바로 세우고 원숭이처럼 뛰어올랐다.
 싹 하고 창 자루가 잘렸다. 자르면서 언월도의 칼날이 지나갔다. 쇼구로는 뛰어내렸다.
 순간, 쇼구로의 대도(大刀)가 후지사에몬의 왼쪽 어깨를 비스듬히 베어내리고 있었다.
 "아카베, 목을 잘라라."
 쇼구로는 복도로 뛰어나가
 "모두들 듣거라, 나가이 후지사에몬은 태수님의 영에 의해 목이 잘렸다" 하고 외치면서, 미리 약속한 퇴각의 징을 치게 했다.

 그런 다음 한 시간 후에 쇼구로는 가와테의 부성 요리아키의 어전에 있었다. 밝은 새벽의 먼동이 함빡 동쪽 하늘을 물들이고 있었다.
 "명에 의하여 간물(奸物)을 주살했습니다. 수급(首級), 검시(檢視)를 바라겠습니다."
 후지사에몬의 목을 보고 요리아키는 말도 못했다.
 "말씀을"
 쇼구로는 강요했다.
 "수고했다."
 칭찬하지 않을 수 없었다. 그런데 그 다음이 큰일이었다. 미노의 온 나라 안은 말 그대로 벌집을 쑤신 듯한 소란이 일어났다.
 "그 기름장수를 죽여라" 하고 저마다 떠들어대고, 미노 8천 기의 토박이 무사들 가운데 후지사에몬의 영향 아래 있던 5천 기가 무장을 갖추고 각기 제 고장에서 부하를 이끌고

"태수님에게 아뢰올 말씀이 있노라" 하고 몰려온 것이다.

모두 성 밖에 야영을 했다. 그 수효는 날로 늘어나고 이레 째에는 5천 기, 3만 명을 넘는 인원이 되었다. 밤엔 산더미 같은 화톳불을 피운다. 그 수효가 무수하다 해도 좋았고, 망루에서 보면 성 밖 들이 남김없이 불을 뿜으며 타오르는 듯싶었다.

미노가 시작된 이래라고 해도 좋다. 무사들의 폭동과 같은 집단 진정이 있었던 것은. 그 주도권을 쥔 자는 한때 후지사에몬과 배짱이 맞아 쇼구로 모살 모의에 참가했던 패들로, 그 중심인물은 요리아키의 배다른 동생 이비 고로에 역시 배다른 동생인 와시즈 로쿠로와 와시즈 하찌로오.

그리고 도키 가문 일족인 중신 사이토 무네가쓰(齊藤宗雄)·구니시마 쇼겐(國島將監)·아시키 사콘(芦敷左近)·히코사카 구란도(彦坂藏人). 거기에 살해된 후지사에몬의 아들로서 명문 사이토 씨를 계승하고 있는 사이토 도시타카(齊藤利賢)가 복수를 위해 당연히 앞장서고 있었다.

"그 자를 저희들 손에 내어 주시옵소서" 하고 일동은 요리아키에게 강요했다.

"아니면 저희들에게 토벌의 허락을 내려 주시오. 그러면 이 군세를 갖고서 단숨에 그 자의 가노 성을 쑥밭으로 만들어 놓겠습니다."

어느 조건이고 쇼구로를 죽이겠다고 하는 요구다.

쇼구로는 어디 있었을까. 자기의 성곽인 가노 성에는 있지 않았다. 설명하는 걸 미처 빠뜨렸지만 이 가노 성도 수천의 군세로 포위되고 있는 것이었다. 쇼구로는 대담하게도 요리아키의 가와테 성에 있었다. 방 하나에 숨어 있었다. 서원에는 진정단이 연신 드나들건만 쇼구로는 하는 일도 없이 매일 술을 마시고 있었다.

"주군, 상대하실 것 없습니다" 하고 요리아키는 다짐을 받고 있다.

요리아키 또한 자기를 오늘의 영화로운 지위에 앉혀 준 쇼구로를 저버릴 생각은 없었다. 요리아키는 무지하고 난폭한 동족이나 토박이 무사들보다도 쇼구로 쪽이 좋았다.

쇼구로하고는, 이를테면 목계(牧谿: 중국 송나라 때 화가. 묵화의 명인이라고 일컫고 특히 용·범·원숭이·학·기러기·산수수석·인물을 잘 그렸다)에 관해서 이야기를 할 수도 있다. 목계의 이름조차 모르는 육친보다도 목계를 알고 있는 남이, 요리아키로선 더 가깝다. 요리아키는 설사 무인도에 귀양을 가더라도, 한 사람뿐인 벗을 선택하라고 한다면 주저 없이 쇼구로를 선택했으리라.

그런데——

진정단은 듣지를 않는다.

"그럼 저희들 멋대로 하겠습니다. 그 자를 공격해 죽이든가, 무슨 일이든 자의로 하겠는데, 태수님께선 눈을 감고 계십시오"라고까지 강요했다.

요리아키는 대답을 하지 않는다. 일동은 가와테 부성에서 물러나 들판의 5천 기, 2만의 병력에게 각각 우두머리가 일어서라고 명했다.

쇼구로의 가노 성을 습격하자는 것이었다. 아마 이만한 대군이라면 함락시키는 데 두 시간도 채 소요되지 않으리라.

쇼구로는 그 동정을 가와테 성 성벽에서 굽어보고 있었다. 얼굴이 점점 씁쓰름하게 일그러져 갔다.

'이번에야말로 도리 없다.'

솔직한 심정이었다.

'좀 지나쳤구나.'

후회는 않지만, 이즈음 너무 조심성을 벗어났다고 반성했다.

'바보도 집단이면 힘이라더니, 그걸 잊고 있었어.'

어지간한 쇼구로도 이 집단에는 손을 들 수밖에 없었다. 지혜 주머니도 빈 것 같아서 머리가 도무지 돌아가질 않았다.

임기응변

쇼구로는 돌아섰다. 얼굴만은 태연.

"과연, 어떻게 할 것인가!"

진퇴유곡이라고 해도 좋다. 그토록 지혜 주머니 쇼구로라는 말을 듣던 이 사나이도 별 뾰족한 수가 떠오르지 않았다.

"앗핫핫핫, 인간의 지혜란 한정이 있지" 하고 부채로 자기의 골통을 딱딱 때리고 벌렁 방바닥에 누워 버렸다. 일이 급하다. 무언가 손을 써야 한다.

"아니, 어떻게 하면……"

이윽고 쇼구로의 부하인 시동이 차를 날아왔다.

기쿠마루(菊丸)라고 하는 열두 살 소년이다. 소년의 눈에도 자기 상전이 지금 직면하고 있는 사태의 중대성이 비치는 모양으로, 얼굴이 새파랗다.

"기쿠마루, 뭘 떨고 있지?" 하고 쇼구로는 미소지었다.

"아아뇨, 떨고 있지 않습니다."

소년은 볼을 붉혔다. 보기보다는 굳굳한 아이인 듯싶었다.

"사람의 일생엔 말이야……"

쇼구로는 말했다.

"두 번인가 세 번 이런 일이 있지."

"예."

소년은 침착한 표정으로 돌아갔다.

"그때에 말이야."

"예."

"어떻게 하는가가 영웅과 범인(凡人)의 갈림길이지."

쇼구로는 스스로 자신의 용기를 북돋고 있는 모양이었다. 상대가 소년이라서, 지금의 경우 알맞은 이야기 상대인 것이다. 상대는 단지 끄덕일 뿐이다.

"나는 창을 단련한 일이 있지. 칼을 뽑아들고 적과 싸운 일도 몇 번인가 있지. 막상 칼을 겨누었을 때……"

쇼구로는 입을 다물었다.

"겨누고 나섰을 때, 어떠한 심경이었나요?"

"그 심경을 되살리고 있다. 아니 되살릴 수가 없구나……. 그것은 당연하지, 머리도 마음도 몸뚱이 속도 모두 텅 빈 것 같았으니까. 앗핫핫핫! 바람이 술술 뚫고 나갈 수 있듯 빈 껍질이었어."

"재미있습니다. 그럼 나리께선 바람이 돼 계셨겠네요?"

"바람……."

쇼구로는 고개를 갸우뚱했다.

"그도 아니었는데. 바람이라 하면 글자도 있고 볼에도 스치는 느낌이 있다. 바람도 아니었어. 무엇일까, 그건? 무(無)라고 하는 것이었을까. 무라고까지는 아니더라도 그것과 비슷한 것이었을 거야."

"방하(放下: 내버린다)인가요?"

"맞았어. 바로 그거야."

소년은 무심코 들은 풍월인 선어(禪語)를 말한데 지나지 않았지만, 쇼구로의 가슴 속에 막혔던 게 확 뚫리고 마음속 가득히 광명에 넘치는 새로운 세계가 나타난 것처럼 생각되었다.

"그것이다, 바로 방하."

선가(禪家)에선 모든 인연을 내던짐으로써 무아(無我)에 들어가는 길이 열린다. 그걸 내던지는 걸 방하라고 한다.

소년은 천진난만하게 고개를 갸웃거렸다.

"대도를 마주 겨누셨을 때 방하의 심정이 되셨다는 것입니까, 그때——"

"그때?"

쇼구로는 이상하다는 표정을 짓고 얼마 있다가 밝게 웃기 시작했다.

"그때의 이야기가 아니다. 지금부터 방하를 하겠다는 거다. 기쿠마루."

"예?"

"네가 관음으로 보인다."

"……"

기쿠마루는 어리둥절하고 있다.

쇼구로는 일어서면서

"고맙다는 인사로 한 번 추어 볼까?" 하고 유유히 고와카(幸若) 춤인 '아쓰모리(敦盛)'를 추기 시작했다.

인생 50년
돌고도는 화전(化轉 : 불교용어·惡人을 善人으로 敎化하여 돌아가게 하는 일) 속에서 비교해 볼 때
몽환(夢幻)과도 같노라

인생 따위 따지고 본다면 한 곡의 춤과도 같다——생명 있는 것 중에서 죽지 않는 것이 있단 말인가.

쇼구로가 즐기는 한 구절이다. 나중에 쇼구로의 사위가 되고, 장인인 쇼구로, 다시 말해서 사이토 도산을 스승처럼 따랐던 오다 노부나가(織田信長)도 역시 이 한 구절을 좋아했었다.

"슬픈 곡이로군요" 하고 기쿠마루는 눈물을 닦고 있었다.

"뭘, 기쿠마루."

쇼구로는 껄껄 웃었다.

"이만큼 유쾌한 글귀가 있겠느냐. 남자로 태어나 그 생애를 무대로 큰일을 하려는 자, 이만한 각오가 없어선 안 되지. 생사를 잃고 아집을 떠나고 악한 인연을 잘라 버리고, 오직 한결같이 생애의 큰일을 할 뿐이다."

"모르겠습니다. 저는 단지 슬프기만 합니다."
"핫핫핫, 나도 문득."
"문득?"
"슬프기도 하구나."
쇼구로는 손등으로 눈물을 쓱 문질렀다. 그러나 아녀자의 눈물은 아니다, 라고 생각하고 있다. 이 문득 치미는 슬픔을 맛보는 자야말로 남자라고 하는 것이다, 라고 쇼구로는 생각했다.
"기쿠마루, 뜨거운 물과 면도칼을 가져오너라."
명령하더니 입고 있던 무사 복장을 훌훌 벗어 던지고 앞가림만 남긴 알몸이 되었다. 함지박에 물을 가득 채워 가지고 다시 돌아온 기쿠마루는 깜짝 놀랐다. 주인은 발가숭이 차림으로 털썩 주저앉아 있지 않는가.
"어, 어떻게 되신 일입니까?"
"머리를 밀어 다오."
원래의 중으로 돌아가는 것이다. 원래의 발가숭이 몸으로 돌아가면 아무 것도 아니다.
"칼도 너에게 주마."

요리아키가 놀랐다. 성 안 어디서 찾아냈는지, 쇼구로는 누더기 중 옷을 두르고 새끼 띠를 매고서 요리아키 앞에 책상다리를 턱 취하고 앉아 있다.
"애당초는 교토의 비렁뱅이 중."
쇼구로는 유연하게 말했다.
"영지도 성도 반납하겠습니다. 가노 성에 있는 미요시노를 비롯한 가신들도 저마다 제 갈 길을 찾겠죠. 무일푼이 된 이상, 이제는 잃을 것이란 없습니다. 잃을 것이 없다면 겁날 것도 없습니다."
"……"
너무나 기막힌 일이라 요리아키는 말도 나오지 않는다.
"미노를 떠나겠습니다."
"그, 그대는 나를 버리고 가나?"
"마지막으로 소원이 있습니다."
"뭐, 뭣이냐?"
"술을 한 잔."

요리아키는 곧 술상을 준비시켰다. 그러나 무슨 방법으로 쇼구로를 붙잡아 둘 길은 없을까 하고 이 사나이대로 궁리를 했다. 술좌석이 벌어졌다.

쇼구로는 잔을 거푸 비우고, 약간 취했다. 그러는 사이 요리아키의 측근을 통해 이야기가 누설되고 소문은 확 가와테 성에 퍼졌으며, 곧 성 밖에 진을 치고 있는 미노 패들의 귀에도 들어갔다.

"뭣이? 그 자가 성도 영지도 부하도 버리고 중으로 돌아간다고?"

"거짓말이야."

그렇게 말하는 자도 있다. 그러나 믿는 자도 물론 있다.

'혹은 그럴 사나이일지도 모른다.'

멋들어진 쇼구로의 변신이 미노의 산골 두메에서 모여 온 소박한 무사들의 마음을 감동시킨 것 같기도 했다. 그건 그렇고 쇼구로,

요리아키의 어전에 있다——.

출가(出家)는 진심이었다. 단순한 사나이는 아니지만, 이 사나이대로 지금까지의 모든 일을 진심으로 해 나왔다. 단순한 속임수만으로선 교토의 나라야(야마자키야)를 교토 제일의 기름 도가 집으로 끌어올릴 수도 없었을 것이고, 미노에 오고 나서도 단시일 동안에 지금의 위치까지 뛰어 올라갈 수는 없었으리라.

하나 단순한 본심만은 아니다. 진심의 뒷구멍에서 언제나 계산·책략이 자동적으로 움직이고 있는 사나이다. 지금도 그랬다.

'술을 소원'이라고 한 건, '자기가 중이 되었다'고 하는 소문이 가와테 성의 안팎에 퍼질 시간을 벌기 위한 책략 때문이었다.

모두 중지시켜야만 된다. 이유는 그의 나중 행동의 복선이 된다.

"그럼 슬슬 어전을 물러가고 싶습니다."

"아냐, 기다려. 신구로" 하고 요리아키는 그 이름을 불렀다.

"주군. 황송하오나 이 이름은 이미 반납 드렸습니다. 이처럼 머리를 빡빡 민 이상은 법명(法名)이 있지요."

"법명이란?"

요리아키는 물었다.

"도산(道三)" 하고 쇼구로는 대답하더니, 그 글자 풀이까지 했다. 기쿠마루에게 머리를 밀도록 시켰을 때 생각해 둔 승명(僧名)이다.

"도산이란 색다른 법명이로구나."

"길에 들어가길(入道 : 출가승의 별명이기도 하다) 세 번이니까 말입니다."

"허어, 어째서인가. 옛날 교토의 묘카쿠 사 본산에서 호렌보(法連房)라고 칭하고 부처님의 가르침을 터득했다고 들었으니 이번이 두 번째가 아닌가. 그렇다면 왜 도지(道二)라고 하지 않나?"

"세 번째가 있습니다."

"그건 언젠가?"

"죽을 때."

태연하게 대답했다. 불법에선, 죽음이란 단순한 죽음이 아니다. 왕생(往生), 즉 가서(往) 산다(生)고 한다. 죽음은 다시 말해서 길에 들어가는 것이다. 쇼구로는 두 번 입도하고 다시 세 번째 왕생까지 미리 계산에 넣고서 앞날을 살려 하고 있다.

"그럼, 주군" 하고 멍청해 하는 요리아키를 놔두고 중 차림인 쇼구로는 물러나와, 성 안의 마구간에서 말을 한 필 끌어내 옷자락을 날리며 안장 위에 올랐다.

말발굽 소리도 드높게 성문을 달려 나간다. 으와, 하고 미노의 토호, 그 부하들이 창끝을 번뜩이며 몰려왔다.

"비켜라."

벼락치기 중은 늠름하게 외쳤다.

"이미 듣고 있으리라. 나는 성과 영지 모든 것을 버리고 중이 되었다. 승려는 삼보(三寶)의 하나, 함부로 내 몸에 손을 대면 부처님의 벌이 곧 내려져 지옥에 떨어지리라."

얏, 하고 무사들의 머리 위를 뛰어넘어 채찍 소리도 높게 북쪽을 바라고 질주하기 시작했다.

"아니?"

모두 입을 딱 벌리고 뒷모습을 바라본다.

쇼구로는 이나바 산 밑에 당도하자 말을 버리고 조자이 사(常在寺)의 산문을 두드렸다. 밤중에 사미가 놀라서 문을 여니, 뜻밖의 인물이 중 모습으로 서 있다.

"니치고 대사는 계신가?"

"계십니다만, 아무튼 시간이 시간인지라 주무시고 계십니다."

"깨우도록 해 주게. 그리고 나를 위해 방을 하나 마련해 주지 않겠나. 그렇지, 남향으로 암자 비슷한 게 하나 있었지. 거기에 침구를 준비해 주지 않겠나?"

내부 사정을 훤히 아는 절이다. 성큼성큼 걸어가 그 암자의 널문을 열고 안으로 들어갔다. 이윽고 절 안이 소란스러워지고 사미·절머슴 따위가 복도를 뛰어다니는 발소리가 들렸다.

쇼구로의 방에 등잔불이 켜지고 침구가 운반돼 왔다. 얼마 후 니치고 스님이 들어왔다.

"이 밤중, 그것도 뜻밖의 모습으로 어쩐 일인가?"

"출가했네. 도산이라고 불러주게."

쇼구로는 대강의 경위와 지금의 심경을 털어놓았다.

"호렌보."

니치고는 그만 학승시절의 이름으로 불렀다.

"임자는 미노를 버릴 작정인가?"

"난요보오(南陽房)" 하고 쇼구로 역시 옛날 이름으로 불렀다.

"나는 임자의 속세 인연의 친척인 나가이 후지사에몬을 정의를 쫓아 주살하였네. 아무튼 후지사에몬은 이 나라의 태수 대리야. 도키 가문을 위해서 한 일이지만, 죽인 태수 대리는 워낙 세력이 컸어. 이토록이나 사람들이 떠들 줄은 미처 몰랐어."

"수단의 잘잘못은 어쨌든 간에 미노의 개혁은 임자를 형님인 나가이 도시타카를 통해 요리아키님에게 추천할 때, 일체 맡기겠다고 난 임자에게 말했네. 이즈음 약간 지나친 감은 있었지만 임자 정도의 인물, 무언가 충분한 속셈은 있으리라 생각하고 안심했었지. 그런데 출가라니 놀라운 일이야."

"옛날 모습으로 돌아갔을 뿐인데."

"딴은, 옷이 어울리네."

니치고 스님도 쓴웃음을 지었다.

"일립일장(一笠一杖), 천하를 동냥하고 다니겠네."

"다른 가문을 섬기는 건 아닐 테지?" 하고 니치고 스님이 말한 건, 아직도 그는 그대로 쇼구로에게 희망을 걸고 있기 때문이었다.

——이대로라면 미노는 망한다.

고 하는 위기감이 이 스님에겐 절실했다. 쇼구로만이 이 대평야에 강력한 군사 국가를 재건할 수 있으리라, 생각하는 것이었다.

"형인 나가이 요리아키도 말했었지. 이대로라면 미노는 어차피 다른 나라에 뺏기네. 이 나라는 너무 늙은 거야."

스님이 말하듯 미노의 지배체제는 가마쿠라 시대 그대로의 것이었다. 먼 옛날, 요리토모(賴朝)가 만든 제도를 2백 년 전 아시카가 다카우지가 재확인했을 뿐, 오늘날에 이르고 있다.

당시는 상인이라는 것도 존재하지 않는 것과 마찬가지인 사회였고, 전투방식·군단의 편성법도 기마 무사의 결투 형식이었으며, 지금처럼 졸개라고 하는 보병부대가 없었다.

"알기 쉽게 말하자면, 가마쿠라 시대에는 임자 같은 무위무관(無位無官)으로 재물을 엄청나게 가진 정체를 모르는 자도 없었지."

"정체를 모르는 자?"

"장사꾼이란 족속 말이야."

"아, 그래."

쇼구로는 쓴웃음을 지었다.

"모든 것이 바뀌어가고 있다. 앞으로 더욱 바뀔 거야. 시대에 뒤떨어지는 자는 멸망한다. 호렌보——"

"응?"

"내가 임자라도 후지사에몬은 죽일 거야."

"허어."

쇼구로는 온화한 대사에게서 뜻밖인 면을 찾아낸 느낌이었다.

"우리들의 교조(敎祖)는 니찌렌 님이다. 원(元)나라 수군(水軍)이 쳐들어왔을 때 국난이 있을 것을 미리 예언하여 당시의 정부를 격렬하게 규탄하시고, 그 때문에 참형을 당할 뻔까지 하셨다"고 니치고는 말하는 것이었다.

"가마쿠라 막부는 잠을 자고 있었다. 때마침 집권한 도끼무네(時宗: 北條)같은 영걸이 있었기에 원나라 수군을 막을 수 있었지만, 없었다면 니치렌 님은 몸소 무기를 잡고서 막부를 쓰러뜨렸을지도 모른다. 국가 유사시엔 무능과 낡은 폐습과 안일주의야말로 악이지."

"놀랐는걸!"

"나가이 후지사에몬……" 하고 니치고는 계속한다.

"나쁜 사나이는 아니다. 그러나 후지사에몬이 쥐고 있는 조직이야말로 썩어빠진 미노의 낡은 조직이란 말이다. 후지사에몬은 그 대표고, 그걸 쓰러뜨리지 않는다면 미노는 오미나 오와리처럼 새로워지지 않는다."
쇼구로는 잠자코 있다.
"호렌보."
니치고는 말했다.
"미노에 머물러 있어 주게. 이 뒤처리는 나에게 맡기면 되네……. 첫째."
대사는 전에 없이 다변(多辯)해지고 있다.
"이 조자이 사는 태수의 권한이 미치지 않는 곳이네."
즉 이 절에는 쇼구로를 체포하려는 사람이 들어올 수 없다.
'그렇기에 나도 여기에 도망쳐 들어온 거야.'
쇼구로는 머릿속 한 귀퉁이로 생각했다. 그러나 입으론 딴 소리를 했다.
"싫증이 났어."
"앞으로는 행운유수, 풍월을 벗 삼으며 천하만유하겠네."
이것도 본심이었다. 거대한 사업욕일수록 거대한 염세감이 따르는 법. 모순은 아닌 것이다.

복귀공작

나무 묘법연화경
나무 묘법연화경
......
......

염불을 외면서 산조(三條) 다리를 건너 꽃이 한창인 교토의 거리로 들어서는 나그네 중이 있었다. 머리에는 갈대 엮은 것을 뒤집어쓰고, 목에는 백여덟 개의 쇠구슬을 매단 기다란 염주를 늘어뜨리고 삼베 각반에 허리띠에는 개를 쫓기 위한 큰 칼을 차고 있었다. 어디로 보나 영락없이 걸인 중이다.

이자가 교토에서 첫 손가락 꼽는 기름 도가 야마자키야의 가게 안으로 들어서더니

"오마아는 있나?" 하고 말했다.

때마침 오마아가 안에서 나와 가게 봉당에 내려서려고 하던 참이었다.

"오마아, 나야."

몰라볼 만큼 달라진 모습인 쇼구로의 눈이 갈대 삿갓 밑에서 태평스럽게

웃고 있었다.
"어머, 서방님" 하고 오마아는 소리도 내지 못한다.
"그, 그 모습은 어쩐 일이세요?"
"까닭은 나중에. 우선 발 씻을 물을 가져오너라."
"틀림없이 서방님이군요" 하고 오마아는 진지한 눈으로 삿갓 밑 쇼구로 얼굴을 들여다보았을 정도였다.
"나인 것만은 틀림없지."
손과 발을 씻고 옷의 먼지를 털고서 방으로 들어가,
"식사" 하고 명령했다.
"찬밥이라도 좋아. 술 말인가? 큰 병 아가리까지 채워서 가져와. 그리고 침구를 깔아두어라. 이틀쯤 푹 자고 싶다"고 연신 화살처럼 말했다.
미노의 서방님이 갑자기 돌아오셨다고 해서 온 가게가 끓는 듯한 소란이 벌어졌다. 생선을 굽는 자, 술단지를 들고서 복도를 뛰는 자, 복도에 넘어지는 자, 그걸 나무라는 자,
"참, 시끄럽구나!" 하고 안방에서 쇼구로가 고개를 들었을 때에는 세 공기 째의 밥을 게눈 감추듯 연신 비우고 있었다.
"저——" 하고 오마아가 공기밥의 밥을 퍼 줄 때마다 그 모습의 까닭을 물으려고 했지만,
"나중에 보자."
쇼구로는 상대를 않는다.
소리도 요란스럽게 밥을 먹고 술을 마시고, 생선을 씹고, 다시 술을 마시고 배창자를 충분히 채우고 나서,
"자겠어" 하고 중대가리를 휘둘렀다.
"그럼, 오마아도."
아직 초저녁인데 오마아가 언제나 귀경했을 때의 습관으로 말하자.
"그것도 나중에" 하고 손을 젓고서 혼자 침실로 들어가 버렸다.
"참, 이상도."
오마아는 아연하잖을 수 없었다. 본래 세상을 상대로 마술을 부리고 있는 사나이나 다름없지만, 이번의 마술은 좀 종류가 다른 것 같다. 해가 지고 나서 오마아는 늦은 저녁식사를 끝내고 촛불을 갖고 복도로 나갔다.
쇼구로의 침실 앞까지 가서 미닫이를 열고 촛대만을 들여 놓고 방 안의 낌

새를 살펴보았다. 중대가리가 하나 자고 있다.

"스기마루, 스기마루" 하고 오마아는 점원인 스기마루를 끌고 와서 복도에서 방 안을 보게 했다.

"스기마루는 어떻게 생각하나, 저건 틀림없이 서방님이라고 생각되나?"

"글쎄요."

스기마루는 고개를 갸우뚱했다.

"모습은 달라졌습니다만 아무래도 나리님이라고 생각합니다."

"아이 답답해! 설마 가모 강(鴨江)의 수달이 둔갑한 건 아닐 테지?"

"글쎄요…… 수달일지도."

"스기마루!" 하고 스기마루의 뺨을 꼬집었다.

"아파, 아픕니다."

"벌이다."

그러면서 오마아는 호호 하고 간드러지게 목젖으로 웃고 있다. 다소 미심쩍은 점이 있기는 하나 쇼구로가 돌아온 것이 기뻤으리라.

다음 날 저녁때, 쇼구로는 침실에서 나와 뒷들로 뛰어 내려가 우물가에서 물을 머리부터 뒤집어쓰고 정성껏 몸을 씻었다. 봄이지만 물은 아직 차갑다. 그러나 쇼구로는 옛날 묘카쿠 사에서의 수업시대, 냉수 마찰을 계속했기 때문에 끄떡없다.

오마아는 새로운 훈도시, 그리고 승려의 흰 옷, 검은 옷까지 새로 마련하고 툇마루에서 기다렸다.

"오마아는 눈치가 빨라서 좋다."

쇼구로는 베 헝겊으로 온 몸을 닦으면서

"머리가 젖었어. 상투를 다시 매 줘" 하고 말했다.

"호호……"

중대가리임을 잊고 있다. 오마아는 웃으면서 잠자코 있었다.

"참!"

쇼구로는 빡빡 민머리에 손을 가져가고 그걸 깨달았던 모양인데, 웃지도 않았다. 툇마루에 앉아 있는 오마아의 뒤집혀진 옷자락 안을 지긋이 바라보고 있는 것이었다.

"오마아, 오랜만이로군."

"무슨 말씀을 하시는 거예요?" 하고 오마아는 당황하여 옷자락을 고쳤다.

"자, 안에서 천천히 그 뒷이야기라도 하자. 술은 있나?"
"은어도 있지요."
"그거 잘됐군."
"은어라는 물고기를 수달이 잘 먹는다면서요?"고 말하면서 오마아는 반쯤 진심으로 쇼구로의 얼굴빛을 살폈다.
"수달?"
쇼구로는 흥미도 없다. 그 표정인 채 툇마루로 올라왔다.

"오마아!"
쇼구로는 안에서 술을 따르게 하고
"또 이름이 바뀌었어" 하고 말했다.
우선 시작은 묘카쿠 사 본산의 학승 호렌보, 이어서 마쓰나미 쇼구로, 바뀌어 나라야 쇼구로, 다시 야마자키야 쇼구로, 미노에 가서 또다시 마쓰나미 쇼구로가 되고, 그 다음은 출세할 적마다 니시무라 간구로 등 짧은 기간에 이름이 눈부시게 바뀌었다. 바뀔 적마다 환경이 일변하고 이를테면 계단을 한 단씩 올라가듯 출세하고 있다.
"어떤 이름이죠?" 하고 오마아는 이야기책을 넘기는 듯한 흥미와 기대로 물었다.
——서방님은 언젠가 장군이 된다.
하고 오마아는 순진하게도 믿고 있었다. 장군은 못되더라도 영주나 태수는 되실 거야.
"그렇지 않으면."
나는 이처럼 얌전하게 교토에서 야마자키야의 재산 관리인 노릇은 않겠다고 생각하고 있었다. 당연히 쇼구로는 이번에도 또 출세를 하고 영주나 장군의 지위에 더욱 한 계단 가까워졌을 거야, 하고 오마아는 생각했다.
"재미있어요."
오마아는 자기의 남편이 마치 자기의 눈앞에서 모험소설을 펼쳐 주는 듯 재미있었다.
"어떤 이름이 되셨어요?"
"도산이지."
"예, 도산?"

오마아는 어처구니없었다.

"그건 무슨 이름인데 그래요?"

"중의 법명이야."

"그럼 서방님, 그 모습 그대로 스님이 되셨단 말씀인가요?"

"응, 시발점으로 돌아갔어."

"시발점으로? 그럼 이번에는 어떤 성을 가졌고 얼마만큼의 영지를 얻었다는 게 아닌?"

"응, 없어."

"그럼?"

"그렇지, 비렁뱅이 중으로 돌아갔어. 미노에서 쫓겨나서 온 거야."

"어머!"

입이 벌어지고 다물어지질 않는다. 그런데 이번에는 뱃속에서 정체 모를 웃음이 치밀어 올라와 입을 다물었고, 얼굴이 새빨개지면서 이윽고 참을 수가 없게 되어

"호호호……" 하고 풍만한 몸집을 흔들며 웃기 시작했다.

"뭐야, 뭣이 우습지?"

"우스워 죽겠어요."

치밀어 올라오는 웃음에 견딜 수 없어 허리를 잡고 무릎을 무너뜨리고 마침내 푹 엎드리고 말았다.

"이봐!"

쇼구로는 씁쓰레한 얼굴이다.

"웃음을 그쳐. 남편에게 무례하지 않아, 무엇이 그리 우스워?"

"그렇지 않아요?"

"무엇이 말인가?"

"고작해야 원래 기름장수. 그렇건만 서방님, 너무 이야기가 달콤하기만 했잖아요. 그렇죠? 미노에 가시자마자 높은 무사님이 되시고 곧 성주로 승격하시고 니시무라니 나가이니 하는 미노에서도 명문 성을 계승하시고 황공하옵게도 미노의 태수님 집사를 하셨다고 한다면, 이야기가 너무나 순조롭게 된 게 아니에요, 그렇죠? 서방님, 아니 수달님."

"뭐야? 그 수달이란 소리는?"

"가모 강에 살며 사람을 속인다는 수달 말이지요, 그렇지만 사람이 언제까

지 그리 호락호락 홀리진 않지요. 홀려서 속는 건 오마아 쯤일 거예요."

"이봐!"

"어머나, 잘못했어요" 하고 오마아는 황급히 무릎을 손등으로 닦았다. 술병에서 술을 엎질렀던 것이다. 대관절 속셈이 단단히 있는 약은 여자인지 그저 천진난만한지 오마아라고 하는 여자는 쇼구로에게 아직껏 수수께끼다.

"오마아를 속인 적은 없었어."

쇼구로는 쓴 얼굴이다.

"그럴까요?"

"그럴까요는 뭐야. 천상천하 오마아만을 믿는 까닭에 이렇듯 그대한테 돌아오지 않았나?"

"도산 님이 되시고서 말이지요" 하고 오마아는 또 튕기듯이 웃기 시작했다. 쇼구로의 점잔을 뺀 중 모습이나 푸릇푸릇한 둥근 머리가 우스웠으리라.

"정말 뜻밖인 모습이 되셨군요."

"이러지 않고서는 미노를 빠져나올 수가 없었던 거야" 하고 쇼구로는 변하고 만 자기 모습을 흘깃 본 다음 대강의 이야기를 들려주었다.

"참, 재미있네요" 하고 오마아는 이야기책이라도 읽는 듯한 흥미를 보였다.

"그래서 이제부터는 어떻게 하시겠어요? 이제 장군이나 태수의 꿈은 버리시고 돌아가실 때까지 이 야마자키야에 계셔 주시겠죠?"

"오마아."

중 도산은 말했다.

"사람 사는 세상에 실패라는 것은 없다. 모두 인과에 지나지 않지. 하기야 내 경우 어제의 악인(惡因)이 오늘의 악과(惡果)가 되었지만, 그것을 악인악과라고 보는 건 어리석은 사람의 짓이다. 절대악이라는 건 내가 묘카쿠 사 본산에서 배운 유식론(唯識論)·화엄론(華嚴論) 같은 학문에는 없다. 악이니 선이니 하는 것도 사물의 한쪽에 지나지 않는다. 선 가운데 악이 있고 악 속에 선이 있고, 악인악과를 뒤집어 선인선과(善因善果)를 만드는 자야말로 참된 용기·지혜가 있는 영웅이란 말이다."

"어렵기만 하네요."

오마아는 쇼구로의 변설에 따라갈 수 있을 만큼 사물을 생각하는데 익숙치 않았다.

"요컨대 오마아가 알고 싶은 일은 서방님이 이대로 야마자키야에 있어 주시겠는가, 하는 일이죠."
"몰라."
쇼구로는 말했다.
"알면 이런 모습이 되어 돌아오진 않는다. 2, 3일, 혹은 두서너 달 기름이라도 팔면서 생각하겠다."
쇼구로는 잔을 거듭하고 말을 함에 따라 점점 취해 와서 마침내 크게 취했다.
벌렁 쓰러졌다.
"무릎을 빌려 드리겠어요" 하고 오마아는 다가가서 뒤통수가 잘 발달된 쇼구로의 중대가리를 자기 무릎 위에 얹혀 주었다.
"기분이 좋군!"
"어떠세요. 그처럼 미노에서 되지도 않는 꿈을 꾸고 계시는 것보다 이 무릎 위에서 평생을 보내시는 게."
"냄새가 나는 걸" 하고 쇼구로는 볼을 오마아의 두 무릎 사이에 밀어붙였다.
"실례스러운 짓을" 하고 오마아는 소리를 내어 웃었다.
"뭐, 오마아 그럴 것 없어, 미노에선 쇼구로도 점잖은 처지라 이런 짓을 할 수 없지. 마누라니까 그런 거야" 그러면서 특별한 은덕이나 베푸는 것처럼 안을 들여다보았다.
"이것, 법화경에서 말하는 료주 산(靈鷲山)이란 오마아의 바로 요걸 말하는 것이었군."
"나무 묘법연화경의 염불소리라도 들리시나요?"
"들리고말고, 불경에도 있지──내 이곳은 평화롭고 선녀가 노닐도다. 그 어원(御園)에는 온갖 사랑이며 누각이 솟고 보물로 장식되었으며 보수화과(寶樹華果)가 열대 중생이 모두 바라는 곳이로다……."
"어머!"
오마아는 순진하게도 외쳤다.
"저의 '노노님'이 그렇게 불경에 써 있단 말이죠."
"바보로군."
쇼구로는 오마아를 다루는데 애를 먹는다.

"지금 것은 부처님이 계신 료주 산이란 곳의 묘사야. 그걸 오마아의 노노님 같다고 비유하는 거야."

오마아는 킬킬 웃고 있다. 쇼구로의 손이 무슨 짓을 하고 있는 모양이다.

"저, 스님."

오마아는 말했다.

"이런 짓을 불제자의 몸으로 해서 좋을까요?"

"글쎄, 좋다고 해 두자."

쇼구로는 비틀거리며 일어서더니 느닷없이 오마아를 안아 올렸다. 침실로 가려는 것이다. 그때 복도를 뛰어오는 발소리가 들리고 방문 밖에서 딱 멈추었다.

"누구야?" 하고 오마아가 말했다.

"스기마릅니다."

"무슨 볼 일이냐? 대단치 않은 일이라면 내일 아침에 말해라. 지금 서방님과 중요한 일이 있으니까."

"예……"

스기마루는 판단이 어려운 눈치다.

"무슨 볼 일이냐?" 쇼구로가 물었다.

"아마 미노에서 미미지가 달려왔을 테지."

"예, 그렇습니다. 지금 여기에 미미지 씨를 데리고 왔습니다."

"미미지, 거기서 말해라."

"예" 하고 미미지의 목소리가 들렸다.

"니치고 대사님께서 태수님을 설득하셨고, 태수님은 미노 일국의 주요한 무사들을 불러 모아 간절히 타이르셨다 합니다."

"무얼 말이냐?" 하고 쇼구로는 물었으나 대략은 짐작이 간다.

쇼구로는 그저 중 옷을 걸치고서 교토에 돌아온 것은 아니었다. 심복을 모두 남기고 저마다 활동할 역할을 정하여 가르치면서 쇼구로의 복귀공작을 계속케 하고 있었다. 그 최대의 운동자가 니치고 대사임은 말할 것도 없다.

"보고는 내일 아침 듣는다. 오늘 밤은 물러가 푹 쉬어라."

"예."

미미지와 스기마루는 물러갔다.

하쿠운(白雲) 법사

이튿날 아침 미미지는
"기쁜 소식입니다" 하고 말했다.
쇼구로는 오마아에게 자리를 피하도록 한 다음 미미지를 가까이 오게 했다.
"말해라."
쇼구로가 말하자 미미지는 옛, 하고 꿇어 엎드리고서
"미노에선 태수님의 설득, 니치고 대사님의 분주(奔走)가 열매를 맺어 모든 무사들이 자기 고장으로 돌아갔습니다" 하고 말했다.
"돌아갔다."
쇼구로는 코털을 뽑았다.
미미지의 이야기로선 모두 니치고 대사의 활약이었다고 한다. 니치고는 우유부단한 요리아키를 격려하며,
──주군을 미노의 주인으로 앉혀 드린 것은 그 사람이 아닙니까. 여기서 저버리고 돌아보지 않으신다면 내생이 좋지 않으리다.
하고 지옥에 간다고 위협한 다음

――만일 그 사람을 잃는다면
하고도 말했다.
　"머지않아서 태수님도 미노를 쫓겨나고 동생에게 그 지위를 뺏기는 비운을 맛보시리라. 옛말에도 있지 않습니까? 순망치한(脣亡齒寒), 즉 입술을 잃게 되면 이가 시리다고. 태수님과 그 사람은 입술과 이빨 같은 사이입니다. 그걸 잊지 않으시도록."
　요리아키도 그렇게 생각하고 있다. 그리하여 토박이 무사들의 주요한 자들을 불러 니치고 대사와 더불어 설득했다.
　토박이 무사들은 요리아키보다도 오히려 나가이 일족 출신이고 게다가 덕망 있는 니치고 대사의 말에 마음을 굽혔다.
　――대사님이 그렇게 말씀하신다면 우리들로선 할 말이 없다. 이번에는 창을 거두자.
라고 말하고 저마다의 영지로 돌아갔다는 것이었다.
　"학우(學友)란 좋은 거로구나" 하고 쇼구로는 감사했다.
　쇼구로는 평생 니치고 대사에게 고마움을 느껴, 그가 천하의 사이토 도산이 되고나서는 히노(日野)·아쓰미(厚見) 두 마을 2천 석을 조자이 사에 시주하였다.
　"우선 해결된 셈이로구나" 하고 쇼구로는 쓴웃음을 짓고, 그 바람에 한꺼번에 두서너 가락의 코털을 뽑고 재채기를 했다.
　"얼마 동안은 미노의 토박이 무사들도 떠들지 않겠구나" 하고 쇼구로는 혼잣말을 했다.
　여담이지만 이 시대까지의 무사는 평소 영지인 마을에 있고, 일이 있으면 모여든다. 무사를 성 아랫거리에 집단 거주케 한 것은 도산부터의 일이었으며, 그때까지는 막상 모이려고 하더라도 좀체 쉬운 일이 아니었고 단결력이나 기동력이 부족했다. 쇼구로 같은 사나이가 미노에서 마음껏 활약할 수 있었던 것은 이러한 맹점 덕분이었다.
　"그럼 곧 귀국하시겠습니까?"
　"교토에서 놀고 있을 테다. 오랜만의 도읍은 생각했던 것보다 좋다. 어쩌면 교토의 오마아한테서 이대로 일생을 보내게 될지도 모르지."
　"예?"
　미미지는 놀랐다. 미노에 돌아가지 않는다는 건 자기의 밥줄이 끊어지는 걸 의미하기 때문이다. 미미지는 미노 무사인 쇼구로의 부하이지 교토 야마자키야 쇼구로의 점원은 아니었다.
"미미지는 슬픕니다."
진심인 것이다. 미미지뿐 아니라 미노에서의 도산 부하는 다른 집에 예가 없으리만큼 그 주인을 진정으로 따르고 있다.
"그렇게 말하더라고 니치고 대사에서 전해라" 하고 쇼구로는 말했다. 물론 이것은 진심이 아니다. 그러나 쇼구로는 도둑고양이처럼 몰래 돌아갈 수는 없잖은가. 니치고 대사를 통해 요리아키로부터 정식으로
"돌아와 달라"고 사자라든가 편지라도 오지 않는 한 낯짝을 들고서 돌아갈 수는 없는 것이다.
"그럼."
미미지는 정직한 자다. 곧 미노로 달려가 니치고 대사에게 그 말을 전하고 억지로라도 돌아오라고 할 수밖에 없는 노릇이었다.
"곧 미노로 돌아가겠습니다" 하고 돌아갔다.

그로부터 며칠 지난 어느 날, 이나바 산 밑에 바람이 불었다. 그런 후 밤이 되고 나서 음산한 비가 뿌렸다.
그런 밤에 알맞은 일이었다. 여기 산 밑인 후지사에몬 동에 있는 나가이 저택에선, 지금은 없는 미노의 태수 대리 후지사에몬의 추도식이 베풀어졌다.
도사(導士)는 아직 젊다. 그 젊음으로 많은 중을 거느리고 독경을 계속하고 있음을 보면 꽤나 신분이 높은 집안 출신이리라.
눈썹이 사나워 보인다. 눈이 또 날카롭고 깎은 듯한 볼에 입술이 엷었다. 일종의 미남이다. 그러나 승려로서 일생을 원만하게 끝낼 수 있을 것 같지 않은 얼굴이다. 눈을 감았다가 때로는 확 부릅떴고, 독경의 목소리도 고르지 않다. 어지간히 마음속이 평탄치 않으리라.
하쿠운 스님(白雲和尙)이라고 불리고 있었다. 실은 후지사에몬의 막내아들이다. 그 경력은 좀 복잡한데, 어렸을 때 나가이 가문의 인척인 사이토 가문을 이어 사이토 도시카타(齋藤利賢)라는 이름을 가졌는데, 그 성과, 무덤과, 약간 남아 있는 전답은 고(故) 나가이 후지사에몬과 쇼구로의 보호자였던 나가이 도시타카가 공동으로 맡아 갖고 있었다.

——어차피 가문이 끊겨 있는 집이다. 집을 잇기보다도 중이 되어 그 묘지를 지키는 편이 사이토씨 대대의 혼백을 위해서 공양이 되지 않을까라고 하는 의견이 일족 사이에서 나와 이 소년은 속성(俗姓)인 사이토를 잇기는 했으나 곧 머리를 깎고 중이 되었으며 임제종(臨濟宗) 본산인 다이도쿠 사(大德寺)에 들어가 몇 년 있다가 돌아왔다.

'깨우쳤다'고 하는 셈은 아니다. 어쨌든 이렇듯 일족이 절을 지어 주었으니까, 그 주지 스님이 되려고 돌아왔다. 이 미노에선

'한 사람이 출가하면 구족(九族)이 모두 부처의 은혜를 받는다.'

고 하는 신앙심이 있고, 가령 니치고 대사 등도 그 신앙심에서 승려가 되었고, 일족이 세운 조자이 사의 주지가 되었던 것이다. 여담이지만 이 습관은 극히 최근까지 기후 현(岐阜縣)에 남아 있었고, 이 고장 출신의 승려가 많다.

하쿠운도 그랬다. 사이토씨의 보리사(菩提寺) 중으로서 아직 젊은 인생을 보내고 있다.

그러던 차 아버지 후지사에몬이 교토에서 떠돌아 온 자에게 살해되었다. 토박이 무사들은 들고 일어나 주었지만 결국은 요리아키나 니치고 대사에게 회유되어 유야무야되고 말았다.

"이것도 형들이 못났기 때문."

형이 둘 있다. 하나는 천치, 하나는 무능력자로 서른이 지났는데도 남 앞에 나가면 가슴이 떨려 자리에 앉아 있을 수 없다는 곤란한 체질이다. 하쿠운만이 무사의 아들다웠다. 오히려 너무 무사의 아들다웠다. 검술에다 봉술까지 하고 활 솜씨도 있으며 그 어느 것이나 뛰어난 젊은이였던 것이다. 단지 성격이 정상이 아니다.

다시금 여담이지만 이 하쿠운 스님은 나중에 환속하여 아내를 맞고 아들을 낳았다. 아들의 이름은 사이토 도시미쓰(齋藤利三). 나중의 쇼구로 도산이 귀여워한 아케찌 미쓰히데(明智光秀)의 가로가 되었고, 그 도시미쓰의 딸이 도꾸가와 3대 장군의 유모로서 후궁에서 권세를 휘둘렀던 가스가 부인(春日夫人)이다. 즉 가스가 부인은 하쿠운의 손녀뻘인 셈이다.

그건 그렇고 법사 하쿠운. 눈을 부릅떴다. 이미 독경은 중단해 버리고 있다.

"아버님——" 외쳤다.

"이런 독경으로 눈을 감으실 수 있나이까? 감으실 수 없겠지요. 그 기름 장수의 목이야말로 천 명, 만 명의 스님 염불보다도 공양이 되시리다."

"이, 이보게" 하고 일족의 늙은이들이 하쿠운의 무릎께로 다가가서 옷소매를 잡았다.

"독경을 계속해라, 독경을."

"바보 같은 것들!" 하고 좌우를 꾸짖고 홱 염주를 내던지더니 일어섰다.

모두들 떠들썩한 가운데 비 오는 뜰로 뛰어 내려가 달리기 시작했을 때에는 대도를 옆구리에 끼고 있었다.

엇!

하고 뜰의 나무를 두 쪽 내고서

"그 놈도 이것처럼 되리라."

그대로 추도식 장소에서 도사는 모습을 감추었다.

교토 역시 비. 그리고 나서 열흘 가량 쯤 지난 다음이다. 밤중에 쇼구로가 스님 차림으로 독경을 하고 있으려니까, 덧문이 희미하게 움직였다.

"……"

밤손님일까 하고 쇼구로는 옆에 놓은 주스마루의 칼을 당겨 놓았다. 덧문 밖, 가운데 마당 부근을 살며시 걷는 발자국 소리가 들리는 것이었다.

'발소리로가 이상한데'

너무 작은 듯한 느낌이 들었던 것이다.

"누구냐!" 하고 나직이 말해 보았으나 물론 대꾸는 없고 여전히 희미하게 발자국 소리가 들렸다. 자객이라고 판단했다.

"여봐라!" 하고 소리를 죽여서 사람을 부르고, 복도·부엌·변소·방마다 불을 켜 놓으라고 명했다.

"무슨 일이에요?" 하고 오마아가 일어나 나왔다.

"괴한이 침입했다."

쇼구로가 말하자 오마아는 놀라 남편의 팔에 매달렸으나, 호기심은 왕성해서

"어디에?" 하고 얼굴을 들었다.

"가운데 마당에 있는 모양이야. 아니 어쩌면 빗물소린지도. 물받이가 망가진 데라도 있나?"

"아아뇨."

고개를 젓는다. 그때 복도에 불을 켜고 기다리고 있던 점원 하나가 무심코 덧문살을 잡자, 홱 열었다.

"으왕!" 하고 비바람과 시커먼 물체가 뛰어 들어오더니 점원을 물고 늘어졌다.

"개다."

쇼구로가 외치려고 했을 때 겁보인 오마아가 쇼구로의 옆을 빠져나가 점원을 구하려고 했다. 오마아는 자기가 소녀시절부터 가게를 위해 일해 온 점원들을 끔찍하게도 사랑하고 있었다. 그것이 앞뒤를 생각할 여유를 잃게 하였던 모양이다.

"오마아, 내가 가겠다."

쇼구로가 말했을 때 개는 오마아의 목젖을 향해 덤벼들고 있었다. 오마아는 긴 복도를 헐레벌떡 달아났다.

개가 그걸 쫓는다. 쇼구로는 칼을 끌어안은 채 오마아하고 개 뒤를 쫓았다. 그때. 그림자가 숨어 들어온 건.

중대가리를 보자기로 싸매고 허리에 큰 칼을 찼으며, 신체는 쇠사슬 갑옷으로 단단히 방비하고 있었다. 그것이 우선 점원을 찔렀다. 솜씨가 있는 증거로 소리 없이 죽이고 있다. 그리고 나는 듯이 복도를 달려 쇼구로 등 뒤로 다가가서

"얏!" 하고 내리쳤다.

한 치의 차이로 쇼구로는 몸을 피하고 두 번째 칼날을 주스마루의 칼집 채로 받았고, 그대로 뽑아 칼집을 버리고 동시에 확 뒤로 물러났다.

"누구냐?"

"나가이 후지사에몬의 아들, 불문에 들어가 속세의 인연은 끊었지만 아들은 아들이다. 각오해라."

"바보 놈!"

일갈했지만, 쇼구로는 달아났다. 오마아가 거기서 개 밑에 깔려 버둥거리고 있었다. 구해 주려고 했다.

하나 그것이 개를 이용한 자객의 수법이다. 그러한 쇼구로의 흐트러진 자세를 첫 번째 칼, 두 번째 칼 하는 식으로 육박해 들어오며 베려고 했다.

쇼구로는 한편 막아내며 한편으론 개를 쫓아가려고 했다. 자객은 거리를 좁혀왔다. 쇼구로는 대담하게도 개와 오마아의 위에 쓰러졌다. 개는 놀라 쇼

구로를 물었다.

"오마아, 달아나라" 하면서 자기 피 냄새를 맡았다. 개는 그 냄새로 더욱 더 사납게 물어댄다.

"서, 서방님."

오마아가 쇼구로의 오른쪽으로 매달려 오는 것을 쇼구로는

"바봇!" 하고 발로 차 버리고 동시에 칼을 번뜩여 개의 목을 싹뚝 잘랐다. 거기에 법사 하구운의 칼이 쇄도했다. 쇼구로는 막아내며 뒤로 와락 밀고 크게 밟아들어 동시에 어깨를 베었다. 칼날이 튀었다.

"사슬 갑옷을 입고 있구나!"

칼로선 소용이 없다. 상대가 후려쳐 온 것을 다행히 칼 손잡이 쇠로 막고, 그대로 힘껏 밀고 가서 적의 발을 밟았다. 밟자마자 두 팔꿈치로 힘껏 밀었다. 동시에 발을 놓았더니 상대는 쿵 하고 쓰러졌다. 쇼구로는 덤벼들어 타고 앉았다. 타고 앉자마자 왼팔꿈치를 상대의 목에 밀어 붙이고, "흡!" 하고 힘을 주자 상대는 잠시 버둥거렸으나 이윽고 기절했다.

"오마아, 다친 데는 없나?" 하고 안아 일으켜 몸을 살폈더니, 가볍게 물린 자국이 있을 정도로 대단치 않은 것 같았다.

"병든 개일지도 모른다"고 생각하고 그 자리에서 오마아를 발가벗기고 소주를 갖고 오게 하여 상처를 씻었다. 술이 스미고 상처가 펄펄 뛰도록 쑤셔서, 오마아는 까무러치고 말았다.

그 다음은 고약을 발라 주고 스기마루를 비롯한 점원에게 침실로 데리고 가라고 명했다.

"나리님의 그 상처는?" 하고 스기마루는 덜덜 떨며 말했다. 쇼구로의 양 팔 물린 상처에서 피가 뚝뚝 떨어지고 있다.

"난 괜찮아. 이까짓 상처에서 병독이 들어올 내가 아니다" 하고 웃은 다음, 법사에게 다가갔다.

촛불을 비쳐 보았다.

"좋은 낯짝을 갖고 있군."

쇼구로는 젊고 늠름한 사나이의 얼굴을 보는 게 즐거웠다. 마치 미술품이라도 비추어 보듯이 감상하면서

"그 바보인 후지사에몬에게 이만한 아들이 있었던가?" 하고 오히려 즐거운 눈치였다.

"스기마루, 모두들 덤벼들어 이 녀석을 발가벗기고 얼굴·손발을 닦고서 아무거나 입혀라. 그리고 손발만은 묶고 내 방에 처넣어 두어라" 하고 명했다.

이어서 죽은 점원의 공양이다. 쇼구로는 몸소 몸을 씻어주고 사람을 불러 염습을 시키고 중을 불러 그날 밤은 밤샘을 했다. 모두 감격했으며, 스기마루 등은

"나리님. 고맙습니다, 고맙습니다" 하고 몇 번이나 콧물을 훌쩍거렸다. 쇼구로가 의식적으로 연극을 한 건 아니다. 이 사나이의 미덕이라고 해도 좋다. 비천한 출신이니만큼 자기 주위의 사람을 사랑하는 점에선 미노 근방 촌락의 귀족화한 무사들 따위와는 비교가 안 된다.

"마님을 위해서 의사를 부를까요?"고 스기마루가 말했다.
뭐니뭐니해도 이 야마자키야에선 오마아가 중심인 것이다.
'만일의 일이 있다면 우리들은 어떻게 될까?' 하고 스기마루는 전혀 핏기가 없었다.

"괜찮아." 쇼구로는 말했다.
"나에게 약간의 의학 지식이 있다. 간호는 내가 하겠다."
그런 일들로 날이 새었다.
그런데——

쇼구로의 운명을 또 다시 바꾸는 사태가 미노에서 일어났다. 미노에, 오와리의 오다 노부히데(織田信秀)가 대군을 이끌고 쳐들어 왔다는 소식이 있던 것이다. 미노 군은 곳곳에서 패하고 있는 듯. 그 소식을 가져 온 것은 점원의 명복을 비느라 밤샘한 밝은 아침이었다. 미미지가 가져왔다.

오다 노부히데(織田信秀)

하쿠운 스님의 습격을 받아 위기를 모면한 쇼구로.
그때——

미노로부터의 급변 소식이 들어왔다. 미노에 이웃나라인 오와리의 강호 오다 노부히데가 쳐들어 와 연전연승의 전투를 계속하고 있다는 것이다.
오와리의 노부히데, 즉 오다 노부나가(織田信長)의 아버지다.
이 오와리의 노부히데란 어떤 사나이일까.
별로 명문 출신도 아니다. 오와리에도 미노의 도키 씨와 같은 대대로의 태

수가 있다. 시바 씨(斯波氏)가 그것이다. 이 나라에선

'부에(武衞) 님'이라 불리며 떠받들어지고 있었다. 그 부에 님도 지금은 있으나마나한 존재가 돼 버렸다.

도산에게 살해된 미노 태수대리 나가이 후지사에몬에 해당되는 게 오와리 태수대리 오다 씨다. 하나 노부히데·노부나가의 '오다 씨'는 그것도 아니었다.

그 태수대리 오다 씨는 무로마치(室町) 막부 말기, 오와리 기요스 성(清洲城)에 있는 오다 씨와, 역시 이와쿠라(岩倉)에 있는 오다 씨 등 두 패로 갈려져서 세력을 다투고 있었다. 그 '기요스 오다 씨'의 가신인 오다 씨가 노부나가의 아버지인 노부히데. 태수 시바 씨로 본다면 저만치 떨어지는 신하의 신하다.

노부히데는 예사 인물이 아니다. 문란할 대로 문란해져 있는 오와리 일국을 돌아보고

"나야말로 내 힘껏 세력을 늘리고 나아가서 이웃나라도 집어삼켜 천하에 패권을 세우리라"고 야망을 품었다.

쇼구로와 같은 '하극상(下剋上)'의 수법이다. 다행히 오다 노부히데는 드물다고 할이 만큼 군사·모략의 재주가 뛰어났으며, 욕망·체력면에서도 그가 죽은 마흔세 살 때 아들 딸 열아홉 명이라는 자식을 남겼을 만큼의 무지무지한 데가 있다.

이를테면

'악당'

이었다. 흔한 말로 한다면, 영웅이라고도 할 수 있으리라. 그것이 온갖 수단을 다하여 친척을 쓰러뜨리고 종가를 몰아내고 주인 가문을 공격하여 이제는 오와리 반가량의 실질적 지배자가 돼 있다.

에피소드가 있다.

쇼구로의 지금 시점, 즉 교로쿠(享祿) 때의 일이었다.

오와리 나고야(名古屋 : 那古屋라고도 씀) 성의 성주는 이마가와 우지토요(今川氏豊)로서, 오다 노부히데하고는 오랫동안 취미인 연가(連歌)를 통한 글벗이었다. 교토의 연가사(連歌師) 소보쿠(宗牧)가 오다·이마가와 사이를 오고가고 있었으니, 우정이 짙었으리라.

이마가와 우지토요는 오와리 국내에 성을 갖고는 있었지만 근본을 캔다면

스루가(駿河), 도토미(遠江)의 태수 이마가와 씨의 일족으로써 오랜 가문의 출신이니만큼 인품이 어딘가 둥글둥글하다.

"지금 세상에서 더불어 문아(文雅)를 이야기할 수 있는 상대는 노부히데 공 정도일 거요" 하고 다시 없이 소중히 여기고 있다. 그런데 난세인지라 서로 성주의 몸으로선 함께 만나 이야기할 수도 없고, 단지 편지로 내왕하고 연가도 편지 교환으로 만들어 보내고 있다. 하나 우지토요는 이것이 시원찮았다.

"답답한 노릇이 아니겠소" 하고 언젠가 편지로 말했다.

"하룻밤이라도 상면을 하고 연가를 읊으며 술잔도 나누고 마음껏 회포를 풀고 싶소. 어떻겠습니까, 환대를 해 드리겠으니 우리 나고야 성에 와 주실 수 없겠소?"

"저도 동감이오" 하고 노부히데도 감격에 찬 답장을 보내고, 이윽고 날짜를 결정하여 부하 약간을 데리고 노부히데의 거성(居城)인 가쓰바타 성(勝幡城)을 나섰다.

노부히데는 나고야 성의 귀빈이 되고 부하는 성 아랫거리 무사들 집에 묵었다.

이마가와 우지토요는 노부히데에게 온갖 환대를 다했다. 두 사람은 연가를 짓고 술을 마시며 이야기의 꽃을 피웠다. 그런데 어느 날 밤, 갑자기 노부히데가 병이 났다. 배창자가 뒤틀리듯 아프고 펄펄 뛰다시피 괴로워했다.

"왜 그러십니까?" 하고 우지토요는 놀라서 의사를 데려오고 약을 주었지만 낫질 않는다. 그뿐인가 더욱더 심해져가는 모양이었다.

"이건 이미" 하고 노부히데는 말했다.

"죽을병일지 모릅니다. 이 젊은 나이로 한스러운 일도 많지만, 명이 다 된 것이겠지요."

"무슨 마음 약하신 말씀을" 하고 우지토요는 격려를 하며, 이 문우를 나무랐다. 하나 나무라면서도

'노부히데가 죽으면 자식은 아직 어려. 가쓰바타 성 오다는 힘이 꺾이고 마침내 내 것이 되겠군' 하고 생각지 않았다고는 할 수 없다.

노부히데는 호사롭기 이를 데 없는 객전(客殿)에서 시녀와 의사의 간호를 받으며 누워 있다.

"청이 있습니다" 하고 노부히데는 말했다.

하쿠운 법사 363

"만일을 생각해서 유언 따위를 말해두고 싶습니다. 수고스러우시겠지만 성 아랫거리에 묵고 있는 가신들을 불러다 주시지 않겠습니까?"

"유언이라니 불길한……" 하고 우지토요는 눈살을 찌푸렸으나, 노부히데의 청이 당연한 일이었으므로 사자를 보내어 오다 가문의 부하를 불렀다. 부하가 성내로 들어왔다.

그날 밤, 병자이던 노부히데가 갑자기 일어나고 부하를 지휘하여 성내에 불을 지르고 불 속을 날뛰며 닥치는 대로 이마가와의 숙직자를 죽이고서

"이마가와 우지토요는 어디 갔느냐!" 하고 외쳐대며 쫓아다녔고, 마침내 하룻밤 사이에 나고야 성을 뺏고 말았다. 우지토요는 목숨만 겨우 건져 성을 버리고서 달아났다.

'노부히데란 그런 사나이다'라고 하는 것을, 지금 교토의 야마자키야에 있는 쇼구로도 대강 알고 있었다.

──오와리의 오다가 미노의 국경을 침범하고 있다.

고 하는 미미지의 급보를 들었을 때, 우선 오와리의 늑대라고도 할 오다 노부히데의 생각이 떠올랐다.

"애송이 주제에 제법인 걸" 하고 말했지만, 쇼구로 하고 동년배다. 하나 '살모사'인 쇼구로 본다면 늑대인 노부히데는 어딘가 어린 것처럼 보여 견딜 수 없었다.

단지, 필자는 말하겠다.

이때 노부히데는 아직 오와리 일국의 병력을 움직일 만큼의 실력자는 돼 있지 않았고, 형식적으로는 옛 세력의 부장(部將)이란 형태로 미노에 쳐들어 왔을 게 틀림없다.

이 급보를 들은 쇼구로는 곧 복도를 건넜다. 밤은 이미 밝았다.

"비는?" 하고 툇마루에서 올려다보며 날씨를 살폈다.

아직도 이슬비가 내리고 있지만 오후에는 개리라.

'빗속을 출발할까?'

쇼구로는 다시 복도를 걸었다.

걷다가, 발을 멈추었다. 왼쪽에 방이 있다. 어젯밤 잠입한 하쿠운 스님을 이 방에 처넣어 두었다. 쾩 장지문을 열고 손을 뒤로 돌려 닫았다.

"정신이 들었나?" 하고 쇼구로는 웃었다.

침구 위에 손발을 묶인 채, 길게 쓰러져 있는 것은 하쿠운 법사다. 획, 험악한 얼굴을 쇼구로에게 돌렸다.
"죽여라" 하고 외치고 나서 입술을 깨문다.
"하쿠운——"
쇼구로는 말했다.
"부모의 원수라니, 가마쿠라의 옛날이라면 또 모르되 고통스런 짓은 말라. 아냐, 원수를 갚으려면 갚아도 좋다, 난 언제든지 상대를 해 줄 테니까."
"죽여라" 하고 하쿠운은 고함쳤다. 쇼구로는 들은 척도 않고서
"죽으려면 싸움터에서 죽어라."
"싸움터?"
하쿠운은 의심스럽다는 듯 쇼구로를 보았다.
"싸움터라니?"
"미노의 국경이 지금 싸움터가 돼 있다."
"무슨 소릴 하는 거야?"
"——들어 봐."
쇼구로는 미미지가 전해 준 대략의 전황을 알려주고
"알겠나, 미노군이 패전을 거듭하고 있다. 왜냐하면 지휘할 대장이 없기 때문이야."
"대장감은 네놈이 죽였다" 하고 하쿠운은 말했다. 망부(亡父)인 태수대리 후지사에몬을 말하고 있는 것이다.
'흥, 후지사에몬에게 대장으로서의 능력이 있었던가?'
하는 표정으로 쇼구로는 웃고서
"하쿠운, 목숨은 살려 주겠다. 미노를 구하기 위해 나와 함께 가자" 하고 말하더니, 단도를 꺼내 결박을 끊었다.
하쿠운은 멍청해 하고 있다.
"죽이지 않나?"
"응, 죽이지 않지. 미노를 위해 살려둘 만한 사나이라고 난 생각했다" 하고는
"우선 나와 더불어 미노로 급히 달려가 즉시 병사를 지휘하여 오와리 군을 몰아내자."
"원수, 네놈 회유에는 넘어가지 않는다" 하고 구워먹든 삶아먹든 맘대로

하라는 듯 턱 버티고 앉았지만, 눈의 광채는 꽤 부드러워져 있었다. 쇼구로라는 사나이에 관해, 이 하쿠운은 증오 이외의 관심을 갖기 시작한 모양이다.

"누가 회유한다고 했지? 회유할 작정이라면 수고도 덜 겸 지금 죽였을 거다" 하고 쇼구로는 말했다.

거듭 말하길

"언제라도 죽이고 싶다면 나에게 덤벼들라. 다만, 지금은 미노가 멸망하려 하고 있다. 그걸 구하기 위해 가자고 하는 것이다. 내 지휘가 없으면 미노는 멸망한다. 하나 이 싸움에는 손발이 아쉽다. 너는 내 군의 한 부대 무장이 될 만한 능력과 용기가 있어 보인다."

"부하가 되라는 건가?"

"앗핫핫핫, 하쿠운. 능력이 있는 자가 대장이 되고 능력이 이에 버금가는 자가 부장(副將)이 된다. 목적은 전쟁에 이기면 된다."

'딴은'

하고 하쿠운은 생각했던 모양이지만, 다시 다짐을 한 것처럼 얼굴을 험악하게 만들고

"그러나 원수는 원수다."

"물론이지."

쇼구로는 고개를 끄덕였다.

"언제라도 덤벼라. 단지 지금은 미노에 급히 갈 일만을 생각해라."

그날 오전 쇼구로와 하쿠운은 삿갓을 쓰고 야마자키야의 추녀 밑에서 말에 올라, 채찍을 울렸다.

교토를 떠나 오오미에 들어서고, 비가 내리는 가도를 앞뒤로 줄을 서 달렸다.

첫 전쟁

 질풍처럼 미노로 돌아온 쇼구로는 하쿠운과 단 2기, 자기의 성인 가노 성으로 들어갔다.
 "앗, 성주님" 하고 성문지기가 창을 내던지고서 땅바닥에 무릎을 꿇고 얼굴을 가리며 울기 시작한 건, 동행한 법사 하쿠운에게 있어 뼈저릴 만큼의 인상이었다.
 '이 사나이는 이토록 부하의 신망을 받고 있었던가.'
 하나 문지기 졸개의 울음은 무리도 아니다. 성주 스스로 행방을 감춘 성이란 좀처럼 들어보지도 못한 이야기인 것이다. 그 때문에 주인의 버림을 받은 가신들은 온 나라의 모욕을 받고 얼굴도 제대로 들지 못할 처지였던 듯.
 '우리 미노가 싫으셔서 교토로 돌아가신 걸까?'
 '떠돌이 중이 되어 방랑의 길을 걷고 있다든가.'
등등, 성내에선 온갖 소문이 떠돌았지만, 가로 격인 아카베가 간신히 통제를 하여 지금까지 성을 유지해 왔다.
 모두 쓰라렸던 모양이다. 왜냐하면 도키 요리아키가 있는 미노의 부성 가와테에선 국내의 늙은이들이 모여

──그 자는 도망이라고 인정하고, 가노 성에는 다른 성주를 앉히시는 게 어떻습니까?
하는 공론도 많았던 것이다. 그런 공론을 어디까지나 억누르고
"언젠가 돌아온다" 하고 강경하게 주장해 준 것은 아케치 성의 성주 아케치 요리타카(明智賴高)이다.
요리타카가 쇼구로에게 품은 우정에 의한 것이었으나, 보통 예사로운 마음에서가 아닌 이상하다고 할 수 있을 만큼 그는 쇼구로라고 하는 사나이에게 매력을 느끼고 있었다.
──그렇다면 좀 더 두고 보자.
하는 결정이 내려, 성은 그대로 버려져 있었다.
그러던 차, 오와리 군이 국경인 기소 강을 건너 침입했던 것이다.
"가노 성을 저대로 주인 없이 버려두었다간 오와리 놈들이 그걸 점령하고 미노 침략의 거점으로 삼을지도 모른다"고 하는 염려가 있었다.
사실 위태롭다. 오와리 국경에 가장 가까운 성은 가와테의 부성과 가노 성이기 때문이었다. 그러고 있는데 쇼구로가 돌아왔다. 졸개조차 울음을 터뜨린 것은 당연한 일이었으리라.
성 안채의 자들이 눈을 휘둥그렇게 뜬 것은, 원수라고 노리고서 쇼구로를 죽이러 간 것이 틀림없는 하쿠운 법사를 데리고 돌아온 일이었다.
'어떻게 구워삶았을까?'
쇼구로가 하는 짓은 마술같다고 모두들 생각했다. 쇼구로는 큰 대청에 들어서자 주요 부하에게 법사 하쿠운을 소개하고, 곧
"전쟁은 어떻게 돼 가나?" 하고 물었다. 아카베 등이 저마다 말했으나, 쇼구로는 어느 보고건 찡그린 얼굴로 들었다.
'엉터리야' 하고 소리 지르고 싶을 정도다. 보아한즉, 국경 부근을 탐색하러 간 자도 없는 듯 보고에 실감이 없었다.
"성에 있는 모든 기치를 세워라" 하고 명령했다.
곧 성벽에 빈틈도 없이 깃발이며 기치가 세워지고 그것이 이른 봄바람에 나부끼었다. 성이 전투태세를 취했다고 하는 표시였다.
"하쿠운 씨" 하고 쇼구로는 말했다.
"갑옷을 입으시오. 지휘봉을 맡아 주시오. 나는 이 성을 이틀 가량 비워 둘 것이므로 그때까지 적이 밀려온다면 성주로서 막아 주시오."

"귀공은 어쩔 작정이오?"

하쿠운은 쇼구로의 행동이 통 짐작되질 않았다.

"태수님에게 귀국 인사를 하실 생각이오?"

"아니오, 그런 한가한 일은 적을 무찌르고 나서의 일이지."

그렇게 말하고 쇼구로는 성을 나가 이틀 동안 모습을 감추었다. 나무꾼으로 몸을 변장하고 국경 부근을 자세히 답사했다. 그 결과, 오다 노부히데가 거느린 오와리 군이 침입했다고 하는 건 과대하게 전해진 소문일 뿐이고, 사실은 오와리의 야도(野盜)들이 기소 강을 건너 미노 마을의 저장미를 약탈하고 있는 것임을 알았다. 다만 수효가 많았다.

천 명은 된다. 그 군의 진퇴도 실로 교묘하여, 겉으론 야도의 무리였으나 실은 오다 가문의 어엿한 무사가 지휘를 하고 있는 모양이다.

'배후에 오다 노부히데가 있구나!'

하고 판단했다. 목적은 단순히 군량의 약탈일까. 아니면 미노를 쇠약하게 하려는 걸까. 혹은 미노에 도전하여 전쟁까지 몰고 가려는 것일까.

모른다. 의도는 수수께끼였으나, 세력은 엄청나게 강성해서 근처의 미노 토박이 무사가 소부대를 조직하여 소탕을 나가도 형편없이 패하고 말았다.

패전을 거듭하고 있다고 교토에서 미미지로부터 들은 것은 그것이었다.

'어쨌든'

하고 쇼구로는 결심했다. 배후에 오다 노부히데가 있건 없건 전면의 적은 야도들이다. 그 진지들도 쇼구로는 자신의 눈으로 충분히 정찰하였으나 시치미를 뗀 얼굴로 성으로 돌아왔다. 그날 밤 하쿠운에게 비책을 가르쳐주고 또한 군사 백 명을 주어, 가장 허술해 보이는 야도의 진지 하나를 습격케 했다.

하쿠운은 용맹의 덩어리 같은 사나이다. 자기편의 사상(死傷)을 돌보지 않고 으와 하고 밀고 가 힘만으로 뺏고 말았다. 쇼구로의 비책대로 물러나지 않고 그대로 진지에 주저앉아, 밤엔 숱한 화톳불을 사르고 낮엔 자기의 문장을 물들인 기치를 세워 기세를 올렸다. 뿐만 아니라 거꾸러뜨린 야도 스무 명의 목을 기소 강기슭에 전시하고 얼굴을 오와리 쪽으로 향하게 해 놓았다.

부근 마을에서 진을 치고 있는 야도들은 이걸 보고서 크게 성을 내어 우르르 몰려왔다. 하쿠운의 진지는 기소 강을 등 뒤로, 나직한 언덕 위에 있다. 언덕까지 길은 한 가닥밖에 없지만, 오와리의 야도들은 그 한 가닥 길을 화살이 쏟아지건 돌이 던져지건 얼굴조차 돌리지 않고 밀려왔다.
"막아랏" 하고 하쿠운은 흙무더기 위를 뛰어다니며 필사적인 지휘를 하건만, 과연 미노 패를 자주 패주시켜 왔었던 만큼 오와리의 야도들은
'이것이 야도들인가!'
하고 감탄하리만큼 강했다. 툭탁 진지 위로 갈퀴줄을 던지고, 기어오르려고 했다.
하쿠운은 군사를 독려하면서 손수 창을 휘둘러 찔러대고 쓰러뜨리건만, 적은 더욱더 용감하게 올라오려고 했다.
그런데——
약속한 쇼구로의 부대는 나타나지를 않는 것이었다.
쇼구로가 가르쳐 준 비책이란 하쿠운이 그 진지에서 미끼가 되는 일이었다. 적을 충분히 유인했을 때 쇼구로가 병력을 이끌고 달려와 등 뒤에서 포위를 하고, 하쿠운 부대와 쇼구로의 부대가 협공을 하여 전멸시킨다는 작전이었다. 하나 오지 않는다.
'그 놈이'
하고 하쿠운을 진지의 흙벽을 뛰어다니면서 이를 갈았다.
'속였구나!'
여기서 하쿠운을 죽게 만든다. 손도 더럽히지 않고 원수를 갚겠다는 말썽꾸러기를 처치할 수가 있는 것이다. 언덕엔 소나무가 무성하다. 통칭 마쓰야마(松山)라고 부르는 지명으로, 어느 쪽인가 하면 방어하기에 부적당한 곳이다. 공격군은 소나무마다 몸을 숨기고 그 나무를 방패로 삼아 화살을 쏘아대며 야금야금 육박해 들어온다. 하쿠운은 온몸을 적의 피로 미역을 감으면서 달려가 찔러대고, 찔러대고서는 달렸다. 숨결이 차츰 가빠졌다.

쇼구로는 아직 가노 성 안에 있었다. 이미 갑옷으로 몸을 갖추고 있었다. 하쿠운을 배신할 속셈은 없었다. 이런 약속에 있어선 평생 신용이 있었던 사나이로, 절대라고 할 수 있으리만큼 어긴 일이 없다.
"대장이 될 만한 자에게 마음가짐이 있다고 한다면, 신(信) 한 자뿐이다."
약속한 일은 어기지 않는다고 하는 신용만이 사람을 끌어 붙이고, 차츰 마음을 기울이는 자를 많게 하고, 마침내는 큰일을 달성케 만든다고 믿고 있다. 단지 쇼구로에게는 인원이 부족했다. 하쿠운에게 백 명을 나눠 줬기 때

문에 백 명밖에 없었다. 그 때문에 아케치 고을과 가니(可兒)고을에 사자를 보냈고, 아케치 요리타카와 가니 곤조에게서 병력을 빌리려고 했던 것이다. 그것이 아직 오지 않는다.

해가 기울고 이제 두어 시간 있으면 떨어지리라. 밤이 되면 공격군이 유리하게 되고 쇼구로의 작전인 협공도 할 수 없게 된다.

"아카베, 아직도냐?"

쇼구로는 밥을 퍼 넣으면서 말했다.

"아직 먼 것 같습니다."

"늦어지면 하쿠운이 죽겠지" 하고 말꼬리를 올리고 눈살을 찌푸렸다.

"죽으면 나리에겐 골칫덩어리가 없어져 좋겠지요."

"그럴 순 없어."

쇼구로는 무짠지를 으드득 깨물었다.

"빌리려는 병력이 오지 않으면, 내 몸을 버릴 각오로 승패를 도외시하는 병력만으로 달려가겠다."

"예?"

아카베는 고개를 저었다.

"저희들같이 비천한 근성을 가진 자하고는 다르시군요."

"인간이 큰일을 하자면 무엇이 중요한지 알고 있느냐?"

"모르겠는 걸요."

"의(義)다. 맹자에 있다. 맹자가 백년을 두고 사숙(私淑)하고 있던 공자는 인(仁)이라고 말했다. 그런데 말세·난세에 인 따위 갖고 있는 인간은 없고, 있대야 기껏 천성적인 호인이었으리라. 그리하여 맹자는 의라고 하는 이를테면 누구라고 흉내낼 수 있는 난세용의 도덕을 주장했다. 맹자의 시대하고 지금의 일본은 거울에 비친 것만큼이나 비슷하다."

"공자 맹자란 중국에서 성현의 길을 가르친 사람 말씀이죠."

"그렇다" 하며 쇼구로는 밥을 퍼 넣는다.

"그럼 나리님은 성인의 길을 걸으시겠다는……"

"그렇다."

쇼구로는 무짠지를 입에 넣었다. 사실 말이지, 쇼구로는 그럴 속셈으로 있다. 옛 성현도 쇼구로의 입장에서 이 난세에 태어났다면 간옹(奸雄)의 길을 걸었으리라. 온갖 수단을 다하여 어지러운 세상을 평정하고 새로운 질서의 국가를 만들어, 자기가 이상으로 삼는 정치를 폈을 게 틀림없다.

쇼구로는 성현의 길을 이상으로 하고, 현실의 극복에는 간책(奸策)을 쓰려 하고 있다. 그런데 간책은 그저 간책이어서는 사람이 따라오지 않는다. 그렇게 하기 위해서 이 사나이는 '의' '신'을 자기에게 부과된 '도덕'으로 삼고 모양이었다.

"오지 않나?" 하고 쇼구로는 일어나며 투구를 썼다.

"출전의 북을 울려라. 말을 끌어 오너라."

그렇게 명하고 나서 아카베에게

"너는 남아라. 아케치와 가니의 군사가 오면, 아케치 공에게는 성을 지켜 달라 하고 가니 곤조에게는 곧 후군으로 달려와 주도록 부탁해라."

"옛, 명심하겠습니다만, 명령대로라면 이 가노 성을 비우고 가시겠다는 겁니까?"

"너 혼자서 남는다. 쥐에게 물리지나 말아라."

쇼구로는 현관으로 뛰어나가, 성문의 안쪽에서 말을 타고

"문을 열라"고 외치고서 채찍을 들었다.

와아 하고 백여 명이 시꺼먼 덩어리가 되어 뛰어 나갔고, 기소 강기슭인 마쓰야마를 향해서 달렸다. 가는 도중

"상대는 야도이긴 하나 강하다, 목숨을 아끼지 말라."

하고 외쳤고

"힘센 겁쟁이는 힘없는 용사만 못하다. 성을 나섰을 때 벌써 송장이 된 자라고 생각해라. 죽을힘을 내어 용감하게 싸우는 자만큼 세상에 강한 자는 없으리라" 하고 외쳤다. 쇼구로의 병사가 싸움에 익숙한 것은 아니다. 교육을 하고 있는 것이다. 죽음을 향해 달려가는 도중의 교육만큼 뼈에 스며드는 건 없다. 다시 십 정(町) 가량 달리고 나서

"상대편은 천 명이다" 하고 가공할 적군의 수효를 알렸다.

"하나 나의 명령대로 싸우면 반드시 이긴다고 생각해라."

"그리고" 하고 쇼구로는 외쳤다.

"야도의 목이라고 할지라도 은상(恩賞)을 내려 주마, 돈으로 주리라."

이렇게 말한 것은 야도들은 공격해서 죽여 보았자 상대에겐 토지가 없다. 그래서 보통 토지의 몫을 은상으로서 받을 수 없기 때문이었다. 그 때문에 정규병이 야도나 농군의 폭동을 진압할 경우 사기를 떨치지 못했고, 그것이

한 이유가 되어 미노뿐 아니라 어느 나라에서나 자주 그들에게 패하는 것이었다. 그러나 쇼구로에게는 교토의 야마자키야라고 하는 무진장의 재물 샘이 있다. 금·은이나 값 비싼 피륙으로 은상을 내릴 능력을 갖고 있었다.

군사는 모두 분발했다. 이윽고 앞쪽에서

번쩍

하고 저녁 해가 반사했다. 가깝다. 반사된 건 기소의 강물이었다. 곧 야도가 포위하고 있는 마쓰야마로 육박했다.

"활 부대 앞으로, 창 부대는 그를 뒤따르라. 말 탄 자도 반궁(半弓, 짧은 활, 앉아서 쏠 수 있게 고안되었음)을 안장에서 떼어라" 하고 달리면서 연신 재빠르게 지시를 하고 명령을 했다.

총은 없다. 천하통일을 위해 무지무지한 위력을 발휘한 이 화기(火器)는 쇼구로의 중년 이후에 도래(渡來)해 왔고, 그 후에 쇼구로를 포함한 세상의 무장들은 전국 후기의 역사적 단계로 들어가는 것이어서, 이 이야기의 궁시(弓矢) 시대의 마지막 무렵이라고 해도 좋을 리가.

쇼구로의 군대만은 이 당시 기묘한 마상전술을 갖고 있었다. 기마 무사가 모두 안장에 반궁을 달고 있는 것이었다. 창으로 돌격하기 전에, 반궁에 화살을 먹인다. 획, 하고 쏘고 나서 창으로 돌진한다.

"고함질러라!" 하고 쇼구로는 마상에서 명령하고 창을 거머쥐었다.

북·고동·군사의 고함소리가 초목이 떨릴 만큼 울려퍼지고 그 큰 음향을 뚫고 활부대가 진격하여 언덕 사면에 달라붙어, 쏘아대고 다시 쏘아대고 하여, 순식간에 50여 명을 쓰러뜨리고 물러나자, 동시에 창부대가 돌격했다. 장창부대의 뒤를 이어 기마대가 간다. 쇼구로의 '파도'를 물들인 기는 그 무리 속에 있었다.

한편 산 위에선 법사 하쿠운이 투구의 차양을 올리고 구원군과 쇼구로의 깃발을 보았다.

"약속을 지켜 주었구나" 하고 흙벽 위에서 춤을 추었다.

"우리 쪽도 고동을 울려라. 북을 쳐라, 급히 쳐라."

형세는 일변했다. 야도들은 협공되는 걸 피하여, 당연한 일이지만 산 위로 등을 보이고 산기슭 쇼구로 부대를 향해 언덕길을 굴러 떨어지며 돌격을 개시했다. 그 집단이 반쯤 기슭에 도달했을 즈음을 노려서, 쇼구로는 또 다시 활 부대·창부대·기마부대의 반궁, 하는 식으로 솜씨 있게 반복하여 상대에게 조금씩 타격을 주었고, 이윽고

"나를 뒤따르라" 하고 유성처럼 단기로 달려 나가더니 적진 속으로 뚫고 들어가 장기(長技)인 창문을 휘두르기 시작했다. 거기에 하쿠운의 부대가 와락 거꾸로 떨어지듯 적의 등을 찔렀기 때문에, 야도들은 버티어 내질 못하고 이쪽 논, 저쪽 대나무 숲, 강기슭 등지로 흩어져 달아났다. 무너졌다 하면, 야도들의 무리만큼 약한 것은 없다. 울면서 우왕좌왕하는 자도 있었고, 재빠른 자는 강을 건너 오와리 영지로 달아나기도 했다.

쇼구로와 하쿠운은 그들을 여기저기서 추격하며 악귀나찰처럼 칼과 창을 휘둘렀다. 해가 떨어질 무렵 전쟁은 끝났다.

쇼구로는 강변에서 수급(首級) 검사를 실시하고 남김없이 그걸 장부에 기록케 했다. 그 수효, 670.

그걸 오와리 영지에서 잘 보이도록 강벽에 효시(梟示)하고 병을 수습하여 단숨에 달려 가노성으로 돌아왔다. 이 전투와 승리의 소문만큼 쇼구로의 그 뒤 미노 국내에서의 활약에 이로웠던 것은 없다.

'미노 제일의 용장'이라는 평판은 미노 일국의 고을마다 마을마다 울려퍼지게 되었다.

아마 쇼구로의 중년 이후까지의 호적수(好敵手)가 된 오와리의 오다 노부히데의 귀에도 아프리만큼 들어갔으리라.

이미

'기름장수'

라는 등, 깔보는 자는 없게 되었다. 이 전승의 이튿날, 가와테 부성에 등성하여 요리아키를 배알하고 보고를 올렸다.

여자라는 짐승

여자가 무르익기 시작하고 있다.

쇼구로의 손에 의해 아케치 고을에서 끌려 왔고, 이 가노 성 한 귀퉁이에서 자랐고, 성주인 쇼구로가 곡예와 같은 생활을 보내고 있는 사이에 그녀는 아리땁게 영글었던 것이다.

아케치 씨의 딸, 나나(那那) 아씨였다.

'……이제는'

딸 때가 아닐까, 하고 쇼구로는 생각했으리라.

쇼구로는 4년 전에 선언하고 있었다. 이 미노의 명문 딸을 화초처럼 키워서 장차 이걸 아내로 삼고, 나나 아씨의 출신 씨족인 아케치 일족을 둘도 없는 한편으로 삼고 싶다고. 그 원대한 계책이 열매를 맺을 때가 왔다. 나나 아씨를 자기 성 안에 옮겨 심었을 때에는 아직 묘목에 지나지 않았지만, 지금은 넝쿨이 뻗고 꽃봉오리가 맺히고 그 꽃봉오리가 이슬을 머금고 내일이라도 꽃을 피우려 하고 있다. 쇼구로는 다짐삼아 아케치 요리타카를 비롯한 그 일족의 주요한 자들에게 양해를 얻었다. 정실로 해 준다면, 오히려 바라던 바라고 하는 시원스런 대답이었다.

그러나──

납득시켜야 할 자가 신변에 있다.

미요시노다.

쇼구로는 일찍이 주군 요리아키의 첩이었던 미요시노를, 요리아키의 손에서 가로채듯이 하여 얻었다. 그런 방법으로 얻은 미요시노에 대하여 아직 '정실'의 위치를 주지 않은 것이었다.

"남자분이란 여자를 얻고 나면 더 이상 어떻게 취급하든 상관없는 것일까요?" 하고 어느 날 밤 미요시노는 이불 속에서 하소연을 한 일이 있다.

"그대를 둘도 없는 사람이라고 생각하고 있어" 하고 그때 쇼구로는 대답했다.

"그러니까 밤마다 사랑해 주고 있지 않아."

'몸만을'

사랑해 주고 있다. 미요시노는 그렇게 원망을 하고 싶었으나, 이 천성적으로 자기를 내세울 줄 모르는 여자는 끝내 말로는 하지 않았다. 미요시노에겐 자식이 있다. 쇼구로의 자식인지 어떤지. 미요시노가 요리아키한테서 떨어져 쇼구로에게로 왔을 때 이미 뱃속에 있었던 자식이다.

"그 사나이에겐……" 하고 요리아키는 미요시노를 놓아 줄 때, 은밀히 그녀에게 속삭였다.

"숨기고서 말하지 말라. 그 뱃속의 자식은 그자의 자식인 것처럼 낳아라."

이윽고 아들이 출생했다는 건 이미 말했다. 유명(幼名)은 기쓰보시(吉法師). 그 아이가 지금은 네 살이다.

쇼구로의 후계자가 될 아들이었다. 그는 이 아들을 아주 사랑했다. 눈이 지나치게 큰 아이로서 얼굴의 어느 부분도 쇼구로의 이상(異相)과는 닮질 않았다. 뿐인가, 어떤 때에는 친아버지인 미노의 태수하고 영락없이 닮은 표정을 지었다. 그러나 쇼구로는 깨닫질 못하는지 아니면 모르는 척하고 있는 것인지, 그러한 의문을 미요시노에 대해서도 누구에게도 입 밖에 낸 일은 없었다.

'그처럼 지혜로운 사람인 것이다.'

미요시노는 깊이를 모르는 쇼구로의 뱃속을 겁냈다.

'틀림없이 눈치채고 계실 거야. 시치미를 떼고 저렇듯 내 아들처럼 귀여워하고 계시다.'

가신들도 쑥덕거리고 있는 모양이다. 기쓰보시, 뒷날의 사이토 요시타쓰(齋藤義龍)가 쇼구로의 자식이 아님은 누구의 눈으로도 알 수 있었다.

첫째 기쓰보시는 미요시노가 쇼구로에게로 오고 나서 겨우 일곱 달 만에 태어난 것이었다. 세상에 그런 조산아도 있으리라. 그러나 조산아라면 작을 게 아닌가, 그런데 기쓰보시는 예사 이상으로 큰 갓난아이였고, 지금도 예닐곱 살로 보일 만큼 손발이 발육돼 있다.

누가 보아도 쇼구로의 자식은 아니다. 그런데 쇼구로만은

"내 아들이다"라고 하는 표정을 짓고 있는 것이었다. 미요시노로선 그것이 오히려 무서웠다.

쇼구로는 침묵을 지키고 있다. 4년 동안이나 그것에 관해서 침묵을 계속한 다음, 어느 날 밤 그 일보다도 더욱 무서운 일을, 뜨거운 애무가 끝나고서 말했던 것이다.

"미요시노" 하고 그날 밤 쇼구로는, 미요시노의 몸을 아직도 품으면서 속삭였던 것이다.

"기쓰보시의 어머니를 또 하나 두어도 괜찮겠지?"

옛? 하고 미요시노가 놀란 것도 무리는 아니었다.

"부탁한다"고 쇼구로는 말했다.

"사랑스런 여자가 있어."

쇼구로는 그 사랑스런 여자가 미요시노이거나 한 것처럼 그녀의 머리카락을 쓰다듬었다.

"사랑스럽단 말이다."

"저……" 하고 미요시노는 간신히 숨을 내쉬었다.

"그건 어느 분이신가요?"

나나 아씨지, 하고 쇼구로는 말했다. 다시 '미요시노'라고 부르고 쇼구로

는 머리카락을 쓰다듬었다.

"나의 사랑을 이루도록 해 주지 않겠나?"

"마음대로 하세요."

미요시노는 이불을 끌어당겨 얼굴을 가렸다.

"그렇게 박정하게 말하지 말아. 나는 갖고 싶다. 마음먹으면 좀이 쑤셔서 견딜 수 없는 사나이야. 그대를 갖고 싶다고 생각했을 때도 이랬었지. 나는 아마 욕심이 남의 갑절은 센 모양이야."

"아뇨, 백 갑절이나." 미요시노는 울기 시작했다.

"백 갑절이라니, 무엇이?"

"욕심이."

"세다는 말인가. 그렇게 생각해 준다면 좋지. 그대는 나를 잘 이해해 주고 있다"고 쇼구로는 진심으로 칭찬해 주었다.

'병신 취급을 하나 보지' 하고 미요시노는 생각했는지 어떤지, 그저 울고만 있다.

"울지 말아요."

쇼구로는 자못 태평스런 태도였다. 미요시노의 머리카락을 여전히 쓰다듬고 있다.

"나는 욕심쟁이로 태어났지. 몸뚱이도 남의 서너 갑절은 튼튼하다. 마음도 힘도 남의 몇 갑절은 세고, 지혜도 남들이 열 명 모여서 이마를 맞대어도 모르는 일을 금방 풀 수가 있다. 그렇지만 미요시노……."

쇼구로는 미요시노의 치부(恥部)를 만졌으나 별로 의미가 있는 행위는 아니다. 버릇이다.

"그런 나지만 목숨만은 남과 같은 50년이다."

이것만은 쇼구로의 힘을 갖고도 어쩔 수 없다는 뜻이었으리라.

'50년'

불공평하지 않은가, 하고 쇼구로는 하늘이라도 원망하고 싶을 정도였다. 하늘은 쇼구로라고 하는 사나이에게 예사 인간의 몇 갑절 능력을 주어 이 세상을 살아가도록 하면서도, 정해진 수명이 지나면 우부(愚夫)와 마찬가지로 평등하게 그 생명을 뺏고 만다.

"나 같은 사나이는" 하고 쇼구로는 말했다.

"같은 50년 동안에 열 사람 몫 정도의 인생을 보내지 않으면, 정기가 안에 사무치고 마침내는 검은 연기를 토하고 미쳐 죽고 말 거다. 그대도 알고 있다시피 나는 교토에 아내가 있다. 내가 장군이 되기를 간절히 기다리고 있다. 이름은 오마아라고 하지."
"알고 있어요."
"귀여운 여자야" 하고 쇼구로는 진심으로 말했다.
"그러나 그대도 귀엽다. 보통 인간이라면 두 사람의 여자를 건드릴 때 자연히 사랑에 진하고 엷은 것이 생겨서 때로는 한 사람을 미워하게 된다. 그러나 나는 그렇지가 않아. 오마아도, 미요시노도 똑같이 진하고, 똑같이 깊고, 똑같이 싱싱한 사랑의 마음을 품고서 사랑하고 있다. 미요시노, 그렇지 않은가? 그대는 내 마음과 내 몸을 잘 알고 있을 거야."
"……."
미요시노는 울어댈 수밖에 자기를 표현할 수가 없었다.
"사랑하고 있지."
쇼구로는 어둠 속에서 눈을 크게 떴다. 천지신명에 맹세하더라도 미요시노를 예사 사람 한 사람 몫의 마음과 몸을 갖고서 사랑하고 있음은 틀림없다. 오마아에 대해서도 마찬가지다.
"단지" 하고 쇼구로는 말했다.
"또 한 사람 사랑할 수가 있다."
단호하게, 허공의 신불에 대해서 선언하는 듯한 어투다. 미요시노는 울음을 그쳤다. 이 사나이를 상대로 울고 있는 일이 어쩐지 우스꽝스럽게 여겨졌던 것이다.
'세상에는 이런 사나이도 있구나.'
이불깃을 내리고 새삼스러이 쇼구로를 보았다. 물론 어두워서 알 수 없었지만 얼굴의 윤곽만은 엿볼 수 있었다. 기상(奇相)이었다. 무언가 처음으로 대하는 동물 같은 느낌이 들어, 미요시노는 별안간 웃음이 치밀어 올랐다.
"아니, 웃고 있나?"
'여자란 이상한 짐승이다. 울고 있던가 웃고 있던가, 둘 밖에는 모른다.'
쇼구로는 미요시노의 배를 계속 짓눌렀다. 손바닥으로 전해져 오는 경련이 따뜻하여 기분 좋다. 느닷없이, 또 한 사람 몫의 욕심이 치밀어 올랐다, 막 한 사람 몫의 욕심을 소비했으면서도 또 샘솟았던 것이다……. 이 사나이는 혼자서 몇 사람 몫인가의 인생을 보내고 있으리라.

"미요시노, 나는 힘이 뻗쳐 왔다" 하며, 그 가는 허리를 손바닥으로 들어 올리고서 끌어안으려고 했다.

"시, 싫어요."

"쓸데없는 고집은 버리라니까!" 하고 쇼구로의 손바닥은 벌써 손가락으로 바뀌어, 미요시노의 샅을 더듬고 있었다.

"싫어."

몸을 뒤틀었으나, 몸뚱이는 젖기 시작했다. 그래도 아직 버둥거렸다. 버둥거리고 있는 미요시노의 운동의 중심을, 쇼구로의 손가락이 교묘하게 누르고 있었다. 그 쇼구로의 손가락을 중심으로 미요시노는 결국 꼭두각시처럼 춤을 추고 있는 거나 다름없었다. 춤이, 이윽고 슬프리만큼 기분 좋은 걸로 바뀌었다.

"음부(淫婦)——" 하고 미요시노는 나직이 외치며 자기를 책망했다.

"음부가 아니야."

쇼구로는 나직이 말했다. 위로하고 있는 건 아니다. 남자와 여자의 논리란, 어차피 이런 달콤한 '유야무야' 속에 있는 것이다. 그러기에 소중하다고 하는 의미를, 쇼구로는 그만의 독특한 억양 있는 말솜씨로 속삭였다.

쇼구로는 나나 아씨를 아내로 삼았다. 아내가 되고서

'오미(小見) 마님'

이라고 불리었다.

쇼구로가 난생 처음으로 접촉한 처녀는 이 여자다. 이 오미 부인이 이윽고 딸을 낳게 된다. 그 딸아이가 성장하여 노히메(濃姬)라고 불렀고, 한 살 손위인 오다 노부나가(織田信長)에게 출가를 하는 것이다.

쇼구로는 오미 부인을 사랑했다. 그러나 그것과 같은 양으로 미요시노도 사랑했다.

내전(內殿)이라 불리는 한 건물에서 두 사람은 동거했고, 지위는 물론 정실 아내인 오미 부인 쪽이 높지만 그러나 이 성에서 소녀 시절을 보낸 오미 부인은 미요시노를 오히려 윗사람처럼 대하여

'미요시노 님'이라고 불렀다.

그녀는 어렸을 적부터 미요시노의 아름다움을 경모(敬慕)하고 있었다. 미노에서 손꼽는 미인이고, 한때는 도키 요리아키의 총비였고, 더구나 출신이

단고(丹後) 미야즈(宮津)의 성주인 잇시키 사쿄다유(一色左京大夫)의 친딸이라고 하는 미요시노에 대하여, 나라 안의 누구나가 이야기 속의 여주인공을 연상하는 듯한 아련한 동경을 갖고 있었다.

"미요시노는 선녀 같은 여자다. 나쁜 마음을 조금도 갖지 않았다"고 쇼구로는 젊은 마님이 아직 나나 아씨라고 불리고 있던 무렵부터 늘 입버릇처럼 말해 왔다.

"아버지 잇시키의 액년(厄年)에 낳은 딸이라 해서 버려진 거나 다름없는 처지로 언니가 출가한 시가인 도키 가문에 왔던 것인데, 그 기구한 운명으로서도 알 수 있듯 어쩌면 인간의 딸이 아니고 신불이 장난을 저질러 지상에 낳아 놓은 딸처럼 생각되기도 한다."

그리하여 오미 부인도 그렇게 믿고 그런 마음으로 대하고 있었기 때문에, 사이가 나쁠 까닭이 없었다.

어느 날 밤, 쇼구로는 초저녁부터 미요시노의 거처로 찾아와, 거기서 잤다.

"오미는 그대를 이 세상에 다시 없이 깨끗한 선녀나 신불의 딸처럼 여기고 있다."

"선녀의 춤은" 하고 미요시노는 신명나지 않는 듯 말했다.

"출 수 있지만, 저는 분명한 사람의 딸이에요. 그 증거로 오미 부인이 원망스럽기만 합니다."

"곤란한 걸. 선녀가 그런 소리를 한다면."

"아뇨, 사람이에요."

미요시노는 쇼구로의 규방정치(閨房政治) 수법을 꿰뚫어 보고 있었다. 자기를 '선녀'로 만듦으로써 한편으론 오미 부인도 무마하고, 또 한편으론 미요시노 자신을 달래어 시기심을 일으키지 않게 하려는 것이다.

"사람이에요" 하고 우기는 것이, 미요시노의 이 사나이에 대한 그나마의 저항이었다.

"나리 님은 몇 사람 몸의 인생을 50년 동안에 보낸다고 말씀하셨지요?"

"말했어."

"그럼 남자라면 누구라도 시달려야 하는 여인의 질투를, 역시 몇 사람 못 받는다는 걸 각오하셔요."

"곤란해" 하고는 쇼구로도 말하지 않았다.

"받지."

그렇게는 말했지만, 미요시노 같은 성격이 비뚤어지면 의외로 무섭다는 것을 쇼구로는 알고 있었다.

"각오를 하셔야 해요."

"무시무시하군."

쇼구로가 미요시노를 보았을 때, 미요시노는 얼굴을 외면하고 저녁 어스름이 깔린 가운데 마당으로 시선을 보내고 있었다. 의외로 미소짓고 있지 않았다.

'어려운 노릇이야.'

아무리 몇 사람 몫의 인생을 보낸다고 해 보아도 세 아내를 두고 그걸 의좋게 다스려 나간다는 일은 어쩌면 곤란한 일일지도 모른다. 오마아는 괜찮다. 오미 부인도 괜찮다. 왜냐하면 교토의 오마아는 '야마자키야 쇼구로'의 정실이고 기름도매집 마님으로서의 일도 있다. 오미 부인의 경우는 말할 것도 없다. 두 사람 모두 자기를 위해 주고 있다는 자랑이 있다.

오미 부인이 정실로 된 이래, 미요시노에게서는 그것이 없어졌다. 단지 찾아오는 쇼구로를 맞았다가 보낼 뿐인 존재가 되고 말았다. 지난날도 그랬었지만, 지금은 그것이 명확해지고 말았다.

'안타깝다'

고 생각하게끔 돼 버렸다. 쇼구로는 몇 사람 몫의 인생을 보낸다고 하지만, 자기는 자기의 인생이 설 장소마저 가질 수 없지 않은가.

자식이 있다. 미요시노의 구원이었다. 그녀는 기쓰보시와 놀고 있을 때만 자기의 인생을 갖고 있는 듯한 느낌이 들었다. 놀고 있을 때, 별안간

'너의 아버님은 저분이 아니란다'

고 하마터면 진실을 말해 버릴 듯한 충동에 사로잡혔다. 지금은 그 충동을 억눌러 죽이고 있다. 그러나 언젠가는 그걸 입 밖에 내어 버릴 듯한 자신을, 미요시노는 느끼고 있었다.

한편 쇼구로의 '사업' 쪽은 우선은 잘 돼가고 있다. 그토록 미노 패의 반대가 많았던 부성의 이전 문제도 일단은 성공했다. 에다히로에 요리아키를 위해 온갖 사치를 다한 별장을 지어 주자, 요리아키는 "여기가 좋다"고 가와테의 부성에서 간단히 옮기고 말았던 것이다.

이를테면 요리아키는 미노 태수라는 현직에 앉은 채 은퇴한 거나 다름없

는 것이었다.

'남자쪽이 훨씬 다루기 쉽다'고 쇼구로는 생각했다.

요리아키는 이즈음 그림에 몰두하고 있었다. 여전히 매 그림뿐이지만, 그것이 에다히로의 새 성으로 옮기고 나서 별안간 화풍에 생기가 감돌았다. 그걸 요리아키는 기뻐하고

"속된 일에 번거롭지 않게 되었기 때문이다"고 말하였다.

가와테의 부성에 있으면 이것저것 태수로서의 속된 일이 있다. 그것이 이 나라 강기슭의 새 성에선 거의 없게 되었다. 요리아키의 매일은 아침부터 화필을 잡고 저녁때까지 그리고, 그것에 지치면 술을 마시고 여자를 품었다. 인생의 향긋한 부분만을 이 귀족은 마시고 있는 것과 같았다. 세상일엔 더욱더 싫증이 났다.

그 세상일은 가노 성주인 쇼구로가 가와테의 부성에 거주하며 처리하고 있다. 이런 매일이 지고 새어 1535년 9월 6일이라고 하는 날을 맞았다.

비

1535년 여름, 미노의 대지가 불탔다.

나가라 강을 비롯한 여러 강이 말라붙고, 강바닥이 하얗게 드러나서 풀이 말라 죽고 금이 갈 정도였다. 각 마을에서 기우제가 올려졌지만 효험을 못 본 채 가을로 접어들었다.

'금년은 흉년이로구나.'

하고 쇼구로는 가을의 문턱에서 생각했다. 혹은 이 곡창지대에도 무지무지한 기근이 닥칠지도 모른다.

"아카베" 하고 7월의 어느 날, 이 편리한 사나이를 불러서 교토에 심부름을 가라고 명했다.

"금년 가을, 미노는 흉년이 들지도 모른다. 오마아에게 그렇게 말하고 햇곡식 철이 되면 교토에서 쌀을 사 모으도록."

"쌀을?"

"그렇다. 사 모아 두어라. 천 석쯤 있으면 될 거다. 미노가 만일 흉년이 들거든, 곧 교토와 오오쓰(大津)의 수레며 마차(馬借)업자를 전부 고용하고, 이쪽에서도 마땅한 호위 인원을 보낼 것이니, 한꺼번에 이 나라로 운반해 오는 것이다."
"돈벌이를 하시겠다는 것입니까?"
"바보, 세상에 대망을 품는 자가 눈앞의 이익에 급급할 줄 아느냐?"
"자선을 베푸시겠다는 말씀이로군요."
"그렇다. 미노 일국의 흉년에 겨우 천 석의 쌀이라면 새발의 피겠지만, 죽을 끓여서 멀겋게 한다면 한 사람이 몇 알씩은 먹을 수 있다. 서민도 비로소 내가 미노에 있다는 걸 뼈저리게 느끼고 기뻐하리라."
"알았습니다."
아카베는 길을 떠났다. 아직 가을철은 멀었지만, 쌀의 매점이란 시간이 걸리는 일이다. 교토에 상주하며 교토·오오미(近江)·단바(丹波), 그리고 세쓰(攝津) 등의 쌀 상인과도 줄을 터놓아야 한다.
'그러나 과연 흉년이 들까?'
하는 건 아카베의 의문이었다. 그 기근도 미노뿐이라면 괜찮지만, 만일 교토 주변까지 흉작이라면 사 모을 쌀이 없잖은가. 그리고 쌀을 미노까지 운반하는 길목인 오오미도 흉작이라면 어떻게 할까, 오오미 따위는 도둑들이 많은 곳이라 운반하는 쌀을 약탈하지 않을까.
"확실한 일이옵니까?" 하고 아카베는 출발할 때 쇼구로에게 다짐을 받았다. 쇼구로는 웃으며
"천문·천상(天象)을 판단하여 바로 맞추고, 그에 의해서 행동을 일으키는 자를 영웅이라고 하는 거다. 만일 맞지 않는다면 나는 영웅이 아니야" 하고 큰소리를 쳤다.
'그 양반이 하는 일이다, 어긋날 일은 없겠지' 하고 아카베는 안심하고 미노를 떠났고 교토에 머물렀던 것인데, 가을이 무르익는 6월경부터 알맞은 비가 여러 나라들을 적셔 주기 시작했던 것이다.
교토의 야마자키야에서 묵어가며, 아카베는 스기마루에게 말했다.
"스기마루, 교토의 주변 논도 농사가 이걸로 되살아나겠는 걸. 미노의 일은 모르나, 이 상태로선 설마 흉년이 들진 않겠지?"
"들지 않을 거예요. 들어선 안 될 일이죠."
"나로서는 나리, 임자로서는 주인님이라고 하는 그 분은 묘카쿠 사 본산에 계셨을 무렵부터 학문은 현밀(顯密 : 顯教와 密教의 두 종파)의 비결을 깨치고, 변설은 천축의 부루나(富婁那 : 석가 16 제자의 하나, 웅변가로 설법이 제일이라고 함) 못지않다고 일컬었을 만큼 현명한

분이신데, 그래도 농사일은 모르시나 보지?"

"기름에 대해선 자세합죠."

"쌀 말일세, 쌀은 모르시나 봐."

미노에서는 열흘에 한 번쯤, 미미지가 정보를 갖고 교토로 온다.

그 정보에 의하면 미노의 논도 감우(甘雨) 덕을 입어 푸릇푸릇하니 살아 나고 있다는 것이었으므로, 아카베는 교토에서 쌀장수들과 미리 매점 계약을 맺고 있는 일이 바보 같기만 했다.

"그럼 돌아갈까?"

"아닙니다, 그대로 있으라는 분부이십니다" 하고 미미지는 쇼구로의 뜻을 전했다. 쇼구로의 말로는 쌀 같은 건 아무리 사 모아도 손해가 될 일이 아니며, 그대로 교토에서 팔아 버리면 된다는 것이었다.

9월에 들어서고 나서도 미노에는 아직 비 오는 날이 많았다.

쇼구로는 매일처럼 가노 성에서 나와 기마로 영내의 논밭을 돌아다녔다. 별로 흉작을 기대하고 있는 셈은 아니다. 그 뿐인가, 영주로서의 당연한 이해와 감정으로 자기 영지의 풍작만을 빌고 있었다. 흉작이면 즉시 군사력의 강약에 영향을 미치는 게 이 당시의 경제다.

비가 온다. 쇼구로는 그날도 삿갓과 도롱이로 몸을 감싸고 종자 몇 기(騎)를 거느리고서 영내의 대농가·중농가를 찾아다녔고, 또한 논두렁에 서서 소작인에게까지 수작을 걸었다. 미노에는 그런 영주가 일찍이 없었기 때문에 마을 사람들은 기뻐했다. 그리고 마을들을 돌아보는 사이 눈빛이 똑똑해 보이는 자나 몸이 날래 보이는 자, 힘이 있을 만한 자 등을 발견하고선

"나를 섬겨라" 하고 시동으로 삼아 버린다. 심복 부하를 만들고 싶었던 것이다.

그날 성 북쪽 마을에 들렀다가, 논둑에 늙은 농군이 서서 북쪽인 히다(飛驒)의 하늘을 우러러보며 혼자 중얼거리고 있는 걸 들었다.

"왜 그러나?" 하고 마상에서 말을 걸었으나, 늙은 농부는 땅바닥에 꿇어 엎드리는 것도 잊은 채 눈빛이 불안스럽기만 했다.

"히다 하늘에 걸린 구름이 수상쩍다"고만 말할 뿐이었다.

왜 수상쩍으냐 하고 다그쳐 물으니 그제야 농군은 겨우 상대가 쇼구로라는 것을 깨닫고 땅에 꿇어 엎드렸으며, 그 이상은 아무리 물어도 대답하지

않았다. 헛소문을 퍼뜨린다고 하여 벌 받는 걸 두려워했으리라.
 '히다의 구름——'
 성으로 돌아와서 유식한 듯한 가신에게 물어 보았으나, 아무도 모른다.
 '무언지 모르지만, 무언가 일어난다.'
 이 해 여름부터 쇼구로의 가슴을 설레게 하고 있는 불안이었다. 그것이 무엇인지 도무지 알 수 없었다.
 9월 2일, 비가 내렸다. 비는 더욱더 억세지기 시작하여 밤이 되고나서는 폭풍을 동반했다.
 '그럼, 홍수로구나.'
 그러나 이튿날 아침에는 바람이 없었다. 비 기운은 아직도 미노 평야를 연기처럼 감싸고, 오는지 안 오는지 모를 이슬비가 미노 4백 평방 리의 숲·덤불·마을·둑·성을 적시고 있었다. 3, 4, 5일 사흘에 걸쳐 비는 계속 내렸지만, 5일 밤중에 이르러 천기는 일변했다. 지축이 움직인다고 생각될 만큼의 폭풍이 일어나더니 어둠 속에서 포효하고, 들판을 찢어놓고, 숲을 쓰러뜨리기 시작했던 것이다.
 "리쓰베(律兵衛) 있느냐?" 하고 쇼구로는 전부터 무사 대장으로 등용시킨 하야시 리쓰베(林律兵衛)를 불러 성을 바람으로부터 보호하는 지휘를 맡겼다.
 "성주님은 어디로 가시겠습니까?"
 "에다히로지."
 쇼구로는 이미 삿갓을 쓰고 도롱이로 몸을 함빡 감싸고 있었다. 에다히로는 쇼구로가 미노 태수 도키 요리아키를 위해 지은 별장이 있는 곳이다.
 "이 비바람 속을?" 하고 리쓰베는 놀랐다. 문안을 드리러 갈 수 있는 날씨가 못된다.
 이때의 쇼구로의 동기는 예의도 아니고 이해타산도 아니었다. 애정과 증오가 뚜렷한 이 사나이는 솔직히 말해서, 요리아키의 안부가 걱정되었다.
 에다히로의 마을은 나가라 강의 지류 쓰호 강(津保江) 기슭에 있고, 요리아키의 새 성은 돌 성벽을 수면에다 비치면서 솟아 있다.
 '둑이 무너질지도 모른다.'
 쇼구로는 불안해졌다. 견딜 수가 없어서 말에 올라 가노 성문을 뛰어나갔다. 쇼구로에게는 그런 뜨거운 정성이 있다. 성문을 나서자마자 와락 바람의 덩어리가 휘몰아쳐 와서, 쇼구로의 갓끈을 턱에서 잡아끊고 하늘 높이 날려 보냈다.

'삿갓이란 놈, 히다의 산에라도 날아갈 셈인가?'

채찍질하여 달렸다. 그러나 말의 다리가 버티고 때로는 움직이지 않는다.

"겁을 내느냐?" 하고 채찍으로 후려치자 말은 비명과 같은 울음소리를 울릴 뿐, 뜻과 같이 움직이지 않았다. 그것을 달래고, 꾸짖고, 때로는 큰 나무 그늘에서 바람을 피해 주면서 바람이 끊긴 사이사이를 봐서 달렸다. 쇼구로의 인생 40년 동안 이만한 바람을 만난 일이 없었다.

'말조차 겁내는 것일까?'

말은 바람 속에서 허우적거리듯 간다. 말을 탄 쇼구로의 도롱이는 벌써 날아가 버리고 채찍조차 손에서 놓칠 것만 같았다. 캄캄한 어둠 속에서 방향을 찾아가며 말의 눈만을 의지하여 두 시간 가량 허우적대며 나가자 눈앞 어둠 속에서 별안간 물소리가 끓어올랐다. 강이구나, 싶었다. 목표한 쓰호 강이리라.

쇼구로는 다리를 찾았다. 에다히로 성을 만들 때 가교를 놓았을 것이었다. 가까스로 찾아냈다. 그러나 강물이 불어나 금방이라도 교각이 얕은 이 가교를 떠내려 보낼 것 같았다.

'건너야 할까?'

말은 겁을 집어먹고 다리를 떨고 있다. 다리가 흔들리고 있다. 만일 인마가 이 가교 위에 서면 그 무게로 휘어져 수면에 닿고, 앗 하는 사이 다리는 산산조각이 되어 떠내려가 버리리라.

'어떻게 한다, 쇼구로?' 하고 마상에서 스스로에게 물었다.

다행히 풍우는 약간 수그러지고 있었다. 물소리만이 엄청나다.

'될대로 돼라.'

쇼구로는 채찍질하며 말배를 힘껏 차, 돌풍처럼 다리 위로 달렸다. 건너편 둑에 올라섰을 때, 등 뒤에서 굉음이 치솟았고, 뒤돌았을 때에는 다리가 이미 없었다.

'하늘의 도우심이다——'

성내로 달려 들어갔다. 인마가 흠뻑 젖어서 나타난 쇼구로를 보고 요리아키는 매달리듯이 기뻐했다. 요리아키는, 사람의 성의는 이러한 이변이 있을 때야말로 알려지는 것이다 생각했다. 쇼구로가 세상에서 말하는 이른바 아첨하는 자라면 백의 하나인 생명의 요행을 믿고서 여기까지 오질 않는다.
"고맙다."
"주군, 배 준비를 하십시오. 제가 지시를 하겠습니다."
"배로 어디를 가나?"
요리아키는 의심스럽다는 낯빛을 지었다.
"설마……"
쇼구로는 웃었다. 이 성난 강물에 배를 띄운다면 대번에 박살나고 말리라. 만일에 홍수가 졌을 때의 준비다. 성은 약간 높은 언덕을 차지하고 있다. 웬만한 일이 없는 한 안심이었지만, 준비만은 해 둘 필요가 있었다.
새벽녘까지 성내의 남녀는 뜬눈으로 밝혔다. 그 시각, 문득 요리아키는 겁을 먹은 듯,
"무슨 소리지?" 하고 얼굴을 들었다.
"빗소리입니다."
또 비가 쏟아지기 시작했다. 성 안의 집을 때려 부수듯 쏟아졌고, 그 힘이란 이미 비라고 할 수 없는 것이었다. 폭포수였다.
"하늘이 뒤집혔을까요?" 하고 쇼구로가 중얼거린 직후에, 1535년 9월 6일의 기록적인 대홍수가 미노 평야 일대를 휩쓸었던 것이다.
우르릉, 하고 땅울림이 있었다.
"지진일까?"
"아닐 테죠."
쇼구로가 6척 봉을 끼고서 뛰어나가 석축 위에 우뚝 섰을 때, 어지간한 이 사나이도 몸서리를 쳤다. 미노가 호수로 바뀌어 있었다. 그 호수가 무지한 힘으로 서쪽을 향해 움직이고 있다. 집도 숲도 마을도 떠내려가고 있었다.
'말세(末世)가 왔다……'
정직히 말해서, 그렇게 생각했다. 동쪽 하늘이 훤해지고, 이윽고 활짝 밝고 나서 자세히 보았더니 근처 십 리 사방에 떠있는 것은 이 에다히로 성뿐이었다. 그것도 석축을 불과 석자 수면 위에 남길 뿐이었고, 아마 이 성을 멀리서 바라보면 마른 나뭇잎 하나가 가까스로 떠 있는 것처럼 위태위태한 광경이었으리라. 그 후 수백 년 동안 이 고장에선
'나카야(中屋) 홍수'라는 호칭으로 기록되었을 만큼의 대범람이었다. 나가라 강의 둑이 이나바 군의 나카야 마을(현재 稻羽町)에서 터졌던 것이다.

둑이 터진 건 그 한 군데뿐이 아니었다. 나가라 강이라고 하는 거대한 강물을 용으로 비유한다면, 나카야 마을 지점에서 대운동을 일으켜 용꼬리가 20리에 걸쳐 무지무지하게 뛰놀았다. 강이 이동을 했던 것이다.

20리 사이를 횡단하여 에다히로 성 앞 쓰호 강으로 쏟아져 들어갔다. 이 때문에 쓰호 강이 호수가 되었다. 쇼구로 등이 벼락 치는 듯한 땅울림을 들은 건, 이 강둑이 전역에 걸쳐 단숨에 터져 나가는 소리였다. 참고삼아 말하지만 이 범람 이래 나가라 강은 그대로 쓰호 강에 합류하여 자리를 잡고 말았고, 현재의 하천 모습이 되었다. 쇼구로의 이 시기까지는 나가라 강이 현재의 기후 시(岐阜市) 북방 9킬로미터 근처를 반원 모양으로 우회하여 이지라 강(伊自良江)과 합류하고 있었다.

땅이 뒤바뀌었다고도 할 수 있다. 유실 가옥은 수천 호, 사상자는 2만여 명에 이르렀고, 이 평야의 수해로선 전무후무한 일이었다.

쇼구로는 배를 띄웠다. 요리아키와 그 가신, 처·첩(妻妾) 등을 태우고 총수 20여 척이 탁류 가운데 지향도 없이 떠돌았다. 하늘은 아직도 시커멓게 빗기운을 안고 어두웠으며, 여자들은 사색이 돼있다.

"어디로 가지? 가와테 성·가노 성은 괜찮을까?" 하고 요리아키는 물었다. 그러나 그 두 성 역시 평지에 있느니만큼 어떻게 되어 있는지 알 수 없다.

"알 수 없는 노릇이야."

쇼구로는 중얼거리면서 비구름이 두터운 하늘을 우러러보았다. 홍수로 미노는 망했다. 부지런히 이 고장에 쌓아올려 왔던 것이 순간적으로 떠내려가고 말았다.

'홍수 전 시대'라는 것이 성서 마태오복음 24장에 있다.

'노아가 방주에 들어가던 날까지, 사람들은 먹고 마시고 장가가고 시집갔다. 홍수가 나서 그들을 모두 휩쓸어 가기까지 그들은 아무 것도 알지 못했다.'

쇼구로는 물론 그런 먼 나라의 신화 따윈 모른다. 그러나 그가 느끼고 있는 주관적 상황은 그것과 흡사했다.

어쨌든——.

하루 종일 탁류와 진구렁 속을 헤매고 다닌 끝에 가까스로 쇼구로의 성인 가노 성으로 들어갔다. 이 성 역시 간신히 흙벽이 수면 위로 얼굴을 내밀고 있는 정도였으나, 그래도 에다히로보다는 위험이 적어 보였다.

"우선 여기서 휴식을 하십시오" 하고 도시타카 일행을 그곳으로 피난시켰다. 며칠이 지나서야 날이 갰다. 그러나 미노 일대의 전원은 진흙땅으로 변하고 금년의 추수 따위는 기대도 할 수 없었다.

쇼구로는 교토로 미미지를 보내어 아카베에게 쌀 운송을 명령하는 한편, 연일 흙투성이가 되며 자기의 영지와 요리아키의 직할 영지인 마을들의 복구지휘를 하고 다녔다.

한편 미가와(三河)·오와리·스루가(駿河)·이세(伊勢) 지방까지 요리아키의 편지를 갖고서 구원을 청하러 다녔다. 보리쌀·된장 등이 미노로 속속 들어왔고 그것들은 국내의 토박이 무사들 영지까지 혜택을 주기 시작했다.

예부터 영주라고하는 것은 농군에게서 연공을 수탈할 뿐이지, 이런 정치를 하는 자는 드물었다. 쇼구로가 하층계급 출신이고 또한 상인 출신이었기에 그런 감각도 능력도 풍부했던 것이리라. 이 결과, 자기 영지 남의 영지를 막론하고 쇼구로의 인기는 농군들 사이에서 압도적이었다.

"미노의 구세주다" 하는 소리가 마을들에 넘쳤다. 그 무렵 아카베의 손으로 교토에서 쌀이 운반돼 왔다. 그걸로 죽을 끓여 마을마다 분배를 해 주었기 때문에, 인기는 더욱 더 올랐다.

쇼구로는 홍수로부터 미노를 최대한 살렸다. 그 뿐인가. 이 홍수를 버린 데가 없으리만큼 이용했다.

"에다히로는 이제 위태롭습니다" 고 요리아키를 설득했고, 요리아키도 찬성을 했으므로 그를 가와테·가노의 두 성에서 북으로 50리나 들어간 산골로 옮기게 되었던 것이다.

오오가 성(大桑城)이다.

산 위에 있는 고성으로서, 쇼구로가 몸소 감독을 하여 몰라보리만큼 화려한 모습으로 꾸며 놓았다. 딴은 이 산꼭대기라면, 이미 홍수로부터의 불안은 없다. 원래가 홍수를 싫어하는 요리아키는

"왜 진작 여기로 옮기지 않았던가!" 하고 기뻐했다.

쫓아냈다고는 요리아키도 눈치채지 못했으리라. 물론 쇼구로는 오오가 성같은 외진 곳에는 가질 않았고, 미노 평야의 가노 성과 가와테 성 사이를 오가며 요리아키의 정사를 대리했다.

그러나——.

이 두 개의 평성(平城)이 차츰 마음에 들지 않았다. 정사를 보기에는 편

리하지만, 전투·홍수 따위에 이만큼 취약한 성도 없으리라.

'슬슬 긴카 산(金華山 : 이나바 산)에 삼국(三國) 제일의 거성을 쌓기로 할까?' 하고 마음먹었던 것은 이 홍수가 있고 난 뒤의 일이었다.

긴카 산 축성은 쇼구로가 미노에 오고 나서부터 해마다 키워 온 꿈이다.

변신

'미노의 살모사'라고 난세의 여러 무장들로부터 두려움을 받던 사이토 도산, 즉 쇼구로가 그 역사상 이름 높은 사이토 성을 갖게 된 것은 덴분(天文) 5년(1537년) 봄이었다.

여담이지만 이 무렵은, 나중에 그의 사위가 되는 오다 노부나가(織田信長)가 벌써 이웃나라인 오와리에 태어나 햇수로는 세 살이었다. 그 노부나가의 신부가 되어 재색이 비할 데 없다고 일컬어진 쇼구로와 오미 부인의 딸 '노오히메'는 그때 두 살.

아직 젖먹이다. 그런데 쇼구로가 사이토 성을 갖게 된 1537년 정월 초하룻날, 이웃나라인 오와리 나카무라(中村)의 오막집에서 한 기이한 사나이가 함께 태어났다.

뒷날의 도요토미 히데요시(豊臣秀吉)다.

도산·노부나가·히데요시로 이어지는 난세의 계보는 이 해를 전후해 탄생한 셈이다. 그리고 다시 여담을.

사이토 성에 관해서다. 일본인의 성 가운데서도 가장 많은 이 성이 나타난 건, 헤안 조(平安朝 : 平安은 교토의 별칭으로 일본 桓武天皇의 平安천도에서 가마쿠라 막부까지의 약 4백 년을 이름)의 초기였던 모양이다.

헤이안 초기, 진수부 장군(鎭守府 將軍)이 된 후지와라 도시히토(藤原利仁)란 인물이 있다. 그 아들로서 조요(叙用)라는 인물이 있고 어떤 사나이였는지 잘은 모르지만, 이 후지와라 조요가 이 성의 조상이다.

조요는 대궐에서 벼슬을 하였고 이세 재궁(齋宮)의 시중을 드는 관청의 장관이 되었다. 궁정의 신하들 중 후지와라 씨가 많다. 그 사람을 부를 때 틀리기 쉬우므로 교토의 저택 소재인 동네 이름으로 부르던가——이를테면 고노에(近衞)·이치조(一條)·산조(三條)라고 하듯——그 자손으로 지방에 사는 자는, 가령 가가(加賀)라면 가토(加藤)라고 부르든가 했다.

사이토는 조요가 재궁의 우두머리였기 때문에 '사이토(齋藤)'라고 불렀던 것이다. 그 자손이 여러 곳으로 흩어졌다. 아무튼 진수부 장군 도시히토의 핏줄인지라 곳곳에서 세력을 펼쳤고, 우젠(羽前)·무사시(武藏)·가가(加賀)·노토(能登)·엣추(越中)·에치고(越後)·미노 등 특히 북국(北國)·동국(東國)·반토(坂東 : 關東) 고장에서 번창했다.

헤이케 이야기(平家物語)에서 흰 머리를 물들여 싸움터로 나가는 헤이케의 노 무사대장 사이토 사네모리(齋藤實盛)는 무사시 국 나가이(長井) 사람이었고, 요곡(謠曲 : 우다이(謠)는 能, 광대놀이 같은 것의 노래로, 能(탈충)의 노래를 특별히 요곡이라고 함)의 '간진초(勸進帳)'에 등장하는 가가의 태수 사이토 도가시노스케(齋藤富鐽之介)는 가가에서 번창한 일족이다.

미노의 사이토 씨는 이미 아시카가 시대의 말기에 사이토 묘친(齋藤妙椿)이라는 이름난 무사가 있었고, 미노 태수 도키 가문의 가로로서 솜씨를 보이는 한편 노래짓기에도 뛰어나 교토의 공경을 미노에 초대하던가 하여 도성에까지 이름이 알려져 있었다.

쇼구로 당시의 미노 사이토 가문은 국주(國主)인 도키 가문과 혼인을 거듭하여 분가(分家)나 다름없이 되어 있었고, 나가이 가문과 더불어 이 나라 굴지의 명문이라고 함은 이미 몇 번 언급했다.

"사이토의 집을 잇는 게 좋으리라"고 쇼구로에게 말한 건, 국주인 도키 요리아키다. 쇼구로가 요리아키에게 그렇게 말하도록 유도해 간 것도 틀림없지만, 그러나 사이토의 종갓집이 거의 끊어진 거나 다름없어서
——명문의 대가 끊어지는 건 아깝다고 하는 정당한 이유도 있었다.

하나 미노 사이토 가문의 분가는 미노 일국에 흩어져 있고, 종가의 대를 잇는 것이라면 생판 남인 쇼구로 따위보다도 그러한 혈연의 자가 이었어야 했으리라.

이 상속도 결코 순리적인 것이 아니다.

쇼구로가 '요리아키의 명령'을 내세워 강압적으로 그 성씨를 빼앗아 자기의 머리를 장식했다고 말하는 편이 좋다.

사이토 사곤다유 히데타쓰(齋藤左近大夫秀龍)라는 게 쇼구로의 새 이름이었다.

쇼구로가 미노로 와서 만 13년의 세월이, 이 이름을 얻기까지 흐르고 있다. 이 개명 직후 교토의 오마아에게 알리기 위해서 몰래 변장을 하고 미노를 빠져나가, 며칠 교토의 봄을 즐겼다.

교토의 야마자키야에 닿고 기름집 주인 '야마자키야 쇼구로'로 돌아가자마

자

"오마아, 미노는 조금만 있으면 뺏는다"고 말했고, 말을 하고 나자 개명한 성명을 오마아에게 가르쳐 주었다.

"사이토 사곤다유 히데타쓰" 하고 오마아는 종이를 펴고서 써 보더니

"외기 어렵네요."

싱글벙글 웃으면서 몇 번인가 입안으로 중얼거렸다. 남편의 이름도 모른다면 아내로서 곤란한 것이다. 생각해 본다면 오마아처럼 이상한 영감을 가진 여자도 없으리라. 대체 이 사나이는 몇 번 이름이 바뀌었을까, 처음엔 마쓰나미 쇼구로, 이어서 묘카쿠 사 본산의 학승이 되어 호렌보, 환속하여 그 전 이름으로 돌아간다. 이어서 나라야의 오마아한테 데릴사위로 들어가 나라야 쇼구로, 그 간판을 바꾸고서 야마자키야 쇼구로, 다시 미노의 폐가 니시무라 집을 이어 니시무라 간구로, 얼마 후 나가이 집을 이어 나가이 신구로, 실로 눈이 핑핑 돌 정도다.

"몇 개 바뀌었는지 나도 미처 욀 수 없다"고 쇼구로는 웃었다.

"이름 같은 건 표적이야, 오마아는 쇼구로만 외고 있으면 돼."

"언제 쇼군이 되셔요?"

오마아가 말한 것은, 뭐 굳이 쇼구로에게 쇼군 따위가 돼 달라는 뜻은 아니다. 쇼군이 되면 교토로 돌아온다. 옛날처럼 오마아하고 침식을 같이 해 준다고 하는 약속을 두 사람이 나누고 있다.

"글쎄, 언제쯤일지."

쇼구로는 웃었다.

"오마아, 생각해 보면 쇼군이라고 하는 것도 심심한 생활일 거야."

"어째서죠?"

"내가 쇼군이 되고 천하가 평정된 이상, 이미 할 일이란 없을 테지. 나도 아마 정력을 주체할 수 없게 될 거야."

"서방님."

"뭐야."

"쇼군이 되지 않겠다는 말씀인가요?"

오마아는 별안간 말투가 사납다.

"되지 않겠다 하신다면, 일찌감치 미노에서 서방님을 올라오시게 하여 이전의 기름장수로 만들겠어요."

"이봐, 무슨 소리야?"
"서방님은 오마아 것이니까요, 무언가 소문에 듣는 미노의 미요시노 님이다, 오미 마님이다 하는 사람에겐 극히 한때만 서방님을 맡기고 있을 뿐이에요."
"오마아, 그런 말 말아라."
이런 대화로 날이 저물었다. 물론 베갯머리 송사라고 해도 좋다. 밤중까지 쇼구로는 오마아하고 침구 속에서 희롱했다. 일 년에 두서너 번 돌아오는 것뿐인 남편이지만, 돌아온 며칠 동안이란 세상 남편의 천 밤에 못지않을 만큼, 오마아에게 남자의 맛을 만끽시켜 준다.
밤중에 달이 떠올랐다. 베개 맡에 드리워지고 있다. 오마아는 변소에 들렸다가 뜰로 내려가 손을 씻었다. 빙글빙글 어지럼증이 날 만큼 몸의 중심부가 기분 좋게 허탈해져 있다. 침실로 돌아갔다.
"깜빡 잊고 있었지만" 하고 오마아는 말했다.
"그 사이토 히데타쓰 님인가는 어떠한 신분이에요?"
"국주의 대리야."
사이토 종가는 미노의 태수 대리이고 도키 가문의 가로지만, 사실상의 국주라고 해도 좋다.
"하나 가명·가문 따윈 케케묵은 옛날의 망령이지. 이것이 한낮에 미노에 나타나고, 미노에선 사람들이 두려워해 주기 때문에 우스꽝스런 노릇이지. 나는 미노를 내 취미대로 바꿔 놓으려고 생각하고 있지. 그 창조의 개혁에는 처음 옛날 망령들의 힘을 빌어야 한다. 그래서 성이 사이토지."
"하지만……"
오마아에게는 의문이 있다. 쇼구로가 태수 도키 요리아키의 무능을 기회 삼아 그 권위를 내세우고 온갖 횡포를 저지르고 있지만, 미노의 토박이 무사들이 얌전히 보고만 있느냐 하는 것이었다.
"미노란 강성한 나라로서, 미노 패하면 천하게 알려진 강한 무사들이 있다고 하잖아요. 사이토 가문을 이으셨다고 하는 일에 대해서도 그분들이 얌전하게 가만히 있다는 게 이상하기만 해요."
"잘 보았어."
쇼구로는 머리맡의 술병을 끌어당겼다. 잔에 많은 술을 따르고 떡갈나무 잎에 담은 된장을 왼손 새끼손가락으로 찍어 핥고 나서, 오른손으로 잔을 들어 입술에 대고 쭉 마셨다.

"귀국하면 큰 싸움이 있지" 하고 이 '살모사'는 태연스럽게 말했다. 눈은 반쯤 감고 있다. 싸움의 작전을 문득 생각하는 눈치다.

미노에선 쇼구로의 적이 은밀히 전비를 갖추고 있었다. 그 쇼구로 반대파 진용은,

국주 요리아키의 세 동생――이비 고로·와시즈 로쿠로·도키 하치로(土岐八郎). 그리고 사이토 일족의 하나인 사이토 히코구로(齋藤彦九郎) 등이고, 그들이 동원할 수 있는 토박이 무사는 미노 8천 기의 촌락 귀족들 가운데 3백 기는 틀림없고, 그 동원 병력은 1기에 무사 다섯 명씩 보아 천 5백 명은 되리라.

쇼구로는 자기 부하, 요리아키의 명령에 고분고분한 무사를 포함해서 대략 5천 기 1만 5천 명은 틀림없다. 나머지는 중립파가 되리라. 그리하여 쇼구로 반대파는 북쪽 이웃 나라인 에치젠(越前)의 왕이라고 할 아사쿠라 다카카게(朝倉孝景), 서쪽 이웃나라인 오오미(近江)의 록카쿠 사다요리(六角定賴) 등에게 은밀히 연락을 하여

――살모사가 미노를 가로채려고 하고 있습니다. 부디 우리 미노에 출병하여 우리들과 함께 그 자를 쳐 주십시오, 하고 요청했다. 아사쿠라·록카쿠 양씨 모두

"딱한 노릇이군요" 하고 선뜻 응낙한 것도 무리는 아니다. 여차하면 이 내분을 틈타 미노에 난입하여 영지를 나누어 가지려고 했다.

에치젠 아사쿠라, 오오미 록카쿠는 그들끼리 협의했다. 즉각 미노를 나누어 차지할 수는 없다고 하더라도, 미노의 쇼구로를 쓰러뜨린다는 건 큰 의의가 있었다. 그들은 쇼구로에 의해 미노의 태세가 일변하고 나라가 부강하고 병이 강력해지는 걸 겁내고 있었다. 이웃나라의 부강만큼 그 나라에 있어 불행한 일은 없다.

미노를 거쳐 에치젠과 오오미에 오는 떠돌이 중이나 행인들 중에는 쇼구로에 대해서, 벼락 출세를 한 사람이긴 하지만 백 명에 한 사람 나올까 말까 한 영웅이라고 칭찬하는 자도 있었다. 미노의 내분을 틈타 출병하여 타도할 필요가 있었다. 몇 번인가 작전 회의가 거듭되었다. 그 정보는 쇼구로 편에도 들어온다.

쇼구로는 사이토 히데타쓰가 되고 나서 이전의 가루미 성(輕海城)·가노 성 이외에도 이나바 산성·벳부 성(別府城)을 소유하고 또한 부성인 가와테 성을 맡고 있을 뿐 아니라, 요리아키가 있는 오오가 성에도 문안차 들르곤 하므로, 대관절 어디에 있는지 모른다.

"소재지가 일정치 않은 사나이다. 대체 어느 성에 가장 많이 있는지 알아내야 한다"고 쇼구로 반대파는 정보 수집을 시작하고 있었다.

그 무렵 쇼구로는 교토로 갔고, 교토에서 돌아왔다. 그가 은밀히 교토를 왕복하고 있다는 건 심복인 자라도 몇 사람밖에 모른다. 그 점 평소 거처가 일정치 않으니만큼, 한군데에서 없어지더라도

"그럼 그 성일까?"

부하조차 그렇게 여기고 만다. 몇 군데의 성주를 겸하고 있으면서도 연기 같은 사나이였다.

쇼구로는 내심 준험한 이나바 산(긴카 산성,)을 대대적으로 수리하여 이걸 근거지로 삼고 싶다 생각하고 있었으나, 이 무렵 얼마 동안은 시기가 아니라 보고 보류하고 있었다. 교토에서 미노로 돌아오자, 우선 한 일은

"벳부 성을 본성(本城)으로 삼겠다"고 하는 것이었다. 물론 진심은 아니고 국내의 적을 기만하는 수단이었다. 그 때문에 한편이라도 속이고, 특히 오미 부인이나 미요시노라도 속여, 그녀들을 벳부 성에 살게 하였다.

이것에는 아카베조차 놀라

"바른 정신입니까?" 하고 말했다.

벳부 성은 지금의 호쓰미초(穗積町 : 기후 시에서 서남으로 2길로)에 있던 성으로, 해자를 파고 흙을 긁어 올려 흙벽을 쌓고 한 겹 둘렸을 뿐인 보잘것없는 성채로 전투엔 도무지 쓸모가 없었다. 게다가 허허벌판인 미노 평야 한가운데 있고, 산성이 아닌 만큼 대군에 포위되면 반나절 만에 함락되고 말리라. 적이 포위하기 쉽다.

"달걀 같은 성이죠, 적에 의해 깨지기를 기다릴 속셈이십니까?"

아카베는 반대를 하고

"부디 산성인 이나바 성을 본성으로 삼으십시오" 하고 말했다.

"바보 같으니——"

쇼구로는 웃고 있다.

그의 작전 계획으로선 벳부 성을 미끼로 되도록 많은 적군을 붙들어 매어

두고, 질펀한 들판에서 대결전을 벌여 국내외의 적을 단숨에 섬멸시키는 일이었다.

'좋은 기회'라고 생각하고 있다. 우선 모병을 하지 않으면 안 되었다. 곧 오오가 성의 요리아키한테로 가서

"이비 고로 님·와시즈 로쿠로 님·사이토 히코구로 님의 모반입니다." 라고 그들의 계획을 고해 바쳤다. 요리아키는 놀라서 새파랗게 질려

"어떻게 하지?" 하고 말할 뿐, 대책이 떠오르지 않았다. 머리를 쓰는 일은 쇼구로에게 일임한다는 태도였다.

"미노 일국의 뜻있는 무리들에게 은밀히 군령을 내리도록 하십시오."

다음은 막상 소집시 그들이 미노 평야의 마을들로부터 되도록 단시간 내에 달려올 수 있도록, 국내 스무 곳에 봉화를 준비했다. 그 같은 준비를 끝내자, 쇼구로는 이제 적을 기다릴 뿐인 상태로 벳부 성으로 들어가 그 성으로 매일 근처의 토박이 무사들을 불러선 질탕하게 술잔치를 베풀었다.

"사이토 히데타쓰는 벳부 성에 있다"고 하는 걸 내외에 알려 두기 위해서였다. 쇼구로 자신이 성과 더불어 미끼가 된 셈이었다.

이해 9월.

쇼구로는 교토에서 연가사(連歌師)를 벳부로 부르기로 하고, 이미 두 달 전부터 국내에도 소문을 퍼뜨리고

"그날 글을 잘 하시는 무사들은 모이시라" 하고 권유했다. 이 말은 당연히 이비 고로·와시즈 로쿠로 등의 귀에도 들어갔다.

'옳거니, 그날은 그 놈이 반드시 벳부성에 있을 거다' 하고 보고, 에치젠과 오오미에 각각 밀사를 보내어 출병 준비를 시켰다.

9월로 들어섰다. 연가 모임은 열흘날이다. 쇼구로는 그날을 기다렸다. 이윽고 날이 가까워짐에 따라 에치젠·오오미에 병력이 움직이고 있다는 첩보가 들어왔고, 곧 이어 9일 에치젠 군은 혹코쿠 가도(北國街道)를 남하, 두 길이 합치는 미노 세키가와라(關ヶ原)에 집결했다.

쇼구로는 그 소식을 듣고서도 벳부 성 안에서 유유히 바둑을 두고 있었다.

척후병의 보고는 연신 들어오건만 쇼구로는 동요치 않으며

"무언가 잘못일 테지" 하고 뻗대었으며, 아무런 전투 준비도 하지 않고 오히려

"고로 님·로쿠로 님이 아무리 정치에 불만이 계시다고는 하나 설마 딴 나

라의 병력을 끌어들일 불충은 하시지 않을 거다"라고 큰 소리로 말하여, 성 안에 잠입해 들어 와 있는 첩자 귀에 들어가도록 했다. 자연히 이러한 쇼구로의 언동은 적군에 샅샅이 알려지고

——정말이지 멍텅구리로구나, 방심을 하여 농성 준비조차 하질 않나 보지, 하고 고로나 로쿠로 등을 기쁘게 만들었다. 드디어 연가 모임이 있는 그날, 쇼구로는 혼자 성 안을 뛰어다니며 그 준비를 지시하고 있었으나, 시작할 직전이 되어 모습을 감추고 말았다. 성 밖으로 나갔다.

삼베 저고리의 농부 차림으로 동남으로 달려서 이나바 산성으로 들어가 투구를 쓰고 갑옷을 입혔다. 그러나 아직도 봉화를 울리지 않는다. 이윽고 미노·에치젠·오오미의 연합군 2만이 세키가와라에서 이동하여 벳부 성을 에 워쌌을 때, 비로소 봉화를 올렸다. 곧 봉화의 연락은 미노 평야를 달려, 곳곳에서 무사·병졸이 달려 나오고 예정대로 긴카 산 기슭에 집결했다.

쇼구로는 마상(馬上).

그 집결군 속을 누비며 지시를 내리고, 병력이 증가할 적마다 포위선을 뻗쳐 마침내 벳부 성을 에워싸고 있는 연합군을 조용히, 그것도 재빠르게 역포위하고 말았다.

살려줌의 뜻

때로는 역사가 영웅을 요구할 때가 있다.

때로는 할 수밖에 없다. 왜냐하면 영웅호걸이라고 하는 별난 인물은 안정된 사회가 필요로 하지 않기 때문이다. 오히려 안정된 질서 속에선 백년에 하나쯤 나타날 이상아(異常兒)는 독약일 수밖에 없다. 그러나 질서는 항상 낡아진다.

질서가 낡아지고 멸망하여 예부터의 지배 조직이 담당 능력을 상실했을 때, 그 독약이 구세의 약으로 등장한다.

쇼구로는 그런 독약으로 미노 18군에 두각을 나타내고 있었다. 이때 미노는 해마다 거듭되는 나가라 강의 범람과 냉해·충해 등으로 흉년이 계속되고 춘궁기에는 토박이 무사들마저 먹기에 어려울 정도였다. 그리고 이웃나라인 오와리·오미의 군사가 쉴새없이 국경 지방을 침략하고 농촌을 약탈하여 추수 직전의 곡식을 거두어 자기 영지로 가져간다.

"내가 미노를 구해 주겠다"고 쇼구로는 늘 말하고 있다. 그 목소리는 농

촌에 침투되어 갔다. 농촌, 특히 쇼구로의 영지에선 그를 신처럼 우러러 보았고, 누구라도

　——사이토 님

이라곤 부르지 않는다. 그가 한때 머리를 깎았을 때 쓴 이름을 즐겨 "도산 님"이라고 부르고 있다. 무언가 그 편이 구세주에 어울리는, 약간 수수께끼 같은 울림을 갖고 있기 때문이었으리라.

쇼구로가 농민으로부터 존경을 받았던 것은 무리도 아니다. 예의 나가라 강 대홍수 때도 쇼구로는 자기의 영지 가운데 피해를 입은 농촌 다섯 마을에 대해선 연공미를 한 톨도 받지 않았다. 농민들은 소생한 느낌이 들었다. 이 소문은 미노 일국의 농민에게 퍼지고 다른 토박이 무사의 지배 농민들도

"도산 님 아래서 농사를 지었으면……" 하고 수군거렸다.

나가라 강 홍수 이듬해는 냉해가 겹쳤기 때문에, 쇼구로는 이 해에 한해서 오공오민(五公五民)의 연공미 비율을 겨우 이공 팔민(二公八民)으로까지 내려 주었다. 수확고 가운데 2할만을 쇼구로가 차지하는 것이다. 이걸로썬 성 공사도 못할 뿐 아니라 군비도 되지 않았다. 무사를 먹여 살릴 수도 없고 무기를 준비할 수도 없어 '공(公)'인 쇼구로 쪽이 굶어죽을 것 같은 싼 세금이었다.

"그 대신" 하고 그때 쇼구로는 농민에게 조건을 제시했다.

"기름은 교토의 야마자키야 것을 사라" 하고 쇼구로는 빈틈이 없었다. 그것뿐이 아니다. 군역 인원 부족을 보충하기 위해 '무족인(無足人)'이란 걸 만들었다. 발이 없다, 즉 급료가 없는 공짜로 일하는 군사를 말한다. 평소에는 농촌에서 일하고, 성에서 출전의 고동이 울리면 괭이와 삽을 버리고 성으로 몰려와 졸개로서 일하는 것이었다.

"도산 님을 위해서라면……" 하며 영지의 젊은이들은 앞을 다투어 지원했다.

쇼구로가 이비 고로·와시즈 로쿠로 등의 군을 포위했을 때는, 이런 졸개를 풍부히 동원했다.

그건 그렇고——

쇼구로가 고로·로쿠로의 군을 포위하고, 그 포위진을 완성한 것은 새벽녘이었다.

쇼구로는 각 진지를 말로 돌아다니며 격려하고, 또 몸소 적 앞까지 접근하

여 적을 정찰하면서

'섬멸할까, 어쩔까?)를 결정짓지 못하고 있었다.

이 싸움터에서 뿌리째 뽑아 버리는 것도 한 가지 계책이었다. 왜냐하면 적은 미노의 옛 지배 계급을 대표하는 완고한 패들로, 타도 쇼구로의 깃발 아래 연합군을 조직하고 있기 때문이었다. 이 기회에 그들의 목숨을 끊어 버리면 나중 일이 하기 쉽다.

쇼구로 반대파는 단지 타국인인 쇼구로가 몇 가지 비상수단을 갖고서 이례적인 출세를 하고 있음을 시기하든가 미워하든가 하고 있을 뿐이 아니다. 쇼구로가 미노의 옛 질서를 때려 부수는 자라는 것이 견딜 수 없었다. 우선 인재의 등용이었다. 쇼구로는 문벌을 생각지 않고, 농민들 중에서라도 유능한 사나이를 발견하면 곧 무사급으로 발탁했다.

구세력으로 볼 때에 이러한 질서파괴 행위는 용납할 수 없다. 미노 및 일본의 중세사회는 혈통이야말로 존귀한 것이었다. 지배계급의 핏줄을 이은 자가 지배계급이 된다. 그럼으로써 질서는 유지될 수 있는 것이다.

그러나 쇼구로는 태수 도키 요리아키의 직할영지와 태수대리인 자기 영지에 한해선 이것을 철폐해 버렸기 때문에, 미노의 다른 영지에 대한 영향이 심각했다. 다른 영지의 농부들이 동요했던 것이다.

——도산 님 영내에선 재주만 있다면 머슴이라도 등용되어 무사가 된다네.

하고 쇼구로 영내 사람들을 부러워하게끔 되고, 자기들 영주를 미워했다.

쇼구로의 질서파괴는 그것뿐만이 아니다.

"낙시(樂市)."

"낙좌(樂座)."

라는 자유시장을 개설할 준비를 하고 있는 모양이다.

당시는 천하의 어딜 가거나 상업은 일체 허가 영업제였다. 전매제라고 해도 상관없다.

이를테면 쇼구로의 가업인 기름에 대해서는 대야마자키야 하치만 궁이 허가권을 갖고 있었다. 옻이나 초는 이와시미즈 하치만 궁(石淸水八幡宮)이 했다. 솜은 교토 산조(三條)에 면좌(綿座)를 가진 자가 전매제를 폈고, 허리띠(帶, 일본 여자들의 띠는 특히 화려했으므로 이걸 옷보다도 귀중하게 여긴다)도 교토의 띠 도갓집이라 일컫는 전매조합이 가졌고, 삿갓 등은 셋쓰의 시텐노 사(四天王寺)가 갖고 있다 하는 식으로, 만일 멋대로 판매하는 자가 있으면 그 허가권(전매권)을 가진 사찰이나 기타가 사람을 보내거나 스스로 때려 부수는 제재를 가하든가, 장군이나 지방의 태수에게 부탁하여 그 상품을 뺏고 때로는 그 상인마저 죽였다.

'이만큼 불합리한 건 없다.'

고 쇼구로는 기름장수였을 때부터 뼈저리게 느끼고 있었다. 매상의 몇 할인가를 무조건 대야마자키 하치만 궁에 바쳐야만 되었고, 게다가 하치만 궁으로부터 판매구역을 엄격히 제한받고 있어서 그 이외의 곳에선 팔 수가 없었다.

"하다못해 나의 영내만이라도 낙시·낙좌로 만들고 싶다"고 입버릇처럼 말하고 있었다.

타격을 입는 건 여러 물품의 허가권을 가진 사찰 등이다. 이런 구질서인 상업 기구의 지배자들은 그 소문을 듣고서 놀랐고, 미노의 구세력에게 부탁해서 그들을 들고일어나게 했고, 타도 쇼구로의 군사 행동을 일으킨 것이 이번의 전투였다고도 할 수 있었다. 그들 상업 지배자들은 주로 교토·셋쓰·나라의 사찰과 신사로서, 여러 나라의 태수·토호들에 대하여 미묘한 세력을 갖고 있었다.

이번에 이비 고로·와시즈 로쿠로 등이 에치젠·오오미 같은 '외국 세력'을 끌어들인 것도, 이들 사찰 및 신사로부터의 측면적인 지원을 받아서였으리라. 요컨대 쇼구로의 진정한 적은 미노 국내의 반대파 토박이 무사들이 아니고 이미 망령처럼 존재를 상실해가는 중세적 권위라는 것이었다.

오후가 되었다. 쇼구로는 신호인 고동을 불게 하고 서서히 포위진을 좁혀갔다. 그의 기치, 대장기가 강한 서풍에 나부끼고 있다. 기치엔 '파도'가 검게 물들여져 있었다.

'공격할 때는 파도처럼, 물러설 때에는 소리도 없이'라고 하는 쇼구로의 전술사상을 상징한 것이다.

쇼구로 반대파의 연합군 대장 이비 고로는 눈썹이 가늘었다. 남자로선 아까운 눈썹이었다. 눈 위에서 아련하게 반원을 그려 기품 있는 이마를 장식하고 있었다.

"이 눈썹을 밀어 버리고 싶다"고 경솔하게 입을 놀린 일이 있었다.

눈썹을 밀고 잇몸을 검게 물들이고(오하구로라고 함. 쇠조각을 초 따위 속에 담가 산화시키는 물로 잇몸에 바르는 걸로 옛날부터 상류부인이 사용했고 공경들도 사용했다. 에도 시대에는 결혼한 여자라면 모두 잇몸을 검게 물들였음) 입술에 연지를 칠하고 얼굴에 분을 바르면, 그걸로 미노의 태수 얼굴이 되는 것이었다. 대개의 나라 태수들은 교토의 공경(公卿)을 흉내 내어 얼굴을 화장했던 것이다. 그러니까 '눈썹을 밀고 싶다'고 하는 발언은 중대한 의미를 갖고 있었다. 친형인 태수 도키 요리아키를 몰아내고 자기가 그 자리에 앉겠다는 뜻과 마찬가지인 것이었다. 이번의 기병(起兵)에도 그런 속셈이 있다. 우선 쇼구로를 쓰러뜨리고 나서 요리아키를 몰아낸다.

동생인 와시즈 로쿠로가 그걸 돕고 있다. 로쿠로는 보기에도 교활해 보이는 용모를 가진 작은 몸집의 사나이로서, 얕은 꾀가 있다.

——로쿠로, 얕은 꾀가 있을 뿐 졸개로나 써먹을 만하다.

고 일찍부터 쇼구로가 비웃고 있던 사나이다. 졸개의 재치밖에 없는 사나이가 명문에 태어났다고 해서 일군의 대장이 돼 있는 게, 쇼구로로선 분통 터질 노릇이었다.

"동생" 하고 이비 고로는 침착성을 잃고 있었다.

"들도 산도 적으로 넘쳐 있다. 이미 싸움을 하더라도 이길 가망이 없다. 밤까지 버티었다가 이곳을 빠져 나가자."

"무슨 못난이 같은."

동생은 동쪽을 멀리 굽어보았다. 거기에 '파도'의 문장을 물들인 기름장수의 기치가 나부끼고 있었다. 시선을 황급히 옮겨 바로 눈앞의 성을 보았다.

목책 너머에 형식적인 해자가 있고 흙담이 있으며, 그 위에 나무 방패를 늘어놓고 헌 목재를 사용한 망루를 세워 놓았다. 단숨에 짓밟을 수 있을 것 같았다.

"저 성을 짓밟고 성내에 있는 그놈의 처자를 사로잡아 인질로 하고서 대책을 세우면 좋을 거요."

"장군" 하고 그들과 연합하고 있는 사이토 히코구로는 말했다. 나이도 마흔 가깝고 고로나 로쿠로보다도 노련하다.

"우리들은 이 따위 작은 성이 목표가 아닙니다. 목표하는 적은 저 깃발 아래 있지요. 에치젠 오오미의 병을 이 장소에 집결시키고 한 덩어리가 되어 싸운다면 지는 일은 없습니다. 적을 앞에 두고 쓸데없이 주저하면 사기를 떨어뜨릴 뿐이지요."

그리고 말을 이었다.

"적은 다수라고는 하나 거의가 그 자의 영지 농군에게 긴 창을 들렸을 뿐인 허수아비 군사들이죠. 거기에 비한다면 우리 편은 전투에 있어서 노련하고 칼과 활 솜씨도 능란한 정병입니다. 에치젠·오오미의 병력도 있지요. 자, 명령을 내리십시오, 명령을."

그렇다면, 하고 고로와 로쿠로는 결전을 위해 진용을 배치하려고 고동을 불게 하고, 북을 울리게 하고서, 여기 저기 연락장교를 보내는 등 분주스러이 움직이기 시작했다.

한편, 쇼구로.

말을 진두에 세우고 일군을 진정케 하고 있다.

'적이 움직이고 있다.'

병력을 한군데 모을 속셈이로구나, 하고 꿰뚫어 보고 그도 명령을 내렸다. 이미 적이 이렇게 나오리라고 예상하고, 저마다의 대장들에게 진퇴의 신호를 하달해 두었다. 쇼구로는 봉화를 올리게 했다.

쭈욱, 한 가닥의 검은 연기가 하늘로 올랐다. 그와 동시 쇼구로가 만든 포위진은 물거품처럼 사라지고, 순식간에 멀고 가까운 부대들이 모여들어 한 덩어리가 되었다. 모두들 무언·무성(無聲)이었다. 전투의 상투 수단인 고동·북·징은 이 경우 일체 사용하지 않았다. 무언의 진퇴가 도리어 적의 공포 심리에 효과가 크다는 것을 쇼구로는 알고 있었다.

쇼구로의 군사는 예정대로 움직였다. 저마다가 재빠르게 지정된 위치에 임했다. 홀연, 진이 생겼다. 학익(鶴翼)이라고 하는 진형이다. 학이 날개를 펼친 듯한 모습이 되었다. 그의 군단 특색은 첫째로 졸개의 수효가 많다는 점이다. 중세적인 기병 중심의 전법을 포기한 보병(졸개) 중심으로서, 보병이 기병의 유린을 받지 않도록 창은 상식을 벗어날 만큼의 길이로 하여 저마다 세 간 자루를 들게 했다.

그 밖에 '말베기'라는 특수 부대를 두었다. 적의 기마 무사가 돌진해 올 때 25명이 일 대로 '메뚜기'처럼 달려 나간다. 저마다 손에 여섯 자 막대기에 석 자 칼을 단 것을 들고서, 그걸로 적의 말 다리를 후려치는 것이었다.

"함성을 질러라" 하고 쇼구로는 명령을 내렸다.

그 신호인 고동이 울려 퍼지자, 미노 평야의 하늘을 꿰뚫을 것 같은 함성이 일어났다. 함성이 채 끝나기도 전에

"북을 울려라" 하고 명령하자, 북소리가 하나 땅을 울리며 메아리쳤고 이어서 둥둥 울려대자 각 부대는 학익 진형인 채로 전진하기 시작했다.

쇼구로는 중군에 있다. 이윽고 논을 지나고 솔밭을 지나고 갈대가 무성한

들로 나섰다. 적과의 거리는 이미 4, 50간밖에 안 된다. 쇼구로는 금빛도 찬란한 지휘봉을 휘두르고 북을 급히 울리게 했다. 일군의 발걸음은 빨라졌다. 북소리는 더욱 급하게 울린다. 모두들 달리기 시작했다. 선두에서 활 소대가 5개 소대, 동시에 풀을 쓰러뜨리고 화살을 쏘기 시작했다. 적의 앞줄을 무너뜨리기 위해서였다. 적에게서도 숱하게 화살이 날아왔다.

북소리는 더욱 더 빨라졌다. 동시에 쇼구로의 진에서 30기, 50기씩 기마 무사가 달려 나갔다. 그 뒤를 이어 장창 소대인 졸개 부대가 으와, 하고 돌격했다. 적에게서도 100기, 200기 하는 식으로 무서운 힘으로 돌격해 온다.

충돌했다. 쇼구로는 더욱 기마 부대를 내보내고 장창 부대를 돌격시키고 활 부대를 움직여 적의 측면을 쏘게 하는 등, 자유자재로 지휘했다. 하나 적은 천하에 알려진 미노 패로서 아군 또한 미노 패라고는 하나 전쟁에 미숙한 농부가 많았다.

적의 일단은 13단까지 진형을 갖춘 쇼구로의 진을 7단까지 뚫고 돌격해 왔다.

"말 베기!" 하고 명했다.

말 베기 소대가 숱하게 달려 나와 말발굽 밑을 교묘하게 빠져나가면서 말의 다리를 후렸다. 말에서 떨어지는 적 무사를 재빨리 다른 부대가 포위하고 목을 벤다. 그때 쇼구로는 고동을 세 번, 하늘을 향해 불도록 했다. 그 신호는 적의 등 뒤인 벳부 성에도 들렸고, 아카베의 지휘 아래 성병이 책문을 열고 와락 쳐나왔다.

적의 등 뒤를 찔렀다.

"여봐라, 적이 무너진다. 앞으로 나가랏" 하고 쇼구로는 몸소 창을 잡고 말을 몰아 중군에서 전군(前軍)으로 나가 적중으로 돌입했다. 적은 우르르 무너졌다. 무너지기 시작하자 '외국병'이 섞여 있으니만큼 빠르다. 에치젠·오오미 병은 보람도 없는 싸움터에서 목숨을 잃는 걸 겁내고, 혹코쿠 가도를 향해서 달아나기 시작했다.

"뒤쫓지 말라, 달아나도록 버려둬라" 하고 말하면서 싸움터에 남은 미노 병의 일단을 불길처럼 공격했다.

'미노 일국에 내가 무섭다는 걸 톡톡히 맛보여 주어야 한다.'

그러자면 이 싸움터만큼 알맞은 선전의 기회는 없다. 적인 미노 패는 잘 싸웠다. 그러나 뭐니뭐니해도 그들 역시 토박이 무사의 연합체에 불과하고 승부가 분명치 않은 고비까지는 아수라처럼 용감하게 싸우지만, 일단 '졌다'고 알면, 재빨리 곳곳의 자기 영지로 달아나는 것이 버릇이었다. 적은 하나 둘 달아나고 이윽고 싸움터를 달리는 수효도 드문드문해졌다.

쇼구로는 이때다! 하고 생각했으리라. 말 배를 차더니 단신으로 적의 본진을 향해 달려갔다.

덤벼드는 적 무사를 거들떠보지도 않는다. 달렸다. 작은 물웅덩이를 뛰어넘고 풀을 짓밟고 곧장 달려서 마침내 깃발이 숲처럼 꽂혀 있는 적 본진으로 돌입, 걸상에서 일어서려고 하는 이비 고로를 향해 달려가

"애송이, 잘도 만났다"고 긴 말채찍을 들어 철썩 하고 그 화장한 목을 힘껏 때렸다.

으악, 하고 쓰러지는 것을 버려두고 다시 고삐를 당겨 말을 후퇴시키더니, 돌아보기 무섭게 배후의 와시즈 로쿠로의 얼굴을 '철썩' 하고 채찍끝으로 후려쳤다.

코피가 터지고, 그 피에 놀라서 로쿠로는 땅바닥에 푹 고꾸라졌다. 측근무사들이 놀라 떠들고 창을 거머쥐고서 쇼구로에게 덤벼들려고 했을 때에는 이미 쇼구로는 목책을 뛰어넘어

"목숨은 살려 주겠다. 적국인 에치젠·오오미에 내통하고 그 군사를 나라 안에 끌어들인 죄는 크지만, 태수님의 아우님인 까닭으로 목을 베지는 않겠다. 그러나" 하고 쇼구로는 목책 밖에서 말발굽 소리도 드높게 말을 빙빙 돌리며

"무사라면 좀 더 무예를 닦도록 하시라."

말을 끝내자 몸을 납작 엎드리고 쏜살같이 달려가 버렸다.

쇼구로는 미노 태수의 두 동생을 죽이는 것이 나라 안의 감정적 여론을 생각해서 재미없다고 생각했으리라. 그러기에 목숨을 걸고서 적진에 돌입하여 그 살아있는 목에 창피를 주었다. 이리하여 이비 고로·와시즈 로쿠로는 두고두고

——그렇게 창피를 당하고서도 뻔뻔스럽게 살아 있다니 무사될 자격이 없지, 하고 미노 일국에서의 인기가 뚝 떨어졌다.

나의 성

1539년 3월, 쇼구로는 이나바 산성의 설계를 시작했다. 설계를 하자면 실

지 답사를 하지 않으면 안 된다. 매일, 이 미노 평야에 우뚝 솟아 있는 준험(峻險)에 올라 산중을 돌아다녔고 필요한 건 자세히 기록했다.

언제나 발가숭이다. 팔과 다리에 행전 비슷한 헝겊을 두르고 훈도시 하나. 그 차림으로 수목이 울창한 숲 속을 나는 듯이 달렸고, 때로는 골짜기로 뛰어 내려가고 때로는 암벽을 기어올랐다.

이 산에서 사는 나무꾼들 사이에서

"요즘 덴구(天狗 : 상상의 괴물, 코가 크고 공중을 날아다닌다고 함)가 날아와 살고 있다"고 하는 소문이 났을 정도였다. 사실 말이지 쇼구로는 미노에 나타난 한 마리의 덴구인 것만은 틀림없다.

이윽고 답사가 끝나자 설계도를 그리기 시작했다. 착수하고 보니 몹시 즐거웠다.

'나에게는 뜻밖의 재주가 있구나!'

하고 자기 자신 놀라리만큼 희한한 생각이 차례차례로 떠오른다. 인생에서 자기의 재능을 발견하는 것만큼 기쁜 것도 드물다.

등산로는 두 길밖에 만들지 않는다. 정상의 낡은 성채를 때려 부수고 3층의 본성을 쌓는다. 봉우리마다 외성을 쌓아 사각을 없애고 그것들과는 능선의 길로 연결하며, 골짜기는 벼랑인 채로 남겨둔다. 날이 지남에 따라 구상은 더욱 더 부풀어 오르고 설계도가 몇 장이나 그려졌다.

"아카베, 보라" 하고 산천에 색칠을 한 그림 도면을 보여 주었더니, 아카베는 놀라움에 숨을 들이마셨다. 이 사나이는 산요 도(山陽道)·기나이(畿內)·미노·오와리·미가와의 성이라면 대개 보아서 알고 있었다. 그런 그가 놀랐던 것이다.

"이것이 성입니까?"

"무엇으로 보이나?"

"핫핫핫, 꿈속의 그림처럼 보입죠. 중국의 그림 같기도 하군요."

"딴은."

그 이유 중의 하나로 당시의 성은 거의 초가지붕이었는데, 이 도면의 성은 본성도 망루도 외성도 모두 은빛으로 구운 기와를 쓰고 있기 때문이리라. 게다가 본성과 외성·성채 따위가 저마다 고립되지 않고 장소에 따라서는 벽을 가진 연락로에 의해 연결되었고, 장소에 따라선 또 거목을 엮은 목책으로써 연결되어 마치 산 그 자체가 하나의 성으로 변모돼 있다.

"이런 성은 처음 보는군요."

"나도 마찬가지야."

쇼구로는 쓴웃음을 지었다.

"주군의 꿈이 아닐까요?"

"맞았어. 그러나 꿈도 꿀 수 없는 놈이라면 아무 짝에도 못쓰지. 지금 당장 실현은 않더라도 차츰 만들어 가겠다."

"어쨌든."

아카베는 숨을 들이마셨다.

"천하제일의 거성이겠군요."

아카베의 탄성은 결코 과장이 아니다. 당시의 성이라고 하면 국주의 거성(居城)이라도 거관(居館)이라고 하는 게 사실 더 정확했다. 보통 석축도 없고 해자를 판 흙을 긁어 올린 흙벽과 목책 정도의 설비가 겨우 외적을 막고 있는데 불과하며, 건물도 대부분은 단층집이었다.

쇼구로가 산 위에 설계한 본성은 누(樓) 또는 각(閣)이라고 부를 건물인 것이다. 그것만 하더라도 천하의 이목을 놀라게 할 만하다.

"그러나 이걸 쌓을 재력이 있을까요?"

"어떻게 되겠지."

"그렇지만?"

아카베는 고개를 갸우뚱했다.

"앗핫핫핫! 걱정 말라."

쇼구로에게는 성산(成算)이 있었다. 어쨌든 대요새를 만드는 일이 선결문제다. 쇼구로는 미노 태수대리 사이토 히데타쓰가 되었다곤 하지만, 이를테면 도키 가문의 가로에 지나지 않고 국내적으로 미노 무사단의 한낱 대표에 지나지 않는다.

그 한낱 무사가 태수도 가져보지 못하는 거성을 만들겠다는 것이었다. 당연히——

'분수를 모르는 건방진 놈!' 이란 악평을 들을 테지만, 그런 뒷전에서 쑥덕거리는 소리란 할 테면 하라는 게 이 사나이의 배짱이었다. 만들고 나면 이쪽의 것이었다. 거성을 배경으로 한다면, 나라 안에 대한 발언권은 지금까지와는 비교도 안되리만큼 큰 것이 되리라.

——요는 힘이야.

늘 그렇게 생각하고 있다. 쇼구로는 철두철미 힘의 신자였다.
'그러나'
곤란한 일이 있다. 이 설계를 해낼 만한 기술자가 있을지 어떨지.
"아카베, 목수가 마땅치 않은 걸."
"그것 보십시오. 그러니까 저는 꿈이라고 말씀드리는 거죠."
"어리석은 자에게 있어선 늘 꿈이지, 위대한 설계라는 건."
"그럼, 이 아카베는 바보 천치겠군요."
"거울을 보고 생각해 봐. 코가 붉고 입술이 축 늘어져 있다. 똑똑한 자의 낯짝이라고 생각되느냐?"
"정말 너무하십니다, 주군은."

아카베는 울상이 되었다. 이 사나이도 지금은 사이토 가문의 중신으로서, 가신들의 우두머리 격이다. 아무튼 쇼구로는 목수를 수소문했다. 때마침 미미지가 좋은 소문을 듣고 알려왔다.

"이웃 나라인 오와리에 있습니다요"라고 하는 것이었다.

오와리 아쓰타 대신궁(熱田大神宮)의 신궁 목수로서 오카베 마타에몬(岡部又右衛門)이라는 인물이다. 아직 젊지만 신궁과 사찰 따위의 건축에 있어선 천재적이라고 한다.

"그런 평판이더냐?"
"그러나 곤란하지 않을까요. 이웃 나라인 오와리 사람이기 때문에, 먼 나라면 또 모르지만 사이가 나쁜 이 미노에는 올 수가 없을 겁니다. 만일 미노에서 성을 쌓는다 하는 따위의 일이 알려지면 오다 노부히데 님에게 맞아 죽을 것입니다. 살해는 되지 않더라도 명령을 받고 새 성의 비밀을 오다 씨에게 내통한다면, 모든 것이 헛탕이니까요."
"미미지, 성에 비밀 따위는 없어. 그건 공연한 소리야. 명장이 지키면 흙을 긁어 올렸을 뿐인 한 겹의 성채도 명성이 되고, 어리석은 무장이 지키면 금성탕지(金城湯池)도 하루에 함락된다. 성이란 그런 거야. 성이 싸우는 게 아니야 사람이 싸우는 거지."
"그럼 왜 성을 쌓으십니까?"
"바보들에 대한 공갈이지."
"그렇습니까?"

그 이상은 미미지로선 모른다. 어쨌든 오와리의 오카베 마타에몬이 와 줄 것인지 어떤지.

'사자를 보내 보았자 거절을 당할 뿐일 테지.'

이렇게 생각하고 쇼구로는 단신 기름장수로 변장하여 오와리로 가 보기로 했다. 이 사나이의 민첩한 행동은 예나 지금이나 변함이 없었다.

쇼구로는 밤중에 몰래 가노 성을 빠져나와 미노의 국경인 기소 강을 건너 오와리로 들어갔다. 기름때가 묻은 검은 두건에 감빛 삼베옷, 아랫도리는 바지자락을 새끼로 졸라맨 차림으로 목도 양 끝에 두 통의 기름을 매달고 익숙한 솜씨로 마을들을 다닌다.

"기름 사려! 대야마자키야의 기름이요."

외치면서 변뜩이는 눈이 마을들 모양이며 도로의 상태 등을 기억 속에 새겨 두려고 한다. 장차 이 나라에 쳐들어 올 때에는, 반드시 도움이 되리라.

숙박을 거듭하여 아쓰타(熱田)로 들어섰다. 딴은 이세·이즈모(出雲)에 버금가는 대신궁이니 만큼 경내가 엄청나게도 크다. 그러나 경내 숲에 발을 들여놓고 보니까 조그만 사당이나 신사의 대부분이 썩어서 무너진 채였고, 여러 문이나 신전의 지붕에 풀이 무성하여 극도로 재정난에 빠져 있음을 알았다. 이 신궁을 지탱하고 있던 신궁 영지가 각 곳 토호들에게 약탈당하여 수리할 비용도 없어서이리라.

쇼구로는 춘고문(春敲門)으로 들어가 숲 사이를 누비면서 하마(下馬)문에 이르렀고, 미타라시 강(御手洗江)에 걸려 있는 하마교(下馬橋)를 건넜다.

건너자 열 채 가량 숙소가 추녀를 잇대고 있었다. 그 끝머리에 신궁의 벼슬아치 거처라고 짐작되는 건물인 저택이 있고, 그곳이 오카베 마타에몬의 집임을 알았다. 문이 열려 있다. 들어갔더니 해묵은 초가지붕인 평옥(平屋)이 있고, 그 옆은 처마 맡이 돼 있었다. 아직 젊은 사나이가 괭이를 들고 있었다. 이쪽을 본다. 몹시 영리한 눈을 갖고 있었다. 쇼구로는 흘깃 보아 그 사나이가 오카베임을 알았다.

의복도 보잘 것 없었다. 신궁의 궁색과 더불어 목수도 일이 없어 잔뜩 쪼들리고 있으리라.

"오카베 마타에몬 씨입니까?" 하고 쇼구로는 친근한 미소를 띠며 다가갔다.

"그렇소만——" 하고 오카베도 미소를 지었다.

쇼구로의 호감을 주는 미소에 이끌렸는지 아니면 때묻지 않은 장인(匠人) 기질이 그렇게 만들었는지, 오카베는 처음부터 경계심을 갖지 않고 있다.

"소인은 야마시로(山城) 나라 대야마자키의 신인(神人)이지요."

말투야 공손하지만, 별로 고개도 꾸벅거리지 않고 밭두렁에 천천히 앉았다. 자세히 살피면 예사 기름장수가 아닌 것을 알 텐데, 오카베는 덤덤한 태도다.

"기름이요, 필요 없는데…… 보다시피 살림이 넉넉지 않소. 기름 따위 살 처지도 못되고, 해가 지면 허둥지둥 자고 해가 뜨면 또 일어나는 생활이니까."

쇼구로는 싱글벙글 웃으며 고개를 저었다.

"그 기름을 거저 드리고자 왔죠. 저 통에 들어 있는 건 팔다 남은 찌꺼기입니다만, 그래도 한 달가량의 밤은 밝혀 줄 거요. 모두 드리겠습니다."

"허, 고맙군. 거저 주겠소?"

어지간히 기뻤던 모양으로 통 곁으로 달려가서 뚜껑을 열어보고

"좋은 기름이다. 얼굴이 거울처럼 비친다"고 어린아이처럼 환성을 질렀다. 그런 오카베의 순진성이 쇼구로도 마음에 들었다. 아마 일을 손에 잡으면 어린아이처럼 열중하는 성미이리라.

"부인은 안 계시나요?"

"달아났어. 내가 여행을 떠나면 몇 달이고 돌아오지 않는단 말이야. 집에는 양식도 없지. 그렇다면 어떤 여자라도 달아나지, 하고 남들이 말하더군."

"여행을 하시다니요?"

"교토나 나라의 건물을 보고 다니는 거요. 그것만이 나 같은 사람의 눈요기가 되지."

"그러시다면."

쇼구로는 품 안에서 자기가 그린 예의 그림 도면을 꺼내어, 발 위에 펼쳤다.

"그게, 뭐요?" 하고 오카베는 다가와서 들여다보았다. 들여다보는 사이, 눈에 광채가 깃들여 왔다. 숨을 죽이고 몸을 꼼짝도 않는다. 이윽고 눈을 들어 쇼구로의 얼굴을 뚫어져라고 응시했다.

"이건 중국의 산성이오? 어디서 손에 넣으셨소? 참말이지 훌륭하오. 중

국은 중국이라도 어딘가의 산일 테지. 날개가 있다면 날아가서 이 눈으로 보고 싶구나."

"날아가지 않더라도 볼 수가 있지요."

"뭣이, 어디 있소?"

"아무데도 없지요, 지금부터 만들 것이오. 그것도 당신과 내 손으로 말이오."

"어디다 만들지?" 하고 오카베는 가늘게 뜬 눈을 허공으로 보냈다. 꿈을 꾸고 있다. 현실의, 눈앞의 사나이가 어떤 자일까 하는 의심보다도 오카베는 도면에 충격을 받고 한없는 꿈의 세계에서 노닐고 있었다.

"이웃나라인 미노요. 이노구치(井ノ口 : 기후의 옛 이름)의 이나바 산에 만들겠다는 거요."

"음?"

오카베는 자기의 콧등을 손가락으로 탁 튕겼다. 식초라도 마신 듯한 이상한 얼굴이 되었다. 겨우 현실로 되돌아온 모양이다.

"기름장수, 당신은 누구요? 이름도 묻지 않았소."

"오카베 마타에몬."

쇼구로는 오카베의 어깨를 토닥거렸다.

"당신에게 기대를 걸고 머나먼 국경을 넘어 왔소. 이 오와리에서 내 신분이 탄로나면 목숨이 100개 있더라도 모자라오. 이를테면 목숨을 걸고 찾아온 거요. 당신의 솜씨에 반했기 때문이지. 이 마음을 몰라준다면, 이름을 밝히지 않겠소. 즉각 이 그림을 둘둘 말아 갖고 이름도 없는 기름장수로 돌아가 버리겠소. 어떻소……?"

"잠깐, 기다리시오" 하고 오카베는 두 손바닥으로 도면을 눌렀다.

"기소 강을 건너 온 심정, 알아주겠소?"

"알다 뿐이오."

코를 쓰다듬는다. 표정이 또 꿈속의 사람이 되었다. 이상한 사나이다.

"나도 장인이야. 좋은 일거리만이 나의 상대지 공사 청탁자는 누구든 상관없소. 지옥의 염라대왕이 염라당을 지어 달라고 찾아와도 나는 지어 주겠소."

"그래야만 장인이오."

쇼구로는 허리춤의 표주박을 풀었다. 술이 들어 있다.

"마시겠소?"

"좋아하지. 하나 해가 넘어가려 하고 있어. 저기 저 초라한 집에 들어가, 임자가 준 기름으로 불을 켜고 어둠을 모두 쫓아내고서 술을 나눕시다" 하고 오카베가 신바람이 나서 일어선 것은, 이 기름장수가 누구이든 간에 자기와 비슷한 것을 쇼구로 속에서 발견했기 때문이리라.

"좋은 친구를 얻었소" 하고 발바닥의 흙을 털고서 툇마루에 올라서더니, 쇼구로를 청해 들이기 위해 널빤지 문을 열었다.

이윽고 술을 마시기 시작했다. 두 사람의 무릎 앞에 뒹굴고 있는 술안주란, 쇼구로가 미리 준비한 다른 물고기다. 향긋하게 구워져 있다.

"여보, 신인. 그러나 임자는 어디로 보나 기름장수인 신인이로군."

"그야 당연하지. 이래 뵈어도 옛날엔 기름을 팔며 각지를 돌아다녔으니까."

"앗, 그러면?" 하고 오카베는 몸을 내밀었다. 아무리 이 사나이가 세상 모르는 자라도 이웃나라 미노의 태수 대리님이 옛날엔 기름장수였다고 하는 이야기는 얻어 듣고 있었다.

"그러나……설마" 하고 오카베는 쇼구로의 얼굴을 빤히 보았다.

"그렇게 쏘아보지 말아."

쇼구로는 드물게 수줍어했다. 상대의 눈이 너무나도 노골적으로 호기심에 넘쳐 있었기 때문이다.

"설마?"

"맞았어. 바로 그 설마하는 인간이야. 사이토 히데타쓰라고 한다. 얼굴을 알아두기 바란다."

"이, 이건 실례가 많았습니다" 하고 오카베가 자세를 바로하려는 것을 쇼구로는 제지했다.

"임자는 천하의 오카베 마타에몬이 아닌가. 고작 일국의 태수 대리가 왔다고 해서 자세를 바로잡을 필요는 없어. 나는 일대로 죽지만 임자의 일은 백대에 남는다. 어느 쪽이 위인가?"

"사, 사이토 님" 하고 오카베는 이 한마디에 감동한 모양이었다. 무리도 아니다. 누가 지금까지 이 무명의 젊은 장인에게 '천하의 오카베 마타에몬'이라고 불러 주었던가.

"기, 기름장수님. 나는 지금까지 아무런 보람도 없이 살아왔습니다. 그런데 이제 귀공께서 나 한 사람을 목표로 목숨을 걸고 오와리까지 오셨고, 그것도 천하의……오카베라고 말씀해 주셨습니다. 이미 그것만으로라도 목숨은 필요 없습니다. 이 도면은 귀공의 성입니까? 아니, 물으나마나 그럴 것입니다. 나는 이 밤으로 오와리를 도망쳐 미노로 가도 좋습니다. 내 재주껏 도와 드리겠습니다."

"고맙네" 하고 쇼구로는 그림에 등잔불을 가까이 가져가

"부족한 곳은 없나?" 하고 물었다.

"있습니다."

오카베는 산마루의 서북 산기슭으로 내민 고지를 손가락으로 가리켰다. 거기에 미노에선 손꼽는 고찰로 치는 이나바 신을 모신 사당이 있다.

"이것은 눈에 거슬립니다" 하고 오카베는 말했다.

"아, 딴은. 북쪽에 성문을 마련한다고 하면 눈에 거슬리기도 하고, 장애도 되리라. 그렇다면 곧 옮기지."

남이 들으면 신위(神威)의 무서움도 모른다고 몸을 떨 대화이지만, 두 사람은 성 축성 설계에 몰두하여 그런 것도 안중에 없는 모양이었다. 하긴 신불 따위는 인간의 소심한 구석으로 끼어드는 것이다. 이 두 미치광이 앞에서 신이 오히려 머리를 내두르고 피할지도 모른다.

뒷날 쇼구로는 이나바 신의 사당을 당시의 이노구치 동(井ノ口洞 : 현재의 岐阜市 伊奈波町)으로 옮기고 화려한 신전을 지었다.

목수인 오카베 마타에몬은 그 후 미노에 정주했고, 쇼구로의 건축은 거의 그의 손을 거쳤다. 이를테면 쇼구로가 오카베에게 미노 가니 군(可兒郡) 가네야마(兼山)의 가라스 봉(烏峰)에 성을 쌓도록 한 것 등이다. 이 성은 뒷날 이누야마(犬山)로 옮겨지고, 그 자취는 지금 니혼(日本) 라인(Line)의 이누야마 성 천수각(天守閣)으로서 남아 있다.

'백대에 남는다'고 쇼구로가 한 말은 적중한 셈이다.

참고로 오카베 마타에몬은 쇼구로의 축성술을 알고 있다는 기술을 평가받아, 뒷날 노부나가의 아즈치 성(安土城)도 쌓았다. 빈말이 아니라 정말 천하의 오카베 마타에몬이 되었던 것이다.

자객

쇼구로는 조심스럽게 살고 있었다. 오감을 날카롭게 곤두세워 사소한 변화라도 놓치지 않으려고 하고 있었다. 그런 일상생활 속에서
"이상하다"고 생각되는 일이 요즘 많았다.

하루에 한 번은 사소한 일이나마 '이변'이 있는 것이다. 이를테면 붓 같은 일건이다. 이 무렵에 와서는 이미 쇼구로도 이나바 산 기슭에서 공사 중인 새 저택에 살고 있었다. 산 위의 성 공사는 도목수 오카베 마타에몬의 노력으로 예정 이상의 진행을 보이고 있었고, 이 산기슭의 저택도 거의 완성되어 이제는 정원 공사만 남았을 뿐이었다.

이왕 말이 나왔으니 말이지만, 쇼구로인 사이토 도산이 만든 이나바 산의 저택은 오늘날 자취도 남아 있지 않지만, 이 사나이가 갖고 있는 예술적 능력을 한껏 기울인 것이라 해도 좋다. 정원은 이른바 히가시야마 식(東山式•室町막부 중기 장군 足利義政가 銀閣寺를 세웠는데 그 정원이 화려했으므로 이 이름이 생겼음)이었다. 무로마치 쇼군(室町將軍)이 만들었다고 하는 교토의 금각(金閣)•은각(銀閣 둘 다 정원의 누각, 현재도 있음) 등의 정원을 본다면 상상하고도 남음이 있으리라.

이미 축산(築山)도 완성되고 연못도 파여졌으며 정원수도 대부분 식수를

끝내고 있었다. 쇼구로는 영지 마을들에도 성관을 몇 개인가 갖고 있다. 주요한 것으로는 가노 성, 벳부 성, 그리고 이 이나바 산성 아래의 저택인데 밤에는 그 성관 가운데 어느 곳인가에 자고 있었기 때문에 소재지를 모른다. 해가 떨어진 뒤에는 거처를 비밀로 하고 있다 해도 좋으리라. 낮에는 대개 이 이나바 산기슭의 새 저택에 있었다. 서원에서 기록 따위를 하면서 장지문 너머로 정원 꾸미는 지휘를 하고 있는 것이었다.

서원——거첫방——창가에 벼루를 놓아두고 있다. 어느 날 붓을 들고 나서

'…… ?'

고개를 갸우뚱했다. 이윽고

"아카베, 게 있느냐?" 하고 부른 다음

"주방에 일러라, 생선회 남은 것이라도 있으면 이리 가져오도록" 하고 말했다.

이윽고 접시에 아카베가 그걸 담아 가지고 왔다. 잉어회였다.

쇼구로는 왼손으로 젓가락을 잡고 회 한 조각을 집어 들더니, 붓에 먹은 찍지를 않고 그것에 무언가 꾸불꾸불 글씨 같은 것을 썼다.

"허허"

아카베는 쇼구로가 '장난'하는 뜻을 몰랐으나, 구리빛 얼굴을 함빡 주름잡고 감탄하였다. 회 한 조각에 쓴 글씨는,

나무 묘법연화경

이라는 니치렌 필법을 흉내낸 꼬부랑 글씨였다.

"무슨 예방이십니까?"

"낙서야" 하고 쇼구로는 졸린 듯이 눈꺼풀을 늘어뜨리며 대꾸하더니, 그 젓가락으로 집어든 회 조각을 휙, 뜰로 던졌다.

회가 날아 이윽고 동백나무 아래 웅크리고 있던 얼룩 고양이 코앞에 떨어졌다. 고양이는 사지를 도약하며 덤벼들었다. 아카베는 그걸 보고 있다. 고양이는 곧 목구멍 속에서 외침소리를 뽑았다. 고양이가 죽었다.

"주, 주군. 고양이가…… !"

"죽었을 테지" 하고 쇼구로는 그쪽은 보지 않고 붓끝을 지그시 노려보고 있었다. 독이 칠해져 있는 것이었다. 칠한 자는, 쇼구로가 글씨를 쓸 때 침으로 붓털을 가지런케 하는 이상한 버릇이 있음을 알고 있었으리라.

"고양이가——" 하고 아카베는 아직도 흥분이 가라앉지 않는 모양으로

입속에서 중얼중얼하고 있다. 그 고양이는, 미요시노가 자기 자식처럼 귀여워하고 있다는 걸, 아카베는 알고 있었다.

"주군, 고양이가!"

"알고 있다. 죽었단 말이지?"

쇼구로는 깊은 생각에 잠겨 있었다.

"어떻게 하시렵니까? 저건 미요시노 님이 애지중지하는 고양이입니다."

"염려 말아. 법화경의 염불 글귀를 써주었으니까, 지금쯤은 극락의 연꽃 위에서 낮잠을 자고 있을 거다——하긴."

"하긴?"

"하마터면 그 고양이 대신 내가 연꽃 위에서 잠을 잘 뻔했다."

"그, 그렇다면?"

"그렇다니까, 독약이었어" 하고 쇼구로는 얼굴을 들었다. 놀라우리만큼 밝은 표정을 짓고 있었다.

"어, 어떤 자가 그 따위 짓을 하였을까요?"

"지금 생각하고 있어."

"짐작되는 자가 있습니까?"

"앗핫핫핫……바보 같은 놈" 하고 쇼구로는 붓을 버렸다.

"짐작되는 자가 너무 많아서 생각만 해도 머리가 어찔어찔할 정도다."

"그야 그렇군요."

아카베도 그만 덩달아 웃었다. 이 쇼구로를 죽이고 싶다고 벼르고 있는 자는 미노 일국에 가득 넘치고 있으리라.

이변은 그것뿐만도 아니다.

벳부 성 내전에서 잤을 때다. 밤중에 문득 잠이 깨었고, 잠이 깨자 곧 애검(愛劍)을 움켜잡고 벌떡 일어남과 동시에 칼을 뽑아 말없이 베었다. 미단이문을 말이다. 비스듬히 아홉 자 가량 베었다. 반응은 없다.

"자객이다!" 하고 쇼구로는 외치지도 않았다.

말없이 몸을 도약시켜 벤 그 틈으로 밖으로 뛰어나가 덧문을 발길질했다. 문이 열린 틈바구니로 바람처럼 빠져나가, 캄캄한 뜰로 뛰어 내렸다. 달렸다. 이럴 경우 쇼구로는 두뇌를 쓰지 않는다. 두뇌라는 것이 얼마나 감각을 굼뜨게 하는 것인지를 알고 있다. 모든 게 '육감'이었다. 육감이 명하는 대로 반사적으로 벌떡 일어나 좌우로 뛰고 도약하면서 칼을 뽑아 내리치고, 뒤로 물러났다. 그 육감으로 뛰고 있다.

뜰의 동남쪽 귀퉁이에 석축이 쌓여 있다. 거기까지 달려가자

"읍!" 하고 힘껏 칼을 내리쳤다.

번쩍 불꽃이 튀고 돌이 쪼개졌다. 돌 부스러기가 사방으로 날았다. 그 흩어진 돌 부스러기와 함께 사람 그림자도 하나 허공으로 날았다. 획, 하고 담 위에 뛰어올라가 쇼구로를 내려다 보고 있는 눈치다.

"누구냐?" 하고 쇼구로가 나직한 목소리로 묻자, 괴한은 잠시 생각하고 있더니 자기의 이름을 과시하고 싶은 욕망에 사로 잡혔으리라.

"기노시타야미(木下闇 : 나무 밑 어둠이란 뜻)라고 부르지" 하고 중얼거리듯 말했다.

'어차피 이가(伊賀) 놈이나 고가(甲賀) 놈의 별명일 테지' 하고 쇼구로는 별로 신경도 쓰지 않고, 미미지에게 그런 인자(忍者 : 앞서 나온 伊賀·甲賀 지방 출신들이 특히 많았던 일종의 첩자로서 潛入術과 임살 등 특별한 재주를 가졌음)가 있는지 없는지 조사하라고만 일러 두었다. 쇼구로는 인자보다도 그 자를 보내 온 자에게 관심이 있었다.

"그걸 알면 걱정이 없게" 하고 어느 날 밤 이나바 산기슭의 저택 안채에서 미요시노의 무릎을 베며 말했다.

"역시 모르겠나요?" 하고 미요시노는 완전히 겁을 집어먹고 있다. 왜냐하면 그녀의 거처방 역시 불과 얼마 안 되는 시간 비워 두기만 해도, 그동안에 사람이 침입했다 싶은 흔적이 남겨져 있었기 때문이다. 흙·가랑잎·죽은 쥐·남자의 허리띠 같은 것인데, 어쩌면 신경전인 것 같았다.

"미요시노, 걱정할 건 없어. 저편은 임자의 목숨을 노리거나 하지는 않아. 탐내는 건 내 목숨이야" 하고 쇼구로는 웃었지만, 얼굴을 허물며 웃고 있는 동안에도 귀만은 날카롭게 세우고 있었다.

'어쩌면……' 하고 쇼구로는 생각했다. 인자의 고용주는 미노가 아닌지도 모른다.

"교토 근처에서 보낸 자일지도……" 하고 생각했다. 딴은 그렇게 생각하고 보니, 쇼구로가 지금 착수하고 있는 '사업' 가운데서 가장 남에게 미움을 받고 있는 것은 '낙시(樂市)' '낙좌(樂座)'였다.

그는 이나바 산 위에 성을 쌓고 산기슭에 저택을 지었을 뿐이 아니라, 여러 고장의 어떠한 지배자도 한 일이 없는 '전매 제도의 철폐'라는 걸, 그의 성 아랫거리에 한해서 단행했던 것이다.

성 아랫거리를 상업도시로 만들 속셈이었다. 그러기 위해 상인들의 숙소를 몇 채나 짓고 먼 나라에서 사고팔기 위해 찾아오는 장사꾼의 편의를 돌봤다. 몇 번이나 '여담'으로 말했지만, 이 무렵의 상업이란 거의 모든 품목에 걸쳐 그 권리를 교토나 나라 같은 곳의 사찰과 신궁 및 '좌(座)'에게 묶여 있어서 멋대로 매매한 자는 처벌을 받는다.

처벌자는 태수다. 즉 사찰이나 신궁 및 '좌—동업조합'이 이미 꺼풀만 남아 있는 무로마치 막부에 고소를 하고, 막부에서 태수에게로 통첩이 내려와 태수는 경찰력을 발동한다——고 하는 것이었는데, 쇼구로의 당시에는 이미 그런 낡은 질서의 힘이 무너지고 좌가 직접 제재를 가하기 위해 무장하고 때려부수러 가는 일이 많았다.

요컨대 '좌'라고 하는 중세적 상업조직은 고장마다 중세적 지배자인 태수를 보호자로 의지하고 있지만, 그 어느 쪽의 권위도 케케 녹이 슬고 있었다. 쇼구로는 신분이 미노의 태수 대리인데도 불구하고, 자기 스스로 그런 상업 기구의 파괴자가 되었다.

당연히 제재가 찾아든다. 품목도 많다. 소금·목화·옻·종이·기름·건어·구리·명주실·흑포(黑布)·삿갓 등 손꼽는다면 열 손가락이나 스무 손가락으로 꼽을 수 없을 만큼 많다. 그 한 가지 한 가지의 물건의 배후에는 '좌'의 권위가 도사리고 있다. 그런데 그들에게 있어서도, 상대편이 잘못 걸렸다. 상대는 단속을 해 주어야 할 미노의 태수 대리인 것이다. '사이토 히데타쓰'는 강대한 군사력을 갖고 있다. 그렇기 때문에 떠돌이 자객 따위를 고용하여 보내왔으리라.

"딴은, 그렇구나" 하고 쇼구로가 중얼거린 것을 미요시노가 듣고서 불안한 표정을 지었다.

"아냐, 잘 모르지만 말야. 다만 영주나 무사라면, 이를테면 싸움터에 나설 때 조상 누대의 히오도시(緋縅 : 갑옷의 일종으로 화려한 주홍빛으로 물들인 가죽·명주실 따위로 엮어 만듦)의 큰 갑옷이라도 걸치고, 이름을 큰 소리로 떠벌이며 자기의 존재를 내세우려는 근성이 있지. 인자니 밤도둑이니 하는 자로 비겁하게 상대방을 암살하려는 짓은 않을 거다. 그런 자를 쓰는 건 절이나 신궁의 자일 거야."

쇼구로는 대야마자키 기름 신인(神人)의 조직·기질을 누구보다도 잘 알고 있었다. 일이 이해관계일 뿐 아니라, 이런 경향이 퍼진다면 그들의 존망에 관계되니만큼 그 원한과 복수, 그리고 방해는 예사로운 게 아닐 것이다.

"그럼?"

미요시노도 대뜸 추측가는 데가 있었다. 쇼구로가 단행한 낙서·낙좌의 소문은 깊은 규중에 있는 그녀의 귀에도 들려오고 있다.

"그렇지, 낙시·낙좌 건이야."

"그런 일을 하시지 않았으면 좋았을 텐데……"

"그럴 순 없지" 하고 쇼구로는 밝은 목소리로 말했다.

"낙시·낙좌를 하지 않으면, 이 같은 시골 성 아랫거리는 번영하지 못한다. 번영을 하지 못한다면 세금을 거두어들일 수 없다. 나는 이 산기슭의 저택과 산 위의 성 공사비를 낙시·낙좌에서 끌어낼 작정이야."

"어머?"

미요시노는 놀란 듯 쇼구로를 보았다. 생각도 못할 일을 이 장사꾼 출신의 무사는 하려나 보다. 상업의 이익으로 성을 지었다고 하는 이야기는 고금에 들어 보지도 못한 일이 아닌가.

"앗핫핫핫! 자객 따위에 겁을 내고 일단 착수한 일을 중지할 수 있어?"

"신벌이 무섭지도 않으세요?" 하고 말한 것은, 이를테면 초를 멋대로 팔면 하치만 대보살의 신벌이 내린다는 등 터무니도 없는 미신이 꽤 오래 전부터 민간에 뿌리 박혀 있기 때문이다……. 영업 허가권은 교토 기타노(北野)에 있는 기타노 신사(北野神社) 신인들이 갖고 있는 셈으로, 그런 상업질서를 무시하는 불법 상인에 대한 협박을 위한 미신이리라.

"딴은, 이 성 아래거리에서 팔리고 있는 물건은 스무 종류도 넘을 거야. 그 한 가지 한 가지 물건에는 신인이나 부처가 딸려 있다. 벌을 받는다고 한다면 몸뚱이가 몇 개 있어도 모자라겠군."

이윽고 성 아래거리에서 소문이 나돌았다.

——사이토 님은 낙시·낙좌 때문에 신벌·불벌을 받으시어 머지않아 죽을 게 틀림없다.

라고 하는 것이었다.

"그까짓."

쇼구로는 일소에 붙였다.

"기노시타야미의 부하들이 애쓰면서 퍼뜨리고 있을 거야."

그러는 사이 그처럼 빈번히 일어났던 이변이 뚝 그쳤다.

'신벌·불벌 쪽도 이제 싫증이 났나보지.' 하고 쇼구로는 생각했으나, 한시

자객 419

름 놓은 기분인 것만은 숨길 수 없었다.

겨울이 지나고 봄이 되었다. 봄이 되자 농군들이 겨우내 만든 삿갓 따위의 상품이 이나바 성 아래거리인 낙시로 와락 쏟아져 나와 매일 잔칫집 분위기였다.

야마자키야의 스기마루에게서 급한 소식이 전해져 왔다.

"밤도둑이 들어 마님을 납치해 갔습니다"라는 것이었다. 더구나 교토 시내에선

"야마자키의 주인이 미노에서 온갖 못된 짓을 하였기 때문에 신벌이 내리고 그 아내가 귀신에게 잡혀갔다"는 소문이 자자하다는 것이었다.

이 소식에는 어지간한 쇼구로도 얼굴에서 핏기가 가셔지리만큼 창백해졌다.

'오마아에게 분풀이하려는 수작일까?'

세상에 대한 선전효과는 같다고 해도 좋다.

"아카베, 부재중 부탁한다"고 쇼구로는 그날 밤 아카베에게 당부했다.

"내가 미노에 있는 것처럼 해라. 내가 미노에 없다는 것을 알면, 나라 안의 앙심을 품은 자들이 들고 일어나 성을 뺏으러 올 거다."

"주군, 오마아 님을 찾으러 가시는 것입니까? 그렇다면 누군가 다른 자를 보내십시오."

"내가 간다"고 쇼구로는 듣질 않았다.

"그러나——"

아카베는 뒷말을 잇지 못했다. 이 쇼구로라고 하는 인간에게 아직도 모르는 점이 있는 것이다.

'오마아 님을, 말하자면 반쯤은 버리고 미노에 왔으련만, 아직도 애정이 있는 걸까?' 이상한 느낌이 들었다.

"왜 그런 낯짝을 짓고 있지?"

"호렌보 님" 하고 아카베는 일부러 옛날 이름으로 불렀다.

"아무래도 진짜로 반하고 계신 건 오마아 마님인 것 같군요?"

"왜, 잘못된 거라도 있나?" 하고 쇼구로는 다다미 위에서 각반을 치고 짚신을 신고 있었다. 차림은 일부러 구질구질한 떠돌이 무사의 모습으로 바꾸었다.

"뭐 나쁘다고 하는 것은 아닙니다만 나리님답지 않죠."

"그러면, 무슨 뜻이냐. 오마아를 죽게 내버려 두는 게 낫단 말이냐?"

"말하자면요" 하고 아카베는 아부하는 듯한 웃음을 띠고, 자못 쇼구로의 인간성을 꿰뚫어 보는 듯한 표정으로 끄덕였다.

"아카베, 또 한 번 말해 봐."

"말하자면요" 하고 같은 표정으로 끄덕였을 때, 그 뺨따귀를 쇼구로가 주먹을 불끈 움켜쥐어 힘껏 쥐어박았다.

"앗!" 하고 아카베는 두어 간 나가 떨어졌다.

"아카베, 네놈은 평생 가야 악당이로구나."

"옛, 그건 나리도" 하고 아카베는 울상이 되어 쇼구로를 손가락질했다.

"내가 악당?"

쇼구로는 뜻밖이라는 표정을 지었다.

"그렇게 보인다면, 내 덕이 부족한 탓이다. 인간, 선인이니 악인이니 하는 소릴 듣는 놈은 되고 싶지 않다. 선악을 초월한 또 한단 위의 자연법이(自然法爾) 속에 내 정신은 살고 있다."

"자연법이 속에?"

아카베도 절머슴이었던 만큼 그런 철학 용어는 얻어 듣고 있었다. 우주 만물이 움직이고 있는 근본의 모습이라는 정도의 의미다. 진리라고 해도 좋다. 진리는 항상 선악을 초월한 것이다.

"그런 나를 한낱 악당으로까지 끌어내리다니, 네 놈도 눈이 없는 놈이로구나."

"저야 한낱 악당이니까요" 하고 아카베는 심통을 부리고

"그럼 지금부터 교토로 오마아 님을 찾으러 가시는 것도 자연법이로?"

"당연하다. 나는 오마아를 사랑스럽게 여기고 있다. 납치되었다고 듣기만 해도 그런 사랑스러움으로 미칠 것만 같다. 살려주고 싶다. 그래서 구하러 간다. 내 마음에 순순히 따르고 있다. 그뿐이다. 아카베."

"예, 예."

"네놈이 위난에 빠지더라도 나는 목숨을 걸고 구해줄 테다."

"그것도 자연법이인가요?"

아카베가 되물었을 때에는, 이미 쇼구로의 모습은 방에서 사라진 뒤였다. 칼 한 자루, 주스마루를 짊어지고 어둠 속 가도를 교토로 향해 달렸다. 단 한 명, 동행을 거느리고 있다.

미미지였다.

꼬리를 보이지 말라

교토 가도는 비로 젖어 있었다. 오오쓰(大津)에 이르렀을 땐 벌써 저녁 어스름이 깃들여 있었다. 야마시나(山科)에서 밤이 되었다. 게아게(蹴上) 고갯길을 느릿느릿 내려가 아와타(粟田) 어귀로 들어서자, 교토의 불빛이 보였다.

'역시 교토는 좋구나.'

불빛마저 시골과는 달라 정겹다. 쇼구로는 불빛을 바라보면서, 언제 이 도성에 기치를 세울 날이 올까 하고 생각했다.

'남자라면 도성의 지배자가 되고 싶다.'

가모 강(鴨江) 다리를 건넜다.

"미미지" 하고 다리 모퉁이에서 쇼구로는 걸음을 멈추었다. 다리 밑 어둠을 굽어보고 있다.

"나하고 싸움을 해라."

"옛?"

"칼을 뽑고 덤벼들라. 힘껏, 사정 두지 말고 덤벼들라."

"그렇게 분부하시는 이유는?"

미미지는 슬픈 듯이 속삭였다. 언제나 느끼는 일이지만, 이 주인의 두뇌 회전을 따라가질 못하는 것이었다.

"너는 걸인들 틈으로 들어가는 것이다. 들어가서 며칠 살아라. 그리고 나서 정보를 수집한다. 요즘 교토에선 밤도둑·강도, 그 밖의 무리들이 도성 어디 어디에 소굴을 두고 있는지 말이다."

오마아는 그 망나니들의 어느 소굴엔가 납치되어 있을 거다, 하고 쇼구로는 짐작하고 있었다. 도 사(東寺) 근방이거나 라쇼 문(羅生門) 터이거나 아니면 교외로 나가서 니시노쿄(西ノ京)이든가 다카가미네(鷹ヶ峰)이든가 구모가바다케(雲ヶ畑)이든가, 어쩌면 등잔 밑이 어둡다는 격으로 이 다리 밑이던가.

악당의 지도는 악당의 패거리가 되잖으면 모른다.

'그러기에' 하고 미미지는 그제야 납득이 가서, 허리를 엉거주춤하자

"이봐, 거기 있는 떠돌이. 잘도 나를 도둑놈이라고 말했겠다. 나는 비젠

야타(備前彌太)라고 하는 야도(野盜)다. 지옥으로 보내 주마."
뜻밖의 칼 솜씨로 덤벼들었다. 쇼구로는 칼을 뽑기 무섭게 미미지의 칼을 쨍그렁
하고 막아내고
"뻔뻔스럽구나, 도둑이."
휙, 휙, 무섭게 반격해 들어간다. 그걸 받아내면서 미미지는 식은땀을 흘렸다. 칼을 작은 손이 저릴 만큼 때려오는 것이었다.
"주군. 슬슬 해 주십시오" 하고 작은 목소리로 부탁해 보았으나, 쇼구로는 진지한 표정으로 다리 널판자가 쿵쿵 울릴 만큼 밟아 들어온다. 원래 이것이 이 사나이의 천성으로, 결투를 벌이게 되면 그것이 거짓싸움이라도, 아슬아슬한 선까지 진심으로 몰고 가는 사나이였다. 세상을 상대로 한바탕 연극을 벌일 만큼의 사나이는, 웬만큼 서툰 배우가 얼씬도 못할 정도의 연기력이 있으리라. 에도 시대의 유행 화가 가운데 다니 분초(谷之晁)란 사람이 있었는데, 그에게 다음과 같은 유언시(遺言詩)가 있다.

——긴 생을 둔갑해 온 해묵은 여우. 꼬리를 보이지 말라, 저 산에서 걸린 조각달만큼이라도

예술만의 가치로선 도저히 현세에서 유행할 수 없는 모양이지만, 매명(賣名)의 천재였던 분초는 온갖 수단으로 자기의 예술을 세상에 팔고 이름을 드날리게 하고 화상(畵商)과 제자들이 지켜보는 호화 속에서 죽었다. 죽음의 순간에 이르러서도
"아냐, 아직 꼬리를 내놓아선 안 된다, 조각달만큼이라도" 하고 혓바닥을 반쯤 날름 내밀었다가 황급히 도로 감췄다. 속세간의 달인이라고 할 수 있으리라. 그러나 분초라고 한들 고작 예술가다. 같은 '속세의 연극'을 연기하는 배우라도, 쇼구로에게는 도저히 따를 수가 없으리라. 조그만 '연극'이라도 그 열성이 생판 다르다. 쇼구로는 지금 미미지를 반쯤 죽여가고 있었다. 아니, 죽이지 않는다 하더라도, 미미지는 벌써 쇼구로의 맹렬한 '연극'에 기사(氣死)하려 하고 있었다.
마지막으로 한차례 칼을 후려치자
쨍그랑 하며 미미지의 칼이 뚝 부러져서 두 동강이 나면서 멀리 날아가 개

울가에 떨어졌다. 그 쯤엔, 다리 밑에서 거지들이 우루루 몰려나와 저마다 떠들어대면서 다리 위의 칼싸움을 구경하고 있었다.
"이놈──"
쇼구로는 발을 들어 미미지의 엉덩이를 찼다. 앗 하고 미미지가 허공을 날아, 물소리도 요란하게 다리 밑으로 떨어지고 말았다.
찰칵
하고 칼을 꽂고서, 쇼구로는 빗속을 성큼성큼 걸어간다. 한치 앞도 내다볼 수 없는 어둠이지만, 이 사나이에겐 보이는 모양이다. 귀신인가──하고 다리 밑의 거지들은 치를 떨고서 서로 소매를 살며시 잡아당겼다.

야마자키야의 안채에서 쇼구로는 스기마루를 비롯한 점원·행상인·고용 중인 무사들을 모으고 자초지종을 듣고 있었다. 지금부터 7일 전의 일이었다. 오늘밤처럼 비가 내리고 있었다. 비는 밤중에 이르러 집이 흔들릴 만큼 세차게 쏟아졌고 덧문이 심하게 덜그럭거렸다. 여담이지만 마루 덧문은 이 쇼구로 시대에 고안된 것으로서, 아직 별로 보급돼 있지 않았다. 보통 거적 같은 것이 쳐져 있었다. 그런데 바람을 막고 있는 그 덧문 중의 하나가 덜그럭 소리를 요란하게 내기 시작했고, 잡아뜯은 것 같은 구멍이 생겼다.
"아무도 깨닫질 못했느냐?" 하고 쇼구로는 말했다.
그 구멍은 소가 뿔로 받은 것처럼 나 있었다고 한다. 그 증거로선 덧문 근처에 소 터럭, 소의 헌 짚신 따위가 떨어져 있었다. 어쨌든 덧문 구멍으로 비가 무섭게 들이쳐 와서 안벽을 적시고, 벽을 갓 발랐던 탓이었음인지 물기를 머금고, 곧 털썩 무너져 떨어졌다. 그 소리로 집안이 깨어났다고 한다. 오마아도 일어났다.
오마아가 큰 부엌에다 집안 식구들을 모으고 복도를 지나서 우루루 몰려갔을 순간, 덧문이 쓰러지고 비와 함께 소 한 마리가 들어왔다.
"기타노 신궁의 사자다" 하고 소가 사람 목소리로 외쳤다고 하니 정말 우스꽝스럽지 않을 수 없다. 이걸 들었을 때 쇼구로는 그만 웃었다.
'소를 데리고 온 걸 보니 기타노 신궁의 신인이로구나'
하고 생각했다.
기타노 신궁은 양초 전매권을 갖고 있다. 그걸 쇼구로가 미노에서 자유 판매(낙시·낙좌)로 해버렸기 때문에 복수를 하러 왔으리라. 물론 그날 밤 온 것은 기타노 패들뿐이 아니다. 기온 신사(祇園神社)의 개(犬) 신인도 있었던 것 같고, 기름의 대야마자키 하치만 궁 신인도 있었던 모양인데, 어쨌든 기타노의 소로 우선 놀라게 하려고 했으리라. 그 패들이 와락 둘러싸 오마아를 꽉 붙들어 뒷결박을 지우고 들어 메더니 바람처럼 달아나고 말았다.

달아날 때 한 사람이 돌아와서

"이집 주인이 미노의 사이토 히데타쓰라면서……낚시·낙좌를 만일 중지한다면 마누라는 돌려준다. 중지 않는다면 실컷 재미보다가 죽일 뿐이지" 하고 말하더니 어둠 속으로 사라졌다.

"신인들이라, 비참하게 죽일 테죠" 하고 스기마루는 벌벌 떨면서 말했다.

신인에 대해선 몇 번이고 여담에서 설명했다. 신관(神官)이 아니다. 때론 평민 이하로 차별받고 있었던 일도 있다. 신사 운용상 그 잡무(雜務)·징세(徵稅)·상품의 제조 판매를 담당했고 일단 유사시엔 병사의 역할도 맡는다. 절로 말하면 승병에 해당되리라.

요컨대 형편없는 망나니가 많고 난세의 풍운을 틈타 신사의 땅을 가로채고 그 땅 소재지에 눌러앉아 토박이 무사가 되어 버리는 자도 있다.

이튿날 쇼구로는 '니조(二條)의 저택' 이라고 일컬어지는, 요즘 신축된 저택을 방문하려고 집을 나섰다. 도성 사람들은 이 저택을 매우 두려워하고 있었다.

"교토도 올 적마다 달라진다"고 쇼구로는 생각하는 것이었다.

쇼구로가 교토를 떠났을 무렵에는, 도성은 정말이지 무경찰 도시였다. 아시카가 막부는 있더라도 없는 거나 마찬가지였고, 쇼군이라고 해도 자기의 첩 해산 비용이 없어서 가문 대대로의 갑옷을 팔아 돈을 만든 그런 시대였다. 지금도 쇼군이 미약한 것은 더욱 더하지만, 그것에 대신하는 새로운 권력이 일어나고 있었다.

그 권력은 '하극상(下剋上)' 이라고 하는 자연의 절차를 거쳐 탄생했다.

아시카가 막부의 중기, 호소가와(細川) 태수 가문은 최대의 실력을 가졌고 사실상 천하를 움직이고 있었는데, 평범한 주군이 계속되고 차츰 세력이 쇠약해짐에 따라 그 가로인 미요시 씨(三好氏)가 세력을 뻗쳐 왔다.

미요시 씨란 신슈(信州)에서 아와(阿波)로 흘러들어 온 무사인데, 아와의 미요시(三好) 고을에 정착했다. 아와는 호소가와 가문의 영국(領國)이다. 미요시 씨는 호소가와의 부하가 되었다. 차츰 세력이 커졌던 것은, 호소가와의 당주가 대부분 교토에 있으며 영지의 정치를 돌보지 않았기 때문이었으리라. 아무튼 미요시 씨는 주인의 부재중 그 정사를 맡고 차츰 재력이 생겨 주인집을 능가하게끔 되었으며, 마침내는 교토로 상경하여 니조에 저택을 지어 쇼군 가문·호소가와 가문의 가정(家政)을 대리할 뿐 아니라 교토의 경찰권도 쥐게 되었던 것이다.

현재의 당주는 미요시 기운(三好喜雲)이란 자로서, 유명한 미요시 조케이(三好長慶)의 아버지가 된다.

"기운 님을 뵈오시겠습니까?" 하고 수행한 스기마루가 물었다.

"아냐, 기운도 옛날엔 몸을 돌보지 않고 일을 해서 어지간한 무장이라는 말을 들은 모양이지만, 지금은 그런 세사(世事)에도 싫증을 내고 법명(法名:늙어서 은퇴를 하면 대개 머리를 삭발하고 법명을 쓴다. 누구누구 入道라는 식으로) 따위를 쓰고 반쯤 세상을 등진 채 연가 문향(連歌聞香:聞香은 풍류의 하나로 향 따위를 냄새 맡는 것) 하면서 살고 있다고 한다. 그런 지배자 아래에는 반드시 나 같은 사나이가 있지."

"나랏님 같은?"

스기마루는 눈이 부신 듯 우러러보았다.

"머리가 좋고 배짱이 있는 놈 말이야. 그가 일체 살림을 도맡고 있을 거다."

"야스다 몬도(安田主水)라는 가로가 계시죠."

"앗핫핫핫, 듣고는 있다. 소문난 천치라더군. 낚시질을 즐기고 호를 잇간사이(一竿齋)라고 짓고 뽐낸다면서? 그런 바보하고는 만나지 않는다. 그 야스다의 가로는 누구냐?"

"구니마쓰(國松)라던가요."

"이름이냐?"

"예, 이름입니다. 성은 아마 마쓰나가(松永)라고 한다나 보죠."

"음, 듣고 있다. 앗핫핫핫! 재미있군. 그 자는 무사 출신이 아니지. 장사꾼 자식이다. 그 마쓰나가 구니마쓰가 스기마루의 귀에도 들어올 만큼 유능하다는 평판을 받고 있느냐?"

"예, 요즘은 야스다 가문의 가로를 겸하고 또 한 단 위인 미요시 가문의 서사(書士) 노릇을 하고 있지요. 따라서 영지의 토박이 무사나 교토 평민들도 소송 문제가 있으면, 그 젊은 서사에게 부탁하지 않으면 일이 성사되지 않습니다. 말하자면 그 서사님이 막부·미요시 가문을 대신하여 모든 정사를 맡고 있는 거나 다름없지요."

"그러냐? 제법이로구나."

쇼구로는 자기와 비슷한 '하극상의 자'가 싹을 뻗고 있다는 걸 알고 매우 유쾌한 듯싶었다.

"저 나리님은."

스기마루는 말했다.

"그 마쓰나가 구니마쓰 님을 알고 계십니까?"

"얼굴은 모르지. 이름은 듣고 있다. 저쪽도 나에 대해서 잘 알고 있을 거야."

"그건 또 어떻게 돼서……."

"앗핫핫핫. 동향이야, 같은 마을 출신이지" 하고 말했으므로 스기마루도 놀랐다.

쇼구로의 출신지는 교토의 서쪽 교외, 니시노오카(西ノ岡)란 농촌이다. 농촌이라고는 하나 이웃에 야마자키라고 하는 사카이(堺)와 더불어 기나이(畿內) 최대의 상업지를 두고 있으니 만큼 모두 장사 솜씨가 뛰어났고, 게다가 학문에도 밝고, 또한 교토가 가까운 탓에 천하의 정치 정세에 익숙한 자가 많다. 쇼구로 같은 자가 나타나는 것도 이상스러울 게 없으리라.

그런데 그 마을에서 같은 형의 젊은이가 나타나 미요시 가문을 움직이고 있다.

"이상하기만 하군요."

스기마루는 고개를 갸우뚱하며 감탄했다.

그런데 쇼구로는 그 마쓰나가 구니마쓰라고 하는 사나이와 만날 용건이 두 가지 있었다. 오마아 수색에 있어 만일의 경우에 미요시 가문의 병력을 빌리려는 문제. 다음으로, 오마아가 발견된 다음 또 다시 복수를 받지 않도록 야마자키야의 보호를 부탁하는 문제였다.

"같은 마을 출신이다. 들어 줄 테지" 하고 쇼구로는 산조(三條) 대궐의 허물어진 담을 북쪽으로 꺾었다. 이윽고 니조의 저택에 닿았다. 어딘가의 본산(本山)인가 싶을 이만큼의 장대한 누각 문이 있고, 쇠장식을 박은 문짝이 묵직하게 닫혀져 있다. 좌우로 사람이 넘을 수 없으리만큼 높은 담이 있고, 군데군데 통나무를 엮은 망루가 우뚝 솟아 있었다.

쇼구로는 미노의 태수 대리 사이토 히데타쓰가 아닌, 교토의 기름장수 야

마자키야 쇼구로로서의 이름을 목패(木牌)에 적고서
 "마쓰나가 님을 뵙고 싶습니다만" 하고 문지기에게 은을 약간 쥐어 주었다.
 문 안으로 들여 보내주었다. 들어가서 바로 왼쪽으로 가자, 문지기 처소보다 조금 나은 일자(一字)집이 서 있었다. 거기가 마쓰나가 구니마쓰의 거처인 듯싶었다. 현관 따위는 없고 툇마루에서 곧장 올라가는 집이다.
 쇼구로가 칼을 스기마루에게 맡기고 마루로 올라서려고 했을 때, 등 뒤 커다란 오동나무 그늘에서 젊은 무사가 나타났다.
 "사이토 님" 하고 무사는 쇼구로를 미노 태수 대리의 성으로 부르고서 정중하게 허리를 굽혔다.
 "거기는 누추합니다. 주군 댁 거실로 안내해 드리지요."
 '이 자가 마쓰나가로구나' 하고 쇼구로는 한순간에 상대 인물을 꿰뚫어 보려고 했다.
 나이는 놀라우리만큼 젊다. 얼굴에 소년의 티가 남아 있었으며, 열아홉이나 고작 스물쯤으로 밖에 보이지 않는 것이었다. 작은 몸집이었다. 그러나 허리가 날씬하고 손발이 자못 민첩해 보이는 사나이다. 지혜가 온몸에 가득 찬 느낌이었다. 이 사람이 뒷날의 마쓰나가 단조(松永彈正)다.
 정확하게는 마쓰나가 단조쇼히쓰(彈正小弼 : 벼슬 이름) 히사히데(久秀). 나중에 교토에서 권력을 휘둘렀고, 장군 요시테루(義輝)를 살해하고, 교회를 불사르고, 선교사를 추방하였으며, 또 주군뻘인 미요시 씨와 야마도(大和)에서 싸워 대불전(大佛殿)을 불지르면서 야마도의 국주(國主)가 됐고, 노부나가에게 항복했고, 그 뒤 노부나가를 배반했으며, 마침내는 난세의 고아처럼 되어 거성인 시기 산성(信貴山城)에 농성하였는데, 노부나가의 공격을 받자 성을 불지르고 자살한 사나이다. 뒷날 천하의 영웅호걸로부터 '전갈'처럼 여겨진 마쓰나가 단조도 이 무렵엔 아직 일 잘하는 젊은 서사에 불과했다.
 마쓰나가 구니마쓰는 소년 시절부터 '쇼구로'라는 이름을 동경하고 있었다. 마을 노인들은 쇼구로가 나왔다는 것을 자랑으로 삼고 있었다. 교토에 나가선 거부(巨富)를 이룩했고, 미노에 내려가선 무사의 우두머리인 성주가 돼 있다. 가는 곳마다 불가능이란 없는 것 같은 초인의 모습으로, 쇼구로라고 하는 이름은 소년시절의 마쓰나가 구니마쓰에게 강한 인상을 주었다.

"나도 마쓰나미 쇼구로 같은 인간이 되리라"고 동경했고, 그렇게 동경한 나머지 마을을 뛰쳐나와 교토로 나왔고, 연줄을 찾아서 야스다 가문에 들어갔으며 재주를 사랑받아 지금은 미요시 가문의 서사가 돼 있었다.

'그 전설의 인물이'

하고 마쓰나가는 쇼구로를 빤히 보았다.

'의외로 젊다.'

"사이토 님, 객실로 가시지요."

"아닙니다, 오늘은 기름장수 야마자키야 쇼구로로 왔습니다. 마당 한 귀퉁이라도 빌려 용건을 말씀드렸으면……."

쇼구로는 고개를 젓고 그대로 툇마루로 해서 마쓰나가의 거처에 들어앉고 말았다. 6조 가량의 작은 방이다. 서적이 수북하게 쌓여 있었다.

이윽고 인사가 시작되었다. 마쓰나가는 무로마치풍의 정중한 절을 하고 나서

"존함은 일찍부터 듣고 있었습니다. 아니 그것만으로는 말이 모자라지요. 아득한 곳에서, 허락되지 않은 제자로서 사숙해 왔다고 말씀드려야 하겠지요."

"오히려 부끄럽소."

쇼구로는 미소지었다.

그런 다음 스기마루에게 들려갖고 온 영낙전 다섯 관(貫)을

"변변치 않으나마……."

하고 내놓았다. 마쓰나가는 약빠른 관리답게 익숙한 솜씨로 그걸 받고, 문득 깨달은 것처럼

"이건 실례했습니다" 하고 산보(三方 : 귀인에 대한 선물이나 신에 대한 공물을 바치는 상. 전후 좌우의 상다리에 구멍이 뚫려 있다)에 얹힌 그대로 이마 위로 받들어 보였다. 이렇게 하면 뇌물이 아니라 윗사람에게서 받은 상금이란 형식이 된다. 그 다음 고향 이야기 등을 나누었다.

"그런데" 하고 마쓰나가는 살피는 듯한 눈빛을 하고

"어떤 용건이신지?"

"아니, 용건이라고 할 것까지도 없습니다만, 이 사람은 교토에 아내를 두고 있지요."

"오마아 씨 말씀입니까?"

마쓰나가는 잘 알고 있었다.

"교토에서 손꼽는 미인이시죠. 부럽게 생각합니다."
"뭐, 부러워할 것도 없지요. 왜냐하면 그 아내를 잃어 버렸으니까요."
"아니!"
가볍게 놀란 표정을 짓는다.

도적 소굴

이 작은 사나이, 보니까 의외로 귀엽게 생긴 얼굴을 갖고 있었다. 총명해 보이는 눈동자를 굴리면서
"좋습니다. 다른 사람 아닌 사이토님의 일이니까요. 맹세코 오마아 님을 찾아낼 겸 악당들을 혼내 주어야겠습니다."
"그것 고맙소."
쇼구로는 가져다 준 곶감을 찢어서 입 안에 넣었다. 어금니에 달콤한 맛이 스몄다. 꼭꼭 씹으면서 눈앞의 젊은이 생각을 하고 있다. 상상했던 대로 이 마쓰나가 구니마쓰라고 하는 젊은이가 사실상의 교토 치안국장인 모양이었다.
'세상 참 재미있군!'
형식상의 상하로 따진다면
쇼군 가(家)——미요시——야스다——마쓰나가.
라는 구조인 것이다. 즉 쇼군 가문의 집사가 미요시, 미요시 가문의 집사가 야스다, 야스다 가문의 집사가 마쓰나가라는 순서지만, 사실은 이 재치가 넘치는 애송이가 몇 층이나 위인 권력까지 손아귀에 잡고 있다. 아니 마쓰나가의 재치가 없으면 움직여 나갈 수가 없는 조직이 되어 버린 것이다.
"재미있군요."
쇼구로는 웃음을 터뜨리고 말았다. 이 저택의 현관지기나 다름없는 서사가 교토의 행정·경찰권을 쥐고 있다니, 중국의 귀신 이야기처럼 통쾌하기 이를 데 없잖은가.
"사이토님, 앞서도 말씀드린 것처럼 아득히 멀리서 사숙하고 있는 자입니다. 성도 신분도 없는 이 사람이……"
"성이나 신분은 나 역시 없소."
"그러므로 그와 같은 자가 천하의 풍운에 뜻을 가졌을 경우, 같은 마음의 선배인 귀공밖에는 의지할 사람이 없습니다. 교토하고 미노는 떨어져 있

다고는 하나, 만일의 경우에는 여러 가지로 도와주십시오."
"병력이 필요하다면 미노에서 올려 보낼 것이니 사자를 보내 주시오."
"고맙습니다. 그 대신 사이토님이 교토에서 군사가 필요하시게 되면, 부디 명을 내려 주십시오."
일종의 공수동맹(攻守同盟)이다.
"부탁이 있소" 하고 쇼구로는 말했다.
"나는 좀 이상한 사나이라서 말입니다. 교토에선 장사꾼, 미노에선 무사, 몸 하나로 둥글둥글 둔갑을 하는 생활을 하고 있지요."
"잘 알고 있습니다. 한 몸으로 일본 제일의 무장과 일본 제일의 부호상인을 겸하고 계신 분은, 예부터 귀공밖에는 없겠지요."
"부끄럽소. 그런데 귀공께 부탁드리고자 하는 건 교토의 아내·가게·점원·재산 문젭니다. 이번과 같은 일이 장차 일어나지 않는다고 할 수도 없으므로, 부디 힘을 빌려 주시는 셈으로 보호해 주시지 않겠습니까?"
"쉬운 일입니다. 야마자키야의 보호는 맹세하고 맡겠습니다."
마쓰나가는 같은 고향 같은 마을의 후배로서, 친동생처럼 정중한 예의를 차렸다.
"이것으로 안심하겠습니다. 그 사례라면 어떻게 생각하실지 모르지만, 미노에서는 미농지(美濃紙)라고 불리는 특산물이 있죠. 이걸 풍부하게 보내 드릴 테니 교토에서 파시면 어떻겠습니까."
"사이토 님."
마쓰나가는 웃음을 터뜨렸다.
"장사에 밝으시면서도 사이토 님답지 않은 말씀을 하십니다. 종이의 판매는 지좌(紙座)가 갖고 있어 그런 것을 제가 교토에서 팔면 이번에는 제 마누라를 납치당하고 말 것입니다."
미노에선 쇼구로가 자기의 영내에 한해서 낙시·낙좌(자유 경제)를 단행했다고는 하나, 교토에선 아직 중세적인 특권 경제 속에 있는 것이다.
'납치된다'는 것은 농담이었고, 교토의 권력자는 그들 신인이나 조합과 음양으로 관계가 얽혀 있어서 도저히 미노에서 쇼구로가 단행한 것과 같은 짓은 못한다. 만일 한다면 절이나 신사가 고용하고 있는 몇 천 명의 신인이나 하인들이 들고 일어나 거지며 망나니들과 합류하여 폭동을 일으키고 거기에 불평 무사까지 참가하여 교토에 주둔하고 있는 미요시 가문의 군대 따위는 패배하고 말지도 모른다.

"딴은"

쇼구로는 쓴웃음을 짓고서 그 안을 철회했다. 신인들은 마쓰나가 같은 사나이로서도 손댈 수 없는 존재인 것이다.

"단결하여 소동을 벌인다면 이쪽이 패배해 버려, 쇼군을 모시고서 아와(阿波)로라도 달아나야만 하지요."

그만큼 새로운 교토의 권력은 약했다.

여담이지만 난세기(亂世期)에 교토에 들어앉아 영주가 된 미요시나 마쓰나가가 도성을 차지하고 있으면서도 끝내 천하를 차지할 수 없었던 것은, 그들의 성장을 가로막는 중세적인 여러 권위가 오히려 교토에 뿌리깊게 살아 있었기 때문이리라. 쇼구로의 사위 노부나가가 나타남에 이르러서, 마쓰나가를 무조건 항복시켜 교토에 입성하고, 천황과 쇼군을 떠받들고서 '천하포무(天下布武)'의 기치를 세웠다. 그 순간부터 노부나가가 착수한 것은 절과 신사 같은 중세권력의 퇴치였다. 그들의 이권을 뿌리뽑지 않는다면, 새 권력은 수립할 수 없다고 노부나가는 생각했던 것이다.

"그러나 마쓰나가 씨. 이제부터는 옛날처럼 쌀농사만을 짓고 있으면 되는 시대가 아니고, 화식(貨殖)의 시대가 되지요. 금·은이 있어야 무기도 풍부하게 살 수 있고, 군사도 많이 기를 수 있게 되는 거요. 그 화식의 이익을 절이나 신사 따위에게 독점당하고 있다면 큰일을 못하리라."

"미노가 부럽군요."

마쓰나가는 웃었다. 미노니까 그런 말도 할 수 있는 거라는 의미였다. 그리고 교토는 이를테면 구시대의 귀신들 소굴과 같은 도시로서, 쇼군·미요시·마쓰나가 같은 사나이도 그들과의 타협을 맺고서야 간신히 존재하고 있다고도 할 수 있었다.

한편 오마아 수색의 문제인데——.

쇼구로는 마쓰나가로부터 들은 시정(市政)의 현황이나 미미지가 다리 밑 거지에게서 얻어들은 정보 따위를 분석하여 머릿속에서 교토의 암흑가의 지도를 작성하고, 그 중에서도 특히

"아무래도 다카가미네(鷹ヶ峰)가 수상쩍다"고 판단했다. 산적·야도(夜盜)·노상강도·떠돌이 무사들의 소굴이다.

사실 여부는 확실치 않지만 미미지가 거지들의 소문을 엿들은 바로선
——어떤 부잣집 아내가 다카가미네에 감금돼 있다더라.
하는 것이었다.

"미미지, 수도승 차림을 해라. 내 것도 마련해 두어라. 오늘 밤이라도 출발하자."

"저와 단 둘이서 가시렵니까."

"그렇지. 작은 인원일수록 좋다. 마쓰나가의 병력 따위를 빌린다면, 오히려 상대방을 자극하여 오마아는 살해되고 만다."

"하다못해 뒤따라 올 병력이라도 마쓰나가 님에게서 빌리시는 것이?"

"마쓰나가에겐 알리지 않겠다. 그런 친구야, 교토의 망나니들과 어떤 연관이 있어서 내가 몰래 간다는 것을 알려 줄지도 모른다. 미미지, 교토는 무서운 곳이야."

쇼구로와 미미지는 출발했다.

다카가미네는 교토 서북방이고 도성에서 불과 20여 정(町)밖에 안 되지만, 사람이 드물게 사는 산기슭의 벌판이다. 왕조 무렵부터 도둑들은 여기서 살며 시내로 나갔다. 이 시내보다 약간 뒷날이지만, 이에야스(家康)가 오사카 여름전쟁 _(도쿠가와 이에야스가 겨울 전쟁·여름 전쟁의 두 차례 싸움을 일으켜 豊臣秀吉의 아들 秀賴를 공격하여 멸망시켰음)에서 승리를 거두고 교토로 입성했을 때

"홍아미 고에쓰(本阿彌光悅)는 어디 있나?" 하고 그 소식을 교토 치정관(治政官)에게 물었다. 이에야스가 일찍부터 좋아해 온 이 이름 높은 도검 감정가이며 또한 교토에서 손꼽히는 명사인 그에게도 전승의 기쁨을 나누어주고 싶었던 것이다. 치정관 이다쿠라(板倉)는 대답하길

"고에쓰는 잘 있습니다만, 아무튼 색다른 성미의 인물이라 요즈음은 교토 생활에도 싫증이 났는지 어딘가 호젓하고 외떨어진 곳에 가 살고싶다고 합니다."

"다카가미네를 주어라" 하고 이에야스는 말했다.

그 당시까지 다카가미네 하면 도둑의 소굴로서, 교토의 치안상 수백년 동안 문제가 된 곳임을 이에야스는 알고 있었다. 고에쓰 같은 명망가에게 그곳

을 주어 살도록 하면 그의 이름을 흠모하는 사람들이 많이 옮겨 살게 되고 발달도 하여, 도둑이 살지 못하게 되리라고 보았던 것이다.

 이윽고 고에쓰는 동서 2백 간, 남부 7정의 땅을 하사받아 60간이나 되는 저택을 짓고서 이주했다. 이에야스의 계산대로 고에쓰의 일족·친구 및 그의 영향 아래 있는 다인(茶人)·화공·붓 만드는 사람·도공(陶工) 등이 앞을 다투어 이주를 희망해 왔기 때문에, 고에쓰는 그들에게 토지를 나누어 주었고 집을 짓게 하였다.

 곧 쉰일곱 채의 집이 추녀를 잇대게 되었고 일종의 예술촌이 완성되었다. 이후, 오늘날까지 발전을 거듭해 왔다.

 그러나 쇼구로 당시의 다카가미네는 그렇지가 않았다. 교토에서 단바(丹波)로 가는 길목에 있으며, 등 뒤로 산봉우리를 지고 고원의 형태를 이루었고, 남쪽은 활짝 열려 있어 교토 거리를 한눈에 굽어볼 수가 있었다.

 "길은 여기서부터 단바 가도다" 하며 쇼구로는 터벅터벅 걸어갔다. 한 발자국마다 등 뒤로 교토의 불빛이 멀어지고 있었다. 달이 밝았다.

 "20 정만 가면 다카가미네다. 미미지, 한번 달려가서 낌새를 알아가지고 오너라. 교미(京見) 고개의 묘겐(妙見) 바위에서 만나자."

 "알았습니다."

 미미지의 그림자가 사라졌다.

 쇼구로도 다카가미네의 수상쩍은 집들이 보이기 시작했을 무렵엔 큰길에서 사라졌다. 논둑길이나 늪가, 숲 속 따위를 지나 모습이 발견되지 않게 하였다. 도둑은 신경이 날카롭다. 교토에서 왔다고 하면 경계하리라. 멀리 돌아서 마을을 지나 교미 고개로 나갔다가 다시 반대로 고갯길을 내려온다. 그렇게 하면

　——단바에서 온 수도승

으로 간주되어, 상대방에게 적의나 경계심을 주지 않게 된다. 이윽고 쇼구로는 교미 고개에 올라섰고, 그 고개 위 묘겐 바위에 걸터앉았다. 소나무가 흡사 우산처럼 쇼구로를 덮었고, 바람이 얼굴을 쓰다듬고 지나간다. 달이 등 뒤에 있었다.

 '오마아, 목숨은 무사할까.'

 어지간한 쇼구로도 빌고 싶은 심정이었다. 목숨은 무사하더라도 정조는 무사하지 않으리라. 그래도 쇼구로는

'정조 같은 것, 강간당했더라도 씻으면 될 일이야'
태평하게 마음먹고 있었다.
밤중이 되어 미미지가 언덕 아래로부터 기어 올라왔다.
"어떠냐?" 하고 손을 뻗쳐 끌어올려 주었다.
한집, 한집 숨어 들어가 속삭이는 사람의 말까지 엿들었다고 한다.
"있을 것 같더냐."
"예, 틀림없이 계십니다."
"어디에?"
쇼구로는 몸을 내밀었다. 들어보니, 기타 산(北山) 료간 사(龍嚴寺) 암자 하나가 비바람에 황폐한 채 남아 있는데, 그곳이 누군지 모를 자의 소굴이 되어 있고, 미미지가 마루 밑으로 숨어 들어갔더니 오마아를 닮은 목소리가 본당 근처에서 들렸다고 한다.
"상대편 인원은?"
"글쎄요, 다섯 명쯤 있었는지."
"방심을 하고 있구나. 설마 이 내가 미노에서 올라와, 눈이 벌게서 찾고 있을 줄은 놈들도 모르리라."
그렇게 말했을 때 쇼구로는 왼팔뚝을 움켜잡고 소리도 없이 바위에서 굴러 떨어져 언덕에서 한바퀴 돌더니, 그 다음은 스르르 모래먼지를 일으키며 언덕을 미끄러져 내려갔다.
언덕 아래 이르렀을 때
"기노시타야미(木下闇)일세" 하고 비웃는 목소리가 머리 위에서 들렸다. 쇼구로는 혀를 내둘렀다. 교묘하게 풀숲에 몸을 숨겼다고 생각했으나, 상대의 눈에는 쇼구로의 행동이 보이는 모양이었다. 왼팔뚝에서 피가 흐르고 있다. 바위 위에 있을 때 반궁(半弓)같은 것에 빗맞았다. 앗, 하고 깨닫고 스스로 굴러 떨어졌던 것이었다. "기노시타야미, 이제 웬만큼 귀찮게 굴지 말라. 돈이 탐난다면 줄 테니. 아니면 교토에 군사를 올려 보내어 네놈들의 소굴이란 소굴은 모두 불태워 버릴 테다."
휙, 하고 짧은 화살이 발 앞 흙에 꽂혔다. 그것이 대답이라는 것이리라.
'상대편은 귀신같은 놈이다. 예사 방법으로선 싸울 수 없다.'
쇼구로는 단숨에 본거지인 암자를 공격하리라 생각하고, 구르듯이 언덕을 뛰어 내려갔다. 등 뒤에서, 발소리가 저벅저벅 쫓아온다.

"미미지냐"

"예, 미미지입니다."

"나는 쳐들어가겠다, 넌 절에 불을 질러라."

"싫습니다."

상대가 웃었을 때 쇼구로는 깨닫고, 돌아다보자마자 칼을 옆으로 후렸다. 상대는 성큼 도약하며 오른편 언덕에 뛰어 올랐다. 기노시타야미다. 어디서 미미지의 목소리를 얻어 들었는지, 그의 목소리 그대로였다..

"기노시타야미, 오마아를 내놓아라."

"싫다, 돌려주지 않는다. 그보다 당신의 목숨을 뺏고 싶다."

"백년 지나면 주겠다"고 쇼구로는 자기 자신 자기의 대꾸가 마음에 들어, 길 위에 서서 웃기 시작했다.

"어떠냐, 나를 백년만 살려 두어라. 내가 이 나라에 살았기 때문에 후세의 역사가 바뀐다. 이 얼마나 즐거운 일이냐."

굉장한 자신이다. 기노시타야미도 태어나서 이렇듯 자부심 많은 사나이를 만난 일이 없으리라.

"재미있는 분이로군."

기노시타야미는 나직한 목소리로 말했다.

"그만한 양반이라면 나도 죽일 보람이 있겠군."

"딴은 그렇게도 말할 수 있지. 너도 보통 녀석은 아닌 것 같구나."

쇼구로는 설득을 단념하고 달빛 아래 고갯길을 성큼성큼 걷기 시작했다. 등 뒤에서 발소리가 난다.

이따금 돌아다보는 것이었으나 모습은 보이지 않았다. 쇼구로는 무너진 흙담 앞에 이르렀다. 이것이 기타 산의 료간 사의 암자이리라. 아니, 그렇지 않을지도 모른다.

'아닐까' 하고 쇼구로는 생각했으나, 무언가 한 가지 계책이 떠올랐다. 작은 문이 있다. 그 문으로 다가서자 느닷없이 쾅 하고 발길로 차 열었다. "오마아, 마중 왔다."

늠름하게 몇 마장 저편까지 들릴 듯한, 싸움터에서 단련된 목소리다. 문 안으로 날쌔게 뛰어 들어갔더니, 그 앞은 절 본당. 초가지붕이다. 장지문의 종이가 새하얗게 달빛을 빨아들이고 있다.

쇼구로의 등 뒤엔 어쩐 까닭인지 기노시타야미의 낌새가 없었다. 그걸 깨

닫고서

'음, 내 계책이 들어맞을 것 같다.'

쇼구로는 풀숲으로 허리를 굽혀 커다란 돌을 들어올렸다.

"도둑들아" 하고 쇼구로는 외쳤다.

"왜 맞아 주지를 않지? 맞아 주질 않는다면 이쪽에서 들어갈 테다."

말하면서 그 돌을 머리 위로 번쩍 들어올려 힘껏 던졌다. 돌덩어리는 커다란 음향을 내며 절 본당의 장지문을 뚫고 내부의 본당에 떨어졌다. 듣는 자가 있다면, 쇼구로가 본당에 뛰어들었으리라고 생각했으리라. 그 순간 쇼구로는 질풍처럼 풀 위를 달려 흙담을 뛰어넘어 길에 뛰어내리고, 다시 그 근처를 뛰어다니며 앞서의 절과 비슷한 황폐한 절을 발견하자

'그렇다면 이것일까' 하고 담을 기어올라, 안쪽으로 뛰어내렸다. 역시 본당이 있다. 옆에 작은 불당이 보인다.

그 안에 사람의 기척이 있었다. 쇼구로는 불당을 향해서 발소리를 죽이고 다가섰다.

"바보 같은 놈이야, 도치(橡) 암자에 뛰어든 모양이지──" 하고 안에서 목소리가 들렸다. 바보 같은 놈이란, 쇼구로를 가리키는 말이리라. 내부에선 대여섯 명이 웅성웅성 서성거리는 낌새였는데, 한 사람이 바깥 동정을 알고 싶었던 모양으로 창문의 고리를 따는 소리가 들렸다.

쇼구로는 획, 하고 추녀로 뛰어올랐다. 그 발밑에서 삐거덕 창문이 들어올려지고 사람의 머리가 하나 쑥 내미는 듯이 나왔다.

쇼구로는 큰 칼을 조용히 들어올려, 그 발밑의 목을 싹둑 잘랐다. 툭 하고 땅바닥에 뒹굴며, 그 얼굴이 수상쩍다는 듯이 쇼구로를 바라보았다. 갑작스런 일이라, 아직 자기가 죽었다고는 생각지 않고 있는지도 모른다. 몸뚱이만이 불당 안에 남았다. 안에 있는 패거리도 이 이변(異變)은 눈치를 채지 못하리라. 쇼구로는 창문을 들어올리고 아주 태연스럽게 불당 안으로 들어갔다.

"어떤가, 바깥 동정은?" 하고 사람 그림자가 코앞까지 다가왔다.

"별 일 없어."

쇼구로는 대꾸하며 날쌔게 그림자의 허리를 베어 버렸다. 둔중한, 뼈를 자르는 소리가 들렸지만 사나이는 외마디 소리조차 지르지 못하고 주위의 어둠 속에 피를 뿜으며 쓰러졌다.

'주스마루는 과연 명검이로구나!'
쇼구로는 혀를 내두르며 자기 칼에 감탄을 했다.

혈투

 싸움은 기습이 으뜸이다. 불당 안의 도둑들에겐 '앗' 하는 사이의 사건이 었으리라.
 쇼구로의 손과 발은 번개처럼 움직이고 큰 칼은 번쩍번쩍 종횡으로 춤추었다. 미노에서 수천의 병력을 지휘하고 싸움터를 누비며 다닌 쇼구로에게 몇 사람의 도둑 따위 문제가 아니다. 한 사람은 목이 날아갔고 한 사람은 허리가 잘렸으며, 한 사람은 놀라서 일어나려다가 배에서 등으로 꿰뚫리고 말았다. 남은 두 사람은 불당 구석에 움츠린 채 소리도 못 내고 꼼짝도 못했다.
 쇼구로는 비스듬히 칼을 겨누자
 "죽어라!" 하고 외치며 무지개 같은 빛을 끌면서 목을 베기가 무섭게 그 칼을 돌려 또 한 사람의 목도 마저 베어 버렸다.
 "오마아——" 하고 불당 가운데 쓰러져 있는 화려한 여자옷으로 다가갔을 때, 그 여자 옷이 움직였다. 그뿐만이 아니다. 오마아는 허공으로 도약하며 으악 하고 외치고, 그 오른손을 허공에 뻗치더니 칼날을 뽑아들어 휙 쇼구로의 정수리를 향해 내리쳐 왔다.

"……!"

놀란 나머지 쇼구로는 그 칼날을 막아낼 여유를 잃고서, 몸을 날려 뒹굴어 간신히 제1격을 피했다. 하나 미처 피하질 못하고 오른쪽 턱이 두 치 가량 베어져, 피가 턱에서 목으로 흘렀다. 제2격.

쇼구로는 뒤로 발딱 재주를 넘어 불당 구석으로 달아났고, 간신히 서려고 한 찰나, 번개 같은 속도의 제3격을 받았다. 정신없이 주스마루를 들었다. 쨍그렁 칼날이 울었고 불꽃이 튀며, 상대편 칼을 가까스로 막았다.

"오맛!"

이 순간만큼 쇼구로가 놀란 때는 없었으리라. 오마아의 목이 없다. 몸뚱아리인 채 손발이 움직이고 초인적인 칼 솜씨로 쇼구로에게 덤벼드는 것이었다.

"오, 오마아. 모, 목이 어떻게 됐나."

"내 목 말이냐" 하고 칼을 가진 오마아의 목소리가 역력히 들렸다.

"보고 싶으냐."

앗 하고, 여자 의복인 몸뚱이에서 오마아의 목이 출현했다. 웃고 있다. 탈바가지처럼……

"요물!" 하고 외치며, 쇼구로는 칼을 높이 들었다. 그러나 그대로 팔이 굳어졌다. 벨 수가 없다. 쇼구로는 알고 있었다. 상대는 오마아가 아니리라. 기노시타야미의 변장이리라. 하나 변장한 것이건 뭐건 오마아의 얼굴이 처참한 미소를 띠고 육박해 온다.

벨래야 벨 수가 없는 것이다.

"기노시타야미, 졌다."

칼을 내리고 허점투성이인 몸을 무방비 상태로 만들었다. 쇼구로는 지난달 묘카쿠 사의 수도승 출신이다. 이 절박한 장소에서 생사의 집념은 일체 버렸다. 불가에서 말하는 방하라고 해도 좋다. 온갖 인연을 포기했다. 온갖 인연의 근본이 되는 자신도 포기했다.

나무 묘법연화경 무유생사 약퇴약출 역무재세 급멸도자
비실비허 비여비이 불여삼계
'南無妙法蓮華經 無有生死 若退若出 亦無在世 及滅度者
非實非虛 非如非異 不如三界……'

습관이 된다는 것은 무서운 일이다. 온 몸뚱이의 혈관이 고동을 치면서 소리 없는 법화경을 염하는 것 같다. 쇼구로는 무(無)로 돌아갔다. 거기 마침 불구(佛具)가 있었다. 불구와 같은 물체로 돌아갔다. 거기 마침 공기가 있었다. 공기로 화했다. 이런 상대를 벨래야 벨 수 없는 것이다.

오마아는——아니 오마아의 옷을 입고 있는 기노시타야미는 칼을 쳐든 채 부들부들 떨었다. 아니, 필자는 말하리라. 이 동안의 묘사에 긴 설명을 늘어놓았다. 쌍방으로 볼 때에는 이것저것이 모두 순간이고 심리의 추이(推移)에 지나지 않는다. 그 다음 순간, 쇼구로의 몸뚱이 속에서 법화경 고동은 사라졌다. 방하는 끝났다. 무가 유로 바뀌었다. 이 사나이는 원래의 사나이로 돌아갔다.

돌아간 순간

"죽어라!" 하고 외치자마자 큰 칼은 허공에 원을 그렸고, 여장한 눈앞의 적을 정수리에서 엉덩이까지 두 쪽 낼 만큼 베어 내리고 있었다.

철썩 하고 피투성이 고깃덩어리가 뒹굴었다. 오마아의 얼굴이 세로로 쪼개어져 있다. 탈바가지에 지나지 않는다. 쇼구로는 가면을 벗기고 '진짜' 얼굴을 보았다. 살짝 곰보인 평범한 30대 남자 얼굴이 나타났다.

'이것이 기노시타야미였구나.'

쇼구로는 등잔불을 켜고서 주위를 둘러보았다.

'어디 있을까?'

——오마아는, 하고 여기저기를 뛰어 다니며 찾았다. 불단 뒤로 돌아갔다.

'?'

어둡다. 기웃거리고서 손을 넣어 보았더니, 인간의 팔이 잡혔다.

"오마아——" 하고 쇼구로는 힘을 주었다. 팔뚝에 몸뚱이의 무게가 끌어올려져 왔다. 머리카락이 마룻바닥에 흐트러졌다. 머리가 있다. 다리도 있었다. 알몸이었다. 다행히 숨은 쉬고 있었다. 기절한 것이다. 쇼구로는 그걸 불당 중앙에 끌어내어 부처님 앞의 등명(燈明)을 내려다가 몸을 살폈다.

피부에 상처가 많다. 온갖 짓거리를 당하며 반항했던 모양이다. 쇼구로는 등명접시를 오마아의 유방에서 복부로 이동시켰고, 다시 그 아래를 비췄다.

"오마아, 봐 줄 테다"고 쇼구로는 다정하게 중얼거렸다. 물론 오마아의 의식은 컴컴한 하늘 저편을 헤매고 있었으리라.

쇼구로는 힘을 주어 두 다리를 벌리고 그 사이에 등명접시를 들이 밀며, 사타구니에 있는 불룩한 것과 움푹한 것에 불빛을 비쳤다. 보석 왕관과 같은 품위가 있다. 검은 거위털을 풀어 놓은 듯한 부드러운 장식이 불룩한 곳을 덮고 그 장소를 장엄케 했으며, 그 아래 젖은 갈색의 선이 아래로 그어져 있었다. 쇼구로는 몇 백 날인지 모를 밤을 이 장소에서 기쁨을 누렸다. 그의 교토 시대 청춘은 모두가 이 속에 매장되어 있다고 해도 좋았다.

일찍이 오마아는 장난삼아 이 장소를 "노노님"이라고 불렀다.

부처님이라는 뜻의, 어린 계집아이 용어다. 쇼구로는 문득 그걸 되살렸다. 호신불(護身佛)이 무참하게도 깨어진 것만 같은 느낌이 들었다. 희미하게 피가 스미고 있었다. 남자의, 그것도 숱한 정액이 그 언저리를 적시고, 냄새를 풍기고 있었다. 쇼구로는 오마아를 어깨에 둘러메고 불당 밖으로 나왔고, 달빛 아래를 걸었다. 절 뒤 가미야 강(紙屋江)이 흐르고 있다. 둑을 내려가서 얕은 강기슭에 오마아를 눕혔다. 쇼구로는 당시 아직도 진귀했던 '무명' 헝겊을 한 조각 갖고 있었다. 그걸 물에 적셔 오마아의 그 부분을 정성껏 씻어 주었다. 쇼구로는 씻는다. 입으로 염불을 외고 있다. '묘법연화경 피파달다품(提婆達多品) 제12' 가운데 여인을 깨끗하게 해 준다는 경문이었다. 쇼구로는 한문으로 씌어진 불경을 새겨가면서 억양을 붙이고 구슬프게 외었다.

"――여신(女身)으로 오예(汚穢)로서, 이건 법기(法器)가 아니로다. 어찌하면 최상의 보리(菩提)를 얻을 것이냐. 부처님의 길은 아득하도다……. 여인의 몸에는 오장(五障)이 있도다. 첫째로는 범천왕(梵天王)이 될 수 없음이라. 둘째로는 계석(帝釋), 셋째로는 마왕(魔王), 넷째로는 전륜성왕(轉輪聖王), 다섯째로는 불신(佛身)이로다. 어찌하면 여자의 몸이 빨리 부처가 될 수 있을까……."

그때, 둑의 잡초를 밟으며 미미지가 내려왔다.

쇼구로를 찾아다녔던 모양이다. 그 미미지에게, 쇼구로는 사정은 설명하지 않고

"교토로 달려가라" 하고 명령했다. 야마자키야로 달려가서 오마아의 의복을 한 벌 갖고 오라, 하고 말했다. 미미지는 곧 가미야 강의 둑길을 남쪽으로 바람처럼 달리기 시작했다. 쇼구로는 자기의 의복을 벗어 오마아에게 입혀 충분히 살갗을 가려 주고 나서, 등을 돌린 다음 힘을 주어 정신이 깨어나도록 했다.

"아아!" 하고 오마아는 눈을 뜨더니, 얼굴을 공포로 경련시키며 무언가 외치려고 했으나

"나야." 쇼구로는 오마아의 볼을 두 손바닥으로 싸쥐며 일러 주었고, 또한 당신은 구출되었소, 라고도 말했다.

오마아는 더욱 혼란을 일으켰다. 아직도 불당 안에 있는 줄로만 생각하고 외치고, 광란했고, 쇼구로의 노력에도 불구하고 또 다시 까무러쳤다. 이윽고 미미지가 말을 달려 돌아오는 것을, 쇼구로는 둑 위에서 맞았다. 쇼구로는 오마아에게 옷을 입혀 주고 말 위에서 끌어안더니, 고삐를 입에 물고 곡예처럼 말을 몰았다.

"미미지, 또 한 가지 할 일이 있다."

"무엇입니까?"

"여우를 여섯 마리" 하고 엉뚱한 말을 했다.

"이 근방의 사냥꾼 집들을 돌아다녀 모아 다오. 시체라도 좋다."

오마아가 나라야의 안채에서 의식을 완전히 되찾은 것은, 이튿날 오후가 되고 나서였다. 그 무렵에는 쇼구로도 미노로 급히 돌아가려고 여장을 갖추고 있었다.

오마아에게 많은 말도 하지 않았다.

"보라, 뜰을" 하고 턱짓으로 가르쳤다. 중뜰이 있다. 석양이 쏟아지고 있었다. 산복숭아나무·전나무·소나무·그리고 싸리나무, 그런 나무들 밑마다 군데군데 여우의 시체가 뒹굴고 있었다.

"여섯 마리 있소, 당신을 홀리러 왔던 거요. 그러나 남김없이 처치해 버렸으니, 이젠 아무 일도 없었던 것처럼 생각해요."

"여우가?"

오마아는 놀랐다. 확실히 강간당한 기억이 있다. 몇 사람이나, 몇 사람이나 되는 남자들이 캄캄한 어둠 속에서 오마아의 몸에 충격을 주었다. 그것이

여우였다는 말인가!

"여우?"

쇼구로는 그늘지지 않은 얼굴로 웃고 있다.

"하지만 여우가 저를?"

"어떻게 몸을 더럽혔겠느냐 이 말이지? 아냐, 그건 환영이었어. 나는 묘카쿠 사에서 불경을 공부했기 때문에 알고 있어. 여우란 사나이로 둔갑을 해도 인간의 여자하고는 상관을 할 수 없대. 여래님이 그렇게 말씀하셨지."

"여래님이?"

부처 말이다. 하긴 아무리 요설(饒舌)인 석가라도 그런 일까지 말할 리가 없다.

"오마아, 말해 두겠지만 그대의 몸에는 나의 법화경이 오장육부까지 스며들고 있어. 인간은 물론이거니와 여우나 요괴라고 할지라도 그대를 범접할 수 없지. 알겠느냐? 내 몸은 깨끗하다고 생각해."

쇼구로의 말은 언제나 논리적이 아니다. 이상한 음악이었다. 누구에 대해서도 그렇지만, 이 경우 오마아도

'그랬구나' 하고 마침내 믿어 버렸다. 그러나 그렇긴 하더라도, 자기를 홀린 나쁜 여우들을 순식간에 퇴치해 버린 쇼구로는 정말이지 귀신도 놀랄 솜씨가 아닌가.

"서방님은 정말 강하서요."

"오, 웃었구나" 하고 쇼구로는 기뻐하면서 오마아의 어깨를 끌어당겨 입을 맞추어 주었다.

"이번에 돌아올 때까지 몸 성히 있어요."

"벌써 미노로?"

오마아는 불안한 듯이 말했다. 또 여우들이 홀리러 오면 어떻게 한단 말이지?

"오마아, 교토는 여우 정도라 그래도 괜찮아. 미노에는 산돼지가 나오지."

"산돼지?"

"유명(幼名)을 이노코보시(亥子法師)라고 부르는 사나이로서, 요즈음 한창 젊은이가 되었지. 흔히 고지로(小次郎)라고 부르는데, 정식 이름은 요리히데(賴秀)라고 하지. 지금은 내 정면의 적이야."

"어떤 사람인데요?"
"미노의 태수님 요리아키공의 장남이시지."
"그럼 주군이 아니세요?"
그렇다. 미노 태수 요리아키의 황태자로서 장차 요리아키의 뒤를 잇고 미노 일국의 주인이 될 인물이다.
"딴은, 세상 상식으로 말하면 주군이지. 그러나 오마아도 알아 둬, 이 쇼구로에게는 원래 주인이란 게 없어."
"거짓말!"
아무리 여염집 여자라도 쇼구로의 이론이 우스꽝스럽다는 것쯤은 안다. 쇼구로는 미노의 태수 대리. 다시 말해서 도키 가문의 가로(家老)로 태수 요리아키를 섬기는 몸이다. 말할 것도 없이 요리아키가 주인이 아닌가.
"그렇지 않다니까."
"그럼 어느 분이 서방님의 주인이십니까?"
"시대야. 시대라고 하는 것이지. 시대만이 나의 주인이다. 시대가 나에게 명하고 있다. 그 명령하는 바에 따라 나는 움직인다. 시대란 무엇이냐? 하늘이라고 바꿔 말해도 좋지."
"하늘?"
"그렇지. 중국에는 그런 사상이 있다. 왕실이 오래되고 시대를 담당할 능력을 갖지 못하게 되면 천명이 바뀐다. 즉 하늘은 영웅호걸을 골라 풍운 속에 검을 잡고서 일어나도록 하고, 왕실을 쓰러뜨려 새로운 정치를 펴게 한다. 이걸 혁명이라고 한다. 혁명아에게는 본래 주인이 없다. 있는 것은 단지 하늘뿐."
"서방님은 하늘이 내신 분인가요?"
"그렇게 믿고 있지. 하늘이 낸 사람인 내 앞길을 막는 자는 태수님의 장남 고지로 요리히데 님이라 할지라도 토멸시킬 뿐이다."
그런데 그 고지로 요리히데. 그는 쇼구로야말로 나라를 뺏는 자라고 보고, 아버지인 요리아키에게 연신
"그 자를 신임하지 마십시오, 이윽고는 우리 도키 가문을 멸망시켜 국토를 강탈할 것은 불을 보기보다도 명백한 일이옵니다"고 상신하고 있다.
그러나 이 당시 귀족 사회의 부자라는 건 보통 냉담한 것으로서, 요리아키는 결코 그 아들인 고지로를 사랑하고 있지는 않았다. 고지로가 간할 적마다

"나는 그 자를 믿고 있다. 그 자가 이나바 산성에서 사방의 나라들을 위압하고 있는 한 오미의 아사이도, 오와리의 오다도 겁이 나서라도 쳐들어오진 못한다. 그 자를 만일 추방한다면 어떻게 되겠는가? 아사이·오다는 노도처럼 미노로 쳐들어와서 나누어 갖고 말 테지."

"아버님, 아버지는 속고 계신 것이옵니다. 옛날부터 국내에서 권력을 얻으려고 하는 음모가는 있지도 않은 이웃 나라로부터의 침략 위기를 연신 떠들어 나라 안의 위기감을 부채질하고, 그 국난을 극복할 수 있는 건 나뿐이다 하고 선전하고서 어느 틈엔가 일국의 중심을 차지하여 주저앉는 법입니다. 중국에도 그런 예가 있었지요. 이를테면 옛날부터 써먹는 수입니다. 아버님은 그 자에게 이용당하고 계신 것입니다."

"이용당하고 있어?" 하고 요리아키는 노기를 띠었다. 귀족이다. 어린아이 같은 자존심을 가졌고, 결코 이용당할 만큼 자기는 못난이가 아니라고 굳게 믿고 있다.

"고지로, 너야말로 이웃 나라의 오다 노부히데에게 이용당하고 있잖으냐."

고지로 요리히데(賴秀)의 '히데(秀)'란 자는 이웃나라 오와리와의 우호관계를 유지하기 위해서, 특히 노부히데를 성인식의 대부(代父)로 부탁하여 노부히데(信秀)의 '히데'라는 글자를 얻어 이름 붙인 것이었다. 그 인연으로 고지로는 가상 적국인 오와리 오다 가문과는 친하고, 이따금 개인적으로 오와리에 놀러도 간다.

그 사이 노부히데로부터

"사이토 히데타쓰(쇼구로)야말로 나라 도둑질할 자요. 지금 쫓아내지 않으면 큰 일이 날 것이오" 하고 귀가 아프도록 들었다. 쇼구로가 없는 미노라면, 쳐들어간다 해도 무인지경을 가는 거나 다름없다. 노부히데는 권모술수가 뛰어난 사나이니만큼 이웃나라의 아직 철부지인 젊은 공자를 꼬드기고 있다. 그뿐만 아니다.

"귀공의 아버님은"

요리아키의 공격도 했다.

"그 자의 부추김으로 주지육림의 생활에 빠져 있소. 그렇게 하고서는 도저히 나라를 지탱할 수 없지요. 어떻습니까, 귀공은 미노의 적자(嫡子)요. 군사와 군량을 빌려드릴 테니 요리아키씨를 쫓아내고 귀공이 그 자리에 앉는 것은?"

아버지를 추방하는 쿠데타를 하라는 말이었다. 즉 미노에 괴뢰 정권을 세우고 장차는 오다 가문의 것으로 만들겠다는 속셈이었으리라. 이것에는 고지로도 구미가 당겨

'한번 해 볼까' 하고 생각했다.

그렇다고 해서 아버지를 처음부터 몰아내는 것은 삼갔으나, 오다 가문의 군사를 빌어 이나바 산성을 포위하고 하다못해 쇼구로라도 죽이겠다고 결심했다. 이것이 쇼구로의 귀에 들어갔다.

'언젠가는 고지로가 아버지인 태수의 지위를 뺏으려고 오다 군의 선두에 서서 쳐들어온다고 생각했었다.'

'그런데——'

의외로 그 시기가 빨랐던 것이다.

교토에 묵고 있는 사이, 미노에서 돌아오는 야마자키야의 기름 행상인이

"이나바 산성을 오다 군이 에워쌌답니다" 하고 전해 왔다.

"돌아가면, 내 반평생에 있어 가장 큰 싸움이 나의 귀국을 기다리고 있다" 하고 쇼구로는 오마아에게 말했다.

"하나 염려할 것 없다. 내가 누구인데."

쇼구로는 태연하다.

"이걸 기회로 오다 군을 무찌르고 쫓아 버리겠거니와 내통자인 고지로 요리히데도 없앨 작정이다."

"그럼 미노에서는 서방님이 귀국하시자마자 전쟁이 기다리고 있겠군요."

쇼구로가 미노로 급히 돌아가기 위해 교토를 떠난 것은 그날 밤이었다.

임시 부부

쇼구로는 교토에서 미노 산하를 향해서 밤을 낮삼아 달려갔다. 마치 서유기의 손오공처럼.

이상한 사나이다. 오늘 교토 야마자키야에 있는가 하면, 며칠 후에는 미노성에 있다. 중세 사람들인 교토 감각으로 볼 때에는 귀신같은 행동이라고 하잖을 수 없다. 이 사나이의 귀신같은 행동이 그를 전국의 영웅으로 만들었으리라.

'건각(健脚)'이란 점도 있다. "틀림없는 건각이지" 하고 쇼구로는 뽐내리라. "교토에서 미노의 가노까지는 3백 리 하고도 32 정이나 되지" 하고 자

랑할 게 틀림없다. 그러나 건각만 갖고서는 신출귀몰의 왕복을 못한다.

비밀이 있다. 교토에서 미노까지 통과하는 나라는 오미(近江)이다. 가도는 비와 호(琵琶湖) 동편 기슭의 들을 지나고 있다. 이 비옥한 들은 많은 무장·토호들을 키우고, 그들이 저마다 성채·관문을 마련하여 통행인을 단속하고 있는 것이다.

교토를 나서면 남 오미는 가마쿠라 이래의 가계를 자랑하는 록카쿠 씨(六角氏)의 영토다. 이어서 가모 씨(蒲生氏)·교고쿠 씨(京極氏)·아사이 씨(淺井氏)니 하는 여러 무장들이 가도에 많은 관문을 설치하여 목책을 높다랗게 둘러치고 문지기 초소를 두어 관문지기들을 상주시키며

"잠깐——" 하고 검문을 하는 것이었다.

목적은 '돈'이었다. 통행세를 받아 영주의 현금 수입으로 삼고 있다. 무로마치 막부 정치의 폐단으로서, 이를테면 이세(伊勢)의 구와나(桑名)에서 히나가(日永)까지의 30리 남짓한 사이에 관문이 60군데나 있었다. 웬만한 돈을 갖고 있더라도 30리를 걷는다면, 점점 돈이 줄어들어 60번 째의 관문을 지났을 무렵에는 동전 한 푼 없는 걸인이 되고 만다. 여담에서 또 여담이 되지만, 이 유료 관문 하나만 예로 들더라도 서민에게 이 시대가 얼마나 살기 어렵고, 얼마나 불편했던가를 알 수 있다. 자기도 모르게 서민들은

"현세란 이 얼마나 고된 것일까"라고 생각하고, 슬퍼하여 죽음을 생각하고, 내세를 간절히 소원하고, 죽으면 극락이라는 게 있다 생각했다. 그 심정을 인도해 주는 정토진종(淨土眞宗)이니 시종(時宗)이니 하는 종교가 왜 폭발적으로 유행했는지 알 수 있으리라. 요컨대 무로마치 막부의 악정에 이어지는 전국 할거(割據)의 폐단이다.

"세상을 바로잡을 자가 나오지 않나" 하고 시대의 저류는 갈망하고 있었다.

천하를 무력으로 평정하여 세상을 통일하고, 세상을 바로 잡고, 새로운 정치를 펴나가는 강력한 영웅이 필요했다. 그러나 그 역세혁명에의 동경은 쇼구로의 사위인 오다 노부나가의 출현을 기다리지 않고선 끝내 실현되지 않는다. 노부나가는 관문을 철폐했다.

그건 그렇고 쇼구로——

그는 교토·미노의 왕복에, 이 숱한 수효인 유료 관문을 성큼성큼 통과한다. 왜냐하면 그는 예사 인간이 아니다. "기름장수 야마자키야 쇼구로" 하

면, 유좌(油座)가 있는 대야마자끼 하찌만 궁의 '신인'으로 등록돼 있기 때문이다. 신인의 통행증만 있으면 여러 나라의 관문을 무료로 통과할 수가 있었다. 더구나 교토와 미노 사이의 숱한 수효의 관문에는 교토의 야마자키야에서 평소 많은 뇌물이 바쳐지고 있었다.

어느 관문의 관문지기라도 쇼구로의 얼굴을 보면

"아, 이건 야마자키야의" 하고 정중히 통과시켜줄 뿐 아니라, 해진 뒤 관문의 문이 닫혀도

"교토의 야마자키야입니다"라고 외치며 두들기면

"아니, 야마자키야라구. 밤길에 수고가 많소" 하고 문을 열어 주고 통과시켜 준다.

물론 이들 관문의 관문지기들은 이 기름장수가 사실은 미노의 태수 대리이자 이나바 산성의 성주이며, 사방에 그 무용을 떨치고 있는 무장일 줄은 꿈에도 모른다.

'귀신 같은'

쇼구로의 미노 왕복의 비밀은 거기에 있다. 왕복하지 않는다면, 쇼구로는 미노를 뺏지 못한다. 야마자키야의 거대한 현금을 미노에 쏟아 넣음으로써 착착 그 지위를 쌓아 올려 왔다. 뭐니뭐니해도 만사 독창적인 사나이인 것이다.

미노로 나는 듯이 돌아와 쇼구로는 사기야마(鷺山 : 현재의 岐阜市 서편) 근처 농가로 들어가 잠복하고, 미미지를 시켜 이나바 산성을 포위한 적군의 동정을 정찰케 했다.

미미지는 곧 되돌아와서

"적의 병력은 3천. 그 중 오다 노부히데 군은 2천, 고지로가 긁어모은 미노병은 1천.——그들이 성 아래거리인 이노구치(井の口)를 불태워 버리고 겹겹이 산기슭을 에워싸고 있습니다."

이나바 산성에서 농성하고 있는 쇼구로의 수비부대는 5백 밖에 안 된다.

"이길 수 있을까요?"

미미지도 창백한 얼굴이었다. 첫째 대장인 쇼구로는 성에 들어가지도 못하고 있잖은가.

"걱정 말라" 하고 쇼구로는 야간에 행동을 개시하기 위해 농가의 헛간을

빌려 잠을 잤다. 몸은 농군 차림으로 변장을 하고 있다. 하긴 그저 잠을 잔 것도 아니다. 생각해 보아도 알리라, 대장 혼자 헛간에서 자고 있으면 이집 주인인 농부가 어떤 악한 마음을 품고 적에게 내통할지도 모르는 일이다. 적이 달려와 헛간을 포위하고 쇼구로는 벌레처럼 살해되고 만다.

그러므로 자기 전에 그 집 농부 영감에게
"입을 다물어야 해" 하고서 품에 지니고 있었던 은과 영낙전을 모두 주고, 다시
"거기 딸이 있군. 이름이 뭐야?" 하고 물었다. "와카나(若菜)라고 부릅지요."
"좋은 이름이다. 장차 해롭게는 않을 테니 헛간에서 내 수청을 들게 해라" 하고 부드럽게 설득했다. 그러나 본심은 별로 다정한 것도 아니다. 밀고 방지를 위한 인질이다. 영감으로서는 도리 없다. 상대가 아무리 몸뚱이 하나뿐인 몰락자 비슷한 모습이 되어 있더라도 이 나라의 태수 대리님이고, 검과 창의 솜씨로는 나라 안에 당할 자가 없고, 또한 대군을 움직여서는 진 일이 없다고 하는 사나이인 것이다. 그런 그가 부드러운 목소리로 살살 달래고 있다.
"딸도 과분한 은혜로 알겠습죠" 하고 반은 울상이 되어 고개를 끄덕였다. 그러나 한편으론 불안이 있었다. 만일 쇼구로가 졌을 경우, 그의 적으로부터 이 영감은 벼락출세를 한 태수 대리를 숨겼다는 트집으로 죽을 것이 뻔하다.
"영감, 슬픈가?" 하고 쇼구로는 영감의 마음을 눈치채고 말했다.
"걱정할 것 없다. 내가 전쟁에 졌다는 이야기를 들은 일이 있나?"라고 달래고 일어섰다. 그때는 벌써 와카나의 손목을 잡고 있었다. 헛간으로 들어갔다. 다행히 짚이 쌓아 올려져 있었다.
쇼구로는 벌렁 눕고서 처녀를 끌어당겨
"처녀, 그대하고 약혼한 젊은이가 있나?" 하고 귀에 대고 속삭였다. 처녀는 떨고 있다. 떨면서, 없습니다, 하고 말했다.
"그럼 오늘부터 내 색시다. 전쟁이 끝나면 성에 오너라.——오, 고운 살갗을 하고 있구나" 하고 잘룩한 허리를 쓰다듬었다. 그러나 처녀는 여전히 떨고 있다.
"남자라는 것은 알고 보면 아무런 무서움도 없는, 똑같은 사람이지. 자,

보아라."

쇼구로는 대뜸 짧은 바지를 내리고서 자기의 이상한 돌기물을 보였다.

"어때, 보면 볼수록 우스꽝스런 모습을 하고 있지? 그러니 이상한 것은 아무것도 없는 거야. 그런데 네 것은 어떻게 생겼니?" 하고 와카나가 눈 깜짝할 사이, 옷자락을 들어 배꼽까지 걷어 올리고 말았다.

까만, 조그마한 융기가 쇼구로의 눈앞에 나타났다.

"앗핫핫핫" 하고 웃으면서 그 불룩한 것을 만지며

"네 것도 이상한 모양을 갖고 있구나. 와카나, 나하고 네 것을 비교해 보아라, 웃음이 나온다."

쇼구로는 일어나서 와카나에게 자기의 사타구니를 역력히 보였다. 이상한 사나이였다. 죽느냐 사느냐 하는 전쟁이 시작되려는 직전에, 열심히 시골 아가씨를 꾀었다. "어때, 재미있지? 그러나 이 아무런 이상할 것도 없는 우스꽝스런 것이 선도 되고 악도 된다. 사람의 운명을 지배하든가 때로는 세상을 떠들썩하게도 만든다. 그러니까 사람 사는 세상은 재미있지."

쇼구로는 털썩 하고 짚 위에 앉았다. 그 모양이 우스웠던지, 와카나는 비로소 웃었다. 쇼구로는 처녀의 긴장이 풀린 것을 재빨리 포착하여

"그럼 그 재미를 시작해 볼까."

목소리는 태평스러웠으나 행동은 무섭게도 재빨랐다. 순간적으로 처녀의 육체를 찢고, 그 뒤엔 조용히 애무해 주었다.

해가 저물었다. "와카나, 나하고 내외인 것처럼 꾸미고 오오가 성(大桑城)까지 가 다오."

오오가 성은 태수 요리아키의 거성이다. 쇼구로가 갖은 구실을 붙여서 가와테 부성에서 나가라 강가의 에다히로 성으로 옮기고, 다시 그곳이 홍수로 무너진 것을 기화로 삼아 미노의 중심에서 먼 오오가 산성으로 옮기고 말았다. 현재로 말하면 나가라 다리(長良橋)에서 북쪽 30리 산속이다.

"자, 가자" 하고 두 사람은 자못 농군다운 차림으로 변장하고서 밤길을 떠났다. 쇼구로가 와카나에게 가르쳤던 것처럼 남녀란 이상한 것으로서, 그가 말하는 '이상할 아무것도 없는 것'을 서로 보여주든가 만지든가 한 순간부터 가까이 의지하며, 걷는 그림자의 모습까지 달라지는 모양이다.

미미지는 추녀 밑에서 '두 사람'을 배웅하며

'놀라운 솜씨야. 마치 1년을 동고동락한 부부처럼 보이니' 하고 혀를 내두

르며 감탄했다.

오오가 성에 이르자 쇼구로는 곧 옷을 갈아입고 요리아키를 만났다. 요리아키는 쇼구로의 갑작스런 행방불명과 느닷없는 출현에 완전히 놀라워하고 있었다.

"어디 갔었나?"

"교토입니다" 하고 태연히 대답했으므로, 더욱더 놀라서 교토에는 무엇을 하러 올라갔었나, 하고 물었더니

"오랜만에 도성의 가무음곡을 즐기고 왔지요" 하고 말하잖는가.

"그대의 풍류에도 질렸네. 내 풍류도 병이지만, 그대 것은 더욱 고칠 수 없는 고질병이란 말이다. 아니 그대 태평스럽게도 성을 빠져나가 교토에서 가무음곡을 즐기고 있었단 말인가?"

기가 차면서도, 그러니까 이 쇼구로가 마음에 드는 것이다 라고, 그림과 여색에만 빠져 있는 이 시골 귀족은 새삼스레 생각하는 것이었다.

"교토 이야기라도 하겠습니다."

"잠깐 기다려. 어디까지나 태평스런 사나이로군. 그대가 없는 동안 큰일이 벌어지고 있단 말이다."

"정말, 주군 말씀대로입니다"라고 쇼구로는 쓴웃음을 짓고 "빈 집을 노린 덕분에, 성에 돌아가지도 못하고 잠자리도 없이 밤길을 헤매고 있었지요."

"그대에게는 재치도 있다, 무용도 있다. 단 한 가지 결점은 태평스럽다는 거야"

요리아키는, 즉 요리아키만큼이나 방탕한 음란으로 말랑말랑해진 귀족이 쇼구로의 무궤도함을 설교한 것이 어지간히 뼈저리게 생각되었던 모양.

"그러나 주군. 저를 비웃고 계시지만 주군도 이것이 마지막이겠군요" 하고 뜻밖인 소릴 했다.

"뭣이, 어째서냐?"

"불행하게도 자제이신 고지로 님의 모반이니까요."

쇼구로가 말하지 않아도 요리아키 역시 그렇게 생각하였다.

──그 놈은 어디로 갔지

하고 걱정하면서 요 며칠 동안, 쇼구로가 돌아오기를 애타게 기다리고 있었던 것이었다. 쇼구로가 말한 것처럼 장자(長子) 고지로 요리히데의 돌연한 군사 행동은 '반역'으로 밖에 생각할 수 없다.

"나도 모반이라고 보고 있다" 요리아키는 말했다.

요리아키는 그가 열여덟 살 때 태어난 고지로라고 하는 장남을 사랑하고 있지 않았다.

"정말이지, 괘씸한 일이다"라고 요리아키가 파랗게 질려서 말한 것은, 무장의 가문에선 장남이 아버지를 몰아내고 자기가 지배자의 자리에 앉는다는 일이 흔히 있는 예였기 때문이다. 이 시기보다 약간 뒤지만, 가히(甲斐)의 태수 다케다(武田) 가문에서 그런 사건이 일어났던 것이다. 당주가 그 장남에게 추방되었다. '반역'을 일으킨 장남이 뒷날의 다케다 신겐(武田信玄)이다.

"만일 모반이 아니라고 하더라도" 하고 쇼구로는 말했다.

"고지로 님은 이미 이웃 나라의 오다 노부히데와 내통하고, 그 병력을 나라 안에 끌어들이고 계십니다. 오다 노부히데는 이걸 기회삼아 미노에 발을 붙이고 야금야금 영토를 갉아먹고 마침내는 이 나라를 뺏을 것입니다. 지금이 망국의 위기라고 말씀드린 것은 바로 그 점이지요."

"무슨 계책이 있나?"

"없습니다." 쇼구로는 박정한 소리를 했다.

"그러나 주군. 지금 제가 말씀드리는 단 한 가지 계획을 써 주신다면, 저까짓 적군은 하루 동안에 격파해 보이겠습니다."

"어떤 계책인가?"

"고지로 요리히데 님과 즉각 인연을 끊으시고 남이 되는 것입니다. 그것을 고지로에게 가담한 미노 무사에게도 알리고 동시에 지체없이 온 미노에 포고하시는 것이죠."

"뭐야, 겨우 그것뿐인가?"

"들어주시겠습니까?"

"하고말고." 요리아키가 고개를 끄덕이자, 쇼구로는 요리아키의 서기를 불러 모아 백매 이상의 군령장(軍令狀)을 쓰게 하였다. 군령장에는 고지로를 폐하여 서인으로 만든다는 취지를 적고, 겸하여 출전준비를 갖추고 오오가 성에 모이라는 명령이 기록돼 있다.

그날 밤 백 명 이상의 사자가 그것을 갖고 오오가 성에서 사방으로 흩어졌다. 새벽녘 가까이 되자 동원령이 내린 근처 토박이 무사가 삼삼오오 모여들었고, 해가 떠올랐을 무렵에는 3백 기 가까이 되었다. 도보 군사, 졸개 따위를 포함해서 6백 명은 실히 되리라.

　적은 3천.

　"오늘 하루 기다리면 5천은 모일 테지" 하고 요리아키는 말했으나, 쇼구로는

　"이것만으로 돌입하겠습니다"고 말했다. 시간이 늦어지면 정작 이나바 산성이 함락될지도 모르는 것이다.

　"염려 없겠나?" 요리아키는 불안해하였지만, 쇼구로는

　"안심하십시오" 하고 믿음직스럽게 대답했다.

　쇼구로는 갑옷을 입고 '파도'의 기치 열 개를 나부끼게 하고서 말 위에 올라타자

　"내 지휘에는 신불의 가호가 있다"라고 전군에게 알리도록 했다.

　"그 증거로 한 번이라도 진 일이 있더냐. 작은 병력이므로 죽을힘을 다하여 싸워라. 은상은 활동에 따라 얼마든지 주리라."

　전군은 환성을 올렸다. 딴을 그렇게 듣고 보니 쇼구로는 상승(常勝)의 기록 소유자였다. 전쟁의 솜씨가 있든 없든 불문하고 운수 나쁘게 패전의 기록이 많은 대장 아래에서는 졸병이 사기를 잃는다. 불안하기 때문이다.

　"뛰어라" 하고 출발 명령을 내리자, 쇼구로는 대장의 몸이면서도 단신으로 유성처럼 군사들 사이를 달려서 선두로 나섰고, 다시 달렸다. 일동 역시 이끌리듯 달린다. 30리를 내내 달려 포위군의 등 뒤로 나서자, 미노 무사의 진지를 향해 화살에 맨 쪽지를 쏘아 보냈다. 화살 쪽지에는 요리아키가 손수 서명한 군령장이 적혀 있었다.

　고지로는 이미 폐하여 서인으로 만들었다. 가담자는 반역자로 간주하겠다. 개심할 자는 곧 우리 편으로 돌아서라.

　이런 취지의 말이 과격한 문장으로 엮어져 있었다. 곧 포위군 속의 미노 무사들이 동요했다. 진지에서 빠져나오는 자가 생겼다.

　때를 놓치지 않고서——

　쇼구로는 적군인 미노 무사에게는 손을 대지 않고 좌익에 포진하고 있는 오다 군에게 맹렬한 돌격을 가했다.

　'아뿔싸, 저 사나이가 나타났구나!' 하고 판단한 건, 나라가 강의 남쪽 기

슭에 지휘용 걸상을 두고 앉아 있던 오다 노부히데였다. 쇼구로를 겁낸 탓만도 아니다. 적지에서의 전투는 속전속결이 제일이고 장기전이 되면 불리하다는 걸 알고 있다. 쓸데없는 병력을 손상시키는 일은 피하려고 했다.

"후퇴 신호인 징을 올려라" 하고 명하고서 부대를 각각 배치하여 후퇴 준비로 들어갔고, 교묘하게 부대를 번갈아 이동시켜가면서 마침내 기소 강 건너편으로 사라지고 말았다. 그 전략, 후퇴의 솜씨, 예사 재간의 무장이 아니다. 쇼구로는 혀를 내둘렀다. 자기의 적이 될 상대는 이미 국내에 없고, 방금 기소 강 저편으로 사라진 저 사내야말로 호적수가 되는 게 아닐까 하고 생각한 것은 바로 이때였다.

오다(織田)의 사자
좀 잡담을 해 보고 싶다.

필자는 나니와(浪華 : 大阪의 옛 이름) 동쪽 교외, 고사카(小阪)라고 하는 작은 도시에 살고 있다. 동쪽으론 전원이 펼쳐지고 있다. 전원 저편이 이코마(生駒)의 산봉우리들이다. 이코마·시기(信貴)·가쓰라기(葛城)와 같은 봉우리들이 완만하게 이어지고, 그 너머가 야마토(大和) 나라이다.

"소설가 직업으로선 불편하겠지요" 하고 멀리 도쿄(東京)에서 찾아와 주는 사람에게 동정을 받지만, 그렇기도 하고 그렇지 않기도 하다. 원래 글쟁이라는 것은 자기가 살기 좋은 고장에 살고 있다. 즉 자기가 인간 관찰을 하기 쉬운 고장에 눌러앉아 있는 게 보통이니만큼, 나는 이 도시가 좋다.

나이도 마흔을 하나 둘 넘기고 말았다. 젊었을 무렵 목숨을 체념해야만 할 환경에 있었기 때문에, 자신이 이런 나이까지 살아 있을 줄은 생각도 못했다. 문득 생각하니 이 이야기 중 지금 단계의 쇼구로하고 매우 비슷한 나이가 아닐까.

느닷없이 세상에 나와서, 즉 전쟁이 끝나고 병영에서 해방될 때, 나하고 사이가 나빴던 사관학교 출신인 한 계급 위의 장교가

"너 같은 말썽꾸러기는 세상에 나가면 미움을 받아서 살 수도 없을 것"이라고 씹어뱉는 듯한 욕설을 퍼부었다. 이 장교는 얼핏 보아 호걸풍이었으나 속셈은 꽤나 풍류적인 점도 있었던 모양으로 제국 육군의 해산과 더불어 곧장 데릴사위로 들어가 전신(轉身)을 했다. 이 사나이가 말하듯, 딴은 미움

혈투 455

을 받지 않는다는 게 살 수 있다는 뜻인 것도 같았다.

아무튼 그 욕설이 마음에 들어, 나는 전후 줄곧 남에게는 미움받지 않으리라고 생각하며 살아왔다. 원래는 비뚤어진 사나이인데, 싱글벙글 웃는 얼굴 따위를 짓고 오늘날까지 살아왔다. 때때로 그러한 자신이 싫어져
'이 덜떨어진 선인(善人)아' 하고 자기에게 침을 뱉았다. 쇼구로, 다시 말해서 사이토 도산이라고 하는 무서운 '악당'을 쓰려고 한 것은, 자신에의 경멸에서 출발한 셈이다.

그러나 마흔 살을 넘기자 이상한 일이지만 태연히 남을 싫어하게 된다. 남뿐 아니라 자기를 포함해서 어느 것이나 조금씩 세차게 마음에 들지 않게 되었다. 싫은 사나이하고 만났을 때만 하여도, 그때 자기의 얼렁뚱땅하던 태도 등을 상기하고 사나흘씩 불유쾌해서 한 달 지나고서도 무슨 기회에 그걸 돌이키면 아무 것도 하기가 싫어지고, 그 하루만은 죽었으면 좋았다고 생각할 정도이다. 물론 증오뿐 아니라 애정도 강해지는 모양으로, 아무래도 40이 넘으면 자제심의 테가 헐거워져서 애증이 모두 깊어지는 것인가 보다.

쇼구로도 이 나이 때, '테'가 헐거워지기 시작하고 있다. 그는 자기의 부재중, 자기에 대해서 '반란'을 일으킨 태수 요리아키의 적자(嫡子) 고지로 요리히데를 이나바 산성 밖에서 격파시켜 패주시켰지만, 이전의 이비 고로오(揖斐五郞 : 요리아키의 서동생)의 반란 때와는 달리 그대로 용서치 않고
'죽여 버릴 테다'고 결심했다. 생각해 보면 죽인다고 간단히 말할 순 없더라도, 고지로 요리히데는 주군의 장남이 아닌가. 나라 안의 여론이 승복할지 어떨지.
"참는 시기는 지났다" 쇼구로는 생각했다.
'테'가 헐거워졌다고 한 것이 그 때문이다. 필자 같은 소시민인 경우는 고작 이승의 귀찮은 일에서 떠나 되지도 못할 은퇴생활을 꿈에 그리워할 정도에 지나지 않지만, 이 사나이인 경우는 '테'가 툭 터져나가 한 마리의 공격적인 동물이 태어났다.
머리 꼭대기에서 발끝까지 모두 전투적인 사나이가 되었다.
"이미, 그 누구도 사양 않겠다"고 말할 것은 그가 자기 주위, 미노의 정세를 새삼스레 굽어보고서
"하지 않고선 안 되리라"고 판단했기 때문이었다. 미노 8천 기라고 일컫

는 미노의 마을이나 흩어져 있는 토박이 무사들의 8할은

"이제는 태수 대리(쇼구로)야말로 우리의 힘이다"고 저마다 말하게끔 돼 있었다.

요는 힘이다. 쇼구로에게는 '외국 세력' 정도 분쇄할 만한 힘이 있다. 미노는 일본의 '네거리'라고 한다. 나카센(中仙) 가도를 비롯하여 혹코쿠 가도, 이세 가도 따위가 종횡으로 달리고 있어 네거리 아니, 오거리가 돼 있다. 전국 난세, 이런 나라는 사방팔방의 나라에서 군대를 밀고와, 태평스럽게 자고 있으면 멋대로 갉아 먹히고 만다.

동쪽의 아사이(오미), 남쪽의 오다(오와리)의 놀라운 군사적 성장이 중세적 잠 속에 파묻혀 있었던 미노의 토박이 무사들로 하여금

'자칫하다가는 이웃 나라에게 우리의 땅을 뺏기고 만다)는 위기감을 불러 일으켰다.

대외적인 위기감이야말로 그 나라에 뜻하잖은 지도자를 낳게 하는 법이다. 지난날 독일의 히틀러가 대표적이리라. 가뭄에 비를 기다리는 심정으로 영웅의 출현을 갈망하는 기운이 미노 일국에 생기기 시작했다.

"그 사람이야말로" 하고 미노인 거의가 생각한다.

"이즈음 미노의 내분을 틈타 몇 번이고 침략해 온 이웃 나라 군사를 그때마다 무찔렀다. 세키가와라에선 아사이·아사쿠라의 연합군을 격파했고, 이번 이나바 산성 아래에선 싸우지도 않고 오다 군을 달아나게 했다. 이렇게 된 이상 맹주로 떠받들지 않을 수 없잖은가."

그런 흐름이었다.

조수에 비유해도 좋다. 찰랑찰랑 밀물이 차오르고 있는 것이다.

"단숨에——" 하고 쇼구로는 생각했다. 단숨에 계단을 뛰어올라가지 않으면 안 된다. 흐름이란 무섭다. 쇼구로가 믿음,

'운기의 흐름이 다가올 때까지 참을성 있게 기다려 온갖 준비를 갖추는 자는 지혜로운 자다.'

또,

'때가 되었을 때 그걸 놓치지 않고 단숨에 뛰어오르는 자는 영웅이다.'

쇼구로에게 그 시기가 왔다. 서부 미노 세 실력자라고 일컫는 안도 이가(安藤伊賀)·우지이에 보쿠젠(氏家卜全)·이나바 잇테쓰(稻葉一鐵)를 비롯한 정실부인 오미 마님의 친정인 아케치 일족 등 국내에 영향력이 많은 무장들

이

"귀공과 운명을 같이한다"는 태도를 보이고 있다. 확 나라를 뒤엎을 때이리라.

운 좋게——
라고 할 수밖에 없다. 요리아키의 아들 고지로 요리히데는 이나바 산성 아래 거리에서 패주한 다음, 현재의 기후 시에서 북북서로 7킬로미터 지점에 있는 '우카이 산성(鵜飼山城)'이란 곳으로 달아났다.

이 성은 무라야마 데와노카미(村山出羽守)라는 사나이의 거성으로서, 고지로가 어렸을 무렵 사부였던 인물이다.

"데와, 부탁한다"라고 고지로는 보호를 부탁하고, 다시 쇼구로를 토벌할 군사를 일으킬 것을 의논했다.

"나는 그 사나이 때문에 아버지로부터 부자의 인연이 끊기고 한낱 평민이 되고 말았다. 이렇게 된 이상 나라 안에서 군사를 모으고 그 사나이와 결전하여 무찌르고서 요리아키를 감금하고 나 스스로 미노의 태수가 될 수밖에 길은 없다. 데와, 그렇지 않은가?"

"그렇군요."

데와도 생각에 잠기고 말았다. 그 기름장수는 지금 욱일승천의 기세다. 나라를 두 쪽 내어 싸워서 과연 이길 승산이 있을까?

"데와, 데와" 하고 고지로는 이럴 경우의 그의 입장이라면 누구나 말할 소리를 했다.

"내가 태수가 되면 그대는 태수 대리를 시켜 주마."

'태수 대리——'라는 것은 강렬한 매력이었다. 현재의 기름장수를 제외하고선 대대로 문벌이 아니면 안 되는 자리다. 광채 찬란한 지위인 것이다.

"어쨌든 얼마만큼의 미노 패들이 모여드는가, 그게 문제입니다. 그리고 다시 한번 오와리의 오다 노부히데에게 구원을 청합시다."

"데와, 모든 걸 그대에게 일임하겠다"라고 고지로는 기쁜 나머지, 지난날의 가신인 무라야마에게 꾸벅 절을 하고 말았다. 그 데와는, 사실 망설이고 있다. 뭐니뭐니해도 자기의 생사존망을 거는 싸움이 되기 때문이다. 그러나 고지로에게 부탁을 받은 이상 그걸 거절하면

"데와 저것도 남자인가" 하고 미노의 무사사회에선 배척을 받고 만다. 들

고 일어나지 않을 수 없다."

데와는 곧 밀사를 사방에 보내어 결전 준비를 서두르기 시작했다. 그동안 고지로가 한 일이란, 자기가 신세를 지고 있는 우카이 산성을 '부성(府城)'이란 호칭으로 고치고, 데와의 부하에게 이르길 자기를
'태수님'이라고 부르게 하였고, 데와에게 수청들 여자를 요구한 것뿐이다. 이미 태수가 된 심정이었다.

"데와도 부하에게 태수 대리님이라 부르도록 시켜라." 이 귀족의 자리에서 전락한 젊은이는 천진난만하게 말했지만, 이 말엔 무라야마 데와노카미도 쓴웃음을 짓고서

"그건 이기고 나서의 일이지요" 하고 말했다.

데와의 심정으로 볼 때는, 이 미노를 두 쪽으로 가른 전쟁을 준비함으로써 한편으로는 일종의 영웅적 흥분을 느끼고 있었고, 한편으로는 뭐라 말할 수 없는 애달픔을 느끼고 있었다. 젊은 주군만 굴러오지 않았다면 자기는 조상 대대의 영토와 성을 보존하고 봄철의 꽃과 가을철의 단풍을 감상하며 무사히 세상을 보냈을 게 아닌가.

그 거병 계획을 듣고서

"기회는 왔다"고 손뼉을 치며 기뻐한 것은 쇼구로였다. 아마 이 결전에 자기의 반대파 녀석들은 모두 우카이 산(鵜飼山)에 모이리라.

'섬멸하여 단숨에 나라를 뺏고 말자.'

그 호기였다. 이런 호기는 인간의 일생에 몇 번이고 찾아오는 게 아니다.

'또 내 이름이 바뀌겠군.'

문득 오마아의 얼굴을 떠올렸다. 이 결전이 끝난 다음 오마아를 만난다면

"이번에는 어떤 이름으로 바꾸시었나요" 하고 천진스럽게 물으리라. 그리고 예의 버릇처럼 물을 게 틀림없다.

"언제 쇼군 님이 되시죠?"

귀여운 여자라고 쇼구로는 생각했다. 그 여자를 위해서라도 빨리 미노를 정복하고 교토에 기치를 세워 쇼군이 되어야만 하겠다……

그 쇼구로는 이 무렵 이나바 산성에서 꼼짝 않고 성에 전기(戰旗)를 꽂고서 아득히 우카이 산성 쪽을 바라보며, 매일 적측의 정보를 모으고 있었다. 물론 쇼구로가 일찍이 채찍만 후려치고 살려 준 요리아키의 서동생 이비 고

로오나 와시즈 로쿠로, 그리고 그들에게는 친척이 되는 도키 시치로 요리미쓰(土岐七郞賴滿), 또 하치로 요리요시(八郞賴香) 등이 속속 가담하여 이를테면 미노의 명문이 모두 총동원된 것이나 다름없었다. 그러나 뜻밖으로 정작 미노 토박이 무사로서 참가하는 자는 적어

"현재로선 병력이 약 천 명입니다"라고 미미지도 보고해 왔다.

문제는 이웃 나라의 오다 노부히데다. 이것이 그쪽에 가담한다면 형세는 쇼구로에게 절대 불리해지리라.

우카이 산성의 고지로로부터 연방 출병을 간청하는 사자가 가고 있는 모양이다.

"미노의 반을 드리겠소" 하는 조건마저 제시했다는 소문이 있고, 이것에는 쇼구로도 놀랐다.

"반을 얻을 수 있다면 오다도 '도박'에 참가하리라."

생각하고서 이 소문을 쇼구로는 역이용하여 온 미노에 퍼뜨리도록 하였다.

——오다가 미노의 반을 차지한다더라——하는 소문만큼, 미노의 토박이 무사들을 놀라게 한 일은 없다.

순식간에 나라 안에 퍼지자, 중립을 지키고 있던 패들까지 우르르 쇼구로 편에 가담했다. 병력은 매일처럼 불어나고 대외적 문제가 있으니만큼 사기도 오르고 단결도 굳었다.

——그러나

이것만으로 쇼구로가 태평하게 있었던 것은 아니다. 산하에 모인 미노 무사들에게

"적은 오히려 오와리의 오다 노부히데다. 언제 야음을 틈타 기소 강을 건너 쳐들어올지 모른다. 그런 낌새가 짙다. 그러므로" 하고 그들을 부추기어 매일 밤처럼 5백 명씩 교대로 기소 강 국경을 경계토록 하고, 밤이 되면 연안 수십 리에 걸쳐 숱한 화톳불을 불사르도록 했다.

모략이라고 해도 좋다. 안으로는 사기를 높이고 바깥으로는 오다 측에 대해선

——오면 곧 무찌르리라

고 하는 전비(戰備)의 무지무지함을 과시했다.

이것에는 도리어 오와리 쪽의 농군이 동요되고

――미노에서 대군이 쳐들어온다

고 하는 소문이 나돌아, 오다 노부히데가 오히려 난처한 입장이었다. 노부히데는 기소 강 북쪽 기슭의 화톳불을 쇼구로의 단순한 견제작전이라고 보고는 있었지만, 그렇다고 버려둔다면 국내의 불안이 높아질 뿐이었다. '그 사나이도 제법인 걸' 하고 감탄은 했지만, 이쪽에서 출병하여 미노의 경계 부대를 무찔러 버릴 생각은 없었다. 노부히데는 노부히데대로 국내의 여러 토호들을 정복하기에 바빠 지금 도저히 원정할 힘은 없었다.

'거기까지 저 사나이는 꿰뚫어보고 기소 강 북쪽 기슭의 화톳불로 공갈을 치고 있으리라'고 노부히데는 보았다.

부득이 이 경우 약간 굴욕적인 외교 태도이긴 하였으나, 이나바 산성의 쇼구로에게 오와리 쪽에서 사자를 보내기로 했다. 쇼구로는 성 아래 산기슭에 있는 자기 저택에서 그 자를 만났다.

히라테 마사히데(平手政秀)라는 사나이였다.

"저희들 주인이 말씀하시를" 하고 마사히데는 말했다.

"우카이 산성의 고지로 요리히데 공에게는 일체 가담 않는다는 말씀이었습니다."

"그것 좋은 일이로군."

쇼구로는 가볍게 웃어넘기고, 가담하든 말든 이쪽엔 관심이 없다는 태도를 보였다.

'살모사란 놈!' 하고 마사히데는 상좌에 앉은 사나이의 별명을 생각해 내고, 그 거만에 화가 났다.

서원에서의 정식 회견은 불과 1, 2분으로 끝나고 그 다음

"차를 한 잔 대접하겠소" 하고 다도에 취미 많기로 유명한 쇼구로는 마사히데를 자랑인 다실로 몸소 안내했다. 마사히데는 그 호화로움에 놀랐다. 정원에는 이나바 산 계곡에서 물을 끌어들여 연못을 만들고, 다실에 이르는 오솔길에 온갖 모습의 벚나무 고목을 옮겨 심은 그 안쪽에 다실이 있었는데, 그것도 벚나무 재목만으로 지어져 있었다.

"모두 벚나무군요."

"벚나무지" 하고 쇼구로는 짧게 대꾸했다.

"벚나무를 좋아하시는 모양이군요."

마사히데는 물으면서, 살모사하고 벚나무하고는 어떤 인연일까 싶어 우스

왔다.

"좋아하는 편이지."

쇼구로는 가볍게 대꾸했으나, 사실인즉 그만큼 벚나무를 사랑한 무장은 없다. 벚나무 재목은 싫증이 나지 않고 변함이 없다는 게 이유였다.

이때 다실에서

"기쓰보시(吉法師)공자──노부나가의 아들──는 몇 살이 되었소?" 하고 넌지시 물었다. 기쓰보시의 사부가 이 히라테 마사히데라는 걸 알고 있는 것이었다. "여덟 살이지요."

"음, 내 딸──(나중의 노히메(濃姬))──하고는 한 살 차이군."

"저도 그렇게 듣고 있습니다"고 고개를 끄덕이자

"미인이야."

그뿐, 쇼구로는 다른 화제로 옮겼다. 마사히데는 기쓰보시 공자의 말을 왜 살모사가 꺼냈는지 알 수가 없었다.

한 시간 가량 뒤 마사히데는 작별을 고하고 말에 올라 수행인을 데리고서 오와리로 향했으나 몸뚱이가 말안장에 견딜 수 없으리만큼 피로해 있었다.

'이상하게 피로감을 주는 사나이다.'

마사히데는 얼이 빠진 듯한 표정을 지은 채 말에 흔들렸다.

살모사

사람들은
——미노의 살모사

쇼구로를 그렇게 부른다. 처음엔 꽤나 이 별명을 듣기 싫어하여
'살모사라니, 내가 어째서!' 반발했다.

아무튼 그는 부하를 후히 대접하고, 영민에게 다른 영지보다 세금을 싸게 해 주고, 둑을 쌓고, 용수로를 파고, 병에 걸린 농군에게는 의사를 보내주고, 또한 영민을 위해 약초원을 만들었다. 미노가 시작된 이래의 선정가(善政家)라고 해도 좋다. 이 때문에 사람들은 모두 쇼구로의 부하가 되려 했고, 농군들은 그의 영민임을 기뻐했고, 다른 사람의 영지 농군들까지

——이왕이면 태수 대리님(쇼구로) 성이 보이는 곳에서 농사를 짓고 싶다고 바랐다. 살모사는 살모사라도, 이 사나이는 인기 있는 살모사인 셈이다.

그는 늘 인간이란 무엇인가 생각했다. 딴은 선인도 있다. 그러나 통틀어서
——싫증을 모르는 욕망의 덩어리라고 보고 있었다.

그는 자기가 배운 법화경도 인간의 욕망에 호소한 경문임을 알고 있다. 법화경에서 말하길

"──이 경문은 일체의 인간을 구원해 주는 것이니라. 살아 있을 때는 고뇌를 구제하고, 또한 인간의 소원을 만족시켜주는 것이니라. 이를테면 목마른 자에게는 물, 추운 자에게는 불, 발 벗은 자에게는 옷, 병든 자에게는 의사, 가난한 자에게는 재물, 무역 상인에게는 바다와 같은 식으로 주어 만족시키고, 일체의 고통이나 병고에서 인간을 벗어나게 해 주는 것이니라."

쇼구로는 솔직히 말해서 법화경의 공덕 따위 믿고 있지도 않지만, 경문이 가르치는 피비린내 풍기는 '인간의 현실'은 믿고 있었다. 인간이란 욕심의 덩어리다, 라고 경전을 저술한 고대 인도인은 규정하고 있다.

"그러니까"

쇼구로는 선정을 편다. 농군에는 물을 주고, 무사에게는 녹을 주고, 능력이나 공적 있는 자에게는 아낌없이 재물을 주고, 상인에는 장을 열도록 하여 이익을 크게 해 준다.

'이런데도 살모사냐'라고 쇼구로는 생각하는 것이었다. 오히려 법화경이 말하는 '공덕' 그 자체라고 할 사나이가 아닌가.

법화경은 '부처'를 가르치고 있다.

"난세에선 부처도 살모사의 모습을 하고 있는 거야" 하고 생각하고 있다.

그러나 쇼구로는 자기가 살모사라는 말을 듣는 것에 신경 쓸 단계는 지났다고 마음먹고 있었다. 이제부터는 한편으로 선정을 펴나가면서 안팎에 대해

──나를 보라, 내가 살모사다.

확 변신을 해 보일 시기가 왔다고 쇼구로는 보고 있다.

이러한 확 달라진 심경으로, 쇼구로는 주인 요리아키의 장남 고지로 요리히데를 토벌할 군사를 소집하기 시작했다. 참고삼아 말이지만, 이 시대 무사는 아직도 중세적인 단계여서 성 아래거리가 아닌 저마다의 고장에서 살고 있었다. 그들을 자기 고장에서 성 아래거리로 집단 이주시키고, 군단으로서의 기동성을 갖게 만든 것은 쇼구로의 후반기였으며, 그걸 완성시킨 것은 그의 사위 오다 노부나가였다.

그건 그렇고──

쇼구로는 각지에 거주하는 이러한 무사를 소집하는 데 온 힘을 기울였다.

원칙으로는 곤란한 일이다. 왜냐하면 미노 8천 기라고 일컫는 이들 촌락 귀족들은 모두가 태수 도키 가문을 본가로 삼고 있는 단일 혈족 집단이기 때문이다.

그러니까 아예
'살모사'
로 처신한 건지도 모른다.

——인간이란

하고, 쇼구로와 거의 같은 시대인 유럽의 전국시대에 나타난 책략가 니콜로 마키아벨리는 5개 조의 정의를 내렸다.

첫째, 은혜를 잊기 쉽고
둘째, 마음이 잘 변하며
셋째, 위선적이고
넷째, 위험에 있어선 겁쟁이고
다섯째, 이익에 있어선 욕심이 많다.

물론 쇼구로는 이 이탈리아 반도 피렌체의 가난뱅이 귀족의 이름도 사상도 모르지만, 정말 같은 의견이었다.

그러므로 다섯째의 이익을 주기 위해서 교토의 야마자키야의 거부를 아낌없이 미노에 쏟아넣어 회유했고, 또한 네 번째인 겁쟁이라는 인간성에 대해서는

"따르지 않으면 적으로 치겠다"고 하는 위협으로써 임했다. 마침내 살모사의 본성을 드러낸 것이다. 뭐니뭐니해도 미노 일국에서 쇼구로보다 강한 무장은 없기 때문에 온 나라를 떨게 만들었다. 마키아벨리는 말하고 있다.

——군주라는 것은 사랑받아야 하나, 두렵게 여겨져야 하나, 이건 흥미 있는 명제다. 상식적으로 생각한다면 양쪽 겸하는 게 좋겠지만, 그 정도에 이르기란 어려운 일이다. 그러므로 군주로서 그 어느 쪽인가를 선택하라고 한다면, 사랑받기보다도 오히려 두려움을 주는 편이 좋고 또 그 편이 안전하다.

'살모사 쪽이 좋다'
고 마키아벨리는 말하는 것이었다. 애교가 있는 강아지보다도 맹독을 가진 살모사인 편이 풍운을 질타할 경우 순조롭게 돼 나가리라.

세 번째의 '인간은 본래 위선적이다'라고 하는 성질을 쇼구로는 꿰뚫어보고 있어서

"고지로 요리히데는 이미 태수 도키 가문의 장남이 아니고 서민으로 떨어뜨려진 자다. 더구나 반역자다. 이걸 치는 것은 도키 가문에 대한 충성이다"라고 선전했다.

인간은 항상 명분을 갖고 싶어한다. 행동의 뒷받침이 되는 '정의'를 갖고 싶은 것이다. 욕심쟁이고 마음이 변하기 쉽고 겁쟁이인 인간일수록 막상 색다른 행동에 사로잡히려고 할 때

──제발 부탁이니 내 행동이 옳다고 말해 다오

라고 하는 '명분'을 지도자에게 청하는 것이다.

쇼구로는 이 싸움을

"반역자를 토벌하는 의로운 싸움"이라고 하는 명분을 퍼뜨렸다. 인간의 위선에 호소했다. 미노의 촌락 귀족들은 기뻐했다. 이 명분 덕분에 이나바 성으로 달려오는 것이 '살모사의 무력이 겁나서'가 아니게 되고, 또 '살모사의 재력에 매수되어서'도 아니게 되었다.

그들은 속속 미노 18군에서 쇼구로의 이나바 성으로 모여들었다. 이 일국 8천 기 가운데 6천 기 이상이 모여들어, 그들이 거느리고 있는 군사로 성 아래거리는 가득 찼다.

쇼구로는 요리아키를 오오가 성에서 만나본 뒤 산 위에 도키 가문의 백기(白旗)를 숲처럼 꽂게 하고, 산기슭에는 자기의 '파도' 기치를 나부끼게 하고서 군을 이끌고 출발했다. 그날 중으로 우카이 산성을 포위하고 성 공격에 착수했다.

한편 고지로 요리히데 쪽은──.

군사의 집결이 예상 외로 부진하였기 때문에 농성을 하기로 했다.

"공자님, 이 이상은 아무래도 무리이겠군요" 하고 무라야마 데와노카미는 고지로에게 말했다.

"무리란 말이지?"

고지로는 손톱을 깨물었다.

무라야마는 이미 죽음을 각오한 눈치였다.

"그러나"

고지로는 새파랗게 질린 채
"이웃 나라의 오다 님이 구원을 와 줄 것이 아닌가?"
"그건 가망 없습니다. 오다는 지금 미카와(三河)에 출병하여 싸우고 있어 구원은커녕 자기 쪽도 빠듯한 모양입니다."
"괘씸하군! 오다 님은 나의 대부(代父)로서, 이름도 자기의 '히데(秀)'를 주어 '요리히데(賴秀)'라고 지어 주었다. 이를테면 부자 같은 사이가 아닌가."
"시대의 흐름이죠."
"뭣이 시대의 흐름이냐?"
"그런 사이 같은 것, 요즘 시대로선 통하지 않습니다. 우선 공자님에게는 친아버지이신 요리아키 님이 살모사의 꼭두각시라고는 하나, 적의 대장이 아닙니까?"
"그렇지만 오다 님은 신의가 두터운 무장이라고 하던데."
"신의 따위는"
무라야마는 이 젊은 귀족의 아들을 짐스럽게 생각했다.
"그런 것은 양자의 이해관계가 일치되었을 때, 술좌석 같은 곳에서 지껄이는 농담에 지나지 않는 시대가 되었습니다. 더구나 오다 님은 꽤나 각박한 분으로서, 오와리에는 일찍이 태수 시바 씨(斯波氏)가 있고 오다 가문에도 종가가 있었건만 그것들을 물리치고 세력을 잡은 사람이죠. 우리 쪽에 승산이 있다면 또 몰라도 없다면 오지 않습니다."
"그럼, 어떻게 하면 좋지?"
"성 안의 군사가 마음을 한 덩어리로 하고 죽을힘을 다하여 반 년 동안 성을 지켜낸다면 이쪽에 내통해 올 자도 생길지 모르고, 어쩌면 오다 님도 살모사란 놈의 군이 약해진 것을 보고서 기소 강을 건너 배후에서 도와줄지도 모릅니다."

"적은 농성을 작정했구나."
이렇게 판단하자, 쇼구로는 기발한 생각을 했다. 적의 농성을 이용하여 이나바 산 아랫거리에 일대 도시를 만드는 일이었다. 뿐만이 아니라 거기에는 한 가지 속셈이 있었다.
어느 날 진중에서 무장을 모으고

"아무래도 적은 장기전으로 들어갈 작정인 것 같소. 저따위 성 하나 힘으로 공격하여 함락시키지 못할 것도 없지만, 군사를 상하게 하는 것도 바보스럽기만 하오. 그러므로 우리 편도 진득하게 엉덩이를 붙이고 포위할까 하오. 여러분의 의견은 어떻소?" 하고 물었다. 모두 이의는 없다. 군사의 손실을 피한다는 것이 옛날부터 명장의 도인 것이다.

"그렇다면"

쇼구로는 말을 이었다. "전군을 갖고 포위하고 있으면 피로할 뿐이므로 여러 무장이 교대로 진을 맡기로 하겠소. 이 생각은 어떠하오?"

"아니, 이건 태수 대리님의 말답지 않습니다" 하고 전쟁에 익숙하다는 평판인 서부 미노의 세 실력자 가운데 하나인 오가키(大垣) 성주인 우지이에 보쿠젠(氏家卜全)이 말했다.

"여러 무장이 교대로 출진하는 것도 좋지만, 그렇다면 우리 편이 자연 허술해진다. 그 허술할 때 적이 공격해오면 아군이 무너질 거요."

"과연, 보쿠젠 공" 하고 쇼구로는 어린아이를 칭찬해 주듯 칭찬해 주었다. "말씀대로 먼 영지에 돌아가는 분은 막상 적습이 있을 때 이쪽에서 급한 사자를 보내어 독촉하더라도 전후 사흘은 걸리니 도저히 전투에 시간을 댈 수가 없지요. 그래서 생각했는데 어떻겠소, 나의 이나바 산성부터 여기까지는 불과 얼마 되지 않는 거리이니 이나바 산성 아래 대지를 할당하여 여러분께 땅을 드릴 터이니 거기에 저택을 짓고 처자를 불러 오시면?"

처자란, 실은 인질로 삼겠다는 것이다. 또한 쇼구로의 성 아래에 저택을 가지면, 그들은 결국 쇼구로의 부하라는 형식이 되고 저절로 미노 통일이 이룩되는 셈이다.

"저택을 지을 비용이 모자란다면 빌려 드리리라" 하고 말하자, 모두들 술렁대며

"묘안이오" 하고 손뼉을 쳤고, 반대하는 자가 없었다.

곧 쇼구로는 아카베를 감독관으로 삼아 대지 할당을 하고, 재목을 모으게 했다. 그 점 쇼구로식의 낙시(樂市)가 편리했다. 이나바 산성 아래로 재목을 가져가면 돈벌이가 된다는 소문이 나서, 곧 여러 나라에서 재목상이 모여들었다.

쇼구로는 나라 안의 목수를 성 아랫거리에 모으고

"일당은 저마다 고용주에게서 받아라. 그러나 이쪽에서도 같은 액수의 일

당을 지불할 테다"라고 말했으므로, 모두들 크게 기꺼이 일에 착수했고, 순식간에 성 아랫거리에 무사 저택 거리가 완성되어 갔다.

석 달로써 거리는 완성되었다. 거리 이름은 옛 이름 그대로 이노구치(井ノ口)라고 불렀다. 기후(岐阜)라고 하는 이름이 붙은 것은 노부나가 시대부터다. 쇼구로는 사실상의 미노 왕이 되었다.

이것에 기가 질린 것은 우카이 산성의 농성군이었다. 사기는 뚝 떨어졌다.
"이노구치에선 교토에서 탈춤 광대 등을 불러 흥행을 하고 있다면서"라는 등,
"거리 한 귀퉁이에는 갈보를 둔 주막집이 수십 군데나 생겨서 흥청거린다더군."
"장이 서고 여러 나라에서 사람이 모여들면서 이제는 교토를 빼놓고 일본 제일의 번화가가 됐다더군"라고 하는 소문을 졸개들까지 수군거렸다. 아무튼 불과 7킬로미터 떨어진 산기슭에 꿈과 같은 일대 군사 도시가 출현한 것이다. 그 눈부신 모습이 더해감에 따라 우카이 산성에 농성하는 집단만이 미노의 국내에서 고립되어 있는 것처럼 여겨지고, 자기들이 몹시 초라하게 보였다.

쇼구로가 그 형세를 눈치채지 못할 리 없다.
"모반에 가담한 것을 뉘우치고 이쪽으로 오는 자는 받아들이겠다. 원래의 영지를 보장해 주고 저택도 지어 주겠다"고 포위군의 친척을 통해 농성군에게 전했더니, 둑을 터뜨린 것처럼 성 안에서 탈주자가 생겼다.

그런데 쇼구로는 교활하다.
최초의 탈주자들에 대해선
"기특하다"고 아무 말도 않고 약속대로의 대우를 해 주었지만, 그 후에 내통하고 싶다고 은근히 청해 오는 자에게는
"성을 나오지 말라" 말을 전했다.
"성의 표시로 반역자 고지로 요리히데의 목을 베어 갖고 오너라."
이것을 극비밀리에 말한 것도 아니다. 오히려 공공연하게 성 안으로 글을 쏘아 보냈다. 화살에 쪽지를 붙들어 매어 매일 성 안으로 쏘아 넣었던 것이다.
이 때문에 성 안은 혼란에 빠졌다. 한편끼리 의심이 생기고

"저 사나이는 내통한 것이 아닐까" 라든가

"어젯밤, 내전 복도에 검은 그림자가 보였는데 아마 고지로 님의 목을 노리는 내통자인 것 같아" 등의 소문이 끓듯이 생겨나 수습을 할 수 없을 정도였다. 떨어 버린 것은 고지로다.

어느 날 밤 때마침 끼고 자던 하기노(萩野)란 여자가 무심코 잠결에 돌아누운 것에 놀라서,

——너도냐!

하고 머리맡의 큰 칼을 움켜잡았다. 하기노는 소스라치게 놀랐다. 구르듯이 복도로 달아났는데, 오히려 의심을 결정적인 걸로 만들었다. 쫓아오는 고지로의 칼에 등을 맞고 다시 달아났으나, 마루문 있는 곳에서 등에서 가슴으로 칼에 찔리어 절명했다.

그 소동으로 달려 온 무라야마 데와노카미가 잠시 피바다가 된 현장을 넋 잃은 듯 바라보고 있더니, 이윽고

"공자님. 이 이상의 농성은 무리이겠군요" 하고 말했다.

"그럴 거야, 하기노까지 내통하고 있었으니."

"아닙니다. 그건 알 수 없습니다, 어쨌든 대장이신 고지로 님이 이렇듯 침착을 잃으신다면 이 이상 일군을 거느려 나갈 수가 없습니다."

"데와, 나는 살해될 거야" 하고 고지로는 횡설수설한다.

"살모사란 놈은 귀신같이 알고 있습니다."

무라야마는 한숨을 쉬며 말했다.

"성이란 것은 성벽만 단결돼 있다면, 비록 흙을 쌓아올린 흙담 한 겹, 해자 한 겹의 성이라도 쉽사리 함락되지 않는 것입니다. 그런데 내부의 단결을 무너뜨리면, 성 따위는 봄눈처럼 녹고 말지요."

"어떻게 하면 좋지?"

"하다못해 화의(和議)의 주선이라도 오다 노부히데 님에게 부탁하십시오. 그쯤의 일이라면 이웃 나라의 정리로 해 줄 것입니다."

곧 사자를 오와리로 보내어 그 뜻을 교섭했더니

——그런 일이라면

하고 승낙을 했으며, 쇼구로 쪽으로 히라테 마사히데를 파견하여 교섭토록 했다.

쇼구로는 적기라 생각하고

"좋소. 다름 아닌 오다 님의 주선이라 화의는 맺지만 어디까지나 무라야마 데와 이하 농성군 일동과의 화의인 줄 아시오."

이상한 소리를 했다.

"그게 어떤 뜻인지?"

히라테로선 알 수가 없었다. 그러나 쇼구로는 그것에는 대꾸 않고 곧 서약서를 써서 히라테에게 내 주었다. 어쨌든 히라테는 그걸 갖고서 우카이 산성으로 가서 화의를 성립시켰다. 우카이 산성 농성군은 해산했다. 하나 쇼구로는 그 후 국내의 네거리마다 푯말을 세우고

──고지로 요리히데만은 어디까지나 반역자이므로 그 자의 소재를 알리는 자, 또는 목을 베어 바치는 자에게는 상금을 내리겠다.

는 뜻을 적어 포고했기 때문에, 이 나라의 정통 상속자여야 할 고지로는 마침내 국내에 있을 수가 없게 되어 어느 날 밤 동냥중으로 몸을 변장하여 에치젠으로 도망쳤다.

'살모사'

드디어 그 본성을 나타냈던 셈이다.

음란한 성(城)

미노의 황태자라고 할 고지로 요리히데를 국외로 추방한 쇼구로는
 "사이토 야마시로노카미 도시마사(齋藤山城守利政)"라고 이름을 고쳤다. 이걸로 몇 번째의 개명이 되는 것일까.
 개명하였을 때에는 언제든지 교토로 달려가 오마아에게 보고하는 것이 이 사나이의 기특한 버릇이었으나, 이번에는 교토로 돌아가질 않고

 대망(大望)이 있으므로 잠시 기다려 달라. 차후 교토로 상경하여 자세히 그대한테 말하겠노라.

라고 편지를 보냈을 뿐이었다.
 대망이란 미노 정복의 마지막 단계로서 오오가 성에서 주색에 빠져 있는 '태수님', 즉 도키 요리아키를 몰아내는 일이었다. 몰아내면 쇼구로는 명실 공히 미노의 국주(國主)가 된다.
 '이번에는 어려운 일이다)라고 각오는 하고 있었다.
 오직 그 궁리를 했다. 궁리하는 장소를 이 사나이는 정해 놓고 있었다. 저

택 안에 지은 조그만 지불당(持佛堂)이었다. 지불당에는 법화경의 본존인 석가모니의 작은 불상이 모셔져 있다.
"석가여, 나를 도와주시라"고 언제나 법화경을 한 차례 염하고 나서 궁리에 잠기는 것이었다.

한편, 요리아키는 물론 쇼구로가 이나바 산성에서 종교적 장엄에 휩싸이며 그러한 궁리를 하고 있을 줄은 꿈에도 모른다. 요리아키는 음탕한 매일을 보내고 있었다. 이 복 많은 허수아비 태수는 사나이로서 지금 극락 속에 있다고 해도 좋다. 웬만큼 색골이 아니었다. 요리아키는 여자하고 상관할 때 온갖 치태(痴態), 어리석은 장난을 다하고서 때로는,
——모두 내 모습을 보라
하고 시녀들에게 자기의 치태를 보이고, 때로는 시동들에게도 보였다. 이것이 이 사나이의 일과처럼 돼 있었다. 그걸 일문의 신하가 간하던가 하면
"내가 농사꾼으로 태어나면 일을 죽도록 하고 한 뙈기의 밭이라도 늘리려고 했을 거다. 졸개로 태어났으면 전쟁터에서 적의 장수 목이라도 베어 무사가 되려고 애썼을 거다. 그러나 나는 뭐냐? 태수가 아니냐. 이 이상의 것은 이미 바랄 수가 없고, 인간으로서는 야망의 즐거움이 없는 불구자나 마찬가지인 존재로서, 이를테면 날개를 뺏긴 날지 못하는 새나 똑같다. 그러니까 어쩔 수 없이 그 정력의 배출구가 여자와 술과 미식에 쏠리는 것은 당연하잖은가" 하고 말했다.
요리아키의 몸뚱이는 거의 지방질로 싸여 있다. 살갗이 희고 얼핏 보아 교토의 공경을 연상케 하는 모습이지만, 그러나 외양과는 달리 생명력이 왕성한 사나이로서 여자를 매일 깔아뭉개고서도 피로나 싫증을 몰랐다. 이 이야기의 시점보다 뒷날의 이야기가 되지만, 요리아키는 그후 여러 호족의 신세를 지며 수명을 누렸고, 마침내 여든두 살이라는 이 시대로선 놀랄 만한 고령으로 세상을 마쳤다. 이처럼 주색을 일삼아도 아직 넘치는 체력의 소유자였음은 이걸로써 알 수 있다.
매만을 그렸다. 이 그림 솜씨만은 해마다 숙달하고 교토 근처의 다인(茶人)이 '도키의 매'라고 아주 진귀하게 여기게끔 돼 있었다. 물론 요리아키는 금품을 받고서 팔았던 것은 아니다. 측근의 사람들에게 그려 주는 '매' 그림이지만, 자연히 여러 나라로 흘러가는 것이었다. 만일 이 그림 솜씨가 없었

다면, 요리아키는 무엇 때문에 이 세상에 나타났는지 모를 사나이였으리라.
 아니, 이렇게도 말할 수 있다. 주색 이외의 관심은 온통 그림에 있었다. 신기하게도 옆에 여자가 없고 술잔을 손에 들고 있지 않을 때의 요리아키는, 한 예술가로 돌아가 있었다. 그의 두뇌는 그림만이 독점했다. 이 그림 까닭에 정치적 욕망도 관심도 없었다. 그에게 그림 솜씨만 없었다면 다소의 정치적 관심도 생겨서,
 ──사이토 야마시로노카미(쇼구로)는 어쩌면 나를 멸망시키려고 하는 게 아닐까?
하는 의혹이 당연히 생겼을지도 모른다. 어쨌든 요리아키는 분칠을 하고 잇몸을 여자처럼 물들인 천사 같은 사나이였다. 하긴 천사라고는 하나 여자에는 변태적으로 싫증을 잘 내고, 마음에 들었는가 싶으면 곧 다른 여자로 차례차례 총애를 바꾸었다. ──어딘가 색다른 계집은 없나?
라고 하는 게 입버릇이었다. 어느 날 교토의 다이도쿠 사(大德寺)에서 세상에 알려진 노선사가 찾아왔다.
 요리아키는 극진히 대접하고 선(禪)에 대한 설교 따위를 시킨 다음 몸을 바짝 내밀고서
 ──요즈음 교토에 좋은 계집은 없습니까?
하고 물었다. 노선사는 소문보다 더한 이 시골 영주의 호색에는 혀를 내두르며
 ──음탕은 망국의 근본입니다
하고 간했다.
 더구나 곤란한 일은, 요리아키가 자기 나라인 미노 여자는 좋아하지 않는 점이었다. ──이 나라 여자하고 잘 정도라면 내 손발이나 핥고 있는 편이 낫다고 늘 지껄였으며, '여자는 역시 도성 여자야' 하면서 교토 여자만을 구해오도록 했다. 교양인이니만큼 왕성문화(王城文化)에의 동경심이 강하고, 그런 분위기를 가진 여자가 아니라면 정욕이 동하지 않았으리라.
 쇼구로는 교토와의 사이에 통상로를 갖고 있다. 요리아키에게 졸릴 적마다 교토에서 여자를 구해다 바쳤다. 그러나 요즈음은 그의 쪽에서 귀찮아하기 시작하여
 ──벌써 요전번의 여자는 마음에 드시지 않게 되었습니까?
하고 별로 좋아하는 빛이 아니었다. 며칠 전에도 그 문제로 다소 의견 충돌

이 있었다.

"색을 좋아하시는 건 주군의 체질이라 할 수 없다고 하겠지만, 참된 호색의 길은 한두 여자를 깊이 사랑하는 것입니다. 색을 너무 탐하신다면 마침내 색의 진미도 모르시고 세상을 끝내실 것입니다."

"건방진 소리를 하는구나" 하고 요리아키는 비웃었다. "싸움의 길이라면 또 몰라도 그 방면의 길이라면 그대보다 내 편이 산전수전을 더 겪고 있다. 색의 재미란 계집을 가리지 않고 섭렵하는데 있다. 나는 그림을 그린다. 한 장 그려 내더라도 늘 만족하는 일이란 없고, 좀 더 좋은 그림이기를 바란다. 그리는 매만 하더라도 그렇다. 좋은 매를 구해다 주었을 때에는 뭉게뭉게 그리고 싶은 마음이 치밀고 단숨에 그려낸다. 그러나 한번 그리고 나면 두 번 다시는 그 매를 그리고 싶은 생각이 없다. 보기도 싫어진다. 다음 매를 바라게 된다. 쉴새없이 새로운 아름다움을 추구하고 있다. 그림도 매도 계집도 나에게는 똑같은 하나의 것이다. 이 심정은, 그림이라고 하는 도락을 갖지 못한 그대는 알지 못하리라" 하고 말했다.

윗사람이 이걸 좋아하면 아랫사람도 자연 이걸 따른다. 그런고로 요리아키의 거성인 오오가 성은 근위 무사·시동에 이르기까지 시녀하고 간통을 하여 음락(淫樂)의 성처럼 돼 있었다.

'한비자(韓非子)에 있는 그대로다'

쇼구로는 옛날 교토 묘카쿠 사 본산에 있을 무렵 읽었던 중국의 기서(奇書)를 생각했다. 한비자에는 "사람의 인군(人君)된 자는 부하에게 부질없는 취미를 보여선 안 된다"고 하는 구절이 있다. 부하가 곧 이것에 영합하기 때문이다.

이를테면, 하고 한비자는 말한다. ——월왕(越王) 구천(勾踐)은 용사를 좋아했다. 이 때문에 월나라에는 가볍게 목숨을 버리는 자가 많아졌다. 초(楚)의 영왕(靈王)은 뚱뚱한 여자를 싫어했고 실버들 같은 가는 허리의 여자만을 사랑했다. 이 때문에 초에선 굶어 죽는 사람이 많아졌다. 절식하여 여위려고 애쓰기 때문이었다. 심한 예로선, 환공(桓公)은 식도락을 즐기어 늘 맛있는 것은 없을까 하고 미미(美味)만 찾았기 때문에, 마침내 역아(易牙)라는 요리사는 자기 자식을 찜하여 환공의 식탁에 올렸다……

애당초 요리아키의 호색은, 쇼구로가 그를 처음 만났을 때

'이 사람은 호색가로구나'

하고 꿰뚫어 보고 권해 왔던 것이며, 외진 오오가 성에 옮기도록 하였던 것도 그 세계에 거리낌없이 탐닉시키기 위해서였다. 쇼구로의 작전은 멋지게 적중하고, 요리아키는 밤낮의 구별마저 하기 어려운 사나이가 되고 말았다.

그러한 어느 날 사이토 야마시로노카미, 다시 말해서 쇼구로는 저택 내 지불당으로 아카베를 불렀다.
"무언가 저에게 의논 말씀이라도?" 하고 아카베는 얌전하게 꿇어앉았다.
"의논 따위를 네놈들과 할 줄 아느냐. 내 궁리를 입에 올려 마무리하기 위해서 말 상대로 부른 거다."
"하면 어떠하신?"
"실인즉 태수님을 나라 밖으로 나가 줍소사 하려는 거다."
"드디어 때가 찾아왔군요."
아카베는 이 한 가지 일이 둘이서 이 미노에 들어왔을 때부터의 계획인지라, '이제는 그 마지막 완성 단계로구나' 하고 여기며, 감개무량한 표정을 지었다.
그러나 문득 어떤 일이 걱정되어 쇼구로에게 질문해 보았다.
"주군, 아무튼 태수님과 주군께서는 군신수어(君臣水魚)의 사이이십니다. 드디어 찾아온 오늘, 마음 꺼림칙한 점은 없으십니까?"
그런 약한 마음이 생기면, 일은 반드시 실패한다고 아카베대로는 생각했던 것이다.
"마음 꺼림칙하다고…… ? 생각한 일도 없다"라고 쇼구로는 말했다.
"나는 애당초 나라를 뺏기 위해서 이 미노로 왔다. 사람을 섬기고 충성을 바치기 위해서 온 게 아니다. 예사 인간하고는 인생의 목적이 다르다. 목적이 다른 이상, 예사 인간의 감상 따위는 태수님에게 없다."
"허허"
역시 드문 사람이라고 아카베는 새삼스레 쇼구로가 우러러보이는 느낌이었다.
"태수님은" 하고 쇼구로는 말했다.
"저 도키 요리아키라는 분은 나에겐 하나의 도구에 지나지 않는다. 흡사 목각(木刻) 집에 있는 도르래 마찬가지이고, 목수의 자귀이고, 도공의 나무주걱이고, 대장장이의 풀무와 같은 것이다. 나는 도구의 가신이 된 것은 아니므로, 도구에 대한 의리 같은 것은 없다. 태수님은 도구에 지나지 않는다. 나는 그 사용자였다. 나는 그 도구를 갖고 새로운 나라를 만들려고 했을 뿐이다."

"예."

아카베는 어느덧 위대한 교주를 대하듯 꿇어 엎드리고 있었다.

"아카베는 옹기그릇을 만드는 법을 아느냐? 그건 말이다, 처음에는 찰흙을 회전대 위에 수북이 올려놓고, 그 회전대를 빙빙 돌려가면서 찰흙을 매만져가고 점점 공기 모양을 만들어가지. 자, 그 공기 모양이 완성되었다. 그것이 지금이다. 지금의 단계가 바로 그것이란 말이다. 그러나 회전대 위의 공기는 아직도 찰흙에 지나지 않는다. 이 사발 모양의 흙을 진짜 사발로 만들자면, 회전대에서 떼어내어 옹기 가마에 넣고 불을 때서 굽고, 다시 약을 칠하고 또 다시 가마 속에 넣어 구워야만 사발이 완성되는 것이다. 요컨대 태수님이라고 하는 회전대는 이제 불필요한 것이다. 버려져야 한다. 나머지 필요한 것은 불뿐이다."

불이란, 전쟁을 말함이리라.

"그 불에 굽기 전에, 우선 회전대를 버려야 한다."

쇼구로는 잠시 입을 다물었다가 이윽고

"이 버리는 시기가 어렵다. 살며시 찰흙 사발을 들어올려 회전대에서 옮기지 않는다면, 사발까지 망쳐지고 만다."

사발이란 쇼구로가 생각하고 있는 새로운 국가를 말함이리라.

"이 경우, 적과 우리 편에 대한 속임수가 여러 가지로 필요한 것 같다."

쇼구로는 그 속임수를, 한 가지씩 순서를 밟아 아카베에게 들려주기 시작했다.

쇼구로는 오오가 성을 찾아가, 한창 술좌석을 벌이고 있는 요리아키를 만났다. 마침 잘 왔다, 마셔라, 하고 요리아키는 술잔을 권했으나 쇼구로는 전에 없이 거절하고,

"작별을 고하러 왔습니다" 하고 말하여 요리아키를 놀라게 했다.

"작별이라니, 교토로 돌아가는가?"

"측근을 물리쳐 주십시오" 하고 쇼구로는 비밀 회견을 청했다. 요리아키는 할 수 없이 여자들이나 시동을 물러가게 했다.

"저는 교토로 돌아가진 않습니다. 주군에게 떠나가 주십사고 하는 셈입니다. 아, 잠깐 기다리십시오. 떠나가 주십사고 했습니다만, 이 미노를 말하는 것은 아닙니다. 태수직에서 용퇴해 주십사 하는 것이지요. 아, 그렇게 서두르실 건 없습니다. 말하자면 은퇴하십시오, 하고 말씀드리는 것이지요."

"은퇴?"

깜짝 놀란다. 은퇴라면 중처럼 머리를 깎고 법명을 써야만 할 뿐 아니라 생활이 일변한다. 은거료(隱居料)로서 약간의 영지를 받고 조촐하게 살아가야 할 것이다. 이런 호사스런 생활은 하지 못한다.

"난 싫다. 너는 무엇 때문에 그런 말을 하나?"

"나라가 어지럽습니다. 온 나라의 백성은 주군의 지나친 황음(荒淫)에 어이가 없어져 이미 마음을 기울이는 자도 없거니와, 이대로라면 미노의 단결은 깨어지고 이웃 나라가 만일 쳐들어온다면 무사들이 주군 편에 서기보다도 오히려 오다나 아사이·아사쿠라 같은 세 방면의 적국으로 달아나겠지요. 어쨌든 주군이 이제 은퇴하시지 않는다면 미노는 멸망합니다. 도키 가문도 멸망하고 주군의 목숨도 적의 대장 손에 떨어지고 말겠지요. 은퇴는 구국(救國)의 급한 의무입니다. 주군 자신을 위해서도 이로운 일이지요" 하고 낭랑하게 말했다.

요리아키는 이성을 잃고서

"하지 않겠다, 하지 않겠다" 하고 외쳤으며,

"은퇴, 은퇴 하는데 나를 은퇴시키고 대관절 누구를 태수로 하겠다는 거냐?"

"주군의 아드님입니다."

"아들?"

"주군께서도 짐작되는 일이 있겠지요. 아드님을, 저희 집에 16년 동안 위탁받고 있습니다."

"요시다쓰(義龍) 말이냐?" 하고 내뱉은 것은, 요리아키의 실수였다. 그 아들이 자기의 씨라는 것을 시인하는 것이 되었기 때문이다.

생각하면 옛날 일이다. 쇼구로가 도키 가문에 사관(仕官)하고서 3년째에, 당시 사기야마(鷺山) 성주에 지나지 않던 요리아키를 구워삶아 그의 사랑하는 첩 미요시노를 하사받았다.

"그 대신 주군을 미노의 태수님으로 만들어 드리지요" 하고 쇼구로가 약속했기 때문에, 요리아키는 그만 욕심이 생겨 미요시노를 내주었다. 그때 그 미요시노의 뱃속에 요리아키의 씨가 가냘프게 숨 쉬고 있다는 것을 자기하고 미요시노 말고는 모른다고 요리아키는 믿고 있었던 것이다. 그때 미요시노에게 귀띔하기를
 ──그 자에게는 말하지 말라. 친아버지를 가르쳐 주면 그 자가 태어나는 자식을 허술히 대할 거다.
하고 말한 바 있다.
 사실 쇼구로는 모르는 눈치였다. 이렇게 재치가 뛰어난 사나이라도 자연의 섭리만은 모르는구나, 하고 요리아키는 은근히 쇼구로를 경멸하고 있었다. 그런 만큼 그 이듬해인 다이에이(大永) 7년(1527년) 6월 요시다쓰가 태어났을 때 쇼구로는 보통 이상으로 기뻐하였다.
 '미요시노를 주었지만 아깝지 않구나' 하고 그 당시 요리아키는 생각했다.
 '그 자에게 내 자식을 맡기고 있는 거나 다름없다. 그리고 그 자의 세력이 아무리 커지더라도 그 세력을 내 아들인 요시다쓰가 잇는다. 세상은 참 신기하게 돼 있거든.'
 그런 점도 있어서, 요리아키는 사닥다리 오르듯 세력을 증대시켜 간 쇼구로를 해가 된다고는 생각지 않았던 것이었다. 오히려 요리아키 쪽에서 자진하여, 니시무라(西村)·나가이(長井)·사이토(齋藤) 같은 도키 일문의 명문 종가를 잇게 해 주었던 것이었다.
 쇼구로는 이런 속셈을 모두 알고 있었다. 더구나 쇼구로는 그 후 정실부인으로서 아케치씨로부터 오미 마님을 맞아 들였지만, 요시다쓰를 어디까지나 장남의 지위를 남겨 둔 것은 이 아들이야말로 미노에선 천애의 외로운 나그네인 자기와 태수 요리아키를 연결짓고 있는 보이지 않는 유대라고 믿고 있었기 때문이다.
 "그, 그대는 알고 있었나?"
 "예. 요시다쓰 공자님은" 하고 쇼구로는 자기 자식에게 경어를 썼다.
 "훌륭하게 성장하셨습니다. 키는 여섯 자 다섯 치, 체중은 30관."
 놀라우리만큼의 거인이었다. "이 요시다쓰 공자님께 물려주십시오. 미노는 반석 같은 평안을 누릴 것입니다" 하고 말했으나, 쇼구로는 스스로 나라 주인이 될 속셈이기 때문에 요시다쓰는 편의상의 '도구'에 지나지 않았다.

"싫다"고 요리아키는 말했다.

"거절한다. 꼭 나를 은퇴시키고 싶다면, 무력에 호소해라."

"황공하옵니다"고 그 길로 이나바 산성에 돌아가, 그날 미노에서 주된 토호들의 소집을 명했다. 쇼구로가 말하는

'불'의 단계가 바야흐로 닥쳐온 것이었다.

어화(漁火)

"사람의 일생도 시와 같다"고 쇼구로는 곧잘 말했다. 인생에도 시와 마찬가지로 기승전결의 배열이 있다고.

"그 중에서도 전(轉)이 중요하다"고 말했다.

"이 '전'을 잘하느냐 못하느냐에 따라 인생에 승리하느냐 못하느냐의 갈림길이 된다."

쇼구로가 미노 나라를 뺏는 '사업'도, 한 편의 시라고 볼 수 있으리라. 우선 기(起). 여기서 시상(詩想)을 갖는다. 쇼구로의 기는, 당시 불우한 공자였던 도키 요리아키에게 지혜와 힘을 빌려 주어 형 마사요리를 태수의 지위에서 추방하여 요리아키를 그 지위에 앉히고, 자기는 요리아키의 집사가 되는 일이었다. 이건 멋들어지게 성공했다.

이어서 승(承)이다. 성공을 확대하고 집사로서의 자기 권세를 높이는 한편, 요리아키를 주색에 빠지도록 하여 미노인에게 국방상의 불안을 준다. 쇼구로는 그렇게 했다. 이것 역시 성공했다. 그러나 17년이나 걸렸다.

제3단계는 전(轉)이었다. 가장 중요한 것이다. 이 전이 없으면 쇼구로는 단지 미노의 가로·차장(次將)·부차적인 존재로 그치고 만다.

'시골의 무사대장으로 그치란 말이냐.'

그렇게 생각했다. 쇼구로가 생각하는 전이란, 요리아키를 몰아내고 일전(一轉)하여 자신이 미노의 국주(國主)가 되는 일이었다. "시(詩)에서도 전이 가장 어렵다. 사람의 일생에선 더군다나 어렵다."

덴분 10년(1541년)에서 11년에 걸쳐, 쇼구로는 모든 에너지를 이 '전'에 기울였다. 우선 요리아키와의 절연. 왜 절연하느냐고 하면 요리아키에게 은퇴를 권유해도 듣지 않는다고 하는 단순한 이유에서였다.

"주군, 일찌감치 은퇴를 하십시오. 언제까지나 주군과 같은 무능하고 음탕하고 인기 없는 태수님을 모시고 있다가는 적국의 침략을 받아 멸망하고

맙니다. 은퇴하지 않으시면 미노의 적은 주군이라고 생각하게 되리다" 하고 몇 번이고 요리아키의 거성 오오가 성에서 권하건만, 요리아키는 도무지 들으려고 하지 않았다.

겸해서——

나라 안 미노 무사에게도 그 취지를 알리고 민심을 한 손에 장악해 둔다. 더구나, 요리아키의 뒷자리에는 요리아키의 씨인 동시에 자기의 장남이기도 하다는 복잡한 사정의 출생인 요시다쓰를 앉힌다. 적어도 그렇게 선전한다면, 핏줄 숭배 신앙이 뿌리 깊게 남아있는 미노 무사의 납득을 얻는다. 그리고 나서 단숨에 요리아키를 공격한다.

온갖 수법을 동원하여 준비를 갖추고 드디어 쇼구로가 쿠데타를 실시하려고 한 것은 1542년 5월 1일의 밤이었다. 그 며칠 전부터 사자를 사방으로 보내어,

——국경에 오다 군이 쳐들어 올 낌새가 있다. 급히 군사를 모아 이나바 산성으로 집결하라고 각 고을마다의 미노 무사에게 출전 명령을 내렸다.

금세 3천 기가 모여 들었다. 졸개 하인을 계산에 넣는다면 1만의 병력이다.

쇼구로는 그 우두머리 되는 자를 모아서

"적은 오다 군이 아니요"라고 말했다.

"태수님이오. 태수님을 태수직에서 몰아내고 강력한 군사 국가를 건설하잖으면 도저히 오다 군을 이겨낼 수가 없소. 태수를 몰아내는 일이 오다 씨를 이기는 오직 하나의 길이며, 여러분이 조상 누대의 땅을 보전하는 둘도 없는 길이오."

모인 자 전부는

"모든 일을 야마시로노카미(쇼구로)에게 맡기겠소. 우리들은 죽을 힘을 다하여 일하고 운명을 같이할 것이니 사양 말고 명령을 내리십시오" 하고 늠름하게 대답했다.

"그렇다면 출전의 고동을 불어라" 하고 쇼구로는 큰 목소리로 명했다. 성 아랫거리는 인마(人馬)로 넘쳐 있다. 그들 군사를 편성하고 쇼구로 스스로 각 부대를 지휘하여 그날 밤 안으로 이나바 산성을 출발했다. 이윽고 쿠데타 부대는 말발굽 소리도 요란하게 오오가 성을 향해 오오가 가도를 달렸다.

'내 싸움의 일생은 이제부터 시작된다.'

쇼구로는 마상에서 그렇게 생각했다. 지휘봉을 잡은 손마저 떨리는 것이 실감되었다. 사실 말이지, 이 사나이의 천재적인 전쟁 경력은 이때부터 시작되었다고 할 수 있었다.

한편 요리아키는 여자를 품은 채, 주색의 피로로 노곤한 잠을 청하고 있었다. 이날 밤 축시(丑時: 오전 2시~4시 사이) 무렵이었다. 별안간 복도를 허둥지둥 달려오는 발소리가 들렸고, 숙직실에 무언가 급한 소식을 전했다. 숙직실에선 일동이 우르르 일어나고 소동이 벌어지고 근위무사 하나가 요리아키의 미닫이 문 바로 앞까지 달려갔다.

"태수님!"

피를 토하듯 부르짖었다. "무슨 일이냐?"

여자에게 흔들려 깨인 요리아키는 불쾌한 듯이 물었다.

"태수님!"

미닫이 밖에선 고함을 쳐대고 있다.

"큰일입니다. 성 아래 들엔 횃불이 가득 넘치고 있습니다. 적은 누구인지 모릅니다만, 이 성에 쳐들어 온 것만은 틀림없습니다."

"무슨 잘못일 테지."

요리아키는 이불을 뒤집어쓰고 나직한 목소리로 중얼거렸다. 이 미노에서 자기에게 반역하는 자가 있다곤 믿어지지 않는다.

"주군, 일어나세요" 하고 여자가 흔들어 깨웠다.

"눈이 뜨여지지 않아. 눈꺼풀이 붙었나 보다. 여느 때처럼 네 입술로 눈꺼풀을 살짝 깨물어다오" 하고 요리아키는 아직도 그런 소리를 지껄이며 잠자리에서 희롱하려고 했으나 미닫이문 밖의 목소리는 더욱더 커지고 요리아키의 이름을 불러댄다.

"시끄러워!"

요리아키는 소리를 질렀다.

"미노의 정사는 이나바 산성의 사이토 야마시로노카미(쇼구로)에게 일임하고 있다. 변고가 있으면 그에게 알려 처리하도록 해라."

"옛" 하고 근위무사는 부복하고 곧 사자가 이나바 산성으로 달려갔으니, 이 사건은 비극이 아니라 희극이었다. 이윽고 척후가 돌아와서 포위하고 있

는 적이 누구인지 요리아키도 알게 되자,
 "뭣이, 적은 그자였나?" 하고 사건의 의외성에 놀라기보다도 당황을 하고
 "그자라면 당할 수가 없다. 도망 준비를 해라. 화필·그림 비단·물감을 한 상자에 담고 누군가 짊어지도록 해라. 여자들도 데리고 간다"는 등, 두서없는 말을 지껄였다. 하나 근위무사는 지금 여기서 한 번 싸움도 하지 않고 달아난다면 자기들의 가문에 오명이 남는다 생각하고 성의 요소요소를 방비하는 한편, 성 가까운 곳에 사람을 보내어 동원할 수 있는 최대한의 토박이 무사를 모으려고 했다.

 쇼구로는 불길처럼 공격을 늦추지 않았다.
 쿠데타란 눈 깜짝할 사이에 성공시키지 않으면 김이 새는 법이다.
 "짓밟아라, 짓밟아라"라고 최전선을 누비고 다니며 지휘를 했다. 그러는 사이 요리아키의 이름으로 소집된 3천 명 가량의 병력이 도키 가문 일문인 이비 고로의 거성 이비 성(揖斐城)에 집결하고, 그날 저녁때 와, 하고 쇼구로의 후방을 엄습해 왔다.
 "예기한 대로다"라고 쇼구로는 우선 천 명의 군사를 성 근처에 매복시키고 다른 전군을 동원하여 이비 고로의 군사를 막도록 했다.
 성벽 위에서 이를 보고 있던 요리아키 편은 손뼉을 치며 기뻐하고
 "살모사가 후퇴한다! 이때를 틈타서 성문을 열고 쳐나가 이비 고로 님과 전후에서 살모사 놈을 협공하자" 하고 성문을 활짝 열고서 해자에 걸린 다리를 요란스럽게 쳐 나왔다. 쇼구로는 거짓 퇴각을 한다.
 그것에 이끌려 성병이 충분하게 유인되었다 싶었을 때, 북을 급히 치도록 하여 복병이 일시에 일어나도록 했다. 그 근처 초목이 남김없이 쇼구로의 군사가 된 것처럼 움직이기 시작했고, 이 때문에 성병 쪽은 반수가 전사하고 반수가 성으로 달아나려고 했는데, 쇼구로는 5백 군사를 지휘하여 교묘하게 추격하여 그대로 대담하게 성에 돌입하고 말았다. 이 오오가 성은 쇼구로가 설계한 것이므로 내부 사정은 잘 알고 있었다.
 쇼구로는 바람 방향을 살피고서
 "불을 질러라" 하고 명했다.
 곧 불길이 오르고 성 안에서 방어하는 적의 수효도 차츰 적어졌을 무렵
 "이노코 헤이스케(猪子兵助)는 어디 있느냐" 하고 본성 아래에서 무사대

장 하나를 부른 다음,

"여기는 그대에게 맡긴다. 나는 한달음에 달려나가 성 밖에 있는 이비 고로의 병력을 두 번 다시 재기할 수 없도록 격파하고 올 테다."

근방의 병력을 주어모아 달려 나가려고 하자,

"잠, 잠깐만——" 하고 이노코는 말을 가까이 몰고와

"성 안에서 만일 태수님을 발견하면, 어떻게 할까요?"

"태수님?" 하고 쇼구로는 먼 산을 바라보는 눈빛이 되었다. 미노에 오고 나서의 온갖 추억이 머리 속을 스쳐 지나갔다.

'태수님이라……?'

다소의 감상은 있다. 그러나 미노 정복을 위해선 이제 두 번 다시 자기의 눈앞에, 그 여자처럼 화장한 얼굴을 나타내지 말아 달라 하고 싶었다.

"죽여선 안 된다"고 쇼구로는 말했다. 일찍이 전직 '태수님' 마사요리를 에치젠에 추방했던 것처럼, 그 동생인 요리아키도 되도록 먼 나라로 쫓고 싶다.

"국외로 망명케 해라" 하고 쇼구로는 명하고, 채찍을 내리치자 질풍처럼 성을 빠져나가 들을 달렸다. 햇빛이 눈부시게 비쳤다. 들판 저편, 흰 구름 아래 쇼구로의 군과 이비 고로의 군이 싸우고 있는 모습이 멀리 바라보였다. 쇼구로는 성 안에서 데리고 온 백 명의 군사를 충분히 장악하며 단숨에 달려서, 적의 측면으로 나타나

"자, 단숨에 무찔러라" 하고 스스로 창을 잡고 적을 거꾸러뜨리며 거듭 맹렬한 돌격을 되풀이했다. 이비 군이 견디지 못하고 들뜬 틈을 노려, 쇼구로의 본대가 기세를 울리며 공격했으므로 마침내 무너져 앞을 다투어 패주하기 시작했다. 쇼구로는 그래도 여유를 주지 않고 적을 30리에 걸쳐 집요하게 추격하여 승리를 결정적인 것으로 만들었다. 이 뛰어난 재간의 사나이는 전투 지휘에 있어서도 색다른 데가 있었다. 대장인 그가 보통처럼 일정한 장소에 위치하지 않고 여기저기 몸도 가볍게 뛰어다니며, 요소요소에 뛰어들어가서 직접 군사를 질타하고 지휘했다. 그러므로

——저 사나이는 대관절 몇 명이나 있을까

적군뿐 아니라 아군의 뭇 장수들마저 어리둥절할 정도였다. 요리아키가 오와리의 오다 노부히데에게 의지하려고 국경인 기소 강기슭까지 이른 것은 그날 밤이 깊어서였다. 따르는 자는 근위무사가 다섯 사람, 여자가 세 사람,

짐은 말 두 필의 안장에 싣고 있었다. 배가 없다. 근위무사가 갈대밭 사이를 뛰어다니며 찾았으나 끝내 없어 모두들 멍청해 하고 있을 때에, 강 상류 쪽에서 고기잡이배가 한 척 뱃머리에 횃불을 매달고서 저어 내려왔다.

"저기, 배가 온다" 하고 요리아키가 뛸 듯이 기뻐하며 말하자, 근위 무사가 갈대를 헤치고 물 가까이 가서

"여봐라" 하고 어두운 강을 향해 부르짖었다. 다행히 배는 부르는 소리를 들었던 모양으로, 끼익 하고 노가 삐걱거리며 둥실둥실 저어 와 주었다.

"술값은 톡톡히 주마. 건너편까지 태워 다오" 하고 근위무사는 어부에게 말했다. 어두워서 잘 몰랐지만, 꽤나 키나 큰 장신으로서 게다가 벙어리라고 생각되리만큼 말수가 적었다.

"예, 타십시오" 하고 입으로 말하질 않고서 허리를 굽신거렸다. 요리아키 일행은 어부의 모습을 살필 겨를도 없이 앞을 다투어 배에 올랐다.

둥실, 하고 배가 기슭을 떠났다.
"억울한 일을 당했어."
요리아키는 안심이 되었던 탓인지 넋두리를 늘어놓기 시작했다.
"나는 믿어선 안 될 것을 믿었다. 생각해 보니, 10여 년 전에 그 사나이가 기름장수로 단신 미노로 흘러 들어왔을 때, 그를 조심하라고 하는 자들이 많았지. 그걸 귀담아 들었다면 오늘밤과 같은 일은 당하지 않았을 텐데."
옛날 일을 자꾸만 뇌까리고 나서
"그러나 너희들, 내 앞날은 어떻게 될까? 오다 노부히데는 적인데, 의지하러 가면 받아줄까?"
"걱정 마십시오. 오다 님은 영웅이라는 평판이 높습니다. 자연 인정도 두터우시겠지요."
"그러나 오다도."
요리아키는 목소리를 떨며 말했다.
"인정사정없는 자라고 소문이 자자하더라. 고작 가로의 가문에 태어나서 친척 일문의 영지를 무력으로 뺏고, 피눈물도 없는 짓으로 종가를 몰아내어 지금은 오와리 반국(半國)의 실권을 잡고 있잖으냐. 미노의 살모사하고 다를 바 없으리라."
"난세이니까요."
근위무사도 이 말에 덩달아 처량한 음성이 되었다. 오와리도 미노도 세상

의 질서가 뒤집히려 하고 있다. 무능하면서도 높은 지위에 있는 자는 가차없이 쫓겨나고 멸망하지 않을 수 없다.

"앗" 하고 여자들이 넘어졌다. 배 밑으로 강바닥의 모래를 스치고 있는 모양이다. 배는 조용히 갈대밭 사이로 들어가, 이윽고 멎었다.

자, 닿았다고 근위무사들은 얕은 곳에 뛰어내려 요리아키의 몸을 부축하고, 이어서 여자들을 업어 모래땅에 내려놓았다.

가려고 하자 등 뒤의 어부 그림자가

"기다리시오" 하고 나직한 목소리로 말했다.

"고맙다는 인사를 해야지."

"참, 그렇군. 술값 주는 걸 잊었다" 하고 근위무사 하나가 되돌아가려고 했으나, 어부는 그걸 제지하고

"술값은 안 받소. 그 대신 거기 대장인 듯한 분에게 구두로 고맙다는 인사를 받고 싶소."

"아, 그러냐" 하고 요리아키는 마음이 조급한 듯 고개를 끄덕이고 갈대밭 사이에 서서 허리를 약간 구부리고

"그대 덕분에 살았다. 친절은 잊지 않으리라"고 말했다.

키가 큰 어부의 그림자는 자못 위엄 있는 태도로 답례를 하고

"주군, 저올시다."

햇불 가운데서 잘 불타고 있는 장작개비 하나를 꺼내어 자기 얼굴을 비쳤다. 일동은, 앗! 하고 소스라치게 놀랐다.

쇼구로였다.

"너, 너는?"

"벌써 잊으셨습니까? 사이토 야마시로노카미이죠. 주군을 배웅해 드리려고 작은 배 하나를 마련하여 기소 강기슭에서 기다리고 있었습니다."

정말 이 사나이의 재간은 작전뿐 아니라 행동에 있어서도 놀라울 따름이다. 어디를 어떻게 뛰어다니고 있는지 종잡을 수 없는 사나이였다. 요리아키를, 이런 형식으로 배웅하려고 했던 것은 한 조각의 감상이었으리라. 그 감상의 표현도 다른 경우와 똑같게 연극 냄새가 짙다. 이 사나이는 자기의 인생을 이런 형태로 즐기고 있었던 것인지도 모른다.

"아까 배 안에서" 하고 쇼구로는 말했다.

"믿어선 안 될 것을 믿었기 때문에 이런 꼴을 당했다고 하셨습니다만, 그

건 잘못 생각하시는 거지요. 우선 첫째로 주군은 이 사람 덕분에 바라도 될 수 없는 미노 태수의 자리에 앉으셨습니다. 둘째로 이 난세에 10여 년이나 그 지위를 유지하고 주지육림의 호강을 하셨습니다. 어느 것이나 이 사람의 힘에 의한 것이었죠. 꿈에라도 원망하지 마십시오."

"뭣이?" 하고 근위무사가 칼을 일제히 뽑아들고 달려들었으나, 쇼구로는 쿵, 하고 상앗대를 찔러 배를 기슭에서 떠나게 하여 흔들흔들 물결에 내맡기고

"그렇긴 하나 오랜 인연이었습니다. 주군과 저의 사이는 군신수어(君臣水魚)라고나 할까, 깊은 인연이었지요. 떠나보내는 마음이 애석하여 이렇듯 배로 모셔다 드린 것입니다. 그럼 이만 작별을." 쇼구로는 배 위에서 허리를 굽혀 절을 하고 나더니, 노를 잡고 배를 서서히 돌려 어둠이 깃든 강물 저편으로 사라졌다.

삼단전법(三段戰法)

긴 언덕이었다. 미노에 흘러 들어오고 나서부터 쇼구로는 한발 한발 발판을 굳히고 마침내 이 사나이의 사업인 '나라 도둑질'을 완성시켰다.

'정말 긴 세월이었다.'

쇼구로는 새삼스레 느끼는 것이었으나, 그렇다고 해서 언덕 위에서 땀을 닦고만 있을 수는 없었다. 아직도 언덕길이 있었다.

'천하를 잡아야 한다'고 하는 야망이었다. 쇼군이 되지 않으면 안 되었다. 쇼군이 되어 교토로 돌아가 오마아하고 사는 게 교토 기름 도갓집 야마자키야를 지키고 있는 아내 오마아와의 오랜 약속이었다. 우선 그것이 있다. 그것뿐만이 아니다. 미노를 그의 기발한 구상에 의한 신흥국가로 개조하는 일이었다. '그러자면 성과 거리를' 하고 쇼구로는 생각하고, 거성인 이나바 산성을 더욱 거대한 구상에 의해 개조하기 시작하고, 또 성 아랫거리인 이노구치를 그 독특한 도시 계획에 의해 건설하기 시작했다. 가신·속장(屬將)을 막론하고 모두 성 아래에 거주시키는 것을 원칙으로 하고, 스스로 대지 할당을 하여 속속 무사 저택을 짓게 하였으며, 커다란 저택은 시가전이 벌어졌을 때 작은 요새가 되도록 해자를 둘러 파고 방화용(防火用)으로 바깥벽을 둘러치는 한편 초가지붕을 폐지하고서 되도록 기와지붕을 올렸다. 성 아랫거리의 낙시(樂市)의 수효도 늘려 서민들을 모여들게 장려하고, 그들을 위한 거리 할당도 쇼구로가 직접 했다. 더욱 인구를 늘리기 위한 시책으로, 잘 유

행되는 신사 및 절 따위에 권유하여 그들에게 땅을 주고 성 아랫거리로 유치했다. 이리하여 교토 동쪽에서 가장 번영한 도시가 생겼고, 사람은 먼 나라에서도 모여들어 인구는 매일 늘었다. 그런데 이 신흥국가를 때려 부수려고 하는 군사세력이 팔방에서 떼지어 일어났다.

1544년 7월 일이다. 성 아랫거리에선 어느 민가, 어느 장, 어느 절에서나 "전쟁이 일어날 모양이야" 하는 소문으로 떠들썩했다.

"그것도 아주 큰 전쟁이야. 아무튼 국경을 넘어 각처의 적이 사이토 야마시로노카미 님을 치려고 쏟아져 들어온다. 에치젠에서는 혹코쿠 가도를 타고 쳐들어 올 것이고, 오와리에서는 기소 강을 건너 쳐들어온다. 미노는 미노대로 이비 성주이신 이비 고로 님이 이들과 호응해서 병력을 낸다니 정말이지 엄청난 전쟁이 일어날 거야. 모처럼 미노의 국주가 되신 사이토 야마시로노카미 님이 이걸 어떻게 막아내실지?"

사실이었다.

일찍이 쇼구로에게 쫓겨난 미노 태수 도키 마사요리는 지난 10여 년 동안 망명의 몸을 에치젠 이치조다니(一乘谷)의 아사쿠라(朝倉) 가문에 의탁하고 있었는데, 이번에 동생인 요리아키마저 태수 자리에서 쫓겨났다고 듣고

"죽일 놈의 살모사 같으니, 동생마저 쫓아냈느냐" 하고 격노하고 아사쿠라 가문에 청하길

"살모사를 쳐 주시기 바라오. 일이 성공되면 미노 중에서 10만 석이 소출되는 땅을 쪼개어 드리겠소" 하고 말했다.

아사쿠라 측에선 그 조건을 좋아했으나 단독으로는 자신이 없어 오와리의 오다를 꾀리라 생각하고 사자를 보냈다.

"정말 이건 이상한 부합(符合)이로군" 하고 오다 노부히데도 손뼉을 치며 기뻐했다.

"우리 가문에는 동생인 요리아키 씨가 살모사에게 쫓겨나 망명의 몸을 의탁하고 있다. 더구나 그 요리아키 씨도 형님과 마찬가지로 미노의 살모사를 없애 준다면 10만 석의 땅을 떼어 주겠다고 말하고 있다. 그렇다면 남북이 호응하여 쳐들어갑시다."

다시 공작은 진전되어, 미노 국내에선 이비 고로가 이 연합군에 참가하기로 되었다.

"아무리 살모사가 귀신같은 작전가라도 이번에야말로 두 손 들리라."

오다 노부히데도 희색이 만면했다.

이나바 산성에 있는 쇼구로는 첩자를 사방에 풀어 그들의 정보를 수집하고 있었는데, 어지간한 이 사나이도 적이 셋 동시에 덤벼든다는 데는 난처하기만 하여
"동시라면, 곤란하다"고 짜증 비슷하게 중얼거렸다. 그러나 짜증을 낸들 소용없는 일이리라. 쇼구로는 지금 서원에 있다. 짙은 녹음의 계절에 이슬비가 소리도 없이 뜰을 적시고 있었다.
"그렇잖아, 모모마루(桃丸)?" 하고 쇼구로는 옆에 대령하고 있는, 아직 성인식 전의 꽤나 영리해 보이는 소년의 이름을 불렀다.
"예" 하고 소년은 입장 곤란한 듯이 고개를 끄덕였다. 얼굴이 희고 눈꼬리가 시원하게 찢어졌으며 입술이 여자처럼 붉고, 자못 고상한 기품이 우러난다.
"생각해 봐라, 모모마루" 하고 쇼구로는 눈을 가늘게 떴다. 이 소년을 자기 자식 이상으로 사랑하고 있다는 건 그 태도에서도 엿보였다. 소년은 정실부인 오미 마님의 조카였다. 어쩌면 하늘이 낸 사람이 아닐까 소문이 자자하리만큼 소년은 총명하다. 사실 쇼구로도 이만큼 똑똑한 아이를 본 일이 없어 일부러 자기 슬하에 데려다가 '유자(猶子)'로 삼고 있었다. 유자란 양자의 뜻이 아닌 '형제의 자식'이라고 하는 일종의 명예적인 대우였다. 성은 아케치(明智).
뒷날 주베 미쓰히데(十兵衛光秀)라고 이름 지었으나 가문을 섬겨 휴가노카미(日向守)라고 칭했으며, 천하의 무장 가운데서 학식과 재주가 비할 자 없다고 일컬어진 사나이가 된다. 쇼구로는 이 모모마루의 재주를 남달리 사랑하여 슬하에 두었으며, 군략과 정치를 열심히 가르치고 있었다. 쇼구로에게는 그러한 버릇이 있었다. 즉 교육을 좋아하는 버릇이.
'그렇다고는 하나 이 사나이가 그 '교육 버릇'을 기울여 사랑해 마지 않던 '제자'는 이 미쓰히데(光秀)와 오다 노부나가(織田信長) 말고는 없었던 것 같지만.'
"글쎄 말이다, 모모마루. 힘 센 장정이 세 사람 너에게 칼을 휘두르며 동시에 덤벼들었다고 한다면 어떻게 하겠니?"
"대답을 올려야 합니까?"

음란한 성 489

"그렇지."

"반 시간 말미를 주세요, 생각하겠습니다" 하고 소년은 물러나가 뒤뜰로 가더니, 비번인 졸개 세 사람을 불러서 충분히 설명을 한 다음 각각 목검을 들려

——자, 사양 말고 덤벼들어라.

자기도 목검을 거머쥐었다.

"모모마루 님, 아프셔도 모르겠습니다."

이 시대의 졸개들인 것이다. 걸핏하면 싸움터에 나가느니만큼 성품도 사납다. 모모마루를 둘러싸고 저마다 목검을 높이 쳐들고서 사정없이

"얏!" 하고 내리쳤다. 모모마루는 머리 위의 목검을 딱딱 막아내고 있었으나, 아무리 막더라도 적은 세 사람이다. 세 사람이 덤벼들 적마다 한 차례 두 차례 맞고, 마침내 발이 걸려서 땅에 쓰러졌다.

"그만——" 하고 어느 틈에 왔는지, 쇼구로가 툇마루에서 소리 질렀다.

"모모마루, 무리다. 아무리 검술이 뛰어난 자라도 세 사람의 적을 동시에 맞는다면, 방비하기에 급급하여 마침내 쓰러지고 만다. 계략을 써라" 하고 쇼구로는 말하더니, 주방의 사람을 시켜 생선을 두 마리 대나무 껍질에 싸서 가져오게 했다.

"그건 무엇입니까?"

"은어다" 하고 모모마루 앞에 던졌다.

"그 은어 한 마리로도 사용법에 따라선 이길 수 있다. 생각해 보아라."

모모마루는 잠시 고개를 갸웃하며 생각하고 있더니, 이윽고 매우 밝은 얼굴이 되어 그 꾸러미를 졸개 가운데에서 가장 억센 사나이에게 내주었다.

"앗, 이걸 저에게 주십니까?"

"주군으로부터의 상이다"고 억지로 쥐어 주더니,

"다시 한번 시합하겠다. 여기서 잠시 기다리고 있어라" 하고 이르더니 어디론가 모습을 감추었다.

쇼구로는 즐거운 듯 툇마루 위에 책상다리를 하고 앉아 있다.

이윽고 모모마루는 성 안에서 기르고 있는 흰 개를 한 마리 목에 줄을 매어서 끌고 왔다.

"아니, 바둑이가 아닙니까?"

"그대가 매일 밥을 주며 귀여워하고 있는 개다. 휘파람이라도 불어서 불러

봐라."

예, 하더니 졸개에 지나지 않는 지혜인지라 그만 넘어가 휘파람을 불었다. 바둑이는 기뻐하며 달려가 졸개에게 덤벼들기 시작했다. 더구나 품 안에는 생선이 있다. 그 냄새에 홀려서 덤벼든 채 떨어지질 않는다.

"자, 시합이다"고 모모마루는 외치더니, 느닷없이 달아나기 시작하여 광과 광 사이의 좁은 길로 뛰어 들어갔다. 다른 두 사람의 졸개가 그를 뒤쫓고, 한 사람씩 샛길로 뛰어 들어가고, 길을 빠져나갔을 즈음

──으와!

하고는 한 사람이 쓰러졌다. 별로 신기한 술책도 아니다. 길 출구에서 모모마루가 기다리고 있다가

"맞아라!" 하고 우선 한 사람의 정강이를 후려쳤던 것이다. 이어서 달려 나온 졸개의 왼쪽 팔을 때리고 다시 목검을 후려쳐 땅에 떨어뜨리었다(일대 일이라면 지는 일이 없다).

이윽고 모모마루는 그들 위를 뛰어넘고 다시 광 사잇길을 빠져서 뒤뜰로 돌아오자, 개에게 붙잡혀 있는 졸개 곁으로 다가서서 그 허리를

"시합이다, 원망 말라" 하고 사정없이 후려쳤다.

"됐다──"고 손뼉을 치며 좋아한 것은 툇마루의 쇼구로다. 모모마루를 원래의 거실로 불러서

"그것이 작전의 기본이기도 하고 인생의 기본이기도 하다."

"그런 것이 말입니까?" 하고 모모마루는 놀랐다. 단지 장난삼아 생각해낸 수단이 인생 전반에 걸친 책략의 근본이라고 하니 놀랄 수밖에.

"거짓말이라고 생각한다면, 내가 수만 명의 적을 상대로 해 보이겠다. 잘 보아 두어라."

쇼구로에게 가장 무서운 적은 오와리의 오다 노부히데였다. 노부히데라고 하는 뛰어난 작전가가 다른 둘과 서로 손을 잡고 덤벼든다면, 쇼구로 역시 애먹지 않을 수 없다. 그리하여 '은어와 개'를 공작할 상대로서 이 오다 노부히데를 골랐다. 노부히데는 아직 오와리 반쪽을 평정했을 뿐이며, 다른 반쪽에는 그에게 저항하고 있는 일족이나 여러 토호들이 있다.

쇼구로는 이들에게 사자를 보내어

"언젠가 여러분의 공동의 적인 오다 노부히데에 대해선 내가 치명적 타격을 가해 주겠소. 이걸 굳게 약속하오. 그러니 나하고 동맹을 맺지 않겠소?"

하고 우선 제안했고, 그들이 쌍수를 들어 찬동하자 곧 제2의 제안을 했다.

"예언을 하는 것 같지만 머지않아 오다 노부히데는 오와리를 비워두고 미노로 출병해 올 것이오. 여러분은 그 부재중의 성들을 공격해 주기 바라오. 승낙해 주시겠소?"

부재중인 성을 노리는 것만큼 쉬운 일은 없다. 그들도 두말 않고 승낙한 뒤 은밀히 전쟁준비를 시작했다. 이동한 쇼구로는 여러 무장을 매일처럼 성내에 집합시키고, 그의 독특한 전법을 충분히 습득케 했다. 쇼구로의 명령 한 마디로 수만 명의 군사를 질서 정연하게 진퇴시키고자 징·고동·북 따위에 의한 통신법을 가르쳤다.

"내 문장(紋章)을 보라"고 여러 수장에게 말했다.

"파도다. 전투의 비결은 파도와 같다고 나는 믿고 있다. 공격할 때에는 파도가 바위를 부수듯 공격하고, 후퇴할 때에는 소리도 없이 재빨리 후퇴한다. 군이 파도처럼 운동하고 한 마디 명령 아래 재빨리 진퇴한다면, 전쟁이란 반드시 이긴다. 무사대장 이상에게 잘 일러두도록."

다만, 적은 북에서 오는 자는 전전대(前前代)의 태수 마사요리를 떠받드는 에치젠 아사쿠라이고, 남에서 오는 적은 전대(前代)의 태수 요리아키를 떠받드는 오와리 군이다.

——전의 태수가 두 사람이나 적이 되어 쳐들어오는 것이다. 미노인은 인정상 당연히 동요하리라.

쇼구로는 이렇게 생각하고서, 자기가 실질상의 나라 주인이면서도 형식적으로는 예의 미요시노 아들로서 요리아키의 씨인 요시다쓰를 세워 '사쿄노다이부(左京大夫)'라고 호칭케 하며 도키 가문의 종가로 앉혔다. 그리고 자기는 일부러 속명(俗名)을 버리고 머리도 깎고 중 모습이 되었으며, 이름도 일찍이 일시적으로 쓴 일이 있는 '도산(道三)'을 사용했다. 정식으로 사이토 야마시로 뉴도 도산(齋藤 山城 入道 道三)이라 칭하고, 모든 서명도 이 칭호를 썼다.

한편——

에치젠 아사쿠라·오와리 오다·이비의 연합군이 저마다 연락을 하여 미노 침공의 날을 1544년 8월 15일 전후로 결정했다.

쇼구로는 그 날짜를 이비 성에 잠입시키고 있는 첩자를 통해 사전에 알고, "그렇다면 이쪽에서 선수를 쓰겠다"고 부대를 동원하여 6월 12일, '파도'의 기치를 나부끼며 와락 이비 성으로 달려들어 불을 뿜는 듯한 공격으로 들어갔다.

"이틀 안으로 짓밟아라"고 전군에 명령했으나, 성의 방비는 굳어 꿈쩍도 하지 않았다. 그러는 사이 에치젠의 아사쿠라 다카카게(朝倉孝景)가 군사 1만을 거느리고 혹코쿠 가도를 남하하여 15일에는 미노로 침입했고, 이비 군과 호응하여 쇼구로의 군을 포위하기 시작했다. 그것과 동시에 오와리의 오다 노부히데가 5천을 거느리고 기소 강을 건너기 시작했을 무렵, 미리부터 쇼구로와 짜고 있었던 오와리의 노부히데 반대파인 여러 토호들이 일어나 노부히데의 후루와타리 성(古渡城)·나고야 성(名古屋城)을 에워싸기 시작했으므로 노부히데도 견딜 수 없이 군을 돌려 오와리로 돌아갔고, 그들, 이를테면 폭동의 무리들과 같은 자들을 상대로 악전고투를 벌이기 시작했다. 개에게 몰린 꼬락서니라고 해도 좋았다.

'이걸로 오다는 안심이다.'

쇼구로는 마음 놓고 재빨리 행동에 옮겼다.

후퇴다. 이비 군·아사쿠라 군을 동시에 적으로 맞설 만큼 어리석은 일은 없다. 전군에게 뜀박질을 명하여 후퇴를 명하고 얏, 하는 사이 이나바 산성에 들어가 버렸다. 성으로 들어가자, 곧 산꼭대기로 올라가 쇼구로는 전황을 관망했다. 아사쿠라 군이 추격해 오고 있다. 쇼구로 군의 최후미와 전투하면서 마구 쫓아왔다. 추격해 와서, 나가라 강 북쪽 기슭에서 황혼을 맞아, 거기서 진을 치고 야영했다.

'옳거니' 하고 쇼구로는 눈 아래의 적을 굽어보았다. 아사쿠라 군은 미노의 지리에 어둡다.

밤이 되었다. 쇼구로는 어둠을 틈타 각 부대를 차례로 내보냈고, 말에는 자갈을 물리고 갑옷 자락에는 새끼를 감아 소리나지 않도록 하여 발소리를 죽여가며 조용조용히 포위를 완료하고 나서, 축시(丑時)도 다 지났을 무렵에는 성문을 열고서 스스로 본대를 이끌고 나가라 강 얕은 곳을 건너 건너편에 상륙함과 동시에,

"고동을 불어라" 하고 외치며, 전군이 노도처럼 적의 야영지를 기습했다. 아사쿠라 군은 산산이 흩어져 강물에 뛰어드는 자, 산을 향해 달아나는 자, 또는 혹코쿠 가도를 향해서 고향에 돌아가려는 자…… 등등 이미 진형을 잃고서 16일의 태양이 미노 평야에 미치기 시작했을 때에는 수백 개의 시체

말고는 한 명의 아사쿠라 군사도 미노 중앙부에는 보이지 않았다.

쇼구로는 적을 깊이 뒤쫓지 않고 회군(回軍)의 징을 울려 군사를 거두어 휙 파도가 물러가듯 이나바 산성에 돌아갔으며, 다시 산성 망루에서 나가라와 기소 강물이 굽이치는 미노 평야를 굽어보았다.

"오다 노부히데는 언제 올 것인가"라고 하는 게 이 사나이의 숙제였다. 오면 적의 진용이 정비되기 전에 전광석화처럼 산 위에서 달려 내려가 기소 강기슭에서 격파하겠다는 게 쇼구로의 대 오다(對織田) 전법이었다. 그러는 동안 국경선인 기소 강기슭을 항상 졸개에게 경계시키고, 오와리에 건너가려는 나그네를 한 사람 남김없이 미노로 되돌려 보냈다. 이유는 아사쿠라 군이 괴멸했다는 사실을 오다 편에 알리지 않기 위해서였다.

'노부히데는, 설마하니 동맹군이 패주했다고는 생각지 않으리라. 오와리의 반란을 해결하면 아사쿠라의 약속을 지키려고 미노로 침입해 오리라.'

그때 격파한다.

이렇게 기다리고 있었는데, 8월 16일 노부히데는 후방의 위협을 간신히 없애고 병력 5천을 이끌고서 전군이 기소 강을 건넜다.

적이 강을 건넜음을 알게 되자, 쇼구로는 고동을 크게 불도록 하여 이나바 산성에서 번개처럼 기소 강기슭으로 달려가 예정 진지에 도착하여 곧 병력을 셋으로 나누어 정면과 좌우로 포위했다. 그 지휘 솜씨는 7천의 군사를 손바닥 위에서 놀리는 것만 같았다. 포위함과 동시에 맹렬히 공격을 퍼부어 적을 기소 강 기슭까지 몰아붙이고, 나머지는 적의 좌익을 맹렬히 공격할 때에는 우익을 늦추고 적이 그 때문에 오른편으로 달아나면 시간을 보아서 반대로 우측을 강화시켜 좌측을 늦추는 식으로 고양이가 쥐를 얼러가며 잡아먹는 듯한 전법을 썼다. 오다 군은 여기서 태반이나 전사하고 대장 오다 노부히데 단 혼자서 오와리 후루와타리 성으로 돌아갔다고 소문날 만큼의 패배를 했다.

"살모사는 과연 무섭다"고 하는 소문이 파문을 일으키듯 천하에 전해진 것은, 이 세 방향의 적을 마치 명인의 춤을 보는 듯한 솜씨로 차례차례 격파하고 나서부터의 일이다. 아무리 난세라도 보기 드문 솜씨였다고 할 수 있으리라.

영웅시대

이야기는 이웃 나라인 오와리(지금의 愛知縣)로 옮긴다. 옮기지 않을 수 없다. 왜냐하면 이 고장에서 손꼽히는 영웅이라고 일컬어진 오다 노부히데가 미노의 쇼구로에게 대패하여 목숨만 겨우 건진 뒤 기소 강 국경을 단 1기(騎)로 건너서 거성인 후루와타리 성을 향해 달아나고 있었기 때문이다.

'미노의 살모사는 과연 무섭다.'

노부히데는 연신 뒤를 돌아보며 오와리 평야를 향해 말을 달렸다. 온몸이 흙투성이다. 투구의 장식뿔에까지 진흙이 튀었고, 야전용 겉옷은 혼전 틈에 벗어던져 지금은 없다. 말이 준마라 달아날 수 있었다. 힘이 약한 걸음이 느린 말이라면 노부히데는 벌써 미노 군의 창에 찔리어 죽었으리라.

노부히데는 서른일곱. 영광에 넘친 경력을 갖고 있다. 지금까지 수십 번 적과 싸워왔으나 이번 미노와의 싸움 말고는 진 일이 없었다. 특히 이 사나이가 천하에 이름을 떨친 건, 재작년 8월 스루가(駿河)의 대 영주 이마가와 요시모토(今川義元)가 교토에 패권을 세우려고 스루가·도토우미(遠江)·미카와(三河)의 세 나라 군사 2만 5천을 거느리고 오와리를 향해 작전 행동을 시작했을 때였다. 이 싸움에서 노부히데는 불과 수천의 군사를 이끌고서 출격하여, 야

하기 강(矢作江)을 건너 미카와 쳐들어갔고, 아즈키 고개(小豆峠: 厚木峠. 지금의 岡崎市 羽根)에서 적을 맞아 교묘히 싸워 마침내 전군을 돌격시켜 열 갑절의 적을 무찔렀다.

이 승리로 인해서 오와리 태수 시바 씨(斯波氏)가 볼 때에는 신하의 신하에 지나지 않는 노부히데가 일약 오와리 반국의 왕이 되고, 도카이(東海) 지방에서

——노부히데만한 무장은 없다

고 일컬어졌고, 우레 같은 이름은 교토의 천황 귀에까지 들어갔다. 이 불패의 노부히데가 어쩐 까닭인지 미노의 살모사에게만은 힘을 못 쓰고, 앞서는 기소 강 소전투에서 패하고 이번에는 대장 단 1기로써 도망쳐 올 만큼 참패를 맛보고 있다.

'살모사란 놈은 귀신같은 요술이라도 쓰는 게 아닐까) 싶을 정도로 패하였으면서도 왜 패하였는지 알 수가 없었다. 이를테면 오늘 싸움에서는 살모사란 놈이 천 명의 병력으로 공격해 왔다. 적은 병력이다. 무찔러라, 하고 노부히데가 돌격을 명하고 선봉을 무너뜨리기 시작하자 어느 틈엔가 적은 3천 명이 돼 있었다. 문득 등 뒤에서 북소리가 울리는 걸 듣고

——오, 이비의 군사(동맹군)가 왔는가!

말안장을 때리며 기뻐했더니 어찌된 노릇일까, 그게 모두 살모사 놈의 군사였다.

"모르겠는걸."

패전의 원인은 나중에 조사해 볼 일이라고 생각했다. 말을 달리는 사이, 이윽고 허허벌판인 갈대밭 건너편에 거성 후루와타리 성의 숲이 나타났다. 지금은 나고야(名古屋) 시내 히가시혼간 사(東本願寺) 별원(別院)이 돼 있다. 이 성은 노부히데가 10년쯤 전에 쌓은 것으로 주위엔 연못이나 늪이 많고 인가도 드물다. 그러한 마을들을 지나며 노부히데는 달리는 것이었으나, 지나치는 농부·어부 누구 하나라도 이 흙몽둥이 같은 외톨박이 무사가 주군인 오다 노부히데라고는 눈치채지 못했다. 겨우 성문까지 이르렀을 때, 노부히데는 고삐를 바짝 당기고 말을 달그락달그락 그 자리에서 돌게 하며

"문을 열어라, 나다" 하고 성 안에다 큰 소리로 외쳤다. 문득 바라보니까, 해자의 연꽃잎이 하나 산 것처럼 빙글빙글 움직이고 있었다.

'뭘까, 저건' 하고 놀라서 눈을 휘둥그렇게 뜨는 사이, 연꽃잎은 해자 기

슭으로 미끄러지듯 움직여 물 속에서 작은 팔이 하나 뻗쳐나와 기슭의 풀을 움켜잡았다.
'허허, 갑파(河童 : 전설적인 동물, 물속에 살며 인간 같은 모습을 했음)가 나타난 것일까.'
노부히데는 배짱이 두둑한 사나이다. 형편없이 패하고서 돌아왔건만 이 목가적인 풍경을 즐기고 있다. 이윽고 갑파의 팔뚝이 두 개가 되고 휙 몸을 솟구치자 흙투성이 몸으로 기슭에 기어올라와선, 해자의 풀을 잡아 뜯어 몸을 닦고 길로 나섰다.
"난 또 뭐라고, 기쓰보시(吉法師 : 信長)가 아니냐" 하고 마상에서 웃기 시작했다.
열한 살인 자기의 장남이다. 별거하고 있다. 여기서 멀지도 않은 나고야 성에 거주시키고 있다. 독립심을 키우기 위해 낳은 지 얼마 안 되어 한 성의 주인으로 삼았던 것인데, 보호자로선 중신인 히라테 마사히데(平手政秀)·아오야마 요자에몬(青山與左衞門)·하야시 미치가쓰(林通勝)·나이토 신스케(內藤新助) 등을 딸려 주었다. 오늘은 놀러 온 것이리라.
"이봐, 기쓰보시. 그 꼴이 뭐냐!"
알몸뚱이였다. 뿐 아니라 어촌의 어부가 곧잘 그렇게 하고 있듯, 사타구니의 물건을 지푸라기로 매고 있었다. 기쓰보시는 어지간히도 무뚝뚝한 천성인지 길 위에 선 채 대꾸도 않고, 웃지도 않고, 시무룩하니 볼을 불룩하게 한 채 사타구니의 것을 풀기 시작했다.
"이봐, 무엇을 하고 있느냐?"
노부히데는 기가 막혀 물었다. "지푸라기를 풀고 있어요."
"왜 그런 짓을 하지?"
"이걸 풀지 않으면 오줌이 나오지 않으니까."
이윽고 풀고 나자, 세차게 오줌을 뻗치기 시작했다.
"할아범들은 어디 있지?"
"나고야에 있어요."
"허, 그럼 너는 뺑소니쳐 왔구나."
"응."
오줌이 한창 뻗치고 있었다. 좋은 기분이리라. 애송이는 눈을 반쯤 감고 있다.
"나고야는 답답하냐?"

"할아범들이 귀찮아. 나고야에선 이런 장난도 못해."

"너는 어린 주군이란 말이다."

마상의 노부히데는 아연할 뿐이었다. 그런 아버지의 웃는 얼굴을 기쓰보시는 힐끗 곁눈질로 보고서

"아버지는 싸움에 지고 도망쳐 왔군" 하고 무표정하게 말했다.

이 말에는 노부히데도 할 말이 없었고, 솟구치는 듯한 웃음소리를 터뜨리더니,

"졌다. 목숨만 겨우 건지고 돌아왔지."

"상대는 누구예요?" 하고 오줌을 다 누고서 오줌 방울을 뚝뚝 떨어뜨렸다.

"미노의 살모사란 놈이다."

"사이토 도산이로군."

웃지도 않고서

"아버지도 세지만 그놈도 센 모양이야."

그렇게 씹어뱉고 성큼성큼 걷기 시작했다.

"이봐, 어딜 가지?"

"나고야에 돌아가요. 할아범들이 지금쯤은 찾느라고 야단법석일 테지."

"돌아가는데, 혼자서냐?"

"혼자서야. 다리가 있어."

"이상한 녀석이야."

자기 아들이면서 그렇게 생각지 않을 수 없었다.

노부히데는 성의 내전으로 들어가자 곧 우물가로 가서 물을 뒤집어쓰고, 그런 후 알몸으로 툇마루에 앉아

"식사를 세 공기" 하고 여자들에게 명했다. 먹고 나서 그대로 툇마루에 벌렁 누웠다. 여자들이 그 알몸에 침구를 덮어주고 피냄새를 맡고 꾀어드는 가을 모기를 쫓았다. 툇마루 아래에서 억새풀이 바람에 흔들린다. 저녁이 되자 벌레가 울었다. 노부히데는 푹 잠들었다.

이윽고 해도 저물었을 무렵 패잔한 가신들이 3기, 6기, 10기 하고 이 후루와타리 마을로 돌아왔다.

"주군은?" 하고 저마다 묻고선, 노부히데가 무사히 귀성해 있음을 알자

모두들 안심했다. 그러는 사이 가로인 오다 이나바노카미(織田因幡守) 등의 일대가 돌아와 성내를 엄중히 경비했다. 그 성내의 술렁거림으로 노부히데는 잠을 깨고, 벌떡 일어나서 뜰로 내려가 무사들이 대기하고 있는 외전으로 가려고 했다.

"어머, 주군께선 알몸으로 가시렵니까" 하고 시녀가 의복을 갖고서 쫓아왔다.

"오, 훈도시도 차지 않았군."

노부히데는 새 훈도시를 감게 했다. 호색인 사나이다. 좀, 비정상인지도 모른다. 옷에 팔을 끼면서 손을 놀려 시녀의 사타구니에 집어넣고 있다.

"어머, 남들이 봅니다."

"누가 품어 주겠다고 하는 건 아니다. 손이 심심하길래 '거기'라도 만지고 있는 거야."

노부히데는 오와리 사람으로선 드문 해학가(諧謔家)로서, 무슨 말을 하든 간에 왜 그런지 모르게 우습다. 시녀들은 그 말버릇에 킬킬거리면서 결국은 만지도록 허용하고 있다. 이윽고 내전과 외전 사이에 있는 중문을 열고 초가지붕인 서원을 향해 걸어갔다. 걸어가면서 여기 저기 웅크리고 있는 무사들에게

"오, 한구로(半九郎)는 돌아왔구나, 허허 곤로쿠(權六)도 무사하고, 거기 추녀 아래 웅크리고 있는 건 신자에몬(新左衛門)이냐? 흥, 부상을 입었구나."

호탕한 웃음소리와 함께 한 마디씩 말을 던지고 간다. 이토록 심한 패배를 맛보고서도 조금도 기죽은 데가 없었다. 얼마 후 서원 정면에 앉더니

"이나바(가로)는 어디 있지?" 하고 눈으로 얼굴을 더듬었다.

"바보 같으니! 성문을 지키기보다 여기에 와서 술이라도 마시라고 전해라."

"그러나 도산이 기소 강을 건너 오와리로 쳐들어오지 않겠습니까?"

"그 사나이는 깊이 뒤쫓지 않는다. 이 전승을 뽐내며 미노를 비워두고 국경을 넘어서 오와리를 침략해 올 경솔한 사나이라면, 살모사도 대단한 인물은 아닐 게다."

"오와리에 쳐들어오는 게 경솔한 일입니까?"

"미노는 아직 평정돼 있지 않다. 승리에 도취하여 나라를 비우면 금방 살

모사의 꼬리를 물고 늘어질 놈이 나타난다. 오늘 밤 나는 술잔치를 벌이겠지만, 그 사나이의 이나바 산성이야말로 화톳불을 크게 피워 내 반격을 방비하고 있을 거다."

그런 다음 곧 베어온 적의 무사 목을 검사하여 공훈이 있는 자에게는 표창장을 내리고, 술잔치로 들어갔다. 그리고 부하 무장들이 저마다 목격한 쇼쿠로의 작전 상황을 들으면서, 적이 승리한 원인과 자기편의 패전 원인을 상세히 검토했다.

'딴은, 번개 같은 사나이다.'

노부히데는 감탄했고, 패전 원인의 전부는 자기보다도 미노의 살모사 쪽이 훨씬 전투에는 능숙한 데 있다고 하는 단순한 결론에 도달하지 않을 수 없었다.

"아무튼 좋다. 다음에 미노로 쳐들어갈 때에는, 살모사란 놈을 짓밟아 줄 테니" 하고서 그날 밤은 통음(痛飮)하여 정신없이 술에 취해 시동들에게 떠메어져 침실로 갔다.

그 이튿날. 아침부터 비가 내리고 아직 가을도 중간 무렵인데 화로가 그리우리만큼 추웠다.

노부히데는 용수철 같은 강한 육체를 갖고 있었다. 간밤엔 그토록 고단했는데도 잠자리에 정실부인 도타(土田) 마님을 불렀고, 아침은 아침대로 측실인 여자를 불러들여 잠자리에서 희롱하고 있었다.

"싸움에 진 다음날 이마가와 씨는 침향(沈香)을 피우고 기가 푹 꺾여 있었다 하는데, 정말이지 못난이 짓이지. 싸움에 진 다음엔 너희들과 장난을 쳐야만 또 새로운 지혜가 솟는 법이야" 하고 이 별난 정력가는 말했다.

이윽고 해가 떠올랐을 무렵, 전갈하는 가신이

"교토의 소보쿠(宗牧)라는 분이 찾아 오셨습니다"고 황급히 알려 왔다.

"소보쿠──"라고 뇌까리며 벌떡 일어났다. 사교가이며 손님을 좋아하는 사나이다.

"곧 나가겠다. 작은 서원으로 안내하여 정중히 대접하고, 우선 시장하시지 않느냐고 물어라. 시장하다고 하면 준비를 하여 대접하도록 해라, 술도 곁들이고. 추우니까 화로에는 숯을 듬뿍 담아 갖다 드리고, 참 그것보다도 목욕을 하시지 않겠느냐고 물어 봐라."

빠른 말투로 이르며 자기는 잠옷을 벗어 던지고 복도를 달려 목욕탕으로 뛰어들었다.

'소보쿠는 무슨 볼 일일까?'

때를 밀도록 하면서 생각했다. 소보쿠는 도성에서 이름난 연가사(連歌師)다. 연가를 즐기는 노부히데는 자주 오와리로 초대하여 모임을 가졌고, 교제는 꽤 오래 되었다. 노부히데가 소보쿠를 후히 대접하는 것은, 한 이유로 실리가 있기 때문이다. 소보쿠는 교토의 귀족 및 유력자의 저택에도 드나들고 있기 때문에 교토의 정치 정세에도 밝고, 게다가 여행을 즐기는 연가사라 여러 나라의 크고 작은 무장을 찾아다니고 있었기 때문에 그런 방면의 정세에도 밝았다.

이윽고 노부히데는 작은 서원에서 소보쿠와 대면했다. 소보쿠는 잿빛 눈동자에 긴 얼굴을 가진 50 남짓한 사나이다. 대접한 술에는 손도 대지 않고 있다.

"왜 잡숫지 않았습니까" 하고 노부히데가 앉기가 무섭게 말하자, 소보쿠는 꽤나 의미심장한 얼굴로

"큰 책임이 있어서입죠" 하고 말하더니 노부히데의 시동을 불러서 눈앞의 상을 치우게 하고, 자기는 일단 일어나 뜰의 변소에 갔다가 손을 씻었다.

그리고 옷깃을 여미고 조용히 자리로 돌아와 자개 박은 작은 상자를 꺼내더니,

"이걸" 하고 노부히데 앞에 바쳤다.

"이게 뭡니까?"

"말씀 올리기도 황공하온 일이오나 천자님께서 여관(女官)의 편지 형식으로 오다 님께 칙서를 내렸습니다. 아무쪼록 받아 주시기를."

"허!"

놀랐고, 노부히데는 곧 모든 걸 알았다. 이 사나이는 다른 군웅(群雄)과는 달리 색다른 동정심을 갖고 있었다. 교토의 천황을 극히 우러러보고 있는 일이다. 쇼군이 있는지 없는지조차 희미한 시대다. 하물며 여러 나라의 서민은 교토에 천황이 있다는 사실조차 잊고 있었다. 노부히데에는 가도(歌道)의 교양이 있다. 가도를 통해서 왕조의 우아로움을 동경하고 있었고 천황의 존재도 알고 있었다.

"황실은 우러러봐야 한다"고 입버릇처럼 말했으며, 실제로 작년엔 중신인 히라테 마사히데를 교토로 보내어

──이걸로 담이라도 고치도록 하십시오.

돈 4천 관을 대궐에 헌납했을 뿐 아니라, 천황의 종묘인 이세 신궁(伊勢神宮)이 제례 비용도 없을 때에는 이세에 사자를 보내어 그 비용을 헌납하고 있었다. 오와리는 일본 제일의 아름다운 고장이다. 땅이 기름지고 농부가 많아 노부히데는 매우 부유했으며 그 정도의 헌납은 아무 것도 아니었지만, 그런 행위를 생각해 낸다는 것 자체가 이미 색달랐다. 이웃 나라의 '살모사'는 교토 태생, 노부히데 이상으로 교양이 깊으면서도 왕실에 대한 감각이 매우 굼떴던 것은, 도성 출신이니만큼 오히려 도성의 물이 들어 그런 짓이 우스꽝스럽기 때문이었으리라.

사실 쇼구로는 헌금 소문을 들었을 때
"촌놈은 촌놈!" 하고 비웃었다. 과연 노부히데는 벼락치기 시골 귀족이었다. 그러니만큼 왕성에의 동경은 강렬했고 조정에 대한 동경에 사심이 없었다. 아니다──사심은 있다고, 쇼구로는 이웃 나라의 이 영웅을 보고 있었다.

'노부히데 놈은 촌놈이면서도 엉뚱한 망상을 품고 있는 거야. 언젠가는 교토로 쳐들어가 천황을 업고 그 권위를 빌어 천하를 호령하리라 꿈꾸고 있는 게 틀림없어. 바보 같은 놈! 보통이라면 쇼군을 업고 천하를 호령하는 것이 순서인데, 신관(神官)이나 마찬가지인 천황을 업고 과연 천하가 손에 들어올까' 하고 생각하였다.

하나 사람은 취미도 여러 가지다. 쇼구로는 방랑하는 장군이야말로 이용 가치가 있다고 보고 있을지 모르지만, 노부히데는 천황 쪽이 좋았다. 쇼구로가 '여관의 편지 형식'이라고 말하며 바친 것은, 약식의 칙서라고 생각해도 좋다. 천황을 모시는 시녀가 자기 붓으로 '흘려쓰기'라고 하는 독특한 형식을 취해 천황의 의사를 전달한다. 노부히데에 대한 '그 편지'에는 작년의 헌금에 대한 감사와 '미카와 사람들에게도 헌금하도록 전해 주어라'라고 하는 의미가 적혀 있었고, 천황으로부터의 예물로 '고금집(古今集)'이 곁들여져 있었다. 노부히데는 교토의 천황에까지 자기의 무명(武名)이 알려진 게 기뻤다.

"오, 이건 황공하기 이를 데 없소!" 하고 감격하고서
"아무튼 미노에서의 싸움이 신통치 않아서 말입니다, 어제 몸 하나를 건져서 돌아왔던 참이지요. 이 패전의 상처가 아무는대로 미카와에도 내려가

고, 또 교토에라도 올라가서 거듭 수리하실 비용을 헌납할 작정입니다"라고 말했다. 패전을 대수롭지 않게 말하는 노부히데의 대담성에 소보쿠는 새삼스럽게 혀를 내두르고

'이 사나이야말로 천하를 잡을지도 모른다'고 생각했으며, 오다 노부히데는 영웅의 기상이 있다고, 부탁도 받지 않았는데 교토에서 떠벌이고 다니는 자기의 눈에 잘못은 없다고 생각했다.

오와리(尾張)의 호랑이

오다 노부히데는 살이 희고 아름다운 수염이 있으며, 말을 할 때 약간 고개를 갸우뚱하는 버릇이 있었다. 목소리가 우렁차다. 노부히데가 후루와타리 성에 있으면, 그 호탕한 웃음소리가 부근 강에서 그물을 치고 있는 어부의 귀에까지 울려 퍼져

──주군은 오늘 성에 계시구나

그렇게들 알았다는데 과연 그랬었는지. 요컨대 음침한 사나이는 아니다.

하긴, 무서운 음모도 꾸민다. 나고야 성(那古野 또는 名古屋라고 쓴다)을 강탈한 방법이 그것이다. 노부히데는 그 성주하고 연가의 벗이었다. "부디 나고야에 와 주십시오"라는 초청을 받고 성내에 체재했는데, 그 체재 중에 급병이 들어(꾀병이지만) 사느냐 죽느냐 하는 소동을 벌이면서 "내 목숨도 이제 며칠 남지 않았습니다. 할 수 있는 일이라면 가신들을 불러 유언을 하고 싶습니다"고 말하여 성주의 허락을 받고, 그 불러들인 가신들과 한패가 되어 한밤중에 성내를 돌아다니며 닥치는 대로 죽여 눈 깜짝할 사이에 성을 뺏고 말았다.

노부히데는 굶주린 호랑이라고 오와리 국내가 치를 떨었다. 굶주린 호랑이는 사람을 잡아먹는다. 무슨 짓을 저지를지 모른다고 하는 공포감을 국내에 주었다.

전쟁도 잘 한다. 권모술수도 뛰어나다.

"그러나 나는 미노의 살모사하고는 다르다"고 평소부터 말하고 있었다. 어느 점이 다르냐고 하면

──조정에 헌금하고 있다

는 것이었다. 먼 교토의, 그것도 지금은 유명무실한 이를테면 권위뿐인 낮도깨비가 되어 있는 교토 조정에 고작해야 오와리 반국의 영주이면서도 돈을 보낸다고 하는 일은 어떠한 실질적 이익이 있는 것일까. 장차 교토에 패권을

세울 때 편리하다고 말하면 다소 그럴지도 모르지만, 사실 그럴 돈이 있다면 그걸 군비로 하여 군사를 고용하고 무기를 갖추고 조금이라도 가까운 남의 영지를 갉아먹는 편이 훨씬 유리하지 않은가.

"미노의 살모사라면 땡전 한 푼 내놓지 않으리라" 하고 노부히데는 가신들에게 말하고 있었다. 과연 그 말대로 쇼구로라면 그러한 잇속 없는 돈은 내놓지 않는다.

"그러자 생각해 봐라. 그러한 헛돈을 쓰지 않는다면 서로가 한낱 인정머리 없는 악당에 지나지 않을 것이다."

노부히데는 이렇게 말하는 것이었다. 악당은 고작해야 악당다운 작은 일밖에 못한다고. 사람을 고무시키고 세상을 송두리째 동원시킬 힘을 갖지 못한다.

"나는 천하를 잡을 것이다. 천하를 잡자면 좋은 인상을 주는 인기가 필요하다. 인기를 얻는 데는 꽤나 헛일이 필요한 거야. 헛일인 줄 알면서도 태연히 할 수 있는 인간이 아니면, 천하는 잡지 못한다."

그 실리를 기대 않는 헛일이라고 하는 게 이를테면 조정에의 헌금이라고 노부히데는 말했고, 그러한 종류의 짓을 않는 사이토 도산은 기껏해야 미노 일국의 주인 정도라고 보고 있는 것이다. 그 살모사에게 쫓긴 미노 정통의 주권자 도키 요리아키를 보호하고 있는 것도, 말하자면 노부히데의 헛일이었다. 하긴 이 고귀한 망명자를 보호하는 실리는 다소 있다. 그걸 구실로 미노로 쳐들어가 땅을 뺏을 수 있다는 것인데

'그러자면 좀 시기가 빠르다'고 생각은 하고 있다. 오와리 태수 시바 가문으로 본다면 노부히데는 부하의 또 부하라고 하는 신분에서 몸을 일으켜 오와리 반국을 무력으로 차지했다. 그러나 나머지 반국이 저마다 반 오다 동맹을 맺고 맹렬하게 항전하고 있기 때문에, 이웃 나라인 미노를 침략하는 일은 2단계나 3단계 뒤의 일이었다. 그런데도 노부히데는 요리아키를 보호하고, 요리아키를 위해서 미노로 출병하고, 살모사 때문에 호된 패전을 맛보는 '헛일'을 하고 있다. 하긴 이 요리아키 응원의 '헛일'은

──정말이지, 존경할 만한 노릇이야. 오다 공을 굶주린 호랑이라고만 할 게 아니야. 의협심이 있는 사람이지.

라고 하는 평판이 되고, 그것이 돌고 돌면 세상에서의 노부히데 인상을 커다랗게 해 주기 위해서는 큰 도움이 되고 있었다.

――어떻게 도산을 격파할 방법은 없을까?

노부히데는 미노 평야 전투에서 패한 이래, 죽 생각을 해 오고 있다. 하나 겉으론 밥을 먹어 가면서라도 측근에게 농담을 지껄이고, 때때로 예의 호탕한 웃음을 터뜨리며 패전 따위에 아무런 시름도 느끼지 않는 눈치였다. 꽤나 익숙한 연극을 하는 것이었다. 동작이 날랜, 부지런한 사나이기도 했다. 이 사나이를 둘러싸고 있는 환경은, 지고서 돌아왔다고 하여 그 상처를 양지쪽에서 한가롭게 핥고 있는 듯한 그런 것이 아니다. 국내의 적들이 하루라도 그를 편하게 쉬지 못하게 한다. 그들은 야도(野盜)들을 고용하여 바람처럼 나타나서는 노부히데의 영지 마을을 불사르거나 지성(支城)을 야습한다. 그때마다 노부히데는

――알았다

고 손에 침을 뱉으며 재빨리 날랜 군사를 이끌고서 산야를 달려 출격, 적에게 타격을 주고선 성큼성큼 성으로 돌아온다. 노동자 같은 심장을 가진 사나이였다. 그 다망한 활동 속에서 미노의 살모사에게 섬멸적 타격을 받은 오다 군단의 재편성도 해야만 되었고, 나아가선 복수의 작전 계획도 짜야 했다. 노부히데가 연가사 소보쿠에게서 들은 바에 의하면, 소보쿠가 이나바 산성으로 살모사를 찾아갔더니, 살모사는

"흥" 하고 슬쩍 웃고서

"이번 전투에선 나도 힘을 들여 노부히데의 다리를 부러뜨릴 만큼 해 놓았으니까, 이걸로 혼이 나서 2, 3년은 얼씬도 못할 거야" 라고 말했다고 한다.

얄밉지 않은가. 아마도 계산과 책략이 많은 살모사는 소보쿠라고 하는 안성맞춤인 소문 전달자의 입을 빌어 노부히데를 도발하고, 노부히데가 발끈해서 전비도 불충분한 채 미노로 난입하면 그대로 흠씬 쳐서 반죽음을 만들 수 있기를 바라고 있으리라.

'바보 같은 놈!'

노부히데는 살모사의 지혜를 비웃었다. 그러나 묘책이 떠오르지 않는다. 이 노부히데를 쇼구로, 다시 말해서 사이토 도산은

――오와리의 성급한 자

라고 하는 정도로 밖에 보고 있지 않지만, 노부히데는 그토록 성급하지도 않았다. 기다릴 줄을 알고 있었다. 묘책이 떠오르지 않는 이상 조바심을 내어

상처를 깊게 하느니보다 오히려 지구책을 취하고, 기회가 무르익어 조건이 좋아지기를 기다리려고 했다. 하나 기다리는 데도 작전이 필요하다.

'오가키 성(大垣城)이 좋다'고 생각했다.

오가키 성은 서부 미노의 주성(主城)으로, 이 성은 이비 성(揖斐城)과 더불어 미노 국내에서 쇼구로, 즉 사이토 도산에게 정복되지 않은 단 두 개의 성이었다. '살모사 놈에게, 오가키 성은 콧잔등에 생긴 종기'라고 노부히데는 보고 있었다. 사실 도산의 거성인 이나바 산성에서 오가키 성까지는 겨우 45리의 거리인 것이다.

'이 종기를 이용하여 살모사란 놈이 울상이 되도록 괴롭혀 주어야지' 하고 노부히데는 마음먹고, 오가키 성에의 원조를 끈기 있게 해 주기로 했다.

오오리에서 속속 군량미를 보내주는 거다. 성이라고 하는 것은 양식이 있는 한 활발하게 돌아가고, 결코 낙성되지 않는 법이다. 노부히데는 이 오가키 성 구원 문제에 있어서도 오미의 아사이 씨나 에치젠의 아사쿠라 씨에게도

——미노의 사이토 도산을 제압하는 급소는 오가키 성입니다. 이것은 도산의 아픈 약점이 되겠지요. 부디 구원의 병력을 보내시길 바랍니다

하고 편지를 보냈다. 오미·에치젠 두 나라는 손뼉을 치며 동의했다. 그들은, 이웃나라의 주인이 언제나 어리석은 자이기를 바라고 있다. 도산이라고 하는 터무니 없는 영웅이 성장을 하기 전에 때려눕히지 않으면, 자기 나라의 국방이 위협을 받게 되는 것이다. 이리하여 오가키 구원동맹이라는 게 생겼다.

'전쟁에는 졌지만 외교로 목을 졸라매겠다'고 노부히데는 자못 의기양양했다. 게다가 그는 중신인 오다 하리마노카미(織田播磨守)·다케코시 미치사네(竹腰道鎭) 두 사람에게 병력을 딸려 오가키 성으로 파견하여 미노 패를 도와주었다. 이리하여 이해 섣달부터 오가키 성의 활동은 눈에 띄게 활발해졌다.

노부히데는 "주로 도산 영내 벌판을 불태우고, 마을을 약탈하고, 푸른 벼를 베어라. 도산의 군사가 나오거든 일체 싸우지 말고 재빨리 성으로 들어가라" 하고 명령했다.

이나바 산성에서 미노 평야를 굽어보고 있는 쇼구로도 이 야도 전법에는 애를 먹었다.

'노부히데란 놈, 이상한 일을 생각해 냈구나'라고 생각하고서, 처음에는 일일이 대부대를 출격시켜 쫓았지만 군사가 피로할 뿐 아무런 이익도 없다는 걸 깨닫고, 오가키 성을 느슨하게 포위하는데 그쳤다.

적극적인 성 공격도 하지 않는다.

"오가키 성은 지엽(枝葉)에 지나지 않는다. 뿌리는 오와리에 있다. 언젠가 오와리의 노부히데 놈이 기승해서 대거 침입해 올 때를 기다렸다가 치명적인 타격을 가해 주겠다."

쇼구로는 무리한 짓을 하지 않는다. 보통이면 적극적으로 오와리로 쳐들어가지만, 이 사나이는 미노의 내정 확립에 바빠서 그런 원정은 일체 하질 않는다.

'살모사란 놈, 좀체 수단에 넘어가질 않는구나.'

노부히데는 살모사의 조심스런 성격에는 오히려 기가 차서 이쪽에서 먼저 조바심을 느끼게 되었다.

해가 바뀌어 1545년이 되었다. 이 해 내내 오가키 성을 중심으로 작은 전투가 끈기 있게 되풀이 되었고, 그 동안에 노부히데의 오와리 군단의 상처가 차츰 아물어 이미 대작전을 일으키리만큼의 체력을 회복했다. 하나 노부히데는 움직이지 않는다. 단지 이 천재적인 외교 감각의 소유자는 중요한 수를 하나 썼다.

쇼구로에게

"어떻소? 이렇게 5월 장마비 같은 싸움을 구질구질하게 계속하고 있어도 한정이 없고 서로 아무런 이익도 없소. 애당초 나는 요리아키 씨의 부탁을 받고서 일으킨 싸움이오. 만일 요리아키 씨에게 귀하가 오오가(大桒)의 은퇴 성 하나라도 줄 생각이라면, 나는 손을 떼겠소."

"승낙하겠소."

뜻밖에도 살모사는 시원스럽게 요리아키를 인수한다는 뜻을 전해왔으므로, 노부히데는 오히려 기분이 개운치 않았다.

하나 곰곰이 생각해 본다면 살모사의 승낙은 기괴한 것도, 아무 것도 아니었다. 하긴 지금에 와선 미노 6천 기의 거의 대부분이 사이토 도산의 부하가 되고 말았지만, 이 가신들이 옛 주인 요리아키에게 품고 있는 감상적 마음도 도산으로선 무시할 수 없어, 이를테면 그러한 내정상의 고려에서

'나중엔 어떻게 요리하던 지금 당장은 미노에 거주지라도 주자'고 하는 결

론에 이르렀으리라.

"그게 틀림없다"고 노부히데는 추측했다. 이 추측은 들어맞았다. 사실인즉 쇼구로는 노부히데가 배후에서 꼬드기고 있는 오가키 성의 게릴러 활동에 골머리를 썩이고 있었다. 거기서 받은 경제적 손해는 무시할 수 없다.

"요리아키의 거주권과의 교환이라면 싸다"고도 생각했다.

요리아키는 국경까지 오다의 군사에게 호위를 받고, 이윽고 오오가 성으로 돌아갔다. 그런데 노부히데는 교활했다. 요리아키만 돌려보내 놓고 정전의 의무를 지키지 않았을 뿐만 아니라 오가키 성을 지키고 있는 미노 패들에게 "이번에 요리아키 씨가 오오가 성에 돌아가셨는데 휘하 병력을 갖고 계시지 않다. 그러니 이 오가키 성은 오와리 패가 맡을 것이니 여러분들은 요리아키 씨를 지키기 위해 오오가 성에 주둔하는 게 어떻소?" 하고 말했다.

성내의 미노 패들은

──오와리 패에게 미노의 이 성을 내 준단 말인가

처음에는 난색을 표명했으나, 아무튼 요 1년 남짓 오와리에서 보내어진 군량미를 먹고서 농성 생활을 하였고, 농성군의 병력도 어느 틈엔가 오와리 패가 갑절 이상으로 불어나 있었다. 승낙하지 않을 수 없었다. 이리하여 노부히데는 파견대장인 오다 하리마노카미와 다케코시 미치사네의 두 사람을 정식 성주 대리로 임명하고, 손쉽게 미노의 한 성을 뺏고 말았다.

"살모사란 놈, 성을 낼 테지."

노부히데는 은밀히 동정을 살피고 있었는데, 정작 살모사는 이것에 대해서 아무런 항의도 해 오지 않을뿐더러 못 본 척 침묵을 지키고 있었다.

노부히데는 부지런한 친구다. 도산은 침묵이 불안해 견딜 수 없어 이나바 산성 아래 차례차례로 첩자를 보내어 동정을 조사케 했더니, 도산은 이 일건에 관해서

"노부히데는 애송이야, 자기 지혜에 도취하고 있으니" 하고 논평했을 뿐이라고 한다.

하나 도산, 다시 말해서 쇼구로는 노부히데의 미노 오가키 성 탈취를 오히려 좋은 선전재료로 써 먹었다. 곧 오미의 아사이 씨와 에치젠의 아사쿠라 씨에게 사자를 보내어

"오다 노부히데는 겉으로 요리아키 씨를 도와준다고 칭하고서 사실은 미

노를 집어삼키려 하고 있다. 그 속셈이 이 한 가지 일로 명백해졌다. 이 이상 오다에게 가세하면 오히려 귀하가 위태로워진다. 아니면 귀하는 오다를 살찌게 하고 강성케 만들어, 그 밥이 되고 싶은가?" 하고 전하게 했다.

굳이 쇼구로로부터의 사자가 오지 않더라도 아사이·아사쿠라의 양씨는 오다 노부히데의 뜻밖의 태도에 놀라고 있었다.

"알았소, 우리들은 미노의 국내 분쟁에서 손을 떼겠소" 하고 저마다 말했다. 그들은 미노의 살모사보다도 오와리의 호랑이가 성장해가는 편이 보다 무서워졌으리라.

쇼구로는 다시 아사이 씨에게 보낸 사자로 하여금 이렇게 말하도록 했다.

"곧 우리는 오가키 성을 짓밟을 예정인데, 그때 후원 병력을 보내 준다면 고맙겠소."

오미 아사이 씨는 승낙했다. 왜냐하면 오가키 성은 오미 국경과 가깝다. 이걸 오다 노부히데에게 뺏기고 만 이상, 당연히 오미 국경이 위협 받는다. 이때 아사이 씨로썬 쇼구로와 협력하여 노부히데하고 싸운다 하리만큼의 적극성은 없다하더라도, 오가키 성 공방전이 시작되면 국경 경계라고 하는 의미의 병력을 내보낼 필요는 있었다. 노부히데는 그런 공작이 추진되고 있는 줄은 꿈에도 모르고 있었다.

'살모사란 놈, 이제 두고 봐라.'

이번엔 미노의 본거지인 이나바 산성을 찌를 계획을 세우고 준비를 했다. 그 노부히데의 발밑인 오와리에 쇼구로의 밀사가 뻔질나게 드나들고 있었다. 이 밀사들은 노부히데의 오와리에서의 적인 기요스(淸洲) 성주 오다 히코고로(織田彦五郞)·기시쿠라(岸倉) 성주 오다 노부카타(織田信賢)를 찾아가

"날은 미정이지만 우리 측에선 오가키 성을 공격한다. 노부히데는 허둥지둥 대군을 거느리고 구원을 하러 달려오리라. 그 부재를 노려 노부히데의 후루와타리 성을 에워싸는 게 어떻소?" 하는 계획을 제시했다. 히코고로와 노부카타는 크게 기뻐하며

——공격의 날짜가 정해지면 알려 주기 바라오. 우리쪽도 후루와타리 성을 공격할 테니 하고 대답하고, 그 후 자주 이 계획에 관하여 의논을 했다. 이러한 몇 종류의 계획을 진행시키면서, 쇼구로는 이나바 산성에서 침묵을 지키고 있었다.

1547년 겨울, 바람이 자고 하늘이 활짝 갠 날 아침 쇼구로는 별안간 이나바 산성에 '파도' 기치를 세우고 출전의 북을 울리고 고동을 불게 하여, 속속 달려오는 병력을 재빠르게 편성하더니 이윽고 기치도 당당히 오가키 성을 향했다. 포위를 완료하자 곧 불을 뿜는 듯한 공격을 개시했다.

오와리의 후루와타리 성에서 이 소식을 들은 노부히데는

"살모사란 놈, 마침내 나왔구나" 하고 군사를 소집해 기소 강을 건너 오가키 성 구원을 하는 듯한 태세를 꾸미며 나가다가, 느닷없이 군을 돌려 쇼구로가 출격하고 없는 이나바 산성을 향해 질풍처럼 달려가 다케가하나(竹ヶ鼻) 마을들을 불질러가며 성 아랫거리의 남쪽 아카나베(荇部)에 야전진지를 구축했다. 하나 그 무렵에는 노부히데가 비우고 나온 오와리 후루와타리 성 아랫거리는 오다 히코고로와 오다 노부카타의 군사들의 습격으로 불길이 치솟고 있었다.

'살모사란 놈, 또 음모를 꾸미고 있었구나!'

노부히데는 그 소식을 듣자 진지를 철수하고 군사를 수습하여 오와리로 달려 돌아가 같은 성(姓)의 적들이 날뛰는 후루와타리 성 밖에 이르렀으며, 거기서 히코고로 및 노부카타 군을 거의 전멸시켰다. 이 전투에선 쌍방이 스쳐 지나갔을 뿐 승패가 없었다.

그 며칠 후다. 쇼구로는 자기 군의 주력부대로 하여금 오가키 성 공격을 계속시키면서 자기는 소부대를 이끌고 일부러 산악지대를 지나 급행군하여 뜻밖의 방면으로 나갔다. 다방면 작전은 이 사나이의 장기다.

살모사와 호랑이

쇼구로의 주력은 노도가 앞바다 작은 바위를 산산 조각을 내려는 듯, 공격에 공격을 거듭하고 있다. 오가키 성의 오와리 패는 소병력이었으나 잘 싸워서, 이 심한 공방전으로 서부 미노의 들판은 함성소리·말 울음소리·징소리·북소리로 떠나갈 듯한 소동이었다. 공성(攻城) 사흘째 되는 날, 쇼구로 진중에서 졸개 다섯 명이 저마다 번뜩이는 검은 쇠몽둥이 같은 것을 들고 뛰어나왔다. 성벽에 떼져 있는 수비군은

——저게 뭐냐

의심스런 눈으로 보았다. 다섯 졸개는 논둑길을 달리고 풀섶을 뛰어넘고 성의 해자 가까이 접근하더니, 횡대가 되어 엎드렸다.

"뭐냐, 뭐냐."

수비군은 떠들어댔다. 그러는 사이 다섯 명의 졸개 손에서 다섯 줄기의 흰 연기가 솟고 탕! 하고 천지를 찢어 놓는 듯한 굉음이 들렸다 싶자, 성벽에 있던 다섯 명의 무사가 동시에 거꾸러져 휙, 떨어졌다. 미노에서 오와리·도카이(東海) 지방에 걸친 이 싸움터에 처음으로 총이 출현했던 것이다.

오와리 패는 처음에 "살모사란 놈, 마법을 쓰는가" 하고 아연했던 모양이

다. 왜냐하면 40간 건너편에서 흰 연기와 굉음이 일어났다 싶자 한 용맹스런 무사가 거짓말처럼 거꾸러지고 있는 것이다.

——아냐, 저것이 소문에 듣던 총이란 것인지도 몰라

라고 하는 유식한 자도 있었으나, 대부분은 그저 두려워했다. 쇼구로는 해질녘까지 다섯 번, 이 다섯 명의 소총수를 내보내어 그 때마다 백발백중의 효과를 과시했다. 성의 사기는 뚝 떨어졌다. 이미 성벽 위에 서서 활을 쏘던가 돌을 떨어뜨리는 자도 없게 되었다. 그래서 그런지 바람에 나부끼고 있는 기치까지 별안간 기운을 잃은 듯싶었다.

'음, 효과가 있구나.'

쇼구로는 지휘용 걸상에 앉으면서 냉정한 실험자의 눈으로 고개를 끄덕였다. 겨우 다섯 자루 밖에 없다. 그것이 이토록이나 효과를 거둘 줄은 미처 몰랐다. 장차 총만 갖추어진다면, 아마 함락되지 않을 성이란 건 없게 되리라.

'여러 나라에 수천, 수만 개의 성이 있다. 성이란 것은 원래 함락되기 어려운 것이다. 필부라도 이것에 응거하여 막으면 대군조차 공략하기 힘든 것인데, 장차 이 병기가 보급되면 작은 성 따위 순식간에 무너지고 천하의 통일은 급속히 추진될지도 모른다. 이 총을 대량으로 갖고 그걸 교묘하게 쓰는 자가 아마 천하를 잡으리라.'

아직 총이 전래한 지 얼마 안 되어서이다. 전래한 지 얼마 안 되어 국산화가 시도되면서 사카이(堺)나 기슈(紀州)·네고로(根來)에서 소규모적으로 생산되고 있지만, 양을 과시할 만큼은 돼 있지 않았다. 쇼구로는 풍문으로 이 병기에 대한 소문을 듣고 아카베를 사카이로 파견하여, 야마자키야의 돈을 갖고서도 겨우 다섯 자루만을 살 수 있었던 것이다. 조작법은 쇼구로 자신이 습득하였다. 스스로 이나바 산성 내에서 수백 발을 사격하여

"이건 이렇구나" 하고 그 효과적인 사격법을 깨우친 뒤 다시 연구를 하여 부하에게 가르쳤다. 특히 정실 오미 마님의 생질인 주베 아케치 미쓰히데에게는

——이제부터의 무장은 총을 알아야 한다. 너도 연구해라

하고 권했다. 미쓰히데는 이 요리아키에 의해 뒷날 사격술만으로라도 밥을 먹을 만큼의 명인이 돼 있었다.

이야기의 앞뒤가 어긋났다.

쇼구로는 오가키 성 공격이 고비를 넘겼다고 보자 스스로 소부대를 이끌고 별동대가 되어 산악지대를 누비며 달렸다——고 하는 데에서 전장(前章)이 끝났다.

그것이 홀연 오오가 성(大桑城) 정면에 나타난 것이다. 이 성에는 오다 노부히데와의 휴전 조약에 의해 도키 요리아키가 다시 거주하고 있었다. 하나 노부히데가 스스로 휴전 조약을 깬 이상 쇼구로로 볼 때 요리아키를 놓아둘 필요는 없었다. 뭐니뭐니해도 요리아키는 미노의 전직 태수이므로 일족의 세력도 있고, 게다가 오오가 성을 중심으로 쇼구로 반대파가 단결해 나갈 염려도 있었다.

"단숨에 짓밟아라" 하고 쇼구로는 맹렬히 지휘하여, 오가키 진중에서 데리고 온 다섯 명의 소총수를 전진시켜 맹렬하게 사격을 하도록 했다.

이것에는 오오가 성병이 기절초풍하여 뒷문을 열고 달아났다. 그 속에 물론 도키 요리아키도 섞여 있었다. 요리아키는 산을 타고 북쪽으로 북쪽으로 달아났고 마침내 에치젠 국경을 넘어 이치조다니(一乘谷)에 본거를 둔 아사쿠라 씨의 보호를 받았다.

한편 오와리의 오다 노부히데는——

노부히데는 미노의 살모사한테 선동된 오와리의 노부히데 반대파의 봉기를 재빨리 진압하자

"살모사란 놈!" 하고 출전 전의 마지막 술잔을 비우고 술잔을 땅바닥에 팽개쳐 산산조각을 내더니, 그대로 달려가 말에 올라타 미노를 향해서 진격했다.

도중 요리아키의 망명 소식을 들었다. 다혈질인 이 사나이는 말안장을 두들기며 분개했고

"하늘도 굽어 살피시라. 설마 미노 살모사의 무도함을 용서하시지는 않으리라. 오다 노부히데, 지금부터 그자를 무찔러 하늘의 뜻을 펴려고 한다. 무문의 신, 하치만 대보살(八幡大菩薩) 이시여, 범천제석(梵天帝釋), 사대천왕(四大天王), 일광보살(日光菩薩), 월광보살(月光菩薩), 북두(北斗), 남두(南斗), 칠요(七耀), 구요(九耀), 이십팔수(二十八宿), 야차명왕(夜叉明王), 대흑존천(大黑尊天), 비사문천(毘沙門天), 대변재천녀(大辨財天女), 모든 신이시여, 저를 도우시라" 하고 주워섬길 수 있는 모든 신들의 이름을

늘어놓으며 전군에게 들리는 낭랑한 목소리로 부르짖었기 때문에 노부히데를 뒤따르는 오다 가문의 장병은
——우리들이야말로 정의의 군이다
감격했으며, 하늘이 떠나갈 듯한 목소리로 이것에 화답했다. 노부히데는 국경인 기소 강변에 이르자 채찍을 들어 먼 봄 아지랑이로 아물거리는 이나바 산성을 가리키며
"살모사는 지금 오가키 성 아래에 있다. 이제 단숨에 강을 건너 다리가 달릴 수 있는 한, 숨결이 이어지는 한 달려서 저 이나바 산성을 짓밟는다"라고 노부히데가 몸소 선두에 섰으며, 물소리도 요란하게 강물로 말을 몰았다. 늦을쏘냐 하고 장병이 뒤를 이었고, 이윽고 1만 남짓한 군은 모두 강으로 들어가 사람 뗏목으로 강물도 막힐 만큼 아우성을 치면서 건너편 기슭으로 올라갔다. 노부히데의 용맹성은 유(類)가 없다. 용맹스런데다가 이 사나이만큼 부하 군사의 마음을 알고 있는 사나이도 없다.
전쟁이란, 광증이다.
라고 하는 게 노부히데의 정의였다. 장병을 통틀어서 한덩어리로 만들고 모두 미치광이로 만드는 것이다. 미치광이의 불을 붙여 주는 건 노부히데의 장기에 속했다. 마상 높이 올라타 전군에게 정의를 고취했던 것도 그것이었으며, 알고 있는 온갖 신들의 이름을 불러댔던 것도 그 때문이었다. 이로써 장병은 평소의 갑절 되는 힘을 발휘하게 되리라. 오다 군단은 이웃 나라의 들을 갈라놓을 듯 맥진(驀進)했다.
이나바 산성이 차츰 다가온다.
"여봐라, 모두들 달려라, 달려라! 살모사는 부재중이다" 하고 행군 중인 노부히데는 쉴새없이 연락 장교를 내보내어 각 대의 행진을 독려했다.

"아득하니 기소 강 방면에 걸쳐 인마(人馬)의 먼지가 피어오르고 있습니다"고 하는 소식을 쇼구로가 들은 것은 그 무렵이었다.
"자세히 정찰하고 오너라" 하고 무장급의 척후를 내보낸 다음, 자기는 천천히 지휘용 걸상에서 일어나서
"체!" 하고 눈앞 오가키 성을 보고서 혀를 찼다. 성은 이미 나머지 반나절 맹공을 퍼붓는다면 함락할 단계까지 이르고 있는 것이었다.
'노부히데란 놈도 꽤나 부지런한 놈이로군.'

짜증을 내면서 재빨리 군을 수습하여 반은 남겨 오가키 성에 대비하고 나머지 반에 대해서는

"명령이 떨어지자 신속히 이나바 산성으로 되돌아가라, 늦는 자는 용서치 않으리라."

명하고서 후퇴 준비를 시켰다.

그러는 사이 정찰 기마대가 말을 달려 돌아왔다.

"오와리의 오다 노부히데가 틀림없습니다. 노부히데 몸소 중군보다 앞서서 전군이 바람처럼 달리고 있습니다. 이나바 산성으로 향하는 게 틀림없다고 생각됩니다. 그리고 참, 병력은 1만 5천 가량."

"고동을 불어라."

한 마디가 울려 퍼지자 쇼구로 군단의 반은 조숫물이 물러가듯 진을 거두어 이나바 산성을 향해 달리기 시작했다.

쇼구로는 맨 선두.

"달려라, 달려라."

인마의 발길을 독려하며 눈 깜짝할 사이 전군이 남김없이 이나바 산성으로 들어갔다. 그 직후 노부히데의 군이 성 아랫거리에 난입하여 숨 돌릴 사이도 없이 성 아랫거리의 민가·절·무사 저택을 닥치는 대로 불 지르기 시작했다. 맹렬한 불길이 이나바 산 기슭 여기저기서 솟구치고, 이윽고 불바다가 되더니 검은 연기가 하늘을 덮는 처참한 광경이 벌어졌다. 노부히데는 그 불길을 누비면서 성을 공격했고, 또한 불화살을 연신 산기슭 성곽 안에 쏘아 넣었으므로, 성곽 여기저기에서도 불길이 올랐다.

"쏘아라, 쏘아대라! 도산을 성과 함께 불태워라!"

노부히데는 기마로 여기 저기 뛰어다니면서 정력적인 지휘를 했다.

감탄한 것은 당사자인 살모사 쇼구로다.

"노부히데란 놈, 꽤나 기를 쓰는구나" 하고 중얼거렸으나, 적의 이번 공격 태도가 한낱 군사에 이르기까지 전과는 다른 것처럼 여겨졌다.

쇼구로는 아카베를 불러

"너는 소화를 담당해라" 하고 졸개 및 하인, 거기에 성내 여자에 이르기까지 조직적으로 소방대를 만들게 하고, 이들에게는 소화에만 전념케 했다. 전투원이 소화에 손을 뺏겨서 방비가 허술해질 것을 겁냈던 것이다. 방어만 하고 있었던 게 아니다. 기회를 봐선 성문을 열고 병력을 돌출시켰고, 적에

게 작은 타격을 주고선 재빨리 철수시켰다. 그것을 몇 번이나 되풀이했다. 결코 결전은 하지 않는다. 이유가 있었다.

'노부히데 놈은 성급하다. 불덩어리가 되어 공격하는 모양인데 머지않아 피로할 거다. 이틀째 쯤 되면 지칠 거야.'

그때까지 '살모사'의 전법은 과연
──약하구나, 약하구나

하는 인상을 적에게 주게끔 소극적으로, 아주 소극적으로 방어전만 폈다. 어쨌든 불이 골칫덩어리였다. 여기를 끄면 옆에서 일어나, 그것을 처리하기에 겨를이 없었다. 소방대장인 아카베는 종일 불길을 누비며 뛰어다녔기 때문에 해가 질 무렵에는 머리털이 그을어서 드문드문해지고 갑옷의 술도 여기 저기 불타서 처절한 모습이 되었다.

"주군, 주군!"

어지간한 이 사나이도 쇼구로한테 뛰어와서 비명을 올렸다.

"불길이 커지기 전에 여기 저기 뛰어다니며 끄고는 있지만, 이대로 가다가는 머지않아 미처 손이 미치지 않게 되고 큰 불길이라도 일어나면 막을 수 없게 됩니다. 이처럼 방어만 하시지 말고 왜 와락 밀고 나가시지 않습니까?"

"너는 불이나 끄고 있으면 돼."

"하지만, 보시다시피 이렇지 않습니까" 하고 두 팔을 축 늘어뜨리고 울상을 지었다.

"딴은!"

쇼구로는 곁눈질로 보고서 입을 크게 벌리더니 소리내어 웃었다. "화염지옥의 사자가 망자들에게 지고서 쫓겨온 꼬락서니구나."

"노, 농담의 말씀을."

"벌써부터 우는 소리 말라, 오늘 밤부터 내일 하루 종일토록 불을 꺼야만 할 거다."

"갑옷도 형편없게 되었습니다."

"불 끄는데 갑옷이 무슨 소용이냐, 그 갑옷을 벗고 젖은 가마니나 한 장 뒤집어써라. 단 투구만은 쓰고 손에 가죽 방구(防具)·가죽신만은 신고. 그것도 쉴새없이 적셔 두어라."

쇼구로의 목소리는 평소와 다름없었다. 묵직하고 잘 울리는 목소리였다.

밤이 되고 나서도 성 아랫거리는 벌겋게 불타고 있었으므로 오다 노부히데는 그 조명을 이용하여 낮과 같은 기세로 맹공을 계속했다.
'제법이구나, 저 사나이는 잠도 자지 않는 모양이지?'
쇼구로는 오다 노부히데라고 하는 사나이의 초인적 정력에 혀를 내둘렀다.
한편 노부히데는——
물론 각 대를 교묘하게 배치하면서, 반수는 교대교대로 철수시켜 노상이나 불탄 민가에서 잠시 동안 잠을 자게 했다.
그러나 새벽녘에 이르러 총원을 전투 위치에 배치하고
"적도 피로했다. 피로하긴 피차일반이다. 이렇게 되면 힘들이는 쪽이 이긴다. 거듭거듭 돌격하여 오늘 한낮까지 저 성을 짓밟고 말겠다."
전투의 가장 무서운 적은 군사의 피로다. 군사는 피로하게 되면 그 언저리에 널려 있는 무나 우엉처럼 되고 말아, 마침내는 달아날 체력만을 남긴 채 전선을 방황할 뿐인 존재가 되고 만다. 노부히데는 그걸 누구보다도 잘 알고 있었다.
그러나 이 사나이의 전쟁 방식은, 쇼구로 등보다도 더욱 강렬하게 도박사적 성격이 깃들어 있었다. 적과 자기 군사의 피로도를 거는 것이었다. 아니, 전투 이틀째 오전 중이라면 아직 아군의 체력이 남아 있다. 이 체력의 한계를 동원하여 공격을 거듭하고, 단숨에 승패를 결판내려고 하는 것이었다. 도박으로 말하면 자기의 남은 돈을 몽땅 마지막 화투짝에 거는 것과 비슷하다. 하나 쇼구로의 방식은 달랐다. 도박성보다도 계산성이 풍부하다고 할 수 있었다. 피로를 적게 하고 체력을 아껴가면서 마지막에
——반드시 이긴다
고 하는 기회를 포착하여, 체력을 왈칵 쏟는 것이었다. 그 때문에 전투원에게는 일체 소화를 안 시키고, 아카베 소방대에게 전념시켰다. 아카베 소방대는 이 피로 때문에 쓰러지는 자가 속출했지만, 쇼구로는 눈썹 하나 까딱하지 않았다. 소방대 따위 아무리 죽도록 피로하든 말든 그들이 마지막 전투에 나가는 셈도 아니었기 때문에 그 체력을 아깝다고는 생각지 않았다.
그 날의 해가 돋았다. 노부히데는 더욱더 설치고 마침내 성문을 돌파했다. 성문 바로 안쪽에 쇼구로가 온갖 사치를 다하여 건축한, 예의 자랑인 저택이 있다. 노부히데의 중신 히라테 마사히데가 일찍이 사자로 찾아왔을 때, 쇼구

로가 회견한 새 저택이다. 성문을 부수고 난입한 오다 군은 그 새 저택을 공격했고, 숱한 희생자를 내어가면서 몇 번이나 육박했다. 이미 산 중턱 망루까지 지휘소를 후퇴시키고 있는 쇼구로는, 저택을 지키고 있는 이노코 헤이스케(猪子兵助)에게 연락 장교를 보내어

"불을 질러 태우고 세 번째 망루까지 후퇴하라" 하고 명했다. 이번엔 쇼구로 자신이 자기의 성에 방화를 한 것이 된다. 불태워, 노부히데 군이 저택을 성 공격의 거점으로 사용하는 걸 방지했던 것이다.

어쨌든 노부히데는 성문 안쪽까지 돌입했지만, 그러고 나서부터의 공격이 곤란했다. 가파른 산길을 올라갔다가는 떨어지고 기어 올라갔다가는 굴러 떨어지면서 공격하잖으면 안 되었다. 마침내 오후가 되었다. 이윽고 해가 기울어졌을 무렵에 오다 군의 피로한 기색은 중턱에서 내려다보고 있는 쇼구로의 눈으로도 똑똑히 알 수 있게 되었다. 쇼구로는 차츰 많은 병력을 출격시켜 가며, 오다 군의 타격을 크게 만들었다. 적의 한 거점을 빼앗았을망정 노부히데는 차츰 방어하는 입장에 놓이게 되고, 해질 무렵이 가까이 되자

'이젠 틀렸구나' 하고 어지간한 노부히데도 이 이상 방어가 불가능함을 알고서, 일단 성 밖인 들로 후퇴하여 군사를 휴양시키고 피로의 회복을 기다려 공격을 재개할 결심을 하며

"후퇴의 징을 울려라"라고 명하자, 일단 뺏은 쇼구로의 저택을 버리고 군사를 수습하여 성큼 성 밖으로 물러갔다. 하나 도박을 단념했던 건 아니다. 이날 밤중 총공격을 시도할 속셈으로 참으로 대담한 전법을 썼다. 오가키 성의 농성군에 대하여

──성을 버리고 우리들과 합류하라고 명했던 것이다.

'옳지!' 하고 속으로 부르짖은 것은, 산 위에서 미노 평야의 밤을 굽어보고 있던 쇼구로였다. 아득히 오가키 성 방향에 숱한 횃불이 움직이는 걸 보고, 노부히데의 결전 의도를 눈치챘던 것이다.

'노부히데의 본진은 아직 준비가 갖추어져 있지 않으리라. 밥이라도 먹고 있으리라, 잠깐 눈을 붙이고 있는 자도 있으리라. 때는 지금이다!'

쇼구로는 고동도, 징이나 북도, 울리거나 치지 못하게 하며 전령을 각대로 달려보내 은밀한 가운데 작전을 하달하고, 전군을 8대로 나눈 뒤 조용히, 그것도 조숫물이 밀어닥치듯 노부히데 군을 포위하여 왈칵 덤벼들어 군사 하나라도 남기지 않을 듯 공격했다.

이 쇼구로가 단행한 전군 투입의 야습에서 오다 군은 문자 그대로 분쇄되어 뿔뿔이 흩어졌고 거의 3분의 1이 시체가 됐고, 나머지는 삼삼오오 간신히 죽음의 곳을 탈출하였거니와 노부히데 역시 목숨만 건져서 오와리로 달아났다. 이때 오다 군 전사자는 5천 명이라고 하며, 이 규모의 전투로선 전국 사상(戰國史上) 최대의 패배라고 했다. 오다 군의 시체는 두 군데에 큰 구덩이를 파고 매장되었다. 무덤은 현재 기후 시 간다마치(神田町)의 나이도쿠 사(內德寺)와 모토마치(元町) 2가에 남아 있다. 흔히 오다 총(織田塚)이라고 일컫는다. 노부히데는 이 패전으로 거의 재기 불능에 가까운 타격을 받고, 그 뒤 두드러진 활동은 없었다.

애송이

'살모사에겐 당할 수 없다.'

오다 노부히데는 이번만큼 뼈저리게 느꼈던 일은 없다. 병력의 3분의 1을 잃고 몸 하나만으로 미노 평야에서 오와리 후루와타리 성으로 도망쳐 온 소보쿠는 꼬박 이틀 동안, 성 안 침실에서 뒹굴며 잠만 자고 있었다.

'이 패세를 어떻게 수습할 것인가.'

궁리했다. 적은 미노의 살모사뿐만 아니다. 국내에도 있고 동쪽에도 있다. 동쪽의 적은 스루가·도토우미를 근거지로 하는 이마가와 요시모토(今川義元)의 대세력이고, 이웃나라 미카와의 마쓰다이라 씨(松平氏)도 이마가와하고 동맹하여 노부히데에 적대하고 있다. 다행히 노부히데는 이 동쪽의 적과 싸워 거의 진 일이란 없을 뿐 아니라, 이미 미카와의 일부를 침략하여 마쓰다이라 가문 몇 대의 거성이던 안조 성(安祥城)을 빼앗았으며, 이 성을 동쪽 침략의 거점으로 삼고 있었다. 이를테면 도카이(東海)의 상승장군이었다.

'그런 내가 미노의 살모사에게' 하고 생각하자, 화가 나기보다 우스꽝스러워졌다. 왜 병력을 움직일 적마다 지는지 자기로서도 잘 모른다. 그러는 사이 미노에서 패한 부하들이 흙과 피로 더럽혀진 몸으로 돌아왔다.

노부히데는 몸소 성문까지 나아가 그들에게 일일이 말을 걸었고, 때로는 큰 목소리로 웃고

"앗핫핫핫…… 실수로 졌을 뿐야. 실수로 졌을 뿐야, 모두들 수고했다. 수고했다"고 노래하듯이 말했다.

패잔한 군졸들도 자기의 주군이 이 비운 속에서도 평소의 명랑을 잃지 않고 있는 데 한시름 놓고서, 침울해지기 쉬운 사기가 다소 살아났다. 이 혼란 속에서 노부히데가 겁내고 있는 일이 한 가지 있었다.

'살모사란 놈이 이번에야말로 승리의 여세를 몰아 오와리로 쳐들어오지 않을까'라고 하는 일이었다. 그의 이상스러움은 덤벼드는 상대만을 물고 늘어질 뿐, 상대가 반죽음이 되어 달아나면 어쩐 까닭인지 쫓아오지 않는 일이었다.

'그러나 이번엔 알 수 없다.'

노부히데는 패배하고 돌아온 지 사흘째 되는 날, 느닷없이 군사를 소집했다. 먼젓번 전투에 나간 자는 휴양을 시키고, 부재중 수비를 하고 있었던 병력을 모아 2천 명의 부대를 편성했다.

"다시 한 번 이나바 산성을 공격한다"고 스스로 선두에 서서, 기소 강을 넘어 미노 평야로 들어가 아직도 아군의 시체가 널려 있는 싸움터에 또 다시 나타났다.

밤이었다. 노부히데는 질주하며 이나바 산성 아래로 돌입하자, 말을 이리저리 달리어 성 아랫거리의 집들을 방화하기 시작했다. 불길이 여기저기 오르고 성 안에서 위급을 알리는 목소리·징소리가 울리기 시작하자

"후퇴해라!" 하고 부르짖으며 노부히데는 맨 먼저 달아나서 기소 강까지 돌아와, 거기서 말을 멈추고 병력이 모이기를 기다려 준비한 배에 나누어 타고 곧장 오와리로 철수해 왔다.

'이렇게 해 두면 살모사는 아직도 오다에 싸울 힘이 있다 생각하고 쳐들어오지 않으리라'는 계산이었는데, 뭐니뭐니해도 이 사나이만큼 정력적인 활동가도 많지 않았다. 그리고 나서 몇 달 동안 노부히데는 미노의 살모사가 오와리에 병력을 출동시킬 것인가 어떤가를 긴장의 침을 삼켜가면서 지켜보고 있었는데, 이상하게도 이나바 산성은 괴괴하니 조용하기만 하여 병력이 움직일 낌새도 보이지 않는 것이었다.

'도무지 알 수 없는 놈이다.'

노부히데는 새삼스레 느꼈다. 마치 혼자서 날뛰고 있는 것 같았다. 하나 살모사뿐인가, 스루가의 이마가와 요시모토가 노부히데의 패전 소식을 듣고 미카와의 마쓰다이라 히로타다(松平廣忠 : 나중의 德川家康의 아버지)와 더불어 병력을 움직여 미카와 안조 성을 탈환하러 온다고 하는 정보를 얻었다.

단, 풍문으로서였다.
"있을 만한 일이다, 확인해 봐라" 하고 부하에게 명했다. 노부히데는 전부터 이마가와의 동정을 살피기 위해 수십 명의 첩자를 슨푸(駿府 : 지금의 靜岡)에 잠입시켜 상인·무사 집의 하인 등으로 변장을 시켜 두었다.
그들 가운데 몇 사람이 돌아와서
"이마가와 님도 미카와의 마쓰다이라로부터 수차 애원을 받고 마침내 안조 성 탈환을 약속한 모양입니다. 그러나 지금 당장 병력을 움직이지는 않겠지요. 추위가 물러가고 봄철 새싹이 돋아날 무렵이 될 것입니다"라고 하는 내용이었다.
노부히데는 솔직히 말해서 안도의 한숨을 쉴 수 있었다. 그런 불리한 정세인데도 노부히데는 취미인 연가(連歌)를 매일 읊었다. 일과인 말 달리기도 중지하지 않는다. 중지하면,
――어지간한 주군도 거듭되는 패전으로 의기소침하시구나.
부하들이 생각할 것이며 성 아랫거리에도 그러한 소문이 나돌아 마침내는 국내의 백성들이 그러한 눈으로 노부히데를 보게 되고 이웃나라에까지 알려지고 만다.
노부히데는 매일 아침 어두운 새벽에 일어나 횃불을 켜도록 하고서 성내 말터로 나간다. 때마침 한 달 가량 전에 오슈(奧州)의 말장수가 훌륭한 밤색 털빛의 준마를 갖고 왔기 때문에, 노부히데는 매일 아침 이걸 타고 30분가량 땀투성이가 되어 말 달리기를 하는 일과가 계속되고 있었다. 이날 아침에도 해가 떠오르기 전부터 말을 달리다가 먼동이 터왔을 무렵에는 성내 '하구로마쓰(羽黑松)'라고 불리는 큰 소나무께에 이르러 안장에서 내리려고 하자
"아버지" 하는 목소리가 소나무 뒤에서 들렸다. 불거진 소나무 뿌리에 걸터앉은 애송이가 있었다.
"난 누구라고, 기쓰보시냐?"
노부히데는 하인에게 고삐를 건네주고 성큼성큼 다가갔다.
"기쓰보시가 아니야. 노부나가(信長)야" 하고 그 애송이는 말했다. 딴은, 애송이가 말하는 대로였다. 그는 열네 살이다. 이미 작년에 성인식을 올려주고 오다 가즈사노스케 노부나가(織田上總介信長)라는 제법 어마어마한 이름을 지어 주었다.

며칠 전, 이 애송이가 평소 거주하고 있는 나고야 성에서 나와서 성내에서 놀고 있다는 보고를 노부히데는 사부인 히라테 마사히데로부터 들어 알고 있었다.

만나는 건 이날 아침이 처음이었다.

"앗하하하……이건 실례했구나. 그만 입버릇이라 기쓰보시라고 부르게 되지."

"아버지도 이제 망령기가 있군."

애송이는 걸터앉은 채 일어나지도 않고서 말했다. 망령이 들 나이는 아니다. 노부히데는 겨우 마흔이 되었을 뿐이다. 쓴웃음을 지으면서 노부히데가 애송이의 손을 들여다보았더니, 노부나가는 두 손바닥으로 커다란 대나무 통을 싸안고 그걸 연신 입에 가져가며 훌쩍 마시는 눈치였다. 그 속에 죽이 들어 있는 모양이었다. "넌 혼자냐?"

"혼자야."

노부나가는 고개를 끄덕였다. 노부히데는 기가 막혔다.

"마사히데가 늘 걱정하더라. 너는 곧잘 혼자서 성을 빠져 나온다면서?"

"성 밖이 좋아. 강이나 들이나 마을에는 재미있는 일이 얼마든지 있어."

"딴은."

노부히데는 웃고 꾸짖지를 않는다. 이 사나이는 아이들에 대해서 방임주의라고 하기보다도 전혀 가정교육을 할 생각이 없는 모양이었다.

"지금도 몰래 빠져 나왔느냐?"

"밤중부터 빠져 나왔어. 성문의 문지기 졸개들과 놀고 있었지."

"그건 뭐냐, 죽이냐?" 하고 노부히데가 대나무 통을 가리키자, 노부나가는 비로소 씨익 웃고

"아버지도 마셔" 하고 노부히데에게 대나무 통을 건네주었다. 이 애송이는 생모에게조차 미움을 받고 있었고, 애송이 자신도 그 누구도 따르지 않는 성격이지만, 이상하게도 아버지에게만은 애송이대로 애정을 품고 있었다. 대나무 통은 그 애정의 표현인 듯. 노부히데는 모처럼의 죽을 뺏어 먹기도 가엾다고 생각했지만, 마침 말 달리기로 목도 말랐으므로

"그럼, 조금 얻어먹자꾸나" 하고서 받아 대나무 통에 입을 대고 왈칵 기울여 목구멍에 흘려 넣었으나, 곧 퇴, 하고 뱉었다. 죽이 아니다. 노린내가 난다. 견딜 수 없도록 구역질이 났다.

"뭐, 뭐냐 이건?"

"소젖이야."

노부나가는 땅바닥에 엎질러진 젖을 아까운 듯이 바라보았다.

"너는 이런 것까지 마시느냐? 소가 될 거다."

"졸개들도 그렇게 걱정하고 있었어. 그러나 소가 될지 안 될지 마셔 보고서 시험하겠어."

"이 녀석!"

노부히데는 아연실색하고 말았다. 사정을 듣고 보니까 밤중에 몰래 침실을 빠져나와 성문의 졸개 오두막집으로 가서 졸개를 위협하여 성 밖으로 나가 농가의 외양간으로 숨어들고, 졸개더러 수유기(授乳期)의 소를 붙잡고 있도록 한 다음 노부나가가 직접 배 밑으로 기어 들어가서 젖을 짰다고 한다.

'이 녀석, 역시 멍청이일까.'

노부히데는 새삼스레 이 기묘한 애송이의 낯짝을 보았다. 부하들은 몰래
　　──바보 공자
라고 부르고 있다. 그런 손가락질을 노부히데도 들어 알고 있다. 생모인 도타(土田) 부인도
　　──왜 저런 멍청이를 사자(嗣子)로 하셨습니까, 아드님도 많으신데.
말한 일이 있다. 정력가인 노부히데는 적자·서자 합해서 12남 7녀라고 하는 자식복이 많은 사람으로서, 이 노부나가는 차남이었다. ──아냐, 기쓰보시는 장래성이 있어. 단순한 개구쟁이일지도 모르지만, 어쩌면 오다 가문을 일으킬 사나이가 될지도 모른다고 말하고 있었다.

하긴 사자로 삼을 때 중신들 중에서 난색을 표명하는 자가 많았고, 가로인 하야시 미치가쓰(林通勝)도
　　──기쓰보시 님은 좋지 않습니다. 가문의 장래를 생각하신다면 간주로(勘十郎) 님이야말로 마땅하다 생각합니다고 간했다.

간주로는 바로 밑의 동생으로 예의도 바르고 총명하기로 소문난 소년이었다. 그러나 노부히데는 고개를 젓고
　　──간주로는 약빠르다. 단지 그것뿐이지 라고 말하며 듣질 않았다.

"이봐, 노부나가" 하고 노부히데는 친구처럼 자기 자식을 불렀다.

"응?"

"심한 복장이로구나" 하고 노부나가의 가슴을 가리켰다.

옷은 흙투성이로 더럽고 언제나 오른쪽 소매를 끼지 않고 벗어부쳤으며, 하카마(袴: 치마처럼 무사가 두르는 옷)는 하인이 입는 짧은 것을 걸치고 있었다. 뿐만 아니라 무슨 속셈인지 허리둘레에 부싯돌을 넣은 주머니며 조약돌을 담은 주머니 등 대여섯 개를 매달고 있다.

대소도(大小刀)는 품위가 없는 붉은 칼집이었다. 그걸 빗장 지르듯 꽂고 있다.

상투가 꼴불견이었다. 이 애송이의 취미인지, 새빨간 끈으로 밑뿌리를 둘둘 감고 있다.

"그 주머니에는 무엇이 들어 있지."

"부싯돌 따위야. 편리해서 좋아."

"딴은."

어째서 일부러 부싯돌을 갖고 다녀야만 하는 것인지 노부히데로선 이해되지 않았지만, 이 아들에게는 제 나름의 이유가 있으리라.

'엉뚱한 생각을 갖는 녀석이다.'

감탄은 못하더라도 상식적이 아닌, 더구나 무언가 극히 합리적인 이유가 있어 보이는 이 복장에서 노부히데는 이 소년의 가능성을 어렴풋이 느끼고 있었다.

"아버지는 또 살모사에 졌지?"

"졌다."

노부히데는 정직히 말했다.

"살모사는 아무래도 아버지보다 센 모양이지. 그러나 아버지, 아무리 센 놈이라도 전쟁 방법에 따라선 이길 수 있어. 비관할 것 없어."

"별로 비관도 않는다."

"그렇다면 좋아."

'이 녀석이 제법!'

노부히데는 쓴웃음을 지었다.

오다 가문의 가로이면서 노부나가의 사부를 겸하는 히라테 마사히데가 노부히데의 어전에 나온 것은, 그날 점심 전이다.

'아마 기쓰보시에 대해서 넋두리라도 늘어놓겠지' 하고 생각했으나, 늙은이는 딴소리를 했다.
 "미노의 일건입니다."
 "허어"
 "주군께선 야마시로노카미(쇼구로)에게 따님이 있다는 걸 알고 계십니까?"
 "모른다."
 "전에 말씀 올린 적이 있지요. 지금은 벌써 열세 살이 되고, 미노 국내에선 이 아가씨의 아름다움을 칭송하는 소문이 자자합니다."
 "살모사 딸인데?"
 노부히데는 뜻밖이란 표정을 지었다.
 "무슨 말씀이십니까! 야마시로노카미는 그 나름대로 늠름한 귀족 생김의 사람입니다. 그리고 정실 오미 부인은 미남 미녀 계통이라 일컫는 아케치 씨 출신으로 부인이면서도 재주가 놀랍고 문아(文雅)의 길에도 뛰어나다 합니다. 그 몸에서 나온 아가씨니까 재색이 나라 안에 비길 자 없다는 소문도 거짓은 아닐 것입니다."
 "이름은?"
 "글쎄요, 거기까지는 모릅니다."
 마사히데는 고개를 갸우뚱했다. 여자의 이름이란 가족 사이의 호칭으로 공적인 것은 아니다. 마사히데의 귀에까지 들어와 있지 않는 것이었다. 아가씨는 기초(歸蝶)라고 불리고 있었다.
 그러나 마사히데는
 "지금 임시로, 미노의 아가씨이므로 노히메(濃姬)라고 부르겠습니다. 1535년 3월 태생이므로 공자님보다 한 살 아래입니다?"
 "허허, 기쓰보시보다 한 살 아래인가."
 "그렇습니다" 하고 마사히데는 그 말만 하고 뒤에는 아무런 말도 않고 지그시 노부히데의 얼굴을 바라보며 입을 다물었다.
 '음......'
 노부히데는 목덜미가 새빨개졌다. 마사히데가 준 암시는, 노부히데에게 있어 다소의 굴욕을 동반하는 것이었다. 전투로썬 도저히 살모사에게 이길 수 없으니 결혼 정책에 의해 화목을 도모하는 편이 좋다고 하는 뜻인 것이다.

"살모사가 이쪽 말을 들을까?"

노부히데는 애써 가볍게 말하고 가운데 손가락을 꾸부려 콧잔등 언저리를 긁었다.

"그렇습니다, 어려운 일이지요."

이 말은 곧 이쪽이 지고 있는 것이었다. 혼인일 경우, 즉 노히메가 미노에서 인질로 오는 셈이므로 이기고 있는 살모사로선 보낼 까닭이 없으리라.

"게다가 야마시로노카미에게 있어선 단 하나뿐인 따님입니다. 아무튼 어찌나 귀여워하는지 성에 손님이 올 때마다 데려다 보이고 그 총명함을 선전하고 있습지요."

'허어, 선전을 한다!'

노부히데로선 짐작이 간다. 노부히데는 12남 7녀나 자식이 있으면서도 그들을 각별히 귀여워하는 일도 없다.

'살모사답구나.'

개성이 강한 인간일수록 자식을 귀여워한다고 한다. 즉 자기애(自己愛)가 강렬해서, 그 자기애의 변형으로 자식을 편애하는 것이리라.

"좋아."

노부히데는 오른주먹으로 가볍게 손바닥을 쳤다.

"마사히데, 그 아가씨를 데려오자. 곧 미노로 떠나도록 해라. 조건 제시는 이렇다. 두 집안의 평화를 깊이 하기 위해 오다 가문의 사자의 정실로 노히메를 맞고 싶소, 라고. 마사히데, 혼담을 청할 때 굽실거려선 안 된다. 당당히 말해라."

"알고 있습니다."

마사히데는 노부히데 앞에서 물러나와 나고야 성내의 자기 저택으로 돌아가 곧 출발 준비를 갖추었다. 우선 예고를 하기 위해 사람을 미노로 보내어 사이토 야마시로노카미의 집사를 만나

——머지않아 오다 노부히데 공의 가로인 히라테 마사히데가 주인의 사자로서 올 것이니 잘 주선해 주시기 바라오.

전언케 했다.

쇼구로는 "뭣이, 히라테가?" 하고 고개를 갸우뚱했다. 전에 노부히데의 사자로 온 일이 있는 고지식한 늙은이다. 그가 무엇 때문에 오는 걸까?

"그 노인은 이전에 왔을 때 자기는 기쓰보시의 사부라고 말한 일이 있었

지" 하고 문득 생각났지만, 설마 그처럼 혼이 난 노부히데가 간신히 목숨만 살아서 오와리로 달아났는데, 이번에는 뻔뻔스럽게도 이쪽의 딸을 달라고 올 리는 없으리라 생각했다. 그러나 만사에 치밀한 쇼구로다.

곧 미미지를 불러

"이가(伊賀) 패를 몇 사람 데리고 오와리에 잠입하여 기쓰보시라는 사자가 어떤 자인지 자세히 조사하도록" 하고 명했다.

불빛

그리고나서 얼마 안 되어서다. 쇼구로가 교토의 오마아를 만나기 위해 오사카 산(逢坂山)을 넘은 것은 종이를 뜰 무렵이었다. 물론 비밀 여행이다. 수도승으로 변장을 하고 미미지 하나만을 데리고 있었다. 쇼구로 주종(主從)이 가모 강(鴨江)에 걸린 산조 다리를 서쪽으로 건넜을 무렵, 겨울 해가 아타고 산(愛宕山)으로 넘어갔다.

쇼구로는 널판자 다리를 터벅터벅 건너면서 어스름한 강변을 바라보았다. 강변에는 여기에 두 개, 저기에 다섯 개 하는 식으로 벌겋게 타는 불이 황혼 속에서 반짝이고 있었다. 종이를 만드는 직공들이 강변에 큰 솥을 걸고서 종이 원료인 닥나무며 삼지닥나무를 끓이고 있는 것이었다.

"미미지, 저 불을 봐라. 겨울 저녁다운 풍경이로구나."

"예, 그렇군요."

미미지는 시들한 대답을 했다. 이 히다(飛驒)에서 태어나 미노에 사는 사나이에겐 신기한 풍경도 아니다. 미노는 천하에서도 이름난 종이 생산국으로서 실제로 이번에 출발할 때에도 기소 강이나 나가라 강의 기슭에서 이것과 같은 광경을 보고 왔다.

"이전에는 겨울이 되면 더욱 많은 솥이 이 강변에 걸렸던 것인데, 그것이 이처럼 적어졌구나."

"교토의 종이가 그전만 못하게 되었지요."

"음."

쇼구로는 만족한 듯이 고개를 끄덕였다.

"내가 시원찮도록 만들었지. 미노에서 교토로, 싸고도 품질 좋은 종이를 대량으로 공급했다. 교토의 종이 조합 녀석들은 나를 악마처럼 미워하고 미노의 사이토 도산만한 악당은 3천 세계를 다 찾아 봐도 없을 거라는 욕설을 퍼뜨렸지. 종이지옥에 빠진다고도 했다던가. 종이지옥이 과연 어떤 지옥인지는 모르지만, 어쨌든 교토에서 지금 나만큼 인기 없는 사나이도 드물 거야."

"미노에서도 나쁘겠지요."

미미지는 히죽 웃었다. 나쁘다, 고 하는 것은 사나이의 힘을 나타내는 일종의 미학적인 말로서 쇼구로에게는 불쾌하게 들리지 않는다.

"미노뿐인가, 오미·에치젠·오와리·미카와·도토우미·스루가, 어디든 나쁘지. 천하제일의 악인이라는 거야."

파괴자인 것이다. 태수를 추방하고 옛날부터의 상업 기구인 '좌'를 미노에선 때려 부쉈다. 마법처럼 온갖 중세의 신성한 권위에 도전했고, 그걸 파괴했다. 그걸 때려 부수기 위해선 '악'이라고 하는 힘이 필요했다. 쇼구로는 갖은 악을 다하여, 간신히 그 파괴 속에서부터 '사이토 미노'라고 하는 난세에 알맞은 신생국을 만들어냈다.

'그러나 오마아하고 약속한 '천하'가 과연 손아귀에 쥐어질 것인지.'

천하를 빼앗을 수 있다고 생각한 것은 젊었을 때다. 나이를 먹음에 따라 그것이 얼마나 힘든 사업인지 알게 되었다. 아무튼 미노라고 하는 나라를 도둑질하는데 20년 이상의 세월이 걸리고 말았다. 앞으론 도카이 지방을 제압하고 오미를 빼앗고 교토에 입경한다. 그러자면 또 20년의 세월이 필요하리라.

'어느 틈엔가 늙었다.'

쉰 살에 가깝다.

'또 하나의 인생을 갖고 싶다. 하늘이 다시 한번 생을 준다면 나는 반드시 천하를 잡는다. 잡을 수 있는 사나이다.'

하나 바랄 수 없는 노릇이다.

그로부터 30분 후에 쇼구로는 기름 도가 야마자키야의 안채 객실에서 오마아와 마주앉아 음식을 들고 있었다. 쇼구로는 술을 마시고 오마아는 과자를 먹었다.

"어딘가 몸이라도 편찮으신가요?"

오마아가 물은 것은 이걸로 두 번째였다. 언제나와 같지 않았다. 이 사나이가 교토로 돌아올 때에는, 언제나 이 사나이의 인생이 계단처럼 하나 올라갔을 때로서 어느 때고 오마아가 그 정열에 휩쓸릴 만큼 자못 의기 왕성했었다.

"괜찮아."

이상하게도 마음 약한 듯이 입매를 우물거렸다. 그 입 가장자리에 나 있는 수염에, 눈에 띄게 희끗한 것이 섞여 있다. 나이를 먹은 것 같기도 했다.

"늙으셨군요."

"바로 그것이야."

쇼구로는 단숨에 술잔을 비우고 수염에 묻은 술 방울을 손등으로 닦았다.

"늙었어. 그 사과를 하러 왔지."

"사과를?"

오마아는 고개를 갸우뚱했다. 늙는 건 자연 현상이 아닌가.

"미안해. 이렇게 빌겠어."

쇼구로는 아내 앞에 두 손을 짚었다. 오마아는 놀랐다. 이 권력광이 권력에 미친 나머지 마침내 정신이라도 돈 게 아닐까 하고 생각했다.

"교토에 돌아올 수 있을 것 같지도 않아."

"예?"

"미노는 가까스로 뺏었지만, 뜻밖에도 세월이 지나치게 걸렸다. 이 상태로선 도카이·오미를 차례로 정복하고 교토에 기치를 세워 쇼군이 된다는 건 꿈일 거야."

"서방님!"

오마아는 남편의 사과 절을 받고서 멍청한 태도였다. 위로해야만 할 것인가, 아니면 약속이 틀린다고 성을 낼 것인가. 오마아는 선뜻 결단을 내리지 못하고 무심코 과자를 하나 깨물었다.

"교토를 떠나서 미노로 내려갈 때 쇼군이 되어 돌아오겠다, 그 때는 임자도 쇼군의 마님이라고 했지……임자는."

"바보니까 기다렸지요."

오마아는 과자를 아작아작 깨물면서 말했다. 이제 와서 그런 말을 듣더라도 성낼 수도 슬퍼할 수도 없는, 몹시 현실감이 없는 이야기가 되어 버렸다. 단지 오마아는 쇼구로의 터무니없는 야망 때문에 이 20여 년 동안, 아내이면서도 과부와 다름없는 환경에 놓여 있었다. 그것만이 감촉(感觸)도 생생한 실감이었다.

"그럼 서방님, 미노를 버리세요" 하고 오마아는 말했다.

"버리시고 교토에 돌아와 주서야 해요. 설마 쇼군이 될 수 없으니까 이대로 교토엔 돌아오시질 않고 미노에 주저앉겠다고는 하지 않으실 테죠."
"으흠……"
쓴 얼굴로 쇼구로는 잔 속의 액체를 쏘아보고 있다. 오마아의 말이 이치로선 옳다고 생각했다. 오마아로 하여금 목이 빠지도록 기다리게 하고 가게를 지키도록 하여 그 수입을 무척 많이 미노로 보내도록 했다. 이제와서 미노에서 돌아오지 않는다고 하는 것 역시 아무래도 말하기 거북한 일이었다.
"아니면 미노가 아까운가요?"
"아깝다"고 외치려 하였으나, 쇼구로는 목소리를 억누르고 아직도 잔 속을 바라보고 있다.
"아니면 미노에 계신 오미 마님이나 미요시노 씨나 그 자식들과 헤어지는 게 쓰라린가요?"
"그런 말 말아."
작은 목소리로 말했다.
"그들 말을 하지 말아. 그건 사이토 도산의 처자지 야마자키야 쇼구로의 아내인 임자하고는 딴 남이다. 그들을 들먹거리면 이야기가 복잡해진다."
"야마자키야 쇼구로님"
"뭐야?"
"이제 두 번 다시는 미노로 돌아가 사이토 도산이니 하는 정체도 모를 악당은 되지 마세요."
"이 지상에서 사이토 도산이라는 자를 없애 버리라는 건가? 그러면 오와리의 오다 노부히데란 놈이 기뻐하겠군."
"오다 노부히데인지 누군지는 알 바 없습니다만, 이 야마자키야는 기름 도매가 가업(家業)입니다. 그런 어마어마한 이름 같은 것 이제 필요 없어요."
"앗핫핫핫……노부히데가 기뻐할 거다."
쇼구로가 힘없이 웃었던 건, 반쯤 오마아의 말대로 할까 생각했기 때문이다. 이건 상상만 해도 유쾌한 일이었다. 이 전국의 인간 지도에서 사이토 도산이라고 하는 천하에 널리 알려진 자가 홀연 없어지는 것이다. 오와리의 오다 노부히데는 허둥지둥 노부나가와 노히메의 혼담을 취소하고 말 발굽소리도 요란하게 미노로 쳐들어가리라. 오와리와 미노는 일본 열도 가운데서도 등심이라고 할 만한 기름지고 광대한 땅이다. 이 두 나라를 아울러 갖는다면 천하를 뺏는 일도 어렵지가 않으리라.

'그럼 오다 노부히데가 천하를 잡을까?'

쇼구로는 여러 모로 상상하고 그 상상을 오히려 즐겼다.

"어떡하시겠어요. 이대로 야마자키야 쇼구로로서 일생을 마쳐 주지 않으시겠어요?"

"글쎄."

턱을 쓰다듬고, 싹싹 쓰다듬어 내리면서 밀다 남긴 터럭을 하나 뽑았다. 그것도 좋을지 모른다고 생각했다.

"오마아가 좋아하는 쇼구로 님은 시원시원한 마음의 욕심이 없는 분일 거예요. 천하를 잡을 수 없다고 생각하면 미련없이 미노 따위 버리고 교토에 은퇴를 하여 풍월을 벗 삼고 오늘은 춤, 내일은 연가와 같은 식으로 세상을 보내실 분이라고 생각해요. 안 그래요?"

"오마아뿐이야, 그렇게 생각해 주는 건. 도카이 근방에선 내가 물고 늘어지면 떨어지지 않는 살모사라고 하고 있어. 내가 생각해도 끈질기지."

"그래요, 끈질겨요. 오마아도 그렇게 생각해요."

오마아는 웃음을 터뜨렸다.

"유별나게 집념이 많으신 분이니까 일단 헛일이라고 알면 의외로 남보다 미련없이 시원시원하게 버리실 거예요. 전 그렇게 믿고 있어요."

"그럴지도 모르지."

쇼구로 역시 그렇게 생각해 왔다.

"어렸을 적부터 솜털이 날 때까지 나는 절에서 자랐다."

"묘카쿠 사의 호렌보 님 말이죠."

"음, 그런 이름이었어. 인간이란 최초로 물든 생활의 습관·사고방식의 습관에서 일생 동안 내내 떠날 수 없는 것인지도 모른다. 나는 절을 박차고 속세로 나왔다. 나온 이상 강자가 되어야만 한다고 생각하고 되도록 불문의 일은 잊으려고 했다. 불법이란 어차피 패자에겐 안성맞춤인 사상이니까 말야. 그걸 잊지 않으면 아무 것도 할 수 없다고 생각했지. 그렇게 생각하고 지금까지 살아 왔는데 역시 나이가 가르치는 걸까?"

"예?"

"나이일 거야. 요즈음 이상하게도 매사가 번거롭기만 하고 될 수 있다면

살모사와 호랑이 531

다시 한 번 출가하여 세상을 버리고 싶은 마음이 많아."
"그러니까 교토로 돌아오시겠어요?"
"그것과는 별문제야"라고 말하고 싶었으나, 쇼구로는 오마아의 말투에 질려서 그저 애매하게 고개를 끄덕였다.
"기뻐요!" 하고 오마아는 말했으나, 아직도 의심스런 눈치였다. 저 말이죠, 하고 말했다. 당장 각오하시기가 어려울 거예요, 하기도 했다.
"그러니까"
오마아는 쇼구로의 손을 잡았다.
"이번에는 우선 한 달쯤 교토에 계시도록 해요. 천천히 생각하시고 그 다음 일을 생각하시는 게 어때요?"
"그렇군."
쇼구로는 다시 한 번 끄덕였다.

하나 그 이튿날 밤 쇼구로는 도망치듯 교토를 떠나, 오사카 산을 동쪽으로 넘고 있었다. 오마아가 모르는 사이 빠져 나왔던 것이다. 고개 위에서 발을 멈추고 교토의 불빛을 뒤돌아다 보았다.
'이제 교토엔 돌아가는 일이 없을지도 모른다.'
그렇게 생각하자 눈물이 맺혀 왔다. 이번에는 오마아에게 그 뜻을 말하고 빌 속셈으로 돌아왔다. 그 점 이 악당은, 오마아에 대해서만은 어디까지나 충성스러웠다. 오마아의 인생을 자기 야망의 희생물로 삼고 말았지만, 그렇다고 해서 이 사나이대로 아무렇게나 대하지는 않을 속셈이었다. 그토록 복스럽게 생기고 재주가 좋은 여자는 생애에서 다시 만날 수 없으리라. 그러니까 쇼구로는 어디까지나 마음속으로는 오마아를 본처라고 다짐해 나갈 작정이었다. 아니 본처라기보다 모시고 있는 수호신이라고 하는 게 적당할지도 모른다.
'그러나 이제는 두 번 다시 만나는 일이 없으리라.'
이미 자기의 인생이 황혼에 이르고 있다는 것을 쇼구로는 알고 있었다. 이제 미노를 얻었고 만년에는 혹시 오와리를 얻을지도 모른다. 그러나 그걸로 이승은 끝난다. 그렇게 내다볼 수가 있다. 그렇다고 한다면 모처럼 이승에서 얻은 영토를, 아무래도 버릴 생각이 들지 않는다. 이건 번뇌가 아니다. 미노를 버리면 쇼구로의 평생 사업은 아무 것도 없는 무(無)로 돌아가고, 이 사나이가 무엇 때문에 태어났는지, 그가 이 세상에 살았다고 하는 표적조차 없어지고 마는 게 아닌가.

'사나이의 일이란 그런 거다, 오마아로선 몰라' 하고 쇼구로는 생각하는 것이었다. 불상 조각가가 불상을 깎아 놓고 나서야 거기에

——내가 있다

고 느끼듯이, 쇼구로에게 있어선 미노는 자기 생명의 표적이라고도 할 몇하고도 바꿀 수 없는 작품인 것이다.

'버리기는커녕 잔뜩 매달려서라도 지켜야만 한다'고 생각했다.

쇼구로는 다시 한 번 교토를 돌아다보았다. 교토의 불빛은 이미 밤 어둠 속에 사라지고, 쇼구로가 서 있는 길도, 그리고 머리 위의 하늘도 먹칠을 한 듯한 어둠에 잠겨 있었다.

"미미지, 횃불을 비춰라."

쇼구로는 그렇게 명하고 쿵쿵 발을 울려 짚신 끈이 편하도록 하고 나서, 홱 교토에 등을 돌리더니 동쪽을 향해 오사카 산을 내려갔다.

사흘 후 미노에 닿았다. 이나바 산성으로 들어가, 쇼구로는 '사이토 도산'으로서의 일상생활로 들어갔다. 그가 여드레 가량 성의 내전에서 사라지고 없었던 걸 알고 있는 자는 측근 몇 사람에 지나지 않는다.

"미미지" 하고 새삼스러이 이 사나이를 내전 뜰로 불렀다.

"오와리에 보낸 이가(伊賀 : 첩자가 많이 양성된 지명) 패들은 아직 돌아오지 않았느냐?"

노히메와의 혼담이 있는 오다 노부히데의 아들 노부나가라는 젊은이의, 사나이로서의 가치를 살피러 보냈던 것이다.

"아직도 안 왔습니다."

"늦구나."

고대하는 심정이었다. 사위가 될 노부나가는 보통 이상의 멍청이라고 한다.

'그것이 사실이라면 운이 좋다'고 쇼구로는 생각했다. 그 바보 공자(公子)가 천치인 것을 다행으로, 이윽고는 오와리를 삼킬 수가 있기 때문이다. 그러나 그것이 과연 사실인지 아닌지.

"기다려지는군."

"죄송합니다. 제가 직접 갈 것을 그랬습니다."

"아냐, 좋아. 서두를 건 없어."

쇼구로가 미노로 돌아오고서 며칠 지난 어느 날, 약간의 수행원을 데리고 성 밖으로 나갔다. 활짝 갠 겨울 날이었다.

"절에 참배한다"고만 측근에게 알렸다. 그 이상 측근은 이 수수께끼가 많은 주인에게서 아무 것도 캐낼 수가 없었다.

이윽고 가와테(川手) 마을에 이르렀다. 수백 년 동안 미노의 수도였던 성 아랫거리였지만 쇼구로가 이걸 폐지하고 이나바 산성을 미노의 중심으로 정하고 나서부터 그곳에 번영을 뺏겨, 지금은 들판 가운데 한낱 마을로 전락하고 말았다.

산문이 있다. 쇠장식을 달았고 성문을 연상케 하는 거대한 문으로, 문 앞에 해자가 삥 둘러쌌으며, 이 역시 성곽과 같은 큰 절이었다.

쇼호 사(正法寺)다. 미노에서 손꼽히는 큰 절로 대대로 사이토 가문의 보리사(菩提寺)가 돼 있다.

'아니, 무덤 참배를 하시는 걸까?'

근위무사는 뜻밖이라고 생각했다. 사이토 가문의 묘소가 있는 절이라고는 하나 이 사이토 가문은 쇼구로가 쓰는 사이토가 아닌, 그가 멸망시킨 지난날의 미노 태수 대리 가문인 사이토다. 역사가는 이 사이토를 '전 사이토(前齋藤)'라고 말하고 쇼구로로부터 시작되는 사이토를 '후 사이토(後齋藤)'라고 부른다. 하나 쇼구로는 무덤을 찾진 않았다. 이 거대한 절 경내에는 '탑두(塔頭)'라고 불리는 많은 암자가 여기저기 있다. 그 가운데 지제 원(持是院)이라 불리는 암자의 작은 문으로 들어서서, 불당에는 가질 않고 조그마한 샛문을 열게 하더니 정원으로 들어섰다. 정원은 역시 히가시야마(東山)식으로 이끼와 돌이 많았다. 그 이끼를 밟고 쇼구로는 못가를 걸었다. 당(堂)이 하나 있고 그 안에서 맑은 여자의 목소리로 독경 소리가 들려 왔다. 목소리의 임자는 정원의 침입자를 눈치 챘던지 뚝 독경 소리를 그쳤다. 쇼구로는 툇마루에 걸터앉았다. 그것과 거의 동시에 환한 장지문이 드르륵 열렸다.

앗!

아름다운 여승이 조그맣게 비명을 올리고, 그러나 몹시 난처한 듯이 미간에 주름을 잡고 손가락을 가지런히 짚으며 절을 했다. 미요시노다.

쇼구로가 그녀의 전 남편인 요리아키를 몰아냈을 때, 미요시노는 그의 허락도 없이 머리를 깎고 말았다. 그 후 이 지제원에 살면서 세상을 버리고 있다.

"잘 있었나?"

쇼구로는 정원을 보면서 말했다. 등 뒤에선 아무런 대답이 없다. 단지 꾸뻑 끄덕였을 뿐인지 아니면 쇼구로 하고는 말도 하고 싶지 않은 것인지. 아마 후자이리라. 미요시노로 볼 때는 자기를 옛 남편 요리아키로부터 빼앗았으면서도 끝내 첩의 위치에 두었을 뿐 정실은 다른 데서 맞이하고, 게다가 옛 남편 요리아키를 국외로 추방한 쇼구로의 행동을 몹시 원망하고 있었다. 더구나 요 몇 년 동안 이 사나이의 잠자리에 불리는 일조차 없었다.

"좋은 거처다. 임자하고 바꿔서 나야말로 여기 살고 싶군."

쇼구로는 웃었다. 미요시노는 잠자코 있다. 쇼구로는 정원을 바라본 채, 부자유한 일이나 필요한 것이 있으면 청하도록 하라고 말했다.

"별로 없습니다."

미요시노는 겨우 대답했다.

그렇소? 하고 쇼구로는 끄덕였지만 여전히 정원을 바라본 채였다. 어지간한 이 사나이도 미요시노하고 눈길이 마주치는 게 씁쓰레해서였으리라.

어딘지 마음에 약한 구석이 생긴 증거라고 해도 좋다.

"또 오겠어" 하고 쇼구로는 일어나더니, 돌아보지도 않고 그대로 걷기 시작했다. 널찍하고 우람한 등허리가 미요시노의 시야 속에서 멀어지고 있다. 미요시노의 눈에는, 무릇 인간의 감정이란 없는 엄청난 괴물의 등어리처럼 보였다. 등어리가 샛문 밖으로 사라졌다.

……미요시노는 몹시 메마른 눈길로, 더구나 한번도 깜박거리지 않고 전송을 했다. 쇼구로가 사라지자 그녀는 몸을 돌려 소리도 없이 장지문을 닫았다. 그런 뒤 새하얀 장지문 안쪽에서 비로소 조그만 이변(異變)이 생겼다. 나직한, 알아들을 수 없으리만큼 소리를 죽여 우는 통곡 소리가 한동안 이어졌다.

이상한 산스케

이상한 공자(公子)였다. 유명(幼名)은 기쓰보시(吉法師), 이름은 노부나가(信長)라는 훌륭한 호칭이 있으면서도, 양쪽 다 마음에 들지 않아 스스로 '산스케'라는 이름을 제멋대로 붙이고 있었다.

산스케라고 하면 의협적이고 용감하고 괄괄하여, 싸움이라면 콧물을 풀어 던지고 당장이라도 옷을 걷어붙이고 달려갈 것 같은 이름이었다. 아주 경쾌하고 기분이 좋다.

"산스케다. 너희들도 나를 산스케 님이라고 불러라"고 명령하고 있었다.

나는 산스케노라.

그렇게 용기를 북돋우면서, 성 밖에서 마을 아이들을 모아가지고서 돌팔매질 싸움을 벌이거나 불 싸움을 벌이거나 했다. 정말로

'산스케'라는 어감 속에야말로 이 소년의

──나는 이런 사람이 되고 싶다

그런 정체 모를 미의식이 서려 있었다. 소년이 자칭하는 이 이름에 대해서 어느 날 아버지인 노부히데(信秀)는

"기쓰보시, 너는 스스로를 산스케로 부르라고 하는 모양인데?" 하고 물었

다.

흠, 하고 소년은 눈을 까뒤집은 채 고개를 끄덕였다. 노부히데는 웃으면서
"산스케란 어떻게 쓰나?" 하고 물었다. 소년은 말없이 땅 위에 웅크리고 앉아 한참동안 생각하고 있다가 이윽고 '三助'라고 마른 나뭇가지로 썼다.

하급 무사들 중에도 이런 이름을 가진 자는 없으리라. 기껏해야 잡인(雜人)의 이름이다.

"그 이름이 좋으냐?"

"좋아" 라는 듯이 고개를 끄덕였다.

여담이지만 이 소년은 이 이름이 아주 마음에 드는 듯, 어른이 되어 차남 노부가쓰(信雄:後의 尾張 淸洲城主, 內大臣)가 태어났을 때, 산스케(三介)라는 이름을 붙였다. 이름말이 나왔으니 말이지 노부나가는 자기 아들들의 이름을 이처럼 사나이다운 티가 풍기는 것으로 지었다. 장남 노부타다(信忠)는 '기묘(奇妙)'라고 붙이고, 3남 노부타카(信孝)는 '산시치(三七)'라고 붙이고 9남인 노부사다(信貞)에 이르러서도, '히토(人)'라는 이름이었다. 보통이 아닌 미의식의 소유자인 것이다.

복장·행동·일상생활 모두가 보통이 아니었다. 복장만 하더라도 모두 스스로 생각해낸 것으로, 이 산스케의 머리에는, "세상에선 보통 이렇게 되어 있으니까"라든가 "그것이 관례습관이니까"라는 따위의 상식 감각으로서 복장을 입는 일은 없었다. 평소 산적의 아들 같은 모습을 하고 있다. 고소데(小袖:통소매의 평상복)는 언제나 한쪽 소매를 벗어 어깨를 드러냈고, 아랫도리는 어린 종이 입는 것 같은 한바카마(半袴:발뒤꿈치까지 내려오는 바지로 자락에 묶는 끈이 없는 것)를 입고, 허리둘레에는 조약돌이나 부싯돌을 넣은 주머니를 대여섯 개 차고, 대도(大刀)와 소도(小刀)는 품질이 좋지 않은 붉은 칼집에 든 것을 찼고, 상투는 비인(非人:거지, 또는 死刑場에서 잡일에 종사하는 천한 인간)같이 짧게 잘라 뒤로 늘어뜨리고 상투 끈을 새빨간 것으로 묶고 있었다. 과연 오다(織田)의 젊은 공자치고는 기기묘묘한 복장일지는 모르지만 아주 활동하기에 편리한 몸차림이었다. 칼집이든 상투 끈이든, 타는 듯이 빨간색을 좋아하는 것은, 이 소년이 기분을 풀 수 없을 정도로 울적한 자기를 그런 빛으로 표현한 것이리라. 이러한 소년의 정신을 어떤 말로 표현하면 좋을까. 없다. 없는데도 굳이 말하려면, 전위정신(前衛精神)이라는 의미 애매한 말을 적용할 도리밖에 방법이 없다.

그러나 소년은 자신이 이러한 기묘한 복장을 하고 기이함을 뽐내고 있는

것은 아니었다. 뽐내면서 스스로를 내뻗대지 않으면 안 될 만큼 그는 낮은 신분의 태생이 아니다. 오와리(尾張)의 오다가(織田家)라는 당당한 귀족의 아드님으로, 아무리 평범한 복장을 하고 있어도 누구에게서나 추켜세움을 받는 신분의 아이였다. 이 소년은 들놀이를 할 때도, 마을 아이들과 진흙투성이가 되어 놀았다. 자연, 그의 호종(扈從) 소년들도 그와 함께 진흙투성이가 되지 않으면 안 되었다. 성하(城下)의 상인들이나 농부들은 이 소년이 지나가면 눈짓이나 소매를 당기면서 쑥덕거리곤 했다.

　　산스케 님은 오리 새끼냐
　　물새냐
　　가끔 개울
　　여울에 떨어지네.

이런 식으로들 노래하고 있었다. 성하를 걸을 때만 하더라도 이색적이었다. 걸을 때는 호종들의 어깨에 매달려 걷고, 걸으면서 오이나 감 등을 먹었다. 거리 복판에 혼자 서서 정신없이 떡을 뜯어먹고 있을 때도 있었다. 그러한 이 소년을 집안사람이나 성하의 사람들도 '멍청이님'이라고 불렀다.

　바보나 미친 사람으로 밖에는 보이지 않았으리라. 뒤를 돌보아 주는 임무를 맡은 가로 히라테 마사히데부터가

　'이 젊은 주군이 집안을 이어받으면 오다가는 멸망한다'고 진지하게 생각하고 있었다. 그가 '미노(美濃) 살모사'의 귀염둥이 딸을 노부나가의 배우자로 만들려고 생각한 것은 단순히 오다 노부히데와 사이토 도산의 화목을 의미하고 있을 뿐만은 아니었다. 앞날에, 그 살모사의 실력에 의해서 노부나가를 지켜주었으면 싶은 원대한 계획에 의한 것이었다. 그처럼 바보였다.

　어느 해, 홀연히 이 소년이 오와리로부터 사라져 버린 일이 있었다. 그래도 히라테 마사히데를 근심시켜서는 안됐다고 생각했는지 편지를 남겨

　'할아범, 얼마 동안 순례를 떠나겠어'라고 써 놓고서 출분했다. 후에야 알고 마사히데는 하마터면 기절해 버릴 만큼 놀라 주군 노부히데에게만 살짝 알렸다. 노부히데는 좀 놀란 듯한 모양이었지만 이내

　"그런가" 하고 웃기 시작했다.

"이상한 애니까 무엇인가 특별히 생각하는 일이 있겠지. 널리 세상을 구경하는 것도 나쁘지는 않아. 이 일은 집안에도 알리지 말아. 호종들에게도 말을 내지 못하도록 하여라."

젊은 주군이 혼자서 출분했다는 사실이 이웃 나라에 알려지면 소년의 신변이 위험하기 때문이다.

"이번에 돌아오시면, 한번 부군(父君)께서 꾸짖어 주셨으면 합니다."

"나는 기쓰보시의 후견인이 아니다. 단순한 아버지에 지나지 않는다."

"그러나……"

"후견은 그대에게 맡긴다. 알아서 하여라."

노부히데는 상대조차 하지 않았다. 노부히데는 그렇듯이 색다른 부친이었는데, 그렇지만 이 멍청이님을 조금이라도 이해하고 있는 인간이라면 넓은 세상에 노부히데 단 한 사람뿐인지도 몰랐다.

'그 앤 천재인지도 모른다.'

노부히데는 은근히 생각하는 점이 있었다.

노부나가는 길을 재촉하여 위대(上方)로 갔다. 종자라고는 하인 한 사람뿐이었다. 그 사나이에게 거적때기 한 장, 가마니 한 장을 짊어지워가지고 있어 아무리 보아도 유랑하는 소년의 모습이다.

교토(京都)를 구경하고 셋쓰(攝津)로 내려갔다. 셋쓰의 나니와(浪華)라는 곳에 몇 채의 집들이 있었고 엉뚱하게 큰 절간이 있었다. 시덴노 사(四天王寺)였다.

노부나가가 그 시덴노 사에 참예(參詣)하자, 그 추녀 아래서 떠돌이 무사 같은 사나이가 너덧 명 몰려서서 무엇인가 글씨를 벽에 쓰고서는 와글와글 의논을 벌이고 있었다.

'무어야, 저건?'

다가가 보니, 무사의 이름으로는 어떤 이름이 좋은가 하는 것을 의논하고 있었다. 모두들 마음에 드는 이름을 붙이려고 하는 모양이었다.

"이름은 중요한 거야."

두드러진 수염 텁석부리 사나이가 말했다. 텁석부리는 글씨 종류를 무척 많이 알고 있어서 온갖 이름을 벽에 써 놓고 있었다. 요리사다(賴定) · 요시마사(義政) · 기요유키(淸之) · 오키나가(興長) · 긴아키(公明) · 미치마사(道正) · 무네하루(宗晴) · 다다유키(忠之) 등의 이름이 씌어 있었다. 문득 그 벽을 보

고 소년은 놀랐다. 한층 더 크게

'노부나가(信長)'라고 씌어 있지 않은가? 글자가 짝 지어진 것으로 볼 때 진기한 이름이긴 했지만, 하여간 노부나가라는 이름은 아버지가 자기에게 붙여 준 것이었다.

'그런데 저런 알짜 낭인에게 붙이게 하다니 될 말인가'라고 생각하고 뺏으리라 마음먹었다. 배종하는 하인에게 말해, 수염 텁석부리에게 교섭시켰다.

"저 이름을" 하고, 노부나가의 하인은 툇마루까지 나아가 손을 들어 벽의 한 점을 가리켰다.

"우리 주인님께서 얻을 수 없겠습니까?"

"너는 누구냐?"

텁석부리는 깜짝 놀란 모양이었다.

"예, 오와리에서 온 순례객입니다. 그 노부나가라는 이름을 우리 주인께서 얻으셨으면 합니다."

"주인이라니, 저기 있는 꼬마 말이냐?"

텁석부리는 소리를 내서 웃고, 이건 안 돼, 줄 수 없다고 말했다. 그대에겐 엄청난 이름이야, 라고 말했다고 '조부 얘기(祖父談)'에 나온다. 엄청난 이름이라는 것은 '너무 화려하여 아깝다'는 의미다.

그러나 하인은 좋이니까 고집 세게

"아니, 아니 꼭 이름으로 붙이겠다는 것은 아닙니다. 영지(領地)에의 선물로 가져 가고 싶을 뿐입니다" 하고 집요히 떼를 썼다. 텁석부리는 흠, 흠 하고 고개를 끄덕이고서는

"그러면 좋아. 절대로 붙이면 안 된다. 워낙 이 노부나가라는 이름은 천하를 잡는 자거나 영지를 갖는 자의 이름이니까"라고 말했다.

이 말에는 노부나가도 놀라, 그런 것인가 하고 생각했다. 위대에서 돌아오는 길에 줄곧 이 일만은 생각했다. 지금까지

'천하(天下)'라는 것은 생각해 본 일도 없었다. 어른이 되면 아버지의 뒤를 이어 받는다. 단지 이것만을 어렴풋이 생각하고 있던 것에 불과했지만 천하를 잡을 수 있을 것 같다고 한다. 천하를 말이다. 천하가 어떠한 것인가를 실감 있게 눈으로 볼 수도 없고, 손가락으로도 만질 수 없어 잘 알 수 없었지만 하여간 자기라는 것이 다른 것으로 보이기 시작한 것만은 틀림이 없었다. 노부나가는 영지로 돌아갔다. 성으로 돌아가자 할아범인 히라테 마사히

데는 뛰어오를 만큼 기뻐했고, 이어서 며칠씩이나 걸려 곰곰이 타일렀다. 제 멋대로 지껄이라고 생각했다. 그런 잔소리를 귓등으로 흘려듣는다는 점에서는 언제나와 다름이 없었지만 머리 속으로는 다른 일을 생각하고 있었다. 천하를 잡기 위해서는 어떤 일을 하면 좋을까.

싸움에 강해지는 편이 좋다는 것만은 분명했다. 본래 몸을 움직여 뛰어 돌아다니는 것이 아주 좋아 활이나 마술(馬術)·수련(水鍊) 등에는 특히 힘을 기울여 왔다. 수련은 유달리 좋아 아직 물 속에 들어가기에는 추운 3월에도 벌써 노부나가는 매일 물 속에 들어갔고, 해마다 9월까지 헤엄치며 살았다.

'그러나, 그것만으로는 천하를 잡을 수 없다'고 생각했다. 잡을 수 있는 자기를 자신이 키워가지 않으면 안 된다고 생각했다. 하기야 진을 치는 법, 전쟁을 하는 법 따위는 이 히라테 마사히데가 가르쳐 준다. 하지만 언제 들어도 노부나가에게는 당연한 일을 할아범이 그럴 듯하게 꾸며 말하고 있다고 밖에는 생각되지 않았고, 아무런 매력도 없었다.

'대전(大戰)을 하는 법도 차차로 내가 생각해 보지 않으면 안 된다'고 생각했다. 그 복장처럼 이 산스케라고 자칭하는 소년은

"본래 이렇게 되어 있으니까 이렇게 하십시오"라는 말을 듣는 것이 질색이고, 손톱만큼도 받아들일 수 없는 성질이었다. 비천한 집에 태어났더라면 이 성격만으로 그는 세상에 나설 수 없을 만큼 학대를 받았을 것이 틀림없지만, 작은 무리(無理)쯤 관철시킬 수 있는 권문에 태어났고, 하기야 사부역인 히라테 마사히데야말로 잔소리가 많았으나 그것도 잘못했어, 앞으로 조심하지, 라고 말만 해 주면 마사히데는 기꺼이 잔소리를 거두었다.

귀국해서 노부나가는 '매사냥'을 즐겨하게 되었다. 지금까지 그처럼 운동을 좋아하는 사나이가 매사냥을 그다지 좋아하지 않았던 것은, 이 집단 경기가 무로마치 막부(室町幕府)에 의해 몹시 양식화되어 있었기 때문이며 복장·인원·역할·그 장속(裝束)에 이르기까지 제법 까다로운 경기가 되어 있었다.

'새를 잡기만 하면 좋지 않은가'라고 그는 생각하는 것이었으나, 사부역인 히라테 마사히데 등은 그 형식에 성가실 만큼 구애를 받았다. 매사냥은 천황(天皇)·쇼군(將軍)·공경(公卿)·친왕(親王), 그리고 각 영지에서는 영주의 경기다. 그에 어울리는 형식을 갖추고 위용을 다하지 않으면 남의 멸시를 받는다고 하면서 노부나가에게 도통 재미조차 없는 매사냥을 강제했다.

'그런 매사냥은 이제 안할 테다.'

노부나가는 다른 방법을 연구했다. 쓸데없는 것은 없애 버리고, 실용적인 방법을 점점 가미시켜 끝내는 전문적인 매사냥꾼조차도 어리둥절할 만한 독창적인 방법을 만들어냈다. 실전적인 것이었다. 우선 덮어놓고 들판으로 나가는 것이 아니라 대전할 때처럼 먼저 척후를 내보낸다. 그것도 한 두 사람이 아니라 30명이나 내 보냈다. 그들을

'새를 보는 패'라고 부르게 했다. 새를 보는 패는 두 사람이 한 조가 되어 멀리 야산을 싸돌아다니며 어디에 새가 있는가를 정찰하고, 새가 많은 장소를 발견하면 한 사람은 망을 보기 위해 현장에 남고, 한 사람이 달려와 노부나가에게 보고한다. 노부나가는 당장에 출동한다.

노부나가 주변에는 싸움터에서 주군을 수호하는 기마무사 같은 자가 항상 여섯 명 따르고 있다. 6인패(人衆)라고 불리었고 반은 활, 반은 창을 가지고 있었다. 그 외에 말을 탄 자가 한 사람 있었다. 그는 현장에 다가가면 새에 접근하여, 그 주위를 빙글빙글 돌며 점점 가까이 간다. 대장 노부나가는 어디 있느냐 하면, 그 말 탄 자의 뒤에 숨어 있었다. 도보(道步)다. 손에 매를 들고, 노리는 새에게 들키지 않도록 언제나 말 뒤에 숨어, 말이 돌아감에 따라 노부나가도 돌아간다.

드디어 접근하면

"쉭——" 하고 노부나가는 달려나가 매를 잡는다. 이렇게 하면 반드시 잡을 수 있다는 것을 노부나가는 알았다. 좀 더 재미있는 일로 이 젊은이는 현장 부근에 세워놓는 인원수에게는 농부 차림을 시켜 두는 것이었다. 복장뿐만 아니라 실제로 쇠스랑이나 괭이를 들고 논밭을 가는 흉내를 내게 하는 것이다. 그러면 조그만 새들은 '저건 농부'라고 생각하고 안심하고 지저귄다는 것이었다.

보통, 이런 매사냥은 없다. 본래는 개를 거느리고 있는 자라고 할지라도 무늬 없는 포의(布衣)에 가죽 바지, 에보시를 쓰고, 오른손에는 흰 나무지팡이를 짚고, 왼손에는 개끈을 쥐는 정도로 거창한 것이었다. 농부 차림을 하여 새를 속이는 따위의 방법은 제16대 닌토쿠 천황(仁德天皇) 때부터 시작된 이래로 그때까지는 없었던 일이었다.

영주의 매사냥이라면 대단한 것이었지만 노부나가의 그것은 부랑자가 싸움을 하러 나가는 것과 같은 모습으로 성을 나섰다. 성하의 사람들은

"마치 거지의 매사냥이로군" 하고 어이없어했다.

사사건건이 그러한 젊은이였다.

"역시 소문과 다름없는 멍청이님이십니다" 하고 오와리에서 돌아와 미노(美濃) 이나바 산성에서 보고를 한 것은 미미지 외에 몇 명의 이가패들이었다. 쇼구로(아니, 이 후반부 오다 노부나가 편에서는 쇼구로라고 부르지 않고 그의 현재 이름인 사이토 도산(齋藤道三)이라고 부르기로 하자. 노부나가가 이 얘기의 중심이 되기 위해서는 그 편이 편리하다)는 모든 첩자가 주워 모아가지고 온 얘기마다 재미있었다. 일일이 큰 소리를 내며 웃었다. 바보의 바보 얘기처럼 재미있는 것은 없다.

도산은 무릎을 치면서 기뻐했다.

"매사냥도 거지꼴로 간단 말인가?"

그것도 재미있었다. 첩자의 정보 등은 그 사나이의 기량에 맞는 눈으로 보고 오는 것인 만큼 아무리 정확하더라도 결국은 믿을 수 없는 것이라는 것을 도산은 충분히 알고 있으면서도

"역시 멍청이인가" 하고 기뻐했다. 그들 밀정들은 노부나가가 고안한 그 매사냥의 방법까지는 조사해 가지고 오지 않았던 것이다. 이 보고를 받았을 때 그는 종일 기분이 좋았다. 저녁때, 중신인 니시무라 빙고노카미(西村備後守)를 불러

"역시 기초(歸蝶 ; 濃姫)를 오와리에 시집보내겠다"고 말하고, 노부나가의 멍청이 일화를 두세 가지 얘기했다. 빙고노카미도 입을 크게 벌리고 웃었다. 니시무라 빙고노카미란 아카베(赤兵衛)다.

"아카베. 좋은 사위를 가진 덕분에 오와리도 머지않아 병탄(倂呑)할 수 있을 것 같다. 혼례식은 될 수 있는 대로 화려하게 올리자. 그대는 오다가의 히라테 나카쓰카사(平手中務 ; 政秀)와 잘 상의하여 봉행하도록" 하고 명령했다.

연모(戀慕)의 씨앗

노히메(濃姫)가 아버지인 도산으로부터의 오와리 오다가와의 약혼 성립을 들은 것은 1548년, 연말이었다.

이날 아침 도산이

"얘기가 있다. 오토 정(鴨東亭)까지 오도록. 나는 그곳에서 기다리고 있겠다" 하고 시녀를 시켜 알려 왔다. 사기야마 성(鷺山城)에서의 일이다.

그즈음 도산은, 이나바 산성은 사자(嗣子)인 요시타쓰(義龍 미요시노에게서 태어난 아들. 실은 전의 태수 요리아키(賴藝)의 씨)

에게 물려주고 자기는 사기야마의 폐성(廢城)을 개조하여 그곳에서 머물렀다. 정원이 훌륭했다. 일부러 운하를 파게 하여 나가라 강(長良江)의 물을 성내로 끌어들였고, 다시 정원으로 끌어들여 그것을 가모 천(鴨川)이라고 이름 붙였다.

축산(築山)이 부드럽게 기복을 이루고 있고, 그 모습은 교토의 히가시 산(東山) 영봉들을 닮게 만들었다. 정원은 모든 것을 도산이 손수 설계했다. 정원을 즐기는 다인(茶人)들은 대개 상록수를 좋아하는 법인데, 도산이 설계한 이 정원에는 벚나무가 압도적으로 많았다. 벚나무를 자연의 모습인 채로 바라다보는 것이 좋을 뿐만 아니라, 건재(建材)로서도 좋아하는 것이다. 벚나무와 도산이라는 것은 정신적으로 어떤 연계가 있는 것이리라.

바람이 없다. 삼목(杉木)으로 만든 문을 열고 툇마루로 나온 노히메의 눈에 새파란 하늘이 펼쳐졌다. 한 발자국 두 발자국 노히메는 툇마루를 걸어왔다. 툇마루를 밟는 발의 서늘함이 오히려 상쾌할 정도로 따뜻한, 맑은 겨울 날씨였다. 노히메는 계단을 내려가 계단 아래서 시녀인 가가미노(各務野)가 갖추어 주는 정원용 조리(草履:짚신의 한 가지)에 발가락을 낀 뒤, 마당을 바라다보았다.

"마치 벚꽃이 필 듯한 날씨야" 하고 노히메는 말했다. 그러나 정원 가득한 모든 벚나무들은 노히메가 기대하는 폭치고는 몹시 무뚝뚝한 자태로 겨울 하늘로 가지를 치뻗고 있었다.

"곧 오겠지요, 봄이" 하고 가가미노가 말했다. 이 시녀는 노히메의 혼담에 대한 것을 전(殿) 안에 떠도는 소문으로 알고 있었다. 봄이——라고 한 것은, 벚나무에 대해서 한 말이 아니라, 노히메의 물씬물씬 풍기는 젊음에 대해서 한 말이다. 그러나 노히메는 모른다. 당자인 그녀만이 자기의 운명에 대해서 아직 아무 것도 몰랐다. 노히메는 가가미노와 헤어져 정원 안 오솔길을 걸어서 오토 정까지 갔다. 정자(亭子)다.

아버지인 도산 뉴도(道三入道)가 따뜻해 뵈는 겨울옷을 걸치고 앉아 있었다. 옆에는 도산이 총애하는 근시(近侍)로 아케치 성(明智城)의 상속자인 아케치 주베 미쓰히데(明智十兵衛光秀)가 모시고 있었다. 소년 때부터 도산이 친아들처럼 귀엽게 길러온 이 미쓰히데는 이미 아름다운 젊은이로 성장해 있었다. 노히메하고는 어머니 오미(小見) 부인을 통해서 핏줄이 통해 있다. 외사촌간인 것이다.

"주베, 좀 피해 다오."

도산은 미쓰히데에게 이렇게 말했다. 미쓰히데는 옛, 하고 고개를 숙이고 우아한 동작으로 뒷걸음질치면서 그 틈에 힐끗 노히메를 보았다. 미쓰히데는 이내 시선을 비꼈다. 노히메의 눈과 우연히 마주친 것이 이 젊은이를 낭패시켰다.

"기초(歸蝶)" 하고 도산은 미쓰히데가 사라진 뒤 항상 부르는 이름으로 딸을 불렀다.

"그곳에 앉거라."

노히메는 시키는 대로 했다. 앉은 뒤 무슨 말씀이신지요, 하고 묻듯이 고개를 갸웃거렸다. 몹시 맑은 눈을 하고 있다.

"역시 외종간이로구나" 하고 도산은 웃기 시작했다.

"핏줄은 속일 수 없군. 눈매나 입술 언저리가 주베와 닮았어."

웬걸, 추호도 닮지 않았다. 외사촌이라고는 하나, 이상하리만큼 노히메와 미쓰히데는 닮지 않았다는 것을 도산은 늘 생각하고 있었다. 그런 주제에 이처럼 아리송한 얘기를 최초로 꺼낸 것은, 어딘가 아버지로서 부끄러웠기 때문임에 틀림없다.

노히메는, 작년부터 처녀가 되었다. 그 뒤로 점점 아름다워져 도산조차 이 처녀와 마주앉아 있으면 문득 눈부신 듯한, 무엇인가 얼굴이 붉어지는 낯간지러움을 느끼고 눈길을 돌리고 마는 순간이 있었다.

'평생 여자를 많이 보아 왔다. 그러나 기초만큼 아름다운 여자는 없었다.'

그럴 때 도산은 아버지라기보다는 자기도 모르게 사나이의 눈으로 노히메를 보는 것이다. 지금도 그랬다. 지금 노히메는 앉았다. 앉는 거동 때문에 가늘어진 허리가 문득 도산에게 아버지임을 잊게 했다. 낭패한 나머지

"주베를 닮았다."

따위 흔적조차 없는 엉터리 헛말을 하여 그 자리를 얼버무려 넘겼다. 아니, 멍청하게 무너지려는 자기 마음을 짓밟아 뭉갰다.

"전에는" 하고 노히메는 말했다. 아버님께서 반대의 말씀을 하셨습니다. 너는 외사촌인 주베와는 닮지 않았다. 살갗이 흰 것 정도가 기껏 통하는 점일까 라고요. 노히메는 약한 항의를 했다.

"아니, 기억에 없는 일이야."

도산은 즐거운 듯이 말했다.

"전에 그런 말을 했던가?"

"잊으셨습니까?"

"난처한데. 기억에 없어."

"박정하십니다. 기초는 그것이 지난해 몇 월 며칠이었던가까지도 기억하고 있습니다. 기초가 아버님을 생각해 드리는 만큼, 아버님께서는 기초를 생각해 주시지 않는 증거인지도 모릅니다."

"이건!"

도산은 이마를 두드리며, 두 손 들었는데 하고 웃었다. 이 사나이가 이처럼 가벼운 언동을 보이는 것은 이 지상에서는 노히메에 대해서뿐이었다.

"그럼, 다시 고쳐 말하마. 너도 주베도 어릴 때에는 닮았었다. 그런데 둘이 다 성인이 되고 나서는 전연 닮지 않은 얼굴 모습이 되었다. 이러면 어떠냐?"

죄송합니다, 하고 노히메는 고개를 숙이고 소리내어 웃었다. 갑자기 해가 그늘졌다. 그늘지자 정직할 만큼, 정원의 나무들과 돌의 이끼들이 겨울철 색깔로 일변해 버렸다.

"할 얘기가 있다."

도산은 거창스럽게 상체를 굽히며 두 팔을 쑥 내밀었다. 손바닥을 쬐며, 지면의 화로 위에 얹었다. "나는 네가 언제까지나 동녀(童女)로 있기를 바랐는데, 너는 네 마음대로 그런 처녀가 돼 버렸다."

"별 도리가 없는 일입니다."

노히메는 웃으려고 했으나 이내 진지한 얼굴이 되었다. 아주 진지한 표정이 된 것은 얘기가 혼담이라는 것을 직감했기 때문이다.

"저, 아버님. 주베 님에게로 가게 되는 것입니까?" 하고 말을 꺼낸 것은 노히메의 불찰이었다.

"허어, 너는 주베가 좋으냐?"

도산은 의외라는 듯한 얼굴을 지었다. 그러나 설마, 하고 생각했다. 외사촌간이라고는 하나 상대방은 사이토 가의, 말하자면 벼슬아치의 아들이 아닌가.

"아아뇨. 별로" 하고, 노히메는 이미 얼굴을 붉히지 않았다. 아케치 주베 미쓰히데라는 총명하고 수려한 용모를 지닌 미노의 명문의 아들을 아버지 도산이 맹목적이라고 할 만큼 사랑하고 있다는 것을 알고 있기 때문에, 자연히 자기도 그런 것에 이끌려 동녀 때부터 미쓰히데에게는 호의를 가지고 있었다. 그 위에 방금 전까지의 화제가 미쓰히데의 일이었으므로 그만 입 밖에 내서 말해 버린 것이었다.

"별로, 그런 점에서는……" 하고 노히메는 같은 말을 두 번 거듭하고 나서, 비로소 뺨에 핏기를 올렸다. 정직한 말이었다. 미쓰히데를 연모할 만큼 노히메는 아버지의 근시인 미쓰히데와 그토록 많은 접촉을 가졌던 것은 아니다.

"네가 서출(庶出)이라면" 하고 도산은 말했다. 즉 첩의 몸에서 태어난 아이라면, 이라는 뜻이다.

"아랫사람에게 주어도 상관없다. 그러나 너는 정실 태생이다. 그 위에 나에게는 단 하나의 외동딸이다. 자연히 시집갈 집안은 한정된다. 영토를 가진 영주가 아니면 짝이 될 수 없다."

도산은 말을 끊었다가 이윽고 말했다.

"오와리로 간다."

"예? 오와리로?"

"오다 노부히데의 상속자인 노부나가라는 젊은이다. 너보다 나이가 한 살 위다."

과장하여 말하면, 노히메의 시집 준비는 미노 사이토가가 뒤집힐 만큼 요란스러웠다. 도산은 가신인 홋타 도쿠(堀田道空)라는 자를 부교(奉行 : 명령 봉행관)로 임명하고

"금·은을 아무리 써도 상관없다. 될 수 있는 대로 호화를 다하도록" 하고 명령했다. 도쿠를 부교로 뽑은 것은, 우선 이 사나이가 다인(茶人)이기 때문에 도구(道具)의 아름다움과 추함을 안다. 나아가 이 사나이는 전례(典禮)를 환히 알고 있었다. 뿐만이 아니다. 엉뚱하게 마음이 큰 자라 금·은 계산을 싫어하는 사나이라는 평판을 얻어 벌써 이름을 날리고 있었다. 도산은 이 도쿠에게 몇 번이나 돈을 아끼지 말라고 말했다.

도구를 좋아하는 도쿠는

"이것은 일대의 행운이다"고 뛸 듯이 기뻐하며, 우선 가신을 교토로 보내 칠기 장식공·목수 등의 직공들을 데리고 오게 했다.

도산에게는 생각이 있었다.

아무리 비용을 들이고 아무리 화려한 준비를 하더라도 사실 별것 아니었다. 오다와의 대전이 이것으로 없어지는 것이었다. 오다 노부히데가 미노의 풍요한 전원을 탐내, 그것을 어떻게든지 자기의 것으로 만들기 위해 요즈음 몇 년 동안 집요하게 싸움을 걸어 왔다. 그럴 때마다 도산은 노부히데를 짓부수어 왔지만 정직하게 말해서 슬슬 귀찮아져 견딜 수 없었다. 도산에게는 오와리와 싸움을 하고 있기보다는 미노를 신체재로 다시 만들어가는 편이 급무였다.

'이웃에 노부히데 같은 정력적인 호전가를 가지고 있다는 건 내 최대의 불행이다'고 도산은 생각하고 있었다. 그 때문에 어마어마한 전비가 소요된다. 무사와 서민들은 피폐한다. 무사와 서민들은 피폐하면 지배자에게 증오의 눈길을 던진다.

'모두 도산이 나쁘다. 전의 도키 시대에는 낙원이었다'라고 생각하리라. 특히 오다 노부히데가 싸움을 좋아하는 것이 도산에게는 제일 큰 골칫거리였다.

'그것이 이 혼인으로 수습된다. 값싼 것이다'고 생각했고 또 장래에 대한 희망도 있었다. 사위 노부나가가 엉뚱한 얼간이 님이라는 것이다. 노부히데가 죽은 뒤, 시루에서 경단이 떨어져오듯 기소 강(木曾江) 저편의 오와리 평야가 자기 것이 될지도 모른다.

노히메는 그 외모와는 다르게 반응이 빠른 활동적인 성격을 지니고 있었다. 물론 매일 방에 있다. 어머니 오미 부인을 상대로 차를 즐기거나 시를 읊거나 하면서 때때로 정원을 산책하는 이외에는 거의 사기야마 성 내실에서 벗어난 적이 없었다.

그러나 그녀의 분신이라고 해도 좋을 만큼 마음에 드는 시녀 가가미노는 이미 오와리에 있었다. 장사꾼 여자로 변장하여, 노부나가가 있는 나고야 성의 성하와, 그의 아버지 노부히데가 있는 후루와타리 성 성하 등에 출몰하며 자기 상전의 사위가 될 노부나가라는 젊은이의 소문을 수소문하고 있었다. 노히메가 그런 명령을 내린 것이다. 아직 보지 못한 남편감에 대한 예비지식을 될 수 있는 대로 많이 갖고 싶었다. 물론 중요한 목적이 있는 작업이 아니다.

"그저 알고 싶어" 하고 노히메는 가가미노에게 말했다. 호기심이 왕성한 아가씨였다. 물론 이런 경우, 아직 보지 못한 남편감에게 관심이나 호기심을 품지 않는 아가씨는 이 지상에 없으리라. 단지 노히메의 경우 다른 영주의 딸들과 다른 점은 그것을 행동으로 옮길 수 있다는 일이다.

"아버님에겐 비밀이야" 하고 가가미노에게 일러두었다. 가가미노는 고향에 다니러 간다는 핑계로 어전을 떠났다. 그대로 오와리로 갔다.

이윽고 돌아왔다.

"어떤 사람이었어?"

노히메가 가가미노를 자기의 방으로 데리고 들어가, 복도에는 시녀로 하여금 망을 보게 하여 아무도 들어오지 못하도록 한 뒤 물었다.

"눈부시게 아름다운 젊은 공자님이십니다."

가가미노는 숨 막힐 듯한 표정으로 우선 이런 말을 했다. 나고야의 길거리에서 노부나가를 보았다 한다. 대여섯 사람의 배종을 데리고, 머리에는 머리띠를 두르고 여섯 자 막대기를 들고 기묘한, 말하자면 하인 같은 차림을 하고 걷고 있었다. 상가의 사람들에게 물으니, 젊은 주군께서는 들개 사냥을 하고 계십니다 하고 가르쳐 주었다. 가가미노는 처음에는 조심스럽지 못하게 웃음을 터뜨릴 뻔했으나, 자세히 노부나가의 얼굴을 보니 이 열 다섯 살짜리 젊은이는 그녀가 일찍이 본 일이 없을 만큼 고귀한 용모를 가지고 있었다. 가가미노는 우선 그것에 감동을 받았다. 호의를 품었다.

'고개를 좀 갸우뚱하고 계시지만 과연 저 아름다움이라면 공주님의 신랑님으로서는 아주 안성맞춤이야'라고 생각했다.

그 뒤 여러 가지 소문을 수소문하고 다녔는데, 정직히 말해서 어느 소문이든 좋지는 않았다. 그러나 가가미노는 호의를 가지고 그것을 해석했다. 자연 그것을 종합해 보니 전에 도산이 미미지에게 명령해서 놓아보냈던 이가 패들의 노부나가 상(信長像)과는 아주 다른 것이 돼 버렸다.

"예를 들면 헤이쿄쿠(平曲) 日本武將, 平(다이라) 집안의 애기에 곡을 붙인 것 에 나오는 헤이케(平家) 공자님같이 아름다운 젊은 주군이셔요. 그러나 헤이케 공자님들처럼 유약하지 않고, 그야말로 무문(武門)의 아드님답게 무기(武技)를 좋아하셔요."

"어떻게 좋아하셔?"

"총을 배우시고 계십니다."

"어머, 총 따위를?"

노히메에게도 의외였다. 총이라는 것은 아직 신기한 병기일 뿐이었고, 여러 나라의 어느 영주도 그렇게 여러 개를 갖고 있지 못했다. 그 위에 그런 총을 가지고 있는 것은 하급군사들뿐이지 무사는 도통 다루지 않는다. 그런데도 노부나가는 영주의 아들인 주제에 총을 아주 좋아하여 하시모도 잇파(橋本一巴)라는 명인을 초빙하여 정신없이 연습하고 있다는 것이었다.

"그 외에 말을 아주 좋아하여, 매일 아침 마장으로 나가서 거친 수련을 하고 계셔요. 옛날 겐지(源氏)의 무사들은 한 장소에서 빙글빙글 도는 굴레타기라는 재주를 부릴 수 있었고 헤이케(平家)의 무사들은 그것을 할 수 없었기 때문에 겐페이 대전(源平大戰)에서 헤이케가 졌다는 말씀을 들으시고, 그러면 나는 그것을 한다고 말씀하시더니 한 달 가량 마장에서 그 굴레타기에만 열중하셨는데, 끝내 그것을 하실 수 있게 되었다는 소문이었어요."

"그 외에?"

"싸움을 좋아하셔요."

"강하셔?"

"그야 아주……" 하고, 가가미노는 손짓을 섞어가며 얘기하기 시작했다.

어느 때의 일이다. 노부나가가 예의 모습으로 성 밖의 어떤 마을로 놀러 갔을 때, 마을의 악동들이 서른 명 가량 몰려서 수다스럽게 떠들썩하고 있었다.

——웬일이냐?

노부나가는 사정을 물었다. 마을 아이들은 이 더러운 옷차림을 한 꼬마가 설마 성주님의 공자님이라는 것을 모르니까

"이웃 마을과 저쪽 들판에서 싸움을 한다"고 말했다. 그런데 이 마을 아이들은 모두 겁쟁이라 인원수가 이 정도밖에는 모이지 않는다는 것이다.

"스물아홉 명이로군" 하고, 노부나가는 턱으로 센 뒤 저쪽은 몇 명이나 되느냐고 물었다. 백 명 가량은 모여 있다고 마을 아이 중 하나가 대답했다.

좋아, 내가 이기게 해 주마, 하고 노부나가는 배종에게 명령하여 돈을 몇 꾸러미 가져오게 하여 우선 그 중의 2할을 여러 사람에게 공평하게 나누어 준 뒤

"나머지는 활약 여하에 따라 액수를 정해 상으로 주겠다. 상을 많이 타고 싶으면 필사적으로 활약하여라. 싸우는 요령은 싸우기 전에 나는 이미 죽었다고 생각하고 할 일이다. 그러면 다쳐도 아프지 않고 설령 죽어도 본전이

다"라고 가르친 뒤, 내가 지휘를 한다고 선언하고 그들을 이끌고서 '전장'으로 나아가 뒤죽박죽 실컷 싸운 끝에 보기 좋게 이겼다는 것이다.

"영리한 분이시죠?" 하는 가가미노의 보고는 도산이 알고 있는 노부나가와는 무척 달랐다.

"하지만, 그 정도의 분? 가무도 다른 무엇도 안 하시느냐?" 하고 노히메가 물었다. 그녀는 아버지 도산, 어머니 오미 부인의 피와 영향을 받아 그러한 기예를 아주 좋아했다.

"하시구말구요!" 하고 가가미노는 기세 있게 말했으나 실은 기세를 돋우면서 말하지 않으면 안될 정도로 좀 자신이 없는 일이었다. 틀림없이 노부나가는 춤과 노래를 좋아하기는 아주 좋아했다. 가가미노는 그 소문도 틀림없이 들었다. 노부나가의 춤 스승은 기요스(淸洲)의 서민으로서 유칸(有閑)이라는 자라는 것도 들었다. 그런데도 노부나가는 묘한 젊은이였다. 춤은 '아쓰모리(敦盛)'의 1번밖에는 추지 않는 것이다. 그것도 "아쓰모리" 중의 단 한 구절만을 노래하면서 추는 것을 좋아했다.

인생 50년
화전(化轉) 속에서 되돌아 보면
모두 꿈만 같구나.

하고, 노부나가는 노래도 하고 춤도 춘다. 노래도 그렇다. 콧노래를 부를 정도로 좋아하지만, 그것도 단 하나 밖에는 노래하지 않는다.

죽음은 진리
무엇으로 나를 기억케 할 지
늘 물어온다네.

라는 것으로서, 이것을 코끝으로 노래하면서 성하의 거리를 걸어간다.

'묘한 분——'

노히메는 눈이 번쩍 뜨이는 것 같이 놀랐다. 그녀는 이만한 재료로써 열심히 노부나가라는 젊은이를 이해하려고 했다. 어쩐지 자기의 일생을 50년이라고 한정시키고 기껏해야 50년이라는 태도로 자포자기가 되어 놀고 있는 것도 같았고, 반대로 아직 어린 연령인 주제에 날카로운 철학을 가지고 그것을 원동력으로 세상에 도전하려는 것도 같은 그러한 젊은이처럼 여겨졌다. 하여간 노히메는 이 정도의 얘기 속에서 젊은이가 가지고 있는 선명하고 짙은 피의 냄새를 맡는 듯한 느낌이 들어, 그날 밤엔 새벽녘까지 잠을 이룰 수가 없었다.

곧, 혼인 날짜가 결정 되었다. 앞으로 두 달 남짓 밖에 없다. 1549년 2월 24일이었다.

화촉

인간 50년
화전 속에서 되돌아 보면
모두 꿈만 같구나
생을 한 번 받을 때마다
멸하지 않는 것이 어디 있느냐
……

버릇이란 무서운 것이다. 노히메는 어느 결엔가, 가령 변소에 갈 때조차도 자기도 모르게 이 이상한 노래 구절을 흥얼거리게 돼 버렸다. 변소 같은 곳에서 앗, 하고 자기의 경박스러움을 깨달을 때엔,

'이상한 공자님이셔……' 하고 아직 보지도 못한 노부나가의 죄로 돌려 버렸다.

하여간, 노부나가가 오와리 성하 거리를 성큼성큼 걸으면서 코끝으로 노래를 한다는 풍경이 노히메의 눈에 보이는 것 같았다. 이 노래를 노히메대로 고와카(幸若 : 室町時代 幸若丸가 만든 춤. 얘기를 곡조에 맞추고 부채로 박자를 맞추며 춤추는 것)의 가락을 붙여 노래하면, 공연히 오다

노부나가라는 젊은이가 떠올라오니 묘한 일이다.
"죽음은 진리" 하고 노부나가의 다른 애창곡을 흥얼거려 볼 때가 있다.
"……무엇으로 나를 기억케 할지, 늘 물어온다네."
그날도 그랬다. 햇볕이 잘 드는 툇마루 끝에 앉아서 멍청하니 흥얼거리고 있노라니, 시녀인 가가미노가 마당을 돌아 와서 아니, 아니 하는 듯한 표정을 지었다.
"공주님께서는 요즈음 어찌 되신 일이신가요. 결혼식도 머지않았는데" 하고 투덜거렸다. 결혼식이 가까워 올 터인데 콧노래라는 행실이 좋지 못한 버릇이 붙어 버렸다는 것이었다.
"그러한 행실이시라면, 공자님이 싫증을 내실 거예요."
"아, 그러냐" 하고 노히메는 그치는 것이었지만, 잘 생각해 보면 신랑님이 될 젊은 공자님이야말로 행실이 좋지 않기로는 삼국에서 제일간다는 별명을 얻고 있다는 소문 아닌가.
'서로 맞추어 간다는 점으로 볼 때, 조금쯤은 행실을 나쁘게 하여 시집가는 것이 좋지 않을까' 하고, 노히메는 진지하게 생각해 보기도 하는 것이었다. 이 일 저 일로 노히메 주변의 세월이 놀랄 만큼 빨리 흘러, 어느 새 시집갈 날이 앞으로 사흘밖에 남지 않게 돼 버렸다. 어머니 오미 부인은 혼담이 정해진 뒤엔 줄곧 노히메의 방에서 기거하고 있다. 전국(戰國)의 관습으로 미루어 이웃나라로 시집가게 되면 살아 생전 두 번 다시 이 딸을 볼 수 없다는 생각에 툭하면 슬픈 눈물을 짓곤 했다.
그런데 아버지 도산은 색달랐다. 요즈음 열흘 가량은 좀처럼 내실로 오지 않을 뿐만 아니라 어쩌다가 와도 왜 그런지 노히메와 마주 대하기를 피하는 것 같았다.
'그처럼 나를 귀여워해 주셨는데.'
노히메는 이것만이 이상스러워, 드디어 이날 어머니에게
"아버님은 어떻게 되신 일일까요?" 하고 묻자, 오미 부인도 이상스러웠던 모양이다.
그날 밤, 오미 부인이 침실에서 도산에게 묻자
"만나면 울 것이 딱해서."
"기초가 말입니까?" 하고 놀라서 되묻자, 아니 기초가 아니라 내가 말이야 하고 도산은 씁쓸하게 대답했다.

'이 사나이가?'

오미 부인은 자기도 모르게 얼굴을 보았을 뿐이었다. 도산은 말했다.

"그처럼 좋은 딸을 도리 없이 오와리의 얼간이 공자에게 뺏겨 버리는가 생각하니 가슴게가 타는 것 같은 생각이 들어."

"그러면, 보내지 않으면 될 텐데요" 하고 오미 부인은 다시금 눈물을 흘렸다. 지나치게 얌전할 정도의 부인으로서, 오미는 남편인 도산에게 원망 비슷한 말을 한 적이 없었지만 이번 혼인에 대해서만은 달랐다. 말하고 나서 곧,

"왜 주베에게 주시지 않습니까" 하고 용기를 내어 말했다. 아케치 주베 미쓰히데라면 같은 미노의 벼슬아치 집안이고 자기의 친정집 아이이기도 하니 만나려고 생각하면 언제 어느 때든지 만날 수 있는 것이다.

"말하지 말아" 하고 도산은 말했다. 도산도 같은 이유로 그에 대해서 생각한 적이 있다. 미쓰히데라면 어릴 때부터 양자처럼 귀여워도 해 왔고 마음 가짐도 잘 알고 있었다. 재지(才智)도 뛰어나고 사위로서 앞으로 키워가는 보람도 있으리라.

"그러나" 하고, 도산은 며느리를 맞는 거나 사위를 맞는 것은 중대한 외교이며 국가 방위의 최대 사업이다. 부모로서 의리 없는 정을 뒤엉키게 해서는 안 된다고 말하고

"그대의 괴로움은 그대만의 것이 아니야. 나도 까딱하면 평생 사위의 얼굴을 못 볼지도 몰라"라고 말했다.

전국의 관습인 것이다. 항상 서로 임전 상태에 있는 장인과 사위가 한지붕 밑에서 대면한다는 일은 우선 생각할 수 없는 일이었다.

드디어 노히메의 가마가 미노 사기야마 성을 떠나는 날이 되었다. 태양이 아직 떠오르지 않은 아침, 전(殿) 안에는 빈틈없이 촛불이 밝혀지고 정원·통로·여러 문·성하의 길에는 대낮처럼 화톳불이 밝혀지고, 별하늘 아래에서 준비하는 자·행렬의 인원들·구경꾼 등 수천 명의 사람들이 왔다갔다하며 가마가 출발할 시각을 기다렸다.

도산은 큰방에 있었다. 옆에 오미 부인. 이윽고 노히메가 가가미노의 부축을 받으며 이별의 인사를 드리기 위해서 양친 앞에 나타났다. 그 아름다움! 아버지 도산조차 앗, 하고 소리를 삼킬 만한 자태였다. 그 위에 신음할 만큼

원통하기도 했다.

'이 딸을 멍청이에게 준단 말인가.'

도산은 자기도 모르게 하카마(袴 : 바지)를 잡았다. 노히메가 뜻밖에도 또렷또렷하게 인사의 말을 하기 시작했는데, 도산의 생각은 허공에서 떠돌아 그 말도 알아듣지 못할 정도였다.

"기초" 하고 자기도 모르게 외쳤다.

"이리로 오너라, 이리로."

어서, 어서 하고 손짓으로 불러, 미리 준비해 두었던 금실로 수놓은 비단 주머니에 싸인 것을 산보(三寶 : 상의 일종)에도 얹지 않고 갑자기 노히메의 무릎 위에 얹었다.

단도였다. 미노의 대장장이 세키 마고로쿠(關孫六)가 만든 것으로, 도산이 이날을 위해서 특별히 벼르게 한 것이었다. 관례인 것이다. 부친이 시집가는 딸에게 호신을 위한 단도를 주고 만일의 경우에는 이것으로 자해하여라는 의미가 서려 있다.

도산은 무슨 말인가 해야만 했다. 굳세게 살아라 해도 좋고, 혹은 남편을 위하여라 해도 좋으리라. 그런데 도산의 입에서 자기도 모르게 흘러나온 말은,

"오와리의 노부나가는 멍청이다" 라는 말이었다.

옛? 노히메는 눈을 둥그렇게 떴다. 도산은 고개를 끄덕였고 나지막한 소리로, 그러나 미소를 거두지 않고

"아마 너는 그가 싫어지겠지. 싫어지리라고 생각한다. 그때에는 사정없이 이것으로 노부나가를 찔러라"라고 말했다. 그러나 도산은 그 다음 순간, 노히메의 뜻밖의 대답에 부딪히지 않을 수가 없었다.

"이 단도는" 하고, 노히메는 무릎 위에서 집어 들어

"아버님을 찌를 칼이 될는지도 모릅니다."

영리한 딸이었다. 그렇게 말하자마자 화려하게 웃었고, 웃는 얼굴로 감정을 지워 버렸다. 도산은 낭패하여 이내 큰 소리로 웃고

"말 잘했다. 무엇보다 좋은 이별의 인사였어. 앗하하하! 그래야만 사이토 야마시로 뉴도 도산(齋藤山城入道道三)의 딸이지"라고 말했는데, 이 응수는 비참할 만큼 도산의 패배로 끝났다. 도산은 킬킬 목구멍으로 계속 웃었고, 웃는 얼굴 깊은 속에서

'노부나가 놈, 과분한 아내를 얻었구나'라고 생각하니 토하고 싶도록 화가 나기도 했고, 너털웃음을 터뜨리고 싶도록 기쁘기도 하고, 울어 버리고 싶도록 무정하기도 했다.

시각이 되었다. 오와리까지 가는 신부의 가마가 현관 앞 마루 위로 올려졌고, 노히메는 그 가마 속 사람이 되었다. 이윽고 가마는 성문 곁까지 나갔다. 성문 안쪽에는 오와리까지 함께 모시고 가는 행렬의 인원 3백 명이 도열해 있다. 짐만 해도 쉰 덩치는 되었다.

혼인 부교(奉行)인 홋타 도쿠가 예복 차림으로 말을 타고 선두에 섰고, 도산의 대리인으로서 미쓰히데의 숙부 아케치 미쓰야스(明智光安)가 약식 차림으로 금빛 무늬의 안장을 얹은 말을 타고, 자기 부하 쉰 명을 거느리고 행렬의 뒤꼬리에 섰다. 별하늘 아래서 수백의 횃불이 소리를 내며 타오르고 있다. 이윽고 그 불꽃 대열이 움직이기 시작했다. 천천히 움직인다. 열 발자국 가서는 멈추고, 스무 발자국 가서는 멈춘다. 시집가는 딸이 부모에 대한 생각 때문에 떠나기 괴로워한다는 일종의 양식이었다.

노히메의 가마 앞을 도산이 그녀의 평생 부하로서 붙여 준, 미노 야마가다 군 후쿠토미(山縣郡 福富)의 주민인 후쿠토미 헤이타로 사다이에(福富平太郎貞家)가 간다. 가마 뒤에는 노히메를 평생 모실 가가미노를 비롯하여 다섯 시녀가 따랐다. 도산과 오미 부인은 성문 곁에서 그 행렬을 배웅하는 것이다.

이윽고 행렬이 보이지 않게 되자 예법에 따라서 신부의 다행을 빌기 위해 문 오른쪽에 불을 피운다. 노히메는 떠나갔다. 문 앞의 불이 타오를 즈음에 도산은 묵묵히 성문 안으로 사라졌다.

길가 마을에는 이미 매화가 피고 있었다. 행렬은 오와리의 나고야 성까지 40킬로의 먼 길을 가지 않으면 안 되었다. 기소 강 국경까지 왔을 때, 강 너머 오다가의 영접인원 3백 명이 가로인 히라테 마사히데의 지휘를 받으며 기다리고 있었다. 가마가 배로 강을 건너 건너편 오와리 영지에 닿으면, 그 오와리의 무리들이 미노의 무리들을 대신하여 가마를 메는 것이다.

자연 행렬은 양가를 합쳐 6백 명이 되었고, 그들이 화톳불이 함빡 타오르고 있는 성하에 닿은 것은 이미 해가 진 다음이었다. 노히메는 성 안으로 들어갔다. 그녀를 위해 새로 지은 어전 안에서 옷을 갈아입었다. 하얀 고소데

(小袖)에 겉옷은 사이와이비시(幸菱 : 모과 모양을 능형 속에 넣은 무늬의 일본 옷), 그 위에다 또 우치가케(內掛 : 자락이 긴 두루마기 같은 곳)를 입고 나서니 가가미노조차 넋을 잃고 볼 만한 아름다움이었다.

곧, 결혼식이 거행되었다. 그 자리에서 노히메는 비로소 자기가 평생 함께 모시고 지내야 할 오다 노부나가라는 젊은이를 보았다.

노히메 열다섯 살.

노부나가 열여섯 살.

이 젊은이는 온통 흰 빛깔의 의상을 입고, 머리를 반드르르 묶어 올리고 콧대가 반듯하여, 어느 모로 보더라도 그림으로 그린 듯한 젊은 공자님이었다.

'어머, 이분은 소문대로의 산스케 님이 아니야.'

노히메는 우선 이 일에 안도했다. 노히메와 그의 성장(盛裝)이 몹시 진기한 듯이 힐끔 보는 것이었다. 그 점은 이상하다고 노히메도 언뜻 생각했으나, 일이 일인지라 상기해 있었기 때문에 그다지 마음에 걸리지는 않았다. 잔을 나누는 것이 끝나고, 그 뒤 오다 가의 노녀에게 안내되어 사당으로 가서 오다가 대대의 선조들에게 인사를 올리고, 다시 오늘부터 부모가 될 노부히데와 그의 정실 도타 부인(土田夫人)에게도 인사를 올렸다.

그러나, 혼례는 그것만으로는 다 끝나지 않았다. 사흘 동안이나 계속되는 것이다. 그 동안 노부나가는 어디로 가는지 가끔 자리를 떴는데 노히메는 거의 변소에조차 가지 못하고 가만히 앉아, 사흘 만에 흰 옷에서 색 있는 의상으로 갈아입는 소위 '색 고치기'를 한 뒤 오다가 시녀들의 인사를 받고, 그것이 끝나자 겨우 노히메는 의식상의 신부에서 해방되었다.

밤이 되었다. 사흘째인 오늘에 비로소 침실에서 신랑과 함께 첫날밤을 보내는 것이다. 노히메는 침소로 안내되어, 그곳에서 신랑에게 인사를 드리기 위해 노부나가를 기다렸다. 노히메는 사흘에 걸친 혼례식으로 이미 사고력도 없어질 만큼 지쳐 있었다.

'생각했던 것만큼 무섭지는 않다.'

머릿속에서 이렇게 생각하게 된 것은 피로한 덕도 있었으리라. 단지 이상하게 여겨진 것은, 이 사흘 동안 노부나가의 모습이 거의 보이지 않았던 일이다.

'틀림없이 거북한 것이 싫으셔서 그럴 거야.'

노히메는 나른한 몸으로 멍청하게 이렇게 상상했다.

노히메의 상상은 맞았다. 어제까지 산스케라고 호칭하며 거리를 성큼성큼 걸어 다니던 자기가, 갑자기 거리에서 납치당해 와 태어나서 한 번도 경험한 일이 없는 거북스럽기 짝이 없는 자리에 끌려가 앉혀졌을 때, 노부나가는 간담이 내려앉을 정도로 놀랐다.

'이거, 못 견디겠는데'라고 생각하고 몇 번이고 탈주했고, 탈주했다간 복도·정원·문 앞·하인 방 등에서 사부격인 히라테 마사히데에게 잡혔다. 다섯 번째로 붙잡혔을 때엔 화가 나서

"할아범, 할아범은 몇 사람이 되지?" 하고 자기도 모르게 외쳤다. 정말 성 안 어느 곳으로 도망쳐도 마사히데 노인은 어디선가 나타나서 노부나가를 잡았다.

"공자, 이제 어지간히 해 두십시오."

마사히데는 말했다. 그때까지도 마사히데는 "오늘은 공자님의 중대한 날이오"라든가, "그러한 거동을 하시면 이웃 나라의 배종들에게 얕보입니다"라는 등 훈계를 해 왔다. 그 다섯 번째로 잡았을 때는 꼭 사흘째되던 색 고치는 날이었는데, 마사히데도 그제서는 눈물을 머금고

"공자, 생각해 보시오. 나이 어린 공주가 부모님 성을 떠나 백 리 길을 걸어, 아는 사람조차 없는 오와리 성에 와 계시오. 의지할 사람이라곤 공자 한 사람뿐이오. 가련하지도 귀엽지도 않으시오?" 하며, 소매를 잡고 엉덩이를 때릴 것만 같은 기세였다. 이 말에는 노부나가도

"허어" 하고 깊이 느끼는 듯한 표정을 지었다. 자기 한 사람만을 의지하고 왔다니 불쌍하지도 않느냐고 생각한 것이리라.

'그러나, 그 여잔 너무 아름다워)라는 기묘한 반감도 있었다. 어쩔 줄 모르거나 부끄러운 것이 아니다. 아름다운 나비라도 보면 잡아서 학대를 하고 싶은 어린 티가 아직도 노부나가에게는 남아 있다.

"할아범, 나는 돌팔매질이나 잠수질하는 무리들만 상대해 왔어. 계집 따위는 상대를 한 일이 없어."

그러니까 난처하다는 표정을 지었으나 마사히데 노인은 다른 의미로 잘못 알고

"알고 있소. 그러니까 저번에 그림책과 그 외의 여러 것을 보여 드려, 공자님이 말씀하시는 계집애를 상대하는 법을 가르쳐 드리지 않았습니까?

그대로 하십시오."

"할아범, 할아범은 색한이로군."

"옛?"

마사히데는 낭패하며, 이 얼마나 멍청이인가 싶어 한숨을 쉬며

"아무 말씀도 드리지 않겠습니다. 그림책대로 하십시오" 했다.

그로부터 한 각 가량 지난 뒤다. 노히메가 침소에서 등잔걸이를 향해 하릴없이 혼자서 주사위를 굴리고 있노라니 복도를 달려오는 발자국 소리가 들렸고, 갑자기 미닫이문이 다르르 열리더니

"나는 노부나가다" 하며 새빨갛게 상기한 표정을 지은 정체 모를 젊은이가 뛰어 들어왔다. 노히메는 당황히 자세를 고쳐 앉아 주사위를 옆으로 비켜 놓으며

"기초예요. 무례한 사람이지만 앞으로 잘 이끌어 주세요" 하고 손가락을 짚고 인사를 올렸다.

"흠, 노부나가다. 알아 두어라."

"저, 벌써 사흘 전부터 알고 있어요" 하고, 노히메는 내심 우스웠다. 그러나 노부나가는 우뚝 선 채였다.

'난처하군.'

노히메는 생각했다. 앉지 않으면 가르쳐 준 대로의 신방 의식을 치룰 수가 없는 것이다. 이리 되니 노히메 쪽이 배짱이 생겨 버렸다.

"앉으세요"라고 말했다. 그러자 노부나가는 의외로 온순하게

"이렇게 말인가" 하고 앉았다. 앉자마자 "오노야"라고 말했다. 노부나가는 기초라는 이름을 부르지 않고 어쩐 까닭인지 통칭인 노히메의 노(濃)을 따서 오노라고 불렀다. 이것이 노부나가가 오노를 부른 최초였다.

"오노. 거기 누워라" 하자마자 훌렁훌렁 옷을 벗어던지고 벌거숭이가 되었다. 노히메는 망연해졌다. 그러나 이때 노부나가의 다음 말이 날아왔다. 남이 어물거리는 것이 이만저만 싫지 않은 성질인 모양이다.

"누워라" 하고 명령하고, 다시 가르쳐 주겠다, 나는 알고 있다, 고 말했다. 알고 있다는 것은 히라테 마사히데가 말한 예의 그림책의 일이리라.

살모사의 딸

누우라고 하니까 노히메는 할 수 없이 침구 속으로 들어갔다. 아닌 게 아

니라 몸 안이 떨리고 있다.

"저어, 오노야"

노부나가는 훈도시 하나뿐인 알몸뚱이로 무엇인가 묘한 대나무 통을 꺼냈다.

넉 자 가량은 되리라.

"이것이 무엇인지 알고 있느냐?"

"모릅니다."

"웃기는 그림이지."

노부나가는 웃지도 않고 말했다. 그 시대 무사들 사이에서 유행한, 길조를 비는 물건인 것이다. 춘화(春畵)를 대나무 통에 넣어, 그것을 짊어지고 싸움터에 나가면 서툰 상처는 입지 않는다고 믿어지고 있었다. 대나무 통에는 등에 멜 수 있도록 낡은 가죽 끈이 붙어 있었다. 노부나가는 필경 성 안의 광이나 어디에서 발견해 가지고 온 것이리라.

'아아, 그것이로구나.'

노히메도 성 안에서 자란 아가씨. 그러한 것이 세상에 존재한다는 것 정도는 알고 있다.

"어떠냐?"

노부나가는 짜르르 폈다. 비단폭에 극채색(極彩色)의 남녀가 그려져 있다.

"오노, 이대로 하는 거야."

노부나가는 그림을 늘어뜨려 노히메에게 보이고 자기도 좀 심각한 표정으로 그것을 들여다보았다.

노히메는 어쩔 수 없이 얼굴만은 돌렸으나 눈은

보지 않으리라고 감고 있었다.

"보아라."

"싫어요."

후에 이날 밤의 노부나가를 생각해 낼 때마다 견딜 수 없을 만큼 우스워졌지만, 노히메가 보기에 요컨대 노부나가라는 사나이의 색다른 성격이 이런 곳에도 나타나 있는 것이었다. 무슨 일이든지 자기가 연구하고, 자기가 생각하고, 자기 나름의 방법으로 행동하지 않으면 마음이 내키지 않는다는, 말하자면 이 사나이의 색다른 면이 첫날밤의 행동에도 나타나 있었다. 그러나 이

날 밤의 노히메가 그런 점까지 노부나가를 알고 있는 것은 아니었다.

'미친 사람인가?' 정말 무서워졌다. 하는 짓도 기괴하고, 표정도 개구리처럼 진지하기 짝이 없었다. 개구리는 웃지 않는다. 그리고 보면 노히메는 요 사흘 동안 이 젊은이의 웃는 얼굴을 본 일이 없었다. 그 위에 하는 일마다 정감이 없는 것이다. 뭐라고 해도, 이러한 일은 남녀의 일이니까 자연스러운 정감이 우러나도 좋을 만한데, 노부나가는 오른손에 흔들흔들 웃기는 그림을 늘어뜨리고

"이대로 하겠어" 하고 선언했을 뿐이다.

노히메는 아버지 도산이나 어머니 오미 부인의 취미 때문에 일찍부터 시가를 배워, '고금(古今)'·'신고금(新古今)'에 수록되어 있는 명가는 거의 암송하고 있었고, 스스로도 가가미노와 함께 가공의 연인을 상정하여 연가 따위를 많이 지었다.

'그것과는 무척 다르구나.'

노히메는 머리 한 구석으로 생각했다. 그러나 의식의 대부분은 하얗게 흐려져 있고, 몸만이 견딜 수 없을 정도로 달아올랐다. 그런데 노부나가로 말하면 그것은 친절을 베푸는 심산이었다.

나는 히라테 할아범에게 배워 알고 있다는 자신도 있었고, 침착하기도 했다.

단지 사전에 우스운 그림을 보여 주면 노히메도 아아, 그대로 하는 것인가 하고 마음도 가라앉혀 하기 쉽게 되리라고 상대 본위로 생각하고 그런 것이다. 이 사나이 나름의 애정이었다.

이윽고 노부나가는 침구를 들치고 노히메 옆으로 들어갔다.

"내 목줄기를 안으라구" 하고 엄하게 명령했는데, 노히메는 고개를 젓고서 부끄러워요 하고 말했다.

그러나 오노, 하고 노부나가는 말했다.

"우스운 그림에선 그렇게 돼 있어."

"싫어, 싫어."

"그댄, 미노를 떠날 때 아무 것도 배우지 않았나?"

"아아뇨."

"어떤 것을 가르치던가?"

"무슨 일이든지 신랑이 시키는 대로 해라, 그것만이었어요."

"그것 봐."

노부나가는 점점 불쾌해졌다. 자기가 시키는 대로 남이 하지 않으면 매사에 짜증이 나는 것이다. "해라" 하고 명령했다. 노히메는 할 수 없이 흰 팔을 내밀어 노부나가의 목에 감고

"이렇게 말인가요?" 하고 서글픈 듯이 말했다. 노부나가는 음, 하고 득의만만하게 끄덕이고 그러면 나는 이렇게 한다, 이렇게 안지, 하면서 오른손을 뻗쳐 노히메의 가느다란 허리로 가져갔으므로, 노히메는 앗, 하고 몸을 구부렸다.

"왜 그래?"

노부나가는 손길을 멈추었다.

"간지러워요."

"참아."

노부나가는 사정없이 일을 진행시켜가다가 이윽고 눈썹을 찌푸리고, 눈을 감고, 상도 찌푸렸다. 노히메도 찌푸린 상을 짓고 있다. 서로 까닭도 모르는 동안에 히라테 마사히데가 가르친 모든 것이 끝난 것 같았다. 그 뒤 노부나가는 이불 속에서 엉금엉금 기어나와서는 방구석에 있던 가죽 주머니를 가지고 와서 다시 한 번 이불 속으로 들어왔다.

엎드려서 가죽 주머니를 열고 안에서 곶감을 두 개 꺼내

"오노, 먹어" 하며 하나를 주었다.

아마 소문으로 들은, 노부나가는 허리에 가죽 주머니를 차고 있다는 말의 실체는 이것 같았다.

'편리하군.'

노히메는 우스워졌다.

"가죽 주머니는 몇 개 차고 다니시나요?"

"두 개나 세 개지."

"주머니마다 곶감을 넣으시나요?"

"말똥을 넣을 때도 있지."

"옛?"

이 주머니도 전에는 말똥을 넣었던 것일까 하고 노히메는 놀랐는데, 노부나가가 "아니야, 새 주머니야"라고 말했다.

들으니 이 곶감은 노히메에게 주기 위해서 며칠 전, 성하의 농가에 잠입하

여 훔쳐 둔 것이라고 한다.

"고맙습니다."

"감사는 하지 않아도 좋아."

곶감을 뜯어 맛있게 먹는 모습은 아무래도 열여섯 짜리로 밖에는 보이지 않았다.

"오노,"

"기초라고 불러 주세요."

"아무래도 좋아. 미노에서 왔기 때문에 오노다."

'이상한 사람.'

화가 났다. 그런 눈길로 노부나가를 바라볼 만한 여유가 노히메에게는 생기기 시작한 것이다.

"그대의 아버지는 살모사인 모양이더군?"

"......"

"미노에서는 어떤지 모르지만 오와리에서는 온통 그 소문이야. 비천한 자들도 살모사, 살모사 하고 부르고 있어. 역시 그런가? 얼룩빼기 살모사 같은 얼굴이냐 말이야."

"아녜요."

노히메는 싫은 표정을 지었다.

"아버님은 난무(亂舞) 따위를 추실 때는 키도 크고 용모도 온 무대에서 빛나 굉장한 얼굴이라고 사람들은 말해요. 나도 그렇게 생각해요."

"그렇군."

노부나가는 살모사 얼굴을 가진 괴물을 공상하고 있었던 만큼 적잖이 낙담했다.

"예사 얼굴인가?"

"예, 보통 이상으로 생각합니다만."

"그러나 강하겠지?"

"글쎄요."

노히메는 아버지 소문이 오와리에서는 좋지 않다는 것을 알고 있기 때문에 이런 화제를 될 수 있는 대로 피하고 싶었다.

"나의 아버님은 강하시다. 오와리 나라 반을 평정하고 이웃 나라인 미카와 (三河)·안조(安祥)까지도 뺏으셨어. 슨푸(駿府)의 이마가와 요시모토(今

川義元)가 슨(駿)·엔(遠)·산(參), 3국의 대군을 모아 공격해 왔으나 아버지에게 쉽사리 격퇴 당했거든. 도카이 제1의 궁수(弓手)야."
"그러시겠죠."
"그런데,"
노부나가는 입 안의 곶감을 삼키고
"그대의 아버님이 강하셔. 우리 아버님이 몇 번 도전했어도 그때마다 당하셨어. 강하셔, 일본 제1이라고 할 수 있겠지."
"그러실라구요."
"나는 사실을 말하고 있어."
노부나가는 뜨거운 눈길을 노히메에게로 돌렸다.
"나는 강한 인간을 좋아해. 그대의 아버님을 나는 좋아했어. 미노의 살모사란 얼마나 멋진 놈일까 생각했어."
"아버님이 기뻐하시겠네요." 하고 노히메는 말했으나, 어서 그 화제를 돌리고 싶었다. 그러나 노부나가는 그 길쭉한 눈을 반짝반짝 빛내면서 얘기에 열을 올리기 시작했다.
"그런데 오노, 말해 두겠는데 살모사보다 내가 강하다."
"그야 물론……" 하고 말끝을 흐리면서 어찌 이리도 철부질까 싶어 노히메는 우울해졌다. 노히메는 하나 아래지만 아버지의 소양을 받아 연가(戀歌) 하나둘은 이제 당장이라도 읊을 수 있다. 그러나 노부나가는 이 달콤해야 할 첫날밤에 싸움의 강약밖에는 화제가 없었다.
"오노."
노부나가는 얼굴을 돌렸다. 뜻밖일 만큼 맑은 눈을 가지고 있다.
"예?"
오노는 미소하고
"싸움에 대한 일이라면, 오노는 계집이라 모릅니다만……."
"거짓말 말아. 살모사의 딸인 주제에."
"그러나" 하고 말끝을 흐리자, 노부나가는 홰홰 머리를 젓고 "아니야" 하고 말했다.
"싸움에 대한 얘기가 아니야. 나라는 사나이에 대해서다. 나는 바보로 여겨지고 있어."
"……"

화촉 565

"오다가의 사람들에게도, 아니 성하의 서민들까지가 나를 멍청이님이라고 말하고 있어. 이 소문 들었어?"
"아뇨."
노히메는 무서워져서 고개를 저었다.
"거짓말 말아. 미노에서도 대단한 소문이라고 해. 미노의 살모사 딸이 오와리의 멍청이님에게로 시집갔다. 좋은 내외가 될 거라고 사람들은 얘기하고 있어."
"……"
"내가 바본가 아닌가는 나도 몰라. 단지 내가 좋다고 생각하고 하는 일이 세상의 관습으로는 나쁜 것이 되는 모양이야. 주머니만 하더라도 그래."
과연 허리에 주머니를 차고 있으면 언제든지 먹고 싶을 때 감을 먹을 수가 있고, 돌을 던질 수도 있다. 편리하다. 편리하기 때문에 그러는 것인데, 세상에서는 그러한 편리가 바보로 보이는 것이었다.
"내가 바보인지 세상이 바보인지 이것은 논쟁을 벌이더라도 아무 것도 되지 않아. 내 방법으로 천하를 뒤집어엎어 보이고 나서, 자, 어느 쪽이 바보냐고 말하지 않으면 아무도 몰라."
"어서, 천하를."
"내 눈으로 볼 때에는 천하는 바보로 이루어져 있어. 매사냥 하나만 하더라도 그렇지 않나? 옛날부터 매사냥의 방법으로는 하루 종일 야산을 달려 보았자 산비둘기나 들오리를 두세 마리 잡을 수 있을 뿐이지만, 내가 하는 방법으로 하면 서른 마리도 마흔 마리도 잡을 수 있어. 그러나 세상은 내가 매사냥하는 모습을 보고 저 봐, 멍청이님이라니까 하지. 그런 무리들의 천하야. 뒤집어엎으려고 생각하면 못 뒤집어엎을 것도 없겠지."
"……"
"내가 그대에게 말하고 싶은 것은, 뭐 멍청이라도 상관없어. 그러나 그대만은 정말로 그렇게 생각하면 난처해."
"……"
노히메는 소리 죽여 웃고 있다.
"난처해"라는 노부나가의 말투가 그야말로 난처한 표정으로 차 있었기 때문이다.
"알겠어요."

"또 하나 있어."
"어떤 것?"
노히메는 이 소년을 위해서 미소를 지어 주었다. 그러나 소년은 엄청난 말을 했다.
"나를 죽이려는 놈이 있어."
"거짓말!"
노히메는 하마터면 외칠 뻔했다.
"아니, 그런 느낌이 들 뿐이야. 단지 나는 바보로 여겨지고 있으며 또한 싫어들 해. 나도 그런 것쯤은 알아."
"어머?"
"별로 남이 좋아하길 바라지는 않아. 나는 영주의 아들이야. 좋아하지 않더라도 영주가 될 수 있어. 그러나 죽이려는 놈이 있어서는 난처해."
"거짓말이겠죠?"
"그럴지도 몰라. 그러나 오노, 그대는 그런 무리에 끼지 마."
"당연하신 말씀!"
노히메는 이 노부나가의 말을 듣고 있노라니 머리가 돌아 버릴 것만 같았다. 결혼식을 끝낸 신방 잠자리에서 살인자의 무리 속에 끼지 말라고 다짐을 두는 신랑이 어느 나라에 있을 것인가.
"그런데 어느 분이 싫어하고 계시나요?"
"우선 어머니야" 하고 노부나가는 말했다.
노히메는 이미 놀라는데 익숙해져 버려
"그래요, 어머님이——" 하고 무심코 고개를 끄덕였고, 끄덕이고 나서 그 이상한 일에 아연해졌다. 친어머니가 자기 자식을 싫어하거나 죽이거나 하는 일이 세상에 있을 수 있을까? 어머니는, 정실인 도타 부인이다. 노히메는 인사를 올려 얼굴을 알고 있다. 노부나가처럼 갸름한 미인인데 어딘가 부서지기 쉬운, 감정이 격해오면 스스로 억제할 수 없을 것 같은 어떤 격렬함을 가진 얼굴이었다.
"간주로 노부유키(勘十郎信行)라는 동생이 있어."
노히메는 혼례 이틀째에 인사를 받아 알고 있다. 잘생기고, 행실이 좋고, 그야말로 영리해 보이는 소년인데, 좀 약삭빠른 듯한 냄새가 풍겨 노히메는 그다지 좋지 않았다. 무릇 노부나가와는 전연 닮은 구석이 없는 동생이었다.

"간주로는 호평을 받고 있어"라고 노부나가는 말했다. 노히메는 그 호평이 어느 정도인가는 뒷날에 들었지만, 집안에서도 성하에서도 대단한 것이어서 모부인(母夫人) 등은 간주로를 정신없이 사랑하고 있었다. 그 위에 간주로를 맡은 후견인인 시바타 가쓰이에(柴田勝家)나 사쿠마 모리시게(佐久間盛重)가

"간주로 님은 앞으로 형님을 도와 훌륭한 대장이 되어 오다가를 더욱 번창하게 일으킬 것입니다"라고 진심으로, 즉 그들은 거칠고 딱딱할 만큼 소박한 사나이들이므로 아첨이 아니라 진정 그렇게 믿고 모부인에게 말씀드리고 있는 것이다. 동생의 평판이 너무 좋다는 것은 결코 바람직한 현상이 아니다.

──그럼 아주 가독(家督)은 간주로 님에게

라는 마음이 사람들에게 싹트지 말라는 법도 없기 때문이다.

당장 도타 부인은 언제나

"형과 동생이 서로 바뀌 태어났더라면 좋았을 것을……" 하고 노부히데에게 말하고 있는 것이다. 그럴 때마다 노부히데는,

"어리석은 말 하는 것이 아니야. 남의 앞길을 어찌 알까" 하고 노부나가를 두둔해 왔다.

"지금 성 안에서" 하고 노부나가는 말했다.

"나를 나로 봐주는 것은 아버님뿐이야. 히라테 할아범도 어쩐지 몰라."

"오노는?" 하고 노히메는 다급히 물었다. "오노도, 그래요."

"그러니까 말하는 거야. 나를 싫어하는 무리 속에 끼지 말라고."

그로부터 2년.

노히메에겐, 눈 깜짝할 사이에 지난 듯이 여겨진다. 두 사람은 몸도 마음도 미숙한 채로 그저 소꿉동무처럼 보냈다. 급변이 일어났다.

1551년 3월 3일 아버지 노부히데가 요즈음 축조한 스에모리 성(末森城)에서 급사를 한 것이다. 마흔 두 살이었다. 돈사(頓死)라고 해도 좋다. 그 전날 저녁 때, 성하의 네코가호라(猫ヶ洞)라는 연못 둘레를 달려 말을 시달리게 한 뒤, 밤엔 언제나처럼 큰 소리로 웃고 떠들면서 폭주를 마시고 침실로 돌아가 요즈음 새로 손을 댄 여자에게 허리를 주무르게 하며

"따끔하고 골이 쑤시는데" 하더니 이윽고 깊은 잠에 빠졌다. 새벽녘에 변

소로 갔는데 사람들이 발견했을 때는 싸늘하게 식어 있었다. 그것을 전하는 급사가 노부나가의 나고야 성으로 달려 들어온 것은 아침 해가 높이 떠오른 다음이었다.

노부나가는 잠자코 있었다. 종일 아무 말도 하지 않고, 노히메가 애도를 해도 고개조차 끄덕거리지 않았다. 날이 지나도 아버지의 죽음에 대해서 얘기하려고도 하지 않았다.

그로부터 여드레 뒤.

미노에서 노히메에게 급사가 와서 이번에는 노히메의 친어머니 오미 부인이 죽었다는 것을 전했다. 부인은 서른아홉 살, 사인(死因)은 결핵이다.

이때만은 노부나가도

"오노, 슬퍼?" 하고 한 마디, 그것도 왠지 미운 듯한 표정으로 말했다. 오노도 그러는 데는 화가 나지 않을 수 없었다. 부모의 죽음이 슬프지 않을 까닭이 없지 않은가.

야앗!

아버지의 장례식 전날, 가로인 히라테 마사히데가 노부나가를 잡고

"아시겠지요?"라고 말했다.

"내일입니다. 다시 어슬렁어슬렁 어디론가 사라져 버리시면 할아범은 이번에야말로 배를 가르지 않으면 안 됩니다."

"알고 있어" 하면 될 텐데, 노부나가는 문득 붉은 개가 옆을 지나가는 것을 보고 있었다.

히라테 마사히데는 그래도 걱정이었던 듯, 뒤에 노히메를 모시는 시녀 가가미노를 불러

"알겠느냐, 부인님께 아뢰어 두어라. 내일 일을 신신당부합니다, 라고."

노히메는 밤에 노부나가에게

"우스운 일입니다" 하고 진심으로 우스운 듯 웃었다.

"무엇이 말인가?"

"모두들 당신을 오리 새끼나 무엇처럼 물 속으로 잠수질을 하지나 않을까, 날아오르지나 않을까 걱정하고 있는 모양이예요."

"바보 같은 놈들이로군."

노부나가는 웃지도 않고 말했다.

"세상은 바보들로 꽉 차 있어."

"어머!"

"성 안을 몇 백 명의 인간이 뛰어 돌아다니면서 장의 준비만 하고 있어. 승려를 3백 명이나 부르는 모양인데 승려를 몇 백 몇 천 명 부르고 공양을 산더미처럼 쌓아도 아버님의 생명은 되살아나시지 않아. 안 그런가 오노?"

"그래요."

오노는 고개를 끄덕거렸는데, 노부나가가 오해하고 있는 모양이라고 생각했다. 장의는 사자(死者)를 애도하는 것이지 되살리는 비술이 아니지 않는가.

"예부터 몇 억의 사람이 죽었지만, 아무리 장례식을 치루어도 한 사람도 되살아난 사람은 없었어."

"하지만 장의가 소생술은 아니예요."

"알고 있어!"

노부나가는 큰 소리를 질렀다.

"그러니까 헛일이라는 거야. 아무런 도움이 되지도 않는 일에 열중하여, 절로 달려가고 중을 부르고 경을 올리게 하여 주르르 눈물을 흘린단 말이야. 세상 사람들처럼 바보는 없어."

과연 올바른 이론이다. 노히메는 달래듯이

"그것은 압니다만 그러나 주군은 상주(喪主)예요."

"나는 상주가 될 마음 같은 건 없어."

"그처럼 떼를 쓰지 마세요. 세상의 관례를 따르지 않으면 불효자식이라고 남들이 흉을 보아요."

노부나가는 입을 다물었다. 침묵하면 갑자기 싸늘한 얼굴이 된다. 노히메 따위 그곳에 있는가 라는 듯한 표정이 되는 것이다. 이 젊은이는 본래 말이 짧다. 아니, 좌담이라는 것을 할 수가 없다. 거의 종일 말을 하지 않았고, 자기의 마음을 표현할 때에는 말이 아니라 갑자기 행동으로 했다.

'아무래도 그런 사람 같다.'

노히메도 그렇게 보고 있었다.

그러나 그녀도 노부나가의 가슴 속 깊이 소용돌이치고 있는 주체할 수 없는 분노·원망·슬픔 등이 어떠한 성질의 것인가 전혀 알 수 없었다. 우선 마흔두 살의 젊음으로 죽어버린 아버지를 이 사나이는 몹시 미워하고 있었다.
'바보 같은 아버지!' 하고 외치고 싶은 기분이었다. 노부나가는 자기 나름대로 자기를 단련시키고 교육시켜 왔다. 물 속에서 잠수질 하는 것도, 돌팔매질도, 군사들에게 봉술 시합을 시키는 것도 모두 장래 천하를 잡을 자기를 그러한 방법으로 만들어가고 있다는 그런 마음에서였다. 그런데 아직 갓 열여덟 살이다. 스스로도 미숙하여 한 몫이 되지 않았다고 생각하고 있는데 아버지는 갑자기 죽음으로써, 자기에게 오다 군단(織田軍團)의 지휘자가 되기를 강요한 것이다.
'아버진 제멋대로야.'
저주하고 싶었다. 본래 이 사나이는 자기가 생각하고 있는 구상대로 일이 돼 돌아가지 않으면 미칠 듯이 화가 나는 성벽이 있었다. 화가 나는 다른 하나의 이유는 일족·일문, 그리고 온 집안 사람들이 모조리 그의 기량에 절망하고 있는 가운데 아버지 노부히데만이
'험담 같은 것은 마음에 두지 마라. 너의 일은 나만이 알고 있다'는 듯한 눈초리로 항상 지켜보아 주고 있었다.
노부나가는 어릴 때부터 그것을 예민하게 냄새 맡고 있었고, '나의 일은 아버지밖에는 모른다'고 생각하고 있었다. 거꾸로 말하면 아버지가 이해해 주고 있다고 생각했기 때문에 안심하고 기괴한 행동이나 복장으로 날을 보낼 수 있었다고 할 수 있다. 말하자면 노부나가는 노부히데에 의해서만 비로소 고독하지 않았던 것이다. 그 단 하나의 이해자를 잃었다는 것은 소리를 내서 통곡하고 싶을 만큼의 충격이었다.
'그것도 모르고 어리석은 일문의 자들이나 노신들은 장례식에만 정신을 뺏기고 있단 말이야.'
그러니까 장례식이 못마땅하다는 논법인 것이다. 즉 만쇼 사(萬松寺)의 장의식이라는 것은 자기를 이해하지 못하는 자들의 제전(祭典) 같은 것이었다. 장의식이 성대하면 할수록 노부나가에게는 '무리'들이 자기와는 인연이 없는 장소에서 공연히 떠들썩거리고 있는 것으로 밖에는 보이지 않는 것이었다.
"하지만, 성주님이라는 건 별로 어려운 일을 하는 것도 아니고 단지 그 자리에 앉아 있기만 하면 되는 것 아닌가요? 단지 향만은 피워 올려야 하겠지만요."

"오노는 잘 알고 있군."

"식의 절차를, 가가미노를 시켜서 나카쓰카사(中務 : 政秀)에게 물어 보았어요."

"어린 주제에 쓸데없는 짓을 하는 여자로군."

"그러나 걱정이 되는 걸요."

"하겠어."

안심하라는 듯한 표정으로 노부나가는 고개를 끄덕이고 "향만 피우면 되는 것이라면 간단한 일이야"라고 말했다.

장례식 날이 왔다. 성대했다. 절 밖에는 하급 무사들과 그 가족들, 성하의 상인들, 영내의 큰 부농, 그 위에 서민 수천 명이 모여 길가에 웅크리고 있었다. 경내에는 솔밭에 흑백의 장막을 가로세로 둘러치고, 주사 신분 이상의 자들이 저곳에 한 무리, 이곳에 한 무리씩 모여 있고, 또 수도승들이 활시위를 울리면서 마물의 침입을 막고 있는 본당에는 이미 3백의 중이 자리에 앉아 있었다.

이윽고 오다가 일문이 닿았다. 차례차례 산문으로 들어간다. 노부나가의 동생 간주로가 접은 곳이 우뚝 솟은 무사의 예복에 하카마 차림으로 말 등에서 흔들거리며, 살진 턱을 약간 숙이듯 하고 나타났다. 그 앞뒤로 간주로의 후견인인 시바타 가쓰이에·사쿠마 모리시게·사쿠마 지에몬(佐久間次右衞門) 등이 따라간다.

길가의 백성들은

"간주로 님이야!" 하고 서로 옷소매를 잡아끌며 속삭였다. 미남이고 영리하고 착하다는 점 때문에 스에모리 성주 오다 간주로 노부유키(織田勘十郎信行)는 집안에서뿐만 아니라 영내의 남녀들에게까지 인기가 있었고

──세상은 뜻대로 안 되는 거로군, 저 분이 총령이시라면 오다가도 태안할 것을

하고 말하는 자들이 많았다.

그 위에 어머니 도타 부인을 그대로 닮은 눈매로 눈시울이 두텁게 쌍꺼풀졌고, 속눈썹이 길고 눈동자가 새까맣고, 미소를 띠면 남자들조차 감탄할 정도의 염기(艶氣)가 있었기 때문에 집안 여자들의 야단법석도 이만저만이 아니었다. 그 눈을 내려깔고 있다. 그것을 쳐다보자 길가 여자들은 가슴이 뭉

클해져서

　――간주로 님이 슬퍼하셔

덩달아 울음을 터뜨리는 자도 있었다.

그 뒤가 상주다. 노부나가였다. 앞뒤에서 따르는 가로는 하야시 사도노카미 미치가쓰(林佐渡守通勝)・히라테 마사히데(平手政秀)・아오야마 요자에몬(靑山與三右衞門) 등인데 모두들 도보로 조용히 나아가고 있다.

노부나가는 말(馬)이다. 길가의 사람들은 그 모양을 우러러보고 앗, 하고 숨을 들이마셨다. 바지도 입고 있지 않았다. 자락이 짧은 고소데를 입고, 허리에도 어찌된 노릇인지 부정을 막기 위해 치는 금줄을 칭칭 감고, 거기에다 대도(大刀)・소도(小刀)를 끼어 차고 머리를 묶어 하늘로 뾰죽 솟구치게 한 채 뚜벅뚜벅 말을 몰며 간다.

"오오, 소문대로군!"

길가는 웅성거렸다.

　――역시 멍청이님이셔.

　――저래선 나라를 지키지 못하리라

라고들 속삭였다.

노부나가는 산문(山門) 가에서 훌쩍 말에서 뛰어내렸다. 그 뒤 본당까지의 긴 돌길을 한 발자국 한 발자국 꼭꼭 밟듯 하는 걸음걸이로 걸어갔다.

본당에서는 이미 주악・독경이 시작되고 있었다.

"주군, 이리로" 하고 마사히데가 나지막한 소리로 당(堂) 안으로 인도하려고 하자, 노부나가는

"향로는 어디 있나?" 하고 물었다.

"저기 있습니다."

"그런가."

고개를 끄덕이고 뚜벅뚜벅 그 큰 향로 앞으로 걸어가, 말리는 마사히데를 밀치고 붓순나무의 가루향을 듬뿍 움켜쥐고서는 그 손을 쳐들고 눈을 형형하게 뜨고, 그대로 한참 동안 정면을 노려보고 있는가 했더니 "야앗!" 하고 그 가루향을 내던졌다.

일순 독경 소리가 멈추면서 주악이 어지러워졌고, 중신들은 당황했다.

그러나 노부나가는 안색조차 바꾸지 않고 빙글 등을 돌려 방금 온 길을 되돌아가기 시작했다.

"주군!"

히라테 마사히데가 소매를 잡으려고 하자 노부나가는 뿌리치고

"할아범, 보았나?"

외침 소리 한 마디를 남기고 떠나, 산문 곁에서 말에 올라타자 찰싹, 하고 한 채찍 때렸다.

길을 질풍처럼 달려 이윽고 들로 나가 숲을 가로질렀다. 그 뒤를 근시들이 몇 기 황급히 뒤쫓으려고 했으나 끝내 뒤쫓지 못하고, 해가 지기 전까지 열심히 찾아 헤맸다. 겨우 발견한 것은 성 밖에서 북동쪽으로 40리 떨어진 곳에 있는 상수리나무 숲 속이었다.

노부나가는 나무 사이 풀 위에 벌렁 자빠져 있었다.

"주군!" 하고 불러도 이 열여덟 살 젊은이는 하늘을 쏘아본 채였다.

이 날 장례에는 노히메의 친정인 미노 영주 사이토 도산 쪽에서도 중신인 홋타 도쿠가 참례해 있었다. 홋타는 그 뒤 노히메에게 인사를 올리고 이윽고 미노로 돌아가 사기야마 성으로 등성하여 도산에게 장례식 날의 이변을 모조리 보고했다. 그런데 도산은 다 듣고 나서도 입을 다문 채였다.

좀 지나서

"도쿠, 노부나가를 광인으로 보았느냐?"

"광인이라고 밖에는 볼 수 없습니다."

"그런데 용모는 어떻더냐?" 하고 도산은 물었다.

도산에게는 노히메에게 붙여 보낸 후쿠토미 헤이따로나 가가미노로부터 가끔 밀서가 보내져 오기 때문에 노부나가의 동정은 거의 알고 있었다. 그러나 아직 노부나가가 어떤 자인가는 전혀 모른다.

"내 반생 동안 그 젊은이와 비슷한 자를 만난 일은 없어."

유형이 없기 때문에 판단을 못 내리고 있다.

"용모 말씀입니까?"

도쿠는 한참 동안 생각에 잠겼다가

"모르겠습니다. 아직 젊으시기 때문에 용모가 생생하여, 과연 보통이신지 아니면 광인이나 어리석은 사람인지 도통 겉보기로는 알 수가 없습니다."

"모르겠나?"

"그러나 잠깐 뵈온 것으로는, 시원스러운 눈매와 꽉 다문 입술 맵시로 보

아 어리석기는커녕 대단한 기량의 사람으로 보입니다."
"그 점이야!"
도산은 자기도 모르게 소리를 질렀다. 후쿠토미의 보고도 가가미노의 보고도 그런 것이다.
"그 때문에 나는 노부나가를 어떻게 보아야 할지 판단에 괴로워하고 있다."
"집안에서는, 아니 영내에서는 모두 그분을 어리석은 사람, 미친 사람으로 보고 있는 것 같습니다만?"
"바보 같은 소리 말아!"
도산은 웃었다. 딴 사람이 무엇이라고 하든, 보는 눈을 가진 사람이 보지 않으면 신용할 수 없다는 것을 도산은 알고 있다.
"생각해 보라고. 오다 노부히데만한 사나이가 노부나가를 폐적(廢嫡)시키지 않고 그대로 앉혀 둔 것이다. 오와리의 무사들의 어리석은 눈보다 노부히데 한 사람의 눈을 나는 믿는다. 그래서 판단을 내리지 못하고 괴로워하는 거다."
"폐적에 대해선" 하고 홋타 도쿠는 소리를 낮추었다. "가중의 노신들 사이에는 노부나가 공을 폐하고 간주로 공을 세우려는 음모가 있다고 듣고 있습니다."
"나도 듣고 있어."
물론 도산도 남의 부모다. 노부나가가 어떤 자이든 그 동생 때문에 살해당하는 것 같은 일이 있다면, 노히메를 위해서 미노 군단을 모조리 동원해서라도 구원하지 않으면 안 된다고 생각하고 있다.
"사위를 한번 만날까?"
도산은 말했다.
"허어, 묘안이십니다. ……그 회견은 어렵겠지요?"
"어렵지."
장인과 사위라고는 하나 전국의 관습이다. 회견이란 핑계로 모살하는 방법이 있어 오다가는 그것을 의심할 것이고, 이쪽도 그것을 조심하지 않으면 안 된다.
"그러나 쌍방이 거느리는 인원수를 정하고 장소를 국경으로 하면 어떨까요?"

"그쪽에서 응낙할까?"라고 말한 뒤 도산은 킬킬 웃고
"나는 소문이 좋지 않으니까 말이야" 하고 중얼거렸다.
오다가로서는 살모사의 상투 수단으로 보고 필경 거절하리라.
"마음을 느긋이 먹고 시기를 기다리자. 지금 노부히데가 죽은 직후에 요청하면 저쪽에서 쓸데없이 의심하리라."

그 뒤에도 노부나가의 미친 짓은 없어지지 않아 집안의 인기는 점점 식기 시작했으며, 동생 간주로를 옹립하려는 움직임이 반은 공공연하게 되었다. 노부나가의 유일한 편이라고 해도 좋을 히라테 마사히데의 귀에조차 그 소문이 들어갔다.
아니 소문이 아니다. 생모인 도타 부인은 장의가 끝난 뒤 마사히데를 불러 "노부나가로써는 나라를 지킬 수 없을 거요"라고 노골적으로 말한 것이다.
암암리에 간주로를 세울 움직임에 참가하라고 하는 것만 같았다. 도타 부인은 으뜸되는 가로인 하야시 사토노카미를 노부나가에게서 떼어내 스에모리 성의 간주로 부의 노신으로 삼아 버렸다.
'공작은 훨씬 진척되어 있는 것이 아닐까?'
마사히데는 오싹 소름이 끼치는 듯한 느낌이었다. 하기야 마사히데도 노부나가를 '멍청이 공자'라고 보고 있었고, 오다가의 중신이라는 처지에서 볼 때에는 그를 폐하고 간주로를 세우는 것이 좋다는 것도 알고 있었다. 그러나 이 노인으로선 할 수 있는 일이 아니었다. 마사히데와 노부나가 사이에는 이미 부자간 비슷한 감정이 흐르고 있다. 어린애 때부터 키워 온 노부나가를 닭 졸라 죽이듯 죽이고 그의 동생을 세운다는 일은 마사히데로서 부릴 수 있는 재주가 아니었다.
그 뒤, 마사히데는 사사건건 노부나가의 소매를 잡고
"주군! 하지 마십시오"라든가 "그런 짓은 비천한 자라도 하지 않습니다"라는 등 전보다도 한층 더, 거의 광기와도 같이 귀 따갑게 간언했다. 노부나가의 몰락이 노인의 눈에는 생생히 보이고 있었기 때문이다.
노부나가는 마사히데가 하는 말만은 열에 하나쯤 듣는 것 같았지만, 장의가 끝난 뒤 마사히데의 잔소리가 광기를 띠게 되면서 끝내 불쾌해져 이윽고 멀리하게 되었다. 그러는 동안 조그만 사건이 일어났다.

마사히데의 장남인 고로에몬(五郞右衛門)이라는 자가 한 마리의 기마(騎馬)를 가지고 있었다. 어느 때 노부나가가 그것을 보고

"고로에몬, 나 다오" 하고 강요했다. 탐난다면 견딜 수 없어지는 것이 이 사나이의 성벽이다.

그러나 고로에몬은 "싫습니다"고 한마디로 거절했다. 저는 무도(武道)를 알고 있습니다. 명령이시오나 말만은 물려드릴 수 없습니다, 라는 것이 고로에몬의 이유였다. 이 때문에 노부나가는 마사히데까지도 밉게 생각하게 되었고, 마사히데가 배알을 청해도 싫어하여 만나지 않으려고 하게 되었다. 마사히데는 난처해졌다. 이 노인은 1553년 봄, 노부나가에게 충간장(忠諫狀)을 써 남기고 자살했다.

노부나가는 충격을 받았다. 아버지의 죽음 때에는 남 앞에서 울지 않았으나 이때는 달랐다. 마사히데의 시체를 끌어안고

"할아범! 할아범!" 하고 몸부림치듯 울었다. 그 뒤 노부나가는 침소에 있어도 길을 걷고 있어도 문득 마사히데의 일이 생각나면 갑자기 소리 내어 울었다.

돌연 개울로 달려 내려가 여울물을 확 차며 "할아범 이 물을 마셔!" 하고 외칠 때도 있다.

어느 때, 매사냥에서 돌아오는 길에는 말 위에서 흔들거리며 갑자기 슬픔이 엄습한 듯, 잡은 꿩을 두 손으로 갈기갈기 찢고 "할아범! 이걸 먹어" 하고 울면서 허공으로 치던질 때도 있었다.

기묘한 사나이였다. 그처럼 통곡하며 마사히데의 충간장도 읽었고 그것을 암송했고, 울 때에는 한 마디 한 구절 틀림없이 울부짖어 외치면서도 그러는 주제에 마사히데가 그 때문에 죽은 소행은 절대 고치려고 하지 않았던 것이다.

여전히 미친 사람처럼 성 밖으로 뛰어나가서는 마을 아이들을 모아 싸움을 하고, 배가 고프면 밭의 무를 뽑아 씹고, 마음에 들지 않는 부하의 목을 조르며 차고 때리고, 들판 어디에서 자는지 가끔 성으로 돌아오지 않는 밤도 있었다.

오와리의 멍청이님 소문이 점점 드높아진 어느 날, 기소 강을 건너서 늙은 벚나무가지를 하나 쥔 사자가 나타났다. 도산의 사자다.

멍청이

"무엇, 미노에서 살모사의 사자가 왔다고?"
노부나가는 말했다.
"어떤 놈이냐?"
"홋타 도쿠라고 미노의 야마시로 뉴도 님의 중신이십니다. 머리가 둥그렇습니다."
"대머리냐?"
아직 갓 스무 살인 노부나가는 묘한 데에 관심을 갖는 모양이었다. 중개자가 '대머리든 아니든 아무래도 좋지 않나'라고 생각하면서,
"아니 아니, 머리칼을 밀어 버렸으므로 대머리는 아닙니다." 고 하자
"그 머리는 푸르냐?"
"푸르지 않습니다. 벌겋습니다."
"너는 바보다" 하고 부하를 흘겨보았다.
'바보는 이 분이 아니신가' 하며 부하가 황공해 있노라니
"듣거라, 벌겋다면 그 머리는 반은 대머리다. 내 반은 대머리고 반은 머리칼이 있는 것을 면도질했다고 말하지 않느냐."

'앗! 당연한 이치다.'
부하는 감탄했으나, 어처구니없기도 했다. 어느 쪽이든 상관 없지 않은가.
"알겠느냐, 네가 싸움 때 정찰을 나간다. 적이 몰려 있는 것을 보고 너는 달려 돌아와, 적이 많이 몰려 있습니다 하고 보고한다. 단지 많다고 해서는 알 수 없어. 그럴 때에는 무사가 몇 십 명, 군사가 몇 백 명이라고 보고해야만 한다. 머리 하나만 보더라도 그저 대머리입니다 해서는 알 수 없어. 나는 그런 정확하지 못한 사나이는 싫어."

노부나가는 진기하게 긴 말을 했다. 이 젊은이로서는 부하를 자기 식으로 훈련하고 있는 셈이었다. 평소 노부나가 식으로 길들여진 예의 매사냥에 거느리고 나가는 근시인 악동들이라면 굳이 말하지 않더라도 노부나가의 방법을 몸으로 알고 있으니까 그러한 호흡은 익히고 있다. 그런데 이 중개역은 노부나가의 매사냥이나 돌팔매질에 따라다녀 본 적이 없으므로 그러한 일에는 어둡다.

'멍청이 나리가 무슨 말씀이야'라고 할 정도여서, 얼마간 불쾌한 얼굴을 하고 물러갔다. 남의 안색에 기민한 노부나가는 그 사나이의 그런 얼굴이 마음에 들지 않았다.

곧 가로인 아오야마 요자에몬을 불러
"저 자를 스에모리의 간주로에게 보내라"고 말했다. 분가한 동생의 부하로 주어 버리라는 것이다.

아오야마 요자에몬이 놀라 그 사나이를 위해 변명하려고 하자
"나에겐 필요 없는 사나이다"고 큰 소리를 질렀다. 아오야마가 그래도 말을 더듬거리고 있노라니
"시키는 대로 하여라!"
노부나가는 머리를 긁으면서 짜증스런 목소리로 말했다. 아오야마는 두려워했다. 더 이상 항변하면, 이 멍청이님이 달려들어 목을 졸라 올지도 모른다.

"알았습니다" 하고 아오야마가 꿇어 엎드려 절을 했을 때에는 노부나가의 모습은 안으로 사라져 버리고 없었다.

"오노, 오노!"
노부나가는 복도를 부르면서 걸어 노히메의 방으로 들어가자
"살모사한테서 사자가 왔다"고 말했다.

노히메는 다소 불유쾌했다. 부인의 아버지를 살모사, 살모사 하다니 어찌 된 일일까.
"장인이라고 말씀하셔요."
"살모사다."
노부나가에게는 장인어른이라든가 도산님이라기보다는, 살모사라는 편이 한층 높은 존경의 마음을 서리게 하는 것이었다.
노히메도 그것은 알았지만 번번이 살모사라는 말을 듣는 것은 견딜 수 없었다.
"이름이 뭐랍니까?"
"홋타 도쿠라는 사나이인 모양이다."
"아아, 그렇다면 제가 시집올 때, 수행길을 총지휘해 온 자예요."
"나는 기억하지 못해."
"예, 그렇겠죠. 당신은 그 혼례 며칠 동안 거의 자리에 안 계셨으니까요."
"어리석은 짓이니까."
노부나가는 노히메에게 서먹서먹한 멋쩍은 듯한 표정을 지어 보였다. 이 젊은이가 이런 표정을 지어 보이는 것도 노히메뿐이었다.
"도쿠는 틀림없이 아버님 장의식 때에도 왔을 거예요."
"그런가."
그때도 노부나가는 가루향을 집어 던졌을 뿐이므로 참예자의 얼굴 같은 것은 외고 있지 않았다.

노부나가는 복도를 건너 조그만 서원으로 나갔다. 대도(大刀)를 받쳐 든 시동을 거느리고 아주 거창스러운 평상시의 옷차림대로 상단에 나타나 시무룩이 앉았다. 키는 약간 크고 여윈 편이었으며 콧대가 반듯했고 안색이 두드러지도록 희다. 표정은 없다. 시선은 다른 곳을 보고 있다. 그곳에 꿇어 엎드려 있는 미노의 사자 홋타 도쿠는 마치 무시당한 꼴이었다. 거의 무뚝뚝한 표정이었다. 홋타 도쿠는 약간 고개를 들고
'여전히 멍청이시로군' 하고 생각했다.
도쿠는 우선 산보(三寶 : 쟁반상이름)에 얹은 늙은 벚나무 가지 하나를 노부나가의 좌우 시종들에게까지 권하며
"장인이신 이 몸의 주인 야마시로 뉴도 님이 사기야마의 정원에서도 사랑

하시는 벚나무올시다. 사위에게 보여 드리라고 하시와."
"흥" 하는 표정으로 노부나가는 끄덕거렸다. 고맙다고도, 분에 넘치는 일이라고도 말하지 않았다.

그런 주제에 내심으로
'전부터 듣고 있다. 살모사는 벚꽃을 좋아한다든가'라고 생각했다. '살모사치고는 온순한 취미로군'이라고도 생각했다. 그러나 표정으로도, 말로도 하지 않았다.

단지 좌우를 보고 "꽃이라" 하고 큰 소리로 한 마디, 외치듯이 말했다.

도쿠는 하마터면 웃음을 터뜨릴 뻔했다.

다시 도쿠는 기다랗게 아뢰어
"장인이신 도산이 사위이신 상공을 뵙고 싶어 하시는데 어떠하십니까?"라는 뜻의 말을 했다.

"뭣?"

노부나가에게는 도쿠의 말이 이해되지 않는 모양이었다. 도쿠의 말이나 태도가 수식어·장식·예의로 차 있어 정작 진짜 중요한 용건이 무엇인지 모르는 모양이었다. 노부나가는 곁에 있는 노신 아오야마 요자에몬을 무릎 가까이까지 불러

"저 대머리가 무슨 말을 하고 있는 거냐?"고 조그만 소리로 물었다. 아오야마가 짤막하게 이러저러하다고 해석하자 겨우 알아챈 듯

"알았어" 하고 도쿠에게 외쳤다.

도쿠는 그 뒤 다시금 수식어를 늘어놓으면서 "장소는 어디가 좋은가"라는 의미의 말을 꺼내기 시작했는데, 노부나가는 귀찮아진 듯

"뒷일은 요자에몬과 의논하여라" 하고 일어났고, 일어났을 때에는 이미 걷기 시작해 미노에서 온 말 많고 아무런 의미도 없는 대머리로부터 도망쳐 버렸다.

회견 장소는 미노와 오와리의 중간이 좋다고 하여 도미타(富田)의 쇼도쿠사(正德寺)로 두 나라의 중신 사이에 결정되었다. 묘안이다. 이만한 장소는 쉽사리 없으리라. 미노와 오와리의 국경을 기소 강이 흐르고 있다. 노부나가의 오와리 나고야 성에서 북서쪽으로 45리.

도산의 미노 사기야마 성에서 남서쪽으로 40리.

'도미타'라는 지방은 지리적으로는 오와리 쪽에 붙어 있지만 전국에선 중립지대인 것이다. 그런 지방이 어느 나라에나 있다. 어느 쪽 영주의 행정권도 미치지 않고 어느 영주도 그곳에서는 군사 행동을 할 수 없다. 요컨대 사원 길목에 발달한 문 앞마을이었다.

도미타 마을에도 쇼도쿠 사라는 잇코 종(一向宗 : 淨土眞宗, 즉 本願寺)의 큰 절이 있다. 이웃에 수많은 조그만 절들과 문도를 가진 별원급(別院級) 절로, 주지는 셋쓰(攝津) 이쿠타마노쇼(生玉庄 : 大阪)의 혼간 사(本願寺)에서 직접 파견하게 되어 있었다. 자연 참예인(參詣人)이 끊이지 않는다. 그 참예인을 위한 여인숙·불구점(佛具店) 등이 생겨났고, 또한 수호불입(守護不入 : 治外法權)이라 하여 미노·오와리 두 나라에서 온갖 상인들이 온갖 상품을 가지고 와서 그곳에서 자유로 판매하기 때문에 상업도시의 성격을 띠고 있다.

호수(戶數) 7백 채. 그 당시로서는 중도시다.

여담이지만——

지금의 도미타 마을은 기소 강의 흐름이 변경되었기 때문에 강바닥에 가라앉아 버렸다. 노부나가나 도산에 있어서 기념할 만한 쇼도쿠 사는 지금 나고야 시내로 옮겨져 있다.

사자인 도쿠가 오다가 물러간 뒤 노부나가의 중신들 사이에서 이의를 제기하는 자가 있어

"쓸데없는 일이라고 생각합니다. 도산님은 워낙 권모술수가 많은 분이라 황공하오나 주군의 생명을 단축시킬 속셈인가 합니다" 하고 간했으나 노부나가는 태연스러웠다.

간주로 파인 가로 하야시 사도노카미까지 스에모리 성에서 달려와 그와 같은 말을 아뢰었다.

"상대방은 살모사올시다"라고 사도노카미는 말했다. 노부나가는 웃고

"그 살모사에게 내가 물려 버리는 편이 그대들에겐 오히려 좋지 않나?"라고 말했기 때문에 하야시 사도노카미는 싱겁게 스에모리 성으로 돌아가 버렸다. 밤에 노히메에게

"오노, 회견날은 4월 25일로 정해졌어" 하고 말했다.

"그것 잘되셨군요" 하고 오노는 노부나가에게 안기면서 싱겁게 말했다.

"오노는 태연하군."

"태연하다뇨?"

"살모사와의 회견날이 나의 마지막이 될지도 몰라."

흠칫, 노히메는 몸을 떨었다.

"어째서?"

"살모사가 나를 죽인단 말이야."

"그럼 저도 살해당하지 않습니까?"

"허어, 알고 있군."

노부나가는 엷게 웃었다.

노히메는 오다가의 며느리다. 그러나 동시에 인질이기도 했다. 노부나가가 도미타의 쇼도쿠 사에서 살해당하면 즉시 오다가의 부하들은 노히메를 사로잡아 그 목숨을 끊어 버린다.

"그러나 오노, 살모사 놈은 제 딸 하나나 둘쯤 죽여도 야망을 이루는 사나이야."

"아니예요."

"뭐가 아니야."

"딸은 한 사람이예요. 내가 아버지에겐 단 하나의 딸이에요."

"오노, 나는 숫자를 말하고 있는 것이 아니야."

"알고 있어요. 주군은 부정확한 것을 싫어하시니까 한 사람이라고 말한 거예요. 아버님은 저의 몸이 위태로워지는 일은 절대로 하시지 않아요."

노히메에게는 자신이 있었다. 남들에게 온갖 험담을 듣는 아버지지만 자기를 귀여워하는 것만은 흔들림이 없는 일이었다. 자기에 대한 아버지의 애정을 신불(神佛) 이상으로 확실한 것이라고 믿고 있다.

"아버님도 늙으셨어요, 자기 딸의 신랑을 한 번이라도 보고 이승의 즐거움으로 삼고 싶으신 거겠죠. 그뿐이에요."

노부나가는 웃으며 노히메를 조롱하듯 드러난 살갗을 간질렀다. 언제나의 노히메라면 그래 주길 바라면서 간지러워할 것이었지만

"싫엇" 하며 노부나가의 손을 눌렀다.

"이해해 주시지 않으면, 이런 일 싫어요."

"이런, 용서해."

노부나가는 노히메의 입술을 빨았다. 돌팔매질도 물장난도 재미있지만, 이처럼 재미있는 장난감이 이 세상에 있으리라고는 실은 생각지 않았다.

"알고 있기 때문에 나는 도미타의 쇼도쿠 사로 가는 거다. 나는 살모사가

좋아."
"어머?"
"나에겐 태어나면서 육친이나 일문이나 노신들이 붙어 다니고 있어. 그런 놈들보다도 살모사 쪽이 훨씬 좋아."
그럴지도 모른다고 노히메는 생각했다. 잘 말할 수는 없지만 아버지 도산과 노부나가와는 어딘가 서로 통하는 곳을 가지고 있는 듯이 생각되는 것이었다.

도산은 사기야마 성에서 오와리로부터 돌아온 홋타 도쿠를 인견(引見)했다.
"노부나가는 만나겠다고 하던가?"
"예."
"뭐라고 하더냐? 노부나가가 한 말을 그대로 옮겨 보아라."
그것으로 노부나가가 약은가 어리석은가 점칠 작정이었다.
그러나 홋타 도쿠는 쓴웃음을 웃고
"알았다고 할 뿐 다른 말씀은 한 마디도 안 하셨습니다."
"그러냐?"
여전히 어림을 잡을 수가 없다.
"기초는 무사하더냐?"
도산은 아주 천치 같은 표정이 되었다.
"예. 건강하신 것으로 보였습니다."
도쿠는 노부나가를 배알한 뒤 노히메와도 인사를 드리기 위해 만난 것이었다.
"무슨 말을 하더냐?"
자기의 건강이나 기거에 대해서 여러 가지로 물어주더냐 는 의미였다.
"아니요"라고 고개를 저을 도리밖에.
도쿠는 화제를 갖고 있지 못했다. 노히메를 배알은 했으나 생글생글 웃기만 할 뿐 말수가 아주 적었던 것이다.
"그 애도 노부나가 놈을 닮아가는구나."
도산은 혀를 차고 싶을 만큼 화가 났다. 쓸쓸하기도 했다.
"도쿠, 딸은 시집보내면 마지막이로구나."

"옳으신 말씀입니다" 하고 도쿠는 고개를 끄덕거렸다. 도쿠도 딸을 한명, 같은 사이토 가의 가사(家士)에게 시집을 보냈다. 그러나 그는 같은 가사 간이므로 만나려고 생각하면 만날 수 있었다. 가가미노보다는 혜택을 입고 있었다.

"나는 좀 지나치게 기초를 귀여워했어"라고 도산은 혼잣말처럼 중얼거렸다. 확실히 지나치게 귀여워했다.

이 시대의 영주의 아들은 아버지와는 격리되어 자란다. 다른 성에서 키우거나 부하의 저택에서 키운다. 때론 같은 성내에서 키운다고 하더라도 다른 채에서 양육한다. 자연히 정은 가지 않는 대신 자식을 선뜻 인질로 줄 수 있고, 가령 영주 간의 확집(確執) 때문에 타향에서 살해당해도 슬픔은 평범한 정도로 끝나는, 말하자면 이러한 구조로 되어 있는 형편이었다.

'기초만은 내 무릎 위에서 키웠다.'

생각해보면 그것이 좋지 않았다. 애련(愛憐)이 점점 쌓여만 갈 뿐이다.

"난처한 일이로군."

도산은 쓴웃음을 웃었다.

"쇼도쿠 사에서, 사위님을 어떻게 하시겠습니까?"

"모르겠다."

도산은 시선을 정원의 벚나무로 던졌다.

'요카텐(養花天)'이라고 이름 붙인 늙은 벚나무가 있다. 그 줄기의 중간께쯤에 한 점 생생하게 자른 자국이 있고, 그곳에 뻗어 있던 가지가 기소 강을 건너 노부나가에게로 가 있다.

'저 가지처럼 노부나가를 벨까?'

힐끗 생각했으나 이내 "도쿠" 하고 불렀다.

"무슨 말씀이십니까" 하고 도쿠가 반문하자, 도산은 불러 놓기는 했지만 아무런 할 말도 없는 것을 깨달았다.

'내가 좀 이상하다.'

얼굴을 주루루 훑고

"아니, 아무 것도 아니야" 하고 웃었다.

만남

이미 벚나무에 새 잎이 돋을 계절이 되었다. 그날 밤, 미노 사기야마 성에서 도산은 잠을 이룰 수가 없었다.

'내일이로구나.'

문득 생각이 떠오르는 살모사. 예의 멍청이님과 만난다. 그건 그렇고 노부나가는 어떠한 사나이일까?

'만나면 알 수 있는 일이다. 그 때문에 만나는 것이 아닌가?' 하고 자기에게 말해 보았지만 그 뒤 이내

'그런데, 노부나가 놈은──' 하고 생각해 보는 것이었다. 도산은 눈을 감으면서 자기의 어리석음이 아주 우스워지고 말았다.

'오랫동안 나도 인간 사업을 해 왔다. 더구나 사람을 사람답게 생각한 일도 없는 나다. 그러한 내가, 이토록까지 이웃 나라의 젊은이의 존재가 마음에 걸리다니.'

어찌 된 셈일까.

'상대가 내 딸의 신랑이기 때문일까?'

즉, 남과 같은 인정 탓인가 하고 자문해 보았으나 그것만은 아닌 것 같았다.

'그 젊은이와 나는, 어쩌면 아주 깊은 숙연(宿緣)으로 맺어져 있는지도 모른다' 하고 그야말로 아주 중다운 생각을 하기도 했다. 숙연이라는 알 것도 같고 모를 것도 같은 이상하게 막연한 종교 용어로 설명할 도리밖에는, 이런 마음을 매듭지을 길이 없었다.

아침이 되었다.

도산은 뛰어 일어나 근시를 불러

"준비는 되었느냐?"고 큰 소리로 물었다. 성에서는 큰 소동이 벌어졌다. 도산은 미리 공포한 시간보다도 반 각 가량 출발을 앞당긴 것이었다. 배종은 무장 군사 천 명. 이것은 미리 타협한 바에 의해 노부나가 측과 같은 수인 것이다. 단지 도산은 병법 달인을 열 사람 골라 교자 곁에 바싹 붙어 도보로 따르게 했다. 만일 오다가에서 습격했을 경우를 대비하기 위해서였다. 또 동시에 문득 도산 자신이

──노부나가를 찔러라

불시에 명령하지 않으면 안 될 경우를 위한 준비이기도 했다.

이날은 1553년 4월 22일이다. 맑게 개어, 들의 노란 야채 종류들이 부실 정도로 눈을 쏘았다. 도산의 행렬은 그 야채밭 속으로 이어진 길을 꿈틀꿈틀

남하해 간다.
'시세(時勢)가 변해 가는구나.'
그 야채 꽃을 보는 데에도 도산의 생각은 남달랐다.
도산이 젊을 무렵에는 최고의 등잔기름은 들깨에서 짠 것이었다. 도산의 고향인 오야마자키(大山崎)에 있는 이궁(離宮) 하치만 궁(八幡宮)의 신관이 그 착취 기계를 발명하여 전매권을 얻고, 그 이윤으로 병(兵:神人)을 양육하여 몹시 호화로운 기세였다. 도산은 그 들깨 기름을 팔면서 이 미노로 왔다. 그런데 이제는 채종(菜種)에서 기름을 짜는 것이 발견되어, 들깨 기름은 밀려나고 오야마자키 이궁 하치만 궁은 녹슬어 버렸다. 들깨가 채종에게 자리를 빼앗겼듯이, 전국의 패자(霸者)들도 새로운 패자들에게 자리를 빼앗길 때가 올지 모른다. 이윽고 기소 강가 마을들이 들판 쪽에 보이기 시작했다.

그날 아침 노부나가는 숭늉에 만 밥을 먹고 나자 노히메의 방으로 가서
"오노, 갔다 오겠어"라고 말했다.
"아버님을 만나시거든, 기초는 병을 앓지 않고 건강히 지낸다고 말씀드려 주세요."
"잊어버릴지도 몰라" 하고, 마른 콩을 하나 입 안에 넣었다. 하얀 이빨로 으지직으지직 깨물면서
"무사히 살아 돌아오면, 오늘 밤 그대를 안아 주지."
"불길한 말씀을."
"바보 같으니, 인간 세상은 본래 불길한 일투성이야."
"이상한 말씀을 하시네요?"
"이상한 말이라니, 당연한 말을 하는 거야. 인간 세상이 길(吉)하라고 비는 세상 놈들이야말로 이만저만 미치광이가 아니지."
노히메는 웃기만 할 뿐, 상대가 되지 않았다. 노부나가는 바깥방으로 나갔다.
가로인 아오야마 요자에몬을 불러
"말한 대로 정탐조를 배치했느냐"고 물었다. 아오야마는 엎드려 대답했다.
"모조리 행상인으로 변장시켜 도미타 거리의 북새 속에 스무 명 가량 퍼뜨

려 놓았습니다."

흠, 하고 노부나가는 끄덕거리고 갈아입을 옷을 가지고 오게 하여 재빨리 갈아입고

"고동을 불어라" 하며 복도로 뛰어나갔다.

도산은 사기야마 성으로부터 40리 길을 가, 한낮 전에 기소 강가의 도미타에 있는 쇼도쿠 사에 닿았다.

'아직 오와리의 무리들은 오지 않았구나' 하고 산문을 쳐다보았다.

쇼도쿠 사는 180간 사방에 토담을 둘러친 성 같은 절로, 잇코 종(一向宗)의 질답게 흰 칠을 한 벽에 북루(鼓樓)를 세워 망루(望樓)와 전망대 역할을 겸하고 있다. 회견 장소는 본당이다. 방장(方丈：僧房)이 남북에 두 채 있었고, 북쪽 방장이 미노 측의 준비소로 할당되어 있었다.

그 방장에서 도산은 한참 휴식한 뒤 홋타 도쿠를 불러

"회견 전에 노부나가를 보고 싶다. 어딘가 엿볼 수 있는 집을 한 채 찾아보도록" 하고 명령했다.

이윽고 도쿠가 돌아와 '모시겠습니다' 하고 말했다. 도산은 평복을 입은 채로 산문을 나와, 그 농부의 집으로 달려 들어갔다. 집은 거리에 면해 있다. 격자문이 있어, 거리의 모습이 보고 싶은 대로 보였다. 더구나 집안이 컴컴하기 때문에 밖에서 들여다보일 염려도 없었다.

"그럴싸하군."

도산은 이 짓궂은 취미에 혼자 흐뭇해했다. 그런데 그 자초지종을 오다가에서 나온 정탐꾼들에게 들켜 버렸다는 것을 도산은 깨닫지 못했다.

시각이 흘렀다. 길거리가 갑자기 떠들썩해졌다. 오다가의 선발 구종들이 사람들을 쫓아내고 있다.

"주군! 슬슬 오와리 패들이 옵니다."

홋타 도쿠가 나이깨나 먹은 주제에 신나게 소리쳤다. 도쿠뿐만 아니라 미노 패들은 모두 오늘의 멍청이 구경이 즐거워 들떠 있는 것이다.

"어디, 어디" 하고 도산은 격자창 가로 다가갔다. 해가 길거리에 내리쬐고 있다. 달려가는 선발 구종의 발치께서 가벼운 흙먼지가 피어오르고 있었다.

이윽고 나타났다. 다다다닷, 하고 일부러 발을 구르는 듯한, 상식에서 벗어난 빠른 걸음걸이로 오와리의 무리들이 나타나 도산의 눈앞을 지나간다.

중군(中軍)에 노부나가가 있다.

이윽고 노부나가가 왔다.

"앗!"

도산은 격자창에 얼굴을 부비대며 눈을 크게 뜨고 소리를 들이삼켰다.

'뭐야, 저건!'

말 위의 노부나가는 소문대로 머리칼을 자센마게(머리칼을 짧게 잘라 뒤로 늘어뜨린 상투)로 묶고, 화려한 유록색 끈으로 상투를 칭칭 감고, 의복은 별나게도 무명 홑옷을 입었는데 한쪽 소매를 벗어 늘어뜨리고, 대도·소도는 옆구리에 쑤셔 박았는데, 칼집은 가문(家紋)의 이름을 써넣어 훌륭했지만 그 손잡이는 새끼줄로 칭칭 감고 있었다. 허리둘레에는 새끼를 칭칭 감고, 그곳에 표주박과 주머니를 일고여덟 개 늘어뜨리고 있었고, 바지 역시 대담한 것이어서 호피(虎皮)·표범 가죽을 꿰매 입은 반바지였다. 가랑이 아래로 긴 다리가 쑥 나와 있다. 미치광이 차림이었다. 그것보다도 도산의 어안을 벙벙하게 한 것은 노부나가의 홑옷 등이었다. 등에 극채색의 커다란 남근(男根)이 그려져 있는 것이었다.

"우훗!"

도쿠가 웃음을 억눌렀다. 다른 배종의 무리들도 바닥에 이마를 댈 듯이 하며 웃음을 참고 있었다.

'어처구니없는 바보 같으니!'

도산은 생각했으나, 마음에 걸리는 것은 그 멍청이가 이끌고 있는 군대였다. 노부히데 때와는 장비가 확 달라져 있었다. 첫째, 하졸들의 창이 훨씬 길어져 모조리 3간 자루였고, 모조리 빨간빛으로 칠해져 있었다. 그런 창이 5백 자루. 활·총이 5백 자루. 활은 괜찮다. 총이다. 그 신병기의 수를 이처럼 많이 장비하고 있는 것은 천하가 넓다고 하더라도 이 바보만이 아닌가.

'언제 저만큼 갖추었는가.'

저도 모르게 도산의 눈이 타오르기 시작했다. 총의 생산량이 그토록 많지 않을 때다. 그 실용성을 의문으로 생각하는 무장들도 많다. 그런 시기에 이 바보는 태연스레 이만한 총을 갖추고 있는 것이다.

'들깨가 망하고 채종(菜種)의 세상이 되는 것일까.'

문득 도산은 생각했다.

"주군! 어서 뒷문으로" 하고 훗타 도쿠가 웃으면서 도산을 뒷문으로 안내했다. 모두 밭두렁 길을 달렸다. 뒤로 돌아서 쇼도쿠 사의 뒷문으로 빠져 들어갔다. 북쪽 방장으로 들어가자, 예복을 준비한 소동들이 대기하고 있었다.
"아니 가미시모(예복)나 긴 바지 따위는 필요 없어. 나도 평상복으로 괜찮다" 하고 도산은 말했다. 상대방인 사위가 원숭이를 부리는 곡예사 같은 차림으로 왔는데, 장인인 자기가 예장을 하고 있다는 것은 묘한 일이라고 생각한 것이다. 소매 없는 겉옷에 소매가 짧은 평상복, 그리고 부채 한 자루의 모습으로 도산은 본당으로 나갔다. 방구석에 병풍을 둘러치고, 그 안에 도산은 천천히 앉았다.

이윽고 본당 저쪽에서 노부나가가 들어오는 것을 도산은 병풍 가로 보고
"앗!" 하고 얼굴에서 핏기가 가셨다. 아까의 그 원숭이를 부리는 곡예사가 아니다. 머리를 반드르르하게 빗어 올려 상투를 틀고, 갈색의 소매 긴 옷에 긴 바지를 입고, 소도를 전반(前半)으로 하여 찰싹 찬, 눈부신 젊은 영주 차림으로 나타나 바지자락을 유유히 펄럭이며 마루를 건너와, 이윽고 적당한 자리를 골라 앉아 시큰둥하게도 기둥에 기대앉았다. 얼굴을 한껏 쳐들고 있었다.

평복인 도산은 비참했다. 할 수 없이 병풍 속에서 기어 나와 자리에 앉았다. 그러나 노부나가는 그것을 무시하고 외면한 채, 코끝을 위쪽으로 쳐들고 부채를 찰싹찰싹 폈다 접었다 하고 있었다.
"가, 가즈사노스케(上總介) 님" 하고 홋타 도쿠가 견디다 못해 노부나가의 곁으로 다가가
"저기 계시는 분은 야마시로 뉴도(山城入道)올시다" 하고 주의시키자
"그런가?" 하고 노부나가는 끄덕이었다.
이 '그런가?'라는 말이 아주 인상적이었던 듯, 여러 가지의 옛 기록이 전해 주고 있다.
노부나가는 천천히 일어나 문지방을 넘어 도산 앞으로 가
"가즈사노스케입니다" 하고 평범한 인사를 드린 뒤 자기 자리에 앉았다.
도산과 노부나가의 자리는, 대략 스무 발자국 가량의 간격이 있었으리라. 서로 나직한 말로는 얘기를 주고받을 수 없는 거리였다. 두 사람은 말없이 있었다. 노부나가는 언제나 그렇듯 미간에 약간 우울한 그늘을 지은 채 무표정하게 있다. 도산은 불쾌한 듯했다. 이 바보에게 휘말리어 평복으로 앉아 있는 자기가 견딜 수 없이 비참했던 것이다.

이윽고 숭늉에 만 밥상이 날라졌다. 절간의 중들이 들기를 권했다. 두 사람은 말없이 젓가락을 집었다. 말없이 먹었고, 끝내 한 마디 말도 나누지 않은 채 서로 수저를 놓았다. 그대로 헤어졌다. 도산은 돌아가는 길에 묘하게 지쳤다. 도중에 아카나베(茜部)의 방에서 휴식을 취할 때,

"헤이스케(兵助)" 하고 불렀다.

이노코 헤이스케(猪子兵助)다. 도산의 무사대장 중의 한 사람으로서 이웃 나라에 이름을 드날리는 사나이였다. 후에 노부나가, 히데요시(秀吉 : 豊臣秀吉)를 모셨다. 여담이지만, 그의 가계는 이에야스(家康 : 德川家康)에게도 신사(臣仕)했고, 직속 무장이 됐다.

"헤이스케, 너에게는 눈이 있다. 사위를 어떻게 생각하느냐?"

헤이스케는 고개를 돌렸다.

"말씀드리고 싶습니다만 주군의 사위님이라 조심스럽습니다" 하고 곁에 있는 도쿠를 돌아보며,

"도쿠 공부터 말씀드리시오" 하고 말했다. 도쿠는 앞으로 다가앉아

"정말로 주군께 축복할 일입니다"라고 말했다.

축복이란 말 때문에 모두들 와앗! 하고 웃었다. 미노에겐 횡재라는 뜻이었다.

"헤이스케도 도쿠와 같은가?"

도산이 거듭 묻자 헤이스케쯤 되는 사나이가 경솔한 태도로

"예. 정말 축하합니다"라고 말했다.

도산만이 웃지 않는다. 우울한 얼굴이었다.

"주군의 감정(鑑定)은 어떠하십니까?"라고 도쿠가 말하자, 부채를 내던지고 "축하해야 할 것은 너희들의 머리다. 이윽고 내 자식들은 그 멍청이 나리의 문 앞에 말을 매게 되리라"라고 말했다.

말을 맨다는 것은 군문(軍門)에 항복하여 부하가 된다는 의미다.

도산은 밤늦게 귀성하여 침소에도 들지 않고 등잔불을 당겨 놓은 후, 곧 노부나가에게 편지를 썼다.

"훌륭한 사위를 얻어 행운으로 생각한다"는 틀에 박힌 문장으로 만들 셈이었는데, 쓰는 동안에 이상하게 정열이 우러나 엉뚱한 편지가 돼 버렸다.

"그대를 내 아들보다 귀엽게 생각했다"라든가

"귀성하여 이내 편지를 쓴다는 것도 묘한 일이지만, 쓰고 싶은 마음을 억

누를 수가 없었다"라든가

"나는 이미 늙었다. 이 이상 소망이 있어도 이젠 이룰 수가 없다. 그대를 보고 젊은 시절의 나를 생각했다. 그러므로 내가 반평생 걸려서 얻은 체험·지혜·군략의 요점 등을 밤을 새워 얘기하고 싶다"라든가.

"오와리는 반 이상이 오다가(織田家)라고는 하나 그것을 다스리기에 벅차리라. 군사가 부족하면 미노에 부탁해라. 언제든지 즉시 빌려 주겠다. 그대에게 내가 할 수 있는 한의 힘을 다 해주고 싶은 마음으로 가득하다"라는 등, 평소 침착하고 의연한 도산 치고는 어울리지 않는 편지였다.

자기의 인생은 저물려고 한다. 청운의 무렵부터 품어온 야망의 반도 이룰 것 같지 않다. 그것을 다음 대(代)에 물려주고 싶다는 것이 이 늙은 영웅의 감상이라고 해도 좋다. 노공장(老工匠)과 비슷하다. 이 사나이는 반평생 권모술수에 홀려 살아왔다. 권력욕이라기보다는 이 사나이의 경우는 예술적 표현욕이라고 하는 편이 들어맞는다. 그 '예(藝)'만이 완성되고 작품은 미완성인 채, 육체가 늙어 버렸다. 그것을 노부나가에게 잇게 하고 싶다고, 이 사나이는 붓끝을 떨면서 쓰고 있는 것이다.

노부나가는 귀성하여, 예의 남근이 그려진 무명 홑옷을 벗어던지고 목욕탕으로 들어갔다. 나와서 술을 가져오게 하여 석 잔을 선 채로 들이키고 나서 노히메의 방으로 들어갔다.

"살모사를 만나고 왔어"라고 말했다.

"어떠하셨습니까?"

"생각한대로의 놈이었어. 새삼, 말린 콩 따위를 씹으면서 천천히 얘기를 시켜보고 싶은 놈이었어."

"그거 다행이로군요."

노히메는 웃었다. 말투야말로 묘하지만 그것은 노부나가로선 최대의 찬사라는 것을 노히메는 알고 있었다.

기요스(淸洲) 공략

 이웃 나라의 도산은 묘하게 두터운 정을 나타내기 시작했다. 노부나가에게 말이다. 가끔 자필의 편지가 전해져 오기도 하고, 물품이 와 닿기도 했다.
 처음엔 노부나가도
 "살모사 놈. 기분 언짢은데" 하고 중얼거렸으나 점점 도산의 애정을 의심하지 않게 됐다.
 '그 할아범, 진심인 모양이다'라고 생각하게 된 것은, 도산으로부터 새로 연구한 잡병용의 간이 무장복이 한 벌 보내어져 왔을 때였다.
 총의 출현으로 중세의 갑옷·투구는 값어치가 떨어지고, 현대 무구(武具)라고 불리는 깃이 유행하고 있다. 군의 방침도 무사의 기병전으로부터 잡병들의 보병전으로 옮겨졌다. 총 부대·활 부대·창 부대, 세 병과(兵科)의 잡병들이 밀집부대가 돼서 적과 충돌하는 시대가 되었다. 딱한 것은 그 잡병의 육체를 지키는 관급(官給)의 무구다. 가죽으로 미늘을 꿰맨 정도의 옛날 배가리개는 평하고 총탄이 뚫어버리고 만다. 잡병이 대량으로 죽으면 군의 전진(前陣)은 무너지고, 싸움에 지게 된다. 그들을 위한 간이 무구(簡易武具)

의 연구는 어느 나라, 어느 영주도 파고들대로 파고들었다.

그 간이 무구의 신연구품을 도산은 노부나가에게 보내온 것이었다.

"괜찮으면 오다가에서도 사용하라"고 편지에 씌어 있다. 말하자면 군사기밀을 무단으로 준 셈이 되는 것이다.

노부나가가 그 무구를 들어 보니, 과연 신통했다. 오다가에서는 총이 출현한 뒤로, 잡병들에겐 오케가와도(桶皮胴)라는 것을 착용시키고 있다. 납작하게 편 철판을 너덧 장 징으로 박아 이은 것으로, 간편하지만 굽혔다 폈다 하기가 불편스럽다. 도산이 보내 온 것은, 철판을 가죽끈으로 이어 부채처럼 접어 내렸다 펴 올렸다 굴신(屈伸)시킬 수 있는 것이었다. 도산은 그것을 '도마루(胴丸)'라고 이름 짓고 무사의 무구로도 응용하고 있었다.

노부나가는 확인하기 위해, 그것을 나뭇가지에 매달고 20간 떨어져서 총을 겨누고

탕!

쏘아 보았는데 도마루에 구멍이 뚫리지 않았다. 그 위에, 잡병 한 명을 불러 그것을 입히고 창을 들린 뒤 흰 모래를 깐 마당에서 껑충껑충 뛰어보게 했다.

"어떠냐?" 하고 묻자 "아주 편안합니다" 한다.

그래서 노부나가는 성하에서 그것과 똑같은 것을 쉰 벌 만들게 했다. 그것을 쉰 명의 잡병에게 입히고, 다른 쉰 명의 잡병에게는 지금까지의 오케가와도를 입힌 뒤 몽둥이 시합을 시켜 본 결과, 이내 운동을 경쾌하게 하는 도마루 쪽이 이겼다.

그때에야 겨우 노부나가는

'살모사 놈, 좋은 것을 보내 주었군' 하고 생각했다. 성격이리라. 만사에 집요할 만큼 이 사나이는 실증적이었다.

실증한 끝에 살모사의 호의를 느꼈다.

"살모사에게 야심이 있다면 이런 것은 주지 않으리라"고 생각하는 것이다. 살모사는 젊을 때, 미노의 태수 도키 요리아키(土岐賴藝)의 위치를 빼앗기 위해서 교토에서 여자를 데려다 붙여 주고는 주지육림에 빠지게 하여, 그의 근성(根性)을 빼앗아 목적을 이루었다. 그러나 노부나가에게는 무구를 보내준 것이다. 더구나 영주의 도구인 명도(名刀) 따위는 보내지 않고 오다 군단을 강화시킬 신발명품 무구를 말이다.

'그 놈, 나를 좋아하는구나!'라고 생각하게 됐다.

이 미치광이 소년을 이해해 준 자는 돌아간 아버지 노부히데밖에는 없었다. 자해한 '할아범' 히라테 마사히데는 만인이 꺼려한 이 젊은이에게 애정을 품어준 단 한 사람의 인물이었다. 그러나 마사히데는 끝내 노부나가라는 젊은이를 알지 못했다.

'아무래도 기분 나쁜데.'

하필이면 이웃 나라의 살모사가 상상할 수조차 없이 정을 쏟아 노부나가를 귀여워하기 시작한 일이다.

'설마, 나를 방심시켜놓고 냉큼 집어삼킬 작정은 아니겠지.' 이상스럽게도 의심은 전연 풍기지 않았다. 자기의 아버지를 그처럼 애먹인 살모사를, 노부나가는 소년 시절부터 자기의 반신처럼 보아 왔다면 너무하지만 비교적 마음에 들어 했다. 그러한 감정이 의심하지 않게 했는지도 모른다.

연구도 했다. 살모사의 모략·군사·민정이라는 것을 노히메와 노히메에게 따른 가가미노, 그리고 미노에서 온 후쿠시마 헤이타로 등의 입에서 될 수 있는 대로 들어내려고 했다.

그것을 실습할 날이 왔다. 오다가에도 종가(宗家)가 있다. 오와리 기요스성(清洲城)에 있는 오다 씨로서, 오와리 제일의 견성(堅城)이고 영지도 많다.

——기요스를 뺏겠다.

이는 아버지 노부히데의 염원이었는데 끝내 이루지 못하고 돌아가셨다.

기요스 쪽도

——나고야의 오다(노부나가)를 멸망시키지 않으면 나의 집안이 위험하다고 생각하고, 아버지 대부터 싸움을 되풀이하고 있다.

그런데 노부나가 대에 이르러, 이쪽도 노부히데가 죽고, 저쪽도 오다 쓰네스케(織田常祐)라는 당주가 죽었기 때문에 일시 휴전 상태가 되어 있었다.

여기, 시바 씨(斯波氏)라는 집안이 있다. 오와리에 있는 아시카가(足利) 영주(전 집권자 아시카가 휘하의 영주)로서, 미노의 도키 씨와 미카와(三河)의 기라 씨(吉良氏)에 해당하며, 지금은 실력이 쇠퇴했다고는 하나 나라 안에서는 최고의 귀인으로 존경을 받고 있다. 당대 영주는 요시무네(義統)라고 하며, 뜨거운 차와 연가(連歌)를 즐기는 온화한 중년의 사나이었다.

취미가 같았으므로 노부나가의 망부 노부히데와 친했고, 노부히데의 사후에도 때때로 나고야 성으로 놀러와

"탈 없이 지나고 있나?" 하고 노부나가에게 말하는 것이 입버릇이 되어 있었다.

노부히데의 유아(遺兒)가 멍청이인 만큼 요시무네에겐 걱정이리라. 요시무네는 기요스의 오다 종가의 성 안에 저택을 지어 받아 살고 있다. 즉 이것은 주객이 전도된 것으로서, 본래 기요스는 시바 씨의 거관(居館)이었는데 수대 전에 가로인 오다가에게 빼앗겨, 지금은 그 성 안 한 구석에서 시바 요시무네가 조마조마 살고 있는 형편이었다. 그 요시무네가

"기요스 오다가가 그대를 공격하여 멸망시킬 계획을 가지고 있다"고 하는 만만치 않은 정보를 노부나가의 귀에 넣어 준 것은, 노부나가가 도산과 쇼도쿠 사에서 회견하기 전후였다. 그 뒤, 친절하게도 가끔 정보를 보내 주었다. 노부나가가 부탁한 것은 아니지만, 요시무네를 볼 때에는 노부나가가 멍청이어서 신세를 망치는 것이 가련했기 때문이리라. 한가한 사람의 도락 같은 것이었다.

그런데,

"아무래도 성 내부 모양이 노부나가에게 새어나가고 있는 것 같다"고 기요스 오다가에서는 눈치채기 시작해, 은연중에 요시무네의 거동을 감시하기 시작했다.

기요스 오다가는 쓰네스케의 사후 히코고로(彦五郎)라는 양자가 상속했고, 그를 가로인 오다 뉴도(織田入道)·사카이 다이젠(坂井大膳)·가와지리 사마(河尻左馬)의 세 사람이 받들고 있었는데, 이 세 가로가

"부에이(武術 : 斯波家의 通稱)가 나고야 노부나가와 통하고 있는 것은 분명합니다. 지금 주륙(誅戮)해야만 할 것입니다" 하고 간언을 드려 은밀히 준비를 진행시키고 있었다.

때마침 요시무네의 저택이 그의 적자(嫡子) 간류마루(岩龍丸)가 사냥을 나가서 텅 빈 날이 있었다. 1553년 7월——노부나가가 도산과 회견한 뒤 석 달째의 일이다. 기요스 오다 군이 우르르 난입하여 요시무네를 찌르고, 주된 부하들 30여 명을 모조리 살해해 버렸다. 사냥을 나갔던 간류마루는 이것을 알고, 그 길로 나고야 성으로 달려가 노부나가에게 구원을 청했다.

간류마루의 하소연을 듣고

"지금이로구나" 하고 노부나가는 생각했다. 지금이야말로 도산 학(道三學)을 실지로 행할 때가 왔다고 생각한 것이다.

"이 성에서 놀고 계시오."

간류마루에게 이 말만을 남긴 채, 기(機)를 미루지 않고 고동을 불게 하여 군사를 모아

"적은 기요스다" 하고 가로인 시바타 가쓰이에(柴田勝家) 등 일곱 무장에게 군사를 주어 천천히 기요스를 행군시켰고, 별도로 사자를 미노로 달리게 하여 도산에게

"군사, 천 명 가량 빌리고 싶습니다"라고 아뢰게 했다.

"무엇에 쓰려는가"라고도 도산은 묻지 않고

"주겠다, 다름 아닌 사위의 청이다. 천이든 2천이든 데리고 가거라."

부랴부랴 미노의 무리들 2천 가량을 갖추어 오와리로 달려가게 했다.

노부나가는 그 미노 부대를 성 안으로 맞아들이고, 이미 기요스 공격차 떠난 시바타 가쓰이에 등의 전황을 기다렸다.

기요스 성에서는 좋아 날뛰었다기보다는, 가로인 사카이 다이젠 등은 성 밖에 나타난 시바타 등의 군세를 보고 껄껄 웃었다.

"저것을 보아라. 역시 멍청이님의 하는 짓이로군."

불쌍할 만큼 소군세(小軍勢)인 것이다. 그 소군세가 수개 부대로 나뉘어 이곳저곳의 논두렁길을 따라서 성으로 다가오는데, 그 기세가 전혀 오르지 않고 있다.

"성을 공격할 때, 공격군은 3배 이상의 인원이 필요한 법이다" 하고 오와리 제1의 전쟁 명수라는 사카이 다이젠은 말했다.

"그런데 저 공격군을 보아라, 우리 성의 3분의 1도 안 된다."

사카이 다이젠은 이것이 노부나가의 출병 능력의 최대한도며, 그 이상의 인원수는 차출할 수 없다고 보았다. 그의 헌책을 받아들여 야외 결전을 하기로 되어, 기요스 군은 성문을 열고 와아, 하고 쳐나갔다. 우선 총·활을 쏘아 댔고, 이윽고 논두렁·파밭 속·연못 둑·상수리나무 숲 등에서 격투가 시작됐다.

그 무렵, 나고야 성 안에서는 노부나가가

"모두 나오랏" 하고 날카롭게 외치고 있었다.

기요스 공략 597

이어서 안에 있는 노히메를 바깥쪽 큰 방으로 불러,

"오노, 내 대신 부재중의 성을 감독해라" 하고 말했다.

모두 놀랐다. 요컨대 노부나가는 성 안에 있는 오다 군을 한 명 남김없이 거느리고 가려는 것이었다. 뒤에 남은 것은 미노병뿐이 아닌가.

어리석은 노릇이다. 전국 시대의 상식으로서는 성 내에 다른 가문의 병사들을 조금이라도 넣는 것을 꺼린다. 들고 일어나 성을 가로챌 것이 뻔하기 때문이다. 당장 돌아가신 아버지 노부히데는 연가(連歌)의 손님이 되어 친구의 성으로 가서 꾀병을 핑계대고 드러누웠다가 어느 날 밤, 사람들이 잠든 틈을 보아 자기 주변에 있는 부하와 함께 성내에서 베고 베어 드디어 성을 빼앗았다. 이런 위험이 있는 것이다.

게다가 지금 상대방은 미노의 무리들이다. 그런 방면에서는 살모사라는 말을 듣는 도산의 부하들이 아닌가. 도둑에게 집을 지켜 달라고 부탁하는 것과 같으리라. 그런데 노부나가는 전혀 염두에도 두지 않는 듯 부지런히 나가 버렸다.

'역시 멍청이님이로군.'

도산으로부터 군사를 받아, 이 성 안에 와 있는 가스가 단바노카미(春日丹波守)가 말했다. 가스가는 성벽에 올라서서 흙먼지를 일으키며 멀어져가는 노부나가와 그 부대를 배웅하고 있었다.

"성문을 닫아라."

가스가가 한 마디 명령만 내리면 이미 오다 부대는 이 성으로 돌아오지 못하게 되고 만다.

'얼마나 천진스러운 사나이인가' 하고 가스가는 생각했다. 가스가는 자기의 주인인 사이토 도산이 얼마나 두려운 사나이인가를 알고 있다. 그 도산을 가벼이 믿고, 저 젊은이는 스무 살이나 되었는데도 성을 텅 비우고 달려간 것이다.

'이 상황을 미노에 알릴까' 하고 생각하여 큰 방으로 들어가 부하를 불러 무슨 말인가를 속삭일 때에 노히메가 나타났다. 철사가 든 이마테를 두르고, 언월도를 들고, 큰 방 정면으로 나타나 시녀에게 의자를 갖다놓게 했다.

"단바"

노히메가 불렀다.

"그 자를 어디로 보내는 거요?"

"미노의 아버님에게 보냅니다."

"안 돼요"라고 말했다. 이어 가볍게

"이 성은 가즈사노스케 님께서 돌아오실 때까지 내가 감독하고 있으니까요"라고 말했다.

그 뒤, 노히메는 주사위를 가져오게 하여 큰 방에서 흥을 돋우기 시작한 것이다.

'아직 어린애로군.'

가스가 단바노카미는 생각하고, 노히메의 눈길이 닿지 않는 곳으로 지휘소를 옮기려고 하여

"방해가 될 터인즉 저희들은 다른 건물로" 하고 말을 꺼내자 노히메는 얼굴을 들고

"괜찮아요. 단바는 밤에도 이곳에 있도록" 하고 당장에 명령했다.

밤이 깊어 노부나가는 흙먼지투성이가 되어 돌아왔다.

큰 방으로 들어오자마자 예의 우울한 표정으로

"오노, 숭늉에 만 밥을" 하고 명령했다. 노히메의 어마어마한 무장의 모습도 전혀 눈에 들어오지 않는 듯한 모양이었다.

시동에게 무구를 벗기게 하면서

"단바, 내일도 부탁한다" 하고, 그 앞에 꿇어 엎드려 있는 장인의 무사대장에게 아무런 가식도 없이 말했다.

'귀족 태생이기 때문에 이렇다.'

가스가는 그렇게 생각하고, 얼마간 위에서 눌리는 듯한 느낌이 들었다. 태어날 때부터 정해진 영주이기 때문에 이렇게 시원스럽게 말할 수 있는 것이리라.

"싸움은 이겼어" 하고 노부나가가 말한 것은 그로부터 한참이 지난 뒤 큰 방 정면에 책상다리로 앉아 숭늉에 만 밥을 입 안에 끌어들이고 있을 때였다.

"더없이 축하할 일입니다."

"그대 덕분이다."

노부나가는 밥을 씹으면서 말했다.

"단지, 중요한 히코고로 놈과 사카이 다이젠이 성 안으로 도망쳐 들어갔기

때문에 치지 못하고 놓쳤다. 그래서 좀 시간이 걸려."

"아직 군사들은 기요스 성을 포위하고 있겠지요?"

"그렇다."

열심히 밥을 끌어들이고 있다. 아무리 보아도 놀이에 지쳐서 집으로 돌아온 악동으로밖에는 보이지 않는다.

"단바, 장인에게 이 뜻을 알리는 사자를 보내지 않으면 안 된다."

"잘 생각하셨습니다."

"당연한 일이지. 그런데 너는 내가 출발한 뒤 사자를 보내려고 했어. 그러한 사자는 필요없어."

"앗!"

'멍청이가 아니다.'

가스가는 화가 치밀었다. 노부나가는 아까부터 이 큰 방에서 나가지 않았으므로 노히메로부터 그런 보고를 들었을 까닭이 없는 것이다.

"아니, 실은 빈 성 경비만으로는 신이 나지 않습니다. 한몫 맡아 활약하려고 생각하고, 그 뜻을 야마시로 뉴도 님에게 여쭈어 보려고 했을 뿐입니다."

"그것도 쓸데없어"

노부나가는 수저를 놓았다.

"여기 대장은 나야. 나의 진(陣)에 있는 이상, 나를 둘도 없는 대장이라고 생각하여라. 그렇지 않으면 미노로 쫓아 보낼 테다."

이 전투는 모략을 써서 노부나가가 이겼다. 기요스 오다 측은 노부나가의 맹렬한 공격에 두손들고, 모리야마 오다라는 중립 세력에게 조정을 부탁했다. 모리야마 오다가의 당주는 오다 노부미쓰(織田信光)다. 노부미쓰는 이미 노부나가와 통하고 있었으므로

——어떻게 꾀할까요?

의논해 왔다.

"속여라."

노부나가는 말했다. 이 때문에 노부미쓰는 모리야마 성으로 온 사카이 다이젠의 형 오이(大炊)를 베고 다이젠을 국외로 추방했다.

그 직후 노부나가는 기요스 성을 에워싸고 불이 일 듯이 공격해대서 끝내

함락시킨 뒤, 당주인 히코고로를
'부에이 님의 원수'라고 하여 주륙하고 순식간에 기요스 성을 점령하여 거성으로 삼았다.

이것은 고지(弘治) 원년(1555년) 4월. 도산과의 회견으로부터 만 1년째 되던 때 일이다. 오와리도 거의 노부나가에게 정복당했다. 그때 나이 스물두 살.

원숭이 이야기

'기요스(淸洲)'

번창하는 성하 마을이다. 그 한 귀퉁이 길거리에 면한 스가구치(須賀口)라는 곳에, 오와리 제1의 기루(妓樓) 거리가 있다.

그 무렵 오와리의 아이들은

술은 술집에, 좋은 차는 찻집에,
아가씨는 기요스의 스가구치에

라고 노래하면서 공놀이를 했던 것이다.

노부나가도 소년 시절, 마을 아이들과 함께 노래하며 거닐 때
'기요스란 몹시 번화한 모양이로군' 하고, 말하자면 도시를 동경하는 마음으로 이 거리를 상상하고 있었다. 워낙 2백 년 가까이 오와리의 국도 같은 위치를 이어온 도시인 것이다. 노부나가는 그 기요스로 옮긴다. 더구나 풀밭과 같은 나고야에서다. 드디어 시골 호족이 국도의 주인이 된다는 흥분을, 어찌된 노릇인지 이 기묘한 젊은이에게서는 아무 곳에서도 느낄 수 없었다.

그 전날 밤, 갑자기 무사 처소로 포고를 내려
"내일은 기요스로 옮긴다"고 한 마디 했을 뿐으로, 그날 아침에는 긁어모은 군세만을 이끌고 바람처럼 거처를 옮겨 버리고 말았다.
"야간도주인가"라고 생각할 만큼 빨랐다.

가재·무구·병량 등은 나고야 성에 놓아둔 채였다. 뿐만 아니라 노히메까지 버림받고 말았다. 무사들의 가족도 그렇게 속히 옮길 수는 없어, 결국 전원이 옮긴 것은 열흘 가량 지나서였다.

이 통지를 미노의 사기야마 성에서 받은 도산은

"꼬마, 대단한걸!" 하고 만족스러운 듯 중얼거리더니
"아무래도 내가 감정한대로인 모양이다"라고 말했다.
그때 도산은
"기요스에서 사위의 일상생활은 어떤가?" 하고 오와리에서 돌아 온 첩자에게 물었다.
"여전했습니다."
"여전하다니?"
"매일 말을 못살게 구십니다. 말목에 얼굴을 파묻고 마장을 미친 듯이 달리시고, 그런가 하면 부하들에게 갑자기 씨름을 청하시기도 하고, 매사냥을 하시기도 하고, 낮에는 한시도 다다미 위에 앉아 계실 때가 없습니다."
"옛날 같은 모습인가?"
"아니, 그것은 아무래도 그만두신 모양 같습니다. 성하로 나가 농가의 감을 훔치기도 하고, 잠수질을 하기도 하는 일은 기요스에서는 할 수 없습니다."
"어른이 되었나?"
도산은 약간 눈을 치뜨고 생각하는 모양을 지었는데, 어쩐지 즐거워 보였다.

어른이 되었는가 안 되었는가. 과연 노부나가는 혼자서 성 밖으로 나가는 것 같은 일은 없어지고 말았다. 그것은, 기요스 공격이라는 큰일을 하면서 자기가 가해자가 돼 보고서야 비로소 인간 세상은 멍청하게 혼자서 나다닐 수 없다는 영주로서의 당연한 일을 깨달았기 때문이리라.
그러나 기행(奇行)은 그치지 않았다. 앞에서 도마루의 얘기를 썼다. 도산이 보내 주어 노부나가가 시험하고, 잡병용의 관급 무구로서 대량으로 만든 그것이다. 그 도마루에 얽힌 기묘한 얘기가 있다.
얘기의 장소는 뛴다. 슨푸(駿府) 이마가와가(今川家)의 벼슬아치로서, 엔슈(遠州)·하마마쓰(濱松) 부근의 구노(久能)라는 마을에 성관을 가진 마쓰시타 가헤(松下嘉兵衛)라는 무사가 있다. 그곳에 종으로 일하는 조그만 사나이가 있다. 오와리 나카무라(中村) 태생이라고 하는데, 소년시대에 굶다시피 방랑을 하다가 도중에 도둑 떼에 낀 일도 있는 모양이었다.
'원숭이'라고 불리고 있었다. 자기로서도 이름을 도키치(藤吉)라든가 도키치로(藤吉郞)라고 붙인 모양이지만, 이름을 붙일만한 신분은 아니다.
 어느 날, 가헤는 그 도키치로를 마당으로 불러, 마루 위에서
 "너는 오와리 태생이었지?" 하고 다짐을 두었다.
 "그렇습니다."
 "오와리는 여기와 달라 여러 가지 도구가 진보되어 있다. 요즈음 오와리의 무구에 도마루라는 것이 있다고 들었는데, 너는 본 일이 있는가?"
 "있습니다. 편리한 것이지요. 그것이 나오면 이미 오케가와도 따위는 시들어 버리고 맙니다. 워낙" 하고, 도키치로는 자기 양 옆구리로 손을 보내
 "여기에서 넉 장의 철판을 두 곳 묶어 놓았기 때문에, 그 무구의 허리께가 오므라들었다 늘어났다 하므로 몸을 자재로 굽힐 수도 있습니다. 정말로 편리하지요."
 "허어."
 "좋으시다면 이 원숭이가 오와리로 가서 두 개 가량 사 가지고 돌아올까요?"
 "글쎄"라고 가헤는 말하고 황금 몇 개를 주어 곧 길을 떠나게 했다.
 도키치로는 그 돈을 품에 넣고 부지런히 길을 재촉하여 오와리 기요스 성하로 들어가 여인숙을 정하고 며칠 동안 머물렀다. 그러는 동안, 그가 전에 오와리 나카무라에 있을 무렵, '멍청이님'이라고 불리던 노부나가가 지금 해가 솟는 듯한 기세인 것을 알게 되었다. 원숭이는 영리한 사나이다.
 남의 얘기를 솜씨 있게 듣는다. 기요스 공격 방법 등을 들으면 들을수록
 '이 대장이야말로 장래 오와리는 물론, 이웃 나라를 뺏을 인물이 될 것임에 틀림없다'고 감동했다.
 사람의 운명은 몸을 의탁하는 사람에 따라서 열리기도 하고 찌부러들기도 한다. 이런 것을 몸에 밴 지혜로 알고 있다. 첫째, 졸개들에게 모조리 도마루를 착용시킨 것만 하더라도 만만찮은 대장이 아닌가.
 "에이, 도마루 따위는 사지 않겠다"고 생각했다. 그 돈으로 좀 쓸 만한 헌옷·소도 등을 사서 노부나가가 외출할 때를 노리다가
   ──부탁합니다. 평생의 소원입니다
 길거리에 몸을 내던져 꿇어 엎드리고, 얼굴을 흙에 대고 울면서 애원하여 끝내 오다가의 하인으로 들어가게 되었다. 그 뒤, 성의 잡일을 하고 있었다.

그런 사나이가 있다는 것을 노부나가는 깨끗이 잊어버리고 있었다.

어느 날 노부나가는 빼앗은 지 얼마 되지도 않은 성내를 악동 같은 얼굴로 거닐고 있는 동안에 이 성에서 '마쓰노키 문(松ノ木門)'이라고 불리고 있는 문 곁까지 왔다. 기와를 얹은 낮은 2층이었다.

'저 2층에 무엇이 있을까' 싶은 생각이 들어 올라가 보니, 별다른 구석은 없고 다다미 스무 장 정도를 깐 곳이었다.

'뭐야, 이것뿐인가.'

활 구멍으로 밖을 내다보았다. 과연 좀 높은 곳인 만큼, 이곳저곳의 경치가 잘 보였다.

저쪽에서 사람이 온다. 빗자루를 든 작달막한 사나이다.

"사람이라고 생각하면 원숭이, 원숭인가 하면 사람이니라"라고, 후의 전기작가들이 썼을 정도의 기이한 용모를 한 사나이였다.

'아아, 그 놈이로군.'

노부나가는 생각해 내고, 그 진기한 원숭이 상통이 어처구니없을 만큼 그의 마음에 쏙 들고 말았다.

기이하게 생긴 놈이라고 생각하니 견딜 수가 없어져 무엇인가 해 주고 싶어졌다. 별수없어서 반바지를 말아 올리고 남근을 꺼냈다.

안성맞춤으로 벽 아래에 댄 판자에 송진 구멍이 뚫려 있었다. 그 곳으로 남근을 가지고 가서, 그냥 밖을 향해 쑤셔넣은 뒤 쏴아 하고 소변을 갈겼다. 그것이 바로 정면으로 원숭이 상통에 물방울을 튕기면서 부딪쳤다.

원숭이는

"앗" 하고 뛰어 일어나 팔로 얼굴의 물을 뿌리면서, 소변이 오는 방향을 찾아보니 눈앞의 판자벽에 남근이 하나 나와 있었다.

"이놈, 어떤 놈이냐!"

원숭이는 펄쩍 뛰어 사다리를 잡자마자 허리를 꿈틀거리면서 기어 올라갔다. 그곳에 이런! 오다 가즈사노스케 노부나가가 있었다.

"용서해라" 하고 살 안으로 끌어들이면서, 미간에 주름을 잡고 평상시의 씁쓰름한 표정으로 서 있다.

원숭이는 꿇어 엎드리지도 않고 한쪽 무릎을 세운 채 가슴을 쥐어뜯듯 하면서

"주군일망정, 용서할 수 없습니다" 하고 얼굴을 새빨갛게 물들이면서 외

쳤다.
 "사나이의 얼굴에 오줌을 갈기다니, 당치도 않은 일이요. 칼에 맞더라도 이것은 용서할 수 없습니다."
 이 기세에는 노부나가도 손을 댈 수가 없어 그저 무작정 얼굴을 찌푸리고
 "너의 마음을 보려고 한 일이다"고, '조부 얘기'에 있는 것을 그대로 옮긴다면, 이런 말을 했다.
 "마음을 보시기 위해서 오줌을 퍼부으셨습니까?"
 "난 언제나 그런 방법을 쓴다."
 "그러나 벼락을 맞은 자의 몸이 돼 보십시오."
 "알았다."
 노부나가가 화목의 표시로
 "내일부터 내 조리(草履:신)를 맡아라" 하고 말했다. 같은 하인이라도 대장의 조리 당번쯤 되면, 출세의 기회는 얼마든지 있다.
 "그렇다면 참고 넘기겠습니다."
 도키치로는, 노부나가가 자기도 모르게 이끌려 웃었을 정도로 기쁜 웃음을 지었다.
 '이거 즐거움이 늘어났군. 이 원숭이를 매일 조롱해 주면 제법 재미있으리라.'
 노부나가는 본래의 우울한 표정으로 되돌아가면서 내심으로 이렇게 생각했다.
 요컨대 기요스 성주가 된 노부나가는 여전히 이런 일을 하면서 지내고 있는 것이었다.

 이 기요스로 옮겼을 당시 사건이 많았다. 오와리 모리야마(守山)라는 지방이 있다. 토지는 야타 강(矢田江)과 다마노 강(玉野江) 사이에 낀 들판으로, 낮은 구릉이 있고 류센지 산(龍泉寺山)으로 연결되어 있다. 그곳에 성이 있다.
 모리야마 성이다. 오다가의 동족으로 노부나가에게는 숙부뻘이 되는 마고주로 노부쓰구(孫十郎信次)가 부근의 소영주로서 그 성에 있다.
 '언젠가 기회가 있으면 모리야마 성도 우리 것으로 만들지 않으면 안 된다' 하고 노부나가는 생각하고 있었다.

여기, 노부나가가 귀여워하며 기요스에 살게 한 아우가 있었다. 기로쿠로(嘉六郎)라고 하여 아직 상투도 얹지 않은 소년으로, 용모는 온 나라 안에 이미 전설처럼 됐을 만큼 아름다웠다. 미남 미녀의 가계라고 할 수 있는 노부나가의 형제 중에서도 기로쿠로만은 월등 차이가 나게 뛰어났다. 아주 얌전한 소년인데 단 한 가지 노부나가와 공통되는 점이 있다. 말을 좋아한다는 것과 혼자서 성 밖으로 나가고 싶어하는 일이다.

노부나가가 기요스로 이동한 지 두 달째인 6월 26일, 기로쿠로는 홀로 성 밖으로 나갔다. 말을 달리게 하다가 때로는 쉬고, 때로는 수마(水馬)를 시험해 보기도 하며 즐겼는데, 류센지 산 아래의 마쓰 강(松江) 나룻목까지 왔을 때, 휙 하고 말을 물살 속으로 몰고 들어갔다.

좀 하류 쪽에 큰 버드나무가 있었다. 마침 그 아래에서 물고기를 잡고 있던 것이 모리야마 성주 오다 노부쓰구와 그의 부하 수명이었다.

"아, 죽일 놈, 말 탄 채로 몰아댔군!"

그들은 물결을 휘저은 데 분개하여, 더구나 먼빛이라 상대방이 기로쿠로인 것을 알아보지 못하고 "죽여 버리겠다"고 스가 사이조(順賀才藏)라는 자가 둑으로 달려 올라가 활을 들고 와서는 시위에 살을 먹여 잔뜩 당긴 채, 놓을 때를 노리고 있다가 마침내 흥——하고 쏘았다.

화살은 열 간을 날아 기로쿠로의 가슴에 꽂혔다. 기로쿠로는 소리 없이 낙마하여, 물 속에 떨어졌을 때에는 숨이 끊어져 있었다.

"주군. 해치웠습니다."

무사들은 환성을 지르고 우르르 여울로 몰려 들어가 기로쿠의 시체로 다가가 안아 일으켜 보니, 틀림없는 오다의 공자였다.

"앗, 이건 기로쿠로가……!"

오다 노부쓰구는 놀라, 이내 이 시체의 형인 노부나가의 격노를 생각했다.

노부쓰구는 둑으로 달려 올라가 이내 가까운 모리야마 성으로 들어가자

"너희들은 마음대로 하여라. 나는 피신한다"고 말을 끌어내더니 뛰어오르자마자 나라 밖으로 도망쳐 버리고 말았다. 그 길로 그 사나이 소식은 끝내 알려지지 않았다. 이렇게 숙부로 하여금 공포에 떨게 했을 만큼 노부나가라는 사나이의 성격은 격렬한 것이었다.

노부나가는 기로쿠로가 살해당했다는 보고를 듣자 큰방 정면에서부터 달리기 시작하여 부하들의 머리를 뛰어넘고 현관으로 달려 나가

"말──" 하고 외치며 도보로 달려, 마부가 황급히 고삐를 잡아끌고 달려 오자마자 말없이 안장 위의 사람이 되어 달려가기 시작했다. 모리야마까지 20리. 노부나가는 무서운 속도로 달리게 했다. 뒤를 두 기, 다섯 기, 20기가 이어 따랐지만 도저히 따라붙을 수가 없었다. 말도 좋다. 그 위에 매일, 이 사나이가 못살게 훈련시켰던 것이다. 무사들의 말은 소질이 좋지 않은데다가 평소 마구간에서 기르기만 한 말이므로, 10리 가량 뛰고서는 움직일 수 없게 되는 것도 있었고, 야마타 지로사에몬(山田治郞左衞門)이라는 근시의 말 같은 것은 앞다리를 꺾고 목을 빼늘어뜨린 채 숨이 끊어졌다.

노부나가는 모리야마 어귀의 야타 강 가까이 왔다. 냇가에서 내려 말의 입을 씻고서 다시 둑으로 뛰어올라 왔을 때, 근처의 향사(郷士)인 이누카이 구라(犬飼內藏)라는 자가 성 쪽에서 달려와

"아뢰겠습니다" 하고 말 앞에 꿇어 엎드렸다.

"뭐야?"

"적은 없습니다."

"비켜랏!" 하고 차 버리려고 했으나 이누카이는 몸을 날려 피해 멍에를 잡고

"마고주로 님은 사태가 중대하다는 것을 깨달으시자 어딘지 모르게 도망쳤습니다. 그 밖의 부하들도 도망쳐, 성은 텅 빈 성이 되어 있습니다."

이러는 동안에 노부나가의 부하들이 달려와 모여들었으므로, 성내를 검색시키니 과연 한 사람도 없다는 것이었다.

"돌아간다."

노부나가는 말머리를 돌려, 방금 달려온 길을 이번에는 천천히 채찍질하기 시작했다.

이 얘기를 도산도 들었다.

"나라 안의 자들이 그토록 그 꼬마를 두려워 한단 말이지?"

도산은 노부나가의 소문 중에서도 이 얘기를 제일 흥미 깊게 들은 모양이었다.

"마치 귀신 같군" 하고 웃으면서 홋타 도쿠에게 말했다.

"미치광이겠지요."

홋타 도쿠는 여전히 노부나가에게 호의를 품고 있지 않았다.

"격정을 터뜨리면 무슨 짓을 할지 모르는 구석이 있습니다. 증오가 아주 두드러지고, 특히 자기를 따르지 않는 자는 근신이라고 할지라도 베어 버리고 마는 일면이 있습니다."

"그 편이 좋아."

도산의 척도는 다른 모양이었다. 도산이 볼 때에는, 군주인 자는 두려움의 대상이 되어야 한다고 생각하고 있다. 따름을 받으면서도 위엄마저 갖추고 있는 것은 만인의 장(將) 중에 한 사람 나올까 말까한 재목이며, 평범한 태생으로서는 바랄 수도 없는 일이었다. 그보다도 한 마디의 호령이 만뢰(萬雷)처럼 부하에게 내려질 수 있는 무장 쪽이 이런 난세에서는 더 실용적이다.

'놈도, 아무래도 살모사로군.'

도산은 생각하고, 왜 그런지 사랑하는 적자의 성장을 보는 것 같은 마음이 들어 나쁜 기분이 들지 않았던 것이다.

"다음엔 무슨 일이 일어날까? 사위는 나를 즐겁게 해 주는구나."

비록 말은 이렇게 하면서도 도산은 노부나가를 경계하여, 그 신변이나 기요스 성하, 오와리 영내에 어마어마한 수의 첩자를 뿌려 놓고 있었다.

소동

어느 날 아침, 노부나가가 채찍을 들어 마장에서 사나운 말을 다루고 있노라니 저쪽 무궁화 울타리를 타넘고 말 앞으로 굴러들어 온 젊은이가 있었다.

"웬 놈이야!" 하며 겨우 고삐를 잡아당겼다. 젊은이는 꿇어 엎드려 고개를 숙인 채,

"사쿠마(佐久間)의 시치로자(七郎左: 衛門)입니다" 하고 말했다. 나이는 겨우 스무 살을 막 넘었을 뿐이지만 싸움을 잘하는 사나이라 노부나가는 소년 때부터 이 시치로자를 데리고 성하를 싸돌아다녔다.

"너, 사람을 베고 왔구나?"

노부나가는 말 위에서 말했다. 시치로자는 고개를 들었다. 사쿠마라고 하면 오다가 중에서 으뜸가는 명문이었고, 시치로자는 그 차남이었으며 특히 아우 노부유키(信行)의 청을 받아 모리야마 성에 출사하고 있었다.

아내는 아직 없다.

"베었습니다" 하며 꿇어 엎드린 시치로자의 주변을 노부나가는 달그락달

그럭 둥그렇게 타고 돌면서

"누구를 베었어?"

"붕배(朋輩)인 쓰다 하치야(津田八彌)입니다. 오늘 새벽 캄캄할 때에 쓰다의 집으로 쳐들어가 현관에서 큰 소리를 치고 달려 나오는 놈을 벤 뒤 최후의 일격으로 숨을 끊고서 그 길로 뵈오러 온 것입니다."

"왜 베었어?"

"사랑의 원한입니다."

"아아, 오가쓰(勝)로군."

노부나가는 문중의 이러한 차남, 3남들과 진흙투성이가 돼서 뛰어놀았던 만큼 묘하게 사정통이 돼 있었다. 오가쓰라는 것은 사쿠마 분가(分家)의 딸로 오다 가문에서도 으뜸가는 미인이었다. 게다가 흐리멍덩한 아가씨가 아니라 아주 야무지다.

——오가쓰가 그렇게 예쁜가?

하고 노부나가도 한때 근시에게 묻거나 하면서 좀 흥미를 보인 일이 있다.

——자기가 좋아하는 탓이겠지요. 나 같으면 그렇게 여위고 까무잡잡한 처녀는 좋아하지 않습니다. 그 애는 간질병이 있습니다

하고 근시는 말했다. 간질이란 히스테리 정도의 의미리라.

그 오가쓰에게 요즈음 이변이 있었다. 노부나가의 동생 노부유키의 근시인 쓰다 하치야란 젊은이와 약혼이 성립된 것이다. 이 소문은 집안 젊은 무사들에게 충격을 주었다.

"하치야 놈이 쏴 맞춘 모양이야" 하고 모두들 떠들어댔다. 그 가운데의 한 사람이 여러 사람이 있는 앞에서 사쿠마 시치로자에게

"너는 오가쓰를 짝사랑하고 있었는데 꼴좋게 됐구나" 하고 조롱했다. 시치로자는 굴욕을 참을 수 없어, 자리에서 일어나 분가를 찾아가서 은밀히 오가쓰의 방으로 들어가서 처녀를 문책했다.

"너는 나를 속였구나" 하고 으르렁댔지만 오가쓰로서는 딱하기 짝이 없는 노릇이었다. 속이기는커녕, 이런 시치로자의 조폭스러움이 싫어서, 본가를 통해 몇 번씩 혼담을 가지고 온 자에게 아버지에게 부탁해 계속 거절해 온 것이었다.

사실, 오가쓰는 시치로자의 얼굴을 보는 것도 싫었다. 2, 3년 전 여름, 노부나가와 이 시치로자가 가메가세(龜ケ瀨)라는 급류에서 수마(水馬)를 즐기

며 서로 씨름을 하다 잘못하여 두 사람 다 물 속으로 떨어져 빠져 죽을 뻔한 소동이 있었을 때에도

"두 분 다 가메가세에서 돌아가시는 편이 나았어요" 하고 오가쓰는 아버지에게 말했다가 "쉿" 하고 입가를 뒤틀린 일이 있었다. 멍청이 노부나가의 소문은 그처럼 나쁘기도 했고, 그 멍청이의 악우(惡友)인 시치로자를 오가쓰는 그처럼 싫어하고 있는 셈이 되는 것이다. 그러므로

"속였구나"라는 말을 들을 만한 일은 터럭 끝만큼도 없었다. 당치않은 생트집이에요 하고 오가쓰가 항변하자, 시치로자는 생트집이 아니라고 말했다.

"그 증거로 그대는 나를 볼 때마다 웃어 보이지 않았어?"

"그야 본가의 차남 님이시므로 막내 분가의 딸인 오가쓰로서는 불쾌한 얼굴을 보일 수도 없는 일 아니예요?"

"그것이 나를 그르쳤어. 나는 멍청하게도 그대를 믿고 친구들에게 오가쓰는 내 아내가 된다고 떠들어 버렸다. 그런데, 그대는 쓰다 하치야에게 시집간다고 한다. 나는 이미 무리들에게 얼굴조차 들 수 없게 되었다. 이렇게 되면 사랑이 문제가 아냐."

"그것은 당신이 멋대로 그러신 것이 아녜요? 당신이 친구들에게 무엇이라고 말씀을 퍼뜨렸던 제가 알 일 아녜요."

"알고 있어. 그러나 사나이의 체면이 안 서. 미안하지만 쓰다 하치야와는 파혼하고 나에게 와 줄 수 없겠어?"

"안 돼요."

당신이 싫어요, 하고 오가쓰는 말할 수가 없었다. 이미 결정돼 버린 일이니까요, 라고만 말했다. 오가쓰로 볼 때에는 사쿠마 일족의 종가 아들에게 그 정도로밖에는 말할 수가 없었다. 그것이 나빴다. 시치로자에게

'아주 싫어하고 있는 것도 아니로군.' 하는 자신을 갖게 만들었다. 뒤는 강제로라도 밀고 나가면 어떻게 되리라고 생각하고 매일 찾아 왔다. 며칠 뒤 오가쓰는 끝내

"나는 하치야 님이 좋아요"라고 단호하게 말했다. 그래도 시치로자님은 싫어요 라고는 말할 수가 없었다.

시치로자는 그래도 단념하지 않고 매일처럼 찾아왔다. 오가쓰를 맞이하지 않으면 이미 가중의 붕배들과, 사나이들과 어울릴 수 없다는 마음이 이 젊은

이에게 우러난 것이다. 그런데 그런 시치로자의 거동이, 붕배 사이에 자세히 퍼져 웃음거리가 되어 버렸다.

어느 날, 친한 친구로부터 주의 받고 그것에 대해 "웃기고 있댜"는 말을 들었다. 웃긴다는 것은 그 당시의 완고한 무사에게 있어서 심한 치욕이었다. 무사들은 웃기지 않기 위해서 싸움터에서도 용기를 보였고, 비겁한 흉내를 내지 않았고, 평소엔 언동을 삼갔으며, 만약 웃겼다고 할 때에는 상대방을 베든가 자기가 할복하든가 두 가지밖에는 없었다.

여담이지만 할복은 에도시대의 유행으로, 이 시대에는 싸움에 패하여 어쩔 수 없는 경우에 몰려 버리기 전에는 그다지 자살 같은 것은 하지 않았다. 오히려 습격하여 상대방을 죽이고 도망치는 편이 사나이답다고 여겨지고 있었다.

"소문의 씨는 누가 뿌렸나?" 하고 묻자 쓰다 하치야가 그렇게 퍼뜨리고 다닌다고 붕배가 말했다.

"하치야 놈이란 말이지" 하고 시치로자는 말하더니 그날 밤 귀가하자마자 자기 주변을 정리하고 쓰다 하치야의 집으로 가, 문 앞에서 칼을 품고 새벽이 이르기를 기다려 문이 열리자마자 뛰어들어가 쓰다 하치야를 베어 버린 것이다.

"어처구니없는 짓을 했구나."

노부나가는 말했는데 말소리는 작았다. 그는 이 소년 시대의 악우를 부하 이상으로 사랑했다. 우정이라고 해도 좋다.

"시치, 나는 집안을 물려받은 이래 거리에도 나다니지 않는다. 짓궂은 장난도 하지 않는다."

"착실해지는 모양이로군요."

"너는 아직 멍청이다."

꾸짖고 있는 것이 아니다. 노부나가는 오히려 부러운 듯이 말했다. 가벼운 신분인 시치로자만이 아직 어른이 되지 않고 멍청이 정신을 일관시켜 말썽을 부리고 있었던 것이다.

"죽겠느냐, 도망치려느냐?"

"가문에서 없애 주십시오."

"그런 말을 들은 이상, 주인인 나는 베지 않으면 안 된다. 베인다는 것을 알면서 왜 일부러 찾아왔나?"

"주군을 한 번만이라도……" 하고 시치로자는 소리 내어 울기 시작했다.

"한 번만이라도 얼굴을 뵈옵고 작별을 하고 싶었습니다."

노부나가는 말 위에서 하늘로 얼굴을 젖혔다.

'묘한 사람이로군' 하고 은밀히 생각한 것은 옆에서 무릎을 꿇고 있는 조리 당번인 도키치로였다. 어릴 때부터 온 세상을 맨발로 걸어 다니며, 지금의 나이가 될 때까지 서른아홉 번 직업을 바꾼 이 젊은이는 인간의 마음이라는 것을 이상할 만큼 잘 꿰뚫어 볼 수가 있었다.

'까다로운 대장이라고 남들은 말하지만 웬걸, 열쇠가 하나 있다. 이 대장을 좋아하고 좋아하고 좋아하여 그 방면에서 외곬으로 파고 들어가면, 의외로 인정에 무른 구석이 있구나'라고 생각한 것이다. 그 증거가 지금 눈앞에서 펼쳐지고 있다.

"시치로자, 도망쳐라. 눈감아 주겠다."

노부나가는 진기하게 이 사나이답지 않은 처치를 취했다. 노부나가라는 대장은 평생, 무릇 부하들을 방심시키지 않았으며 항상 두려워 떨게 했고, 손톱의 때만한 잘못도 용서치 않았다. 그 때문에 비정·잔인하다는 말을 들었고, 부하의 구악(舊惡)·결점을 잘 기억하고 있기 때문에 후세에 '허점만세는 대장'이라는 말을 들은 사나이다.

그런데 이례였다. 사람을 살해하고 도망치겠다는 시치로자를 못 본 척 해주겠다고 외친 것이다.

도키치로가 추측컨대, 노부나가는 어릴 때부터 남에게 이해를 받거나 그들의 사랑을 받은 적이 없었던 탓이리라. 때때로 시치로자처럼 오로지 노부나가만을 흠모해 오는 자가 있으면 상식에서 어긋난 처치를 해 버리는 모양이었다.

'이 대장을 모시려면 이런 수법이로구나' 하고 무릎 꿇고 고개를 숙인 채 곰곰이 생각했다.

그 뿐만이 아니다. 노부나가는 시치로자에게

"미노로 가서 장인에게 의지하여라" 하고 다음 사관(仕官)까지, 말하자면 주선을 해 준 것이다.

오가쓰는 성질이 강한 여자였다. 시치로자가 미노 사기야마의 사이토 도산의 저택에 있다는 것을 알자 집에 편지를 써 넣고 은밀히 오와리를 떠나 미노로 들어갔다. 물론 약혼자의 원수를 갚기 위해서였다.

'도산 님에게 하소연해도 헛일이리라' 하고 오가쓰는 추측했다.

도망친 사정은, 소문에 의하면 노부나가가 비밀히 달아나게 해 주었다는 것이다. 더구나 장인 도산에게 편지를 보내 시치로자가 입신할 수 있게 해 준 것도 노부나가라고 한다.

'편파적인 처사시다.'

오가쓰는 비분을 느꼈다. 바로 그렇기 때문에 여자의 몸이면서 원수를 갚을 결심을 한 것이다. 오가쓰는 이웃 나라 오와리의 처녀이므로 미노의 나라 사정을 잘 알고 있었다. 아닌 게 아니라 도산은 미노의 제왕이긴 하다. 그러나 그 제왕의 자리도 요즈음은 흔들리고 있다는 소문을 들었다.

사정은 이렇다. 도산은 처음 미노로 흘러 들어왔을 때에 전의 미노노카미 태수였던 도키 요리아키를 모셨고, 모시자마자 마치 기술(奇術) 같은 수법으로 요리아키의 애첩 미요시노(深芳野)를 빼앗았다. 그때 미요시노는 이미 임신하고 있었다.

당자인 요리아키조차 처음엔 깨닫지 못했을 정도였으므로, 도산이 알아차릴 리가 없었다. 미요시노는 그 사정을 요리아키에게만 얘기했고, 이윽고 도산에게서 달이 차지 않은 사내아이를 낳은 것이다.

이상하다고 도산은 생각한 모양이다. 그러나 그에게 있어서도 첫아이였다. 귀여움에 정신을 뺏겨, 미요시노에게는 아무 말도 묻지 않고 그 아이를 자기의 가독 상속자로 양육했다. 그때 도산은 요리아키에게

——그 애가 어느 분의 아이인지 저는 알고 있습니다.

라는 말을 힐끗 비친 일도 있었다. 그런데 그것조차도 도산은 책모의 재료로 사용하여

——저를 아무리 중용하시더라도, 이윽고는 주군의 핏줄 소유가 됩니다.

요리아키를 추켜세우기도 했다. 그 요리아키도 지금은 추방당해서 국내에는 없다. 도산이 미노에서 지배권을 확대하여감에 따라서, 문제의 아이도 성장했다. 이제 와선 그 젊은이의 출생 비밀은 미노에서 다 아는 바가 되었으며, 모르고 있는 것은 젊은이 한 사람뿐이라는 형편이 돼 있었다.

도산도 이미 알고 있다. 오히려 자기 아들의 출생 비밀을 그는 역이용했다. 미노의 주권을 횡령할 때, 그것을 불의라고 보는 미노 무리들의 반항에

기요스 공략 613

애를 먹고 끝내는

"요시타쓰에게 가독을 물려준다"는 형식으로 자기는 은거했다. 이어서 이나바 산성도 요시타쓰에게 물려주고 자기는 사기야마 성관을 수리하여 그곳에 살았다. 물론 실권은 도산 손에 있지만 이 대담한 방책에 의해서 나라 안의 반란은 대략 진정됐다. 미노 사람들은 미요시노가 낳은 요시타쓰야말로 도키 씨의 정계(正系)로 보고 있으므로 이미 이의(異議)는 없는 셈이었다.

그 미요시노의 아들 요시타쓰. 열다섯 살에 상투를 얹고, 처음엔 신구로 다카마사(新九郎 高政)라고 이름을 지었다가, 1548년 3월, 가독을 물려받은 뒤 요시타쓰라고 개명했다. 지금은 갓 스물아홉 살이다. 이상한 체격을 가지고 있다. 키는 6척 5촌쯤은 되었고, 체중은 30관.

정좌하면 그 무릎의 높이가 부채 길이만큼이나 되었다. 부채는 대개 한 자 두 치다. 괴물이라고 해도 좋다. 자연히 완력도 강하여 가신들과 힘을 겨루어도 요시타쓰를 당할 자가 없었다. 그 위에 무예를 좋아했는데 거의 도락이라고 해도 좋았다. 해마다 이나바 산성의 수호신인 산기슭의 이나바 메이신(伊奈波明神)의 제삿날에는 여러 나라에서 병법자를 초청하여 봉납 시합을 시키고 있었다.

이 무렵, 검술은 이미 창성기(創成期)를 지나 천하에 인식되기 시작하고 있었으나, 어엿한 무사들로부터는

──보졸(步卒)의 재주

라고 얕보였고, 싸움터의 강자들로부터도

──흥, 싸움터에서는 도움이 안 돼

라는 말을 듣던 시대였다. 그런데 호기스럽게도 한 나라의 주군인 자가 주최하여, 그들 비천한 병법자를 모아 봉납 시합을 시킨다는 것이니까 이것은 상인(常人)의 취미·취향이 아니다.

요시타쓰의 외모는 볼이 공처럼 부풀어 있고, 눈이 조는 듯 가늘었고, 표정의 움직임도 적었다. 아주 우둔한 인상을 주는 것이었지만 바보는 아니었다.

"그는 바보다"고 하는 것은 도산쯤이었다. 요시타쓰의 근신들은

'그렇지 않아. 만사에 총명한 사람'이라고 보고 있었다. 귀족으로 자랐으므로 사람과의 접촉에 있어서 경묘 예민한 감각이 선천적으로 둔화되어 있다. 그러한 것과 육체적인 인상이 요시타쓰를 일견 우둔하게 보이게 하는 것

이다.

도산은 이 요시타쓰를 싫어하고 있었다. 언제부터 싫어하기 시작했는지 도산도 모른다. 필경 열대여섯 살 한창 자랄 나이가 돼서부터이리라.

갑자기 어른다운 얼굴이 될 시기에

'이건!' 하고 도산은 흥이 깨진 일이 있다. 터럭 끝만큼도 자기를 닮은 구석이 없었다. 그러던 것이 어느 결에 성장하여 열여덟, 아홉 살이 되어 6척 5촌의 키가 되었을 때에는 점점 싱숭생숭 해져

'괴물이로군' 하고 생각했다.

그렇게 생각했을 뿐만 아니라 거수(巨獸)를 연상시키는 것 같은 요시타쓰의 육체가 도산에게 쓸데없이 위압감을 주어 차차 더 싫어졌다.

"그 놈의 엉뚱하게 큰 몸집을 보면 구역질이 난다"고 주변에 태연스럽게 말했다. 그 흉이 요시타쓰의 귀에도 들어갔다.

'아버님은 나를 좋아하시지 않는다.'

요시타쓰도 민감하게 느꼈다. 다른 동생들과 함께 있거나 할 때, 아버지 도산의 태도가 전연 다른 것이다. 자연 요시타쓰도 도산을 싫어하게 되었다. 이나바 산성 성주가 되어 형식상이나마 미노의 주군 위치에 앉자, 실권자인 '사기야마의 은거님'과의 사이에 사소한 일에도 뒤엉키거나 엇갈리는 일이 많았고, 그 때문에 양자의 대립은 해마다 날카로워지고 있었다.

'그 요시타쓰님에게 의지하면 된다'고 오가쓰가 생각한 것은, 그간의 사정을 잘 알고 있었기 때문이다.

오가쓰는 이나바 산성 아래마을로 가서 요시타쓰의 가로를 통해 소장(訴狀)을 제출했다.

요시타쓰는 곧 오가쓰를 만나, 그녀의 입에서 사정을 들었다. "그 사쿠마 시치로자라는 놈, 괘씸하구나. 사기야마의 아버님 아래에서 근시로 있다지만 뭐 상관없다. 내가 보기 좋게 원수를 갚게 해 주지"

오가쓰는 기뻐했다.

그런데 이 때문에 기껏해야 오와리의 젊은 무사들 사이에서 발생한 색정 사건의 당자인 오가쓰 자신, 예상조차 하지 않았던 사건으로 발전할 지경이 되고 말았다. 요시타쓰의 급사가 사기야마 성하에 집을 가지고 있는 사쿠마 시치로자에게로 달려간 것은 그 다음날이었다.

지은이
시바 료타로(司馬遼太郞)

그린이
전성보(全聖輔)

옮긴이
박재희 창춘사도대학일문학전공 김문운 니혼대학일문학전공
김영수 와세다대학일문학전공 문호 게이오대학일문학전공
유정 조지대학일문학전공 추영현 서울대학교사회학전공
허문순 경남대학불교학전공 김인영 숙명여대미술학전공

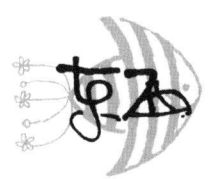

대망 23 나라를 훔치다 1
지은이 시바 료타로/책임편집 박재희 추영현 김인영
1판 1쇄/1979. 12. 1
2판 1쇄/2005. 8. 8
2판 12쇄/2022. 3. 1
발행인 고윤주/발행처 동서문화사
창업 1956. 12. 12. 등록 16-3799
서울 중구 마른내로 144(쌍림동)
☎ 546-0331~3 (FAX) 545-0331
www.dongsuhbook.com

*

이 책은 저작권법(5015호) 부칙 제4조 회복저작물 이용권에 의해 중판발행합니다.
이 책의 한국어 大望상표등록권 문장권 의장권 편집권은 저작권법에 의해 보호받으므로
무단전재 무단복제 무단표절 할 수 없습니다.
이 책의 법적문제는 「하재홍법률사무소 jhha@naralaw.net」에서 전담합니다.

*

사업자등록번호 211-87-75330
ISBN 978-89-497-0362-6 04830
ISBN 978-89-497-0351-0 (2세트)